Macbeth

JO NESBØ

MACBETH

Vertaling Annelies de Vroom

HOGARTH
SHAKESPEARE

Nijgh & Van Ditmar

Amsterdam

www.nijghenvanditmar.nl

Oorspronkelijke titel *Macbeth*
H. Aschehoug & Co. (W. Nygaard), Oslo

Omslag Nico Richter / Hogarth
Omslagbeeld © Amble Design / Shutterstock.com
en © Tim Robinson / Arcangel Images Limited
Foto auteur Thron Ullberg
Typografie Nico Richter
NUR 305 / ISBN 978 90 388 0111 7

DEEL I

Hoofdstuk 1

De heldere regendruppel viel uit de lucht, door het donker, in de richting van de bevende lichten van de havenstad beneden. De koude windvlagen uit het noordwesten dreven de druppel naar de opgedroogde rivierbedding die de stad overlangs en de spoorbaan die de stad overdwars in tweeën deelde. Deze vier kwarten waren met de klok mee genummerd en hadden verder geen naam. In elk geval geen naam die de inwoners zich konden herinneren. Als je die inwoners ver weg van hun stad tegenkwam en vroeg waar ze vandaan kwamen, dan gebeurde het wel dat ze ook niet meer wisten hoe de stad heette.

De regendruppel veranderde van helder naar grijs toen die zich door het vuil en het gif boorde dat permanent als een mistdeksel boven de stad hing, hoewel de fabrieken de laatste jaren stuk voor stuk waren gesloten. Ondanks het feit dat de werklozen geen geld meer hadden om hun kachels te stoken. Ondanks de onberekenbare, maar heftige wind en de onophoudelijke regen. Sommige inwoners beweerden dat die eindeloze regen pas begonnen was nadat er met twee atoombommen een eind was gemaakt aan de laatste wereldoorlog. Nu zo'n vijfentwintig jaar geleden. Met andere woorden, tegelijk met de aanstelling van Kenneth als hoofdcommissaris van de stad. Vanuit zijn kantoor op de bovenste verdieping van het Hoofdkwartier had de hoofdcommissaris de stad een kwarteeuw met ijzeren hand geregeerd, wie er ook op de burgemeestersstoel zat, wat hij ook deed of niet had gedaan, wat de hoge heren in de hoofdstad Capitol ook hadden gezegd of niet hadden gezegd. Want de een-na-grootste en ooit belangrijkste industriestad van het land ging ten onder aan corruptie, faillissementen, criminaliteit en chaos. Of de klimaatverandering nu lag aan Kenneth, de atoombommen of gewoon aan een slecht geheugen, de inwoners van de stad hadden eindelijk weer wat hoop gekregen want Kenneth was zes maanden geleden in zijn zomerhuis van een stoel gevallen. En drie weken later was hij dood. De begrafenis was betaald door de stad, een oud besluit van de gemeenteraad dat Kenneth zelf had georkestreerd. Na de begrafenis, een dictator waardig, hadden het gemeentebestuur en de burgemeester Duncan aangesteld als de nieuwe hoofdcommissaris. De zoon van een bisschop, met een breed voorhoofd en leider van de afdeling Georganiseerde Misdaad in Capitol. En de verraste bevolking had hoop gekregen.

Het was een verrassende keus omdat Duncan niet van de oude school van politiek pragmatische politiemensen was, maar van de nieuwe generatie van hoogopgeleide bestuurders die voorstanders waren van veranderingen, openheid, modernisering en het bestrijden van corruptie. Allemaal zaken waar de meerderheid van de gekozen, zichzelf verrijkende politici niet voor te porren waren.

En de hoop van de inwoners dat ze een eerlijke, vastbesloten en visionaire hoofdcommissaris hadden gekregen die de stad weer uit het drijfzand kon trekken, werd gevoed door het feit dat Duncan de oude politieleiding had vervangen door zijn eigen mensen: jonge idealisten met schone handen die werkelijk wilden dat de stad een betere plek werd om te wonen.

De wind nam de regendruppel mee naar het westen van District 4, naar het hoogste punt van de stad, de radiozendmast. In de studio klonk de eenzame en altijd moreel getergde radiostem van Walt Kite die de hoop uitsprak dat de stad een verlosser had gekregen, waarbij hij elke r liet rollen. Toen Kenneth nog leefde was Kite de enige geweest die de hoofdcommissaris in elk geval durfde te bekritiseren en te beschuldigen van enkele misdrijven die hij had begaan. Vanavond verkondigde Kite met zijn kenmerkende rollende r dat het gemeentebestuur alles in het werk zou stellen om de volmachten die Kenneth had gekregen, waardoor hij de feitelijke macht in de stad had, terug te draaien. En dat dit paradoxaal genoeg zou betekenen dat zijn opvolger, de goede democraat hoofdcommissaris Duncan, eigenlijk niet de macht zou krijgen om de reorganisaties door te voeren die hij wenste. En Kite stelde verder vast dat de aanstaande burgemeestersverkiezing een kwestie was van '...Tourtell, de zittende en daarom de dikste burgemeester van het land, versus niemand. Absoluut niemand. Want wie kan er concurreren tegen schildpad Tourtell bij wie alle kritiek afketst op zijn irritant dikke pantser van volkse jovialiteit en morele onkreukbaarheid?'

In het oosten van District 4 kwam de regendruppel over de Obelisk, een glazen hotel annex casino van negentien verdiepingen dat als een verlichte middelvinger boven de treurige bruinzwarte laagbouw van de rest van de stad uitstak. Hoe minder industrie en hoe groter de werkloosheid, des te populairder was het onder inwoners geworden om in de twee casino's van de stad het geld te vergokken dat ze niet hadden.

'De stad die gestopt was te geven, begon nu te nemen,' zei Kite grommend door zijn microfoon. 'Eerst sluiten we alle fabrieken, daarna heffen we het treinstation op zodat niemand meer weg kan. Dan verdoven we de inwoners met drugs die te koop zijn waar we vroeger de treinkaartjes kochten. Op die manier kunnen we ze in alle rust bestelen. Ik had nooit gedacht dat ik zou zeggen dat ik de heren profiteurs van de industrie mis, maar zij maakten tenminste deel uit van een respectabele branche. In tegenstelling tot de drie andere branches waarbinnen mensen zich nog steeds kunnen verrijken: de casino's, de drugshandel en de politiek.'

In District 3 veegde de wind, die zwaar was van de regen, over het Hoofdkwartier van de politie, het Casino Inverness en de straten waar de regen de meeste mensen naar binnen had gejaagd en slechts een enkeling op jacht of op de vlucht was. Over het Centraal Station waar niet langer treinen arriveerden, maar dat toch bevolkt werd door geesten en reizigers. Geesten van de mensen die deze stad ooit hadden opgebouwd vanuit het geloof in henzelf, de arbeidsmoraal, hun god, de technologie en hun nakomelingen. En reizigers van de drugsmarkt die het etmaal rond open was en waar een brouwsel gekocht werd dat een ticket naar de hemel beloofde en de hel garandeerde. In District 2 floot de wind in schoorsteenpijpen van de grootste, maar onlangs gesloten fabrieken van de stad, Graven en Estex. Daar werden metaallegeringen geproduceerd, maar waaruit die precies bestonden konden zelfs de mensen die bij de ovens hadden gestaan niet precies zeggen; ze wisten alleen dat de Koreanen dezelfde legeringen goedkoper waren gaan produceren. Misschien kwam het door het klimaat van de stad dat het verval zo zichtbaar was of misschien was dat inbeelding en kwam het gewoon door het feit dat de zwijgende, gesloten fabrieken 'de geplunderde kathedralen van het kapitalisme waren in een stad van verraders en heidenen', zoals Kite het uitdrukte.

De regen dreef naar het zuidoosten naar de straten met kapotte lantaarns waar de jakhalzen op zoek naar buit beschutting zochten tegen de permanente waterlozing bij de gevels terwijl hun prooien zich haastten naar meer licht en veiligheid. Onlangs had Kite in een interview aan hoofdcommissaris Duncan gevraagd waarom de kans om beroofd te worden in deze stad zes keer zo hoog was als in Capitol, en Duncan had daarop geantwoord dat hij hiervoor een simpele verklaring had: dat kwam doordat het aantal werklozen zes keer hoger was en het aantal drugsverslaafden tien keer hoger.

In het grotendeels verlaten havengebied lagen oude schepen met roestige containers, en hun kapiteins hadden te maken met corrupte vertegenwoordigers van het havenwezen aan wie ze bruine enveloppen gaven om verzekerd te zijn van een snelle toestemming om af te meren en een goede aanlegplaats. Die bedragen werden door de rederijen in de boeken opgevoerd onder het kopje 'overige uitgaven', en de kapiteins namen zich stellig voor nooit meer een opdracht naar deze stad te accepteren.

Een van deze schepen was MS Leningrad, een schip uit de Sovjet-Unie, dat zo verroest was dat het regenwater het water rond het schip bloedrood kleurde.

De regendruppel viel door een lichtstraal van een elektrische lamp die op het dak van een van de houten gebouwen met opslagruimtes, havenkantoor en een gesloten boksclub stond. De druppel viel tussen het gebouw en het roestige schip door en trof een stierenhoorn. Hij liep langs de hoorn naar het punt waar die vastzat aan een motorhelm, liep naar beneden over de rug van een leren jack met Norse Riders in geborduurde gotische letters erop. Daarna liep de druppel over het motorzadel van een rode Indian Chief-motorfiets en ten slotte naar de naaf van het langzaam draaiende achterwiel, waar die uit werd geslingerd, stopte een druppel te zijn en deel werd van het giftige water in de stad.

Achter de rode motorfiets volgden nog elf andere. Ze reden onder een van de lampen door die aan de muur van de donkere havengebouwen zaten.

Het licht viel door het raam van een kantoor waar zeelui op de eerste verdieping konden aanmonsteren. Het verlichtte een hand die rustte tegen een plakkaat met oproep voor een koksmaatje op MS Glamis. De vingers waren lang en slank als van een concertpianist en de nagels goedverzorgd. Hoewel het gezicht in de schaduw zat zodat je de intens blauwe ogen, de ferme kin, de dunne neus en lippen die samen een agressieve snavel vormden niet kon zien, lichtte het litteken dat diagonaal over het gezicht liep van de kaak tot aan het voorhoofd op als de staart van een komeet.

'Ze zijn er,' zei inspecteur Duff en hij hoopte dat zijn mannen van de afdeling Drugs de lichte, niet-gewenste trilling in zijn stem niet hoorden. Hij was ervan uitgegaan dat Norse Riders hooguit vijf man zouden sturen om de dope op te halen. Maar hij telde twaalf motoren in de karavaan die langzaam in het donker kwam aantuffen. De twee achterste hadden ook nog een passagier. Veertien man tegen negen van hem. En er was alle reden om aan te nemen dat de mannen van Norse Riders gewapend waren. Zwaarbewapend. De machtsverhoudingen waren niet de oorzaak geweest van de trilling in zijn stem, die kwam doordat de diepste wens van Duff zojuist in vervulling was gegaan. Want híj leidde het konvooi, eindelijk was hij aanwezig.

Hij had zich maanden niet laten zien, er was echter één persoon met zo'n helm en een rode Indian Chief-motor die volgens de geruchten een van de vijftig exemplaren was die in 1955 in het grootste geheim geproduceerd waren in opdracht van het New York Police Department. Het staal van het kromme zwaard dat aan de zijkant van de motor was bevestigd blonk.

Sweno.

Volgens sommigen was hij dood, anderen beweerden dat hij naar het buitenland was gevlucht en van identiteit was veranderd, dat hij zijn blonde vlechten had afgeknipt en nu op een terras in Argentinië zat waar hij genoot van zijn rust en dunne cigarillo's.

Maar hier was hij. De bendeleider en politiemoordenaar die na de oorlog samen met de Sergeant Norse Riders had opgericht. Ze hadden jongemannen uitgekozen, zonder wortels, die meestal in de vervallen fabriekswoningen naast de naar riool stinkende rivier woonden. Ze hadden de mannen getraind, discipline bijgebracht, gehersenspoeld tot ze samen een leger van soldaten zonder vrees vormden dat Sweno voor zijn doeleinden kon gebruiken: de stad onderwerpen en een monopoliepositie krijgen op de narcoticamarkt. Een poos had het erop geleken dat het Sweno zou lukken; Kenneth en het Hoofdkwartier hadden hem in elk geval niet gestopt, integendeel zelfs. Sweno had daar alle hulp kunnen kopen die hij maar wilde. Het kwam door de concurrentie. Hecates zelfgemaakte drug, brew, was gewoon beter, goedkoper en altijd in overvloed op de markt. Maar als de anonieme tip die Duff had gekregen klopte, was deze lading dope groot genoeg om het voorraadprobleem voor Norse Riders voorlopig op te lossen. Toen hij de paar zinnetjes had gelezen in de getypte brief die direct aan hem was gericht, besefte Duff dat hij hierop had gehoopt. Hij kon nog niet echt te geloven dat hij zo'n cadeau in de schoot geworpen kreeg. Een dergelijk geschenk – mits goed uitgevoerd – zou het hoofd afdeling Drugs hoger op de ladder stuwen. Hoofdcommissaris Duncan had nog niet alle belangrijke posities op het Hoofdkwartier opgevuld met zijn eigen mensen. Op de afdeling Criminaliteit bijvoorbeeld klampte een oude schurk van Kenneth, Cawdor, zich nog steeds vast aan zijn stoel, aangezien men er nog niet in was geslaagd bewijzen voor corruptie te vinden. Maar dat was slechts een kwestie van tijd. En Duff was een van Duncans mensen. Toen er signalen kwamen dat Duncan benoemd zou worden tot hoofdcommissaris, had Duff hem in Capitol gebeld en hem in heldere, zij het wat pompeuze bewoordingen gezegd dat, mocht het gemeentebestuur Duncan niet als hoofdcommissaris benoemen, Duff zijn baan zou opzeggen. Het was niet uit te sluiten dat Duncan een persoonlijk motief vermoedde achter deze loyaliteitsverklaring, maar wat dan nog? Duff had de oprechte wens om Duncans plan, een eerlijke politie die primair de bevolking dient, te steunen. Dat had hij echt. Maar hij wilde ook een kantoor in het Hoofdkwartier dat zo dicht mogelijk bij de hemel was; wie wilde dat nou niet? En hij wilde het hoofd van die man daar beneden afhakken.

Sweno.

Hij was het middel én het doel.

Duff keek op de klok. Het tijdstip klopte op de minuut af met wat er in de brief had gestaan. Hij legde zijn vingertoppen een poosje op de binnenkant van zijn pols. Hij voelde zijn hart bonken.

Hij hoopte niet alleen, hij was bezig een gelovige te worden.

'Zijn ze met veel, Duff?' klonk een fluisterende stem.

'Zoveel dat de eer groot zal zijn, Seyton. En een van hen is zo groot dat het hele land ervan opschrikt als hij valt.'

Duff veegde de condens van de ruit. Tien gespannen, bezwete politiemannen in een kleine ruimte. Mannen die niet dagelijks een dergelijke opdracht kregen. Als leider van de afdeling Drugs had Duff in zijn eentje het besluit genomen om de brief niet aan anderen te laten zien en alleen mensen van zijn eigen afdeling te gebruiken voor de actie. De traditie van corruptie en lekken was te groot, dat risico wilde hij niet lopen. Dat zou Duff tenminste aan de hoofdcommissaris vertellen als hij ernaar vroeg. Maar er zouden niet zoveel kritische vragen komen. Niet als hij kwam aanzetten met een enorme drugsvangst en dertien leden van Norse Riders die op heterdaad waren betrapt.

Dertien, ja. Niet veertien. Een van hen zou op het slagveld achterblijven. Als de kans zich voordeed.

Duff klemde zijn tanden op elkaar.

'Je zei dat er maar een stuk of vijf zouden komen,' zei Seyton die bij het raam kwam staan.

'Bang, Seyton?'

'Nee, maar jij zou dat moeten zijn, Duff. Je hebt negen man bij je en ik ben de enige die ervaring heeft met een dergelijke actie.' Hij zei het zonder zijn stem te verheffen. Seyton was een magere, gespierde, kale man van wie Duff niet wist hoelang hij al bij de politie was. Hij wist alleen dat Seyton al diende onder Kenneth. Duff had geprobeerd Seyton te lozen, niet dat hij iets concreets had tegen hem, er was alleen iets met hem, iets waarop Duff zijn vinger niet kon leggen, maar hij voelde zich er beslist onprettig bij.

'Waarom heb je SWAT niet ingeschakeld, Duff?'

'Hoe minder mensen erbij betrokken zijn...'

'...met hoe minder mensen jij de eer hoeft te delen. Want als ik me niet vergis, zie ik daar óf een geest, óf Sweno *himself*.'

Seyton knikte naar de Indian Chief-motor die gestopt was bij de loopplank van MS Leningrad.

'Zeiden jullie Sweno?' klonk er een angstige stem in het donker achter hen.

'Ja, en ze zijn met minstens twaalf man,' zei Seyton hardop zonder zijn blik van Duff af te wenden. 'Als het er niet meer zijn.'

'O verdomme,' mompelde een ander.

'Moeten we Macbeth niet bellen?' vroeg een derde.

'Hoor je het?' zei Seyton. 'Zelfs je eigen mensen willen dat SWAT het overneemt.'

'Houd je bek!' siste Duff. Hij draaide zich om en wees naar de oproep aan de muur. 'Daar staat dat MS Glamis vrijdag om zes uur in de ochtend vertrekt naar Capitol en dat men op zoek is naar een koksmaatje. Jullie hebben ingestemd met deze opdracht, maar jullie hebben hierbij mijn zegen als jullie op zoek willen naar ander werk. Zowel het salaris als het eten zal vast beter zijn. Wie wil vertrekken, mag nu zijn hand opsteken.'

Duff tuurde in het donker naar de roerloze, gezichtsloze gedaanten en probeerde de stilte te interpreteren. Hij had er al spijt van dat hij de mannen had uitgedaagd, want stel nu dat er een paar hun hand opstaken? Gewoonlijk vermeed hij situaties waarin hij afhankelijk was van anderen, maar nu had hij iedere man die voor hem stond nodig. Zijn vrouw zei dat hij liever solo werkte omdat hij niet van mensen hield. Daar zat wat in, maar de waarheid was eerder omgekeerd. Mensen mochten hem niet. Niet dat iedereen direct een hekel aan hem had, maar er leek iets te zijn, iets in zijn persoonlijkheid misschien, wat mensen afstootte. Hij wist alleen niet wat. Met zijn uiterlijk en zelfverzekerdheid trok hij een bepaald type vrouw aan. Hij was voorkomend, wijs en intelligenter dan de meeste mensen die hij kende.

'Niemand? Echt? Mooi, dan doen we het, met een paar kleine wijzigingen, zoals we hadden gepland. Als we buiten komen, gaat Seyton met zijn drie mannen naar rechts en houdt de achterste motorrijders in de gaten. Ik ga met mijn drie mannen naar links. Terwijl jij, Sivart, direct naar links gaat en in het donker met een boog om de groep heen rent zodat je voor de mannen van Norse Riders bij de loopplank komt en je ervoor kunt zorgen dat niemand het schip op of af gaat. Begrepen?'

Seyton schraapte zijn keel en zei: 'Sivart is de jongste en...'

'...het snelst,' onderbrak Duff hem. 'Ik vroeg niet om tegenwerpingen, ik vroeg of mijn woorden begrepen waren.' Hij keek naar de uitdrukkingsloze gezichten voor hem. 'Ik vat dat op als een ja.' Hij draaide zich weer om naar het raam.

Een kleine man met O-benen en een witte kapiteinspet op kwam in de stromende regen waggelend de loopplank af lopen. Voor de man op de rode motorfiets bleef hij staan. De motorrijder had zijn helm niet afgezet, hij klapte slechts het vizier op. Zijn motor had hij evenmin uitgeschakeld, en hij bleef ongegeneerd wijdbeens op het zadel zitten wachten op wat de kapitien te vertellen had. Twee lange blonde vlechten piepten onder de helm vandaan die tot op het Norse Riders-embleem hingen.

Duff haalde diep adem. Checkte zijn pistool.

Het ergste was dat Macbeth hád gebeld; hij had dezelfde tip gekregen via een anoniem telefoontje en had Duff assistentie van SWAT aangeboden. Maar Duff had die afgeslagen en gezegd dat het slechts ging om het tegenhouden van een vrachtwagen. En hij had gevraagd of Macbeth de tip voor zich kon houden.

Op een teken van de man met de Vikinghelm reed een van de motorrijders naar voren; Duff zag de sergeantsstrepen op de mouw van zijn leren jack toen hij een diplomatenkoffer opende voor de kapitein. De kapitein knikte, tilde zijn hand op en een seconde later klonk er gekrijs van naar olie snakkend ijzer. De cabine van de hijskraan werd verlicht en een kraanarm zwaaide naar de kade.

'Het is bijna zover,' zei Duff. Zijn stem klonk nu vaster. 'We wachten tot de dope en het geld van eigenaar zijn gewisseld en dan stormen we erop af.'

Zwijgend geknik in het schemerdonker. Ze hadden het plan nauwgezet doorgenomen, maar daarbij waren ze uitgegaan van hooguit vijf koeriers. Zou Sweno zijn getipt dat er een interventie van de politie zou komen, waren ze daarom met zoveel man? Nee, dan zouden ze de overdracht toch hebben gecanceld?

'Ruik je het?' fluisterde Seyton naast hem.

'Wat moet ik ruiken?'

'Hun angst.' Seyton had zijn ogen dichtgedaan en zijn neusvleugels trilden.

Duff staarde naar de regenachtige nacht. Zou hij nu wel Macbeths hulp en Garde hebben geaccepteerd? Duff ging met zijn lange vingers over zijn gezicht, langs het diagonale litteken. Daar moest hij nu niet aan denken, hij moest dit doen. Hij had dit altijd moeten doen. Sweno was nu hier en Macbeth en SWAT lagen in hun bed.

Macbeth lag op zijn rug en gaapte. Hij luisterde naar de roffelende regen. Hij voelde dat hij stijf werd en draaide zich op zijn zij.

Een man met wit haar tilde het doek op, kroop huiverend naar binnen en vloekte zacht.

'Nat, Banquo?' vroeg Macbeth en hij legde zijn handen op het ruwe glasvezeldoek onder hem.

'Het is een vloek dat een oude, door jicht geplaagde man moet wonen in deze door regen geteisterde stad. Ik zou met pensioen moeten gaan en verhuizen naar een huisje in Fife ofzo. Op de veranda moeten zitten terwijl de zon schijnt, de bijen zoemen en de vogels zingen.'

'In plaats van midden in de nacht op een dak in de containerhaven? Je maakt een grapje zeker?'

Ze lachten zacht.

Banquo deed een penlight aan. 'Hier heb ik wat ik je wilde laten zien.'

Macbeth pakte de penlight en richtte die op de tekeningen die Banquo hem gaf.

'Hier heb je de Gatling. Wat een prachtige mitrailleur, niet?'

'Die lijkt me helemaal niet verkeerd, Banquo.'

'Laat hem dan zien aan Duncan en leg hem uit dat SWAT zo'n wapen nodig heeft.'

Macbeth zuchtte. 'Hij wil niet.'

'Leg hem dan uit dat we blijven verliezen zolang Hecate en Norse Riders zwaardere wapens hebben dan wij. Vertel wat de Gatling kan doen. En vertel wat twee kunnen doen!'

'Duncan wil niet meewerken aan escalatie van wapengebruik, Banquo. En ik vind dat hij daar wel een beetje gelijk in heeft. Nadat hij hoofdcommissaris is geworden, is het aantal schietincidenten wel afgenomen.'

'De criminaliteit in deze stad vergt nog steeds veel mensenlevens.'

'Het is nog maar een begin, en Duncan heeft een visie. Hij wil het juiste doen.'

'Jazeker, jazeker, ik ben het niet oneens met hem en Duncan is een goed mens.' Banquo kreunde. 'Maar hij is ook naïef. En met dit wapen kunnen we een grote opruiming houden en...'

Ze werden onderbroken door een lichte tik op het doek. 'Ze zijn begonnen met lossen, chef.' Lispelende s. Het was de nieuwe, jonge scherpschutter binnen SWAT. Olafson. Samen met de net zo oude Angus waren ze met hun vieren, maar Macbeth wist dat ieder van de vijfentwintig man van SWAT zonder aarzeling ja zou hebben gezegd om hier kou te lijden.

Macbeth deed de penlight uit, gaf die terug aan Banquo en stopte de tekening in de binnenzak van het zwartleren jack van SWAT. Toen trok hij het doek opzij en kroop op zijn buik naar de rand van het dak.

Banquo kroop met hem mee.

Voor hen, boven het dek van de MS Leningrad, zweefde in het licht van de schijnwerper een voorhistorisch uitziende groene legervrachtwagen.

'Een ZIS-5,' fluisterde Banquo.

'Uit de oorlog?'

'Yep. De S staat voor Stalin. Wat denk jij?'

'Ik denk dat Duff zich heeft verkeken op het aantal mensen dat Norse Riders hebben ingezet. Sweno is duidelijk op zijn hoede.'

'Denk je dat hij vermoedt dat de politie is getipt?'

'Nee, want dan was hij niet gekomen. Hij is bang voor Hecate. Hij weet dat Hecate grotere oren en ogen heeft dan wij.'

'Dus wat doen we?'

'We kijken het nog even aan. Misschien lukt het Duff op zijn manier. In dat geval grijpen we niet in.'

'Bedoel je dat we die twee fijne jongemannen midden in de nacht hierheen hebben meegenomen om alleen maar toe te kijken?'

Macbeth lachte. 'Het was op vrijwillige basis en ik heb gezegd dat het saai kon zijn.'

Banquo schudde zijn hoofd. 'Je hebt te veel vrije tijd, Macbeth. Je zou een gezin moeten stichten.'

Macbeth gebaarde met zijn hand. De lach in zijn baard vrolijkte zijn brede, donkere gezicht op. 'Jij en de jongens hier zijn mijn familie, Banquo, meer heb ik toch niet nodig?'

Achter hen grinnikten Olafson en Angus trots.

'Wanneer word je eens volwassen?' mompelde Banquo vertwijfeld en hij veegde de regen van het vizier van het Remington 700-geweer.

Bonus had de wereld aan zijn voeten liggen. De ramen liepen van het dak tot aan de grond en zonder het lage wolkendek zou hij uitzicht hebben over de hele stad. Hij stak zijn champagneglas naar voren en een van de twee jonge jongens in rijbroek en met witte handschoenen snelde op hem af om zijn glas weer te vullen. Hij moest minder drinken, hij wist het. Het was duur spul, maar hij hoefde niet te betalen. Zijn arts had gezegd dat een man op zijn leeftijd moest gaan nadenken over zijn leefstijl. Maar het was zo lekker. Ja, zo simpel was het. Het was zo lekker. Net als de oesters en de kreeft. De diepe, zachte stoel. En de jonge jongens. Niet dat hij gebruik van ze kon maken, maar aan de andere kant had hij dat ook niet gevraagd.

Hij was beneden bij de receptie van de Obelisk opgehaald en mee naar boven genomen naar het penthouse op de bovenste verdieping waar je uitzicht had over de haven aan de ene kant, en het Centraal Station, Workers' Square en Casino Inverness aan de andere kant. Bonus was ontvangen door de grote man met de zachte wangen, de vriendelijke glimlach, het golvende, donkere haar en de koude ogen. De man die Hecate werd genoemd. Of de Onzichtbare Hand. Onzichtbaar omdat maar weinig mensen hem ooit gezien hadden. En Hand omdat de meeste mensen in de laatste tien jaar op de een of andere manier te maken hadden gehad met zijn werkzaamheden. Dat wil zeggen, met zijn product. Een synthetische drug die hij zelf produceerde en die brew werd genoemd. Dat gegeven had hem volgens Bonus tot een van de vier rijkste mannen van de stad gemaakt.

Hecate draaide weg van de kijker die op een statief bij het raam stond. 'Het is vanwege de regen moeilijk te zien,' zei hij en hij trok aan de riem van zijn rijbroek en haalde een pijp uit de zak van zijn tweed jasje dat over de stoelleuning hing. Bonus bedacht dat als hij had geweten dat ze eruit moesten zien als aristocratische Engelse jagers, hij wel iets anders had aangetrokken dan zijn saaie, alledaagse pak.

'Maar de kraan is in elk geval aan het werk, dat betekent dat ze aan het lossen zijn. Geven ze je voldoende te eten, Bonus?'

'Verrukkelijke hapjes,' zei Bonus en hij nam een slokje van zijn champagne. 'Maar ik moet toegeven dat ik niet precies weet wat we vieren. En waarom ik ben uitgenodigd.'

Hecate lachte, tilde de wandelstok op en wees naar het raam. 'We vieren het uitzicht, mijn beste jongen. Als platvis zie jij immers alleen de bodem van de wereld.'

Bonus lachte. Hij zou het niet in zijn hoofd halen om te protesteren tegen Hecates vergelijking. Daarvoor had deze grote man te veel macht. Hij kon Bonus maken en breken.

'De wereld is mooier vanaf hier,' ging Hecate verder. 'Niet echter, maar mooier. En dat vieren we natuurlijk.' Hij wees met de stok naar de haven.

'En dat is?'

'De grootste partij drugs die ooit naar binnen is gesmokkeld, mijn beste Bonus. Vierenhalve ton pure amfetamine. Sweno heeft alles wat de club bezit ingezet, plus nog een beetje meer. Wat je daar beneden ziet is een man die al zijn eieren in één mand heeft gestopt.'

'Waarom doet hij dat?'

'Omdat hij wanhopig is, natuurlijk. Hij ziet immers dat het middelmatige, Turkse spul van Norse Riders uit de markt wordt gedrukt door mijn product. Nu hij zo'n grote partij van kwaliteitsspeed uit de Sovjet-Unie laat komen, zullen de kwantumkorting en de gereduceerde transportkosten per kilo ervoor zorgen dat hij kan concurreren zowel wat betreft de prijs als de kwaliteit.' Hecate zette de stok op het dikke, kamerbrede tapijt en streelde de vergulde knop. 'Een handige zet van Sweno, en als het hem lukt, is de machtsbalans in de markt verstoord. Dus proost op deze waardige concurrent.'

Hij hief zijn glas en Bonus gehoorzaamde door ook zijn glas op te tillen. Maar net toen Hecate het glas tegen zijn lippen wilde zetten, stopte hij. Hij bestudeerde het glas met opgetrokken wenkbrauwen, wees op iets en gaf het glas terug aan de jongen die het begon te poetsen.

'Spijtig voor Sweno,' ging Hecate verder, 'maar het is moeilijk om zo'n grote partij te bestellen bij een andere leverancier zonder dat iemand anders in de branche daar lucht van krijgt. En spijtig genoeg kan het dan zo zijn dat er dan iemand een anonieme, maar geloofwaardige tip geeft aan de politie over waar en wanneer.'

'Jij bijvoorbeeld?'

Hecate lachte even, pakte het glas aan, draaide zijn brede achterwerk naar Bonus en boog zich voorover naar de kijker. 'Ze zetten de vrachtwagen nu op de grond.'

Bonus stond op en liep naar het raam. 'Vertel me eens, waarom pak jij Sweno niet zelf aan in plaats van alleen maar toeschouwer te zijn? Dan schakel je niet alleen je enige concurrent uit, maar kom je ook in het bezit van vierenhalve ton kwaliteitsamfetamine die je op straat kunt verkopen voor... hoeveel miljoen?'

Hecate nam een slok van de champagne terwijl hij door de kijker bleef turen. 'Krug,' zei hij. 'Ze zeggen dat dat de beste champagne is, dus dat is de enige die ik drink. Maar wie zal het zeggen? Als we een andere hadden gekregen, had ik die misschien lekkerder gevonden en was ik van merk gewisseld.'

'Jij wil niet dat de markt iets anders probeert dan jouw eigen brew?'

'Ik geloof heilig in kapitalisme en vrije concurrentie, maar het ligt in de aard van ieder mens om zijn natuur te volgen en te streven naar een monopoliepositie en alleenheerschappij. En het is de plicht van de maatschappij om tegen ons te vechten. Iedereen speelt gewoon zijn rol, Bonus.'

'Amen.'

'Stil! Nu wordt het geld overhandigd.' Hecate wreef in zijn handen. '*Showtime...*'

Duff stond bij de deur met zijn hand op de deurklink en luisterde naar zijn ademhaling terwijl hij probeerde oogcontact met zijn mannen te krijgen. Ze stonden onder aan de trap achter hem opgesteld. Druk bezig met hun eigen kwesties. Ontgrendelen van hun wapen. Een laatste advies aan de man naast hen. Een laatste gebed.

'De koffer is overhandigd,' riep Seyton vanaf de eerste verdieping.

'Nu!' riep Duff. Hij duwde de deur open en ging tegen de muur staan.

De mannen stormden langs hem het donker in. Duff liep achter hen aan. Hij voelde de regen op zijn hoofd, zag de gedaanten bewegen, zag een paar motoren zonder eigenaar. Hij bracht de megafoon naar zijn mond: 'Politie! Blijf staan en steek jullie handen in de lucht! Ik herhaal, dit is de politie, blijf...'

Het eerste schot versplinterde het glas in de deur achter hem, het tweede ging de binnenkant van zijn broekspijp in. Toen kwam het geluid dat hij hoorde als zijn kinderen popcorn maakten op zaterdagavond. Automatische wapens. Verdomme.

'Schiet!' schreeuwde Duff. Hij smeet de megafoon weg, liet zich op zijn buik vallen en probeerde zijn pistool in stelling te brengen. Hij registreerde dat hij in een regenplas lag.

'Niet,' klonk er een fluisterende stem naast hem. Duff keek op. Het was Seyton. Hij stond roerloos met zijn hagelgeweer langs zijn lichaam. Saboteerde hij de actie? Was hij...?

'Ze hebben Sivart,' fluisterde Seyton.

Duff knipperde het vuile water uit zijn ogen en zag een lid van Norse Riders. De man zat op zijn motorfiets en hield hen heel kalm onder schot met zijn geweer. Wat gebeurde er, verdomme?

'Als niemand zich verroert, komt dit helemaal goed.'

De zware stem kwam uit de cirkel van licht en had geen megafoon nodig.

Duff zag eerst de verlaten Indian Chief-motorfiets en toen de twee gedaanten die in het donker samensmolten. De hoorns staken uit de helm van de langste. De gedaante die hij voor zich hield was een kop kleiner. En liep het risico om nog een kop kleiner te worden. Het zwaardblad dat Sweno tegen de keel van de jonge agent Sivart hield blonk.

Duff kwam een stukje omhoog.

'Wat er nu gaat gebeuren,' bulderde Sweno's basstem uit de vizieropening, 'is dat we onze spullen meenemen en vertrekken. Heel stil en kalm. Twee van mijn mannen blijven hier om ervoor te zorgen dat jullie niets doms doen. Achter ons aankomen, bijvoorbeeld. Begrepen?'

Duff trok zijn benen naar zich toe en wilde opstaan.

'Als ik jou was, zou ik blijven liggen, chef,' fluisterde Seyton. 'Je hebt het al voldoende verkloot.'

Duff haalde diep adem, liet de lucht weer ontsnappen, haalde weer adem. Verdomme, verdomme!

'En?' vroeg Banquo en hij liet het cirkelvormige beeld van de kijker over de acteurs op de kade glijden.

'Het lijkt erop dat we onze jonge kerels toch aan het werk moeten zetten,' zei Macbeth. 'Maar nu nog niet. We laten Sweno en zijn mensen eerst van het toneel verdwijnen.'

'Wat? Laten we ze gaan met de vrachtwagen en alles?'

'Dat zei ik niet, mijn beste Banquo. Maar als we nu ingrijpen, hebben we daar beneden een bloedbad. Angus?'

'Ja, chef?' antwoordde de jongeman met zijn intens blauwe ogen snel. In zijn open gezicht stonden alle gevoelens met grote letters geschreven, en zijn lange, blonde haar zou door andere chefs waarschijnlijk niet zijn getolereerd. Macbeth wist dat Angus en Olafson goed getraind waren, nu moesten ze ervaring opdoen met de realiteit. En vooral Angus moest weerbaarder worden. Tijdens zijn sollicitatiegesprek had Angus uitgelegd dat hij gestopt was met zijn theologiestudie toen hij besefte dat er geen god bestond, dat de mensen alleen zichzelf en elkaar konden redden en dat hij in plaats daarvan politieman wilde worden. Dat was voor Macbeth reden genoeg geweest en bovendien stond hem die onbevangen houding wel aan. De jongen trok conclusies uit wat hij geloofde. Maar Angus moest wel leren zijn emoties in bedwang te houden en begrijpen dat SWAT mensen nodig had die praktisch konden handelen. En dat ze uitvoerders van de wet waren. Aan anderen kon hij het piekeren overlaten.

'Ga naar de achterkant, haal de auto en zorg dat je klaarstaat bij de achterdeur.'

'Goed,' zei Angus. Hij stond op en verdween.

'Olafson?'

'Ja?'

Macbeth keek naar hem. Door de mond die constant openhing, het gelispel, de halfgesloten ogen en de cijfers die hij had gehaald op de politieacademie, had Macbeth getwijfeld toen de jongen naar hem toe was gekomen en hem had gesmeekt om een plaats bij SWAT. Maar de jongen wilde zo graag dat Macbeth had besloten hem een kans te geven – zoals hij zelf ook ooit een kans had gekregen. Want Macbeth had een scherpschutter nodig die het verschil kon maken, en hoewel Olafson in de theoretische vakken niet erg goed was, was hij wel een begenadigd schutter.

'Tijdens de laatste schiettest heb je het twintig jaar oude record verbroken van de man die daar ligt.' Macbeth knikte naar Banquo. 'Gefeliciteerd, dat is verdomd goed. Je weet wat dat hier en nu betekent?'

'Eh... nee, chef.'

'Mooi, want dat betekent nu niks. Wat je nu moet doen, is kijken en luisteren naar inspecteur Banquo en van hem leren. Jij zult vandaag de boel niet redden, dat komt later. Begrepen?'

Olafsons slappe kaak en onderlip werkten, maar zagen geen kans een antwoord te formuleren, dus hij knikte slechts.

Macbeth legde een hand op de schouder van de jongen. 'Toch een beetje nerveus?'

'Een beetje, chef.'

'Dat is logisch. Probeer te ontspannen. En nog één ding, Olafson.'

'Ja?'

'Schiet raak.'

'Wat gebeurt er?' vroeg Bonus.

'Ik weet wat er gaat gebeuren,' zei Hecate. Hij rechtte zijn rug en draaide de kijker weg van de kade. 'Deze heb ik niet meer nodig.'

Hij ging in de stoel naast Bonus zitten. Het was Bonus al eerder opgevallen dat hij de gewoonte had naast iemand te gaan zitten in plaats van tegenover. Alsof hij er niet van hield dat je hem recht aankeek.

'Ze hebben Sweno en de amfetamine?'

'Integendeel. Sweno heeft een van Duffs mannen.'

'Wat? En jij maakt je geen zorgen?'

'Ik wed nooit op slechts één paard, Bonus. Ik maak me meer zorgen over het grotere geheel. Wat vind jij van hoofdcommissaris Duncan?'

'Die belofte dat hij jou gaat pakken?'

'Daar maak ik me juist geen zorgen om, maar hij heeft veel van mijn voormalige partners bij de politie ontslagen en dat geeft nu al problemen op de markt. Vooruit, jij hebt mensenkennis. Je hebt hem gezien, hem gehoord. Is hij inderdaad niet om te kopen, zoals wordt beweerd?'

Bonus haalde zijn schouders op. 'Iedereen heeft zijn prijs.'

'Daar heb je helemaal gelijk in, maar geld is niet altijd de prijs. Niet iedereen is zo simpel als jij.'

Bonus negeerde de belediging omdat hij die niet als zodanig opvatte. 'Om te weten hoe Duncan omgekocht kan worden, moeten we weten wat hij wil.'

'Duncan wilde de kudde dienen,' zei Hecate. 'De liefde van de stad winnen. Een standbeeld krijgen waar hij zelf niet om heeft gevraagd.'

'Problematisch. Het is eenvoudiger om ongedierte als wij om te kopen dan een dienaar van de samenleving, zoals Duncan.'

'Wat het omkopen betreft heb je gelijk,' zei Hecate. 'Maar je vergist je als het om het ongedierte en de dienaren gaat.'

'O?'

'Het fundament van het kapitalisme, mijn beste Bonus. Wie zichzelf verrijkt, verrijkt de kudde. Dat is een logisch mechanisme en het gebeurt zonder dat we het zien of erover nadenken. Jij en ik zijn de dienaren van de samenleving, een verdwaalde idealist als Duncan niet.'

'Geloof je dat echt?'

'De moraalfilosoof Adam Hand geloofde dat.'

'Dat je door drugs te produceren en te verkopen de samenleving dient?'

'Dat iedereen die in een behoefte voorziet, meebouwt aan de samenleving. Mensen als Duncan willen reguleren en begrenzen. Dat is tegennatuurlijk en op de lange duur schadelijk voor iedereen. Dus hoe kan Duncan voor de bestwil van de stad onschadelijk worden gemaakt? Wat is zijn zwakke punt? Wat kunnen we gebruiken? Seks, dope, geheimen in zijn familie?'

'Ik dank je voor het vertrouwen, Hecate, maar ik weet het werkelijk niet.'

'Dat is beslist jammer,' zei Hecate en hij bonkte zacht met de stok op het tapijt terwijl hij naar de jongen keek die moeite had de champagnefles te openen. 'Ik begin zo langzamerhand te vermoeden dat Duncan maar één zwak punt heeft.'

'En dat is?'

'Zijn tijd van leven.'

Bonus schoot overeind. 'Ik hoop echt dat je me niet hebt uitgenodigd om me te vragen om...'

'Absoluut niet, mijn beste platvis, jij mag rustig in de modder blijven liggen.'

Bonus liet een zucht van verlichting ontsnappen en zag hoe de jongen worstelde met de metalen draden rond de kurk.

'Maar,' zei Hecate, 'jij hebt een ander talent: je bent meedogenloos, je hebt geen loyaliteitsgevoel en je hebt invloed op de mensen op wie ik invloed wil hebben. Ik hoop dat ik op je kan rekenen als het nodig is. Dat jij mijn onzichtbare hand kunt zijn.'

Er klonk een luide knal.

'Het is je gelukt!' zei Bonus lachend en hij legde zijn hand op de rug van de jongen die nu probeerde zo veel mogelijk van de bruisende champagne in de glazen te krijgen.

Duff lag roerloos op het asfalt. Naast hem waren zijn mannen die net zo roerloos naar de leden van Norse Riders stonden te kijken die op nog geen tien meter afstand aanstalten maakten om te vertrekken. Sivart en Sweno stonden in het donker, maar Duff kon zien dat de jonge agent beefde van angst en dat de sabel nog steeds tegen Sivarts hals werd gedrukt. Duff stelde zich voor hoe de huid bij de geringste beweging werd opengesneden en de slagader geraakt zou worden, en hoe de jongen in slechts luttele seconden zou leegbloeden. En Duff voelde zelf de paniek opkomen als hij nadacht over de consequenties. De consequentie zou dan niet alleen zijn dat hij het bloed van een van zijn mensen aan zijn handen en op zijn cv zou hebben, maar ook dat zijn privéactie in het honderd liep terwijl de hoofdcommissaris op het punt stond om een nieuwe chef voor OrgCrim te benoemen.

Sweno knikte naar een van de mannen van Norse Riders, die van zijn motor stapte, achter Sivart ging staan en zijn pistool op het achterhoofd van de jongen richtte. Sweno duwde het vizier naar beneden, stapte in het licht, sprak met de man met de sergeantsstrepen op zijn leren jack, sloeg zijn been over het zadel van zijn motor, tikte met twee vingers tegen zijn helm en tufte weg. Duff moest zich beheersen om geen kogel achter hem aan te jagen. De Sergeant riep een paar bevelen, en enkele seconden later klonk het gebrul van motoren in de nacht.

Er bleven slechts twee motoren over toen de anderen Sweno en de Sergeant waren gevolgd.

Duff zei tegen zichzelf dat hij nu niet in paniek moest raken, dat hij moest nadenken. Ademhalen en nadenken. Vier mannen in de outfit van Norse Riders stonden nog op de kade. Een van hen in de schaduw achter Sivart. Een tweede stond in het licht en hield hen onder schot met een automatisch geweer, een AK-47. De overige twee, waarschijnlijk de mannen die als passagiers waren gearriveerd, stapten in de vrachtwagen. Duff hoorde het moeizame, langdurige startgeluid toen de contactsleutel werd omgedraaid en hij hoopte een ogenblik dat de oude schroothoop besloten had niet te starten. Hij vloekte inwendig toen het eerste zachte gebrom overging in een luider, grommend gebrul. De vrachtwagen zette zich in beweging.

'We geven ze tien minuten,' riep de man met het automatisch geweer. 'Dus denk zolang maar aan iets leuks.'

Duff staarde naar de achterlichten die langzaam in het donker verdwenen. Iets leuks? Het was niet alleen dat vierenhalve ton dope wegreed van hem, maar meer dat daarmee de hoop was vervlogen op wat de grootste arrestatie sinds de oorlog had moeten worden. Want hij had er niets aan dat ze wísten dat Sweno en zijn mensen voor hen hadden gestaan. Zolang ze de jury en de rechters niet konden vertellen dat ze de gezichten hadden gezien en niet alleen maar veertien idiote helmen, hadden ze niets. Iets leuks? Duff sloot zijn ogen.

Sweno.

Hij was hier, hij had hem bijna. Verdomme, verdomme!

Duff luisterde. Luisterde naar iets, gewoon íéts. Maar het enige wat hij hoorde was het zinloze gefluister van de regen.

'Banquo heeft die kerel die Sivart onder schot houdt in het vizier,' zei Macbeth. 'Heb jij de andere, Olafson?'

'Ja, chef.'

'Jullie moeten tegelijk schieten, ik tel terug van drie naar een. Banquo?'

'Ik moet meer licht hebben op mijn doel, of jongere ogen. Voor hetzelfde geld kan ik nu de jongen raken.'

'Mijn doel staat goed in het licht,' fluisterde Olafson. 'We kunnen ruilen.'

'Als we missen en de jongen daar wordt gedood, heb ik liever dat het Banquo was die miste. Banquo, wat is de maximale snelheid van een dergelijke Stalin-vrachtwagen, denk je?'

'Tja, zestig misschien.'

'Mooi, maar we hebben hoe dan ook weinig tijd om alles voor elkaar te krijgen. Dus we moeten een beetje improviseren.'

'Ga je het proberen met je dolken?'

'Van deze afstand? Dank voor je vertrouwen. Nee, je zult het zo zien, oude man. Letterlijk zien.'

Banquo keek op van zijn vizier en zag dat Macbeth was opgestaan en de beugel van de lamp die aan het dak was bevestigd had gegrepen. De aderen in Macbeths nek waren gezwollen, zijn tanden blonken in de grimas of grijns – Banquo kon niet besluiten wat het was – die hij trok. De beugel was vastgeschroefd op een manier dat die de stevige noordwestenwind, die de stad in acht van de twaalf maanden teisterde, kon weerstaan, maar Banquo had eerder gezien dat Macbeth auto's uit sneeuwhopen had getild.

'Drie,' zei Macbeth kreunend.

De eerste twee schroeven schoten los.

'Twee.'

De beugel kwam los en met een ruk werd de leiding een stuk uit de muur getrokken.

'Een.'

Macbeth richtte de lamp op de loopplank.

'Nu!'

Er klonken twee zweepslagen. Duff was nog net op tijd met het openen van zijn ogen om te zien dat de man met het automatisch geweer zonder enige weerstand vooroverviel waarbij zijn helm het eerst de grond raakte.

Waar agent Sivart stond was het nu licht waardoor Duff duidelijk de jongen en de man die achter hem stond kon zien. De man hield niet langer zijn pistool tegen Sivarts achterhoofd, maar hij had zijn kin op de schouder van de jongen gelegd. En in het licht zag Duff het gat in het vizier. Toen gleed hij als een kwal langs Sivarts rug en bleef liggen op de grond.

Duff draaide zich om.

'Hierboven, Duff!'

Hij hield een hand boven zijn ogen. Er galmde een lach achter het verblindende licht en de schaduw van een enorme man viel op de kade.

En die schaduw was voldoende.

Het was Macbeth. Uiteraard was het Macbeth.

Hoofdstuk 2

Door de stilte en in de maneschijn, aan een wolkeloze hemel zeilde een meeuw boven Fife. De fjord onder hem blonk zilver. Aan de westkant van de fjord rees, als een vestingmuur, een zwarte, steile berg op tegen de hemel. Bijna op de top had een monnikenorde ooit een enorm kruis gezet, maar aangezien het aan de kant van Fife stond leek het voor de inwoners van de stad alsof het kruis ondersteboven stond. Vanaf de berg – als een steiger over een slotgracht – liep een imposante ijzeren brug. Driehonderdzestig meter lang en negentig meter hoog op zijn hoogste punt. Kenneth Bridge, of de 'nieuwe brug', zoals de meeste mensen die noemden. De oude brug was daarmee vergeleken kleiner en fraaier, maar als je die nam betekende dat wel een omweg. Midden op de nieuwe brug doemde een lelijk marmeren beeld op van een manspersoon, of beter gezegd, van voormalig hoofdcommissaris Kenneth. De hoofdcommissaris had hiervoor zelf opdracht gegeven. Het beeld stond op de centimeter nauwkeurig tegen de stadsgrens aan, want er was geen provinciebestuurder die de nagedachtenis aan deze schurk een gratis platform wenste te geven. Hoewel de beeldhouwer gehoor had gegeven aan de opdracht van Kenneth om hem als een visionair neer te zetten, had zelfs deze goedgezinde kunstenaar niet om het feit heen gekund dat de figuur die in de verte tuurde een omvangrijke hals- en onderkinpartij had.

De meeuw sloeg met zijn vleugels om hoogte te winnen in de hoop dat er meer vis zat langs de kust aan de andere kant van de berg. Hoewel dat ook betekende dat de vogel over de grens van het goede weer naar het slechte weer moest gaan. De mensen die dezelfde grens wilden oversteken moesten door een twee kilometer lange, smalle en zwarte tunnel heen die vanaf de nieuwe brug door de berg liep. Een berg en een scheidslijn die iedereen zeer op prijs stelde; de tunnel werd door de mensen uit de provincie in elk geval omschreven als een endeldarm met een anus aan het begin en aan het eind. En inderdaad, op het moment dat de meeuw over de top van de berg kwam, verruilde hij een harmonieuze, stille wereld voor een ijskoude, vuile douche die op de stinkende stad onder hem viel. En om zijn verachting te benadrukken, scheet de meeuw flink voor hij op de stevige windvlagen verder zeilde.

De meeuwenpoep viel op het dak van een hokje waarin een uitgemergelde jongen bevend op een bank lag. Hoewel er op een bordje naast het hokje stond dat dit een bushalte was, wist de jongen niet zeker of er een bus kwam. Want de laatste jaren waren er zoveel buslijnen opgeheven. Vanwege het dalende inwonersaantal, beweerde de burgemeester, de idioot. Maar de jongen wilde naar het Centraal Station, brew kopen; de speed die hij van de MC-jongens had gekocht was rotzooi: meer poedersuiker en aardappelmeel dan amfetamine.

Het natte, geoliede asfalt glinsterde in het licht van enkele straatlantaarns die nog brandden en de gaten in de weg stonden vol regenwater. Het was lang stil geweest, geen auto te zien, alleen maar regen, maar nu hoorde hij een geluid. Een zacht gebrom.

Hij keek op. Hij trok de ooglap weg die over het oog was geleden dat hij nog wel had en schoof de lap voor de lege oogkas. Misschien dat hij een lift naar de stad kon krijgen?

Maar nee, het geluid kwam uit de verkeerde richting.

Hij dook weer in elkaar.

Het gebrom werd gebrul. Hij had geen zin om op te staan, bovendien was hij al drijfnat, dus hij legde alleen zijn armen over zijn hoofd. De vrachtwagen wierp een waterval van smerig water in het bushokje.

Hij bleef liggen en dacht na over zijn leven tot hij tot het besef kwam dat hij dat beter niet kon doen.

Hij hoorde nog een auto. Misschien nu meer geluk?

Hij duwde zichzelf omhoog en keek in de richting waar het geluid vandaan kwam. Maar nee, ook deze kwam uit de stad. Ook met hoge snelheid. Hij staarde in de koplampen die naderbij kwamen. En de gedachte kwam gewoon: één stap op de weg en alle problemen waren opgelost.

De auto passeerde zonder door de plassen te rijden. Een zwarte

Ford Transit. Een jutenbak met drie personen erin. Mooi, daar wil je geen lift van krijgen.

'Daar rijden ze,' zei Banquo. 'Geef gas, Angus!'

'Hoe weet je dat zij het zijn?' vroeg Olafson en hij leunde naar voren tussen de voorste stoelen van de Ford Transit.

'De dieselrook,' zei Banquo. 'Godbetert, niet zo vreemd dat er een oliecrisis is in de Sovjet-Unie. Ga er vlak achter rijden zodat ze ons in de achteruitkijkspiegel zien, Angus.'

Angus behield zijn vaart tot ze in de zwarte uitlaatgassen reden. Banquo draaide het raam naar beneden en legde het geweer op de zijspiegel. Hij hoestte. 'En nu ernaast, Angus!'

Angus ging naar de andere rijbaan en gaf gas. De Transit kwam naast de proestende en kreunende vrachtwagen.

Er kwam een rookpluim uit het vrachtwagenraam. De spiegel onder Banquo's geweer brak met een scherp geluid.

'Yep, ze hebben ons gezien,' zei Banquo. 'Ga er weer achter rijden.'

Ineens stopte de regen en werd het nog donkerder. Ze reden de tunnel in. Het asfalt en de zwarte, grof uitgehakte bergwand leken alle licht van de koplampen op te slokken; het enige wat ze nog zagen waren de achterlichten van de vrachtwagen.

'Wat doen we?' vroeg Angus. 'Aan de andere kant ligt de brug en als we halverwege zijn, dan...'

'Ik weet het,' zei Banquo en hij tilde het geweer op. Bij het beeld van Kenneth lag de gemeentegrens, daar stopte hun jurisdictie, daar zou de achtervolging eindigen. In theorie konden ze natuurlijk doorgaan, het was wel gebeurd dat ijverige dienstkloppers – een zeldzaam verschijnsel binnen Drugs – een paar smokkelaars aan de verkeerde kant van de stadsgrens hadden opgepakt. Vervolgens was de zaak geseponeerd en hadden ze bovendien veel kritiek te verduren gekregen omdat ze zo stom waren geweest de smokkelaars op te pakken. De terugslag van Banquo's Remington 700-geweer was behoorlijk.

'Raak,' zei hij.

De vrachtwagen begon in de tunnel te slingeren en er vlogen stukken rubber van een achterwiel.

'Nu zullen ze eens voelen wat het betekent om écht een auto te hebben die zwaar stuurt,' zei Banquo. Hij laadde zijn geweer opnieuw en mikte op het andere achterwiel. 'Een beetje meer afstand, Angus, voor het geval ze hier tegen de tunnelwand klappen.'

'Banquo...' klonk het van de achterbank.

'Olafson?' zei Banquo terwijl hij langzaam de trekker overhaalde.

'Een tegenligger.'

'Oeps.'

Banquo tilde zijn kin op van de geweerkolf en Angus remde af.

Voor hen zwalkte de ZIS-5 heen en weer en afwisselend werd de koplamp van de tegenligger geblokkeerd en zichtbaar. Banquo hoorde het wanhopige getoeter van een personenauto die een vrachtwagen op zich af zag komen in de wetenschap dat het te laat was om nog iets te doen.

'Herejezus...' zei Olafson lispelend.

Het geluid van de claxon steeg in volume en frequentie.

Toen was er een lichtstraal.

Banquo keek automatisch opzij en zag een glimp van een achterbank waarop een slapend kind zat met een wang tegen de ruit gedrukt.

Toen was de auto weg en het wegstervende geluid van de claxon klonk als teleurgesteld gekreun van een ontgoocheld publiek.

'Sneller,' zei Banquo. 'We zijn bijna op de brug.'

Angus gaf weer gas en ze kwamen weer in de uitlaatwalm.

'Rustig.' Banquo mikte. 'Rustig...'

Op hetzelfde moment werd het zeildoek aan de achterkant van de vrachtwagen opzijgetrokken en verlichtten de koplampen van de Transit een laadruimte vol plastic zakken met witte inhoud. Het raam tussen de bestuurderscabine en de laadruimte was kapot. En boven op een wal van kilozakken wees een geweerloop naar hen.

'Angus...'

Er klonk een korte knal en Banquo zag nog net de vlam uit de loop komen voor de voorruit wit werd en uiteenspatte.

'Angus!'

Angus begreep hem en gaf een flinke ruk naar rechts aan het stuur. En toen naar links. De banden piepten en de kogels floten terwijl de vuurspuwende geweerloop hun manoeuvres probeerde te volgen.

'Wel verdomme!' schreeuwde Banquo en hij vuurde een salvo af op het andere wiel, maar de kogels ketsten slechts af tegen de wielkast.

Ineens regende het weer. Ze waren op de brug.

'Schiet met je hagelgeweer op de auto, Olafson,' brulde Banquo. 'Nu!'

De regen kwam met bakken door de voorruit en Banquo schoof opzij zodat Olafson het dubbelloops hagelgeweer op zijn rugleuning kon leggen. De loop kwam voorbij Banquo's schouder, maar verdween weer toen het geluid van een hamerkop op vlees klonk. Banquo draaide zich om naar de achterbank waarop Olafson zat met zijn hoofd opzijgeknikt en een gat op borsthoogte in zijn jack. Grijze vulling verscheen toen de volgende kogel dwars door de rugleuning van Banquo's stoel en door de achterbank ging. De kerel in de vrachtwagen was nu goed op dreef. Banquo rukte het hagelgeweer uit Olafsons handen en in één vloeiende beweging schoot hij door de kapotte voorruit. Het veroorzaakte een witte explosie in de vrachtwagen. Banquo liet het hagelgeweer los en tilde zijn eigen geweer op. Er hing een dikke, witte mist van poeder in de laadruimte waar de schutter onmogelijk doorheen kon kijken. In het donker voor hen doemde het marmeren, verlichte standbeeld van Kenneth op als een niet-gewenste geest. Banquo richtte weer op het achterwiel en haalde over.

Raak.

De vrachtwagen zwaaide van links naar rechts, schoot met een voorwiel het trottoir op terwijl het achterwiel tegen de trottoirband en de zijkant van de ZIS-5 tegen het stalen hekwerk klapte. Het gekrijs van metaal langs metaal overstemde het motorgeluid. Maar de chauffeur slaagde er op wonderbaarlijke wijze in om het voertuig weer de weg op te krijgen.

'Niet over die verrekte grens!' schreeuwde Banquo.

De laatste flinters rubber waren van de velg getrokken en een vonkenregen spatte op tegen de nachtelijke hemel. De ZIS-5 zwaaide naar links en de chauffeur probeerde vertwijfeld tegen te sturen, maar ditmaal was hij kansloos. De vrachtwagen kwam overdwars te staan en gleed over het asfalt. Bijna op de stadsgrens kregen de wielen weer grip en de vrachtwagen schoot naar voren. Twaalf ton oorlogsmaterieel uit de Sovjet-Unie trof hoofdcommissaris Kenneth precies onder de gordel; het standbeeld kwam los van de sokkel en trok in zijn val tien meter hekwerk van staal mee. Angus had de Transit tot stilstand gebracht en in de plotselinge stilte observeerde Banquo hoe de hoofdcommissaris van politie in het maanlicht langzaam rond zijn enorme onderkinnen roteerde. Direct na hem volgde de ZIS-5 met een staart van wit poeder achter zich aan als een verdomde amfetaminekomeet.

'Godbetert...' fluisterde de politieman.

Het leek een eeuwigheid te duren voordat alles neerkwam, en een ogenblik werd het water daar beneden wit geverfd. Met een kleine vertraging bereikte het geluid Banquo's oren.

Toen was het weer stil.

Voor het clubgebouw stampte Sean met zijn voeten op de grond terwijl hij naar de poort staarde. Hij krabde zich op de grote *Norse Riders till I Die*-tatoeage op zijn voorhoofd. Hij was sinds hij in de kraamkamer had gestaan niet meer zo nerveus geweest. Was het niet typerend dat juist Colin en hij verloren hadden bij het lootjes trekken en op de spannendste avond poortwachter moesten zijn? Dat ze niet mee mochten bij het halen van de dope en ook niet naar het feest konden?

'Die vrouw gaat het kind naar mij vernoemen,' zei Sean om de stilte te verbreken.

'Gefeliciteerd,' zei Colin toonloos, trekkend aan zijn grote walrussnor. De regen liep in stroompjes over zijn glimmende schedel.

'Bedankt,' zei Sean. Eigenlijk had hij beide zaken niet gewild. De tatoeage niet, die bepalend zou zijn voor de rest van zijn leven, en ook dat kind niet dat voor zover hij wist hetzelfde zou betekenen. Vrijheid. Dat was toch het idee van een motor, of niet? Maar de club en later Betty hadden zijn begrip van vrijheid veranderd. Als je solidariteit ervaart, als je echte verbondenheid voelt, dan kun je pas echt vrij zijn.

'Daar zijn ze,' zei Sean. 'Het lijkt erop dat het goed is gegaan, vind je ook niet?'

'Er ontbreken twee motoren,' zei Colin, hij spuugde zijn sigaret uit en duwde de hoge poort met prikkeldraad open.

De voorste motorrijder stopte voor hen. 'We werden gestoord door smerissen, dus de tweeling komt iets later,' zei een grommende basstem achter de helm met hoorns.

De motoren kwamen een voor een ronkend door de poort. Een van de jongens stak zijn duim op. Mooi, de dope was veilig, de club gered. Sean haalde opgelucht adem. De motoren reden over het plein voor het houten gebouw dat op een barak leek en verdwenen in de grote garage. In de barak stonden gedekte tafels, want Sweno had besloten dat de geslaagde actie gevierd moest worden met een drinkgelag. Na een paar minuten hoorde Sean dat de muziek harder werd gezet en klonk er enthousiast gejuich.

'We zijn rijk,' zei Sean lachend. 'Weet jij waar ze de dope naartoe brengen?'

Colin zei niets, hij sloeg zijn ogen slechts ten hemel.

Hij wist het zeker ook niet. Niemand wist het, alleen Sweno. En de chauffeurs van de vrachtwagen, natuurlijk. Het was beter zo.

'Daar komt de tweeling,' zei Sean en hij duwde de poort weer open.

'Hé, Joao, wat is er...' begon Sean, maar de motoren reden door.

Hij keek hen na en zag dat ze midden op het plein stopten alsof ze van plan waren daar hun motoren neer te zetten. Toen duwde de ene tegen de schouder van de ander, knikte naar de open deur van de garage en reden ze naar binnen.

'Zag je het vizier van Joao?' zei Sean. 'Daar zat een gat in.'

Colin zuchtte diep.

'Ik maak geen grapje!' zei Sean. 'Precies in het midden. Ik ga er even heen om te vragen wat er in de haven is gebeurd.'

'Sean...'

Maar Sean was al op weg, hij stak het plein over en liep de garage in. De tweeling was van hun motor gestapt. Beide mannen stonden met de rug naar hem toe, nog steeds met hun helm op. De ene hield de deur die toegang gaf tot de feestruimte op een kier alsof hij niet wilde verraden dat hij er al was en eerst naar het feest wilde kijken. Joao, de beste vriend van Sean, stond bij zijn motor. Hij haalde het magazijn uit het lelijke AK 47-geweer en leek te tellen hoeveel kogels er nog in zaten. Sean sloeg hem op zijn rug. Joao schrok kennelijk vreselijk, want hij draaide zich als een wervelwind om.

'Wat is er met je vizier gebeurd, Joao? Een steentje?'

Joao gaf geen antwoord, hij leek te druk met het terugplaatsen van het magazijn in de AK. Hij was merkwaardig onhandig. En het was ook merkwaardig dat hij wel... langer leek. Alsof het niet Joao was die voor hem stond, maar...

'Verdomme!' riep Sean, hij deinsde naar achteren en greep naar zijn riem. Ineens begreep hij wat dat gat in het vizier betekende en dat hij zijn beste vriend nooit meer zou zien. Sean trok zijn pistool en wilde dat op de man richten die nog steeds stond te klungelen met de AK toen hij door iets geraakt werd in zijn schouder. Automatisch zwaaide hij met zijn pistool in de richting van de klap, maar er was niemand. Alleen maar die kerel bij de deur met het Norse Riders-jack aan. Op hetzelfde moment leek het of zijn hand verlamd raakte en Sean liet het pistool op de grond vallen.

'Geen kik,' zei een stem achter hem.

Sean draaide zich weer om.

De AK was op hem gericht en in het spiegelbeeld van het doorboorde vizier zag hij de dolk die in zijn eigen schouder stond.

Duff zette de loop van de AK tegen de tatoeage op het voorhoofd van de man voor hem. Hij keek in zijn lelijke, verblufte tronie. Duffs vinger duwde tegen de trekker, nog maar een millimeter en dan... De man hoorde zijn ademhaling in zijn helm en voelde zijn hart onder de iets te krappe leren jas bonken.

'Duff,' zei Macbeth bij de deur van de feestzaal. 'Kalm nu.'

Duff duwde nog iets verder.

'Stop,' zei Macbeth. 'Nu is het onze beurt om een gijzelaar te gebruiken.'

Duff liet de trekker los.

Het gezicht van de ander was wit als een laken. Van de schrik of van het bloedverlies. Misschien wel van beide. Zijn stem beefde. 'We redden geen...'

Duff sloeg met de geweerloop tegen de tatoeage waardoor er een streep huid werd weggeschraapt. Een ogenblik was er een witte streep te zien, als een kopie van zijn eigen brandmerk. Toen vulde die zich met bloed.

'Nu hou je je bek, jongen, dan komt het goed,' zei Macbeth die naar hen toe was gekomen. Hij greep het lange haar van de jongen vast, trok zijn hoofd achterover en legde het blad van een tweede dolk tegen zijn hals. Hij duwde hem voor zich uit in de richting van het clublokaal. 'Klaar?'

'Denk eraan, ik neem Sweno,' zei Duff, ondertussen voelend of het kromme magazijn goed op zijn plaats zat. Hij liep in het kielzog van Macbeth en de jongen.

Macbeth trapte de deur open, hield de jongen voor zich met Duff op zijn hielen.

De leden van Norse Riders zaten grijnzend en schreeuwend aan een lange tafel in de grote, lege ruimte die al blauw stond van de rook. Alle mannen die met hun rug naar de muur zaten, draaiden zich om naar de drie die binnenkwamen. Kennelijk een clubregel. Duff schatte het aantal mannen op twintig. De muziek stond hard. The Stones, 'Jumpin' Jack Flash'.

'Politie!' riep Duff. 'Als iemand zich verroert, snijdt mijn collega de strot door van deze mooie jongeman.'

Het leek of de tijd stilstond en als in slow motion zag Duff de man aan het eind van de tafel zijn hoofd optillen. Een blozende varkenskop met opengesperde neusvleugels en vlechten die zo strak waren getrokken dat zijn ogen wel twee smalle, hatelijke streepjes leken. In zijn mondhoek hing een lange, dunne cigarillo. Sweno.

'We redden geen gijzelaars,' zei hij.

De jongen verloor zijn bewustzijn en zakte op de grond.

De volgende twee seconden leek alles in de ruimte bevroren en het enige wat te horen was, waren The Stones.

Tot Sweno aan de cigarillo trok en 'pak ze' zei.

Duff registreerde dat er minstens drie mannen van Norse Riders tegelijkertijd reageerden en hij trok de trekker van de AK-47 naar achteren. En hield hem daar. Het geweer spuugde loden kogels met een diameter van 7,62 millimeter uit, die bierflessen uiteen deden spatten, het tafelblad versplinterden, de muur geselden, in vlees hapten en Mick Jagger stopten na het tweede *gas*. Naast hem had Macbeth de twee Glocks tevoorschijn getrokken die ze van de twee dode Norse Riders-leden hadden meegenomen, samen met de jacks, helmen en motoren. Het geweer voelde warm als een vrouwenlichaam in Duffs handen. Langzamerhand werd het donkerder doordat de meeste lampen stuk voor stuk werden kapotgeschoten. En toen Duff eindelijk de trekker losliet dwarrelden er stof en veren door de lucht en zwaaide een plafondlamp heen en weer zodat de schaduwen als vluchtende geesten over de muren renden.

Hoofdstuk 3

'Ik keek om me heen en overal zag ik bendeleden met hun gezichten op de grond liggen,' zei Macbeth. 'Bloed, glassplinters en lege hulzen.'

'Wel verdomme!' riep Angus boven het lawaai van Bricklayers Arms uit, de stamkroeg van SWAT aan de achterkant van het Centraal Station. Met een door alcohol omfloerste, blauwe blik keek hij Macbeth in aanbidding aan. 'Jullie hebben ze gewoon neergemaaid! Wel verdomme! Proost!'

'Nou, nou, let op je woorden, theologiestudent,' zei Macbeth, maar toen achttien politiemensen van SWAT gelijktijdig hun bierpul optilden naar hem, lachte hij toch hoofdschuddend en tilde hij ook zijn glas op. Hij nam een flinke slok, kijkend naar Olafson die het halveliterglas in zijn linkerhand hield.

'Is het pijnlijk, Olafson?'

'Het gaat beter, nu ik weet dat een van hen ook pijn in zijn schouder zal hebben,' zei Olafson lispelend en hij verschoof verlegen de mitella toen de anderen luid lachten.

'Wie deze slachtpartij mogelijk hebben gemaakt, waren Banquo en Olafson hier,' zei Macbeth. 'Ik heb alleen de lamp vastgehouden als een verrekte assistent van de fotograaf voor deze twee kunstenaars.'

'Vertel verder,' zei Angus. 'Duff en jij hadden alle mannen van Norse Riders op de grond gekregen. Wat gebeurde er toen?' Hij veegde zijn lange blonde haar achter zijn oren om alles beter te kunnen horen.

Macbeth keek naar de verwachtingsvolle gezichten rond de tafel en wisselde een blik met Banquo voor hij verderging. 'Sommigen schreeuwden dat ze zich overgaven. Het stof daalde neer, de muziek was aan flarden geschoten, het was eindelijk stil, maar het was donker, dus tamelijk onoverzichtelijk. Duff en ik begonnen elk aan een kant de slachtoffers te checken. Er waren geen doden, maar een aantal had behoefte aan een arts, om het zo maar te zeggen. Duff schreeuwde dat hij Sweno niet kon vinden.' Macbeth ging met zijn vinger over de condens op het glas. 'Ineens zag ik een deur rechts achter de plek waar Sweno had gezeten. Op hetzelfde ogenblik hoorden we motoren starten. Dus we lieten iedereen liggen en stormden naar buiten. En toen zagen we drie motorfietsen die door de poort reden, een ervan was de rode motor van Sweno. En de poortwachter, een kale kerel met een snor, had net zijn motor gestart en volgde. Duff was woest, wilde achter hen aanrijden, maar ik zei dat er binnen een paar zwaargewonde jongens lagen...'

'Denk je dat dat Duff zou stoppen?' klonk een fluisterende stem. 'Dat die zwijnen lagen dood te bloeden terwijl hij Sweno kon pakken?'

Macbeth draaide zich om. De spreker zat afgezonderd aan een naburig tafeltje, zijn gezicht zat in de schaduw van de prijzenkast van de dartclub.

'Denk je dat Duff rekening zou houden met het lot van die onbeduidende mannen als hij de mogelijkheid kreeg een heldendaad te verrichten?' In de schaduw werd een bierglas opgetild. 'Er moesten immers carrières worden veiliggesteld.'

Er viel een stilte rond Macbeths tafel.

Banquo kuchte. 'Barst maar met die carrières, wij in SWAT laten hulpeloze mensen niet sterven, Seyton. We weten niet hoe jullie dat bij Drugs doen.'

Seyton leunde voorover waardoor het licht op zijn gezicht viel. 'Niemand bij Drugs weet precies wat wij dan doen, dat is het probleem als je een chef hebt als Duff. Maar ik wilde je verhaal niet onderbreken, Macbeth. Ben je teruggegaan om voor de gewonden te zorgen?'

'Sweno is een moordenaar die opnieuw zal doden als hij de kans krijgt,' zei Macbeth zonder zijn blik van Seyton af te wenden. 'En Duff was bang dat ze via de brug zouden ontkomen.'

'Ik was bang dat ze de brug zouden nemen, net zoals de vrachtwagen dat had geprobeerd,' zei Duff. 'Dus we stapten weer op de motoren en we reden zo hard als we durfden. En nog een beetje harder.

Eén foute beweging op het natte wegdek...' Duff schoof de half opgegeten crème brûlée over het damasten tafelkleed van restaurant Lyon, pakte de champagnefles uit de koeler en schonk de andere drie in. 'Na de eerste haarspeldbocht onder in het dal zag ik de achterlichten van de vier motoren en gaf nog meer gas. In mijn spiegel zag ik dat Macbeth me nog volgde.'

Duff wierp een verstolen blik op hoofdcommissaris Duncan om te zien of zijn voorstelling van zaken in goede aarde viel. De milde, vriendelijke lach was moeilijk te peilen. Duncan had nog geen commentaar gegeven op de actie, maar het feit dat hij naar het feestje was gekomen, was dat op zich niet al een erkenning? Misschien, maar het stilzwijgen van de hoofdcommissaris maakte dat Duff er niet zeker van was. Wat dat betreft voelde hij zich zekerder van inspecteur Lennox, hoofd Anti-Corruptie, die met zijn gebruikelijke enthousiasme over de tafel leunde en elk woord opslurpte. En de grote, groene ogen van Caithness, hoofd Technische Recherche, vertelden hem dat ze elk woord geloofde.

Duff zette de fles weer terug. 'Op het stuk naar de tunnel reden we naast elkaar en we zagen de lichten voor ons steeds groter worden. Het leek wel of ze langzamer waren gaan rijden. Ik kon de hoorns op Sweno's helm zien. Maar toen gebeurde er iets onverwachts.'

Duncan verschoof zijn champagneglas zodat dat op één lijn met het rodewijnglas kwam te staan. Duff wist niet of dit een teken was van spanning hoe het zou aflopen of dat hij slechts ongeduldig was. 'Twee motoren sloegen direct na de bushalte af, in de richting van Forres. Terwijl de andere twee doorreden naar de tunnel. Het was nog maar een paar seconden voor wij bij de kruising kwamen, dus ik moest een besluit nemen...'

Duff legde de nadruk op het woord 'besluit'. Hij had natuurlijk 'keus' kunnen zeggen. Maar elke idioot kon gedwongen worden een keus te maken, terwijl het nemen van een besluit iets actiefs is, iets wat een denkproces en karakter vergt, iets wat door een leider wordt gedaan. Aan zo'n leider zal de hoofdcommissaris denken als de chef van de nieuw op te richten afdeling Georganiseerde Criminaliteit moet worden benoemd. OrgCrim was een logische fusie van de afdelingen Drugs en Criminaliteit omdat alle drugshandel in de stad nu in handen was van Hecate en Norse Riders die alle andere bendes uit de markt hadden gewerkt. De vraag was wie leiding ging geven aan deze nieuwe afdeling: Duff of Cawdor, het door de wol geverfde hoofd Criminaliteit, die echter een verdacht groot huis had kunnen kopen in West. Het probleem was alleen dat Cawdor kon rekenen op steun in het gemeentebestuur en bij de oude, gezworen kameraden van Kenneth in het Hoofdkwartier. En hoewel iedereen wist dat Duncan bereid was ver te gaan om al die Cawdors te lozen, moest ook hij politieke besluiten nemen om niet de controle binnen het Hoofdkwartier kwijt te raken. Wat wel zeker was, was dat óf Cawdor, óf Duff als winnaar uit de bus zou komen en dat de ander zonder afdeling zou zitten.

'Ik gaf Macbeth een teken dat we de twee die richting Forres reden zouden volgen.'

'O ja?' zei Lennox. 'Dan zouden die andere twee over de provinciegrens kunnen komen.'

'Ja, en dat was ook het dilemma. Sweno is een sluwe vos. Stuurde hij die twee als lokvogels richting Forres zodat hij zelf de grens over kon komen? Want hij is eigenlijk de enige binnen Norse Riders tegen wie we wat hebben. Of rekende hij erop dat we dachten wat hij dacht, en het tegenovergestelde zouden doen?'

'Hebben we dat?' vroeg Lennox.

'Hebben we wát?' vroeg Duff en hij probeerde zijn irritatie te verbergen dat hij werd onderbroken.

'Iets tegen Sweno. Het bloedbad van Stoke is allang verjaard, voor zover ik weet.'

'De twee postkantoorovervallen vijf jaar geleden in District 1,' zei Duff ongeduldig. 'We hebben Sweno's vingerafdrukken.'

'En de andere leden van Norse Riders?'

'Tegen hen hebben we geen ene reet. En ook vanavond hebben we geen bewijzen tegen hen, want ze hadden allemaal hun helm op. Hoe dan ook, toen we afsloegen richting Forres, zagen we de helm...'

'Wat is het bloedbad van Stoke?' vroeg Caithness.

Duff kreunde.

'Toen was jij nog niet geboren,' zei Duncan vriendelijk. 'Het begon kort na de oorlog in Capitol. De broer van Sweno zou opgepakt worden vanwege desertie en was zo stom om zijn wapen te trekken. De twee politiemannen die hem zouden arresteren – beiden hadden de oorlog doorgebracht in de loopgraven – schoten hem aan flarden. Sweno nam een paar maanden later in Stoke wraak op de dood van zijn broer. Hij liep het plaatselijke politiebureau binnen en maaide vier politiemensen neer, onder wie een hoogzwangere agent. Sweno verdween van de radar, en toen hij weer opdook was de zaak verjaard. Dat was het, Duff, ga door.'

'Bedankt. Ik realiseerde me dat ze niet in de gaten hadden dat we zo dichtbij waren gekomen dat we de helm van Sweno konden zien toen ze afsloegen naar Forres en de oude brug. Al na een paar kilometer konden we hen pakken. Dat wil zeggen, Macbeth schoot twee maal in de lucht terwijl ze nog een eind voor ons reden en toen stopten ze. En wij stopten ook. We waren uit het dal, dus het regende niet meer. Goed zicht, maneschijn, een meter of zestig tussen ons. Ik had de AK-47 gepakt en riep naar hen dat ze van hun motor moesten stappen, vijf stappen in onze richting moesten doen en geknield op het asfalt moesten gaan zitten met hun handen achter hun hoofd. Ze deden wat we zeiden, wij stapten ook van onze motoren en begonnen in hun richting te lopen.'

Duff sloot zijn ogen.

Hij zag ze nu voor zich.

Ze knielden.

De leren motorkleding kraakte toen hij op hen afliep en er hing een regendruppel aan de rand van het opgeklapte vizier. Die zou snel vallen.

'Er zaten nog ongeveer vijftien stappen tussen ons toen Sweno een pistool tevoorschijn haalde,' zei Macbeth. 'Duff reageerde direct en schoot. Hij raakte Sweno drie keer in zijn borst. Hij was dood voor zijn helm de grond raakte. Maar in de tussentijd had de ander ook zijn pistool getrokken, richtte op Duff, maar gelukkig kreeg hij nooit meer de tijd om de trekker over te halen.'

'Wel verdomme!' riep Angus. 'Jij hebt op hem geschoten, of niet?'

Macbeth leunde achterover. 'Ik doodde hem met een dolk.'

Banquo nam zijn chef op.

'Imponerend,' fluisterde Seyton vanuit de schaduw. 'Aan de andere kant, Duff reageerde dus sneller dan jij toen Sweno zijn wapen pakte? Ik had er wat om willen verwedden dat jij sneller bent, Macbeth.'

'Daar vergis je je dus in,' zei Macbeth. Waar was Seyton mee bezig, wat wilde hij? 'Net als Duff,' zei Macbeth en hij bracht het bierglas naar zijn lippen.

'Ik had me vergist,' zei Duff en hij gebaarde naar de gerant dat ze nog een fles champagne wilden. 'Niet toen ik schoot, natuurlijk, maar toen ik ervoor koos de weg naar Forres te nemen.'

De gerant kwam naar de tafel en fluisterde dat het hem speet, maar dat ze bijna gingen sluiten en dat ze geen vergunning hadden om na middernacht alcohol te schenken. Tenzij de hoofdcommissaris zelf...

'Nee, bedankt,' zei Duncan die de kunst beheerste om kwajongensachtig te glimlachen en gelijktijdig berispend zijn wenkbrauwen op te trekken. 'We houden ons aan de wet.'

De gerant trok zich terug.

'Je vergissen kan de beste overkomen,' zei Duncan. 'Wanneer realiseerde je je dat? Toen jullie de helm afdeden?'

Duff schudde zijn hoofd. 'Vlak daarvoor, toen ik bij het lijk knielde en een blik wierp op zijn motor. Ik zag de motorfiets van Sweno niet en de sabel was er niet. Die jongens lenen hun motor niet uit.'

'Maar wel hun helm?'

Duff haalde zijn schouders op. 'Ik had het kunnen weten, Macbeth en ik hadden immers dezelfde truc gebruikt. Sweno wisselde van helm en ze gingen met opzet langzamer rijden zodat we dichterbij konden komen en de helm op een van de motoren zouden zien die in de richting van Forres reed. Zelf wist hij te ontkomen door de tunnel te nemen en over de brug en dus de grens te rijden.'

'Ontegenzeggelijk slim verzonnen van Sweno,' zei Duncan. 'Jammer voor hem dat zijn mensen niet net zo slim zijn.'

'Wat bedoel je?' zei Duff, kijkend naar de leren map met de rekening die de gerant voor hem had neergelegd.

'Waarom je pistool trekken als er een politieman op je komt aflopen terwijl je weet – zoals je zelf zegt – dat we geen bewijzen hebben tegen de andere leden van Norse Riders? Ze hadden zich gewoon kunnen laten arresteren, want een paar uur later zouden ze het politiebureau weer als vrije mannen kunnen verlaten.'

Duff haalde zijn schouders op. 'Misschien hadden ze niet door dat we van de politie waren. Misschien dachten ze dat we mannen van Hecate waren en dat we hen zouden afslachten.'

'Of het is zoals de hoofdcommissaris zegt,' zei Lennox. 'Ze zijn dom.'

Duncan krabde aan zijn kin. 'Hoeveel leden van Norse Riders hebben we achter slot en grendel gekregen?'

'Zes,' zei Duff. 'Toen er politieversterking bij het clubhuis kwam, waren alleen nog de zwaargewonden over.'

'Ik dacht dat bendes als Norse Riders hun gewonden niet overlieten aan de vijand?'

'Ze wisten dat de gewonden op die manier sneller medische behandeling zouden krijgen. Ze worden nu behandeld, maar we rekenen erop dat hun inbewaringstelling morgen zal worden verlengd. En dan zullen we ze aan de tand voelen over Sweno. Hoeveel pijn ze ook hebben. We zullen hem vinden, chef.'

'Mooi. Vierenhalve ton amfetamine. Dat is heel veel.'

'Dat is zeker zo,' zei Duff lachend.

'Het is zoveel dat je je afvraagt waarom je me niet eerder hebt geïnformeerd over de actie.'

'Kwestie van tijd,' zei Duff snel. Hij had van tevoren goed nagedacht over wat hij zou antwoorden op deze onvermijdelijke vraag. 'Er was geen tijd meer toen ik de tip kreeg. We moesten actie ondernemen en als leider moest ik de afweging maken: de bureaucratische regels volgen, waarmee ik het risico zou lopen dat we niet op tijd waren, of voorkomen dat vierenhalve ton amfetamine zijn weg zou vinden in de bloedsomloop van de jongeren in de stad.'

Duff zag Duncans blik die nadenkend op hem bleef rusten. De wijsvinger van de hoofdcommissaris ging snel heen en weer langs de punt van zijn kin. Toen bevochtigde hij zijn lippen.

'Er was ook veel bloed. En veel schade aan de brug. De vissen zijn nu waarschijnlijk drugsverslaafd. En Sweno is nog steeds op vrije voeten.'

Duff vloekte inwendig. Die schijnheilige, arrogante idioot moest toch in staat zijn het grote geheel te zien?

'Maar,' zei de hoofdcommissaris, 'er zitten zes leden van Norse Riders in bewaring. En hoewel we de komende weken vrolijker zullen worden van het eten van onze vis, is dat beter dan dat de amfetamine direct verdwijnt in onze jeugd. Of...' – Duncan greep zijn champagneglas – '...uit onze opslag.'

Lennox en Caithness lachten. Het was algemeen bekend dat er nog steeds veel verdween uit de opslag van in beslag genomen goederen.

'Dus,' zei Duncan en hij tilde zijn glas op, 'een mooi staaltje politiewerk, Duff.'

Duff knipperde twee keer met zijn ogen. Zijn hart klopte snel en licht. 'Bedankt,' zei hij en hij dronk zijn glas leeg.

Duncan pakte de leren map met de rekening. 'Deze is vandaag voor mij.' Hij pakte de nota, hield die een eind van hem vandaan en kneep zijn ogen halfdicht. 'Hoewel ik niet goed kan uitmaken of we de juiste rekening hebben gekregen.'

'Wie weet dat wel?' zei Lennox en hij glimlachte stijfjes toen niemand reageerde.

'Geef maar even,' zei Caithness, ze pakte de rekening aan en zette een ouderwetse hoornen bril op haar neus waarvan Duff wist dat ze die niet nodig had. Ze gebruikte de bril omdat ze dacht dat ze er dan een paar jaar ouder uitzag. Het was een moedige daad geweest van Duncan om Caithness hoofd Technische Recherche te maken. Niet omdat ook maar iemand twijfelde aan haar vakmatige kwaliteiten – ze had de politieacademie met de beste cijfers van haar jaar afgerond en daarbij ook nog colleges schei- en natuurkunde gevolgd – maar ze was jonger dan alle andere afdelingshoofden, single en gewoonweg te knap om niet de verdenking op te roepen dat er andere motieven een rol hadden gespeeld bij haar benoeming. Door het kaarslicht fonkelden haar lachende ogen en glinsterden haar volle, rode lippen en helderwitte tanden. Duff sloot zijn ogen. Het glimmende water op het asfalt en het geluid van banden op het natte wegdek. Het afschuwelijke geluid. Het bloed dat op de grond gutste toen de jongen de dolk uit zijn hals trok. Het leek of er een hand om Duffs hart werd geklemd en happend naar adem opende hij zijn ogen weer.

'Alles oké?' Lennox hield de waterkaraf boven Duffs glas en het water gutste over de rand. 'Drink, Duff, dan verdun je de champagne. Je moet nog rijden.'

'Geen sprake van,' zei Duncan. 'Ik wil niet dat mijn helden worden gearresteerd voor rijden onder invloed of dat ze een ongeluk krijgen. Mijn chauffeur heeft geen problemen met een kleine omweg.'

'Bedankt,' zei Duff. 'Maar Fife is...'

'...min of meer op de route naar mijn huis,' zei Duncan. 'En mevrouw Duff en jouw twee geweldige kinderen zullen me dankbaar zijn.'

'Neem me niet kwalijk,' zei Duff, hij schoof zijn stoel naar achteren, stond op en liep weg.

'Een fantastische politieman,' zei Lennox terwijl hij Duff nakeek die wankelend naar de wc achter in de zaal liep.

'Duff?' vroeg Duncan.

'Hij ook, maar ik dacht aan Macbeth. Zijn resultaten zijn indrukwekkend, zijn mannen lopen met hem weg en hoewel hij onder Kenneth heeft gewerkt, weten we bij de Anti-Corruptieafdeling dat hij uit het juiste hout is gesneden. Jammer dat hij niet beschikt over de juiste papieren om een grotere leiderspost te krijgen.'

'Het is geen absolute vereiste dat je meer dan de politieacademie moet hebben. Kijk maar naar Kenneth.'

'Ja, maar Macbeth is toch niet een van ons.'

'Ons?'

'Nou.' Lennox tilde met een scheef lachje het champagneglas op. 'Je hebt leiders gekozen die – of we dat nu leuk vinden of niet – tot de elite behoren. We komen allemaal uit West of uit Capitol, hebben een goede opleiding en dragen een familienaam die respect afdwingt. Macbeth komt toch uit een bredere laag van de bevolking, als je begrijpt wat ik bedoel.'

'Ik begrijp het. Luister, ik maak me een beetje zorgen over de wankele stappen van Duff. Zou jij...?'

Er was gelukkig niemand in het toilet.

Duff liet de deur dichtvallen, ging bij een van de wasbakken staan, draaide de kraan open en plensde water in zijn gezicht. Hij hoorde de deur achter zich opengaan.

'Duncan vroeg me even te kijken hoe het met je gaat,' zei Lennox.

'Hm, wat denkt hij ervan, volgens jou?'

'Waarvan?'

Duff trok een stuk papier los en droogde zijn gezicht. 'Over... het verloop.'

'Hij vindt wat we allemaal vinden, namelijk dat je goed werk hebt geleverd.'

Duff knikte.

Lennox lachte even. 'Jij hebt echt zin in OrgCrim, of niet?'

Duff draaide de kraan weer open, zeepte zijn handen in en zocht in de spiegel naar de blik van het hoofd Anti-Corruptie.

'Je bedoelt dat ik een streber ben?'

'Het is niet verkeerd om een streber te zijn,' zei Lennox grinnikend. 'Het is alleen onderhoudend om te zien hoe je bezig bent je te positioneren.'

'Ik ben een geschikte kandidaat, Lennox. Dus is het niet mijn simpele plicht voor de toekomst van deze stad, voor jouw en mijn kinderen om mijn uiterste best te doen om OrgCrim te krijgen? Of moet ik de grootste afdeling overlaten aan Cawdor? Een persoon van wie we beiden weten dat hij vuil en bloed aan zijn handen moet hebben omdat hij zo lang heeft kunnen overleven onder Kenneth.'

'Aha,' zei Lennox lachend. 'Je wordt gedreven door plichtsbesef en helemaal niet door persoonlijke ambities. Nou, Sint Duff, laat ik de deur voor je ophouden.' Lennox boog diep. 'Want ik ga er nu van uit dat je afziet van eventuele loonsverhogingen en andere privileges die bij de functie horen.'

'Loon, eer en roem zijn voor mij triviale zaken,' zei Duff. 'Maar de samenleving beloont de mensen die een steentje bijdragen. Als ik de beloning zou verachten, zou ik de samenleving verachten.' Hij bestudeerde zijn gelaatsuitdrukking in de spiegel. Hoe ziet een man eruit die liegt? Is het sowieso voor iemand mogelijk zichzelf ervan te overtuigen dat wat hij zegt de waarheid is? En hoeveel tijd zou het hem kosten om zichzelf ervan te overtuigen dat de versie die Macbeth en hij overeen waren gekomen over hoe de twee jongens aan hun einde waren gekomen op de landweg de waarheid was?

'Ben je nu klaar met het wassen van je handen, Duff? Ik geloof dat Duncan naar huis wil.'

In de motregen, voor het stamcafé namen ze afscheid. Trouw en broederschap,' zei Macbeth luid. In koor antwoordden de anderen ietwat aangeschoten: 'Gedoopt in vuur, verenigd in bloed.'

Toen verspreidden ze zich te voet in alle windrichtingen. Macbeth en Banquo naar het westen, langs een straatmuzikant die 'Meet Me on the Corner' meer jammerde dan zong, door het verlaten Centraal Station, de vervallen hallen en gangen. Een merkwaardig warme wind joeg door de gangen en blies het vuilnis tussen de ooit prachtige, Dorische zuilen die na jaren van verwaarlozing en vervuiling geleidelijk begonnen af te brokkelen.

'Goed,' zei Banquo. 'Ga je me nu vertellen wat er écht is gebeurd?'

'Vertel me liever nog een keer over de vrachtwagen en Kenneth,' zei Macbeth. 'Een vrije val van negentig meter!' Zijn lachsalvo weerkaatste onder de gewelven.

Banquo glimlachte. 'Vooruit, Macbeth, wat is daar op de landweg gebeurd?'

'Hebben ze nog iets gezegd over hoelang de brug afgesloten blijft voor herstelwerkzaamheden?'

'Het lukt je misschien om voor hen te liegen, maar niet voor mij.'

'We hebben ze gepakt, Banquo, moet je nog meer weten?'

'Moet ik dat?' Banquo zwaaide met zijn hand om de stank kwijt te raken die opsteeg van de trappen naar de toiletten. Een vrouw van onbestemde leeftijd hing dubbelgevouwen voorover met het haar voor haar gezicht terwijl ze zich vastklampte aan het hekwerk.

'Nee.'

'Juist ja,' zei Banquo.

Macbeth bleef staan en hurkte voor een jonge jongen die tegen de muur zat met een beker voor zich. De jongen tilde zijn hoofd op. Over het ene oog had hij een zwarte lap en met het andere staarde hij hem vanuit zijn roes, zijn droom, aan. Macbeth stopte een biljet in zijn beker en legde een hand op zijn schouder. 'Hoe gaat het?' vroeg hij zacht.

'Macbeth,' zei de jongen. 'Dat kun je wel zien, toch?'

'Je kunt het,' zei Macbeth. 'Denk daar altijd aan, dat je kunt stoppen.'

De stem van de jongen kraakte en de woorden kwamen met moeite. 'En hoe weet jij dat?'

'Geloof me, het is eerder gebeurd.' Macbeth kwam weer overeind en de jongen riep hem bevend 'God zegene je, Macbeth' na.

Ze liepen de vertrekhal in het oostelijk deel van het Centraal Station door. Het was er opvallend stil, als in een kerk. De junkies die niet zaten, lagen of stonden langs de muren, bewogen zich wankelend voort als astronauten in een vreemde atmosfeer en andere zwaartekracht. Sommige van hen staarden de politiemannen achterdochtig aan, maar de meesten negeerden hen. Alsof ze een röntgenblik hadden en allang hadden gezien dat ze niets te koop hadden. Ze waren bijna allemaal sterk vermagerd en verzwakt waardoor het moeilijk was te zien hoelang ze al leefden. Of hoelang ze nog te leven hadden.

'Je komt niet in de verleiding om het weer te proberen?' vroeg Banquo.

'Nee.'

'De meeste afgekickte junkies dromen van een laatste shot.'

'Ik niet. Laten we hier weggaan.'

Ze liepen naar de trap van de westelijke uitgang, bleven staan onder de overkapping. Naast hen, op zwartgeverfde rails die op een lage sokkel waren gelegd, stond iets wat in het donker op een voorhistorisch monster leek. Het was Bertha, honderdtien jaar oud, de eerste locomotief van het land en ze stond symbool voor de optimistische kijk op de toekomst die ooit vanzelfsprekend was. De brede, majestueuze, niet-steile trap voerde hen naar Workers' Square, waar het nu donker en verlaten was, maar in vroeger tijden bruiste het hier van activiteiten met reizigers die gehaast heen en weer liepen en drukbezochte marktkramen. Nu was het een plein met geesten waar de wind floot en fluisterde. Voor hen fonkelden de lichten van een imposant stenen gebouw dat ooit het kantoor van de spoorwegen was geweest, maar dat bezig was te vervallen totdat het werd gekocht en gerenoveerd. Nu was het met al zijn pracht en praal het indrukwekkendste wat de stad te bieden had: Casino Inverness. Banquo was er maar één keer binnen geweest en had direct begrepen dat dit geen plek voor hem was. Of beter gezegd, dat hij niet de juiste gast was. Hij was meer het type voor de Obelisk, waar de gasten niet zo keurig gekleed waren, de drankjes niet zo duur, de hoeren niet zo knap en discreet.

'Goedenacht, Banquo.'

'Goedenacht, Macbeth. En slaap lekker.'

Hij zag een lichte huivering door het lichaam van zijn vriend gaan voor Macbeths witte tanden oplichtten in het donker. 'Doe de groeten aan Fleance en vertel hem dat zijn vader vanavond goed werk heeft geleverd. Wat had ik er veel voor overgehad om de vrije val van Kenneth van zijn eigen brug te zien...'

Banquo hoorde het zachte gegrinnik van zijn vriend terwijl hij verdween in het donker en de regen. Toen ook het lachen was verstomd, kwam er een onrustig gevoel bij hem op. Macbeth was niet alleen een vriend en collega, hij was ook als een zoon voor hem. Een mozeskind in een mandje van wie Banquo bijna net zoveel hield als van Fleance. Daarom wachtte Banquo tot hij Macbeth weer zag opduiken aan de andere kant van het plein waar hij in het licht voor de ingang liep. Een grote vrouw met lang, vlammend rood haar, gekleed in een rode japon die tot op haar enkels kwam, liep op hem af en ze omhelsden elkaar alsof een waarzegster haar had gewaarschuwd dat haar geliefde in aantocht was.

Lady.

Misschien had ze gehoord wat er eerder die avond was gebeurd, een vrouw als Lady kwam niet zo ver zonder informanten die haar op de hoogte hielden van wat er zich afspeelde onder de oppervlakte van deze stad.

Ze hielden elkaar nog steeds vast. Ze was een mooie vrouw en misschien was ze vroeger nog knapper geweest. Niemand kende de leeftijd van Lady, maar die lag in elk geval een stuk hoger dan de drieëndertig van Macbeth. Maar wellicht was het waar wat er gezegd werd: ware liefde overwint alles.

Of misschien ook niet.

De oudere politieman draaide zich om en liep in noordelijke richting.

In Fife draaide de chauffeur van de hoofdcommissaris op aanwijzing van Duff de oprit op. Het grind knerpte onder de banden.

'Je kunt hier wel stoppen, de rest loop ik,' zei Duff.

De chauffeur remde. In de stilte die volgde konden ze de krekels en het geruis in de loofbomen horen.

'Je wilt niet dat ze wakker worden,' zei Duncan en hij keek naar het witgeverfde huis dat baadde in het maanlicht. 'En ik kan het me voorstellen. Laten we onze geliefden in onwetendheid en onbekommerd laten slapen. Wat een mooi plekje hebben jullie.'

'Bedankt, en het spijt me van de omweg die jullie moesten maken.'

'Soms moet je een omweg maken, Duff. En de volgende keer dat je weer een tip à la Norse Riders krijgt, maak je een omweg naar mij, begrepen?'

'Begrepen.'

Duncans wijsvinger ging heen en weer langs zijn kin. 'Ons doel is om deze stad een veiliger plaats te maken voor iedereen, Duff. Maar dat betekent dat alle goede krachten moeten samenwerken en het beste voor moeten hebben met de gemeenschap en niet alleen met zichzelf.'

'Uiteraard. En ik wil nog graag zeggen dat ik bereid ben welke functie dan ook te accepteren zolang ik het korps en de stad maar kan dienen, sir.'

Duncan glimlachte. 'In dat geval moet ik je bedanken, Duff. Nog een laatste vraag...'

'Ja?'

'Je zei dat veertien leden van Norse Riders, inclusief Sweno, meer was dan je verwachtte en dat je had gedacht dat ze discreet te werk zouden gaan door een paar man te sturen die onopvallend en stil de vrachtwagen zouden besturen.'

'Klopt.'

'Is het in je opgekomen dat Sweno ook getipt is? Dat ze het vermoeden hadden dat wij er ook zouden zijn? Dus jouw angst voor een lek was misschien niet ongegrond. Goedenacht, Duff.'

'Goedenacht.'

Duff liep naar het huis en snoof de geur van aarde en gras op waarop de ochtenddauw al was neergedaald. Hij had eraan gedacht, en nu had Duncan het hardop gezegd. Een lek. Verklikker. En hij, Duff, zou het lek vinden. Hij zou dat morgen nog vinden.

Macbeth lag op zijn zij met zijn ogen dicht. Hij hoorde de regelmatige ademhaling van haar achter zich en het geluid beneden van de diepe bas van de casinomuziek, het leek wel het doffe kloppen van een hart. Het casino was de hele nacht open, maar het was laat, zelfs voor de gok- en alcoholverslaafden. Op de gang liepen de gasten voorbij die bleven overnachten en hij hoorde hoe ze hun kamerdeuren openden. Sommigen waren alleen, anderen samen met hun partner. Of iemand anders. Dat was niet iets waar Lady zich mee bemoeide, zolang de vrouwen die Casino Inverness frequenteerden haar ongeschreven regels volgden om altijd discreet te zijn, altijd goedverzorgd, altijd nuchter, altijd zonder infecties en altijd, echt altijd, knap.

Lady had een keer, niet lang nadat ze waren gaan samenwonen, aan hem gevraagd waarom hij niet naar ze keek. En ze had gelachen toen hij had geantwoord dat hij alleen oog voor haar had. Pas later had ze begrepen dat hij dat ook letterlijk zo meende. Hij hoefde zich niet om te draaien om haar voor zich te zien, haar trekken stonden op zijn netvlies gebrand, het enige wat hij hoefde te doen – waar hij zich ook bevond – was zijn ogen sluiten en dan was ze er. Er was niemand voor Lady geweest. O ja, er waren vrouwen geweest die zijn hart sneller hadden doen kloppen en er waren beslist vrouwenharten geweest die om hem sneller klopten. En natuurlijk was er die ene geweest die een litteken op zijn hart had achtergelaten. Maar geen van hen was intiem met hem geweest. Toen Lady dat door had gekregen, had ze lachend gevraagd of ze een echte maagd cadeau had gekregen. Toen had hij haar zijn geschiedenis verteld. Een geschiedenis waarvan tot dan toe slechts twee personen op de wereld op de hoogte waren. En toen had zij de hare verteld.

Het zijden laken voelde duur en zwaar aan op zijn naakte lichaam. Als koorts, warm en koud tegelijk. Hij hoorde aan haar ademhaling dat ze wakker was geworden.

'Wat is er?' fluisterde ze slaperig.

'Niets,' zei hij. 'Ik kan alleen niet slapen.'

Ze kroop tegen hem aan en haar hand streelde over zijn borst en schouders. Af en toe, zoals nu, ademden ze in hetzelfde tempo. Alsof ze één organisme waren, een Siamese tweeling die hun longen delen. Dat gaf hetzelfde gevoel als toen ze elkaar hun geschiedenis hadden verteld, en hij besefte dat hij niet meer alleen was.

Haar hand gleed over zijn bovenarm, de tatoeages, naar de onderarm waar hij heen en weer streek over de littekens. Daarover had hij haar ook verteld. En over Lorreal. Ze hadden gewoon geen geheimen voor elkaar. Geen geheimen, maar hij had haar gevraagd hem de afschuwelijke details te besparen. Ze hield van hem en dat was het enige wat telde, dat was het enige wat hij moest weten van haar.

Hij ging op zijn rug liggen. Haar hand streelde over zijn buik, stopte en wachtte. Zij was de koningin en haar onderdaan kwam gehoorzaam overeind onder de zijden stof.

Toen Duff voorzichtig naast zijn vrouw in bed ging liggen, haar regelmatige ademhaling hoorde en de warmte van haar rug voelde, leek het of de herinneringen aan de gebeurtenissen begonnen te verbleken. Dat deed deze plek met hem, dat was altijd zo geweest. Ze kenden elkaar al sinds zijn studententijd. Zij kwam uit een welgestelde familie uit West en hoewel haar ouders aanvankelijk sceptisch waren geweest, hadden ze de hardwerkende, ambitieuze jongeman op de lange duur geaccepteerd. Duff kwam uit een betrouwbare familie, meende zijn schoonvader. De rest volgde eigenlijk automatisch. Huwelijk, kinderen, een huis in Fife waar de kinderen konden opgroeien zonder de giftige lucht van de stad in te ademen, carrière en sleur. Veel sleur, met lange dagen en een belangrijke promotie in het verschiet. Rust roest. Zo is het gewoon. Ze was een goede echtgenote en moeder, daar lag het niet aan. Verstandig, zorgzaam en betrouwbaar. En hoe zat het met hemzelf, was hij geen goede echtgenoot? Zorgde hij niet goed voor hen? Hij spaarde geld voor de opleiding van de kinderen en had een badhuis aan het meer gebouwd. Jazeker, zij noch zijn schoonvader had weinig reden tot klagen. Maar hij was wie hij was, daar kon hij ook niets aan doen. En toch. Er viel veel voor te zeggen om een huis te hebben, een gezin. Het gaf rust. Daar had het leven zijn eigen tempo, zijn eigen agenda en maakte het niet zoveel uit wat er in de wereld gebeurde. Eigenlijk niet. En dat besef – of het gebrek daaraan – had hij nodig, dat moest hij hebben. Soms.

'Dus je bent thuis...' mompelde ze.

'Bij jou en de kinderen,' zei hij.

'...vannacht,' maakte ze haar zin af.

Hij lag te luisteren naar de stilte tussen hen. Probeerde uit te maken of die goed of slecht was. Toen legde ze heel zacht een hand op zijn schouder. Duwde haar vingertoppen voorzichtig tegen de vermoeide spieren, tegen de plek waarvan ze wist dat het goed voelde.

Hij sloot zijn ogen.

En toen zag hij het weer.

De regendruppel die aan de rand van het vizier hing. De man die voor hem knielde. Hij bewoog niet. De helm met de hoorns. Duff wilde iets tegen hem zeggen, maar het lukte niet. In plaats daarvan haalde hij het geweer van zijn schouder. Kon hij zich niet een beetje bewegen? De druppel moest zo meteen loslaten.

'Duff,' zei Macbeth achter hem. 'Duff, niet...'

De druppel viel.

Duff haalde over. Haalde over. Haalde over.

Drie schoten.

De knielende man voor hem viel opzij.

De stilte was oorverdovend. Hij hurkte bij de dode man en trok de helm van zijn hoofd. Het leek of iemand een emmer ijsWATer over hem goot toen hij zag dat hij Sweno niet was. De ogen van de jongen waren dicht, het leek of hij vredig lag te slapen.

Duff keek om naar Macbeth. Voelde de tranen in zijn ogen schieten, kon nog steeds niets zeggen en trok de helm van het hoofd van de ander. Ook een jongen. Duff voelde een brok in zijn keel en verborg zijn hoofd in zijn handen. Boven zijn eigen gehuil uit klonken de smeekbeden van de jongen als meeuwengekrijs boven verlaten akkers. 'Nee, doe het niet! Ik heb niks gezien, ik zal tegen niemand iets zeggen! Alsjeblieft, geen jury zal me toch geloven! Ik za...'

De stem werd afgebroken. Duff hoorde iets spatten op het asfalt, een zacht gerochel en toen was het stil.

Hij keerde zich om. Pas nu viel het hem op dat de jongen witte kleding droeg. Die zoog het bloed op dat uit het gat in zijn hals stroomde.

Macbeth stond achter de jongen met een dolk in zijn hand. Zijn borstkas ging op en neer. 'Nu,' zei hij hees. Hij kuchte. 'Nu heb ik mijn schuld aan jou afbetaald, Duff.'

Duff duwde zijn vingertoppen op de plek waarvan hij wist dat het pijn deed.

De andere hand hield hij op de mond van de man om het geschreeuw te dempen en hem in het kussen van het ziekenhuisbed te duwen. De man rukte vertwijfeld aan de handboeien die vastzaten aan de spijlen van het bed. In het daglicht dat door het raam viel, kon Duff duidelijk het netwerk van fijne adertjes zien rond de grote, van schrik wijd opengesperde pupillen onder de *Norse Riders till I Die*-tatoeage op zijn voorhoofd. En zijn eigen wijs- en middelvinger kleurden rood toen ze steeds dieper onder het verband verdwenen en met een soppend geluid in de schouderwond gleden.

Welke functie dan ook, dacht Duff. Zolang ik het korps en de stad maar kan dienen.

En hij herhaalde de vraag: 'Wie is binnen de politie jullie informant?'

Hij trok zijn hand weg van de wond. De man stopte met schreeuwen. Duff haalde zijn hand van zijn mond. De man antwoordde niet.

Duff trok het verband er met een ruk af en duwde alle vingers in de wond.

Hij wist dat hij het antwoord zou krijgen, dat het slechts een kwestie van tijd was. Dat er een grens was aan wat een mens kon verdragen voor hij breekt, welke getatoeëerde eed hij ook verbrak, en dat hij alles – absoluut alles – zou doen wat hij nooit voor mogelijk had gehouden. Want eeuwige trouw is onmenselijk en verraad menselijk.

Hoofdstuk 4

Het duurde twintig minuten.

Twintig minuten van het moment dat Duff het ziekenhuis was binnengelopen en zijn vingers in de schouder van de man met de voorhoofdtatoeage had geduwd tot hij verbijsterd naar buiten liep met voldoende informatie over wie, waar en wanneer. De betreffende persoon kon onmogelijk ontkennen dat hij schuldig was. Verbijsterd omdat – terwijl het eerst vreselijk was te weten dat ze een mol in hun midden hadden – het bijna te mooi was om waar te zijn.

Het duurde dertig minuten.

Dertig minuten van het moment dat Duff in zijn auto ging zitten, door de druppelende regen reed die als de urinestraal van een oude man op de stad viel, voor het politiebureau parkeerde, een genadig knikje van de secretaresse van de hoofdcommissaris kreeg dat hij door mocht lopen, tot hij voor Duncan zat en de naam Cawdor uitsprak. De hoofdcommissaris leunde over zijn bureau, vroeg of Duff er zeker van was – het ging immers wel om het hoofd Criminaliteit – leunde weer achterover en wreef met zijn hand over zijn gezicht. Duff hoorde Duncan voor het eerst vloeken.

Het duurde veertig minuten.

Veertig minuten van het moment dat het Duncan duidelijk was dat Cawdor een vrije dag had, hij de telefoon pakte en Macbeth het bevel gaf voor arrestatie, tot acht mannen van SWAT Cawdors huis hadden omsingeld, dat zo ver naar het westen lag dat het vuilnis nog werd opgehaald en daklozen werden verwijderd. Het was een groot huis met uitzicht over het water en burgemeester Tourtell als naaste buur. Het SWAT-team had twee straten verderop geparkeerd en was in tweetallen uit de vier windrichtingen op het huis afgeslopen.

Macbeth en Banquo zaten op het trottoir met hun rug naar het zuiden, naast de poort. Cawdor had – in navolging van de meeste andere bewoners – glasscherven in de muur laten metselen, maar SWAT had matten bij zich om die hindernis te nemen. De actie volgde de gewone procedure, de teams meldden zich per walkietalkie zodra ze zich op de afgesproken positie bevonden. Macbeth keek de straat in waar een jongetje van een jaar of zes een bal tegen de garagemuur stond te gooien toen ze arriveerden. Nu was hij daarmee gestopt en staarde hen met open mond aan. Macbeth legde zijn wijsvinger tegen zijn lippen en de jongen knikte beduusd terug. Zijn gezichtsuitdrukking leek op die van de geknielde, in het wit geklede jongen op het asfalt van gisteravond, dacht Macbeth.

'Wakker worden.' Het was Banquo, hij fluisterde in zijn oor.

'Wat?'

'Alle teams hebben gemeld dat ze hun positie hebben ingenomen.'

Macbeth ademde een paar keer diep in en uit. Hij moest andere zaken nu buitensluiten, hij moest in de Staat geraken. Hij drukte op de spreekknop. 'Vijftig seconden voor we naar binnen gaan, iedereen. Noord? Over.'

Angus' stem, met die zangerige, zalvende toon van een priester: 'Alles oké. Geen beweging binnen te zien. Over.'

'West? Over.'

'Alles oké.' Dat was de stem van de vervanger, van Seyton. Toonloos en kalm. 'Wacht, het keukengordijn bewoog. Over.'

'Oké,' zei Macbeth. Hij hoefde niet eens na te denken, dit was onderdeel van de 'wat als'-procedure die ze dag in dag uit geoefend hadden. 'Dan zijn we mogelijk ontdekt, mensen. We stoppen met het aftellen en gaan direct tot actie over. Drie – twee – een... en actie!'

En daar kwam het: de Staat. De Staat was als een ruimte waarbij je de deur achter je dichtdeed en waar niets anders was dan de Opdracht, jij en jouw mannen.

Ze stonden op en terwijl Banquo de mat over de glasscherven gooide, zag Macbeth de jongen met de bal langzaam en robotachtig met zijn vrije hand zwaaien.

In slechts enkele seconden waren ze over de muur en sprintten ze door de tuin, en Macbeth had het gevoel dat hij alles om zich heen zintuigelijk kon waarnemen. Hij hoorde de wind die een tak deed kraken, zag een kraai opvliegen van de nok, rook de rottende appels in het gras. Ze renden de trap op en Banquo gebruikte de kolf van zijn geweer om het raam naast de deur te breken voor hij zijn hand naar binnen stak en van binnenuit de deur van het slot draaide. Op het moment dat ze naar binnen gingen, hoorden ze hoe op andere plaatsen in het huis glas brak. Acht tegen één. Toen Macbeth aan Duncan had gevraagd of er echt reden was om aan te nemen dat Cawdor zich heftig zou verzetten, had Duncan geantwoord dat dat niet de reden was dat hij met een groot arrestatieteam wilde uitrukken.

'Dat is om een signaal af te geven, Macbeth. Dat we onze eigen mensen niet minder streng aanpakken. Integendeel. Breek ruiten, trap deuren in, maak lawaai en leid Cawdor in de boeien geslagen door de hoofdingang zodat iedereen het kan zien en doorvertellen.'

Macbeth ging eerst. Hij duwde zijn automatische geweer tegen zijn schouders terwijl zijn blik heen en weer schoot door de gang. Naast de deur naar de woonkamer ging hij met zijn rug tegen de muur staan. Zijn ogen raakten langzaam gewend aan het donker na het felle zonlicht buiten. Het leek of alle gordijnen in het huis waren dichtgetrokken. Banquo kwam achter hem aan en liep de woonkamer in.

Net toen Macbeth langs de muur schoof om hem te volgen, gebeurde het.

De belager kwam geluidloos en razendsnel uit het donker van een van de twee smalle trappen en trof Macbeth vol tegen zijn borst waardoor hij achteroverviel.

Macbeth voelde de warme adem tegen zijn hals, maar hij zag kans de geweerloop tussen hen in te krijgen en hij beukte zo hard tegen zijn kop dat de grote tanden van de aanvaller in Macbeths schouders beten in plaats van in zijn hals. Hij schreeuwde het uit van de pijn toen de grote, grommende hondenkop de huid en het vlees openscheurde. Macbeth probeerde te slaan, maar zijn vrije hand zat vast in de riem van het geweer. 'Banquo!' Cawdor had geen hond, zoiets checkten ze altijd van tevoren. Maar dit was wel een hond en hij was beresterk. Macbeth voelde de geweerloop tegen zijn zij drukken. De hond hapte naar zijn keel. Nog even en zijn halsslagader lag open.

'Ban...'

De hond verstijfde. Macbeth draaide zijn hoofd en staarde in de gebarsten hondenogen. Toen werd de kop slap en zakte op hem. Macbeth duwde de hond van zich af en keek op.

Seyton stond boven hem met uitgestoken hand.

'Bedankt,' zei Macbeth en hij kwam zonder hulp overeind. 'Waar is Banquo?'

'Cawdor en hij zijn binnen,' zei Seyton, knikkend in de richting van de kamer.

Macbeth liep naar de kamerdeur. Ze hadden de gordijnen opengetrokken en in het scherpe tegenlicht zag hij alleen de rug van Banquo die stond te staren naar het plafond. Boven hem zweefde een engel met een stralenkrans van zonlicht om zich heen. Zijn hoofd was naar voren geknakt als een bede om vergiffenis.

Er verstreek een uur.

Een uur vanaf het moment dat Macbeth 'en actie!' had gezegd tot Duncan alle afdelings- en sectieleiders had verzameld in de grote vergaderzaal van het Hoofdkwartier.

Hij stond op het podium achter het katheder en keek naar wat papieren waarop hij, wist Duff, de woorden had geschreven die hij wilde zeggen, maar die hij ook weer snel zou vergeten omdat hij het wilde zeggen zoals het hier en nu voelde. Niet omdat de hoofdcommissaris impulsief was, verre van dat, maar hij kende de macht van het woord, want hij was zowel een rationeel als een emotioneel man. Een man die dacht zoals hij voelde en omgekeerd. Een man die zichzelf kende en daardoor de anderen, dacht Duff. Een leider. Iemand die werd gevolgd. Zo'n man die Duff wilde zijn of wilde worden.

'Jullie weten allemaal wat er is gebeurd,' zei Duncan ernstig en op zachte toon. Maar het leek of hij het uitschreeuwde. 'Toch wil ik jullie informeren voor de persconferentie die hier vanmiddag zal plaatsvinden. Een van onze betrouwbaarste mensen, hoofdinspecteur Cawdor, werd verdacht van ernstige corruptie. En zoals het er nu naar uitziet, is het grootste deel van die verdenking helaas terecht. In het licht van het feit dat hij vooral in verband wordt gebracht met Norse Riders – waartegen we gisteren een geslaagde actie hebben uitgevoerd – bestond er natuurlijk het risico dat hij, gegeven de situatie, zou proberen bewijzen te verdoezelen of dat hij ervandoor zou gaan. Daarom heb ik om tien uur vanmorgen aan SWAT de opdracht gegeven tot onmiddellijke arrestatie van hoofdinspecteur Cawdor.'

Duff had gehoopt dat zijn naam zou worden genoemd, maar hij had er ook begrip voor dat Duncan geen nadere details wenste te geven. Want als er één ding is wat je leert op de politieacademie, is het dat regels regels zijn, ook al zijn ze niet expliciet uitgesproken. Daarom schrok hij toen Duncan opkeek en zei: 'Inspecteur Macbeth, zou je zo vriendelijk willen zijn om hier een korte samenvatting te geven van de arrestatie?'

Duff draaide zich om en zag zijn collega tussen de rijen stoelen stappen en ook hij leek verrast. Want de hoofdcommissaris had niet de gewoonte in een dergelijke situatie anderen het woord te geven, hij gaf er de voorkeur aan om kort, bondig en consistent de zaak samen te vatten zodat hij de bijeenkomst kon opheffen en iedereen weer aan het werk kon om de stad leefbaarder te maken.

Macbeth zag er ongemakkelijk uit achter het spreekgestoelte. Hij droeg nog steeds het zwarte operationele uniform van SWAT, maar de rits was zo ver open dat je nog net het witte verband om zijn rechterschouder kon zien.

'Goed,' begon hij.

Niet echt een sterk begin, maar er was vast niemand die verwachtte dat de leider van SWAT een begenadigd spreker was. Macbeth keek op zijn horloge alsof hij nog een afspraak had. Maar iedereen in de zaal wist waarom hij dat deed, het was gewoon een automatische reactie van een politieman die gevraagd werd rapport uit te brengen waardoor hij nerveus werd. Hij keek op het horloge alsof de verplichte tijdsbepalingen van wat wanneer gebeurde daar genoteerd stonden of omdat het uurwerk een steun was voor zijn geheugen.

'Om tien uur vierenvijftig,' zei Macbeth en hij moest twee keer zijn keel schrapen, 'bestormde SWAT het woonadres van hoofdinspecteur Cawdor. Er stond een terrasdeur op een kier, maar er waren geen tekenen van inbraak of geweld of dat er iemand voor ons in de woning was geweest. Afgezien dan van de hond. Er waren ook geen tekenen dat iemand anders dan Cawdor zelf het had...' Nu gleed Macbeths blik van het horloge naar de mensen voor zich. 'Bij de terrasdeur lag een omgevallen stoel. Ik wil niet vooruitlopen op de conclusies van de Technische Recherche, maar het lijkt erop dat Cawdor niet alleen op de stoel is gaan staan toen hij zich wilde ophangen, maar dat hij ervanaf is gesprongen en dat hij door het heen en weer zwaaien de stoel dwars door de kamer heeft geschopt. Dat klopt ook met het feit dat de excrementen van de dode verspreid lagen over de vloer. Het lijk was koud; zelfmoord lijkt voor de hand te liggen en een van de mannen vroeg of we de procedure konden overslaan en hem los mochten snijden omdat Cawdor ondanks alles zijn hele leven politieman is geweest. Ik heb daarop nee gezegd...'

Het viel Duff op dat Macbeth met opzet even pauzeerde. Alsof hij iedereen even wilde laten luisteren naar de stilte. Dat was een truc die Duff zelf zou kunnen gebruiken en die hij Duncan beslist ook had horen gebruiken, maar die hij niet verwacht had op het repertoire van de pragmaticus Macbeth. En dat had hij zelf misschien ook niet, want hij keek weer op zijn horloge en besloot zijn betoog: '...om tien uur negenenvijftig.'

Macbeth keek op en trok zijn mouw over het horloge in een afsluitend gebaar.

'Dus Cawdor hangt daar nog steeds. Niet vanwege het sporenonderzoek, maar omdat hij een corrupte politieman was.'

Het was zo stil in de zaal dat Duff de regen kon horen tegen het raam hoog in de muur. Macbeth draaide zich om naar Duncan, die kort knikte. Toen stapte hij van het podium af en liep terug naar zijn plaats.

Duncan wachtte tot Macbeth weer zat voor hij het woord hernam: 'Bedankt, Macbeth. Het laatste wat je zei zal niet op de persconferentie worden herhaald, maar ik meen dat het een passende afsluiting is van deze interne informatiebijeenkomst. En bedenk dat de veroordeling van het slechte en het zwakke in de mens ook gezien kan worden als een optimistische hulde aan het goede en het sterke. Dus terug naar het goede werk, mensen.'

De jonge verpleegkundige stond bij de deur te kijken naar de patiënt die zijn bovenlichaam had ontbloot. Hij had zijn lange, donkere haar naar achteren gelegd terwijl de arts het bloederige verband rond zijn rechterschouder verwijderde. Het enige wat ze wist van de patiënt was dat hij politieman was. En gespierd.

'Oef,' zei de arts. 'Dat moeten we goed schoonmaken en hechten. En je krijgt een tetanusinjectie, dat doen we altijd bij een hondenbeet. Maar laten we eerst de boel verdoven. Maria, zorg jij...'

'Nee,' zei de patiënt en hij staarde strak naar de muur.

'Pardon?'

'Geen verdoving.'

Er viel een stilte.

'Geen?'

'Geen.'

De arts wilde nog iets zeggen over de pijn, maar zag toen de littekens op de onderarmen. Oude littekens. Van het type dat ze maar al te vaak had gezien toen ze verhuisde naar deze stad.

'Ik begrijp het,' zei ze. 'Geen verdoving.'

Duff leunde achterover in zijn bureaustoel en drukte de telefoon tegen zijn oor.

'Met mij, schat. Wat zijn jullie aan het doen?'

'Emilie is zwemmen met een paar vriendinnen. Ewan heeft kiespijn, ik sta op het punt met hem naar de tandarts te gaan.'

'Oké. Zeg, het wordt laat vandaag.'

'Waarom?'

'Waarschijnlijk blijf ik slapen in de stad.'

'Waarom?' herhaalde ze. Uit haar stem klonk geen irritatie of frustratie. Die klonk alleen alsof dit informatie was die ze graag wilde hebben om eventueel zijn afwezigheid te kunnen verklaren voor de kinderen. Niet omdat ze hem zelf nodig had. Niet omdat...

'Je zult het straks wel op het nieuws zien,' zei hij. 'Cawdor heeft zich van het leven beroofd.'

'Ach jeetje. Wie is Cawdor?'

'Dat weet je toch wel?'

'Nee.'

'Hoofd Criminaliteit, toch? Hij was een sterke kandidaat om OrgCrim te krijgen.'

Stilte.

Ze had zich nooit erg beziggehouden met zijn werk. Haar wereld was Fife, de kinderen en – in elk geval vroeger, wanneer hij thuis was – haar echtgenoot. Hij vond het best, nu hoefde hij hen geen deelgenoot te maken van al die afschuwelijke zaken. Maar aan de andere kant betekende het feit dat ze zijn ambities niet deelde, dat ze niet altijd begreep hoeveel dit werk van hem vergde. Wat betreft tijd, opoffering en... wat hij nodig had, verdomme.

'Het hoofd OrgCrim zal op het bureau nummer drie in de commandoketen worden, na Duncan en adjunct-hoofdcommissaris Malcolm. Dus ja, het is een grote zaak en dat betekent dat ik hier moet zijn. Vermoedelijk de komende dagen ook.'

'Beloof me dat je er wel op de dag voor de verjaardag van de jongste zult zijn.'

O, die dag. Verdomme! Dat was een traditie bij hen, de dag voor de feitelijke verjaardag vierden ze met hun vieren met het eten van *betasuppe*, de rijkgevulde soep bereid naar haar beproefde familierecept. En de jarige kreeg dan de cadeaus van papa en mama. Was hij echt Ewans verjaardag vergeten? Misschien wist hij door alles wat er de laatste dagen was gebeurd even niet meer wat de datum was, maar hij had wel het cadeau gekocht. Ewan wilde graag, nadat Duff hem had verteld wat een undercoveragent deed, kleding hebben om zich te vermommen. In de kast lag een mooi ingepakt cadeau met een losse baard, lijm, een fopbril en een groene wollen muts. Alles in een volwassen maat zodat hij Ewan ervan kon overtuigen dat het precies was wat papa en de andere politiemensen bij Drugs gebruikten.

Er knipperde een lampje op zijn telefoon. Een interne oproep. Hij had wel een idee wie dat was.

'Een ogenblik, schat.'

Hij drukte op het knopje onder het lampje. 'Ja?'

'Duff? Met Duncan. Het gaat over de persconferentie van vanmiddag.'

'Ja?'

'Ik wil graag laten zien dat we niet verlamd zijn door wat er is gebeurd, dat we al vooruitdenken, dus ik wil de naam van de tijdelijke chef van OrgCrim bekendmaken.'

'Van OrgCrim? Eh... nu al?'

'Dat zou toch al aan het eind van de maand gebeuren, maar nu Criminaliteit geen leider meer heeft, is het praktischer dat we direct een tijdelijke chef aanstellen. Kun jij naar mijn kantoor komen?'

'Uiteraard.'

De verbinding werd verbroken. Duff bleef naar het uitgedoofde lampje zitten staren. Het was ongebruikelijk dat de hoofdcommissaris zelf belde, meestal belde zijn secretaresse of een van zijn assistenten voor een afspraak. Tijdelijke chef. Het lag voor de hand dat die na de formele sollicitatieprocedure – de werving, de toetsing van de sollicitatiecommissie enzovoort – ook de aanstelling zou krijgen. Zijn blik ging naar een van de andere lampjes. Dat brandde. Hij was helemaal vergeten dat hij zijn vrouw in de wacht had gezet.

'Schat, er is iets gebeurd, ik moet weg.'

'O? Niet iets akeligs, mag ik hopen?'

'Nee,' zei Duff lachend. 'Niet iets akeligs. Absoluut niet iets akeligs. Schat, ik denk dat je vanmiddag het nieuws harder moet zetten, zodat je het bericht over wie de nieuwe chef van OrgCrim wordt niet mist.'

'O?'

'Kus in je nek.' Dat was een afscheidsgroet die ze al jaren niet meer gebruikten. Duff hing op en rende – hij kon het niet laten – zijn kantoor uit en de trappen op naar de bovenste verdieping. Omhoog, omhoog, hoger en hoger.

De secretaresse zei dat Duff direct kon doorlopen. 'Ze wachten op je,' zei ze glimlachend.

Glimlachend. Ze glimlachte nooit.

Aan de ronde eikenhouten tafel in het grote, lichte, maar zakelijk ingerichte kantoor van de hoofdcommissaris zaten naast Duncan nog vier personen. De vroeg grijze en bebrilde adjunct-hoofdcommissaris, Malcolm. Hij had filosofie en economie gestudeerd in Capitol en dat was aan zijn taalgebruik goed te horen – daardoor zagen velen hem in het Hoofdkwartier als een vreemde snuiter. Hij was een oude vriend van Duncan, die zei dat hij Malcolm had binnengehaald omdat ze zijn enorme competentie op het gebied van leidinggeven nodig hadden. Anderen beweerden dat Duncan tijdens vergaderingen de altijd onvoorwaardelijke ja van Malcolm nodig had. Naast Malcolm zat de immer alerte, albinobleke Lennox. Zijn sectie Anti-Corruptie was opgericht tijdens Duncans reorganisatie. Het was nog even een punt van discussie geweest of 'anti' in de naam moest staan. Want, zo beargumenteerden sommigen, je zei bijvoorbeeld ook niet anti-drugsafdeling of anti-moordafdeling. De reden dat anti toch werd toegevoegd, was dat onder Kenneth afdeling Drugs in de volksmond afdeling Corruptie werd genoemd.

Aan de andere kant van Duncan zat zijn assistent die de notulen van deze bijeenkomst deed, en naast haar zat inspecteur Caithness.

Aangezien Duncan roken in zijn kantoor niet toestond, stonden er geen asbakken met peuken op tafel die Duff konden vertellen hoelang ze al zo zaten, maar hij registreerde dat er op sommige notitieblokken koffievlekken zaten en dat de meeste koffiekopjes leeg waren. En de open, blije, bijna ontspannen stemming duidde erop dat ze tot een besluit waren gekomen.

'Bedankt dat je zo snel kon komen, Duff,' zei Duncan en hij gebaarde met zijn hand naar de laatste lege stoel. 'Laat ik gelijk ter zake komen. We willen zoals gezegd de fusie van Drugs en Criminaliteit bespoedigen. Dit is de eerste crisis sinds ik op die stoel daar zit...' Duff keek in de richting waarnaar Duncan had geknikt, naar het bureau. De lege stoel van de hoofdcommissaris had een hoge, rechte rug en zag er niet comfortabel uit. Een beetje te recht. Geen zachte kussens. Het was een stoel naar Duffs smaak.

'...dus ik heb het gevoel dat ik een duidelijk signaal moet afgeven door daadkracht te tonen.'

'Klinkt verstandig,' zei Duff. En meteen had hij spijt, want het klonk alsof hij zich inbeeldde dat ze hem hadden laten komen om de overwegingen van de leiding te beoordelen. 'Ik bedoel, ik heb er vertrouwen in dat dit juist is.'

Het werd even stil rond de tafel. Was hij te ver doorgeslagen naar de andere kant, betekende dit dat hij geen eigen mening had?

'De betreffende persoon moet iemand zijn van wie we honderd procent zeker weten dat die niet corrupt is,' zei Duncan.

'Uiteraard,' zei Duff.

'Niet alleen omdat we niet zitten te wachten op nog zo'n schandaal als nu met Cawdor, maar ook omdat we iemand nodig hebben die ons kan helpen met het vangen van de echt grote vis. En dan heb ik het niet over Sweno, maar over Hecate.'

Hecate. De stilte na het uitspreken van zijn naam was veelzeggend.

Duff ging rechter zitten. Dat was werkelijk een grote opdracht. Maar het was duidelijk, dit was wat deze aanstelling verlangde: dat je de draak velde. En het was geweldig. Want nu begon het. Het leven als een ander, een beter mens.

'Jij hebt leiding gegeven aan de succesvolle actie tegen Norse Riders,' zei Duncan.

'Dat heb ik niet alleen gedaan, sir,' zei Duff. Het was niet verkeerd om een beetje bescheiden te zijn, vooral in situaties waarin het niet absoluut noodzakelijk was, kon je je dat permitteren.

'Precies,' zei Duncan. 'Macbeth heeft jullie geholpen. Behoorlijk geholpen, heb ik begrepen. Wat is jouw globale indruk van hem?'

'Indruk, sir?'

'Ja, jullie zaten toch in hetzelfde jaar op de politieacademie? Hij heeft zonder meer goed werk verricht met SWAT en iedereen daar is enthousiast over hem als leider. Maar het is duidelijk, SWAT is een behoorlijk specialistische afdeling. Daarom willen we graag van jou – iemand die hem kent – horen of je denkt dat Macbeth de man voor de nieuwe functie kan zijn.'

Duff moest twee keer slikken voor hij geluid kon voortbrengen. 'Of Macbeth de persoon kan zijn om leiding te geven aan OrgCrim, bedoelt u?'

'Ja.'

Duff had een paar seconden nodig. Hij legde een hand voor zijn mond, trok zijn wenkbrauwen naar beneden en hoopte dat hij eruitzag als iemand die diep nadacht en niet als een zwaar teleurgesteld man.

'Nou, Duff?'

'Het is één ding om leiding te geven aan mannen die een huis moeten bestormen, bandieten overmeesteren en gijzelaars redden,' zei Duff. 'En daarin is Macbeth zonder meer goed. Leiding geven aan OrgCrim vergt toch wat andere kwaliteiten.'

'Daar zijn we het over eens,' zei Duncan. 'Dat vergt wát andere kwaliteiten en niet totáál andere kwaliteiten. Leidinggeven is leidinggeven. Hoe zit het met het karakter van de man? Is hij te vertrouwen?'

Duff klemde zijn bovenlip tussen duim en wijsvinger. Macbeth. Die verdomde Macbeth! Wat moest hij zeggen? Deze promotie was op zijn lijf geschreven en niet op die van een kerel die net zo goed jongleur of messenwerper in een reizend circus had kunnen worden! Hij vestigde zijn blik op het schilderij dat boven het bureau aan de muur hing. Marcherende, lachende mensen. Volgens Duncan straalde het optimisme voor de toekomst, saamhorigheid, leiderschap en solidariteit uit. Duff dacht aan de situatie op de landweg. Macbeth, hijzelf en de twee dode jongens. De regen die het bloed wegspoelde.

'Ja,' zei Duff. 'Macbeth is te vertrouwen. Maar hij is vooral een man van de praktijk. Dat blijkt misschien uit zijn optreden van vanmiddag.'

'Dat zijn we ook met je eens,' zei Duncan. 'Om die reden heb ik hem ook naar voren gehaald, om te zien hoe hij met zo'n situatie omgaat. En we vonden alle vier dat wat hij daar liet zien een uitstekend voorbeeld is van het respect dat de pragmaticus heeft voor de rapportageroutines, terwijl hij tegelijkertijd over de capaciteiten van een leider beschikt om mensen te inspireren en enthousiasmeren. "...Cawdor hangt daar nog steeds. Niet vanwege het sporenonderzoek, maar omdat hij een corrupte politieman was."'

Gedempt gelach rond de tafel om Duncans imitatie van Macbeths dialect uit het oosten van de stad.

'Als hij echt dergelijke eigenschappen heeft,' zei Duff, en een innerlijke stem fluisterde dat hij het niet moest zeggen, 'dan kun je je afvragen waarom hij in de jaren na de politieacademie niet vaker promotie heeft gemaakt.'

'Dat is waar,' zei Lennox. 'Maar zie het als een van de sterkste argumenten vóór Macbeth.' Hij liet een misplaatste, schelle, trillende lach horen. 'Geen van de mensen rond deze tafel had onder de vorige hoofdcommissaris een functie van betekenis. Omdat we, net als Macbeth, niet meededen aan het spel en steekpenningen weigerden. Ik beschik over bronnen die zeker weten dat Macbeths carrière daardoor is gedwarsboomd.'

'Daarmee hebben jullie de vraag dus al beantwoord,' zei Duff stijfjes. 'En het feit dat hij een relatie heeft met de vrouwelijke eigenaar van het casino zal vast ook ter sprake zijn gekomen.'

Malcolm wierp een snelle blik op Duncan. Hij kreeg een knik terug en nam het woord. 'Economische Delicten leidt nu een onderzoek naar de branches die tijdens het vorige gezag kans zagen onder de radar te blijven. En in het kader daarvan is Casino Inverness onlangs volledig doorgelicht. De conclusie is eenduidig: de bedrijfsvoering van Inverness is voorbeeldig, zowel op het gebied van hun boekhouding, belastingbetaling als hun personeelsbeleid. En dat is in deze branche geen vanzelfsprekendheid. Er wordt nu onderzoek gedaan naar...' – hij lachte scheef – '...de kaarten van de Obelisk Casino. En dat is een ander verhaal, om het zo maar te zeggen. *To be continued*... Tegen Lady en haar etablissement hebben we niets gevonden.'

'Macbeth komt uit het oosten van de stad en is een outsider,' zei Duncan. 'Terwijl wij allen rond deze tafel gezien worden als insiders. Men weet dat we oppositie hebben gevoerd tegen Kenneth en dat we voorstanders zijn van veranderingen binnen het korps, maar ook dat we kostbare opleidingen hebben gevolgd en uit vooraanstaande, bevoorrechte families komen. Ik geloof dat het een goed signaal is dat iedereen binnen de politie, binnen ónze politie, de top kan bereiken, ongeacht je achtergrond en connecties, alleen maar door hard en eerlijk te werken. Met nadruk op eerlijk.'

'Dat is een goed signaal,' zei Malcolm. 'Vooral als we eerst Macbeths deel van de eer voor de actie tegen Norse Riders naar de pers lekken.'

'Dat is een goed idee, sir,' zei Lennox.

'Prima.' Duncan sloeg zijn handpalmen tegen elkaar. 'Duff, heb jij er nog iets aan toe te voegen?'

Hebben jullie de littekens op zijn armen niet gezien?

'Duff?'

Hebben jullie de littekens op zijn armen niet gezien?

'Is er iets, Duff?'

'Nee, sir. Ik heb er niets aan toe te voegen. Ik ben ervan overtuigd dat Macbeth een goede keus is.'

'Goed, dan bedank ik alle aanwezigen.'

Macbeth staarde naar het rode stoplicht terwijl de ruitenwissers heen en weer gingen over de voorruit van Banquo's Volvo PV 544. De auto was een beetje zoals Banquo: behoorlijk wat ouder dan de andere auto's, maar goed functionerend en betrouwbaar. Er was iets met het design van de auto, vooral de langgerekte, ronde motorkap waardoor de auto van voor de oorlog leek te stammen. Maar onder de motorkap had die, volgens de trotse eigenaar, alles wat een mens kon verlangen van een moderne auto. De ruitenwissers konden hun werk nauwelijks aan en het stromende water deed

Macbeth denken aan smeltend glas. Een jongen in doorweekte kleding stak over en Macbeth zag dat het voetgangerslicht van groen op rood was gesprongen. Een menselijk lichaam dat van top tot teen bedekt was met bloed. Macbeth huiverde.

'Wat is er?' vroeg Banquo.

'Ik geloof dat ik koorts heb,' zei Macbeth. 'Ik heb last van hallucinaties.'

'Hallucinaties en klachten,' zei Banquo. 'Dat is griep. Niet zo vreemd trouwens. Gisteren drijfnat en vandaag heeft er een hond op je gekauwd.'

'Wat betreft die hond. Ben je er nog achter gekomen waar die vandaan kwam?'

'Ik weet alleen dat hij daar niet thuishoorde. Hij moet door de openstaande verandadeur zijn gekomen. Wat ik me afvroeg, is hoe hij is doodgegaan.'

'Heb ik dat niet verteld? Seyton heeft hem gepakt.'

'Dat weet ik, maar ik heb geen verwondingen gevonden. Heeft hij het beest gewurgd?'

'Ik weet het niet, vraag het aan hem.'

'Dat heb ik gedaan, maar hij antwoordde niet echt, hij...'

'Papa, het is groen.' De jongen op de achterbank leunde voorover tussen de twee mannen. Macbeth keek naar de slungelige negentienjarige. Fleance had de bescheidenheid van zijn moeder geërfd en niet de goedmoedige jovialiteit van zijn vader.

'Rij jij of je vader, mijn jongen?' zei Banquo mild glimlachend terwijl hij gas gaf.

Macbeth keek naar de mensen op het trottoir. Huismoeders die boodschappen deden en werklozen die in de rij stonden voor de cafés. De laatste tien jaar was het in de ochtend steeds drukker in de stad. Dat zou het centrum misschien een levendige en vrolijke sfeer moeten geven, maar het tegendeel was het geval. De apathische, gesloten gelaatsuitdrukkingen deden eerder denken aan levende doden. Hij had de laatste maanden gezocht naar tekenen van veranderingen of het iets uitmaakte dat Duncan nu hoofdcommissaris was. De publiekelijke, brutale straatcriminaliteit was misschien wat gereduceerd omdat ze meer surveilleerden of doordat de criminelen zich nog verder hadden teruggetrokken in de donkere achterafstraatjes.

'In mijn tijd hadden we op de politieacademie geen college 's middags,' zei Macbeth.

'Het is geen college,' zei de jongen. 'Een paar andere studenten en ik hebben een colloquium.'

'Een colloquium? Wat is dat?'

'Fleance en enkele andere ijverige studenten werken samen voor het examen,' zei Banquo. 'Prima, toch?'

'Papa zegt dat ik rechten moet gaan studeren, dat de politieacademie niet genoeg is. Wat zeg jij, oom Macbeth?'

'Ik vind dat je naar je vader moet luisteren.'

'Maar jij hebt ook geen rechten gedaan,' wierp de jongen tegen.

'En kijk eens hoever hem dat heeft gebracht,' zei Banquo lachend. 'Vooruit, Fleance, jij moet verder willen komen dan je zielige vader en deze slapjanus.'

'Jij zegt zelf dat ik niet over het talent beschik om leiding te geven,' zei Fleance.

Macbeth trok een wenkbrauw op en keek Banquo aan.

'Echt? Ik dacht dat het de taak van een vader was om zijn kinderen te laten geloven dat ze alles kunnen, als ze daarvoor maar hard genoeg werken.'

'Inderdaad,' zei Banquo. 'Ik heb niet gezegd dat hij niet de capaciteiten heeft om leiding te geven, alleen maar dat hij niet over het talent beschikt. En dat betekent dat hij eraan moet werken. Hij is slim, hij moet alleen leren vertrouwen op zijn eigen oordeel en dat betekent dat hij initiatief moet nemen en niet steeds anderen moet volgen.'

Macbeth draaide zich om. 'Je hebt een hardvochtige vader, Fleance.'

Fleance haalde zijn schouders op. 'Sommige mensen geven altijd commentaar en nemen de besluiten, terwijl andere niet zo zijn, dat is toch niet zo vreemd?'

'Niet vreemd,' zei Banquo. 'Maar als je iets wilt bereiken, moet je misschien proberen te veranderen.'

'Ben jíj veranderd?' vroeg Fleance met ergernis in zijn stem.

'Nee, ik was zoals jij,' zei Banquo. 'Tevreden dat anderen de besluiten namen. Maar ik zou wensen dat ik toen iemand had gehad die tegen me had gezegd dat mijn overwegingen net zo goed zijn als die van mijn buurman. En soms zelfs beter. En als je daarin beter bent, moet je leiding geven. Dat is je verrekte plicht tegenover de maatschappij.'

'Wat zeg jij, oom Macbeth, kun je veranderen en een leiderstype worden?'

'Ik weet het niet,' zei Macbeth. 'Ik geloof dat sommige mensen geboren leiders zijn en die worden het bijna als vanzelfsprekend. Neem nou hoofdcommissaris Duncan. Dat is iemand die je infecteert met zijn mening, iemand voor wie je door het vuur gaat, desnoods ten koste van je leven. Terwijl anderen noch de overtuiging, noch de leiderscapaciteiten hebben en alleen maar gedreven worden door de wens hogerop te komen en inderdaad uiteindelijk op een leiderspositie terechtkomen. Misschien zijn ze intelligent, hebben ze charme en overredingskracht, maar ze begrijpen de mensen feitelijk niet. Omdat ze die niet echt zien. Omdat ze alleen zichzelf begrijpen en zien.'

'Heb je het over Duff?' zei Banquo met een glimlach.

'Wie is Duff?' vroeg Fleance gretig.

'Dat is niet zo belangrijk,' zei Macbeth.

'Jawel, kom op, oom Macbeth, ik moet er toch van leren?'

Macbeth zuchtte. 'Duff en ik zijn sinds het weeshuis bevriend. En we zaten samen op de politieacademie. Hij is hoofd Drugs. Maar je kunt blijven hopen dat hij inmiddels het een en ander heeft geleerd en dat hij kan veranderen.'

'Hij echt niet,' zei Banquo lachend.

'Afdeling Drugs,' zei Fleance. 'Is dat die man met het litteken over zijn gezicht?'

'Yep,' zei zijn vader.

'Hoe komt hij daaraan?'

'Hij is daarmee geboren,' zei Macbeth. 'Maar we zijn bij de politieacademie. Doe je best.'

'Ja hoor, oom Macbeth.'

Dat hij oom zei kwam uit de tijd dat Fleance nog een jongetje was, nu gebruikte hij het vooral ironisch. Maar toen Macbeth de jongen door de regen onder de poort van de politieacademie door zag rennen, kreeg hij toch een warm gevoel vanbinnen.

'Een goeie jongen,' zei hij.

'Je moet kinderen nemen,' zei Banquo terwijl hij wegreed van de trottoirband. 'Dat zijn geschenken voor het leven.'

'Ik weet het, maar voor Lady is het te laat.'

'Zoek dan iemand die jonger is. Iemand van je eigen leeftijd.'

Macbeth antwoordde niet en staarde nadenkend naar buiten. 'Toen ik dat rode mannetje van het verkeerslicht zag, dacht ik aan de dood,' zei hij.

'Je dacht aan Cawdor,' zei Banquo. 'Ik heb trouwens met Angus gesproken toen hij maar bleef staan staren naar het bungelende lichaam.'

'Religieuze overdenkingen?'

'Nee, hij zei alleen dat hij niet begreep waarom rijke, bevoorrechte mensen zich van het leven beroven. Dat zelfs als Cawdor zijn baan was kwijtgeraakt en misschien kort de bak in zou draaien, hij toch voldoende gespaard had om een lang en zorgeloos leven te kunnen leiden. Ik heb die jongen moeten uitleggen dat het om de val gaat. En de ontgoocheling dat de toekomst er niet uit zal zien zoals je je had gewenst. Daarom is het belangrijk dat je niet te hoge verwachtingen hebt. Om langzaam te starten, niet te vroeg de top te willen halen. Groei volgens plan, of niet?'

'Jij hebt je zoon een beter leven beloofd als hij maar rechten gaat studeren.'

'Met zonen is het anders. Ze zijn een verlengstuk van je eigen leven. Het is hun taak om ervoor te zorgen dat de groei doorgaat.'

'Het ging niet om Cawdor.'

'Wat?'

'Ik dacht niet aan Cawdor.'

'O?'

'Ik dacht aan die ene jongen op de landweg. Hij was...' – Macbeth keek nog steeds uit het raam – 'rood. Doordrenkt van het bloed.'

'Denk er niet meer aan.'

'Van koud bloed.'

'Koud... wat bedoel je?'

Macbeth haalde diep adem. 'Die twee jongens bij Forres, ze hadden zich overgegeven. Maar Duff schoot die kerel met de Swenohelm toch dood.'

Banquo schudde zijn hoofd. 'Ik dacht al dat het om zoiets ging. En die ander?'

'Hij was een getuige.' Macbeths gezicht vertrok in een grimas. 'Ze kwamen immers van het feest en hij droeg een doorweekte witte broek en overhemd. Ik haalde mijn dolk tevoorschijn. Hij begon te smeken, hij wist wat hem te wachten stond.'

'Ik hoef de rest niet te horen.'

'Ik ging achter hem staan, maar ik kon het niet. Ik stond daar met de dolk in mijn hand en was niet in staat iets te doen. Ik keek naar de rug van Duff die daar met zijn gezicht in zijn handen zat te snikken als een kind. Toen stak ik.'

In de verte klonk een sirene. Een brandweerwagen. Hoe kon er verdomme brand zijn in deze regen? dacht Banquo.

'Ik weet niet of het kwam doordat zijn kleren nat waren,' zei Macbeth. 'Maar het bloed kleurde alles. Broek en overhemd. En toen hij op het asfalt lag met zijn armen naar beneden en iets gespreid, deed hij me denken aan het rode voetgangerslicht. Het mannetje dat stop zegt. Stop nu, ga niet verder.'

Zwijgend reden ze langs de garage-ingang onder het Hoofdkwartier. Alleen de afdelingschefs en de politiemensen met hogere rangen hadden daar een parkeerplaats. Banquo parkeerde achter het gebouw. Hij zette de motor uit. De regen roffelde op het autodak.

'Ik begrijp het,' zei Banquo.

'Wat begrijp je?'

'Duff wist dat als jullie Sweno hadden gearresteerd en hij voor een inhalige rechter in deze corrupte stad was verschenen... hoeveel jaar had hij dan gekregen? Twee maximaal? Of zelfs vrijspraak? En ik begrijp jou.'

'Is dat zo?'

'Ja, want wat had Duff gekregen als Sweno's lakei tegen hem had getuigd? Twintig jaar? Vijfentwintig? In het korps zorgen we voor de ander, want niemand anders doet dat. En wat nog belangrijker is, nóg een schandaal binnen de politie zou grote consequenties hebben, juist nu we een hoofdcommissaris hebben die bezig is de inwoners hun geloof in de wet en gerechtigheid terug te geven. Het gaat erom het grotere geheel te zien. En soms is een gruwelijke daad dan gerechtvaardigd, Macbeth.'

'Misschien wel.'

'Denk er niet meer aan, mijn beste Macbeth.'

Het regenwater dat langs de voorruit liep vervormde het Hoofdkwartier voor hen. Ze bleven zitten alsof de woorden die waren uitgesproken verwerkt moesten worden voordat ze uitstapten.

'Duff zou je dankbaar moeten zijn,' zei Banquo. 'Als jij het niet had gedaan, had hij het zelf moeten doen, dat wisten jullie allebei. Maar nu weten jullie beiden iets van elkaar. Terreurbalans. Op die manier kunnen mensen 's nachts slapen.'

'Duff en ik zijn niet Amerika en de Sovjet-Unie.'

'Nee, wat zijn jullie eigenlijk? Op de politieacademie waren jullie onafscheidelijk en nu praten jullie nauwelijks met elkaar. Wat is er gebeurd?'

Macbeth haalde zijn schouders op. 'Niets bijzonders. We waren van begin af aan al erg verschillend. Hij is Duff, zijn familie bezat ooit onroerend goed en zoiets blijft aan je kleven. Je taalgebruik en rijkeluismanieren. In het weeshuis zorgde dat ervoor dat hij eenzaam was en werd buitengesloten, dus hij klampte zich aan mij vast. We werden een duo waarmee niet te spotten viel, maar op de politieacademie merkte ik dat hij meer naar zijn eigen soort werd getrokken. Als een tamme leeuw die wordt losgelaten in de jungle. Hij heeft wat vakken gevolgd aan de universiteit, kreeg een meisje uit een gegoed milieu en trouwde. Kreeg kinderen. We zullen wel uit elkaar zijn gegroeid.'

'Of kreeg je er genoeg van dat hij zich gedroeg als de egoïstische, arrogante zak die hij is?'

'Mensen vergissen zich makkelijk in Duff. Op de politieacademie hebben hij en ik elkaar beloofd dat we de grote, slechte kerels zouden pakken. Duff wil écht zijn steentje bijdragen aan het veranderen van deze stad, Banquo.'

'Heb je hem daarom gered?'

'Duff is capabel en werkt hard, hij aast op de functie van afdelingsleider van OrgCrim, dat weten we allemaal. Dus waarom zou één fout in de hitte van de strijd de carrière stoppen van een man die het beste met ons voorheeft?'

'Omdat het niet in jou zit om een weerloze man op die manier van het leven te beroven.'

Macbeth haalde zijn schouders op. 'Misschien ben ik veranderd.'

'Mensen veranderen niet. Maar ik begrijp nu dat jij het als je simpele soldatenplicht zag. Jij, ik en Duff, wij vechten aan dezelfde kant van de oorlog. Jullie hebben het leven van twee leden van Norse Riders verkort zodat ze met hun vergif niet door kunnen gaan met het verkorten van de levens van onze kinderen. Jij hebt je plicht gedaan, en helaas heb je daar niet altijd een keuze in. Ik begrijp wat het met je doet als je je dode vijanden in een gewoon verkeerslicht ziet. Je bent een beter mens dan ik, Macbeth.'

Macbeth glimlachte even. 'Jij bent beter in staat door de oorlogsdampen te kijken dan ik, mijn oude vriend. En mijn hart is lichter nu ik weet dat jij het me vergeeft.'

Banquo schudde zijn hoofd. 'Ik kijk niet beter dan wie dan ook, ik ben alleen een praatjesmaker met twijfel als enige richtlijn.'

'Twijfel, ja. Word je daar niet af en toe door verteerd?'

'Nee,' antwoordde Banquo, starend door de voorruit. 'Niet af en toe. De hele tijd.'

Macbeth en Banquo liepen van de parkeerplaats naar de personeelsingang aan de achterkant van het Hoofdkwartier, een gebouw dat tweehonderd jaar oud was en in het centrum van District 3 oost stond. In het verleden was het een gevangenis geweest en er deden verhalen de ronde van terechtstellingen en martelingen. De meeste mensen die overwerkten beweerden bovendien dat er een onbestemde, koude wind door de kantoortuin kon gaan en dat het soms leek of er in de verte werd geschreeuwd. Banquo had tegen Macbeth gezegd dat het gewoon de excentrieke conciërge was die elke dag om precies vijf uur de verwarming lager zette en dat hij schreeuwde als hij zag dat iemand bij zijn werkplek wegliep zonder zijn bureaulamp uit te doen.

Macbeth zag twee Aziatisch uitziende vrouwen die huiverend tussen de werkloze mannen op het trottoir stonden en op iets leken te wachten. De stadshoeren waren vroeger voornamelijk te vinden in Thrift Street achter het gebouw van de spoorwegen, tot het gemeentebestuur hen daar een paar jaar geleden had weggestuurd en nu was de markt gesplitst. De knappe meisjes frequenteerden de casino's en de meisjes die waren overgeleverd aan de harde realiteit van de straat, voelden zich veilig in de buurt van de bewakers van de openbare orde. De politie werd met enige regelmaat onder druk van politici of de media verplicht tot het schoonvegen van de straten. Er volgden massa-arrestaties van het 'seksvuilnis', maar alle partijen vonden het best dat de verplaatsingen snel en van korte duur waren. Algauw was alles weer als voorheen. En je kon het feit ook niet negeren dat juist het Hoofdkwartier een deel van de clientèle van de meisjes leverde. Maar Macbeth had zelf zo vaak de meisjes bedankt dat ze hem nu met rust lieten. Dus toen hij de twee meisjes in hun richting zag komen lopen, ging hij ervan uit dat ze nieuw waren in de buurt. En dat hij hen niet snel zou vergeten. Zelfs naar de relatief lage standaardnormen in deze straten was het uiterlijk van deze twee niet bepaald aantrekkelijk. Nu was het de ervaring van Macbeth dat de leeftijd van Aziatische meisjes moeilijk te schatten was, maar hoe oud ze ook waren, het leven moest voor hen hard zijn geweest. Het was te zien in hun ogen. Die waren zo koud en ondoorgrondelijk dat je er niets in kon lezen. Ze zagen jou en hun omgeving. Ze liepen met opgetrokken schouders en droegen goedkope capes, maar er was iets met hen wat de aandacht trok, iets wat niet klopte. Een deformatie van hun gezichten. De ene opende haar mond en liet een bruin en slecht gebit zien.

'Het spijt me, dames,' zei Macbeth vrolijk nog voordat ze iets kon zeggen. 'We zouden graag op jullie aanbod ingaan, maar ik heb een vreselijk jaloerse vrouw en hij daar heeft een afschuwelijk besmettelijke geslachtsziekte.'

Banquo mompelde iets en schudde zijn hoofd.

'Macbeth,' zei de ene met een staccato accent en een popperig piepstemmetje dat niet klopte bij haar harde blik.

'Banquo,' zei de andere vrouw met een identiek accent en dito stemmetje.

Macbeth bleef staan. Beide vrouwen hadden lang, pikzwart haar voor hun gezicht hangen, kennelijk om hun misvormde gezichten te verbergen, maar ze konden hun lange, on-Aziatisch vuurrode neuzen niet verstoppen die tot aan hun mond kwamen als gloeiend glas onder de blaaspijp van een glasblazer.

'Jullie kennen onze namen,' zei hij. 'Dus waar kunnen wij de dames mee helpen?'

Ze gaven geen antwoord. Ze knikten slechts naar het huis aan de overkant. En daar stapte een derde persoon uit de schaduw van het portiek in het daglicht. Het contrast met de andere twee kon niet groter zijn. Deze vrouw – áls het al een vrouw was – was lang, breedgeschouderd als een uitsmijter en gekleed in een nauwsluitend tuniek met luipaardprint dat de vrouwelijke vormen benadrukte zoals een zwendelaar de voordelen van zijn namaakproducten tentoonstelt. Maar Macbeth wist wat ze verkocht, in elk geval wat ze vroeger verkocht. En de valse beloften. Alles aan haar was extreem: haar lengte, breedte, de pronte borsten, de roofdierachtige rode nagels die zich kromden vanaf de gespierde vingers, de wijd opengesperde ogen, de theatrale make-up, de overknee laarzen met stilettohakken. Maar wat hem vooral choqueerde was dat ze helemaal niet veranderd was. Dat al die jaren die waren verstreken geen sporen op haar leken te hebben achtergelaten.

Ze stak de straat over in twee gigantische stappen, zo leek het.

'Mijne heren,' zei ze met een stem zo diep dat Macbeth meende te horen dat de ruiten achter hem rinkelden.

'Strega,' zei Macbeth. 'Dat is lang geleden.'

'Dat dacht ik ook. Je was nog een jongen toen.'

'Dus je kent me nog?'

'Ik herinner me al mijn klanten, inspecteur Macbeth.'

'En wie zijn deze twee?'

'Mijn zussen,' zei Strega glimlachend. 'We komen je feliciteren namens Hecate.'

Macbeth zag dat Banquo automatisch met zijn hand in zijn jas ging bij het horen van de naam Hecate en legde een hand ter geruststelling op Banquo's arm. 'Felicitaties voor wat?'

'Je baan als leider van OrgCrim,' zei Strega. 'Hoera, hoera.'

'Hoera, hoera,' herhaalden de zussen.

'Waar heb je het over?' zei Macbeth terwijl zijn blik over de werklozen aan de overkant van de straat ging. Hij had daar een beweging gezien op het moment dat Banquo naar zijn wapen greep.

'De een zijn dood is de ander zijn brood,' zei Strega. 'Dat is de wet van de jungle. En als er meer doodgaan, dan wordt het meer brood. En wie krijgt het brood als hoofdcommissaris Duncan doodgaat, denk je?'

'Hé!' Banquo deed een stap in haar richting. 'Is dat een dreigement van Hecate? Dan...'

Macbeth hield hem tegen. Hij had het nu gezien. Drie mannen aan de overkant keken op en stonden klaar. Ze stonden apart van elkaar tussen de andere mannen, maar ze hadden één overeenkomst: ze droegen een grijze stofjas. 'Laat ze maar praten,' fluisterde Macbeth.

Strega glimlachte. 'Het is geen dreigement. Hecate is niets van plan, hij stelt alleen een interessant feit vast. Hij gelooft dat jij degene zult zijn die de volgende hoofdcommissaris wordt.'

'Ik?' Macbeth lachte. 'De adjunct-hoofdcommissaris zal die plaats innemen. Hij heet Malcolm. Maak nu dat jullie wegkomen.'

'Hecate vergist zich nooit met zijn voorspellingen,' zei het manwijf. 'En dat weet je.' Ze bleef vlak voor Macbeth staan zonder zich te verroeren en Macbeth stelde vast dat ze nog steeds de grootste was van hen tweeën.

'En,' zei ze, 'zorgt die casinodame ervoor dat je clean blijft?'

Banquo zag hoe Macbeth verstijfde. En hij bedacht dat Strega nu blij mocht zijn dat ze in de categorie vrouwen viel. Macbeth snoof, leek iets te willen zeggen, maar bedacht zich. Wisselde van standbeen. Opende zijn mond weer, maar ook nu kwam er niks. Toen draaide hij zich om en beende naar de ingang van het Hoofdkwartier.

De grote vrouw keek hem na. 'En wat jou betreft, Banquo, ben je niet nieuwsgierig wat jou te wachten staat?'

'Nee,' zei hij en hij liep achter Macbeth aan.

'Of jouw zoon, Fleance?'

Banquo bleef abrupt staan.

'Een hardwerkende jongen,' zei Strega. 'En Hecate belooft dat als hij en zijn vader zich goed gedragen en de spelregels volgen, hij mettertijd ook hoofdcommissaris zal worden.'

Banquo draaide zich naar haar om.

'Groei volgens plan,' zei ze. Ze knikte even, lachte en draaide zich om. Ze haakte haar arm in die van de andere twee en zei: 'Kom, zusjes.' Tussen hen in liep ze weg.

Banquo bleef het wonderlijke trio nastaren tot ze de hoek van het Hoofdkwartier om gingen. Ze hadden er zo misplaatst uitgezien dat hij zich afvroeg of dit echt was gebeurd.

'Er zijn tegenwoordig veel vreemde snoeshanen,' zei Banquo toen hij Macbeth weer had ingehaald in de gang bij de receptiebalie.

'Tegenwoordig?' zei Macbeth, ongeduldig drukkend op de liftknop. 'De omstandigheden voor gekte zijn altijd goed geweest in deze stad. Is het je opgevallen dat er op de dames gepast werd?'

'Hecates onzichtbare leger?'

De liftdeuren gleden open.

'Duff,' zei Macbeth en hij stapte opzij. 'En, hoe...?'

'Macbeth en Banquo,' zei de blonde man terwijl hij met forse stappen op de uitgang afliep.

'Jezus,' zei Banquo. 'Gestreste vent.'

'Zo word je als je chef bent,' zei Macbeth glimlachend. Hij stapte in de lift en drukte op de knop van de kelderverdieping. Waar SWAT huisde.

'Heb je gemerkt dat de schoenen van Duff altijd kraken?'

'Dat komt doordat hij altijd te grote schoenen koopt,' antwoordde Macbeth.

'Waarom is dat?'

'Geen idee,' zei Macbeth en hij kon nog net de liftdeuren voor de receptionist tegenhouden die kwam aanrennen.

'Er werd net gebeld door de secretaresse van de hoofdcommissaris,' zei hij hijgend. 'Ik moest je direct bij binnenkomst doorgeven dat je je daar moet melden.'

'Juist ja,' zei Macbeth en hij liet de deuren los.

'Problemen?' vroeg Banquo toen de deuren waren dichtgegleden.

'Waarschijnlijk,' zei Macbeth en hij drukte op de knop van de vierde verdieping. Hij voelde de hechtingen in zijn schouder trekken.

Hoofdstuk 5

Lady liep door de speelhal. Het licht van de enorme kristallen kroonluchters viel zacht op het donkere mahonie waarop blackjack en poker werd gespeeld, op het groene vilt waarop later deze avond de dobbelstenen zouden dansen en op de speervormige, gouden punt die als een minaret midden in de draaiende roulettetafel stond. De kristallen kroonluchters had ze laten maken en waren kleinere kopieën van de kroonluchter van vierenhalve ton in het Dolmabahçepaleis in Istanbul terwijl de punt die vanuit het midden van de kroonluchter naar de roulettetafel wees een kopie was van de speerpunt in het roulettewiel. De kristallen kroonluchters waren met touwen verankerd aan de balustrade van de mezzanine zodat de schoonmakers ze elke maandag naar beneden konden laten zakken om het kristal te poetsen. Dergelijke details zouden de meeste gasten niet opvallen. En evenmin de kleine, onopvallende lelies die ze in Italië in de bordeauxrode, dikke, geluiddempende tapijten had laten weven en die haar een klein vermogen hadden gekost. Maar zij zag het wél, ze zag de matchende speerpunten en alleen zij wist waaraan de lelies een herinnering waren. En dat was voldoende. Want dit was van haar.

De croupiers rechtten automatisch hun rug toen ze langsliep. Ze verstonden hun vak, ze waren effectief en oplettend, behandelden de spelers voorkomend, maar beslist, hadden goedverzorgde handen en kapsels en waren onberispelijk gekleed in hun elegante, zwartrode croupierkostuums van Casino Inverness die elk jaar werden vervangen en voor ieder van hen op maat werden gemaakt. En het belangrijkste: ze waren eerlijk. Dat was niet iets wat ze aannam, dat was iets wat ze zag en hoorde. Ze zag het in hun ogen, de onwillekeurige spierbewegingen in hun gezicht, in de spierspanning van hun lichaam of in hun theatrale relaxte houding. Ze hoorde het aan het nauwelijks merkbare verschil in de trilling van de stembanden. Het was een eigenschap waarmee ze was geboren; haar moeder en grootmoeder hadden die ook. Maar terwijl die sensitiviteit met het klimmen der jaren bij haar moeder en grootmoeder tot de duistere wegen van de waanzin had geleid, had Lady haar talent gebruikt om bedrog aan het licht te brengen. Weg uit het tranendal van haar jeugd en omhoogklimmen tot waar ze nu was. Haar inspectieronden hadden twee functies. De ene was dat de werknemers werden uitgedaagd om net dat beetje extra te geven dat nodig was om elke dag, elke avond minstens een klasse beter te zijn dan de Obelisk. De andere was dat elk bedrog aan het licht zou komen. Want zelfs als ze vandaag eerlijk en niet corrupt waren, zijn mensen als natte klei: ze worden gevormd door de aanleiding, het motief en wat je hun vertelt. Ze kunnen vandaag met plezier doen wat ze gisteren voor ondenkbaar hadden gehouden. Ja, dat was het enige wat vaststond, het enige waarop je kon rekenen: dat het hart inhalig is. Lady wist het. Ze had zelf zo'n hart. Een hart dat ze vervloekte, maar waarmee ze ook gelukkig was en zichzelf gelukkig prees. Het had haar welvaart gebracht, maar haar ook van alles beroofd. Toch was dit nu eenmaal het hart dat in haar borst klopte. Je kon het niet vervangen, je kon het niet stoppen, het enige wat je kon doen is het volgen.

Ze knikte naar de bekende gezichten die rond de roulettetafel stonden. Stamgasten. Ze hadden allemaal hun redenen om hier te komen spelen. Je had mensen die na een spannende werkdag behoefte hadden aan ontspanning en mensen die na een saaie werkdag behoefte hadden aan spanning. En degenen die werk noch spanning hadden, maar wel geld. En degenen die niets van dat alles hadden en in de Obelisk terechtkwamen waar ze een smakeloze, maar gratis maaltijd kregen als ze voor meer dan vijfhonderd kronen speelden. Je had idioten die dachten dat ze een systeem hadden waarmee ze op den duur konden winnen. Het soort mensen dat altijd stierf, maar nooit uitstierf. En dan had je de mensen van wie casino-eigenaren het nooit hardop zeiden, maar die het fundament waren van hun onderneming. De mensen die moesten. Die elke keer weer dwangmatig kwamen omdat ze het niet konden laten alles op het spel te zetten. Avond na avond werden ze gevangen door het rouletteballetje dat rondtolde in het glimmende wiel dat als een kleine aardbol onderhevig was aan de zwaartekracht van de zon. De zon die hun een dagelijkse portie licht gaf, maar die uiteindelijk, naar de onafwendbare wetten van de fysica, ook zou verbranden. De afhankelijken. Lady's boterham.

Over afhankelijkheid gesproken. Ze keek op de klok. Negen uur. Het was nog vroeg in de avond, maar ze had graag gezien dat het drukker was rond de tafels. De rapportages over de Obelisk vertelden haar dat die nog steeds klanten van haar trok, ondanks de aanzienlijke investeringen die ze had gedaan in het interieur, de keuken en de renovatie van de hotelkamers. Sommigen meenden dat ze bezig was zichzelf uit de markt te prijzen omdat de drie jaar oude Obelisk nu bij de mensen bekendstond als het goedkopere alternatief. En zelfs als ze bezuinigde op de kosten, dan nog zou ze haar positie van exclusief casino niet verliezen, meenden ze. Maar dan kenden ze Lady nog niet. Ze wisten niet dat het Lady niet primair ging om het financiële resultaat, maar dat het haar juist ging om de exclusiviteit. Niet alleen mooier dan de Obelisk, maar beter. In alle opzichten. Lady's Inverness moest de plek zijn waar je gezien wilde worden, de plek waarmee je geassocieerd wilde worden. Zij, Lady, moest de persoon zijn met wie je gezien en geassocieerd wenste te worden. Hier kwamen de mensen met geld en politici met macht en invloed, acteurs en sportlui die uitblonken, schrijvers, schoonheden, hipsters en intellectuelen. En ze kwamen allemaal naar Lady's tafel, bogen respectvol, kusten haar hand, aanvaardden glimlachend haar discrete weigering op hun net zo discrete vraag om krediet bij de speeltafels en accepteerden dankbaar een bloody mary van het huis. Winst of niet, ze was niet zover gekomen om een verrekte hoerenkast te leiden, zoals in de Obelisk het geval was. Daar mochten ze het uitschot hebben, Lady zag ze liever niet onder de kroonluchters van Casino Inverness. De kroonluchters met écht kristal. Maar het was duidelijk, de trend moest gekeerd. Crediteuren begonnen vragen te stellen en ze waren niet blij geweest met haar antwoord: wat Inverness nodig had, waren niet goedkopere drankjes, maar meer en grotere kroonluchters.

Maar ze piekerde op het moment niet over de zaak. Het ging om de afhankelijkheid. Dat Macbeth er nog niet was. Hij zei het altijd als het laat werd. En wat er was gebeurd tijdens de Sweno-actie had hem geraakt. Hij zei het niet, maar ze kon het merken. Soms vond ze hem merkwaardig sentimenteel. Hij, een man die had gemoord, ze had het zelf gezien. Ze had zijn berekende beslistheid gezien voor de moord: de koude efficiency tijdens, en de triomfantelijke glimlach nadien.

Maar dit was iets anders, had ze begrepen. De dode was weerloos geweest. En hoewel ze af en toe moeite had met het eergevoel waaraan mannen als Macbeth zich vasthielden, wist ze dat dit iets was waardoor hij uit zijn evenwicht kon raken. Ze stak de vloer over, voelde de blikken van twee mannen aan de bar. Beiden jonger dan zijzelf. Hoewel ze altijd haar best deed om er begeerlijk uit te zien, verachtte ze de mannen die haar begeerden. Afgezien van die ene man. Het had haar in het begin verbijsterd, dat één man haar gedachten en hart zo volledig kon vullen. En ze had zich vaak afgevraagd waarom zij, die nooit van een man had gehouden, juist van deze ene hield. Ze was tot de conclusie gekomen dat het kwam doordat hij hield van haar eigenschappen die andere mannen afschrikten. Haar kracht, haar wil. Haar intelligentie waarmee ze iedereen de baas was en die ze niet onder stoelen of banken stak. Er was een echte man voor nodig die dat waardeerde in een vrouw. Ze ging bij het raam van Workers' Square staan, keek naar Bertha, de zwarte locomotief die de ingang naar de stationshal bewaakte. Naar het moeras waar ze in de loop der jaren zoveel mensen in had zien zinken en verdwijnen. Zou het kunnen dat...

'Lieveling.'

Hoeveel keer had ze deze stem dit in haar oor horen fluisteren? En toch leek het elke keer de eerste. Hij duwde het lange, rode haar opzij en ze voelde de siddering door haar lichaam gaan toen zijn lippen haar nek beroerden. Het was onprofessioneel, ze wist dat de twee mannen in de bar naar hen keken, maar ze stond het toe. Hij was er.

'Waar ben je geweest?'

'In mijn nieuwe kantoor,' zei hij en hij legde een arm rond haar middel.

'Nieuwe kantoor?' Ze liet haar hand over zijn onderarm glijden en voelde de littekens onder haar vingertoppen. Hij had verteld dat de reden dat het littekens waren geworden was dat hij de meeste naalden in het donker had moeten zetten waardoor hij zijn aders niet kon zien, dus hij zocht altijd naar het wondje van de vorige keer en injecteerde zichzelf op dezelfde plek. Deed je dat vaker, jarenlang, en met de onvermijdelijke infecties af en toe, dan kreeg je onderarmen als de zijne. Het leek of ze door het prikkeldraad waren getrokken. Maar ze vond geen nieuwe wondjes. Dat was al meerdere jaren geleden. Het was zo lang geleden dat ze soms – in een aanval van kinderlijk optimisme – dacht dat hij genezen was.

'Ik had niet verwacht dat jullie die kolenhokken in de kelder kantoren noemden.'

'Op de derde verdieping,' zei Macbeth.

Lady draaide zich naar hem om. 'Wat?'

Zijn witte tanden blonken in de donkere baard. 'Je kijkt naar de nieuwe chef van OrgCrim in deze stad.'

'Echt waar?'

'Ja,' zei hij lachend. 'En nu zie jij er net zo geschokt uit als ik denk ik deed toen ik in Duncans kantoor was.'

'Ik ben niet geschokt, schat, ik ben... ik ben gewoon blij. Dit is zo verdiend! Heb ik het niet de hele tijd gezegd? Heb ik niet gezegd dat je meer verdient dan een kantoor in de kelder?'

'Jazeker, dat heb je gezegd, lieveling. Maar jij was ook de enige.' Macbeth legde zijn hoofd in zijn nek en lachte weer.

'En nu gaan we omhoog, lieveling. Uit de donkere kelder! Ik hoop dat je een goed salaris hebt bedongen.'

'Salaris? Nee, dat ben ik vergeten, het enige wat ik heb gevraagd is dat ik Banquo als mijn adjunct wil hebben en dat hebben ze geaccepteerd. Het is verdomd idioot...'

'Idioot? Integendeel, het is een verstandige benoeming.'

'Niet de benoeming. Maar toen we het Hoofdkwartier wilden binnenlopen, kwamen er drie merkwaardig geklede zussen op ons af. Ze waren door Hecate gestuurd en voorspelden dat ik deze baan zou krijgen.'

'Voorspelden?'

'Ja!'

'Ze wisten het kennelijk al.'

'Nee, toen ik in het kantoor van Duncan kwam, zei hij dat ze het besluit vijf minuten daarvoor hadden genomen.'

'Hm, pure hekserij dus.'

'Ze zullen wel high zijn geweest en maar wat hebben gekletst. Ze zeiden ook dat ik hoofdcommissaris zou worden. En weet je wat?

Duncan stelde voor om mijn benoeming hier te vieren. In Inverness!'

'Wacht even, wat zei je?'

'Dat hij het hier wil vieren. Is het niet goed voor de reputatie van Inverness dat de hoofdcommissaris hier een feest wil organiseren?'

'Nee, ik bedoel dat met die zussen. Zeiden ze dat je hoofdcommissaris zult worden?'

'Ja, maar vergeet het, lieveling. Ik heb aan Duncan voorgesteld dat we het goed aanpakken. Dat hij, en iedereen die buiten het centrum woont, hier kan overnachten in het hotel. Je hebt op het moment wat kamers leegstaan, dus...'

'Dat is goed, gaan we regelen.' Ze streelde hem over zijn wang. 'Ik kan horen dat je blij bent, maar je ziet nog steeds bleek, schat.'

Hij haalde zijn schouders op. 'Ik weet niet waar dat van komt, misschien heb ik iets onder de leden. Ik zie zelfs dode mannen in voetgangerslichten.'

Ze haakte haar arm in die van hem. 'Kom, ik kan je geven wat je nodig hebt, mijn jongen.'

Hij lachte. 'Ja, jij kunt geven wat ik nodig heb.'

Ze liepen gearmd door het casino. Ze wist dat het door de hoge hakken kwam dat ze een halve kop groter was dan hij. Ze wist dat het kwam door haar goede figuur, elegante avondjapon en kalme, majestueuze tred dat de mannen aan de bar haar nog steeds aanstaarden. Ze wist dat ze zoiets in de Obelisk niet kregen.

Duff lag op het grote tweepersoonsbed te staren naar het plafond, naar de scheur in de verf die hij zo goed kende.

'Aan het eind, toen ik de deur uit wilde lopen, nam Duncan me apart en vroeg of ik teleurgesteld was,' zei hij hardop. 'Hij zei dat we beiden wisten dat ik de logische kandidaat was om leiding aan Org-Crim te geven.'

De scheur had vertakkingen die zich ogenschijnlijk toevallig hadden verspreid, maar wanneer hij zijn ogen iets dichtkneep, zodat ze wat waziger werden, leek het of de barstjes een patroon vormden, iets voorstelden.

'En, wat heb je daarop gezegd?' riep een stem boven het stromende water in de badkamer uit. Zelfs nu, nadat ze alles wat maar mogelijk was van elkaar hadden gezien, vond ze het niet prettig dat hij haar zag zonder dat ze zich had opgemaakt. Hij vond het best.

'Ik heb gezegd dat ik inderdaad teleurgesteld was. Maar hij wilde Macbeth hebben omdát hij niet tot de insiders behoorde, dat het met andere woorden tegen me werd gebruikt dat ik een van de personen was die Duncans project van het begin af aan heeft gesteund.'

'Dat klopt absoluut. Wat zei...'

'Duncan zei dat er nog een reden was, maar dat hij daar niet over wilde beginnen in het bijzijn van de anderen. Dat de actie tegen Sweno maar deels was gelukt omdat Sweno was ontsnapt. Het was gebleken dat ik de tip wel tijdig had gekregen en er dus voldoende tijd was geweest om de hoofdcommissaris te informeren. Ik had daarmee het risico genomen om undercoverwerk van een jaar om zeep te helpen, en mijn actie leek erg op een egotrip. En degenen die de actie hadden gered waren Macbeth en SWAT. In een dergelijke situatie zou het vreemd zijn om voor mij te kiezen. Maar hij heeft me in elk geval een pleister op de wond gegeven.'

'Hij heeft je de afdeling Moord gegeven, ook niet verkeerd, toch?'

'Het is minder dan Drugs, maar ik ontsnap aan de vernedering om als ondergeschikte bij OrgCrim te werken.'

'Wie heeft Duncan trouwens overtuigd?'

'Wat bedoel je?'

'Wie binnen de leiding heeft zich hardgemaakt voor Macbeth? Duncan is iemand die luistert, hij houdt van consensus en wil graag dat besluiten stevig verankerd zijn binnen de groep.'

'Geloof me, schat, Macbeth heeft geen mensen die voor hem lobbyen, hij weet nauwelijks wat dat woord betekent. Wat hij met zijn leven wil is misdadigers achter de tralies zetten en ervoor zorgen dat zijn casinokoningin tevreden is.'

'Nu we het daar toch over hebben.' Ze was in de deuropening van de badkamer gaan staan. Het ragfijne negligé benadrukte uiteraard meer dan dat het verborg. Duff vond veel zaken aantrekkelijk aan deze vrouw, aan sommige kon hij geen woorden geven, maar wat hij verafgoodde was haar jeugd. Het schijnsel van de kaarsjes die op de grond stonden deed haar vochtige ogen, rode lippen en helderwitte tanden fonkelen. En toch, vanavond had hij iets anders nodig. Hij was niet in de stemming. Na wat er was gebeurd, voelde hij zich niet meer de hengst die hij zich vanochtend had gevoeld. Maar dat kon nog veranderen.

'Doe dat uit,' zei hij.

Ze lachte. 'Ik heb het net aangetrokken.'

'Dit is een bevel. Blijf staan waar je staat en doe het langzaam uit.'

'Hm, misschien doe ik dat, maar ik moet wel een duidelijker bevel krijgen...'

'Agent Caithness, als jouw meerdere beveel ik je om je rug naar me toe te draaien, wat je aanhebt uit te doen door het over je hoofd te trekken, je voorover te buigen en je goed vast te houden aan de deurlijsten.'

Duff hoorde haar geschokte, meisjesachtige gilletje. Misschien deed ze het voor hem, misschien niet. Het maakte hem niet uit. Hij was bezig in de stemming te komen.

Hecate liep voorzichtig over de glibberige vloer van het Centraal Station tussen de afbladderende muren en mompelende junkies door. Hij voelde de blik van twee kerels die over een lepel en een spuit gebogen stonden die ze blijkbaar moesten delen. Ze kenden hem niet. Niemand kende hem. Misschien dachten ze dat deze grote man in zijn mosterdkleurige kasjmieren jas, zijn bijna onnatuurlijk zwarte en zorgvuldig gekapte haar en opvallende, zware Rolex-horloge, die zich in het hol van de leeuw had gewaagd, een perfecte kandidaat was voor een beroving. Of misschien vermoedden ze iets anders, misschien kwam het door zijn besliste, zelfverzekerde manier van lopen. Zijn vergulde wandelstok maakte op de maat van de stilettohakken van de lange, breedgeschouderde vrouw die twee stappen achter hem liep een ritmisch tiktik-geluid. Als het tenminste een vrouw was. Misschien kwam het door de drie mannen, allen in grijze stofjassen, die kort ervoor het Centraal Station waren binnengelopen en die nu langs de muur stonden. Misschien was het om die reden dat ze beseften dat zij in het hol van de leeuw waren. Dat hij de leeuw was.

Hecate bleef staan en liet Strega eerst de smalle, naar urine stinkende trap naar de toiletten afdalen. Hij zag dat de twee junkies hun ogen neersloegen en zich concentreerden op hun taak, het koken en injecteren. De verslaafden. Hecate stelde het slechts vast, zonder verachting of ergernis. Ze waren immers zijn boterham.

Strega opende onder aan de trap de deur, trok een slapende man omhoog, liet met haar tanden zien in welk humeur ze was en wees met haar duim in welke richting hij moest verdwijnen.

Hecate liep achter haar aan tussen de wc-hokjes en overstromende wasbakken door. De stank was zo intens dat Hecate er nog steeds tranen van in zijn ogen kreeg. Maar de stank had ook een functie, die hield nieuwsgierigen op een afstand en zorgde ervoor dat het bezoek van zelfs de meest geharde junkies zo kort mogelijk was. Strega en Hecate gingen het achterste hokje binnen met het bordje *defect* op de deur en een toilet dat tot de rand gevuld was met excrementen. Bovendien was de tl-buis aan het plafond verwijderd zodat het onmogelijk was om aderen te zien en in te spuiten.

Strega verwijderde een van de tegels boven de afgekoppelde wc, draaide de klink en duwde. De muur zwaaide open en ze stapten naar binnen.

'Doe snel dicht,' zei Hecate hoestend. Hij keek in de ruimte. Het was een van de depots van de spoorwegen en de andere uitgang leidde naar de tunnel van het zuidelijke spoor. Hij had twee jaar geleden, nadat het treinverkeer was opgeheven, de productie hierheen verhuisd. Hij had een paar zwervers en junkies moeten verjagen en hoewel hier nooit iemand kwam en hoofdcommissaris Kenneth hun invloedrijkste beschermer was geweest, had hij toch zowel in de tunnel als bij de trap naar de toiletten verborgen camera's laten installeren.

De avondploeg bestond uit twaalf personen en ze droegen allen een mondkapje en een witte jas. Aan deze kant van de glazen wand die de ruimte in tweeën deelde, werd de brew door zeven personen verhakt, gewogen en in plastic zakken verpakt. Bij de deur naar de tunnel zaten twee gewapende bewakers die de werknemers en de schermen van de camera's in de gaten hielden. Achter de glazen wand was wat ze noemden het heilige der heiligen, ofwel gewoon de keuken. De keuken was om meerdere redenen hermetisch afgesloten. Ten eerste omdat niemand van buitenaf het productieproces mocht verontreinigen en ten tweede om te voorkomen dat een idioot op het idee kwam om zijn aansteker te gebruiken of een smeulende peuk op de grond te gooien waardoor alles en iedereen in flinters zou worden gescheurd. Maar de belangrijkste reden was dat iedereen snel verslaafd zou raken als ze dagelijks de rondzwevende moleculen in de lucht zouden inhaleren. Hecate had de zussen in een opiumkit in Chinatown in Bangkok gevonden, waar de twee een thuislaboratorium hadden waar ze heroïne maakten van opium uit Chang Rai. Hij wist niet zoveel van hen, alleen dat ze uit China waren gevlucht samen met aanhangers van Chiang Kai-shek en dat hun gezichten waren misvormd door een ziekte die heerste in het dorp waar ze vandaan kwamen. Zolang hij hen punctueel betaalde, leverden ze precies wat hij vroeg. De ingrediënten waren niet geheim, de juiste proporties ook niet en het productieproces kon je volgen door het raam, maar toch was er iets mysterieus aan de manier waarop ze alles mengden en kookten. En Hecate zag geen reden om de geruchten de kop in te drukken dat ze paddenpoep, hommelvleugels, bloed uit rattenstaarten en zelfs snot toevoegden. Dat voedde het gevoel dat er zwarte magie aan te pas kwam, en dat de mensen daar wel voor wilden betalen in de harde werkelijkheid van alledag, dát was nu juist de magie. En brew kregen ze, dus het werkte. Hecate had niet eerder meegemaakt dat zoveel mensen zo snel zo wanhopig verslaafd werden. Maar het was hem ook duidelijk dat, zodra de zussen een minder product gingen leveren, hij ze dan moest lozen. Het was gewoon zoals het was, alles heeft zijn tijd, zijn cyclus. Zoals de twee decennia onder Kenneth. De goede tijden. En nu met Duncan die, als hij zo tekeer bleef gaan, slechte tijden inluidde voor de magiebranche. Want het was duidelijk: als het zo is dat de goden bepalen wat de goede en de slechte tijden zijn, ons korte leven en ons einde, dan is het zaak om ervoor te zorgen dat je zelf een god wordt. Dat is makkelijker dan je zou denken. Wat de meeste mensen verhindert de goddelijke status te bereiken is dat ze bang en bijgelovig zijn en dat ze in hun angstige onderwerping denken dat er een moraal bestaat, een reeks hemelse regels die voor alle mensen geldt. Maar deze regels zijn nu juist gemaakt door hen die jou vertellen dat ze god zijn en die regels dienen merkwaardig genoeg vooral deze goden. Nou ja, daar was niets mis mee. Niet iedereen kan god zijn en iedere god heeft een gemeenschap nodig, een clientèle, een markt, een stad, meerdere steden.

Hecate liep naar de andere kant, legde beide handen op zijn stok en bleef staan. Dit was zijn fabriek, hierbinnen was hij de fabrieksеigenaar. In een winstgevende branche. Binnenkort wilde hij uitbreiden. Als hij niet kon voldoen aan de vraag, zou een ander dat wel doen, dat waren de simpele regels van het kapitalisme. Daarom had hij al een poos het plan opgevat om een van de leegstaande fabrieken over te nemen, daarin een fictieve productie te starten als dekmantel, terwijl er in de achterkamers brew werd gemaakt. Bewakers, prikkeldraadhekken, eigen vrachtwagens die in en uit reden. Hij kon de productie vertienvoudigen en de rest van het land bevoorraden. Daarmee zou het proces zichtbaarder worden en dat vereiste politiebescherming. Dat vereiste een hoofdcommissaris die van hem was. Een Kenneth. Dus wat deed je als Kenneth dood was? Je maakte een nieuwe en plaveide de weg voor hem.

Hij kreeg afgemeten lachjes en korte knikken van de mensen die de drugs versneden en inpakten voor ze zich met hernieuwde energie op hun werk stortten. Ze waren bang. Dat was feitelijk de belangrijkste reden van deze inspecties. Niet het stoppen van de cyclus, die was onafwendbaar, maar die vertragen. Iedereen in deze kelder zou op een bepaald tijdstip proberen hem te bedriegen. Een paar gram mee naar huis nemen en die zelf verkopen. Ze zouden ontmaskerd worden en de straf zou snel worden voltrokken. Door Strega. Ze leek van deze gevarieerde opdrachten te houden. Samen met de zussen voor boodschapper spelen bijvoorbeeld.

'En, Strega,' zei hij. 'Denk je dat de kiem die we hebben geplant bij Macbeth zal gaan groeien?'

'Net als bij distels zullen ambities bij mensen zich altijd uitstrekken naar de zon en alles om zich heen overschaduwen en doden.'

'Laten we het hopen.'

'Ze zijn distels, dat kunnen ze niet helpen. Ze zijn slecht en dom. Als ze zien dat de eerste voorspelling van de waarzegger in vervulling gaat, geloven ze de volgende blind. En nu heeft Macbeth te horen gekregen dat hij de nieuwe chef van OrgCrim wordt. Het is nu de vraag of Macbeth de ambitie van een distel in zich heeft. En meedogenloos genoeg kan zijn om *all the way* te gaan.'

'Dat heeft Macbeth niet,' zei Hecate. 'Maar zij wel.'

'Zij?'

'Lady, zijn geliefde meesteres. Ik heb haar nooit ontmoet, toch ken ik haar innerlijke geheimen en begrijp ik haar beter dan ik jou begrijp, Strega. Het enige wat Lady nodig heeft, is wat tijd om tot de onvermijdelijke conclusie te komen. Geloof me.'

'En die is?'

'Dat Duncan uit de weg moet worden geruimd.'

'En daarna?'

'Daarna,' zei Hecate en hij sloeg met zijn stok op de grond – *tik-tik* – 'beginnen de goede tijden weer.'

'Weet je zeker dat we Macbeth kunnen sturen? Nu hij clean is, is hij misschien... ethischer geworden?'

'Mijn beste Strega, de enige die voorspelbaarder is dan een junkie of een moralist, is een verliefde junkie en moralist.'

Banquo lag in zijn slaapkamer op de eerste verdieping in bed te luisteren naar de regen, de stilte in de kamer en naar de trein die nooit zou komen. De rails liepen vlak langs het huis en hij zag het natte, glimmende grind voor zich waar de rails en de dwarsliggers waren verdwenen. Nou ja, gestolen. Ze waren hier gelukkig geweest, Vera en hij. Hadden goede tijden gekend. Hij had Vera leren kennen toen ze bij goudsmid Jacobs & Sønner werkte, waar rijke mensen naartoe gingen om trouwringen en geschenken te kopen. Op een avond was het inbraakalarm afgegaan. Banquo – die in de surveillancewagen reed – was binnen een minuut met gillende sirenes ter plekke geweest. In de winkel probeerde een jonge vrouw vertwijfeld boven het jankende alarm uit te schreeuwen dat ze alleen maar wilde afsluiten, dat ze nieuw was en iets verkeerd moest hebben gedaan toen ze het alarm inschakelde. Hij had niet alles kunnen verstaan, maar des te meer kunnen zien. Toen ze uiteindelijk begon te huilen, had hij voorzichtig en troostend een arm om haar heen geslagen. Ze leek op een bevend, warm vogeltje. De weken daaropvolgend waren ze naar de bioscoop gegaan, hadden ze gewandeld aan de zonkant van de tunnel en had hij haar bij de poort gekust. Ze woonde nog thuis en kwam uit een arbeidersgezin. Van jongs af aan had ze haar steentje moeten bijdragen en was ze net als haar beide ouders gaan werken in de Estex-fabriek. Totdat zij zo'n lelijke hoest kreeg en de huisarts het officieuze advies gaf om elders werk te gaan zoeken. Via via had ze een aanstelling bij Jacobs gekregen.

'Het salaris is slechter,' had ze gezegd. 'Maar mijn levensverwachting beter.'

'Je hoest nog steeds.'

'Alleen op de dagen dat het regent.'

'Dan moeten we zorgen dat je meer zon krijgt. Zullen we weer voor zondag afspreken?'

Na een halfjaar was Banquo op een dag naar de goudsmid gekomen en had gevraagd of ze een verlovingsring kon aanbevelen. Ze had er zo onthutst uitgezien dat hij had moeten lachen.

Nadat ze waren getrouwd, waren ze hier komen wonen. Toentertijd een klein tweepersoonsappartement met bovenburen. Ze hadden gespaard voor het bed waarin hij nu lag. Hier hadden ze gevreeën en Vera – die een sensuele, maar verlegen vrouw was – wachtte vanwege de buren altijd met klaarkomen tot de trein langsreed. En terwijl de trein langsdenderde zodat de muren en plafonnières trilden, schreeuwde zij het uit en boorde ze haar nagels in zijn rug. Dat deed ze ook toen Fleance in ditzelfde bed werd geboren, ze wachtte tot de trein kwam, schreeuwde, boorde haar nagels in zijn handpalm en perste haar zoon eruit.

Het jaar daarna kochten ze de bovenste verdieping en kregen ze meer ruimte. Ze waren nu immers met zijn drieën en dat konden er al snel meer worden. Maar vijf jaar later waren ze maar met zijn tweeën: een jongen en een man. Het waren haar longen geweest. De artsen zeiden dat het door de luchtverontreiniging kwam, al het vergif uit de fabriekspijpen werd door de lagedrukgebieden naar beneden gedrukt en bleef als een deksel op de stad liggen. En met longen die al beschadigd waren... Banquo gaf zichzelf de schuld. Dat hij niet voldoende bij elkaar had kunnen schrapen om het gezin naar de andere kant van de tunnel te kunnen verhuizen, naar Fife of waarheen dan ook. Waar de zon meer scheen en de lucht schoon genoeg was om in te ademen.

Nu hadden ze te veel ruimte. Hij kon de radio beneden horen en hij wist dat Fleance bezig was met zijn huiswerk. Hij was ijverig, zijn Fleance, hij wilde zo graag. Het was een troost te weten dat zij die het makkelijk hadden in hun leven en veel vanaf het begin gratis kregen, vaak het enthousiasme verloren als het moeilijker werd. En dan waren jongens als Fleance aan de beurt, die gedwongen werden gedisciplineerd te werken en eraan gewend waren dat studeren inzet vergde. Jazeker, het zou goedkomen. En wie weet, misschien trof de jongen een meisje en kon hij een gezin stichten. In dit huis bijvoorbeeld. Misschien kwamen er nieuwere en betere tijden. Misschien konden ze Duncan nog beter helpen, nu Macbeth en hij een groter aandeel kregen in de strijd tegen de georganiseerde misdaad in deze stad. Het was, net als bij iedereen in het Hoofdkwartier, een enorme verrassing geweest. In de kelder van SWAT had agent Ricardo onomwonden gezegd dat hij zich Macbeth en Banquo moeilijk kon voorstellen in pak met stropdas achter hun bureau. Schema's opstellen en budgetten ondertekenen. Of tijdens cocktailparty's converseren met commissarissen, leden van het gemeentebestuur en ander duur volk. Maar ze zouden zien. Aan bereidheid zou het hun in elk geval niet ontbreken. En misschien was de tijd rijp voor iemand als Macbeth, iemand die gewend was dat het inzet vergde om te krijgen wat je wilde hebben. Afgezien van Duff was er niemand in het Hoofdkwartier die wist hoe verslaafd Macbeth als tiener was geweest aan speed, hoe gek hij daarvan geworden was, hoe hopeloos verloren hij was geweest. Banquo had surveillancedienst gehad en tijdens zijn inspectieronde door de verregende stad had hij een jongen op een bankje in een bushokje zien liggen. Totaal van de wereld van de dope. Hij had hem wakker gemaakt, had hem willen wegjagen, maar er was iets in zijn smekende, bruine ogen geweest. Iets in de kwieke bewegingen toen hij opstond, iets met dit stevig getrainde lichaam wat Banquo had verteld dat hier wat op het spel stond. Iets wat misschien onderweg was. Iets wat misschien nog te redden was. Banquo had die avond de licht stotterende vijftienjarige mee naar huis genomen, had droge kleren opgezocht, Vera gevraagd hem eten te geven en hem daarna in bed gestopt. De dag daarop, een zondag, waren Vera, Banquo en de jongen door de tunnel gereden naar de andere kant waar de zon scheen om een lange wandeling over de groene hei te maken. Macbeth had – eerst stotterend, later vloeiender – verteld dat hij was opgegroeid in een weeshuis en dat hij ervan had gedroomd in een circus te werken. Hij had laten zien hoe goed hij kon jongleren. Toen was hij vijf stappen van een grote eik gaan staan en had Banquo's zakmes zo stevig in de stam geworpen dat het mes trilde. De jongen had grotere problemen om de littekens op zijn onderarmen te laten zien en daarover te praten. Het duurde een poos voor hij begreep dat Banquo en Vera mensen waren die hij kon vertrouwen. Zelfs toen vertelde hij slechts dat de verslaving was begonnen nadat hij was weggelopen uit het weeshuis, en niet hoe en wat de reden daarvan was. Daarna kwamen meer zondagen, meer gesprekken en meer tochten. Maar Banquo herinnerde zich die eerste wandeling vooral goed omdat Vera op de terugweg in zijn oor had gefluisterd: 'Laten wij zo'n jongen maken.' Vier jaar later had een trotse Banquo Macbeth naar de poort van de politieacademie gebracht. Fleance was drie jaar oud en Macbeth net zo lang clean.

Banquo draaide zijn hoofd en keek naar de foto op het nachtkastje. Daarop stonden Fleance en hij onder de dode appelboom in de tuin. Fleances eerste dag op de politieacademie, hij droeg het politie-uniform, het was vroeg in de ochtend, de zon scheen en de schaduw van de fotograaf viel op hen.

Hij hoorde een stoel schrapen en Fleance begon te ijsberen. Kwaad en gefrustreerd. Het was niet altijd zo eenvoudig om alles in één keer te begrijpen. Het kostte tijd om inzicht te krijgen. Het kostte tijd en wilskracht om jezelf, je aangeleerde denk- en handelwijzen te veranderen. Zoals het tijd en wilskracht vergde om afscheid te nemen van je verslavingsroes. De vlucht waarvan je zo afhankelijk was geworden. Zoals het tijd kost om een stad te veranderen, om onrechtvaardigheid uit te bannen, de saboteurs, corrupte politici en georganiseerde misdadigers te verwijderen en de inwoners lucht te geven die ze kunnen inademen.

Het werd weer stil beneden. Fleance was gaan zitten.

Want het was mogelijk, als je het maar per dag aanpakte en deed wat nodig was.

Dan was het zelfs mogelijk dat de trein op een dag weer ging rijden.

Hij luisterde weer. Het enige wat hij hoorde was stilte. En regen. Maar als hij zijn ogen dichtdeed, hoorde hij misschien ook Vera's ademhaling naast hem in bed.

Caithness' hijgende adem kwam langzaam tot rust.

'Ik moet naar huis bellen,' zei Duff, hij kuste haar bezwete voorhoofd en zwaaide zijn benen uit bed.

'Nu?' riep ze uit. En hij zag aan de manier waarop ze op haar onderlip beet dat het gekwetster had geklonken dan ze wenste. Wie zei dat hij mensen niet begreep?

'Ewan had vandaag kiespijn, ik wil even horen hoe het gegaan is.'

Ze gaf geen antwoord en Duff liep naakt door het appartement.

Dat deed hij wel vaker; het was een appartement op de bovenste verdieping en niemand kon hen zien. Bovendien had hij er niets op tegen dat hij naakt werd gezien. Hij was trots op zijn lichaam. Misschien hield hij er nog meer van omdat hij was opgegroeid met schaamte voor het litteken dat zijn gezicht in tweeën deelde. Het appartement was groot, groter dan je zou verwachten van een jonge, vrouwelijke ambtenaar. Hij had dan ook aangeboden haar te helpen met de huur omdat hij hier zoveel nachten doorbracht, maar zij had gezegd dat haar vader die betaalde.

Duff liep de werkkamer in, sloot de deur en toetste het nummer van Fife in.

Hij luisterde naar de regen die op het dakraam vlak boven zijn hoofd roffelde. Nadat de telefoon drie keer was overgegaan nam ze op. Altijd na drie keer, waar in huis ze ook was.

'Met mij,' zei hij. 'Hoe ging het bij de tandarts?'

'Het gaat nu beter met hem,' zei ze. 'Ik ben er ook niet zeker van dat het kiespijn was.'

'O? Waarom denk je dat?'

'Er kunnen andere dingen pijn doen. Hij huilde, maar toen ik vroeg waarom, wilde hij het kennelijk niet zeggen en toen zei hij het eerste wat in hem opkwam. Hij is nu gaan slapen.'

'Hm, ik kom morgen naar huis, dan zal ik met hem praten. Hoe is het weer?'

'Helder. Maanlicht. Hoezo?'

'We kunnen morgen met zijn allen naar het meer gaan om te zwemmen.'

'Waar ben je nu, Duff?'

Hij verstijfde, er was iets met haar toon. 'Waar? In Grand, natuurlijk.' En hij voegde daar overdreven vrolijk aan toe: 'Het is bedtijd voor vermoeide mannen, snap je.'

'Ik heb eerder vanavond Grand gebeld, ze zeiden dat je geen kamer had geboekt.'

Hij bleef stokstijf staan met de telefoon in zijn hand.

'Ik belde omdat Emilie hulp nodig had bij een wiskundevraag. En zoals je weet, ben ik niet goed in rekenen. Dus waar ben je?'

'In mijn kantoor,' zei Duff en hij ademde zwaar door zijn neus. 'Ik slaap op de bank in mijn kantoor. Het is hier een gekkenhuis zoveel als er moet gebeuren. Het spijt me dat ik zei dat ik in het hotel zat, maar ik vond dat jij en de kinderen niet hoefden te weten hoe zwaar ik het op het moment heb.'

'Zwaar?'

Duff slikte. 'Al dat harde werken. En toch heb ik die functie van chef van OrgCrim niet gekregen.' Hij dook in elkaar en hoorde hoe pathetisch dit klonk, alsof hij aan haar vroeg of ze hem uit medelijden niet verder wilde ondervragen.

'Ja ja, maar je hebt wel Moord gekregen. En een nieuw kantoor, denk ik.'

'Wat?'

'Op de bovenste verdieping. Ik kan de regen horen trommelen, bedoel ik. Ik hang nu op.'

Er klonk een klik en weg was ze.

Duff huiverde. Het was fris in de kamer, hij had wat moeten aantrekken. Niet zo naakt moeten zijn.

Lady luisterde naar Macbeths ademhaling en huiverde.

Het leek of er een koude wind door de kamer ging. Een geest. De geest van een kind. Ze moest weg uit deze verpletterende duisternis, ze moest zichzelf bevrijden uit de gevangenis van haar gedachten. De waanzin die haar moeder en grootmoeder had gegrepen. Ze moest het licht in. Vechten voor haar vrijheid, offeren wat er nodig was om een plaats in de zon te krijgen. Of: de zon zelf zijn. Een ster zijn. Een stralende moeder die zichzelf verteert om anderen het leven te schenken. Maar terwijl ze brandde was ze het centrum van het universum. Ja, branden. Zoals haar adem en huid nu brandden en de kou uit de kamer verdreven. Ze ging met haar hand over haar lichaam en voelde haar huid prikken.

Het was dezelfde gedachte, hetzelfde besluit als toen. Dat het gedaan moest worden, dat er geen omweg was. Dat de enige weg rechtdoor liep, door het midden, waar je ook op stootte. Net als een pistoolkogel.

Ze legde een hand op Macbeths schouder. Hij sliep als een kind. Sliep voor de laatste keer als een kind. Toen schudde ze hem wakker.

Hij draaide zich mompelend om en greep haar vast. Altijd bereid. Ze hield zijn handen in de hare.

'Schat,' fluisterde ze. 'Je moet hem vermoorden.'
Hij opende zijn ogen, ze gaven licht in het donker. Ze liet zijn handen los.
Legde een hand tegen zijn wang. Hetzelfde besluit als toen.
'Je moet Duncan vermoorden.'

Hoofdstuk 6

Lady en Macbeth hadden elkaar laat op een zomeravond vier jaar geleden voor het eerst ontmoet. Het was een van die zeldzame dagen met zon aan een wolkeloze hemel geweest en Lady wist zeker dat ze 's morgens een vogel had horen zingen. Maar toen de zon was ondergegaan en de nachtploeg aan het werk was, stond er een slechte maan boven Casino Inverness. Ze wachtte hem in het maanlicht op voor de hoofdingang toen hij in een gepantserde wagen van SWAT kwam aanrijden.

'Lady?' had hij gevraagd en hij had haar in haar ogen gekeken. Wat had zij gezien? Kracht en volharding? Misschien. Of misschien was het wat zij toen nodig had om te zien.

Ze had geknikt. Ze vond hem een beetje te jong. Vond dat de man die een stap achter hem stond, een oudere man met wit haar en een kalme blik, geschikter was voor deze taak.

'Ik ben inspecteur Macbeth. Nog veranderingen in de situatie, ma'am?'

Ze schudde haar hoofd.

'Oké, is er een plek waar we ze kunnen observeren?'

'De mezzanine.'

'Banquo, zorg dat de mannen paraat staan, dan ga ik kijken.'

Voordat ze de trap op liepen, fluisterde de jonge politieman dat ze haar hoge hakken moest uittrekken om zo min mogelijk lawaai te maken. Daardoor stak ze niet meer boven hem uit. Op de mezzanine liepen ze dicht langs de ramen die uitkeken op Workers' Square zodat ze niet te zien waren vanuit de speelhal. Halverwege liepen ze naar de balustrade. Ze konden zich half verbergen achter de touwen van de middelste kroonluchter en de originele maximiliaanse ridderuitrusting uit de zestiende eeuw, die ze op een veiling in Augsburg had gekocht. De gedachte was dat spelers een zeker gevoel van veiligheid zouden krijgen als ze het harnas zagen staan. Of het gevoel dat er op hen werd gelet. Hun geweten bepaalde welke van de twee van toepassing was. Lady en de politieman gingen op hun hurken zitten en keken naar de zaal onder hen waar de gasten en het personeel twintig minuten geleden in paniek uit waren gestormd. Lady had op het dak gestaan en instinctief geweten dat er iets ernstigs aan de hand was toen ze de knal en het geschreeuw van beneden hoorde. Ze was de trap af gerend en had een van de vluchtende kelners vastgepakt die haar had verteld dat een vent op een van de kroonluchters had geschoten en dat hij Jack had.

Ze had al uitgerekend wat een nieuwe kroonluchter zou kosten, maar het was duidelijk: dat stelde niks voor in vergelijking met wat het betekende als het pistool dat nu gericht was op de slaap van Jack, haar beste croupier, nog een keer afging. Want wat haar casino in elk geval wilde bieden, was veilig genieten van spanning plus afleiding van de criminaliteit op straat. Als de indruk ging ontstaan dat Casino Inverness dat niet kon leveren, zou de speelhal al snel net zo leeg zijn als nu. De enige twee nog aanwezigen zaten aan de blackjacktafel onder de mezzanine aan de overkant. Die arme Jack zat daar wit als een laken en verstijfd als een stok.

Recht achter hem, met het pistool, zat de gast.

'Het is moeilijk om van deze afstand te schieten, zolang hij zich zo goed verstopt achter uw croupier,' fluisterde Macbeth en hij haalde een kijkertje uit zijn zwarte uniform. 'We moeten zorgen dat we dichterbij komen. Wie is hij en wat wil hij?'

'Ernest Collum. Hij zegt dat hij mijn croupier zal doden als hij niet alles terugkrijgt wat hij heeft verloren in Inverness.'

'En dat is veel?'

'Meer dan we in contanten in huis hebben. Collum is een van de gokverslaafden. Ingenieur en getallengenie, dus hij houdt zich bezig met kansberekeningen en dat zijn de ergsten. Ik heb gezegd dat we het geld proberen te krijgen, maar dat de banken zijn gesloten en dat het even kan duren.'

'We hebben niet veel tijd, ik ga naar hem toe.'

'Hoe weet je dat?'

Macbeth ging rechtop staan en stak de kijker in de binnenzak van zijn uniform. 'Zijn pupillen, hij is high, hij zal schieten.' Hij drukte op een knop van zijn walkietalkie. 'Code vier-zes. Nu. Banquo, neem de leiding. Over.'

'Banquo neemt de leiding. Over.'
'Ik ga mee,' zei Lady en ze liep Macbeth achterna.
'Ik geloof niet...'
'Het is mijn casino. Mijn Jack!'
'Luister, ma'am...'
'Collum kent me en vrouwen kalmeren hem.'
'Dit is een politiezaak,' zei Macbeth terwijl hij de trap af liep.
'Ik ga mee,' zei Lady en ze liep door.
Macbeth bleef staan en hij ging voor haar staan.
'Kijk me aan,' zei hij.
'Nee, kijk mij aan!' zei ze. 'Zie ik eruit alsof ik niet meega? Hij verwacht dat ik met het geld kom.'
Hij keek haar aan. Keek heel goed. Keek haar aan op een manier waarop andere mannen naar haar hadden gekeken. Maar ook op een manier waarop niemand – vrouwen of mannen – naar haar had gekeken. Ze keken haar aan met bewondering of angst, begeerte of respect, haat, verliefdheid of onderdanigheid, ze namen haar op, veroordeelden haar, vergisten zich in haar. Maar deze jongeman keek haar aan alsof hij eindelijk iets had gevonden. Iets wat hij herkende. Iets waarnaar hij had gezocht.
'Kom maar mee,' zei hij. 'Maar mond dicht, ma'am.'
Het dikke tapijt dempte het geluid van hun voetstappen toen ze de zaal in liepen.
De tafel waaraan de twee mannen zaten was slechter verlicht dan anders vanwege de kapotgeschoten kristallen kroonluchter. Jacks gezicht leek verstijfd in een uitdrukking van verlammende schrik die niet veranderde toen Lady en Macbeth op hen afkwamen. Lady zag dat de haan van het pistool omhoogkwam.
'Wie ben jij?' Collums stem was een beetje schor.
'Ik ben inspecteur Macbeth van SWAT,' zei de politieman, hij trok een stoel naar zich toe en ging zitten. Hij legde zijn beide handen op tafel zodat ze zichtbaar waren. 'Mijn taak is om met jou te onderhandelen.'
'Er valt niets te onderhandelen, inspecteur. Ik ben jarenlang bedrogen door dit verrekte casino, het heeft me geruïneerd. Ze rommelen met de kaarten. Zij rommelt met de kaarten.'
'En daar ben je achter gekomen nadat je brew hebt gebruikt,' zei Macbeth en hij trommelde geluidloos op het vilt. 'Drugs vervor-

men de werkelijkheid, weet je dat?'

'De werkelijkheid, inspecteur, is dat ik een pistool heb en dat ik alles helderder zie dan ooit en als je het geld niet bij je hebt, schiet ik eerst Jack dood, dan jou omdat jij je pistool zal willen trekken en dan die zogenaamde dame die op dat moment zal proberen te vluchten of me te overmeesteren, maar ze zal voor beide opties te laat zijn. Dan schiet ik mogelijk mezelf dood, maar we zullen zien of ik dan in een beter humeur ben, aangezien ik dan net jullie drie naar de hel heb gestuurd en deze plek de lucht in heb geblazen.' Hij lachte even. 'Ik zie geen geld en de onderhandelingen zijn daarmee afgeblazen. Dus we gaan beginnen...'

De haan kwam nog verder omhoog. Lady trok automatisch een grimas en wachtte op de knal.

'Quitte of dubbel,' zei Macbeth.

'Pardon?' zei Collum. Onberispelijk uitgesproken. Onberispelijk geschoren en onberispelijk gekleed in smoking met een gestreken, krijtwit overhemd. Lady gokte dat hij ook schoon ondergoed droeg. Alsof hij wist dat er maar een heel kleine kans was dat hij zou vertrekken met een koffer geld. Dat hij waarschijnlijk net zo bankroet naar buiten zou worden gedragen als hij hier gekomen was. Maar wel onberispelijk dus.

'Jij en ik spelen een ronde blackjack. Win jij, dan krijg je het geld dat je hier hebt verloren dubbel terug. Win ik, dan krijg ik het pistool met alle kogels erin en dan vervallen al jouw eisen tegen het casino.'

Collum lachte. 'Je bluft!'

'De geldkoffer waarom je hebt gevraagd is gearriveerd en ligt in een politieauto voor het gebouw. De eigenaar heeft gezegd dat ze bereid is het bedrag te verdubbelen als we het eens worden. Want we weten dat er is gerommeld met de kaarten, dus er moet recht worden gedaan. Wat zeg je ervan, Ernest?'

Lady keek naar Collum, naar het linkeroog dat als enige zichtbaar was achter Jacks hoofd. Ernest Collum was geen domme man, integendeel zelfs. Hij geloofde niet in de geldkoffer. Maar toch. Af en toe leek het of het juist de intelligentste mensen waren die weigerden de onafwendbaarheid van het waarschijnlijke te accepteren. Dat iedereen gedoemd was te verliezen van het casino.

'Waarom zou jij dit doen?' vroeg Collum.

'Nou?' zei Macbeth.

Collum knipperde twee keer met zijn ogen. 'Ik ben dealer en jij speelt,' zei hij. 'Zij deelt.'

Lady keek naar Macbeth die knikte. Toen pakte ze de kaarten, verschoof ze, legde er twee voor Macbeth, beide open.

Een zes en een hartenkoning.

'*Sweet sixteen*,' zei Collum grijnzend.

Lady legde twee kaarten voor Collum neer, een ervan open. Klaveraas.

'Nog een erbij,' zei Macbeth en hij stak zijn hand uit.

Lady gaf hem de bovenste kaart. Macbeth hield die kaart dicht tegen zijn borst en keek erop. Keek op naar Collum.

'Je kijkt alsof je verliest, sweet sixteen,' zei Collum. 'Laat zien.'

'O, ik ben erg tevreden met mijn hand,' zei Macbeth. Hij glimlachte even naar Collum. Toen gooide hij de kaart rechts van hem, waar de tafel deels in de schaduw lag. Collum leunde automatisch iets naar dezelfde kant om de kaart beter te zien.

De rest gebeurde zo snel dat Lady het zich alleen maar als een flits kon herinneren. Een flits van een hand in beweging, een flits van staal die gevangen werd door licht op het moment dat het over tafel vloog, een flits van Collums ene oog dat haar aanstaarde, opengesperd in een gekrenkt protest, het licht dat schitterde in de waterval van bloed dat naar buiten stroomde langs beide kanten van het lemmet van de dolk die zijn halsslagader doorboorde. Toen de geluiden. Het gedempte geluid van het pistool dat op het dikke, veel te dure tapijt plofte. Het gespetter toen het bloed op tafel viel. Collums diepe gerochel terwijl het licht in zijn linkeroog doofde. Jacks enige, bevende snik.

En ze herinnerde zich de kaarten. Niet de aas, niet de zes. Maar de hartenkoning. En half in het donker de schoppenvrouw. Beide bespat met Collums bloed.

Ze waren in hun zwarte uniformen naar binnen gerend, snel, geluidloos, zijn kleinste bevel gehoorzamend. Ze hadden Collum niet aangeraakt, maar de huilende Jack naar buiten gebracht. Zelf had ze een helpende hand afgeweerd. Ze bleef kijken naar de jonge leider van SWAT die achterovergeleund zat en er tevreden uitzag. Als iemand die meent dat hij de laatste slag had.

'Collum heeft de laatste slag,' zei Lady.

'Wat?'

'Als we het niet vinden.'

'Wat vinden?'

'Heb je niet gehoord wat hij zei: "...jullie drie naar de hel heb gestuurd en deze plek de lucht in heb geblazen"?'

Hij staarde haar een paar seconden aan, eerst met verbazing, toen met iets anders. Herkenning. Respect. Toen riep hij: 'Ricardo! Zoek een bom!'

Ricardo was een man met een kalme zelfverzekerdheid in zijn blik, bewegingen en zachte bevelen. Zijn huid was zo zwart dat Lady meende dat ze zich erin kon spiegelen. Ricardo en de andere mannen van SWAT hadden vier minuten nodig om te vinden wat ze zochten. In een afgesloten wc-hokje. Een koffer met zebraprint die Collum mee naar binnen had mogen nemen nadat de bewaker de inhoud had bekeken. Collum had uitgelegd dat het vier goudstaven waren die hij wilde inzetten bij die ene, exclusieve pokertafel waar het – tot de Wet op de Kansspelen het zou verbieden – toegestaan was in te zetten met cash, horloges, trouwringen, pandbrieven, autosleutels en wat dan ook waar de spelers het onderling over eens waren. Onder de goudgeverfde ijzeren staven had ingenieur en getallengenie Collum een zelfgemaakte bom met tijdklok geplaatst waarvoor de bomexpert van SWAT later zijn grote bewondering uitsprak. Puur vakmatig. Hoeveel minuten er nog over waren toen ze het aftellen konden stoppen, herinnerde Lady zich niet.

Maar ze herinnerde zich wel, zoals gezegd, de kaarten.

Hartenkoning en schoppenvrouw. Ze kwamen elkaar die avond tegen onder een slechte maan.

Lady had hem de volgende avond uitgenodigd om te komen dineren in het casino. Hij had de uitnodiging geaccepteerd, maar het aperitiefje afgeslagen. Nee gezegd tegen de wijn, maar ja tegen water. Ze had een tafel op de mezzanine laten dekken met uitzicht over Workers' Square waarop het gestaag regende en het water stil over de straatstenen van het Centraal Station naar Inverness liep. De architecten hadden het treinstation een paar meter hoger laten bouwen omdat ze meenden dat het gewicht van al het marmer en locomotieven als Bertha op den duur het vloerniveau van het station zouden indrukken. Bovendien was de bodem van de stad constant verzadigd van al de regen en moerassig.

Ze hadden over ditjes en datjes gesproken. Niet gesproken over te persoonlijke zaken. Niet gesproken over wat er de avond daarvoor was gebeurd. Ze hadden het, kort samengevat, gezellig gehad. En hij was zo charmant en leuk en beleefd bovendien. En onwaarschijnlijk aantrekkelijk in een grijs, iets te krap pak dat hij, naar hij vertelde, geleend had van een oudere collega, Banquo. Ze luisterde naar zijn verhalen over het weeshuis, een kameraad die Duff heette en een reizend circus waar hij als jongen een zomer lang mee had rondgetrokken. Over de nerveuze en constant verkouden leeuwentemmer, over de broodmagere broer en zus die trapezewerkers waren en alleen langwerpig voedsel aten, over de magiër die de toeschouwers bij zich riep en een voorwerp van hen vroeg – een trouwring, een sleutel of een horloge – en dat dan voor hun ogen door de lucht liet zweven. En hij had belangstellend geluisterd toen Lady vertelde over het casino dat ze vanuit het niets had opgebouwd. En ten slotte, toen ze het gevoel had dat ze alles had verteld wat er te vertellen viel, had ze haar wijnglas opgetild en gevraagd: 'Waarom deed hij het, denk je?'

Macbeth had zijn schouders opgetrokken en gezegd: 'Hecates brew maakt mensen gek.'

'We hebben hem geruïneerd, maar we rommelen niet met de kaarten.'

'Dat dacht ik ook niet.'

'Maar twee jaar geleden hadden we twee croupiers die samenwerkten met spelers aan de pokertafel en andere spelers geld afhandig maakten. Ik heb ze natuurlijk ontslagen, maar ik heb gehoord dat ze mensen met geld hebben gezocht, naar het gemeentebestuur zijn gegaan om een vergunning te krijgen om samen een nieuw casino te bouwen.'

'De Obelisk? Ja, ik heb de tekeningen gezien.'

'Je weet dan misschien ook dat een paar spelers met wie ze samenwerkten, politici en mannen van Kenneth waren?'

'Ja, dat heb ik gehoord.'

'Dus dat casino zal er komen. En ik verzeker je, daar zullen mensen als Collum goede redenen hebben om zich bedrogen te voelen.'

'Ik ben bang dat je gelijk hebt.'

'Deze stad heeft nieuwe leiders nodig. Een nieuwe start.'

'Bertha,' zei Macbeth, knikkend in de richting van het Centraal Station waar de oude locomotief nat en zwartglanzend van de regen op een sokkel voor de hoofdingang stond. Met wielen op acht meter van de oorspronkelijke rails die in de richting van Capitol liepen. 'Banquo zegt dat ze opnieuw moet gaan rijden. Dat de stad nieuwe, gezonde bedrijvigheid nodig heeft en dat hier ook goede mensen wonen.'

'We moeten het maar hopen. Maar terug naar gisteravond...' Ze draaide met haar wijnglas. Ze wist dat hij naar haar decolleté keek. Ze was eraan gewend dat mannen dat deden en het maakte haar niet uit, ze wist alleen dat vrouwelijke voordelen af en toe gebruikt konden worden en af en toe niet gebruikt moesten worden. Net als bij elk ander zakelijk hulpmiddel. Maar zijn blik was anders. Hij was anders. Hij was niet iemand die ze kon gebruiken, hij was alleen een aardige politieman die niet zo hoog op de carrièreladder stond. Dus waarom zat ze hier met hem? Ze had hem uiteraard een andere blijk van waardering kunnen geven dan haar aanwezigheid. Ze keek naar zijn hand die zojuist zijn glas had gepakt. Dikke aderen op een zongebruinde huid. Hij zorgde er duidelijk voor dat hij de stad uit ging als het kon.

'Wat had je gedaan als Collum geen blackjack had willen spelen?' vroeg ze.

'Ik weet het niet,' zei hij haar aankijkend.

Bruine ogen. Mensen in deze stad hadden blauwe ogen, maar ze had uiteraard eerder mannen gekend die bruine ogen hadden. Alleen niet zulke. Niet zulke... sterke. En toch waren ze kwetsbaar. Mijn god, was ze bezig verliefd te worden? Nu nog, zo laat?

'Je weet het niet?' vroeg ze.

'Je zei dat hij verslaafd was. Ik ging ervan uit dat hij de verleiding niet kon weerstaan om nog één keer te spelen. Om alles.'

'Jij bent in veel casino's geweest, begrijp ik.'

'Nee.' Hij lachte. Een jongenslach. 'Ik wist niet eens hoe ik ervoor stond.'

'Zestien tegen een aas? Ik zou zeggen dat je er niet goed voor stond. Hoe kon je er eigenlijk zo zeker van zijn dat hij wilde spelen? Het was niet bepaald een overtuigend verhaal dat je tegen hem hield.'

Hij haalde zijn schouders op. Ze keek in zijn glas met water. En realiseerde zich dat hij het wist. Dat hij wist wat verslaafd zijn betekende.

'Heb je eraan getwijfeld dat het je zou lukken om hem te stoppen voordat hij Jack zou doodschieten?'

'Ja.'

'Ja?'

De jonge politieman zette het glas aan zijn lippen. Hij leek het gespreksonderwerp niet prettig te vinden.

Zou ze het verder laten rusten? Ze leunde over tafel. 'Vertel, Macbeth.'

Hij zette zijn glas weer neer. 'Om ervoor te zorgen dat een man zijn bewustzijn verliest voordat hij in een dergelijke situatie de trekker kan overhalen, moet je hem óf in het hoofd schieten, óf zijn halsslagader doorsnijden. Door het doorklieven van zijn halsslagader kwam er, zoals je hebt gezien, een krachtige straal bloed, daarna stroomde de rest van het bloed uit zijn lichaam. De zuurstof die de hersenen nodig hebben zat in die eerste straal, dat wil zeggen dat hij al bewusteloos was voordat de straal de tafel raakte. Er waren twee problemen. Ten eerste is de ideale afstand wanneer je een mes gooit, vijf stappen. Ik zat veel dichterbij, maar de dolken die ik gebruik, hebben gelukkig een uitgebalanceerd gewicht. Voor een ongetraind man zijn ze daardoor veel moeilijker te gooien, maar voor iemand die getraind is, is het makkelijker de rotatie te bepalen. Het tweede probleem was dat ik Collum alleen in zijn linkerslagader kon raken door de manier waarop hij zat. En dus moest ik met mijn rechterhand gooien. Ik ben, zoals je gemerkt zult hebben, linkshandig. Ik was afhankelijk van een beetje geluk. En meestal heb ik dat niet. Welke kaart was het trouwens?'

'Schoppenvrouw. Je had verloren.'

'Zie je wel?'

'Je had geen geluk?'

'In elk geval niet in het kaartspel.'

'En verder?'

Hij dacht na. Toen schudde hij zijn hoofd. 'Niks, ook niet in de liefde.'

Ze hadden gelachen. Geproost en nog meer gelachen. Geluisterd naar het getik van de regen. En ze had een ogenblik haar ogen dichtgedaan. Ze meende het tinkelen van de ijsklontjes in de glazen aan de bar te horen. Het scherpe geluid van het balletje op het roulettewiel. Haar eigen hartslag.

'Wat?' Hij knipperde met zijn ogen in het schemerdonker van de slaapkamer.

Ze herhaalde haar woorden. 'Je moet Duncan vermoorden.'

Lady hoorde het geluid van haar woorden, voelde ze groeien in haar mond en haar verdoofde hart overstemmen.

Macbeth ging rechtop zitten en keek haar indringend aan. 'Ben je wakker of praat je in je slaap, lieveling?'

'Nee, ik ben er. En je weet dat je het moet doen.'

'Je hebt slecht gedroomd. En nu...'

'Nee! Denk na! Het is zo logisch. Het is hij of wij.'

'Meen je dat hij ons iets zal aandoen? Hij heeft me zojuist promotie gegeven.'

'In naam ben je misschien chef van OrgCrim, maar in de praktijk ben je overgeleverd aan Duncans wensen. Als je de Obelisk wilt sluiten, als je de drugsdealers uit het gebied rond Inverness wilt verjagen en als je meer surveillances op straat wilt zodat de mensen zich veiliger voelen, moet je hoofdcommissaris worden. En dat zijn nog maar de kleine kwesties. Denk aan alle grote zaken waarover je kunt beslissen als je op de stoel van de hoofdcommissaris zit, schat.'

Macbeth lachte. 'Maar Duncan gaat grote dingen doen.'

'Ik twijfel er niet aan dat hij dat eerlijk en oprecht wil, maar om grote dingen gedaan te krijgen moet je steun uit een brede laag van de bevolking krijgen. En voor de mensen in de stad is Duncan gewoon de zoveelste snob die op die stoel is beland, net zoals dat bij Kenneth is gegaan, en bij Tourtell in het stadhuis. Het gaat niet om mooie woorden waardoor je mensen voor je wint, het gaat erom wie je bent. En jij en ik zijn een van hen. Wij begrijpen wat zij begrijpen. Wij willen wat zij willen. Luister: van het volk, voor het volk, met het volk. Begrijp je? Alleen wij kunnen dat zeggen.'

'Ik begrijp het, maar...'

'Maar wat?' Ze streek met haar hand over zijn buik. 'Wil jij niet de leider zijn? Ben jij geen man die aan de top wil staan? Neem je er genoegen mee om de hielen van anderen te likken?'

'Natuurlijk niet, maar als we gewoon wachten, kom ik daar misschien ook terecht. Als leider van OrgCrim sta ik immers op nummer drie onder de top.'

'Maar schat, ze zijn helemaal niet van plan jou de functie van hoofdcommissaris te geven! Denk eens na. Ze hebben je deze functie gegeven omdat ze willen dat het eruitziet alsóf wij net zo goed zijn als zij. Ze zullen jou nooit het kantoor op de bovenste verdieping geven. Niet vrijwillig. We moeten het pakken.'

Hij draaide zich op zijn zij met zijn rug naar haar toe. 'Laten we het vergeten, lieveling. Zoals je vergeten bent dat Malcolm hoofdcommissaris wordt als Duncan wegvalt.'

Ze pakte zijn schouder, trok aan hem zodat hij haar weer aankeek.

'Ik ben niets vergeten. Ik ben niet vergeten dat Hecate heeft gezegd dat jij hoofdcommissaris zal worden, en dat betekent dat hij een plan heeft. Wij regelen de dood van Duncan, dan moet Hecate dat met Malcolm doen. En ik ben de avond dat jij Ernest Collum doodde niet vergeten. Duncan is Collum, schat. Hij houdt een pistool tegen het hoofd van onze droom. En jij moet de moed terugvinden die jij die avond had. Jij moet de man zijn die jij die avond was, Macbeth. Voor mij. Voor ons.' Ze legde een hand tegen zijn wang, haar stem werd milder. 'Het leven geeft mensen zoals wij niet zoveel kansen, schat. We moeten ze grijpen als we ze krijgen.'

Hij lag zwijgend voor zich uit te kijken. Ze wachtte. Luisterde, maar er waren nu geen woorden die haar bonkende hart overstemden. Hij had de ambities, dromen en wilskracht, dat wist ze, die hadden hem uit het gat getrokken waarin hij zich had bevonden, hem veranderd van een drugsverslaafde tiener in een politieagent en later in de leider van SWAT. Dat was de verwantschap die ze hadden, ze hadden zich beiden omhooggewerkt en de prijs betaald. Zou hij nu, halverwege, stoppen voordat ze van de beloning konden genieten? Genieten van het respect en het uitzicht? Hij had de moed en de brutale daadkracht, maar hij had ook een handicap en dat kon hem duur komen te staan. Hij miste slechtheid. De slechtheid die nodig was om op dat ene moment het juiste te doen. Dat ene moment waarop je moest verdragen dat je niet de kortzichtige moraal aan jouw kant had, dat je het grote geheel niet uit het oog moest verliezen, dat je je niet moest plagen met de vraag of je het goede deed met deze ene, kleine daad. Macbeth hield van wat hij rechtvaardigheid noemde, en om deze loyaliteit aan de regels van anderen kon ze van hem houden. In vredestijd. Maar nu, terwijl de oorlogsklokken luidden, verachtte ze hem erom. Ze liet haar hand van zijn wang naar zijn hals gaan, langzaam over zijn borst, zijn buik. En weer omhoog. Ze luisterde. Zijn ademhaling ging regelmatig, was rustig. Hij sliep.

Macbeth haalde diep adem alsof hij sliep. Ze haalde haar hand weg. Ze draaide zich om. Haalde nu ook rustig adem. Hij probeerde in haar tempo te ademen.

Duncan vermoorden? Onmogelijk. Natuurlijk was het onmogelijk.

Dus waarom kon hij niet slapen? Waarom bleven haar woorden, haar hersenspinsels als blinde vleermuizen in zijn hoofd ronddwarrelen?

'Het leven geeft mensen zoals wij niet zoveel kansen, schat. We moeten ze grijpen als we ze krijgen.'

Hij dacht aan de kansen die het leven hem had gegeven. Toen die nacht in het weeshuis had hij hem niet gegrepen. Maar de kans van Banquo had hij wel gegrepen. Hoe de eerste hem bijna kapot had gemaakt en de tweede hem had gered. Maar is het niet zo dat er kansen zijn die je niet aangeboden wilt krijgen omdat ze je hoe dan ook in het ongeluk zullen storten, kansen die spijt voor de rest van je leven met zich meebrengen, hetzij omdat je ze gegrepen hebt, hetzij omdat je ze niet gegrepen hebt? O, dat sluipende ongenoegen dat altijd het perfecte geluk zal vergiftigen. Maar toch. Had het lot een deur geopend die weer snel zou dichtvallen? Zou de moed hem weer in de schoenen zakken zoals dat ook die nacht in het weeshuis gebeurde?

Hij zag de slapende, nietsvermoedende man in zijn bed voor zich. Weerloos. En toch een man die tussen hem en de vrijheid die ieder mens verdiende in stond. Tussen hem en de waardigheid die ieder mens mocht verlangen. Tussen Macbeth en de macht die hij kon bereiken. Het respect. De liefde.

Het begon al licht te worden toen hij Lady wakker maakte.

'Als ik het doe...' zei hij, 'dan sta ik in het krijt bij Hecate.'

Ze had haar ogen opgeslagen alsof ze de hele tijd wakker was geweest. 'Maar waarom denk je dat, schat? Hecate heeft alleen maar voorspeld wat er zou gebeuren, daarmee heb jij geen schuld bij hem.'

'Maar wat heeft hij te winnen als ik hoofdcommissaris word?'

'Dat moet je hem vragen, maar het lijkt me duidelijk: hij heeft vast gehoord dat Duncan heeft gezworen dat hij niet zal rusten voor hij Hecate heeft gepakt. En hij weet waarschijnlijk dat jij liever prioriteit zult geven aan de jacht op de drugsliga's die geweld gebruiken en elkaar doodschieten op straat.'

'Je bedoelt Norse Riders die al met een gebroken rug op de grond liggen?'

'Of prioriteit zult geven aan bedrijven die het spaargeld van goede mensen verkwanselen.'

'De Obelisk?'

'Bijvoorbeeld.'

'Hm. Je zei iets over grote dingen die we kunnen doen. Dacht je aan zaken die goed zijn voor de stad?'

'Uiteraard. Bedenk dat je als hoofdcommissaris kunt bepalen welke politici onder een vergrootglas worden gelegd en welke niet. En iedereen die ook maar een beetje weet van het gemeentebestuur snapt dat degenen die de laatste tien jaar machtsposities hebben ingenomen daar op een manier voor hebben betaald die het daglicht niet kan verdragen. En dat zij op hun beurt weer zijn terugbetaald. Onder Kenneth hoefden ze niet al te veel moeite te doen om hun corruptie te camoufleren, de bewijzen liggen er. Wij weten het, zij weten het en dat betekent dat we ze kunnen sturen zoals we willen. Schat...'

Ze streelde met haar wijsvinger over zijn lippen. Ze had in de eerste nacht die ze samen hadden doorgebracht gezegd dat ze van zijn lippen hield. Dat ze zo zacht waren en zo'n dunne huid hadden dat ze zijn bloed al kon proeven als ze hem maar een beetje beet.

'Ik zal ze eindelijk aan de beloften houden die ze deden om deze stad te redden,' fluisterde hij.

'Precies.'

'Bertha weer op het spoor zetten.'

'Ja.' Ze beet in zijn onderlip en ze voelde de siddering, die van hem en die van haar. Hun harten die sneller gingen kloppen. Hij pakte haar vast.

'Ik hou van je,' fluisterde hij.

Macbeth en Lady. Lady en Macbeth. Ze haalden nu in hetzelfde tempo adem.

Hoofdstuk 7

Lady keek naar Macbeth. Hij zag er zo elegant uit in zijn smoking. Ze draaide zich om om te controleren of de ober witte handschoenen droeg zoals ze had gevraagd en of de champagneglazen op het zilveren dienblad inderdaad de smalle fluitjes waren. Ze had, eigenlijk vooral voor de grap, een stijlvol champagnekloppertje van zilver op het dienblad gelegd, hoewel de meeste gasten er waarschijnlijk nooit een hadden gezien, laat staan dat ze wisten waarvoor het gebruikt werd. Macbeth wipte heen en weer en zijn schoenen zakten weg in Inverness' dikke tapijt. Hij staarde strak naar de ingang en was de hele dag al nerveus. Alleen toen ze de praktische details van het plan doornamen, was hij weer geconcentreerd geweest en de professionele politieman geworden die een actie voorbereidt en even vergeet dat het doel een naam had: Duncan.

De bewakers buiten openden de deur en een vochtige windvlaag van de regen buiten sloeg tegen hun gezicht.

De eerste gasten. Lady zette haar vrolijkste, meest verwachtingvolle glimlach op en haakte haar arm door die van Macbeth. Ze voelde hoe hij zich automatisch oprichtte.

'Banquo, oude vriend!' riep ze uit. 'En je hebt Fleance meegenomen die zo'n knappe jongeman is geworden dat ik werkelijk blij ben dat ik geen dochters heb!' Omhelzingen en proosten.

'Lennox! Jij en ik moeten eens praten, maar eerst drinken we wat champagne. En daar hebben we Caithness! Je ziet er oogverblindend uit, liefje! Waarom kan ik zulke jurken niet vinden? Adjunct-hoofdcommissaris Malcolm! Je titel is veel te lang, is het goed dat ik je alleen hoofdcommissaris noem? Verklap het aan niemand, maar af en toe vraag ik aan Macbeth of hij me directeur wil noemen, gewoon om te horen hoe dat klinkt.'

Ze had met de meeste van hen nauwelijks meer dan een paar

woorden gewisseld, toch zag ze kans hun het gevoel te geven dat ze elkaar al jaren kenden. Dat kwam doordat ze in hen kon kijken, kon zien wat ze wensten dat ze zou zien – een zegen naast de vervloekingen van haar hoogsensitiviteit. Daardoor kon ze de inleidende beschietingen achterwege laten en direct op haar doel afgaan. Misschien kwam het door haar diplomatieke gedrag dat mensen haar vertrouwden. Ze brak graag het ijs door ogenschijnlijk intieme details uit haar eigen leven te vertellen waardoor de ander zich openstelde, en als die ander dan merkte dat het delen van vertrouwelijkheden werd beloond met een begripvolle en samenzweerderige lach, durfde hij of zij verder te gaan met het vertellen van nog iets grotere geheimen. Het viel te betwijfelen of er iemand in de stad meer wist over de inwoners dan de gastvrouw van vanavond.

'Hoofdcommissaris Duncan!'

'Lady, het spijt me dat ik te laat ben.'

'Dat is niet nodig. Dat is uw vanzelfsprekende privilege, we willen geen hoofdcommissaris die als eerste arriveert! Zelf zorg ik er altijd voor dat ik als laatste binnenkom voor het geval iemand eraan zou twijfelen wie de koningin is.'

Duncan lachte gedempt en ze legde een hand op zijn arm. 'U lacht, dus ik neem aan dat de avond nu al geslaagd is, maar geniet van onze uitverkoren champagne. Ik neem aan dat uw lijfwachten...'

'Nee, ze moeten de hele nacht werken.'

'De héle nacht?'

'Als je in het openbaar Hecate hebt bedreigd, dan moet je slapen met minstens één oog open. Ik slaap met twee paar ogen open.'

'Wat het slapen betreft, uw lijfwachten hebben de kamer die grenst aan uw suite en zoals gevraagd staan die via een deur met elkaar in verbinding. De sleutels liggen bij de receptie. Maar ik sta erop dat uw mannen in elk geval proeven van mijn zelfgemaakte limonade die niet gemaakt is van het drinkwater uit de stad.' Ze gaf een teken aan de ober die een dienblad met twee glazen vasthield.

'We...' De ene lijfwacht schraapte zijn keel.

'Een weigering zie ik als een persoonlijke belediging,' onderbrak Lady hem.

De lijfwachten wisselden een blik met Duncan, pakten ieder een glas, leegden het en zetten het weer terug op het dienblad.

'Het is ruimhartig dat u de gastvrouw van dit feest wilde zijn, ma'am,' zei Duncan.

'Dat is toch vanzelfsprekend, nu u me de vrouw van de chef van OrgCrim hebt gemaakt.'

'Vrouw van? Ik wist niet dat u beiden getrouwd was?'

Ze hield haar hoofd scheef. 'Bent u een man die formaliteiten belangrijk vindt, hoofdcommissaris?'

'Als u met formaliteiten regels bedoelt, dan vind ik dat. Dat komt door de aard van mijn werk. Net zoals dat in uw werk het geval is, neem ik aan.'

'Een casino staat of valt met het feit dat iedereen weet dat de regels worden nageleefd en dat er geen uitzonderingen zijn.'

'Ik moet bekennen dat ik nog nooit een voet in een casino heb gezet, ma'am. Ik weet dat u nu verplichtingen hebt als gastvrouw, maar mag ik vragen om een kleine rondleiding?'

'Met alle plezier,' zei Lady glimlachend en ze stak haar hand door zijn arm. 'Kom.'

Ze leidde Duncan de trap op naar de mezzanine. Als zijn blik en heimelijke gedachten naar de lange split in haar jurk werden getrokken, wist hij dat goed te verbergen.

Ze gingen bij de balustrade staan. Het was weer een rustige avond. Vier gasten bij de grootste roulettetafel, de blackjack-tafels waren leeg, vier pokerspelers aan de tafel recht onder hen.

De anderen van het gezelschap hadden zich verzameld rond de bar die ze bijna voor hen alleen hadden. Lady zag hoe Macbeth nerveus met zijn glas water speelde terwijl hij tussen Lennox en Malcolm in stond en deed of hij luisterde.

'Twaalf jaar geleden, nadat het administratiekantoor van de spoorwegen was vertrokken, was er veel waterschade en leek het gebouw op een ruïne. Zoals u weet zijn we de enige provincie in het land waar kansspelen zijn toegestaan.'

'De verdienste van hoofdcommissaris Kenneth.'

'God hebbe zijn zwarte ziel. We hebben twee kleine roulettetafels en één grote, zoals u kunt zien. Ze zijn gebouwd naar voorbeeld van de tafels in Monte Carlo. Je kunt inzetten op identieke inzetvelden aan beide kanten van het wiel, dat voornamelijk bestaat uit mahoniehout en voor een klein deel uit rozenhout en ivoor.'

'Het is werkelijk indrukwekkend wat u hier heeft gepresteerd, Lady.'

'Dank u, hoofdcommissaris, maar het heeft ook werkelijk het een en ander gekost.'

'Dat snap ik. Af en toe moet je je afvragen wat een mens drijft.'

'Vertel me eens wat u drijft?'

'Mij?' Hij dacht even na. 'De hoop dat deze stad op een dag een betere plek wordt om te leven.'

'Daarachter. Achter die mooie, principiële redenen die we zo makkelijk uitspreken. Wat is uw egoïstische, emotionele reden? Wat is uw duistere motief, dat u uit uw slaap houdt nadat de speeches zijn verstomd?'

'Dat is een uitdagende vraag, Lady.'

'Dat is de énige vraag, mijn beste hoofdcommissaris.'

'Misschien wel.' Hij bewoog zijn schouders in zijn smokingjas. 'Maar misschien heb ik niet zo'n behoefte aan sterke motieven. Ik heb goede kaarten gekregen omdat ik geboren ben in een relatief bemiddeld milieu waar opleiding, ambities en carrière vanzelfsprekende zaken waren. Mijn vader was een uitgesproken tegenstander van corruptie en om die reden heeft hij geen grote carrière kunnen maken. Ik geloof dat ik gewoon ben doorgegaan waar hij is gestopt en dat ik heb geleerd van de tactische fouten die hij heeft gemaakt. Politiek is de kunst van het mogelijke. En soms moeten we kwaad met kwaad bestrijden. Ik doe wat ik moet doen, ik ben echter niet de heilige die de pers zo graag van me maakt, ma'am.'

'Behalve gecanoniseerd worden, krijgen heiligen vaak weinig gedaan. Dus ik steun uw tactiek, hoofdcommissaris, die heb ik ook altijd gevolgd.'

'Dat kan ik begrijpen. Zonder dat ik de details van uw leven ken, weet ik wel dat uw weg langer en steiler is geweest dan de mijne.'

Lady lachte. 'U kunt me vinden in uw vergeelde registers, Duncan. Ik heb een aantal jaren in mijn onderhoud voorzien in het oudste beroep ter wereld, dat is nauwelijks een geheim. Maar we hebben allemaal ons verleden en we hebben – zoals u het uitdrukt – gedaan wat we moesten doen. Mogen hoofdcommissarissen gokken? Mocht dat het geval zijn, zou ik graag willen dat u vanavond op rekening van het huis speelt.'

'Dank voor uw generositeit, Lady, maar het zou tegen de regels zijn om daarop in te gaan.'

'Zelfs als privépersoon?'

'Als je hoofdcommissaris wordt, houdt de privépersoon op te bestaan. Bovendien speel ik niet, ma'am. Ik geef er de voorkeur aan mijn lot niet in de handen van de gokgoden te leggen, maar in plaats daarvan eventuele winst zelf te verdienen.'

'Toch ben u zo ver gekomen omdat de goden u goedgezind waren en ze u bij geboorte goede kaarten hebben gegeven.'

Hij lachte. 'Ik zei "geef er de voorkeur aan". Het leven is een spel waar je óf speelt met de kaarten die je hebt gekregen, óf ze verwerpt.'

'Mag ik iets zeggen, hoofdcommissaris? Nee, waarom lacht u?'

'Omdat u het vraagt, ik geloof dat u het hoe dan ook gaat zeggen.'

'Ik wilde alleen zeggen dat ik vind dat u, mijn beste Duncan, een bijzonder positief mens bent. U bent een man met ruggengraat en ik respecteer wie u bent en waarvoor u staat. Niet in de laatste plaats omdat u een onbeschreven blad als Macbeth zo'n belangrijke positie durft te geven.'

'Dank u, ma'am. Macbeth heeft dat aan zichzelf te danken.'

'Is de benoeming onderdeel van uw anticorruptie-aanpak?'

'Corruptie lijkt op bedwantsen, af en toe moet je het hele huis afbreken om van de plaag af te komen en een nieuw bouwen met onbesmet materiaal. Zoals Macbeth. Hij was geen onderdeel van het etablissement, dus hij is niet besmet.'

'Zoals Cawdor.'

'Zoals Cawdor, ma'am.'

'Ik weet wat het kost om besmet vlees weg te snijden. Ik had zelf twee ontrouwe medewerkers in dienst.' Ze leunde over de balustrade en knikte naar de roulettetafel. 'Toch huilde ik toen ik ze ontsloeg. Je laten verleiden door geld en rijkdom is immers een vrij algemene menselijke zwakte. En ik was te weekhartig, dus in plaats van de bedwantsen onder mijn hak te verpletteren liet ik ze gaan. En wat is mijn dank? Dat ze mijn ideeën, de kennis die ík ze had bijgebracht, het geld dat ze vast en zeker van me hadden gestolen, gebruikten om een dubieus etablissement te starten dat niet alleen de naam van de branche kapotmaakt, maar ook de inkomsten inpikt van de mensen die begonnen zijn op deze markt. Als je bedwantsen alleen maar wegjaagt, komen ze terug. Nee, ik had moeten doen zoals u heeft gedaan, hoofdcommissaris.'

'Zoals ik, ma'am?'

'Met Cawdor.'

'Ik kon niet tolereren dat hij had samengewerkt met Sweno.'

'Ik bedoel dat u de zaak grondig heeft aangepakt. Het enige wat jullie tegen hem hadden was een getuigenverklaring van een lid van Norse Riders, van wie zelfs de stomste rechter en jury kunnen verwachten dat hij bereid is alles te zeggen als hij een ruilhandeltje met de politie kan sluiten om er zelf beter uit te komen.'

'We hadden wel een beetje meer tegen hem, ma'am.'

'Maar niet voldoende om honderd procent zeker van een veroordeling te zijn. Bedwants Cawdor kón terugkomen. En dan had je een schandaal dat maar eindeloos voort zou duren. Een rechtszaak waardoor de vuile was op vele plekken buitengehangen zou worden. Niet bepaald iets wat de politie nodig had, nu jullie het vertrouwen van de burgers proberen terug te winnen. U heeft mijn volledige steun, hoofdcommissaris. Je moet je hak op ze zetten, je voet ronddraaien en ze verpletteren.'

Duncan glimlachte. 'Dat is misschien een juiste analyse, maar ik hoop dat u niet suggereert dat ik te maken had met Cawdors vroegtijdige einde, ma'am.'

'Nee, god beware me.' Ze legde haar hand op de onderarm van de hoofdcommissaris. 'Ik zeg alleen zoals Banquo vaak zegt: er zijn meerdere manieren om een kat te vlooien.'

'Zoals?'

'Tja, bijvoorbeeld een man bellen en hem zeggen dat zijn dag des oordeels is aangebroken, dat de bewijzen zo overweldigend zijn dat SWAT elk moment voor zijn deur kan staan, dat hij in het openbaar zal worden vernederd, zijn reputatie aan diggelen wordt gegooid, zijn naam door het slijk gehaald en dat hij aan de schandpaal zal worden genageld. Dat hij nog een paar minuten heeft.'

Duncan bestudeerde de pokertafel onder zich. 'Als ik een kijker had,' zei hij, 'dan zou ik ze in hun kaarten kunnen kijken.'

'Dat zou kunnen.'

'Waar heeft u uw kijker gekregen, ma'am? Een aangeboren talent?'

Ze lachte. 'Nee, die heb ik moeten kopen. Met ervaringen. Duurbetaald.'

'Ik heb uiteraard niets gezegd, maar Cawdor heeft het korps jaren gediend. Zoals de meeste van ons was hij niet alleen maar goed of alleen maar slecht. Misschien verdiende hij het, misschien verdiende zijn familie het, dat hij de kans kreeg zijn eigen uitweg te kiezen.'

'In dat geval,' zei Lady, 'bent u een edelmoediger mens dan ik, hoofdcommissaris. Ik zou hetzelfde hebben gedaan, maar uit louter egoïstische motieven. Proost.'

Ze tilden hun champagneglas op en klonken.

'Wat betreft mijn kijker,' zei Lady en ze knikte naar de andere gasten in de bar beneden. 'Ik zie dat inspecteur Duff en de jonge Caithness elkaar in de gaten houden.'

'O?' Duncan trok een wenkbrauw op. 'Ze staan toch elk aan een uiteinde van de bar?'

'Precies. Ze houden maximale afstand. En checken elke vijftien seconden waar de ander is.'

'Er ontgaat u niet veel.'

'Ik zag iets toen ik u vroeg naar uw egoïstische, duistere motief.'

Duncan lachte. 'Ziet u ook duisternis?'

'Mijn gevoeligheid voor duisternis heb ik geërfd, hoofdcommissaris. Ik slaapwandel in de zwartste nachten zonder dat ik me bezeer.'

'Zelfs het motief voor een goede daad kan egoïstisch zijn, mijn simpele kijk hierop is dat het doel het motief heiligt.'

'Dus u zou net als Kenneth een standbeeld willen? Of de liefde van het volk, die hij niet kreeg?'

Duncan keek haar lang aan, controleerde of de lijfwachten nog steeds buiten gehoorsafstand stonden, voor hij zijn glas leegde en zijn keel schraapte. 'Ik wens vrede in mijn ziel, ma'am. Tevredenheid dat ik mijn plicht heb gedaan. Dat ik het huis van mijn voorouders heb onderhouden en gerenoveerd. Ik weet dat het pervers is, dus zeg het alstublieft tegen niemand.'

Lady haalde diep adem, zette zich af tegen de balustrade en toverde een grote lach op haar gezicht. 'Maar waar is deze gastvrouw mee bezig? Haar gasten verhoren terwijl het een feest zou moeten zijn! Zullen we naar de andere gasten gaan? Ik ga nog even naar de wijnkelder om een fles te halen die al heel lang wacht op een gelegenheid als deze.'

Toen Duff zich door Malcolms langdradige betoog over de gaten in de nieuwe belastingwet had geworsteld, verontschuldigde hij zich en liep naar de bar om zichzelf te belonen met een whisky.

'En?' zei een stem achter hem. 'Hoe was je vrije dag met je gezin?'

'Fijn, dank je,' zei hij zonder zich om te draaien. Hij wees de barman de juiste fles aan en gaf met twee vingers aan dat hij een dubbele wilde.

'En vannacht?' vroeg Caithness. 'Slaap je nog steeds in... het hotel?'

Hun codewoord voor haar bed. Maar hij hoorde aan de vraag dat het niet alleen om deze nacht ging, maar ook om de nachten die nog zouden komen. Dat ze wilde dat hij het oude refrein zou herhalen, de bevestiging dat hij haar wilde hebben, dat hij niet terug wilde naar zijn gezin, naar Fife. Maar het kostte tijd om dat allemaal te regelen, en hij moest met veel zaken rekening houden. Hij vond het onbegrijpelijk dat Caithness hem niet beter kende, dat ze twijfelde aan wat hij wilde. Misschien dat hij daarom wat stuurs antwoordde dat hij het aanbod had gekregen om in het casino te overnachten.

'En wil je dat? Blijf je hier?'

Duff zuchtte. Wat wilden ze toch, die vrouwen? Zijn handen en voeten vastbinden, hem vastketenen aan de beddenstijl, hem vetmesten in hun keuken zodat ze zijn portemonnee en testikels konden uitknijpen om hem nog meer nageslacht en een slechter geweten te geven?

'Nee,' zei hij en hij keek naar Macbeth. Voor iemand die het middelpunt van het feest was, maakte hij een merkwaardig sombere en ongemakkelijke indruk. Had de verantwoording en de zwaarte van de nieuwe baan de vrolijke, zorgeloze jongen in hem weggejaagd? Nou, nu was het te laat, zowel voor Macbeth als voor hemzelf. 'Als jij eerst vertrekt, dan wacht ik lang genoeg en kom ik naar jou toe.'

Hij merkte dat ze aarzelde terwijl ze achter hem stond. Hun blikken kruisten elkaar in de spiegel achter de planken met flessen. Hij zag dat ze hem wilde aanraken en keek haar waarschuwend aan. Ze liet haar hand zakken en liep weg. Mijn god.

Duff goot de borrel in zijn keel. Hij gleed van de barkruk af om naar Macbeth te lopen die aan het uiteinde van de bar stond. Hij wilde hem fatsoenlijk feliciteren, maar op dat moment kwam Duncan aanlopen. De gasten verzamelden zich om hem heen en Macbeth verdween uit het zicht. Toen Duff hem weer zag, was Macbeth al bezig de zaal te verlaten. Hij haastte zich achter de wapperende jurk van Lady aan.

Macbeth had Lady ingehaald toen ze op het punt stond de wijnkelder binnen te gaan.

'Ik kan het niet,' zei hij.

'Wat?'

'Ik kan mijn eigen hoofdcommissaris niet van het leven beroven.'

Ze keek hem aan.

Toen pakte ze hem bij zijn revers, trok hem de kelder in en sloot de deur achter hen. 'Laat me nu niet in de steek, Macbeth. Duncan en zijn lijfwachten hebben hun kamers naast elkaar. Alles is gereed. Jij hebt de moedersleutel, toch?'

Macbeth haalde de sleutel uit zijn zak en hield die voor haar. 'Pak hem. Ik kan het niet.'

'Kun je het niet of wil je het niet?'

'Allebei. Ik wíl het niet omdat ik de wil niet kan vinden om een dergelijke misdaad te plegen. Het is verkeerd. Duncan is een goede politieman en er is niets wat ik beter kan doen dan hij. Dus wat is het doel, afgezien van mijn eerzucht?'

'Ónze eerzucht! Omdat er na honger, kou, angst en wellust niets anders meer is dan eerzucht, Macbeth. Omdat eer de sleutel is naar respect. En dat daar is de moedersleutel, gebruik hem!' Ze hield hem nog steeds bij zijn revers vast en haar mond was zo dicht bij zijn gezicht dat hij de woede in haar adem kon proeven.

'Lieveling...' begon hij.

'Nee! Als jij denkt dat Duncan zo'n achtenswaardig persoon is, luister dan maar hoe hij Cawdor heeft vermoord om zichzelf te redden van de pijnlijke onthullingen die naar buiten waren gekomen als Cawdor was blijven leven.'

'Dat is niet waar!'

'Vraag het hem zelf.'

'Dat zeg je alleen maar om... om...'

'Jou de wil te geven,' zei ze. Ze liet hem los en drukte in plaats daarvan haar handpalmen tegen de revers alsof ze zijn hartslag wilde voelen. 'Bedenk dat je een moordenaar doodt, zoals je die motorrijder hebt gedood, dan gaat het makkelijker.'

'Ik wil niet dat het makkelijk gaat.'

'Als je last hebt van je geweten, bedenk dan dat je gebonden bent aan de belofte die je me vannacht hebt gedaan, Macbeth. Of wil je me vertellen dat wat ik zag en geïnterpreteerd heb als moed toen je Ernest Collum doodde, alleen maar jongensachtige onschuld was omdat het niet jouw verantwoordelijkheid en niet jouw croupier was? Terwijl je nu, wanneer je zelf iets moet riskeren, vlucht als een laffe hyena.'

Haar woorden waren onredelijk, maar ze troffen doel. 'Je weet dat het niet zo zit,' zei hij vertwijfeld.

'Dus waarom kun je je niet aan je belofte tegenover mij houden, Macbeth?'

Hij slikte. Zocht wanhopig naar woorden. 'Ik... Kun jij van jezelf zeggen dat je je houdt aan al je beloften?'

'Ik? Ík?' ze lachte schaterend en verbaasd. 'Als het gaat om het houden van beloften aan mezelf: ik heb mijn zogende kind van mijn borst gerukt en haar hoofd tegen de muur geslagen. Dus hoe zou ik in staat zijn om een belofte aan jou, mijn enige schat, te verbreken?'

Macbeth bleef naar haar staan kijken. Hij ademde haar adem in. Haar giftige adem. En hij voelde hoe hij met de seconde zwakker en zwakker werd. 'Maar begrijp je niet dat als het verkeerd gaat, Duncan ook jouw hoofd op het hakblok zal leggen?'

'Het gaat niet verkeerd. Luister, ik ga Duncan nu een glas bourgogne inschenken en ik zal erop staan dat zijn lijfwachten in elk geval een slokje proeven. Er zal geen bijsmaak zijn, maar misschien worden ze gedurende de avond wat slaperig. En ze zullen als een blok in slaap vallen.'

'Ja, maar...'

'Sst! Je gebruikt je dolk en ze zullen niet wakker worden. Daarna smeer je de lijfwachten in met het bloed van het lemmet en legt de dolk op hun bed. En later, als je hen wakker maakt...'

'Ik herinner me ons plan. Maar dat heeft zwakke punten en...'

'Het is jouw plan, schat.' Ze greep hem met haar ene hand onder zijn kin en beet hem hard in zijn oorlelletje. 'En het is perfect. Iedereen zal begrijpen dat de lijfwachten door Hecate zijn betaald, dat ze alleen te dronken waren om hun sporen uit te wissen.'

Macbeth sloot zijn ogen. 'Jij kunt alleen maar jongens baren, of niet?'

Lady lachte zacht en kuste hem in zijn nek.

Macbeth pakte haar schouders en duwde haar voorzichtig van zich af. 'Jij wordt mijn ondergang, Lady, dat weet je, hè?'

Ze lachte. 'En jij weet dat ik met je mee zal gaan, waarheen je ook gaat.'

Hoofdstuk 8

Het diner vond plaats in het restaurant, in de chambre séparée van het casino. Duff kreeg een plaats toegewezen naast de gastvrouw, die aan haar andere kant Duncan naast zich had. Macbeth zelf zat recht tegenover hem met Caithness als tafeldame. Het viel Duff op dat Caithness, noch Macbeth veel at, maar de sfeer was niettemin goed en de tafel zo breed dat het moeilijk was een gesprek te voeren met de mensen tegenover hem. Lady converseerde met Duncan en leek zich wel te vermaken, terwijl Duff zelf luisterde naar Malcolm en zijn best moest doen om niet te gapen.

'Caithness ziet er prachtig uit vanavond, vind je niet?'

Duff draaide zijn hoofd. Het was Lady. Ze keek hem lachend aan met haar grote, onschuldig blauwe ogen onder haar vuurrode haar.

'Jazeker, bijna net zo prachtig als u, ma'am,' zei Duff, maar hij hoorde zelf dat hij het zei zonder een vonkje in zijn woorden.

'Ze is niet alleen mooi,' zei Lady. 'Ik neem aan dat ze als vrouw in jullie werk veel opzij heeft moeten zetten om zo ver te komen. Een gezin bijvoorbeeld. Ik kan me voorstellen dat ze dat heeft moeten opofferen. Denk je niet, Duff?'

Grijze ogen. Ze waren grijs, niet blauw.

'Iedere vrouw die hogerop wil, moet offers brengen, neem ik aan,' zei Duff. Hij tilde zijn glas op en constateerde dat het alweer leeg was. 'Niet voor iedereen is het hebben van een gezin de alfa en omega. Dat zult u toch met me eens zijn, ma'am.'

Lady haalde haar schouders op. 'Wij mensen zijn praktisch. Als het besluit dat we ooit hebben genomen, niet ongedaan gemaakt kan worden, doen we ons best dat te verdedigen zodat de fouten ons niet te veel zullen achtervolgen en lastigvallen. Ik geloof dat dat het recept is voor een gelukkig leven.'

'Dus u bent bang dat u wordt lastiggevallen als u op die manier gaat nadenken over uw keuzen?'

'Als een vrouw krijgt wat ze wil hebben, dan moet ze denken en handelen als een man, zonder rekening te houden met het gezin. Het eigen gezin en dat van de ander.'

Duff schrok. Hij probeerde haar blik te vangen, maar ze had zich voorovergebogen om de gasten om zich heen van wijn te voorzien. En het volgende moment tikte Duncan tegen zijn glas, stond op en schraapte zijn keel.

Duff keek naar Macbeth tijdens de gloedvolle toespraak, die niet alleen was gewijd aan de gastvrouw, om haar te bedanken voor het diner en om de promotie van de gastheer te eren, maar ook een betoog was om de taak die ze allen op zich hadden genomen, om de stad een plek te maken waarin men prettig woonde, nog eens te benadrukken. Duncan sloot zijn tafelrede af met de woorden dat ze na een lange werkweek de rust verdienden die Onze Lieve Heer hun gunde en dat ze daarvan gebruik moesten maken, want hij wist niet zeker of de hoofdcommissaris hun de komende week net zoveel rust gunde.

Hij wenste iedereen goedenacht, smoorde zelfs een geeuw en proostte op de gastvrouw en gastheer. Tijdens het daaropvolgende applaus keek Duff naar Macbeth en vroeg zich af of hij nog van plan was te reageren. Duncan was immers hoofdcommissaris, maar Macbeth bleef zitten, bleek en verstijfd, ogenschijnlijk overrompeld door de nieuwe situatie, de nieuwe status en de nieuwe eisen die nu aan hem werden gesteld.

Duff stond en wendde zich tot Lady: 'Bedankt voor de uitnodiging, ma'am.'

'Bedankt voor je komst, Duff. Heb je de sleutel van je kamer gekregen?'

'Bedankt, maar ik overnacht... bij iemand anders.'

'Niet thuis in Fife?'

'Nee, bij een neef. Maar morgenvroeg kom ik Duncan ophalen, we wonen niet ver van elkaar in Fife.'

'O, hoe laat kom je hem halen?'

'Om zeven uur. Duncan en ik hebben kinderen en, tja... het is immers weekend, een drukte van belang. U weet hoe het gaat.'

'Eigenlijk niet,' zei Lady glimlachend. 'Slaap lekker en de groeten aan je neef, Duff.'

De gasten verlieten een voor een de bar en de speeltafels en vertrokken naar hun kamer of reden naar huis. Macbeth stond bij de receptie en drukte handen en mompelde nietszeggende woorden ten afscheid, maar daar hoefde hij tenminste niet te converseren met de achterblijvers bij de bar.

'Je ziet er echt niet goed uit,' zei Banquo een beetje aangeschoten. Hij kwam uit de herentoiletten en had een zware hand op Macbeths schouder gelegd. 'Ga naar bed zodat je geen mensen aansteekt.'

'Bedankt, Banquo. Maar Lady zit nog in de bar met mensen te praten.'

'Het is al bijna een uur geleden dat de hoofdcommissaris naar bed is gegaan, jij mag nu ook. Ik drink nog even mijn glas leeg in de bar en dan gaan Fleance en ik ook naar huis. En dan wil ik je hier niet meer zien staan als een soort portier. Begrepen?'

'Begrepen, Banquo. Goedenacht.'

Macbeth zag zijn vriend een beetje wankel op zijn benen naar de bar lopen. Hij keek op de klok. Zeven minuten voor middernacht. Over zeven minuten ging het gebeuren. Hij wachtte drie minuten. Toen richtte hij zich op, keek door de dubbele deuren naar de zaal en de bar waar Lady stond te luisteren naar Malcolm en Lennox. Op hetzelfde ogenblik, alsof ze het voelde dat hij keek, draaide ze zich om en kruisten hun blikken elkaar. Ze knikte bijna onmerkbaar en hij knikte terug. Toen lachte ze om iets wat Malcolm zei en reageerde, waardoor de twee andere mannen moesten lachen. Ze was goed.

Macbeth liep de trap op, draaide de deur van hun suite van het slot en legde zijn oor tegen de muur van de aangrenzende kamer. De kamer van de lijfwachten. Het gesnurk klonk regelmatig en geruststellend. Bijna onschuldig. Hij ging op het bed zitten. Ging met zijn hand over het gladde sprei. De zijde fluisterde onder zijn ruwe vingertoppen. Ja, ze was goed. Beter dan hij ooit zou zijn. Misschien konden ze het voor elkaar krijgen, misschien konden zij tweeën, Lady en Macbeth, het verschil maken. De stad hervormen naar zijn denkbeelden, verdergaan waar Duncan was begonnen, zelfs nog verder dan Duncan ooit zou zijn gegaan. Want zij hadden de wil, de kracht en ze konden de bevolking voor zich winnen. Van het volk, voor het volk, met het volk.

Zijn vingers gingen over de twee dolken die hij op het bed had gelegd.

Als macht niet corrumpeerde en verpestte, hadden ze niet zover hoeven gaan. Als Duncan een onbeschreven blad en een idealistische ziel was geweest, hadden ze erover kunnen discussiëren. Dan had Duncan ingezien dat Macbeth degene was die het best in staat was Duncans project om de stad uit de duisternis te halen te realiseren. Want Duncan had beslist een visie, maar zou de gewone man luisteren naar een vreemdeling uit Capitol? Nee, de stad had een van zijn eigen mensen nodig. Duncan zou de navigator kunnen zijn, maar Macbeth zou de kapitein moeten worden, en als de bemanning naar hem wilde luisteren, dan zouden ze de schuit naar een plek brengen waar ze beiden wilden zijn. Naar een veilige haven. Alleen, zelfs al was een wisseling van de wacht het beste voor de stad, dan zou Duncan nooit vrijwillig zijn positie als hoofdcommissaris voor Macbeth willen opgeven. Want Duncan was in al zijn voortreffelijkheid niet beter dan andere mensen met macht, zijn persoonlijke ambities waren het belangrijkst. Kijk maar, Duncan vermoordde mensen die zijn naam konden schaden en zijn macht ondergraven.

Het lijk van Cawdor was nog warm toen ze arriveerden.

Was het niet zo? Ja, zo was het. Zo was het, zo was het.

Het was twaalf uur.

Macbeth sloot zijn ogen. Hij moest naar de Staat. Hij telde terug van tien naar een. Opende zijn ogen. Vloekte, sloot ze weer en telde nogmaals terug van tien naar een. Hij keek op zijn horloge. Greep de dolken, stak ze in een speciaal daarvoor gemaakt schouderholster die plaats had voor twee dolken, een aan elke kant. Toen liep hij de gang in. Liep langs de kamer van de lijfwachten en bleef voor Duncans deur staan. Hij luisterde. Niets. Hij haalde diep adem. Allerlei scenario's waren al de revue gepasseerd, het enige wat nu overbleef was de handeling. Hij stak de moedersleutel in het slot, de glimmende deurknop van gepoetst messing weerspiegelde de sleutel, hij draaide de sleutel om. Hij nam in het licht dat vanuit de gang in de hotelkamer viel de situatie snel op en deed toen de deur achter zich dicht.

Hij hield zijn adem in en luisterde naar die van Duncan.

Een regelmatige en rustige ademhaling.

Net als de ademhaling van Lorreal, de directeur van het weeshuis.

Nee, niet de gedachten laten afdwalen!

Dit was de ademhaling van Duncan en die vertelde dat hij met gesloten ogen in bed lag te slapen.

Macbeth liep naar de badkamer, deed het licht daar aan en liet de deur op een kier staan. Voldoende licht om de opdracht uit te kunnen voeren.

Uitvoeren.

Hij ging naast het bed staan en keek naar de slapende, nietsvermoedende man. Nu stond hij opnieuw zo. Wat een ironie. Hij tilde de dolk op. Een weerloos man van het leven beroven, kon het nog simpeler? Het besluit was genomen, nu was het slechts een kwestie van doen. En had hij zijn eerste weerloze slachtoffer al niet gedood op de landweg die naar Forres leidde? Had de ontmaagding al niet plaatsgevonden, had hij daar de schuld tegenover Duff niet ingelost, hem in koelen bloede terugbetaald in dezelfde valuta waarmee Duff indertijd de schuld had gecreëerd? Hij had gezien hoe Lorreals warme bloed op het witte laken was gestroomd, het bloed dat in het donker zwart had geleken. Dus wat hield hem nu tegen? Waarin verschilde dit complot met wat Duff en hij op de plaats delict hadden gedaan en waarover ze nooit iets zouden zeggen? En het verhaal over het weeshuis dat ze nooit aan iemand zouden vertellen? Door de technische details te veranderen hadden ze ervoor gezorgd dat de bewijzen klopten met het verhaal dat ze gingen vertellen. 'En soms is een gruwelijke daad gerechtvaardigd, Macbeth.'

Hij keek naar het lemmet dat fonkelde in het licht uit de badkamer.

Hij liet de dolk zakken.

Hij had het niet in zich.

Maar hij moest. Hij móést. Hij moest het doen. Maar hoe moest hij het doen als het hem niet lukte om in de Staat te komen?

Hij moest die ander worden, die gestoorde, vleesetende gek die hij diep had begraven en gezworen had nooit meer te worden.

Banquo staarde naar de grote, dode locomotief terwijl hij zijn gulp openknoopte. Hij wankelde in de wind. Hij was een beetje dronken, hij wist het.

'Kom nou, papa,' klonk Fleances stem achter hem.
'Hoe laat is het, mijn jongen?'
'Ik weet het niet, maar de maan is al op.'
'Dan is het na twaalven. Het zou vannacht gaan stormen.' Zijn pistoolholster die aan de rechterkant van zijn riem hing zat in de weg. Hij maakte die los en gaf hem aan Fleance.
Zijn zoon pakte hem met een kreun aan. 'Papa, dit is een openbare plek, je kunt niet...'
'Dit is een openbaar urinoir, dat is het,' zei Banquo met dubbele tong, en op hetzelfde moment zag hij een gedaante in het zwart rond de locomotief lopen. 'Geef me mijn pistool, Fleance!'
Het licht viel op het gezicht van de man in het zwart.
'O, jij bent het maar.'
'O, jullie zijn het,' zei Macbeth. 'Ik moest even wat frisse lucht hebben.'
'En ik moest dit even luchten,' zei de aangeschoten Banquo. 'Nee, ik was niet van plan om tegen Bertha te plassen. Dat zou immers – nadat ze de Sint Josephkerk hebben gesloten – schending zijn van het laatste heiligdom in deze stad.'
'Ja, misschien wel.'
'Is er iets?' zei Banquo terwijl hij probeerde te ontspannen. Hij had altijd problemen met plassen als er mensen in de buurt waren, maar nu ook in het bijzijn van Macbeth en zijn zoon?
'Nee,' zei Macbeth op een merkwaardig neutrale toon.
'Ik droomde over die drie zussen vannacht,' zei Banquo. 'We hebben het er niet over gehad, maar ze zaten verdomde goed met hun voorspellingen, of vind jij van niet?'
'O, dat was ik al bijna vergeten. Daar moeten we het nog maar eens over hebben.'
'Je zegt het maar,' zei Banquo die voelde dat de urinestraal bijna kwam.
'Ja,' zei Macbeth. 'Ik was al van plan je iets te vragen. Nu ben je waarnemend leider van OrgCrim, maar stel dat het gebeurt? Dat wat de zussen hebben voorspeld?'
'Ja?' zei Banquo kreunend. Hij verloor zijn geduld, begon te persen en daardoor lukte het weer niet.
'Dan zou ik het op prijs stellen als je ook meegaat.'
'Adjunct-hoofdcommissaris worden van hoofdcommissaris

Macbeth? Haha, ja, dat kan ik wel beloven.' Banquo realiseerde zich ineens dat Macbeth geen grapje maakte. 'Natuurlijk, mijn jongen, uiteraard. Je weet dat ik altijd bereid ben de man te volgen die voor een goede zaak vecht.'

Ze keken elkaar aan. En toen, als bij toverslag, kwam het. Banquo keek naar beneden en een gele, majestueuze straal spatte brutaal tegen het grote achterwiel van de locomotief en droop op de rails.

'Goedenacht, Banquo. Goedenacht, Fleance.'

'Goedenacht, Macbeth,' antwoordden vader en zoon in koor.

'Was oom Macbeth dronken?' vroeg Fleance toen Macbeth weg was.

'Dronken? Je weet toch dat hij niet drinkt?'

'Dat weet ik, maar hij deed zo vreemd.'

'Vreemd?' Banquo gromde terwijl hij tevreden naar de nog immer krachtige straal keek. 'Geloof me, die jongen wordt niet vreemd als hij onder invloed is.'

'Wat wordt hij dan?'

'Dan wordt hij gek.'

De straal werd ineens door een stevige windvlaag weggeblazen.

'De storm,' zei Banquo en hij knoopte zijn gulp weer dicht.

Macbeth liep een rondje om het Centraal Station. Toen hij weer terugkwam, waren Banquo en Fleance weg en stapte hij de grote wachtkamer binnen.

Hij scande de ruimte en plaatste de individuen ogenblikkelijk in de vier actuele categorieën. Zij die verkochten, zij die gebruikten, zij die allebei deden en zij die alleen een slaapplek nodig hadden, voor de regen wilden schuilen en binnen afzienbare tijd bij een van de eerste drie categorieën zouden horen. Dat was de weg die hijzelf had bewandeld. Van jongen die uit het weeshuis was weggelopen en wat eten en drinken kreeg van de Leger des Heilssoldaten tot gebruiker die zijn drugs en eten financierde met dealen.

Macbeth liep naar een oudere, zwaarlijvige man in een rolstoel.

'Een kwart brew,' zei hij en alleen al het geluid van die woorden deed iets ontwaken wat in zijn lichaam had liggen sluimeren.

De man in de rolstoel keek naar hem op. 'Macbeth,' zei hij, hij spuugde de naam uit waardoor er een douche van speeksel zijn mond verliet. 'Ik ken jou en jij kent mij. Jij bent politieman en ik verkoop geen drugs. Oké? Dus zorg als de bliksem dat je hier wegkomt.'

Macbeth liep door naar de volgende dealer, een man in een geruit overhemd die zo opgefokt was dat hij niet kon stilstaan.

'Denk je dat ik een i-idioot ben?' riep hij luid. 'Dat ben ik natuurlijk wel, anders was ik hier niet geweest, toch? Maar aan een smeris verkopen en vierentwintig uur in de bak belanden terwijl je weet dat je niet langer dan vijf uur zonder shot kunt?' Hij legde zijn hoofd in zijn nek en zijn lach echode door de ruimte. Macbeth liep verder, de gang in naar de vertrekhal en hij hoorde de stem van de dealer achter hem brullen: 'Spion in aantocht, mensen!'

'Hoi, Macbeth,' klonk er een zwak, breekbaar stemmetje achter hem.

Macbeth draaide zich om. Het was de jongen met de ooglap. Macbeth liep naar de plek waar de jongen tegen de muur zat en hurkte bij hem neer. De zwarte lap was een beetje omhooggeschoven zodat Macbeth in de mystieke duisternis van de oogkas kon kijken.

'Ik heb een kwart brew nodig,' zei Macbeth. 'Kun je me helpen?'

'Nee,' zei de jongen. 'Ik kan niemand helpen. Kun jij me helpen?'

Macbeth herkende iets in de blik. Het leek of hij in de spiegel van het verleden keek. Wat deed hij eigenlijk, verdomme? Hij had dit met hulp van goede mensen achter zich gelaten en nu kwam hij weer terug? Om een misdaad te kunnen plegen waarvoor zelfs de wanhopigste junkie zou vluchten? Hij kon nog steeds terugkeren. Hij kon de jongen meenemen naar Inverness. Hem eten, een douche en een bed geven. Deze avond kon heel anders verlopen dan hij had gedacht, die mogelijkheid was er nog steeds. Hij had de mogelijkheid zichzelf te redden. Voor de jongen. Voor Duncan. Voor Lady.

'Kom, laten we...' begon Macbeth.

'Macbeth.' De stem achter hem galmde door de gang als onweer in de verte. 'Je gebeden zijn verhoord, ik heb wat je nodig hebt.'

Macbeth draaide zich om en keek naar rechts. En omhoog. 'Hoe wist je dat ik hier was, Strega?'

'We hebben overal ogen en oren. Alsjeblieft, een cadeautje van Hecate.'

Macbeth keek naar het zakje dat ze in zijn hand had laten vallen. 'Ik wil betalen. Hoeveel?'

'Betalen voor een cadeau? Ik geloof dat je Hecate dan beledigt. Een goede nacht gewenst.' Strega draaide zich om en verdween.

'Dat kan ik niet accepteren,' riep Macbeth en hij gooide het zakje achter haar aan, maar ze was al opgeslokt door het donker.

'Als jij niet...' De kwetsbare stem van de eenogige. 'Is het dan goed dat ik...?'

'Blijf zitten,' snauwde Macbeth en hij bleef zelf staan.

'Wat wil je doen?' vroeg de jongen.

'Wil?' vroeg Macbeth. 'Het is nooit een kwestie van wat je wíl, maar van wat je moet.'

Hij liep naar het zakje en raapte het op. Liep weer terug. Kwam langs de uitgestoken hand van de jongen.

'Hé, mag ik niet...?'

'Loop naar de hel,' zei Macbeth zacht. 'Dan komen we elkaar daar tegen.'

Macbeth liep de trap af naar de stinkende toiletten, joeg een vrouw weg die op de grond zat, rukte het zakje open en strooide het poeder op het planchet onder de spiegels. Met de achterkant van de dolk drukte hij de klontjes kapot voordat hij het lemmet gebruikte om alles fijner te hakken. Toen rolde hij een biljet op en snoof het geelwitte poeder eerst met het ene neusgat en toen met het andere op. De werkzame stoffen hadden verbazingwekkend weinig tijd nodig om door het slijmvlies heen in de bloedbaan te dringen. En het laatste wat hij dacht voor het met drugs geïnjecteerde bloed zijn hersenen binnenkwam, was dat het als het weerzien met een geliefde was. Een veel te knappe, veel te gevaarlijke vriendin die in al die jaren geen dag ouder was geworden.

'Wat heb ik gezegd?' zei Hecate tikkend met zijn stok op de grond voor de monitoren van de bewakingscamera's.

'Je zei dat er niets voorspelbaarder is dan een verliefde junkie en moralist.'

'Bedankt, Strega.'

Macbeth bleef boven aan de trap voor het Centraal Station staan.

Workers' Square golfde als een zee voor hem, de branding sloeg op het plaveisel. Het klonk als het klapperen van tanden als de golven omhoogkwamen en weer vielen. En onder hem leek Inverness op een radarboot waaruit muziek en gelach kwam en het licht glinsterde in het water dat over het langzaam roterende, ruisende schoepenrad stroomde. Toen ging hij lopen. Door het donker naar Inverness. Het was alsof hij zweefde, alsof zijn voeten de grond niet raakten. Hij zeilde door de deur langs de receptie.

De receptionist zag hem en knikte vriendelijk. Macbeth draaide zich om naar de speelhal en zag dat Lady, Malcolm en Duff nog steeds met elkaar in gesprek waren in de bar. Toen liep hij met het gevoel alsof hij vloog de trap op, door de gang en bleef voor de deur van Duncans kamer staan.

Macbeth stak de moedersleutel in het slot, draaide de deurknop om en stapte naar binnen.

Hij was terug. Niets was veranderd. De badkamerdeur stond nog steeds op een kier en het licht brandde. Hij liep naar het bed. Keek naar de slapende hoofdcommissaris, ging met zijn linkerhand in zijn jaszak en vond het heft van de dolk.

Hij tilde zijn hand op. Het was nu zoveel makkelijker. Hij richtte op het hart. Zoals hij ooit had gericht op een hart dat in de stam van een eikenboom was gekerfd. En het mes had zich tussen de namen in het hout geboord. Meredith en Macbeth.

'Slaap niet meer, nu vermoordt Macbeth de slaap.'

Macbeth verstijfde. Was het de hoofdcommissaris, hijzelf of slechts de dope die zojuist had gesproken?

Hij keek naar Duncans gezicht. Nee, zijn ogen waren nog steeds gesloten en zijn ademhaling klonk regelmatig en rustig. Maar terwijl hij stond te kijken, opende Duncan zijn ogen. En keek hem kalm aan. 'Macbeth?' De blik van de hoofdcommissaris ging naar de dolk.

'Ik dacht dat ik hier binnen g-g-geluiden hoorde,' zei Macbeth. 'Ik wilde het even checken.'

'Mijn lijfwachten...'

'Ik h-h-hoorde dat ze snurkten.'

Duncan luisterde even. Toen gaapte hij. 'Goed, laat ze maar slapen, ik ben hier veilig, begrijp ik. Bedankt, Macbeth.'

'Niets te d-d-danken, sir.'

Macbeth liep naar de deur. Hij zweefde niet meer, maar een gevoel van opluchting, ja, van blijdschap verspreidde zich door zijn lichaam. Hij was verlost. De hoofdcommissaris had hem bevrijd. Het besluit was genomen. Lady kon zeggen en doen wat ze wilde, het stopte hier. Vijf stappen. Hij greep naar de deurknop met zijn vrije rechterhand.

En zag een beweging in het spiegelbeeld van de gepoetste messing.

Als in een lachspiegel en in het licht van de badkamerdeur zag hij – in een absurde, verwrongen film – dat de hoofdcommissaris iets onder zijn kussen vandaan haalde en dat op zijn rug richtte. Een pistool. Vijf stappen. Werpafstand. Macbeth reageerde instinctief. Roteerde. Hij was uit balans en de dolk verliet zijn hand terwijl hij nog in beweging was.

Hoofdstuk 9

Het was uiteraard Duff die op de twee meisjes was afgestapt om te vragen of ze aan hun tafel kwamen zitten. Macbeth was naar de bar gegaan en had voor hen alle vier bier besteld. Toen hij bij de tafel kwam hoorde hij Duff zeggen dat Macbeth en hij met de hoogste cijfers geslaagd waren aan de politieacademie. Dat hun toekomst er meer dan rooskleurig uitzag en dat de meisjes voor hun eigen bestwil moesten toeslaan. De twee meisjes hadden gelachen en de ogen van het meisje dat Meredith heette schitterden, maar ze had haar blik neergeslagen toen Macbeth die probeerde vast te houden. Toen de bar dichtging was Macbeth met Meredith meegelopen waarop hij werd beloond met een vriendelijke handdruk en een telefoonnummer. Maar Duff had de volgende ochtend tot in detail verteld hoe hij haar vriendin Rita in een smal bed in een zusterflatje had genomen.

Macbeth had dezelfde middag gebeld en met bevende stem Meredith uit eten gevraagd.

Hij had een tafel gereserveerd in Lyon en al bij binnenkomst had hij door de veelzeggende blik van de hoofdkelner begrepen dat het een blunder was. Het elegante pak dat Duff hem had aangeboden te lenen, was veel te groot dus had hij zijn toevlucht moeten nemen tot het twee maten te kleine en twintig jaar gedateerde pak van Banquo. Gelukkig maakte Merediths jurk, haar schoonheid en rustige, welgemanierde voorkomen alles goed. Het enige wat hij van de menukaart begreep waren de prijzen. Maar Meredith had hem de gerechten uitgelegd en gezegd dat de Fransen nu eenmaal zo waren, dat ze niet begrepen dat ze een taal spraken die niet langer een wereldtaal was terwijl ze tegelijkertijd zo slecht Engels spraken dat ze de dubbele vernedering om als idioten in de taal van hun rivalen te worden afgeschilderd niet konden verdragen.

'Arrogantie en onzekerheid horen vaak bij elkaar,' zei ze.

'Ik ben onzeker,' zei Macbeth.

'Ik dacht aan je vriend Duff,' zei ze. 'Waarom ben je onzeker?'

Macbeth had verteld over zijn achtergrond. Over het weeshuis. Banquo en Vera. De politieacademie. Het was zo prettig met haar te praten dat hij bijna in de verleiding kwam om haar alles te vertellen, zelfs over Lorreal. Maar dat had hij natuurlijk niet gedaan. Meredith had verteld dat ze was opgegroeid in West, met ouders die ervoor hadden gezorgd dat het hun kinderen aan niets ontbrak, ook eisen aan hen hadden gesteld en ambities hadden gehad, vooral voor haar broers.

'Beschermd, bevoorrecht en saai,' zei ze. 'Weet je, ik ben nog nooit in District 2 oost geweest.' Ze lachte toen Macbeth dat weigerde te geloven. 'Echt! Nooit!'

Dus na het diner nam hij haar mee naar de rivierbedding. Ze waren langs de vervallen huizen gelopen door de straten met gaten, helemaal tot Penny Bridge. En toen hij afscheid van haar nam bij de poort naar haar flatje, had zij zich naar voren gebogen en hem op zijn wang gekust.

Toen hij weer terugkwam in hun appartement was Duff nog steeds op. 'Vertel,' commandeerde hij. 'Langzaam en in detail.'

Twee dagen later. Bioscoop. *Lord of the Flies*. Ze liepen naar huis onder dezelfde paraplu, Meredith had haar arm in de zijne gehaakt. 'Hoe kunnen kinderen zo wreed en bloeddorstig zijn?' vroeg ze.

'Waarom zouden kinderen minder wreed zijn dan volwassenen?'

'Ze worden immers onschuldig geboren!'

'Onschuldig en zonder moraal. Dwingen volwassenen kinderen niet tot vredige passiviteit zodat ze leren hun plaats in onze maatschappij te accepteren zodat we met hen kunnen doen wat we willen?'

Ze kusten bij de poort. En op zondag nam hij haar mee naar de andere kant van de tunnel voor een wandeling in het bos. Hij had een lunch bij zich in een picknickmand.

'Je kunt eten klaarmaken!' had ze enthousiast uitgeroepen.

'Dat heb ik geleerd van Banquo en Vera. We kwamen hier vaak.'

Ze kusten, ze ademde zwaar en hij bracht zijn hand onder haar katoenen blouse.

'Wacht...' zei ze.

En hij wachtte. Kerfde ondertussen een hart in de stam van een grote eik, gebruikte de punt van de dolk om hun namen in het hout te krassen. Meredith en Macbeth.

'Ze is klaar om geoogst te worden,' zei Duff toen Macbeth thuis was gekomen en verslag had gedaan. 'Ik ga woensdag naar Rita, nodig Meredith dan hier uit.'

Macbeth had een fles wijn geopend en kaarsen aangestoken toen Meredith aanbelde. Hij was voorbereid. Maar niet op het feit wat er gebeurde, niet op dat ze zijn riem direct openmaakte toen ze binnen was en haar hand in zijn broek stak.

'N-n-niet,' zei hij.

Ze keek hem verbaasd aan. 'Is er iets?'

'S-s-stop.'

'Waarom stotter je?'

'I-i-ik wil het niet.'

Met het schaamrood op haar kaken trok ze haar hand terug.

Zwijgend dronken ze daarna samen een glas wijn.

'Ik moet morgen vroeg op,' zei ze. 'Ik heb binnenkort examen en...'

'Natuurlijk.'

Er verstreken drie weken zonder dat ze elkaar zagen. Macbeth probeerde haar meerdere keren te bellen, maar de enkele keer dat er werd opgenomen kreeg hij Rita aan de lijn die zei dat Meredith niet thuis was.

'Meredith en jij daten niet meer, begrijp ik?' vroeg Duff.

'Nee.'

'Rita en ik ook niet. Heb je er iets op tegen dat ik Meredith uitvraag?'

'Dat zou je eerder aan Meredith moeten vragen.'

'Dat heb ik gedaan.'

Macbeth slikte. Het leek of een klauw zijn hart vastgreep. 'O ja? En wat zei ze?'

'Ze zei ja.'

'Is dat zo? En wanneer gaan jullie...?'

'Gisteren. Alleen maar uit eten, maar het was... gezellig.'

De volgende dag werd Macbeth wakker en was hij ziek. Pas later begreep hij wat deze onbekende ziekte was en dat er geen remedie bestond tegen gebroken harten. Dat je je daar doorheen moest lijden en dat had hij gedaan. In eenzaamheid geleden zonder haar naam te noemen, alleen de oude eik aan de andere kant van de tunnel kende haar naam. En na een poos waren de symptomen verdwenen. Bijna helemaal verdwenen. En hij had ontdekt dat het niet waar was wat men zei: dat een mens maar één grote liefde kende in het leven. Maar in tegenstelling tot Meredith was Lady een ziekte en een remedie in één. De dorst en het water. Het verlangen en de bevrediging. En nu bereikte haar stem hem vanaf de andere kant van de zee, vanaf de andere kant van de nacht.

'Schat...'

Macbeth dreef door water en lucht, door licht en donker.

'Wakker worden!'

Hij opende zijn ogen. Hij lag in bed. Het moest nog steeds nacht zijn want het was donker in de kamer. Maar de duisternis had iets korreligs, een haast onwaarneembare grijsheid die waarschuwde voor het ochtendgloren.

'Eindelijk!' zei ze sissend in zijn oor. 'Waar ben je geweest?'

'Geweest?' zei Macbeth en hij trachtte een flinter van de droom vast te houden. 'Was ik niet hier?'

'Ja, je lichaam wel, maar ik probeer je al uren wakker te krijgen. Je leek wel bewusteloos. Wat heb je gedaan?'

Het lukte Macbeth nog net om de droom vast te houden, maar ineens wist hij niet meer of het een goede droom of een nachtmerrie was geweest. Duncan... Hij liet los en de beelden dwarrelden door de duisternis.

'Je pupillen,' zei ze, zijn gezicht vasthoudend tussen haar handen. 'Je hebt dope gehad, dat is de reden.'

Hij draaide zich van haar weg, weg van het licht. 'Ik had het nodig.'

'Maar heb je het gedaan?'

'Het?'

Ze schudde hem stevig door elkaar. 'Macbeth, schat, geef antwoord! Heb je de krachttoer die je me hebt beloofd volbracht?'

'Ja!' Hij kreunde en ging met zijn hand over zijn gezicht. 'Nee, ik weet het niet.'

'Je wéét het niet?'

'Ik zie hem voor me met mijn dolk in hem, maar ik weet niet of het werkelijk is gebeurd of dat ik het alleen maar heb gedroomd.'

'Er ligt hier een schone dolk op het nachtkastje. Jij zou beide dolken bij de lijfwachten leggen nadat je Duncan had gedood. Bij iedere lijfwacht een.'

'Ja ja, dat herinner ik me.'

'Ligt die andere dolk bij hen? Denk na!'

'Slaap niet meer, nu vermoordt Macbeth de slaap.'

'Wat?'

'Hij zei dat. Of ik heb het gedroomd.'

'We moeten gaan kijken.'

Macbeth sloot zijn ogen, reikte naar de droom, misschien kon die antwoord geven. Liever dat, dan weer daar naar binnen gaan. Maar de droom was al tussen zijn vingers door geglipt. Toen hij zijn ogen weer opende, stond Lady met haar oor tegen de muur te luisteren.

'Ze snurken nog steeds. Kom nu!' Ze greep de dolk van het nachtkastje.

Macbeth ademde diep in. De dag en het onthullende daglicht waren in aantocht. Hij zwaaide zijn benen uit bed en ontdekte dat hij nog steeds zijn kleren aanhad.

Ze liepen de gang in. Geen geluid te horen. De gasten in Inverness stonden meestal niet vroeg op.

Lady maakte de kamer van de lijfwachten open en ze gingen naar binnen. De lijfwachten zaten in hun stoel te slapen. Maar er was geen dolk te zien en er was geen bloed op hun pakken en overhemden gesmeerd zoals het plan was.

'Ik heb het alleen maar gedroomd,' fluisterde Macbeth. 'Kom, we laten het verder zo.'

'Nee!' snauwde Lady zacht en ze beende af op de deur die naar de kamer van de hoofdcommissaris leidde. Ze bracht de dolk naar haar rechterhand. Toen, zonder een teken van aarzeling, rukte ze de deur open en liep naar binnen.

Macbeth wachtte en luisterde.

Niets.

Hij liep naar de deuropening.

Grauw licht viel door het raam naar binnen.

Ze stond aan de andere kant van het bed met de dolk voor haar mond. Ze kneep met beide handen in het heft en haar ogen waren wijd opengesperd van afgrijzen.

In het bed lag Duncan. Zijn ogen waren open en het leek of hij naar iets bij de deur staarde. Alles zat onder de bloedspatten. Het dekbed, de revolver die op het dekbed lag, de hand die op de revolver lag. En op het heft van de dolk die als een kledinghaak uit Duncans keel stak.

'O schat,' fluisterde Lady. 'Mijn man, mijn held, verlosser Macbeth.'

Macbeth opende zijn mond om iets te zeggen, maar op hetzelfde ogenblik werd de volmaakte zondagrust verbroken door een nauwelijks hoorbaar, maar zoemend belgeluid van beneden.

Lady keek op haar horloge. 'Dat is Duff, hij is er vroeg bij! Schat, ga naar beneden en houd hem tegen zodat ik hier de boel kan regelen.'

'Je krijgt drie minuten,' zei Macbeth. 'Raak het bloed niet aan, dat is bijna geronnen en daar blijven vingerafdrukken op achter. Begrepen?'

Ze hield haar hoofd scheef en lachte naar hem. 'Hé,' zei ze. 'Daar ben je weer.'

En hij begreep wat ze bedoelde. Want eindelijk was die er. De Staat.

Duff huiverde en verlangde terug naar Caithness' warme bed terwijl hij voor de ingang van Inverness stond. Hij wilde net voor de tweede keer op de bel drukken toen de deur openging.

'Sir, de ingang naar het casino is daar beneden.'

'Nee, ik kom hoofdcommissaris Duncan halen.'

'O ja, ik begrijp het. Komt u binnen, dan zal ik even bellen om te zeggen dat u er bent. Inspecteur Duff, is het niet?'

Duff knikte. Ze hadden werkelijk eersteklas personeel in Inverness. Hij liet zich zakken in een van de diepe leunstoelen.

'Er wordt niet opgenomen, sir,' zei de receptionist. 'Niet bij hem en ook niet bij de lijfwachten.'

Duff keek op zijn horloge. 'Welke kamer heeft de hoofdcommissaris?'

'213, sir.'

'Iets op tegen dat ik naar boven ga en ze wakker maak?'

'Absoluut niet.'

Duff was al op de trap naar boven toen een bekende gedaante hem hollend tegemoetkwam.

'Goedemorgen, Duff!' riep Macbeth opgewekt. 'Jack, ga naar de keuken en zorg voor een kop sterke koffie voor ons beiden.

De receptionist deed wat hem gevraagd werd.

'Bedankt, Macbeth, maar ik heb de opdracht Duncan op te halen.'

'Heeft dat zo'n haast? En ben je niet een beetje te vroeg?'

'We hebben een afspraak hoe laat we thuis moeten zijn en ik bedacht dat Kenneth Bridge afgesloten is en dat we moeten omrijden via de oude brug.'

'Ontspan een beetje,' zei Macbeth lachend en hij nam Duff bij de arm. 'Ze staat toch niet met een stopwatch te wachten tot je thuiskomt? En je ziet er moe uit, dus als je moet rijden, heb je koffie nodig. Kom, we gaan even zitten.'

Duff aarzelde. 'Bedankt, mijn vriend, maar ik sla het aanbod af.'

'Een kop koffie zal er misschien voor zorgen dat ze jouw whiskyadem niet zo goed zal ruiken.'

'Ik overweeg geheelonthouder te worden, net als jij.'

'Is dat zo?'

'Alcohol leidt slechts tot drie dingen: rode neus, slaap en pies. In Duncans geval duidelijk slaap, dus ik ga naar boven en...'

Macbeth pakte zijn arm nu steviger vast. 'En alcohol is funest voor de potentie, heb ik gehoord. Het verhoogt de lust, maar vermindert het vermogen. Hoe was je nacht? Vertel. Langzaam en in detail.'

Duff trok een wenkbrauw op. *Langzaam en in detail*. Gebruikte hij de vaste formulering bij verhoren die ze tijdens hun opleiding hadden geleerd als een grappige herinnering of wist hij iets? Nee, Macbeth gebruikte geen raadsels en geheimtaal, daar had hij het geduld en het talent niet voor. 'Er valt niet veel te vertellen. Ik heb bij een neef overnacht.'

'Wat? Je hebt me nooit verteld dat je nog familie hebt, ik dacht dat je grootvader de laatste was. Kijk, daar is de koffie al. Zet het maar op tafel, Jack. En probeer Duncan nog een keer te bellen.'

Gerustgesteld dat de receptionist zich bezighield met de zaak, liep Duff de trap af en reikte begerig naar de koffie. Maar hij bleef staan.

'Het gezin, ja,' zei Macbeth. 'Is dat niet een bron van een constant slecht geweten?'

'Ja, misschien wel,' zei Duff die zijn tong had gebrand aan de eerste slok en nu op de koffie blies.

'Hoe gaat het met ze? Bevalt het hen in Fife?'

'Ze hebben het allemaal naar hun zin in Fife.'

'Duncan neemt nog steeds niet op, sir.'

'Bedankt, Jack. Blijf proberen, er zullen meer mensen zijn die vandaag moeite hebben wakker te worden.'

Duff zette zijn kopje neer. 'Zeg, ik geloof dat ik hem wakker ga maken en daarna mijn koffie opdrink, dan kunnen we vertrekken.'

'Ik loop met je mee naar boven, hij heeft de kamer naast de onze,' zei Macbeth en hij nam een slok van zijn koffie. Knoeide op zijn hand en mouw. 'Hè, bah. Heb je een papieren servet voor me, Jack?'

'Zeg, ik ga...'

'Wacht, wacht, Duff. Zo ja. Bedankt, Jack. Kom, dan gaan we.'

Ze liepen de trap op.

'Ben je geblesseerd?' vroeg Duff.

'Hoezo?'

'Ik heb je nog nooit zo langzaam de trap op zien gaan.'

'Ik denk dat ik iets verrekt heb tijdens de jacht op die kerels van Norse Riders.'

'Hm.'

'En jij? Goed geslapen?'

'Nee,' zei Duff. 'Het was een vreselijke nacht. Het heeft gestormd en geregend.'

'Ja, het was een rumoerige nacht.'

'Dus jij hebt ook niet geslapen?'

'Jawel, ik heb geslapen.'

Duff draaide zich om en keek hem aan.

'...nadat de ergste storm was gaan liggen,' ging Macbeth verder. 'Hier is het.'

Duff klopte aan. Wachtte en klopte nogmaals, harder dit keer. Pakte de deurknop. Op slot. En hij kreeg een voorgevoel, een voorgevoel dat er iets niet klopte.

'Hebben jullie een moedersleutel?'

'Ik zal even naar Jack gaan om dat te vragen,' zei Macbeth.

'Jack!' riep Duff. En toen nog een keer, uit volle borst: 'Jack!'

Na een paar seconden dook het hoofd van de receptionist op onder aan de trap. 'Ja, sir?'

'Heb je een moedersleutel?'

'Ja, sir.'

'Kom naar boven en maak onmiddellijk die deur open.'

De receptionist kwam waggelend en met kleine stapjes naar hen toe, viste de moedersleutel uit zijn jaszak, deed die in het slot en draaide.

Duff deed de deur open.

Ze bleven roerloos staan en staarden. De eerste die wat zei was de receptionist. 'Herejezus.'

Macbeth nam het lijk van Duncan op terwijl hij de rand van de drempel tegen zijn voetzool voelde drukken en hij het glas van het brandalarm kapot hoorde slaan. Het alarm begon direct te huilen.

De dolk was uit de rechterkant van Duncans hals getrokken en ze had ook in de linkerkant gestoken. Het pistool op het dekbed was weg. Verder zag alles eruit zoals kort tevoren.

'Jack!' riep Duff boven het gejank van de sirene uit. 'Zorg dat iedereen uit zijn kamer komt en verzamel ze in de receptie. Geen woord over wat je hebt gezien, begrepen?'

'B-begrepen, sir.'

Hier en daar op de gang werden er al deuren geopend. Uit de dichtstbijzijnde kamer kwam Lady. Op blote voeten en in haar ochtendjas.

'Wat is er aan de hand, schat? Is er brand?'

Ze was goed. Ze waren terug bij hun plan, hij was nog steeds in de Staat en Macbeth voelde dat in deze seconde, in dit ogenblik terwijl alles ogenschijnlijk een chaos was, alles op zijn plaats viel. Nu waren hij en de vrouw van wie hij hield onverslaanbaar, nu bestuurden zij alles: de stad, het lot, de baan van de planeten. En hij voelde nu dat het een roes was die net zo sterk was als wat Hecate te bieden had.

'Waar zijn de lijfwachten, verdomme?' riep Duff razend.

Ze hadden Duff niet de rol van getuige toebedacht voor wat er nu stond te gebeuren, dat zou een van de trage, bangige gasten zijn die ze in de kamers hiernaast hadden geplaatst. Malcolm bijvoorbeeld. Maar nu Duff hier stond was hij moeilijk te negeren.

'Naar binnen, lieveling,' zei Macbeth. 'Jij ook, Duff.'

Hij duwde ze voor zich uit Duncans kamer in en deed de deur achter hen dicht. Hij haalde zijn dienstpistool uit de holster aan zijn riem. 'Luister goed nu. De deur zat op slot en er zijn geen sporen van inbraak. De enige die een moedersleutel heeft, is Jack...'

'En ik,' zei Lady. 'Dat geloof ik, tenminste...'

'Afgezien van dat gegeven is er slechts één mogelijkheid.' Macbeth wees naar de deur van de lijfwachtenkamer.

'Zijn eigen lijfwachten?' zei Lady en ze sloeg verschrikt haar hand voor haar mond.

Macbeth laadde zijn pistool. 'Ik ga nu naar binnen en ga kijken.'

'En ik ga met je mee,' zei Duff.

'Jij gaat niet mee,' zei Macbeth. 'Dit is mijn afdeling, niet de jouwe.'

'Toch kies ik ervoor om...'

'Jij kiest ervoor om te doen wat ik je beveel, inspecteur Duff.'

Macbeth zag eerst verbazing op Duffs gezicht. Toen zag hij dat het langzaam doordrong. Dat de chef van OrgCrim een hogere rang had dan de chef van Moord.

'Zorg voor mijn vrouw, wil je, Duff?'

Zonder op antwoord te wachten opende Macbeth de deur van de kamer, stapte naar binnen en deed de deur achter zich dicht.

De lijfwachten lagen nog steeds in hun stoelen. De ene gromde, misschien was het brandalarm bezig door de deken van het zware slaapmiddel heen te dringen.

Macbeth schudde hem door elkaar.

Het ene oog werd half geopend, zijn blik zwom door de ruimte voordat die zich concentreerde op Macbeth. De lijfwacht keek een poosje naar hem voordat zijn blik langzaam naar zichzelf ging.

Andrianov registreerde dat zijn zwarte colbert en witte overhemd besmeurd waren met bloed voordat hij voelde dat er iets miste. Het gewicht van het wapen in de holster. Hij ging met zijn hand naar zijn binnenzak, in de holster waar de vingertoppen in plaats van over het dienstpistool over een koud, scherp lemmet streken en iets diks en kleverigs wat... De lijfwacht trok zijn hand uit de binnenzak er keek ernaar... bloed was? Droomde hij nog steeds? Hij kreunde, een deel van zijn hersenen ontving iets wat als teken voor gevaar werd gesignaleerd. Hij probeerde zich uit alle macht te beheersen, keek automatisch rond en daar, op de grond naast de stoel lag zijn dienstpistool. En het dienstpistool van zijn collega, die nog steeds sliep, lag ook op de grond.

'Wat...' mompelde Andrianov, hij keek op en in de loop van een pistool van de man die voor hem stond.

'Politie!' riep de man. Hij was het, Macbeth. De nieuwe chef van... van... 'Houd je wapens waar ik ze kan zien, anders schiet ik!'

Andrianov knipperde verward. Waarom had hij het gevoel in een moeras te liggen? Wat had hij binnengekregen?

'Richt niet op me met dat pistool,' riep Macbeth. 'Niet...'

Iets vertelde Andrianov dat hij niet zou moeten grijpen naar het pistool op de grond. Dat de man voor hem niet zou schieten als hij doodstil zat. Maar het hielp niet. Misschien hadden al die uren, dagen, jaren als lijfwacht dat tot een instinct gemaakt, een handeling die niet langer gestuurd werd door de wil. Beschermen met gevaar voor eigen leven. Of misschien wás hij gewoon zo en had hij daarom dit werk gezocht.

Andrianov zag nog kans zijn arm uit te strekken naar het pistool voordat zijn leven en overpeinzingen werden afgebroken door de kogel die de schedel, de hersenen en de stoelrug doorboorde en pas stopte toen die de muur met gouddraadbehang trof dat Lady voor een klein vermogen in Parijs had gekocht. Door de knal ging er een schok door het lichaam van Andrianovs collega, maar hij kreeg de tijd niet meer wakker te worden voor ook hij een kogel door zijn hoofd kreeg.

Duff liep op de deur af toen het eerste schot vanuit de andere kamer klonk.

Maar Lady hield hem tegen. 'Hij zei dat je niet...'

Het tweede schot klonk en Duff rukte zich los. Hij trok de deur open en stormde naar binnen. En bleef midden in de kamer staan kijken. Twee mannen, elk in een stoel en elk met een derde oog in hun schedel.

'Norse Riders,' zei Macbeth en hij stopte het rokende pistool terug in de holster. 'Sweno zit hierachter.'

Er werd geroepen en gebonkt op de deur naar de gang.

'Laat ze binnen,' zei Macbeth.

Duff deed wat hem gezegd werd.

'Wat is er gebeurd?' zei Malcolm buiten adem. 'Grote genade, zijn ze...? Wie?'

'Ik,' zei Macbeth.

'Ze trokken hun wapen,' zei Duff.

Malcolms blik vloog verbijsterd heen en weer tussen Duff en Macbeth. 'Naar jou? Waarom dat?'

'Omdat ik ze wilde arresteren,' zei Macbeth.

'Waarvoor dan?' vroeg Lennox.

'Moord.'

'Sir,' zei Duff kijkend naar Malcolm. 'Ik ben bang dat we slecht nieuws hebben.'

Hij kon zien hoe Malcolms ogen zich versmalden achter de vierkante bril terwijl hij tegelijkertijd iets vooroverboog als een bokser die zich schrap zet voor de klap die hij niet ziet, maar waarvan hij weet dat die gaat komen. Iedereen draaide zich om naar de gedaante die in de deuropening van de suite kwam staan.

'Hoofdcommissaris Duncan is dood,' zei Lady. 'Gedood met een dolk terwijl hij sliep.'

De laatste zin deed Duff automatisch naar Macbeth draaien. Niet omdat hij de inhoud daarvan al kende, maar omdat die klonk als een echo van dezelfde zin in de eetzaal van een weeshuis. Jaren geleden.

Hun blikken ontmoetten elkaar even voor ze beiden een andere kant op keken.

DEEL II

Hoofdstuk 10

De ochtend dat hoofdcommissaris Duncan vermoord werd aangetroffen in Inverness, was het de tweede keer in de geschiedenis van het casino dat Lady het bevel kreeg om direct alle gasten weg te sturen en het bordje GESLOTEN op de deur te hangen.

Caithness arriveerde met al het personeel van de Technische Recherche dat kon kruipen en lopen en ze sloten de hele eerste verdieping af.

De overige deelnemers aan het diner van de politie verzamelden zich rond de grote, ronde roulettetafel in de lege speelhal.

Duff keek naar adjunct-hoofdcommissaris Malcolm die aan de overkant van de provisorische vergadertafel zat. Hij had zijn bril afgezet, misschien om te poetsen, dat was in elk geval wel wat hij deed terwijl hij strak naar het groene vilt staarde alsof de antwoorden op al de vragen daar te vinden waren. Malcolm was de langste van hen allen en Duff had zich wel eens afgevraagd of de reden dat Malcolm zo kromgebogen liep was dat hij, als kantoorman omgeven door politiemensen met praktijkervaring, op dun ijs liep en zich automatisch boog om maar elk advies, elke gefluisterde hint te horen. En misschien kwam het bleke gezicht niet alleen door de drankjes gisteravond laat in de bar, maar ook door het feit dat hij plotsklaps waarnemend hoofdcommissaris van politie van de stad was.

Malcolm ademde op zijn bril en poetste nog meer. Hij keek niet op. Alsof hij de blikken van de aanwezigen niet wilde zien. De collega's die wachtten op het moment dat hij het woord nam.

Duff was misschien te streng. Iedereen wist dat Malcolm bij het uithakken en vormgeven van Duncans plan zowel de beitel als de hamer was geweest. Maar kon hij leiding aan hen geven? De anderen rond de roulettetafel konden bogen op jarenlange ervaring in leidinggeven op hun respectieve afdelingen, terwijl Malcolm zijn dagen had gesleten door met gebogen rug twee stappen achter Duncan aan te sjokken als een soort te goedbetaalde assistent.

'Mijne heren,' zei Malcolm kijkend naar het groene vilt. 'Een groot man is heengegaan. En dat is het enige wat ik op dit moment over Duncan wil zeggen.' Hij zette zijn bril op, hief zijn hoofd en liet zijn blik rond de tafel gaan. 'Als hoofdcommissaris zou hij niet gewild hebben dat we ons in deze situatie lieten meeslepen door sentimenten en vertwijfeling. Hij zou hebben geëist dat we deden waarvoor we als politiemensen zijn opgeleid, namelijk de schuldige of schuldigen vinden en achter slot en grendel zetten. Dus de tranen en in memoriams komen later. We houden deze bijeenkomst om de eerste zaken te coördineren en plannen, om zes uur vanmiddag zal de volgende bijeenkomst op het Hoofdkwartier zijn. Ik stel voor dat jullie eerst jullie echtgenotes et cetera...'

Malcolms blik gleed naar Duff. Maar Duff kon niet uitmaken of dat met opzet was of niet.

'...bellen om door te geven dat jullie de komende tijd nauwelijks thuis zullen zijn.' Hij pauzeerde even. 'Omdat jullie eerst de dader moeten pakken die onze hoofdcommissaris Duncan heeft afgepakt.' Lange stilte. 'Duff, jij bent leider van Moord. Ik wil over een uur een voorlopig rapport hebben van de bevindingen tot nu toe, inclusief wat Caithness en haar team hebben aangetroffen of niet aangetroffen.'

'Prima.'

'Lennox, ik wil de achtergronden en gedragingen van de lijfwachten voor de moord in kaart hebben. Waar ze zijn geweest, met wie ze hebben gesproken, wat ze hebben gekocht, transacties van hun bankrekeningen, stevige verhoren van hun familieleden en vrienden. Rekruteer wat je nodig hebt aan manschappen.'

'Bedankt, sir.'

'Macbeth, jij hebt al een flinke bijdrage geleverd aan deze zaak, maar ik heb meer nodig. Kijk of OrgCrim dit kan linken aan de grote actoren. Wie er het meest bij de dood van Duncan gebaat is.'

'Ligt dat niet erg voor de hand?' zei Macbeth. 'We hebben de dope van Sweno in de fjord gereden, en van Norse Riders hebben we twee leden gedood en de helft gearresteerd. Dit is een wraakactie van Sweno en...'

'Nee, niet voor de hand liggend,' zei Malcolm. De anderen keken de waarnemend hoofdcommissaris verrast aan.

'Sweno was erbij gebaat dat Duncan kon doorgaan met zijn plan.' Malcolm duwde op een paar fiches die op het vilt waren blijven liggen na de haastige evacuatie. 'Wat was Duncans eerste belofte aan deze stad? Dat hij Hecate zou grijpen. En nu Norse Riders ernstig zijn verzwakt, zou Duncan alle middelen van de politie in stelling brengen om zijn plan te verwezenlijken. En als het Duncan zou lukken, wat zou dat betekenen?'

'Hij zou de markt voor een comeback van Sweno hebben vrijgemaakt,' zei Lennox.

Malcolm knikte.

'Eerlijk gezegd,' zei Macbeth kalm. 'Denk je echt dat zo'n wraakzuchtig persoon als Sweno zo denkt?'

Malcolm trok nauwelijks zichtbaar een wenkbrauw op. 'Een man uit de arbeidersklasse die zonder opleiding en hulp van anderen gedurende dertig jaar leiding heeft gegeven aan nagenoeg de meest winstgevende handel in de stad? Of ik van hem verwacht dat hij economische motieven heeft? Of ik denk dat hij in staat is wraakgevoelens opzij te zetten als het winstgevend is voor de business?'

'Juist ja,' zei Duff. 'Hecate wint het meest als Duncan van het toneel verdwijnt, dus jij gaat ervan uit dat hij hierachter zit?'

'Ik ga nergens van uit, maar de extreme voorrang die Duncan gaf aan de jacht op Hecate is zoals we weten een punt van discussie geweest en zoals Hecate het zal zien, is iedere opvolger te verkiezen boven Duncan.'

'Vooral als het gaat om een opvolger op wie hij grip heeft,' zei Duff. Terwijl hij het zei realiseerde hij zich wat hij daarmee insinueerde en hij deed zijn ogen even dicht. 'Excuus, Malcolm, ik bedoelde niet...'

'Dat is in orde,' zei Malcolm. 'Hier kunnen we vrijuit denken en spreken en wat je zegt, ligt in het verlengde van wat ikzelf al heb gedacht. Namelijk, dat Hecate verwacht dat hij het onder mij makkelijker zal krijgen dan onder Duncan. Dus laten we zorgen dat het tegendeel het geval is.' Malcolm legde alle fiches op zwart. 'Hecate dus, is onze voorlopige hypothese, maar laten we hopen dat we om zes uur meer weten. Aan het werk.'

Banquo voelde dat de slaap hem losliet. Voelde dat de droom hem losliet. Voelde dat Vera hem losliet. Hij knipperde met zijn ogen. Hadden de kerkklokken hem wakker gemaakt? Nee, er was iemand in zijn kamer. Er zat een persoon bij het raam naar de ingelijste foto te kijken.

'Een kater?' vroeg hij zonder op te kijken.

'Macbeth? Hoe...?'

'Fleance heeft me binnengelaten. Hij heeft mijn kamer gekregen, zag ik. Inclusief de puntschoenen die je voor me had gekocht.'

'Hoe laat is het?'

'Ik dacht dat puntschoenen allang uit de mode waren.'

'Daarom heb je ze hier ook achtergelaten. Maar Fleance draagt alles wat van jou is geweest.'

'Ik zag overal boeken en schoolspullen. Hij is ijverig, hij heeft de juiste instelling om de top te bereiken.'

'Ja, hij is op de goede weg.'

'Maar het is immers, zoals we weten, niet altijd genoeg om de top te willen bereiken. Velen azen daarop. Het is ook een kwestie van gelegenheid. En of je de macht en moed hebt om toe te slaan als de gelegenheid zich aanbiedt. Herinner je je nog wie deze foto heeft genomen?'

Macbeth hield de foto omhoog. Fleance en Banquo onder de dode appelboom. De schaduw van de fotograaf viel op hen.

'Dat was jij. Wat wil je?' Banquo wreef over zijn gezicht. Macbeth had gelijk, hij hád een kater.

'Duncan is dood.'

Banquo liet zijn handen op het dekbed vallen. 'Wat zeg je me nou?'

'De lijfwachten hebben hem in zijn hals gestoken terwijl hij vannacht in Inverness logeerde.'

Banquo voelde dat hij misselijk werd en hij moest een paar keer diep ademhalen om niet over te geven.

'Dit is zo'n gelegenheid,' zei Macbeth. 'Dit is een splitsing in de weg. Vanaf dit punt gaat er een weg naar de hel en een weg naar de hemel. Ik ben hier om te vragen welke jij gaat in slaan.'

'Wat bedoel je?'

'Ik wil weten of jij met me meegaat.'

'Daar heb ik al antwoord opgegeven. En het antwoord was ja.'

Macbeth draaide zich naar hem om en glimlachte. 'En dat zeg je zonder te vragen welke weg naar de hemel gaat en welke naar de hel?' Zijn gezicht was bleek en zijn pupillen ongewoon klein. Dat moest door het scherpe ochtendlicht komen, want als Banquo Macbeth niet zo goed had gekend dan zou hij denken dat Macbeth weer aan de dope was. Maar op hetzelfde ogenblik dat hij die gedachte aan de kant wilde duwen, sloeg de waarheid als een ijskoude golf over hem heen.

'Was jij het?' vroeg Banquo. 'Heb jij hem gedood?'

Macbeth hield zijn hoofd scheef en bestudeerde Banquo. Bestudeerde hem zoals je een parachute bestudeert voor je springt, een vrouw voordat je haar voor de eerste keer probeert te kussen.

'Ja,' zei hij. 'Ik heb Duncan gedood.'

Banquo hapte naar adem. Kneep zijn ogen dicht. Hoopte dat Macbeth, dat dít, weg zou zijn als hij zijn ogen weer opende. 'En wat nu?'

'Nu moet ik Malcolm doden,' hoorde hij Macbeth zeggen. 'Dat wil zeggen, jij moet Malcolm doden.'

Banquo opende zijn ogen.

'Voor mij,' zei Macbeth. 'En voor mijn kroonprins. Fleance.'

Hoofdstuk 11

Banquo zat in de schaars verlichte kelder terwijl hij boven zijn hoofd Fleance heen en weer hoorde lopen. De jongen moest het huis uit. Met vrienden afspreken. Misschien een meisje zoeken. Dat zou goed voor hem zijn.

Banquo liet de ketting tussen zijn vingers glijden.

Hij had Macbeth zijn woord gegeven. Waarom? Waarom was hij zo makkelijk over die grens gegaan? Was het vanwege Macbeths belofte? Van het volk, voor het volk, met het volk? Een belofte die een upper-classman als Malcolm nooit kon geven? Nee, het was omdat je heel simpel geen nee kon zeggen als het om je zoon ging. En nog moeilijker als het om twee gaat.

Macbeth had over het volgen van het lot gesproken, het pad effenen naar het kantoor van de hoofdcommissaris.

Hij had niet gezegd dat Lady het brein was achter dit alles. Dat hoefde hij niet te doen. Macbeth gaf de voorkeur aan eenvoudige plannen. Plannen die niet te veel denkwerk in kritieke situaties vereisten. Banquo sloot zijn ogen. Probeerde het voor zich te zien hoe Macbeth als een alleenheerser over de stad zou regeren, zoals Kenneth dat had gedaan, maar met slechts één doel voor ogen: de stad een betere plek voor zijn burgers te maken. Om drastische maatregelen uit te kunnen voeren had je niets aan de traagheid van de democratie en speelruimte voor naïviteit. Er was een sterke en rechtvaardige hand nodig. En wanneer Macbeth te oud was, zou Fleance het stokje overnemen. Dan zou hij gelukkig allang overleden zijn door ouderdom. Misschien dat hij het daarom niet voor zich kon zien.

Banquo hoorde de deur boven dichtvallen.

Het was logisch dat dergelijke visies tijd nodig hadden om te bezinken.

Hij trok zijn handschoenen aan.

Het was half zes en de regen roffelde op de keien en de voorruit van Malcolms Chevrolet Chevelle 454 SS toen hij door de bochtige straatjes reed. Hij besefte dat het idioot was om tijdens de oliecrisis zo'n benzineslurpende bak te kopen; hij had weliswaar een goede prijs betaald voor deze tweedehands, maar zijn argumenten voor aanschaf waren tekortgeschoten. In de eerste plaats tegenover zijn milieubewuste dochter en later tegenover Duncan die het belang van bescheidenheid bij de leiders onderstreepte. Malcolm had uiteindelijk toegegeven hoe het zat: dat hij als jongen al hield van deze overdreven Amerikaanse sleeën. Duncan had daarop gezegd dat het in elk geval liet zien dat economen ook maar mensen zijn.

Hij was even snel naar huis gegaan om te douchen en andere kleren aan te trekken, iets wat gelukkig maar weinig tijd kostte aangezien het zondag was en rustig op de weg. Voor de ingang van het Hoofdkwartier stond veel pers, de journalisten hoopten kennelijk op wat meer commentaar en betere foto's dan ze op de persconferentie van half acht hadden gekregen. Burgemeester Tourtell was al op televisie verschenen en had de woorden 'onbegrijpelijk', 'tragedie', 'onze gedachten zijn bij zijn familie' uitgesproken. Samen met nog veel meer andere plichtmatige uitspraken. Malcolms minimalistische commentaar was geweest dat hij de pers om begrip vroeg en dat zijn focus nu bij het onderzoek lag. Verder had hij verwezen naar de persconferentie.

Malcolm reed de helling van de parkeerkelder af, knikte naar de portier die de slagboom opendeed en gleed naar binnen. De afstand van je parkeerplaats naar de lift was bepalend voor je plaats in de hiërarchie. Dus toen Malcolm zijn parkeervak in draaide, bedacht hij dat hij formeel gezien recht had om het dichtst bij de lift te parkeren.

Hij wilde de sleutel uit het contact trekken toen het portier naar de achterbank geluidloos werd opengetrokken. Voor de eerste keer sinds de moord op Duncan schoot Malcolm een gedachte door het hoofd. Dat de baan als hoofdcommissaris niet alleen een parkeerplaats dicht bij de lift opleverde, maar ook een toenemende dreiging om vermoord te worden. Wanneer en waar ook, en dat je veiligheid toenam naarmate je verder van de lift moest parkeren.

'Start de auto weer,' zei de persoon op de achterbank.

Malcolm keek in de spiegel. De persoon had zo snel en geluidloos bewogen dat hij kon vaststellen dat de training van SWAT duidelijk succesvol was. 'Is er iets, Banquo?'

'Ja, sir. Er is een aanslag op u beraamd.'

'Hier in het Hoofdkwartier?'

'Ja, rij rustig naar buiten, alstublieft, we moeten hier weg. We weten nog niet wie daarbij binnen het korps betrokken is, maar we geloven dat het om dezelfde personen gaat als bij de moord op Duncan.'

Malcolm wist dat hij bang moest zijn. En hij wás bang. Maar niet zo bang als hij zou moeten zijn. Vaak waren het triviale situaties – als hij op een ladder stond of omgeven werd door wespen – die pathetische paniekreacties teweegbrachten. Maar nu leek het of de situatie, net als vanmorgen, een dergelijke angst niet toestond, maar juist het vermogen om snel en rationeel te denken aanscherpte en zijn besluitvaardigheid vergrootte. En hem paradoxaal genoeg ook kalmeerde.

'Als dat het geval is, hoe weet ik dan dat jij niet een van hen bent, Banquo?'

'Als ik u had willen vermoorden, was u nu al dood geweest, sir.'

Malcolm knikte. Iets in Banquo's toon vertelde hem dat de fysiek zwakkere en veel oudere man waarschijnlijk in staat was dat met zijn blote handen te doen als hij wilde.

'Dus waar gaan we nu heen?'

'Naar de containerhaven, sir.'

'Waarom niet naar mijn huis in...'

'U wilt uw gezin toch niet bij deze misère betrekken? Ik zal het uitleggen als we er zijn. Rij, ik laat me een beetje zakken op de achterbank, het is beter dat niemand me ziet en daar misschien uit opmaakt dat u op de hoogte bent.'

Malcolm reed naar buiten, kreeg een knikje van de portier, de slagboom ging omhoog en hij was weer buiten in de regen.

'Ik heb een vergadering om...'

'Dat wordt geregeld, sir.'

'En de persconferentie?'

'Die ook. U moet nu aan uzelf denken. En uw dochter.'

'Julia?' Malcolm voelde het nu. De paniek.

'Ze wordt bewaakt, sir. Rij nu maar. We zijn er bijna.'

'Wat gaan we doen?'

'Doen wat we moeten doen.'

Vijf minuten later reden ze door de toegangspoort van de containerhaven die de laatste jaren openstond omdat pogingen om daklozen en dieven van het terrein te weren slechts resulteerden in vernielde hekken en sloten. Het was zondag en de kade was verlaten.

'Parkeer achter de opslagloodsen daar,' zei Banquo.

Malcolm deed wat hem werd gezegd en stopte naast een Volvo PV die er al stond.

'Onderteken dit,' zei Banquo en hij leunde met een pen en een A4'tje in zijn hand tussen de voorste stoelen door.

'Wat is dat?' vroeg Malcolm.

'Een paar regels die getypt zijn op uw schrijfmachine,' zei Banquo. 'Lees het maar hardop.'

'Norse Riders dreigden mijn dochter Julia...' Malcolm stopte.

'Ga door,' zei Banquo.

Malcolm schraapte zijn keel. '...van het leven te beroven als ik niet met hen samenwerkte om hoofdcommissaris Duncan te vermoorden,' las Malcolm. 'Maar nu ze me in hun greep hebben, vragen ze me om nog meer voor hen te doen. Ik besef dat mijn dochter zolang ik leef gevaar blijft lopen. Dat – en ook de schaamte over wat ik heb gedaan – is de reden dat ik heb gekozen voor de verdrinkingsdood.'

'Zo is de situatie,' zei Banquo. 'Alleen een handtekening kan het leven van uw dochter redden.'

Malcolm draaide zich om naar Banquo op de achterbank en keek in een pistoolloop. Banquo droeg een handschoen en hield zijn wapen stevig vast.

'Er komt geen aanslag. Je hebt gelogen.'

'Ja en nee,' zei Banquo.

'Je hebt me misleid en me hierheen laten rijden om me te vermoorden en daarna in het kanaal te gooien.'

'Je moet jezelf verdrinken zoals het in de brief staat.'

'Waarom zou ik...'

'Omdat het alternatief is dat ik je nu door je hoofd schiet en naar je huis ga, en dan ziet je zelfmoordbrief er zo uit.' Banquo gaf hem een ander vel. 'Alleen het eind is veranderd.'

'...Maar zolang mijn dochter en ik nog leven, zullen onze levens gevaar blijven lopen. Daarom heb ik ervoor gekozen ons van het leven te beroven zodat haar de schaamte voor wat ik heb gedaan en een leven vol angst bespaard blijft.' Malcolm knipperde met zijn ogen. Hij begreep de woorden, de inhoud was duidelijk, maar toch moest hij de zinnen nogmaals lezen.

'Onderteken nu, Malcolm.' Banquo's stem klonk bijna troostend.

Malcolm sloot zijn ogen. Het was zo stil in de auto dat hij het geknerp van de veer in de trekker kon horen. Toen deed hij zijn ogen weer open, greep de pen en schreef zijn naam onder de eerste brief.

Er klonk geratel van metaal van de achterbank. 'Hier,' zei Banquo. 'Maak dat onder je jas vast rond je middel.'

Malcolm keek naar de zware scheepsketting die Banquo hem toestak. Hij pakte hem aan terwijl zijn hersenen een uitweg trachtten te vinden.

'Laat zien,' zei Banquo en hij trok aan de ketting. Toen maakte hij er een hangslot aan vast en klikte dat dicht. Legde de ondertekende brief op de passagiersstoel met daarop een sleutel die naar Malcolm aannam van het hangslot was.

'Kom.' Ze stapten de regen in. Banquo gebruikte zijn pistool om Malcolm voor zich uit te duwen naar de kaderand van een smal kanaal dat onderdeel uitmaakte van de haven. Langs beide oevers van het kanaal stonden muren van containers. Mocht er toch iemand bij de hoofdkade lopen, dan kon hij Banquo en Malcolm niet zien.

'Blijf staan,' zei Banquo.

Malcolm staarde naar het vlakke, zwarte water dat getemd werd door de geseling van de regen. Recht onder hem zag hij het groenzwarte water dat bedekt werd met een laagje olie. Hij keerde het water de rug toe en keek Banquo strak aan.

Banquo tilde zijn pistool op. 'Spring, sir.'

'Je ziet er niet uit als iemand die een ander gaat vermoorden, Banquo.'

'Met alle respect, sir, maar u weet niet hoe mensen er dan uitzien.'

'Dat is waar, maar ik heb tamelijk veel mensenkennis.'

'Tot nu toe.'

Malcolm spreidde zijn armen. 'Duw me dan.'

Banquo maakte zijn lippen nat. Veranderde de greep op zijn pistool.

'Nou, Banquo? Laat me de moordenaar in je zien.'

'U bent nogal koelbloedig voor een burger, sir.'

Malcolm liet zijn armen weer zakken. 'Dat komt doordat ik het een en ander weet van verlies, Banquo. Net als jij. Ik heb geleerd dat je de meeste zaken in je leven kunt missen, maar een paar dingen niet. Die zijn belangrijker dan je eigen leven. Ik weet dat jij je vrouw hebt verloren aan de ziekte die deze stad aan zijn inwoners geeft.'

'O ja? Hoe weet u dat?'

'Duncan heeft me dat verteld omdat ik mijn eerste vrouw aan dezelfde ziekte heb verloren. En we spraken over hoe we konden bijdragen aan het opknappen van een stad waarin zoiets niet meer mogelijk is, een stad waarin zelfs de machtigste industriëlen zich voor de rechter moeten verantwoorden als ze de wet overtreden, een stad waar een moord een moord is, of die nu met een wapen is gebeurd of met giftige rook waardoor het oogwit van de inwoners geel wordt en ze uiteindelijk naar kadavers gaan stinken.'

'Dus dan bent u al het onmisbare kwijtgeraakt.'

'Nee, je kunt je echtgenote verliezen, maar dan heeft het leven nog steeds zin. Omdat je een kind hebt. Een dochter. Een zoon. Het zijn onze kinderen die onmisbaar zijn, Banquo. Als ik Julia red door zelf te sterven, dan is dat maar zo. Dat is het me waard. En na mij en Duncan komen er anderen. Misschien geloof je me niet, Banquo, maar de wereld heeft veel goedwillende mensen.'

'En wie bepaalt wat goed is? U en de andere rijke stinkerds?'

'Vraag het je hart, Banquo. Je hersenen zullen je voor de gek houden, maar vraag het je hart.'

Malcolm zag dat Banquo van standbeen wisselde. Malcolms mond en keel waren droog en hij was al hees. 'Jullie kunnen zoveel kettingen aan ons hangen als jullie willen, Banquo, het heeft geen zin omdat we altijd weer komen bovendrijven. Het goede komt altijd naar boven. Ik verzeker je, ik kom weer bovendrijven en daarmee zal je misdaad aan het licht komen.'

'U bent niet een van ons, Malcolm.'

'Hecate, jij. Jullie zitten in hetzelfde schuitje. En we weten beiden welke klippen jullie moeten omzeilen en waar jullie zullen eindigen.'

Banquo knikte langzaam. 'Hecate,' zei hij langzaam. 'Precies.'

'Wat?'

Het leek of Banquo naar een punt op Malcolms voorhoofd staarde. 'U heeft gelijk, sir. Ik werk voor Hecate.' Malcolm probeerde Banquo's flauwe glimlachje te duiden. Er liep water over zijn gezicht en het leek of hij huilde, dacht Malcolm. Aarzelde hij? Malcolm wist dat hij moest blijven praten, dat hij Banquo moest laten praten, want elke seconde was een verlenging van zijn leven. En vergrootte de kleine kans dat hij zich zou bedenken of dat er iemand opdook.

'Waarom de verdrinkingsdood, Banquo?'

'Wat?'

'Me in de auto doodschieten en het eruit laten zien als zelfmoord zou makkelijker zijn.'

Banquo haalde zijn schouders op. 'Er zijn meerdere manieren om een kat te vlooien. En de plaats delict ligt onder water. Weinig sporen te vinden voor het geval er verdenkingen van moord zijn. En verder is het prettig om te verdrinken, het lijkt op slapen.'

'Waarom denk je dat?'

'Ik weet het. Ik ben in mijn jeugd twee keer bijna verdronken.'

De loop van het pistool was een beetje gezakt. Malcolm schatte de afstand tussen hen beiden. Hij slikte. 'Hoe kan het dat je twee keer bijna bent verdronken, Banquo?'

'Omdat ik in het oosten van de stad ben opgegroeid en nooit heb leren zwemmen. Is het niet grappig dat in een stad aan zee mensen wonen die sterven als ze erin vallen? Ik heb het mijn zoon al heel snel geprobeerd te leren. Het vreemde is dat hij het ook niet kan. Misschien omdat hij het moest leren van iemand die niet kan zwemmen. Als we zinken dan zinken we, dat is het lot dat we erven. Maar mensen zoals jij kunnen zwemmen, Malcolm.'

'Daarom die ketting, neem ik aan.'

'Ja.' De pistoolloop kwam weer omhoog. De aarzeling was weg en hij leek weer gedecideerd. Malcolm haalde diep adem. De kans was er geweest, maar nu was die weg.

'Goed of niet,' zei Banquo. 'Jullie hebben het vermogen boven te komen drijven. Dus ik moet er zeker van zijn dat jij onder water blijft. Dat jij niet naar de oppervlakte komt, want dan heb ik mijn werk niet goed gedaan. Begrijp je?'

'Of ik het begrijp?'

'Geef me je politiebadge.'

Malcolm haalde de badge uit zijn jaszak en gaf die aan Banquo die hem direct weggooide. Hij vloog over de kaderand, raakte het wateroppervlak en verdween. 'De badge is van messing, hij blinkt, maar zakt direct naar de bodem. Zo gaat dat met de zwaartekracht, sir, die trekt alles in de modder. U moet verdwijnen, Malcolm. Voor altijd verdwijnen.'

In de vergaderzaal keek Macbeth op de klok. Negenentwintig minuten over zes. De deur ging weer open en een persoon die Macbeth herkende als Lennox' assistente stak haar hoofd om de hoek en zei dat het nog steeds niet mogelijk was om Malcolm te pakken te krijgen. Ze wisten dat hij de parkeergarage van het Hoofdkwartier was binnengereden, weer was omgedraaid en naar buiten was gereden. Niemand, ook zijn dochter Julia niet, kon zeggen waar hij naartoe was gegaan.

'Bedankt, Priscilla,' zei Lennox en hij draaide zich om naar de andere aanwezigen. 'Volgens mij moeten we deze vergadering beginnen met...'

Macbeth wist dat dit het moment was. Het moment waarover Lady het had gehad, het moment van het machtsvacuüm waarin alle aanwezigen degene die zich profileerde als de nieuwe leider zouden observeren. Daarom kwam de onderbreking snel en oorverdovend: 'Neem me niet kwalijk, Lennox.' Macbeth draaide zich om naar de deur. 'Priscilla, kun jij ervoor zorgen dat er een opsporingsbericht uitgaat voor Malcolm en zijn auto? Voorlopig alleen naar de surveillancewagens. En formuleer dat met zo min mogelijk dramatiek. Bijvoorbeeld dat het Hoofdkwartier zo snel mogelijk contact met hem wil. Bedankt.' Hij wendde zich tot de anderen. 'Het spijt me dat ik orders geef aan jouw assistente, Lennox, maar ik geloof dat de meesten mijn slechte voorgevoel delen. Oké, nu kunnen we beginnen met de vergadering. Heeft iemand er iets op tegen dat ik die leid totdat Malcolm komt?'

Hij liet zijn blik rond de tafel gaan. Caithness, Lennox, Duff. Hij zag hoe ze even nadachten voordat ze zich realiseerden wat Lennox na het schrapen van zijn keel zei: 'Jij bent nu de man die het commando overneemt, Macbeth. Ga je gang.'

'Bedankt, Lennox. Wil je trouwens zo vriendelijk zijn om het raam achter je dicht te doen? We beginnen met de lijfwachten.

Heeft Anti-Corruptie iets gevonden, Lennox?'

'Voorlopig nog niet,' zei Lennox, worstelend met het op de plek duwen van de raamhaak. 'We hebben geen bijzonderheden of verdachte zaken kunnen ontdekken. Het enige wat misschien verdacht is, is de afwezigheid van verdachte zaken.'

'Geen verdachte, nieuwe contacten, geen plotselinge aankopen of transacties op bankrekeningen?'

Lennox schudde zijn hoofd. 'Het ziet er allemaal smetteloos uit.'

'Ik gok dat ze zonder smet wáren,' zei Duff. 'Maar zelfs de meest rechtschapen ridder kan vergiftigd en gecorrumpeerd worden, als je maar het gat in zijn harnas vindt. En Hecate heeft het gat gevonden.'

'Dan kunnen wij dat ook vinden,' zei Macbeth. 'Ga door met zoeken, Lennox.'

'Jazeker.' Zijn toon gaf ruimte aan de toevoeging 'sir' aan het eind van de zin. Het werd niet uitgesproken, maar iedereen had het gehoord.

'Jij had het erover dat je met je undercovers van je oude afdeling hebt gesproken, Duff?'

'Ze zeggen dat het erop lijkt dat de moordaanslag als een schok is binnengekomen bij iedereen die op straatniveau werkt. Dat niemand er iets van wist. Maar dat iedereen ervan uitgaat dat Hecate erachter zit. Een jonge kerel op het Centraal Station heeft gemeld dat een politieman naar dope heeft gevraagd, ik weet niet of het een van onze undercovers is geweest, maar het was in elk geval niet een van de lijfwachten. We gaan door met het zoeken naar sporen van waar Hecate zich bevindt. Maar dat is – zoals we weten – net zo moeilijk als het vinden van Sweno.'

'Bedankt, Duff. De Technische Recherche, Caithness?'

'De verwachte sporen,' zei ze, kijkend naar haar notitieblok voor zich. 'We hebben alle vingerafdrukken in de kamer van de overledene geïdentificeerd en ze matchen met drie kamermeisjes, de lijfwachten en de personen van wie we weten dat ze binnen zijn geweest. Namelijk: Lady, Macbeth en Duff. En dan was er nog een set vingerafdrukken waar we een poosje niet van wisten van wie die waren, maar we hebben die zojuist kunnen matchen aan de vorige gast van de kamer. Hoewel ik zei "de verwachte sporen", is er toch iets opmerkelijks. Meestal vinden we in een hotelkamer een heleboel niet te identificeren vingerafdrukken.'

'De leiding van Inverness neemt de hygiëne enorm serieus,' zei Macbeth droog.

'Het gerechtelijk laboratorium bevestigt dat twee messteken in de hals de directe doodsoorzaak zijn. De steekwonden corresponderen met de dolken die zijn gevonden. En hoewel getracht is de dolken schoon te vegen aan het laken en de eigen kleding van de lijfwachten, was er meer dan genoeg bloed op het lemmet en heft om te kunnen vaststellen dat het afkomstig was van het slachtoffer.'

'Kunnen we Duncan zeggen,' zei Macbeth, 'in plaats van slachtoffer?'

'Zoals je wilt. De ene dolk was bebloeder dan de ander omdat die gebruikt is om de halsslagader van het slach... eh, Duncan door te snijden. Daarop volgde een bloedfontein over het dekbed zoals jullie op de foto hier kunnen zien.' Caithness schoof een zwart-witfoto over tafel en ze bekeken die plichtmatig.

'Het volledige obductierapport volgt overmorgen. Dan kunnen we meer zeggen.'

'Wat meer?' vroeg Duff. 'Wat zijn avondeten was? Dat weten we toch omdat we met elkaar hebben gegeten? Of welke ziekten hij had waaraan hij niet is gestorven? Als we er de vaart in willen houden, is het essentieel in deze situatie dat we ons focussen op informatie die relevant is.'

'De obductie,' zei Caithness en Macbeth hoorde de trilling in haar stem, 'kan het verloop van de handelingen bevestigen of ontkrachten. Ik neem aan dat dat behoorlijk relevant is.'

'Daar heb je gelijk in, Caithness,' zei Macbeth. 'Verder nog iets?'

Ze liet meerdere foto's zien, sprak over fysieke en technische vondsten, maar niets wees in een andere richting dan de consensus dat de twee lijfwachten Duncan van het leven hadden beroofd. Er bestond ook overeenstemming over het feit dat de lijfwachten zeer waarschijnlijk geen eigen motief hadden en dat er dus andere krachten in het spel waren. En de daaropvolgende discussie dat het iemand anders dan Hecate kon zijn was kort en zonder resultaat.

Macbeth stelde voor dat ze voorlopig de persconferentie uitstelden tot tien uur in afwachting van meer informatie over Malcolm.

Lennox meende dat negen uur een beter tijdstip was met het oog op de vroege deadline op zondag.

'Dank je, Lennox,' zei Macbeth. 'Maar we houden rekening met onze agenda en niet met de losse verkoop morgenochtend.'

'Ik vind dat niet verstandig,' zei Lennox. 'We zijn de nieuwe leiding en het is niet handig om ons bij de eerste gelegenheid impopulair te maken bij de pers.'

'Jouw standpunt wordt genoteerd,' zei Macbeth. 'Tenzij Malcolm is opgedoken en andere orders geeft, komen we om negen uur bij elkaar om te bespreken wat we gaan zeggen op de persconferentie.'

'En wie gaat de persconferentie leiden?' vroeg Duff.

Nog voor Macbeth kon antwoorden werd de deur een stukje geopend. Het was Priscilla, Lennox' assistente.

'Neem me niet kwalijk,' zei ze. 'De surveillancewagen in het containerhavengebied heeft gemeld dat Malcolms auto daar staat. De auto is verlaten en van Malcolm geen spoor.'

Macbeth voelde de stilte in de kamer. Hij wist wat zij niet wisten en hij genoot ervan. En van de controle die hem dat gaf.

'Waar in de containerhaven?' vroeg Macbeth.

'Op de kade bij een van de kanalen.'

Macbeth knikte. 'Roep de duikers op.'

'De duikers?' zei Lennox. 'Is dat niet een beetje voorba...?'

'Ik geloof dat Macbeth gelijk heeft,' onderbrak Priscilla hem en iedereen draaide zich verbluft naar haar om. Ze slikte. 'Ze hebben een brief op de autostoel gevonden.'

Hoofdstuk 12

De persconferentie begon exact om tien uur die avond. Toen Macbeth de Scone-zaal in liep en op de katheder afstevende, werden er van alle hoeken flitslichten afgevuurd die groteske, kortlevende schaduwen op de muur achter hem wierpen. Hij legde zijn papieren voor zich, keek er een paar seconden naar, schraapte zijn keel en liet zijn blik gaan over de rijen stoelen die allemaal bezet waren. Hij had het nooit prettig gevonden om voor een zaal te spreken. Er was een tijd geweest dat alleen al de gedachte daaraan erger was dan de risicovolste opdracht. Maar het was beter geworden. En vanavond voelde hij dat hij zich er eigenlijk op verheugde. Dat hij ervan zou genieten. Omdat hij de controle had en wist wat zij niet wisten. En omdat hij zojuist een lijntje brew had gesnoven. Dat was het enige wat hij nodig had.

'Goedenavond, ik ben inspecteur Macbeth, leider van OrgCrim. Zoals bekend troffen we hoofdcommissaris Duncan vanmorgen om zes uur tweeënveertig levenloos aan in Casino Inverness – hij was om het leven gebracht. Kort daarna werden de vermoedelijke daders in deze zaak, Duncans lijfwachten, agent Andrianov en agent Hennessy, doodgeschoten door de politie in de kamer naast die van Duncan omdat ze tijdens hun arrestatie naar hun wapen grepen. Jullie hebben een uur geleden een persbericht ontvangen waarin vrij gedetailleerd het verloop van de gebeurtenissen en onze voorlopige resultaten en vermoedens uit de doeken worden gedaan, dus deze persconferentie hoeft niet lang te duren. Maar ik wil er nog een paar zaken van meer technische aard aan toevoegen.'

Macbeth haalde adem en een van de journalisten kon zich niet inhouden: 'Wat weten jullie over Malcolm?' galmde het door de zaal.

'Is hij dood?' klonk het uit een andere hoek.

Macbeth keek naar zijn papieren en schoof ze vervolgens opzij. 'Als dit betekent dat de pers meent dat we hebben voldaan aan onze informatieplicht wat betreft de moord op de hoofdcommissaris...'

'Nee, maar eerst het belangrijkste,' riep een van de oudere journalisten. 'De deadline nadert.'

'Oké,' zei Macbeth. 'Adjunct-hoofdcommissaris Malcolm is niet op komen dagen – zoals jullie kennelijk al weten – voor een vergadering om achttien uur hier in het Hoofdkwartier. Op dezelfde dag dat de hoofdcommissaris vermoord is aangetroffen, is dat natuurlijk verontrustend. Dus we hebben een opsporingsbericht laten uitgaan. De auto van Malcolm is vanmiddag gelokaliseerd in de containerhaven, daarna is er gezocht in het gebied, onder anderen met duikers. En ze vonden...'

'Het lijk?'

'...dit.' Macbeth hield een rond metalen plaatje omhoog dat fonkelde in de lampen van de televisiecamera's. 'Dit is de politiebadge van Malcolm die op de bodem van het kanaal is gevonden. Vlak naast de kade.'

'Denken jullie dat iemand hem heeft vermoord?'

'Min of meer,' zei Macbeth en hij vertrok geen spier in de compacte stilte die volgde. 'Als er met "iemand" ook Malcolm zelf wordt bedoeld.' Hij liet zijn blik over de groep journalisten gaan voor hij verderging. 'Er is een brief gevonden op de stoel van de bestuurder.'

Macbeth richtte zijn blik op het vel papier voor zich. Hij kuchte even en las: '"Norse Riders dreigden mijn dochter Julia van het leven te beroven als ik niet met hen samenwerkte om hoofdcommissaris Duncan te vermoorden. Maar nu ze me in hun greep hebben, vragen ze me om nog meer voor hen te doen. Ik besef dat zolang ik leef mijn dochter gevaar blijft lopen. Dat – en ook de schaamte over wat ik heb gedaan – is de reden dat ik heb gekozen voor de verdrinkingsdood." Ondertekend door adjunct-hoofdcommissaris Malcolm.'

Hij keek naar de zaal. 'De eerste vraag die wij – en jullie waarschijnlijk ook – hebben gesteld luidt: is de brief echt? Daarvan kunnen we zeggen dat onze Technische Recherche-afdeling bevestigt dat de brief op Malcolms typemachine is getypt, dat het papier Malcolms vingerafdrukken bevat en dat de handtekening inderdaad van hem is.'

Het leek of de zaal een paar seconden nodig had om de inhoud te laten bezinken. Toen barstte er een kakofonie van stemmen los.

'Op welke manier heeft Malcolm Norse Riders geholpen bij de moord?'

'Wat is de connectie tussen Malcolm en de lijfwachten?'

'Denken jullie dat er meer collega's binnen de politie bij betrokken zijn?'

Macbeth hield afwerend zijn handen omhoog. 'Er worden nu geen antwoorden gegeven op vragen over de moord op Duncan, want we willen niet speculeren. Alleen vragen over de verdwijning. Eén tegelijk, alsjeblieft.'

Stilte. Toen kwam de eerste vraag, van de enige vrouwelijke journalist in de zaal: 'Moeten we het zo begrijpen dat jullie de politiebadge hebben gevonden, maar niet het lijk van Malcolm?'

'Op de bodem ligt een dikke laag modder en we hebben niet het helderste water in onze haven. Een plaatje van messing zakt niet zo diep weg als een lijk, en messing reflecteert het licht. Het kan even duren voor onze duikers Malcolm hebben gevonden.'

Macbeth zag hoe de journalisten zich synchroon over hun notitieblokken bogen om aantekeningen te maken.

'Is het niet logisch te veronderstellen dat de stroom het lijk kan hebben meegevoerd?' riep een stem met rollende r.

'Jazeker,' zei Macbeth en zijn blik ving het gezicht achter de stem. Een van de weinige journalisten die geen notitie maakte. Walt Kite. Hij hoefde dat niet, de radiomicrofoon stond op de tafel voor Macbeth.

'Als Malcolm Duncan heeft vermoord en spijt heeft gekregen, waarom...'

'Stop.' Macbeth hield zijn hand afwerend omhoog. 'Ik beantwoord zoals gezegd geen vragen over de Duncan-moord voor we meer weten. En nu vraag ik om jullie begrip voor het feit dat we de persconferentie afsluiten en weer aan het werk gaan. Het belangrijkste in deze situatie is dat we snel en efficiënt met de middelen die ons ter beschikking staan de zaak onderzoeken. We moeten ook zo spoedig mogelijk orde op zaken stellen met betrekking tot de leiding zodat ook het overige politiewerk in deze stad voortgang zal vinden.'

'Klopt het dat u op het ogenblik waarnemend hoofdcommissaris bent, Macbeth?'

'Formeel gezien wel, ja.'
'En in de praktijk?'
'In de praktijk...' Macbeth pauzeerde even. Hij wierp een blik op zijn papieren en bevochtigde zijn lippen. 'We hebben een ervaren groep mensen die met elkaar het roer hebben overgenomen en ik durf rustig te stellen dat we alles onder controle hebben. Maar ik moet ook toegeven dat het niet zal meevallen om in de voetsporen van Duncan te treden. De hoofdcommissaris was een man met een visie, een held die gestorven is in de strijd tegen slechte krachten die op het moment denken dat ze hebben gezegevierd.' Hij greep de katheder stevig vast en leunde wat voorover. 'Maar het enige wat ze hebben bereikt is dat we ervan overtuigd zijn dat deze verloren slag het startsein is voor een strijd waarin uiteindelijk het goede zal overwinnen. We strijden voor rechtvaardigheid, voor veiligheid. En dat zal leiden tot de bouw van nieuwe huizen, de komst van nieuwe bedrijven en grotere welvaart. Maar dat kunnen we niet alleen. Om dat te bereiken, hebben we het vertrouwen van jullie en de stad nodig. Als wij dat krijgen, kunnen we het werk waarmee hoofdcommissaris Duncan is begonnen voortzetten. En ik wil...' – hij hield zijn hand omhoog alsof hij een eed aflegde – '...persoonlijk garanderen dat we niet zullen stoppen voor we de doelen die Duncan voor ogen had voor deze stad en al zijn burgers hebben bereikt.'
Macbeth liet de katheder los en richtte zich op. Hij keek naar de gezichten die een behang van ogen en open monden werden. Nee, hij was niet bang. Hij zag het effect en genoot nog steeds van zijn eigen woorden. Lady's woorden. Hij was op het juiste moment voorovergebogen. Ze had hem voor de spiegel geïnstrueerd en uitgelegd hoe offensieve lichaamstaal uitdrukking gaf aan spontane oprechtheid en vechtlust en dat die belangrijker waren dan woorden, omdat lichaamstaal direct naar het hart gaat in plaats van naar de hersenen.
'De volgende persconferentie zal hier morgenochtend om elf uur plaatsvinden. Bedankt.'
Macbeth verzamelde zijn papieren en er klonk teleurgesteld gekreun uit de zaal voordat het protesten en vragen begon te hagelen. Macbeth tuurde de zaal in. Hij bleef een paar seconden staan en kon op het laatste moment een lachje onderdrukken.

Hij ziet er verdomme uit als een kapitein, dacht Duff die op de eerste rij zat. Een kapitein die zonder vrees naar de woelige zee kijkt. Iemand heeft hem dat onlangs geleerd want dit is niet de Macbeth die hij kent. Kende.

Macbeth knikte kort, marcheerde van het podium af en verdween door de deur die Priscilla voor hem openhield.

'En wat vond je ervan, Lennox?' vroeg Duff terwijl de journalisten achter hem nog steeds om een toegift bleven roepen.

'Ik ben ontroerd,' zei de roodharige inspecteur. 'En geïnspireerd.'

'Precies, dit was eerder een verkiezingspraatje dan een persconferentie.'

'Zo kun je het ook opvatten, of je kunt het zien als een slimme en verantwoorde actie.'

'Verantwoord?' zei Duff snuivend.

'Een stad, een land, heeft behoefte aan ideeën. Het idee dat geldbiljetten veranderd kunnen worden in goud, het idee dat de leiders aan jou en aan mij denken en niet alleen aan zichzelf en dat misdaden worden bestraft. Als we niet in dergelijke ideeën willen geloven, zal de geciviliseerde samenleving ontstellend snel in elkaar storten. En in een situatie waar anarchie op de deur klopt, heeft Macbeth ons verzekerd dat het bevoegd gezag in de stad nog volkomen intact is. Het was een speech van een staatsman.'

'Of staatsvrouw.'

'Jij denkt dat het Lady's woorden waren en niet die van Macbeth?'

'Vrouwen begrijpen hoe mannen tegen harten moeten praten. Omdat het hart de vrouw in ons is. Hoewel de hersenen groter zijn, ze meer spreken en denken dat de man alles in huis bepaalt, maakt het hart in alle stilte de beslissingen. Geloof me, Macbeth heeft dit niet in zich, de speech is haar werk.'

'En wat dan nog? We hebben allemaal een betere helft nodig. Zolang het gewenste resultaat wordt bereikt, mag er net zo goed de duivel zelf achter zitten. Je bent toch niet jaloers op Macbeth, Duff?'

'Jaloers?' Duff lachte even. 'Waarom zou ik dat zijn? Hij spreekt en ziet eruit als een leider en als hij bovendien handelt als een leider, is het uiteraard het beste voor de samenleving dat hij die rol op zich neemt en niet iemand anders.'

Stoelpoten schraapten over de vloer. Macbeth kwam niet terug en de deadline naderde.

Het was nog een uur tot middernacht. De wind was wat gaan liggen, maar er vloog nog steeds afval door de lucht en langs de kust dreef wrakhout. De natte noordwester werd samengedrukt en zette vaart in de gangen van het station, scheerde over een bult die tegen de muur lag en – een paar meter verderop – over een man met een sjaal voor zijn mond en neus. Strega liep op hem af.

'Bang om herkend te worden, Macbeth?'

'Sst, noem mijn naam niet. Ik heb vanavond een speech gehouden en ik ben bang dat ik mijn anonimiteit ben kwijtgeraakt.'

'Ik heb het journaal gezien, ja. Je zag er goed uit, ik geloofde bijna alles wat je daar zei. Maar een knap gezicht heeft altijd dat effect op mij gehad.'

'Hoe komt het toch dat jij zo snel opduikt als ik hier ben, Strega?'

Ze lachte. 'Brew?'

'Heb je iets anders? Speed? Cocaïne? Ik hallucineer en krijg nare dromen van die brew.'

'Het was de storm en niet de brew die je nachtmerries heeft bezorgd, Macbeth. Ik raak dat spul niet aan, maar toch droomde ik dat alle honden door het noodweer helemaal wild waren geworden. Ik zag ze op elkaar afvliegen met schuim rond hun bek. En terwijl ze nog leefden begonnen ze elkaar op te eten. Ik was nat van het zweet, maar ook opgelucht toen ik wakker werd.'

Macbeth wees op de bult achter hem in de gang. 'Daar heb je je droom.'

'Wat is dat?'

'Dat is het kadaver van een half opgegeten hond, zag je dat niet?'

'Ik geloof dat je weer hallucineert. Hier.' Ze legde een zakje in zijn hand. 'Brew. Verdwaal nu niet, Macbeth. Bedenk dat de weg simpel is en gewoon rechtdoor loopt.'

Toen Macbeth langs Bertha liep en snel over Workers' Square in de richting van de verlichte gevel van Inverness ging, zag hij een gedaante in het donker in de regen staan. Toen hij dichterbij kwam, zag hij tot zijn verrassing dat het Banquo was.

'Wat doe jij hier?' vroeg Macbeth.

'Op jou wachten,' zei Banquo.

'Tussen Bertha en Inverness, waar niets je enige beschutting kan geven?'

'Ik kon niet besluiten,' zei Banquo.

'Waar je moest gaan staan?'

'Hoe ik het moest doen met Malcolm.'

'Je hebt geen ketting aan hem vastgemaakt, is het dat?'

'Wat?'

'De duikers hebben het lijk nog niet gevonden. Zonder een gewicht aan zijn lichaam zal de stroom hem hebben meegenomen.'

'Dat is het niet.'

'Niet? Maar laten we naar Inverness gaan in plaats van hier nat en koud te worden.'

'Voor mij is het te laat, ik ben tot in het diepst van mijn ziel koud. Ik wacht hier op je, omdat er voor het casino journalisten staan die op de nieuwe hoofdcommissaris wachten.'

'Dan moeten we het hier snel afhandelen. Wat is er gebeurd?'

'Ik heb de kat op een andere manier gevlooid. Je hoeft je nergens zorgen over te maken. Malcolm is voor altijd verdwenen en zal nooit weer opduiken. En zelfs als hij dat wel doet, dan heeft hij geen idee van de rol die jij hierin speelt. Hij denkt dat Hecate hierachter zit.'

'Waar heb je het over? Leeft Malcolm nog?'

Banquo haalde zijn schouders op. 'Malcolm denkt dat Hecate me in zijn zak heeft, dat ik Duncans lijfwachten heb gemanipuleerd. Ik weet dat het niet de afspraak was, maar ik heb ons probleem opgelost en ondertussen het leven van een goed mens gespaard.'

'Waar is Malcolm nu?'

'Weg.'

'Waar?' zei Macbeth en hij zag aan Banquo dat hij luider was gaan praten.

'Ik heb hem naar het vliegveld gebracht en naar Capitol gestuurd. Van daaruit zou hij naar het buitenland vertrekken. Hij weet dat als hij contact met iemand zoekt, ook maar het kleinste teken van leven geeft, zijn dochter Julia dan onmiddellijk wordt geliquideerd. Malcolm is vader, Macbeth, en ik weet wat dat wil zeggen. Hij zal nooit het leven van zijn dochter riskeren. Nooit. Dan maar liever een stad die naar de verdommenis gaat. Geloof me, zelfs in de koudste schuur zal een door luizen opgegeten Malcolm elke ochtend hongerig, koud en eenzaam wakker worden en de Schepper danken dat zijn dochter nóg een dag te leven heeft.'

Macbeth tilde zijn hand op en zag toen iets wat hij slechts één keer eerder in Banquo's ogen had gezien. Nooit tijdens al die acties tegen gewapende desperado's of gestoorde mensen met kinderen als gijzelaars. Nooit die keren dat hij tegenover een tegenstander had gestaan die groter en sterker was en van wie hij een flink pak slaag verwachtte – en ook kreeg. Alleen die ene keer: de blik die hij had toen hij uit het ziekenhuis kwam na een bezoek aan Vera en de arts hem had geïnformeerd over de resultaten van de laatste tests. Angst. Pure, rauwe angst. En daarom begreep Macbeth dat Banquo niet voor zichzelf vreesde.

'Bedankt,' zei Macbeth. Hij legde een zware hand op Banquo's schouder. 'Bedankt, beste vriend, dat je een goede beslissing hebt genomen waar ik een slechte heb genomen. Ik dacht dat het opofferen van één man een klein offer was voor ons grote doel. Maar je hebt gelijk, je kunt een stad niet redden van de verdommenis door goede mannen onnodig te laten sterven. Die kon gespaard worden, dus hij moest gespaard worden. En misschien heb je ons ook wel gespaard. Nu belanden we niet in de hel door zo'n misdaad.'

'O, ik ben blij dat jij het ook zo ziet,' riep Banquo uit en Macbeth voelde hoe de trillende spieren in Banquo's schouder onder zijn hand ontspanden.

'Ga naar huis om te slapen, Banquo. En doe Fleance de groeten van me.'

'Dat zal ik doen. Goedenacht.'

Macbeth stak het plein over en dacht ondertussen na. Bedacht dat de dood van goede mannen soms zinloos was. Maar soms ook niet. Hij liep in het licht van Inverness, negeerde de stortvloed aan vragen van journalisten over Malcolm. Over Duncans lijfwachten en of het inderdaad Macbeth zelf was die de twee had doodgeschoten.

Binnen stond Lady hem op te wachten.

'Ze hebben de hele persconferentie live op televisie uitgezonden en je was fantastisch,' zei ze en ze omhelsde hem. Hij liet niet toe dat ze hem weer losliet. Hij hield vast tot hij voelde dat zijn lichaam weer warm werd. Voelde de heerlijke sidderingen over zijn rug toen haar lippen zijn oren beroerden terwijl ze fluisterde: 'Hoofdcommissaris.'

Thuis. Bij haar. Zij tweeën. Dit was wat hij wilde. Maar om dit te krijgen moest ook hij dat verdienen. Zo gaat dat in deze wereld. En, dacht hij, ook in de volgende.

'Ben je thuis?'

Duff draaide zich in de deuropening van de kinderkamer om naar de verbaasde stem achter zich. Meredith had haar ochtendjas aangetrokken en haar armen over elkaar geslagen. Ze rilde een beetje.

'Even kort,' fluisterde hij. 'Ik wilde je niet wakker maken. Wil Ewan niet in zijn eigen kamer slapen?' Hij knikte naar zijn zoon die opgekruld in bed naast zijn grote zus lag.

Meredith zuchtte. 'Hij gaat ineens naar Emilie als hij niet kan slapen. Ik dacht dat je in de stad zou slapen nu jullie het zo druk hebben met die afschuwelijke zaken.'

'Ja ja, ik wilde alleen even hiernaartoe. Schone kleren aantrekken, kijken of jullie nog bestaan. Ik wil even een paar uurtjes in de logeerkamer slapen en dan ga ik weer.'

'Juist, ik zal het bed opmaken. Heb je al gegeten?'

'Ik heb geen honger. Ik pak wel een boterham als ik wakker ben.'

'Ik kan wel ontbijt voor je maken, ik slaap toch niet meer.'

'Ga terug naar bed, Meredith. Ik blijf hier nog even staan. En ik zal zelf het bed opmaken.'

'Zoals je wil.' Ze keek met haar armen over elkaar geslagen naar hem, maar in het donker kon hij haar blik niet zien. Toen draaide ze zich om en vertrok.

Hoofdstuk 13

'Maar ik wil weten waarom,' zei Duff. Hij zette zijn ellebogen op tafel en steunde zijn kin op zijn handen. 'Waarom zijn Andrianov en Hennessy niet weggegaan? Waarom hebben deze twee verraders eerst hun chef van het leven beroofd en zijn ze toen in de kamer daarnaast gaan slapen terwijl ze plakten van het bloed en er bewijzen van hier tot de hel zijn? Vooruit, jullie zijn tactisch rechercheurs, verdomme, jullie moeten daar toch wel ideeën over hebben?'

Hij keek rond. Twaalf rechercheurs van afdeling Moord zaten voor hem en de enige reden dat er eentje zijn mond opendeed, was dat hij moest gapen. Het was maandagochtend, misschien kwam het daardoor dat ze zo weinig spraakzaam waren, er zo ongemakkelijk en ongeïnteresseerd uitzagen? Nee, deze koppen zouden er morgen nog net zo vermoeid uitzien, als niemand de zaak aanpakte. Er was een reden voor het feit dat Moord twee maanden zonder officiële leider was geweest. Duncan had de vorige chef een ultimatum gesteld: je neemt ontslag of we starten een intern onderzoek naar vermeende corruptie. Er waren geen gekwalificeerde kandidaten geweest. Onder Kenneth had de afdeling het laagste percentage opgeloste zaken van het land gehad, en corruptie was niet de enige oorzaak geweest. Terwijl afdeling Moord in Capitol de beste mensen in dienst had, bestond de afdeling op het Hoofdkwartier uit een samenraapsel van afgedankte en incompetente politiemensen uit het korps.

'Dit moet veranderen,' had Duncan gezegd. 'Het vertrouwen van de bevolking in de politie hangt voor een groot deel af van het succes van afdeling Moord. Om die reden stellen we een van onze beste mensen aan als chef van deze afdeling. Jij, Duff.'

Duncan wist hoe hij zijn mensen op inspirerende wijze slecht nieuws moest brengen. Duff kreunde. Hij had een stapel rapporten naast zich liggen. Rapporten die minder waard waren dan het papier waarop geschreven was. Verhoren van gasten in Inverness, zinloos gedetailleerd, die allemaal hetzelfde verhaal vertelden: dat ze niets gezien of gehoord hadden, behalve het vreselijke noodweer. Duff besefte dat het zwijgen van zijn mensen te wijten was aan hun angst voor zijn woede, maar het kon hem niet verdommen, dit was geen populariteitswedstrijd, en als hij ze aan het werk kon krijgen door ze bang te maken, dan graag.

'Dus we denken dat de schuldige lijfwachten gewoon de slaap der onschuldigen hebben geslapen? Omdat het zo'n lange werkdag was? Wie van jullie idioten is het daarmee eens?'

Geen reactie.

'En wie gelooft daar niet in?'

'Niet de slaap der onschuldigen,' zei Caithness die net binnen was komen stuiven. 'Ze waren onder invloed. Het spijt me dat ik zo laat ben, maar ik moest dit ophalen.' Ze zwaaide met iets wat verdacht veel op weer een rapport leek. En dat was het ook, stelde Duff vast toen het met een klap voor de stapel op tafel belandde. Het was een rapport van het gerechtelijk laboratorium. 'De bloedproeven van Hennessy en Andrianov wijzen uit dat ze voldoende benzodiazepine in hun lichaam hadden om een halve dag te slapen.' Caithness ging op een van de lege stoelen zitten.

'Lijfwachten die een slaapmiddel nemen?' zei Duff argwanend.

'Het werkt kalmerend,' zei een kerel die achterin zat te wippen op zijn stoel. 'Als je een aanslag pleegt op je chef, heb je toch stress. Veel bankovervallers gebruiken dat benzospul.'

'En daardoor verkloten ze het,' zei een rechercheur met een schouderholster over zijn witte poloshirt en nerveuze spierspasmen tussen zijn wenkbrauwen.

Er werd even gelachen.

'Wat zeg jij daarover, Caithness?' vroeg Duff.

Ze haalde haar schouders op. 'Interpreteren is niet mijn vak, maar voor mij is het duidelijk dat ze iets nodig hebben gehad om kalm te worden, maar dat ze geen ervaring hadden met dope en daarom hebben geklungeld met de dosering. Tijdens het plegen van de moord heeft het middel naar behoren gewerkt. De reflexen waren nog steeds goed, de nervositeit was verdwenen en de rechte steekwonden tonen aan dat ze een vaste hand hadden. Maar na de moord, toen de stof echt zijn werk ging doen, hebben ze hun greep op de situatie verloren. Ze hebben als een kip zonder kop rondgelopen, bloed op hun kleding gekregen en ten slotte zijn ze in hun stoel in slaap gevallen.'

'Typerend,' zei het poloshirt. 'We hebben eens twee bankovervallers onder invloed in hun kraag gegrepen terwijl ze voor het stoplicht lagen te slapen in hun vluchtauto. Ik maak geen grapje, criminelen kunnen zo verrekte stom zijn dat je...'

'Bedankt,' onderbrak Duff hem. 'Hoe weet je dat hun reflexen nog goed waren?'

Caithness haalde haar schouders op. 'De man die de eerste dolk in Duncan heeft gestoken, heeft nog kans gezien zijn hand weg te trekken voor de fontein met bloed kwam. Onze bloedspecialist zegt dat het bloed op het heft door het spuiten kwam, niet van stromend, druppelend of klevend bloed.'

'In dat geval ben ik het eens met je overige conclusies,' zei Duff. 'Iemand die dat niet is?'

Geen reactie.

'Iemand die dat wél is?'

Er werd zwijgend geknikt.

'Goed, dan zeggen we dat we de antwoorden hebben. En gaan we naar het andere losse eind. De zelfmoord van Malcolm.' Duff stond op. 'In de brief stond dat Norse Riders dreigden zijn dochter te vermoorden als hij niet meehielp Duncan te doden. Mijn vraag luidt: waarom is hij niet naar Duncan gegaan zodat zijn dochter in veiligheid kon worden gebracht op een geheim adres, in plaats van te doen wat Sweno en Norse Riders wilden en zich vervolgens van het leven te beroven? Bedreigingen zijn niet nieuw voor politiemensen. Wat zeggen jullie daarvan?'

Ze keken naar de grond, naar elkaar, uit het raam.

'Geen ideeën? Echt niet? Afdeling Moord heeft geen...'

'Malcolm weet dat Sweno contacten heeft bij de politie,' zei de stoelwipper. 'Hij weet dat Sweno zijn dochter echt wel zou vinden.'

'Goed, laten we daar eens op verdergaan,' zei Duff en hij liep voorovergebogen heen en weer voor zijn mensen. 'Laten we aannemen dat Malcolm van mening is dat zijn dochter alleen gered kan worden door te doen wat Sweno zegt. Of door zelf te sterven zodat Sweno geen reden meer heeft om zijn dochter te vermoorden. Oké?'

Hij zag dat geen van de aanwezigen begreep waar hij heen wilde.

'Dus Malcolm – zoals uit de brief blijkt – kan niet verder leven als hij zijn dochter kwijtraakt en hij kan het feit dat hij medeschuldig is aan Duncans dood niet verdragen, waarom berooft hij zich dan niet eerder van het leven en redt hij op die manier beide levens?'

De gezichten staarden hem glazig aan.

'Mag ik...' begon Caithness.

'Ga je gang, inspecteur.'

'Die rekensom lijkt volkomen logisch, maar de menselijke psyche werkt niet zo.'

'Niet?' zei Duff. 'Ik geloof juist van wel. Om die reden vind ik dat er iets niet klopt met Malcolms zelfmoord. Onze hersenen zullen behoorlijk zorgvuldig en gebaseerd op de aanwezige informatie altijd de voordelen tegen de nadelen afwegen en daarna hun onweerlegbare, logische keus maken.'

'Als die onweerlegbaar is, waarom is het dan zo dat we zonder nieuwe informatie soms toch spijt krijgen?'

'Spijt?'

'Spijt, inspecteur Duff.' Caithness keek hem in zijn ogen. 'Dat is een gevoel bij personen met menselijke trekjes dat inhoudt dat men zou willen dat je ongedaan zou kunnen maken wat je hebt gedaan. We kunnen niet uitsluiten dat Malcolm zo in elkaar zat.'

Duff schudde zijn hoofd. 'Spijt is een symptoom van een ziekte. Einstein zei dat steeds opnieuw hetzelfde rekensommetje maken en hopen dat er een ander antwoord uit komt, een bewijs van gekte is.'

'Einsteins bewering ontkent dat mensen later op andere gedachten kunnen komen. Niet omdat er andere informatie is, maar omdat een mens kan veranderen.'

'Mensen veranderen niet!'

Duff voelde dat de andere aanwezigen in de kamer wakker waren geworden en de discussie nauwlettend volgden. Ze vermoedden misschien dat de woordenwisseling tussen hem en Caithness niet langer over de zelfmoord ging.

'Misschien was Malcolm veranderd,' zei Caithness. 'Misschien heeft Duncans dood hem veranderd. Dat kan niet worden uitgesloten.'

'En we kunnen ook niet uitsluiten dat hij een zelfmoordbrief heeft achtergelaten, de politiebadge in het water heeft gegooid en eruit is gepiept,' zei Duff. 'Dat zijn ook menselijke trekjes.'

De deur ging open. Het was een van de agenten van afdeling Drugs. 'Telefoon voor je, Duff. Hij zegt dat het gaat om Malcolm en het heeft haast. Hij wil alleen met jou praten.'

Lady stond midden in de slaapkamer en keek naar de man die in haar bed lag te slapen. Hun bed. Het was al negen uur geweest, ze had allang ontbeten, maar er was nog steeds geen leven te bespeuren in het lichaam onder de zijden lakens.

Ze ging op de bedrand zitten, streelde hem over zijn wang, pakte de dikke, zwarte krullen en schudde hem heen en weer. Er werd een streepje oogwit zichtbaar onder zijn oogleden.

'Hoofdcommissaris! Je moet wakker worden. De stad brandt!'

Ze lachte toen Macbeth zich kreunend omdraaide en met zijn rug naar haar toe ging liggen. 'Hoe laat is het?'

'Laat.'

'Ik droomde dat het zondag was.'

'Je droomt veel, volgens mij.'

'Ja, die verdomde...'

'Wat?'

'Niets. Ik hoorde stormklokken. Maar nu begrijp ik dat het de kerkklokken waren. Ze riepen op tot boetedoening, de biecht en kinderdoop.'

'Ik heb gezegd dat je dat woord niet mag uitspreken.'

'Kinderdoop?'

'Macbeth!'

'Sorry!'

'Over minder dan twee uur is er een persconferentie. En ze zullen zich vast afvragen waar hun hoofdcommissaris blijft.'

Hij zwaaide zijn benen uit bed. Lady hield hem tegen, klemde zijn gezicht tussen haar handen, nam hem zorgvuldig op. De pupillen waren klein. Alweer. Ze trok een weerbarstige haar uit zijn wenkbrauw.

'We geven trouwens een etentje vanavond,' zei ze en ze keek of er nog meer van die haren tussen zaten. 'Dat ben je toch niet vergeten?'

'Is dat wel gepast zo kort na het overlijden van Duncan?'

'Het is een diner om de banden weer aan te halen, geen feestmaal. En we moeten toch eten, schat.'

'Wie komen er?'

'Iedereen die ik heb uitgenodigd. De burgemeester. Enkele collega's van je.' Ze vond een grijze haar, maar die gleed weer weg tussen haar lange, roodgelakte nagels. 'We zullen het hebben over de handhaving van de wetten voor exploitatie van casino's. De krant heeft vandaag een groot artikel gewijd aan het algemeen bekende feit dat er in de Obelisk onder de dekmantel van een casino prostitutie plaatsvindt en dat het daarom gesloten moet worden.'

'Zolang niemand zijn krant leest, heeft het geen zin dat jouw reportervriend schrijft wat jij wilt.'

'Nee, maar ik heb een echtgenoot die hoofdcommissaris is.'

'Au!'

'Je zou wat meer grijze haren moeten hebben, dat hoort bij chefs. Ik zal vandaag met mijn kapper praten, hij kan je slapen misschien discreet verven.'

'Mijn slapen zijn niet te zien.'

'Precies, daarom moet je haar wat korter worden geknipt.'

'Nooit!'

'Het kan zijn dat burgemeester Tourtell van mening is dat de stad een hoofdcommissaris moet hebben die eruitziet als een volwassene en niet als een jongen.'

'O? Maak je je daar zorgen over?'

Lady haalde haar schouders op. 'Normaal gesproken zal deze burgemeester niet zo'n moeite hebben met het wijzigen van regels, maar hij is wel de persoon die de nieuwe hoofdcommissaris benoemt. We moeten zeker weten dat hij zich geen andere ideeën in zijn hoofd haalt.'

'En kunnen we dat voorkomen?'

'Tja, misschien moeten we voor een wapen zorgen als Tourtell tegen de verwachting in moeilijk gaat doen. Maar denk er nu niet aan, schat.'

'Nee, goed. Nu je het toch over moeilijk hebt...'

Ze stopte met het zoeken naar wilde haren. Ze herkende de toon. 'Is er iets wat je me niet hebt verteld, schat?'

'Banquo...'

'Wat is er met hem?'

'Ik begin me af te vragen in hoeverre ik hem kan vertrouwen. Of hij misschien een slim plan voor zichzelf en Fleance heeft bedacht.' Hij haalde diep adem en ze wist dat het nu kwam. 'Banquo heeft Malcolm gisteren niet vermoord, maar hij heeft hem naar Capitol gestuurd. Hij zei dat hij door zijn leven te sparen geen risico had genomen.'

Ze wist dat hij wachtte op haar reactie. Toen die niet kwam, merkte hij op dat ze niet verbaasd was. Ze glimlachte en zei: 'Dit is geen tijd om verbaasd te zijn. Wat denk je dat hij van plan is?'

'Hij beweert dat hij Malcolm met dreigementen tot zwijgen heeft gedwongen, maar ik vermoed dat die twee een plan hebben gesmeed dat Banquo meer oplevert dan hij van mij krijgt.'

'Maar schat, je gelooft toch niet dat onze aardige, oude Banquo ambities heeft om hoofdcommissaris te worden?'

'Nee nee, Banquo is altijd iemand geweest die geleid wilde worden, nooit zelf wilde leiden. Dit gaat om zijn zoon, om Fleance. Ik ben maar vijftien jaar ouder dan Fleance en tegen de tijd dat ik met pensioen ga, zal Fleance ook oud en grijs zijn. Dan is het beter om kroonprins te zijn van een oudere man als Malcolm.'

'Je draait een beetje door, schat. Banquo is veel te loyaal om zoiets te doen. Je hebt zelf gezegd dat hij voor jou in de hel wil branden.'

'Ja, hij is altijd loyaal geweest en ik ook.' Macbeth stond op en ging voor de grote, met goud omlijste spiegel aan de muur staan. 'Maar als je er preciezer naar kijkt, is die wederzijdse loyaliteit dan niet altijd meer in het voordeel van Banquo geweest? Is hij niet steeds de hyena geweest die in de voetsporen van de leeuw loopt om te kunnen eten van de buit die hij zelf niet heeft gevangen? Ik heb hem tot adjunct van SWAT en later van OrgCrim gemaakt. Ik kan nu wel zeggen dat hij goed betaald heeft gekregen voor de kleine gunsten die hij me heeft bewezen.'

'Des te zekerder kun je zijn van zijn loyaliteit, schat.'

'Ja, dat heb ik ook altijd gedacht, maar ik zie nu...' Macbeth fronste zijn voorhoofd en ging dichter bij de spiegel staan. Hij legde zijn handen op de glasplaat alsof hij wilde checken of er iemand in zat. 'Hij hield van me als een zoon, maar die liefde ging over in haat toen hij van het gif van de afgunst dronk. Ik ben hem voorbijgestreefd en in plaats van dat hij mijn chef was, werd ik de zijne. Hij moest naar mijn orders luisteren, en daarnaast moest hij de zwijgende, honende verachting van zijn eigen bloed verdragen. Van Fleance die zijn vader zijn hoofd zag buigen voor het koekoeksjong Macbeth. Heb je ooit in de bruine, trouwe ogen van een hond gekeken die kwispelend naar je opkijkt in de hoop dat hij eten krijgt? Die roerloos en braaf zit te wachten omdat hij zo is opgevoed? En je lacht erom, aait hem over zijn kop omdat je de haat achter de gehoorzaamheid niet ziet. Je ziet niet dat hij als hij de kans krijgt, als hij de mogelijkheid ziet om ermee weg te komen, je naar de strot zal vliegen. Jouw dood tot zijn brood maken en je half opgevreten achterlaten in een smerige steeg.'

'Lieveling, wat is er met je aan de hand?'

'Dat was wat ik droomde.'

'Je bent paranoïde. Banquo is echt je vriend! Als hij van plan was je te verraden, had hij toch gewoon naar Malcolm kunnen gaan om hem te vertellen over je complot?'

'Nee, hij weet dat hij sterker staat als hij het spel helemaal uitspeelt. Eerst mij, de gevaarlijke moordenaar, doden en dan Malcolm de plaats van hoofdcommissaris laten innemen. Wat een heldendaad! Hoe beloon je zo'n man en zijn gezin?'

'Geloof je dit echt?'

'Nee,' zei Macbeth. Hij stond nu zo dicht bij de spiegel dat zijn neus het glas raakte dat besloeg. 'Ik geloof het niet, ik wéét het. Ik zie het. Ik zie die twee. Banquo en Fleance. Ik moet hen voor zijn, maar hoe?' Hij draaide zich abrupt naar haar om. 'Hoe? Jij, mijn enige liefde, jij moet me helpen. Jij moet óns helpen.'

Lady sloeg haar armen over elkaar. Hoe krankzinnig Macbeths gedachtegang ook mocht klinken, er zat wel een logica achter. Hij kon gelijk hebben. En als dat niet het geval was, was Banquo nog altijd een medesamenzweerder, een getuige en een kletskous. Hoe minder er daarvan waren, hoe beter het was. En wat hadden ze feitelijk aan Banquo en Fleance? Niets. Ze zuchtte. Zoals Jack vaak zei: als je bij blackjack minder dan twaalf hebt, vraag je om een kaart. Omdat je niets te verliezen hebt.

'Nodig ze uit voor vanavond,' zei ze. 'Dan weten we waar ze zijn.'

'Gaat het hier gebeuren?'

'Nee nee, er zijn genoeg moorden geweest in Inverness, nog eentje zal de verdenking op ons laden en bovendien de klanten wegjagen. Het moet onderweg gebeuren.'

Macbeth knikte. 'Ik vraag Banquo en Fleance of ze met de auto kunnen komen, ik zeg dat ik iemand heb beloofd dat hij een lift van hen kan krijgen. Ik weet precies welke route hij rijdt, dus als ik zeg dat hij op tijd moet zijn, weten we bijna op de minuut af waar op de route ze rijden. Weet je, vrouw van mijn dromen?'

Ja, dacht ze terwijl ze hem omhelsde, en ze liet het hem zeggen.

'Je bent de liefste van de hele wereld, het heelal en verder.'

Duff vond de jongen zittend op een meerpaal op het uiterste puntje van de kade. Het was opgehouden met regenen en er drong meer licht dan gewoonlijk door het witte wolkendek boven hen. Maar boven de fjord stonden nieuwe troepen met blauwgrijze wolken in rijen opgesteld, klaar om met de noordwestenwind op hen af te stormen. Dat was de enige zekerheid die ze in deze stad hadden.

'Ik ben Duff. Heb jij gebeld over Malcolm?'

'Stoer litteken,' zei de jongen en hij trok zijn ooglapje recht. 'Er wordt beweerd dat jij niet meer de chef van Drugs bent?'

'Je zei dat het haast had.'

'Het heeft altijd haast, meneer de drugschef.'

'Dat komt mij goed uit. Kom op.'

'Kom maar op met het geld, zou ik zeggen.'

'Aha, daarom heeft het haast. Wanneer moet jij je volgende shot hebben?'

'Een paar uur geleden al. En aangezien dit kennelijk zo belangrijk is dat de chef zelf komt opdagen, stel ik voor dat je niet alleen voor de volgende, maar ook voor de komende tien betaalt.'

'Ik kan ook nog een halfuur wachten, dan wil je het er voor de helft van de prijs uit gooien. En dan nog een halfuur en dan kost het me maar de helft daarvan...'

'Ik was niet van plan zo lang te wachten, meneer de drugschef, maar het is de vraag wie van ons de grootste haast heeft. Ik heb vanmorgen in de krant over de Malcolm-zaak gelezen en ik herkende hem van de foto. Verdronken, zeggen ze. Adjunct-hoofdcommissaris en allerlei shit. Heftige kwesties, volgens mij.'

'Vertel me wat je hebt, jongen, dan zal ik je betalen voor wat het waard is.'

De eenogige lachte zacht. 'Sorry, meneer de drugschef, maar ik ben gestopt smerissen te vertrouwen. Ik geef je het eerste stukje. Ik werd wakker uit mijn roes, ik zit tussen de rijen containers die je daar ziet waar een stumper een shot kan zetten en trippen zonder dat hij wordt beroofd, snap je? Niemand ziet me, maar ik zie hem, Malcolm, aan de andere kant van het kanaal. Nou, drugschef? Het eerste shot is gratis, het volgende wordt duur betaald. Heb je dat eerder gehoord?' De jongen lachte.

'Ik weet niet of ik geïnteresseerd ben,' zei Duff. 'We weten al dat Malcolm hier was, we hebben zijn auto gevonden.'

'Maar jullie weten niet dat hij niet alleen was. Of met wie hij hier samen was.'

Door schade en schande wijs geworden wist Duff dat een junkie meer liegt dan dat hij de waarheid vertelt, vooral als hij daarmee het volgende shot kan financieren. Maar junkies gaven er meestal de voorkeur aan om je op een eenvoudigere en snellere manier te bedonderen. Ze belden niet naar het Hoofdkwartier met het bericht dat ze alleen met een van de chefs wilden praten om vervolgens een uur in de regen te wachten terwijl de betaling niet gegarandeerd was.

'En jij weet dat wel?' vroeg Duff. 'Jij weet wie de persoon was?'

'Ik heb hem eerder gezien, ja.'

Duff trok zijn portemonnee, opende die, telde en gaf de biljetten aan de jongen.

'Ik was eerst van plan naar Macbeth zelf te bellen,' zei de jongen terwijl hij natelde. 'Maar toen bedacht ik me dat hij het misschien zou weigeren te geloven als ik hem vertelde wie het was.'

'Om een persoonlijke reden?'

'De vent met wie Malcolm sprak, was de sidekick van Macbeth,' zei de jongen. 'Oud, wit haar.'

Duff hapte onwillekeurig naar adem. 'Banquo?'

'Ik weet niet hoe hij heet, maar ik heb hem met Macbeth in de stationshal gezien.'

'En waar hadden Banquo en Malcolm het over?'

'Het was te ver weg om het te horen.'

'Wat, eh... op welke manier spraken ze met elkaar? Werd er gelachen? Of waren het harde, kwade stemmen?'

'Onmogelijk te zeggen, de regen trommelde op de containers en ze stonden het grootste deel van de tijd met hun rug naar me toe.

Misschien hadden ze ruzie, het leek erop dat die oude vent een poosje met een wapen zwaaide. Maar toen werd het rustig, ze gingen in een Volvo PV zitten en reden weg. Die oude vent reed.'

Duff krabde op zijn hoofd. Banquo en Malcolm die samenwerkten?

'Het is te veel,' zei de jongen en hij gaf een biljet terug.

Duff keek naar hem. Een junkie die wisselgeld geeft. Hij griste het biljet uit zijn hand. 'Je hebt het me niet alleen verteld om geld voor een shot te krijgen, is het niet?'

'Hè?'

'Je zei dat je erover in de krant had gelezen en had begrepen dat het om heftige kwesties ging. En dat is ook zo. Zo heftig dat als je een journalist had gebeld met je verhaal, je tien keer zoveel had gekregen dan van een politieman. Dus óf Hecate heeft je gestuurd om valse informatie te geven óf je hebt een andere agenda.'

'Loop naar de hel, meneer de drugschef.'

Duff greep de junkie bij zijn kraag en trok hem van de meerpaal. De jongen woog bijna niets.

'Luister,' zei Duff en hij trachtte de rotte adem van de jongen niet te inhaleren. 'Ik kan je in de bak gooien en dan zien we wel hoe het afkicken je vergaat als je weet dat je nog twee etmalen door jouw woestijn moet ploeteren. Of je overtuigt me hier en nu waarom je naar me toe bent gekomen. Je hebt vijf seconden. Vier...'

De jongen staarde Duff brutaal aan.

'Drie...'

'Jij verrekte klotesmeris, je bent verdomme helemaal...'

'Twee...'

'Het oog.'

'Eén...'

'Het oog, zei ik!'

'Wat is daarmee?'

'Ik wilde jullie alleen helpen omdat hij mijn oog heeft uitgerukt.'

'Wie?'

De jongen haalde zijn neus op. 'Die vent die jullie heeft belazerd. Hebben jullie niet begrepen wie er achter deze hele shit zit? Er is maar één persoon in deze stad die een hoofdcommissaris kan doden en ermee weg kan komen en dat is de Onzichtbare Hand.'

'Hecate?'

Hoofdstuk 14

Macbeth reed over de bemodderde weg tussen de fabriekshallen door. Het wolkendek hing zo maandaggrauw en laag tussen de pijpen dat moeilijk te zien was uit welke er nog rook kwam. Aan sommige poorten hingen bordjes met GESLOTEN of kettingen als ironische slingers.

De persconferentie was vlekkeloos verlopen. Vlekkeloos omdat hij te high was om ook maar iets te voelen. Hij had zich moeten concentreren om relaxed te blijven zitten, terwijl hij het beantwoorden van de vragen aan Lennox en Caithness had overgelaten. Af en toe werd hem rechtstreeks een vraag gesteld die hij had beantwoord met: 'Daar kunnen we op dit moment geen antwoord op geven.' Daarbij had hij een gezicht getrokken alsof ze over verdomd veel nieuwe informatie beschikten en alles onder controle hadden. Kalm en zelfverzekerd. Dat was de indruk die hij wenste te wekken. Een waarnemend hoofdcommissaris die zich niet van de wijs liet brengen door de hysterie om hem heen, die de geschreeuwde vragen van de journalisten met frasen als '...hebben de inwoners niet het recht om te weten...' beantwoordde met een ietwat moedeloos, geduldig lachje.

Maar ja, toen had Kite, de radioreporter met de rollende r in zijn uitzending direct na de persconferentie gemeld dat de waarnemend hoofdcommissaris veel had gegeeuwd, een ongeïnteresseerde indruk had gemaakt en veel op zijn horloge had gekeken. Kite kon naar de hel lopen. De mensen van de surveillancedienst vonden de nieuwe hoofdcommissaris in elk geval geëngageerd genoeg toen hij persoonlijk langskwam en opdracht had gegeven de surveillances van District 2 west te verleggen naar District 1 oost. Hij had uitgelegd dat het tijd werd dat er ook werd gesurveilleerd in de wijken van de gewone man, dat het een belangrijk signaal was dat de politie niet alleen prioriteit gaf aan wijken waar mensen met geld en invloed woonden.

Terwijl Kite chagrijnig was, was Banquo juist opgetogen over het feit dat hij een uitnodiging voor een diner had gekregen waarnaar hij Fleance ook mocht meenemen.

'Het is goed dat die jongen leert om met belangrijke lui om te gaan,' had Macbeth gezegd. 'En ik vind dat je na moet denken over wat jij wilt. SWAT overnemen, OrgCrim of adjunct-hoofdcommissaris worden.'

'Ik?'

'Schiet nu niet in de stress, Banquo, denk erover na, oké?'

En Banquo had wat gehumd en zijn hoofd geschud. Opgewekt, als altijd. Alsof hij geen enkele slechte gedachte had. Of in elk geval daar geen slecht geweten om had als het wel zo was. Nou, vanavond zou de verrader zijn Schepper en vernietiger ontmoeten.

Er stond niemand bij de poort van het clubhuis van Norse Riders. Ze hadden kennelijk geen mannen meer voor de wachtpost.

Macbeth stapte uit de auto en liep naar binnen. In de deuropening bleef hij staan om rond te kijken. Het voelde merkwaardig lang geleden dat hij hier samen met Duff had gestaan. Nu was de lange tafel weg en bij de bar stonden drie mannen met laaghangende buiken in leren jacks van Norse Riders en twee vrouwen met opgestuwde boezems. Een van de twee hield een spartelende baby onder een gespierde, moederlijke arm met daarop SEAN getatoeëerd.

'Colin, is dat niet...?' fluisterde ze.

'Jazeker,' zei de kale man met walrussnor naast haar. 'Dat is de man die Sean heeft neergestoken.'

Macbeth herinnerde zich de naam uit het rapport. Het was vreemd hoe hij steeds de namen vergat van mensen die hij tegenkwam, maar nooit van de personen die in de politierapporten stonden. Sean. Hij had de wacht gehouden bij de poort, Macbeth had een dolk in zijn schouder gestoken en ze hadden hem als gijzelaar gebruikt. Hij zat nog steeds in bewaring.

De mannen staarden Macbeth woedend en met open mond aan. Hij haalde diep adem. Het was zo stil dat je de vloerplanken onder zijn schoenzolen kon horen kraken toen hij naar de bar liep. Hij wendde zich tot het leren jack achter de bar en op het moment dat hij zijn mond opendeed bedacht hij dat hij waarschijnlijk niet dat laatste lijntje had moeten snuiven voordat hij van het Hoofdkwartier vertrok. Brew maakte hem overmoedig. Zijn vrees werd in het volgende ogenblik bevestigd door wat er uit hem kwam: 'Weinig mensen, waar is iedereen? O ja, dat is waar ook. In de nor of in het lijkenhuis. Een Glendoran, graag.'

Macbeth zag de blik van de barkeeper heen en weer schieten, wist dat de aanval van links zou komen en dat hij nog een zee van tijd had. Macbeth had altijd goede reflexen gehad, maar met brew was hij als een vlieg: hij kon gapen, op zijn rug krabben en zijn horloge met de onwaarschijnlijk trage secondewijzer bestuderen terwijl de hand onderweg was. Maar op het moment dat Colin met de walrussnor dacht dat hij een dreun kon uitdelen, zwaaide Macbeth achterover en de vuist die mikte op het pasgeknipte hoofd trof slechts lucht. Macbeth tilde zijn elleboog op en stootte die naar achteren, voelde nauwelijks dat die doel trof, hoorde alleen een kreun, geschuifel van wankele voetstappen en barkrukken die vielen.

'Met ijs,' zei Macbeth.

Toen draaide hij zich om naar de man naast hem, hij had nog voldoende tijd om te zien dat Colin zijn rechtervuist had gebald en zich oplaadde voor een volgende aanval door zijn schouder naar achteren te trekken. Toen de aanval kwam, tilde Macbeth zijn eigen hand op en ontmoette die van Colin halverwege. Maar in plaats van het verwachte geluid van knokkels tegen knokkels klonk het gladde geluid van staal in vlees gevolgd door een doffe klap toen Colins knokkels de pareerstang raakten. Daarna volgde zijn langgerekte schreeuw toen hij ontdekte dat de dolk door zijn gebalde vuist was gegaan tot aan zijn onderarm. Macbeth trok de dolk met een ruk los.

'...en een beetje sodawater.'

De man met de walrussnor viel op zijn knieën.

'Wat is dit, verdomme?' zei een stem die van de deur naar de garage klonk. De man had een lange baard en een leren jack met op elke schouder drie strepen. Plus een afgezaagd hagelgeweer in zijn hand.

'Dit is een bestelling,' zei Macbeth, zich omdraaiend naar de barkeeper die zich nog niet had verroerd.

'Van wat?' vroeg de man die dichterbij kwam.

'Whisky. Onder andere.'

'En verder?'

'Jij bent de Sergeant. Jij runt deze toko als Sweno er niet is, toch? Waar houdt hij zich trouwens dit keer verborgen?'

'Zeg waar je voor komt en verdwijn dan, verrekte smeris.'

'Geen verkeerd woord over dit clubhuis, maar de service zou vriendelijker en sneller kunnen. Kunnen we het even in alle rust in de achterkamer bespreken, Sergeant?'

De man keek Macbeth aan. Toen liet hij de loop van het hagelgeweer zakken. 'Jullie kunnen hier toch niet meer schade aanrichten.'

'Dat klopt. En Sweno zal blij zijn met mijn bestelling. Dat garandeer ik je.'

Het kantoortje van de Sergeant – als het dat al was – had posters van motorfietsen aan de muur en op planken aan de muur lagen wat reserveonderdelen. Maar er stond ook een bureau, een telefoon en een kast met lades. Plus een stoel voor een bezoeker.

'Maak het je niet te makkelijk, smeris.'

'De bestelling gaat om een liquidatie.'

Als de Sergeant geschokt was dan liet hij dat niet merken. 'Je bent aan het verkeerde adres, dat doen we niet meer voor smerissen.'

'Dus de verhalen kloppen? Het is voorgekomen dat jullie liquidaties uitvoerden voor Kenneths mensen?'

'Als er verder niets meer was...'

'Alleen ditmaal gaat het niet om een concurrent die jullie moeten liquideren,' zei Macbeth en hij leunde voorover op zijn stoel. 'Het gaat om twee smerissen. En jullie beloning bestaat uit het onmiddellijk vrijlaten van de Norse Riders-jongens waarbij hun aanklacht vervalt.'

De Sergeant trok een wenkbrauw op. 'En hoe gaat dat gebeuren?'

'Procedurefout. Zoekraken van bewijs, dergelijke shit gebeurt voortdurend. En als de hoofdcommissaris zegt dat we geen zaak hebben, dan hebben we geen zaak.'

De Sergeant sloeg zijn armen over elkaar. 'Ga verder.'

'De ene die geliquideerd moet worden, is de persoon die ervoor heeft gezorgd dat jullie dope in het water is beland. Inspecteur Banquo.' Macbeth zag de Sergeant langzaam knikken. 'De andere is een snotjongen die ook in de auto zal zitten.'

'En waarom moeten ze geliquideerd worden?'

'Doet dat ter zake?'

'Normaal gesproken zou ik het niet vragen, maar het gaat hier om politiemensen en dat betekent dat er veel stampij zal worden gemaakt.'

'Niet met deze twee. We weten dat inspecteur Banquo met Hecate samenwerkt, we kunnen het alleen niet bewijzen dus we moeten ons op een andere manier van hem ontdoen. Dit is de beste manier, zoals wij het zien.'

De Sergeant knikte weer. Macbeth had er al op gerekend dat hij deze logica zou begrijpen.

'Hoe weten we dat jij je aan jouw deel van de afspraak zal houden?'

'Nou,' zei Macbeth en hij tuurde naar het kalendermeisje boven het hoofd van de Sergeant. 'We hebben vijf getuigen in de bar die kunnen vertellen dat waarnemend hoofdcommissaris Macbeth hier persoonlijk was om een bestelling te plaatsen. Je denkt toch niet dat ik zin heb jullie een reden te geven om dat openbaar te maken?'

De Sergeant leunde zo zwaar achterover dat de rugleuning de muur raakte, hij nam Macbeth aandachtig op, maakte ondertussen brommende geluidjes en trok aan zijn baard. 'En wanneer en waar zou een dergelijke liquidatie moeten plaatsvinden?'

'Vanavond. Ken je het kruispunt Gallows Hill in District 2 west?'

'Daar hebben ze mijn over-overgrootvader opgehangen.'

'Op de hoofdweg tegenover de straatjes waar de rijkelui uit West altijd shoppen staan grote verkeerslichten.'

'Ik weet welke je bedoelt.'

'Ze rijden in een zwarte Volvo PV die tussen half zeven en tien voor zeven bij de verkeerslichten zal zijn. Waarschijnlijk precies om kwart voor zeven, hij is een man van de klok.'

'Hm, altijd veel surveillancewagens rond dat tijdstip.'

Macbeth glimlachte. 'Niet vanavond.'

'Juist. Ik zal erover nadenken en ik zal voor vier uur een antwoord geven.'

Macbeth lachte even. 'Sweno zal erover nadenken, bedoel je. Prima. Pak een pen, dan krijg je mijn telefoonnummer en het kenteken van de Volvo. En nog één ding.'

'Ja?'

'Ik wil hun hoofden.'

'En dat betekent?'

'Van de twee smerissen. Ik wil hun hoofden, geleverd bij de deur.'

De Sergeant staarde Macbeth aan om te kijken of hij gek was geworden.

'De klant wil een kwitantie,' zei Macbeth. 'Ik heb de laatste keer niet om een kwitantie gevraagd en dat was een fout. Ik heb niet gekregen wat ik had besteld.'

Pas laat in de middag kon Duff een besluit nemen.

Toen hadden zijn gedachten al urenlang door zijn hersenen gespookt en was de voortgang net zo traag en de keus net zo groot geweest als op de weg voor hem. Er waren nog geen nieuwe vangrails op Kenneth Bridge geplaatst, dus het verkeer in oostelijke richting werd omgeleid via de oude brug en de file begon al in District 2 waar Duffs auto in een slakkentempo van verkeerslicht naar verkeerslicht kroop terwijl iedere automobilist zich afvroeg: rechts, links of rechtdoor, wat is het snelst?

Duffs eigen verkeerslicht was geweest: ging hij naar Macbeth en de anderen met wat hij op de kade te horen had gekregen of niet? Zou hij het laten zitten? Want stel nu dat de eenogige de waarheid niet sprak of dat Banquo in staat was de beschuldigingen te ontkrachten? Wat zouden de consequenties dan zijn voor Duff als hij in deze chaotische situatie valse beschuldigingen uitte aan het adres van Banquo, die samen met Macbeth ineens een machtig persoon was geworden?

Duff kon natuurlijk de informatie gewoon geven zoals hij die had gekregen en dan de conclusies aan Lennox en Macbeth overlaten, maar dan zou hij ook de kans verspelen op een persoonlijke triomf door eigenhandig Banquo te arresteren en ontmaskeren.

Aan de andere kant had hij na zijn soloactie in de haven bij de drugsoverdracht geen behoefte aan nog een blamage. Die had hem OrgCrim gekost, en nog eentje kon hem wel eens de baan kosten die hij nu had.

Nog een verkeerslicht: OrgCrim was weer in de race als Macbeth hoofdcommissaris werd, en als Duff nu de kans greep, de sprong waagde, kon OrgCrim alsnog van hem worden.

Hij had overwogen om Caithness om raad te vragen, maar dan zou de kat al uit de zak zijn, hij kon dan niet meer doen alsof hij van niks wist en was gedwongen iets te ondernemen. Iets te riskeren.

De weg die hij uiteindelijk had gekozen, was er een waarbij hij niet te veel risico liep, maar waarbij hij toch met de eer zou strijken als het volgens plan verliep.

Duff sloeg af bij de kleine spoorbrug en parkeerde op het plein voor het eenvoudige stenen huis. Het had drie kwartier gekost om het korte stukje van het Hoofdkwartier naar Banquo's adres af te leggen.

'Duff,' zei Banquo die al na een paar seconden opendeed nadat Duff had aangebeld. 'Wat is er aan de hand?'

'Een feest, zo te zien,' zei Duff.

'Ja, en daarom kan ik maar niet beslissen of ik deze mee zal nemen.' Banquo hield de holster met het dienstpistool omhoog.

'Laat die thuis, anders krijg je zo'n bult onder je colbert. Maar die stropdasknoop kan echt niet.'

'Niet?' zei Banquo en hij legde zijn kin op zijn witte overhemd in een poging naar de knoop te kijken. 'Die houdt al vijftig jaar stand, sinds ik belijdenis heb gedaan.'

'Dat is een armeluisknoop, Banquo. Kom, laat ik je even...'

Banquo weerde Duffs helpende hand af door de knoop te bedekken. 'Ik bén een armeluiskind, Duff. Ik ga ervan uit dat je hier bent om hulp te vragen, niet om te geven.'

'Dat klopt inderdaad, mag ik binnenkomen?'

'Ik had je graag een kop koffie aangeboden, maar we staan helaas op punt van vertrek.' Banquo legde de pistoolholster op de kast achter zich en riep in het trapgat: 'Fleance!'

'Ik kom!' werd er teruggeroepen.

'Laten we zolang even buiten gaan staan,' zei Banquo, zijn jas dichtknopend.

Ze gingen op het witgeverfde, overdekte stenen trapje staan. De regen stroomde zingend langs de dakpannen terwijl Banquo Duff een sigaret aanbood en er vervolgens zelf eentje opstak toen de inspecteur het aanbod afsloeg.

'Ik was vandaag weer in de containerhaven,' zei Duff. 'Ik heb een jongen gesproken, een van onze jonge drugsgebruikers. Hij wilde me spreken. Die jongen met één oog. Hij heeft me verteld hoe hij het andere is kwijtgeraakt.'

'O ja?'

'Hij was gek geworden van verlangen naar drugs, maar had geen geld. In wanhoop was hij naar het Centraal Station gegaan, waar hij een oude man om geld had gevraagd. De man had een wandelstok met goud beslag.'

'Hecate?'

'De oude man was blijven staan, had een zakje vlak voor de neus van de jongen heen en weer gezwaaid en gezegd dat het eersteklas brew was. Net gefabriceerd. De jongen kon het krijgen als hij twee dingen voor hem deed. Het eerste wat de jongen moest doen, was antwoord geven op de vraag welk zintuig hij het ergst vond om te verliezen. En toen de jongen had geantwoord dat hij bang was zijn gezichtsvermogen te verliezen, had de oude man gezegd dat hij een oog van hem wilde hebben.'

'Dat was inderdaad Hecate.'

'Toen de jongen de oude man vroeg waarom hij het oog wilde hebben, had deze geantwoord dat hij alles al bezat, en dat hij het dierbaarste bezit van de koper wilde hebben. En het ging immers maar om de helft van het gezichtsvermogen. En dat hij moest bedenken hoeveel meer waard zijn andere oog dan werd. Ja, verlies en winst hielden elkaar in evenwicht.'

'Zoiets kan ik niet begrijpen.'

'Misschien niet, maar sommige mensen denken zo. Ze begeren niet wat de macht hun kan geven, maar ze begeren de macht zelf. Ze willen liever de waardeloze boom hebben dan de eetbare vrucht die eraan groeit. Alleen maar om ernaar te wijzen en te kunnen zeggen: die is van mij. En de boom vervolgens om te hakken.'

Banquo blies de rook uit. 'Wat koos de jongen?'

'Hij kreeg hulp van een manvrouw die samen met de oude man was om het oog eruit te halen. En toen hij daarna zijn shot kreeg, verdween alle pijn die hij ooit had gehad, werden alle littekens geheeld, losten alle slechte herinneringen op. De jongen zei dat het zo fantastisch was dat hij tot op de dag van vandaag geen spijt had. Dat hij nog steeds op jacht was naar dat perfecte shot.'

'En waar maakte hij jacht op toen jij hem vandaag sprak?'

'Hetzelfde. Plus de persoon die hem zijn oog had ontnomen, alleen maar omdat het kon.'

'Dan moet hij achteraan aansluiten in de rij van mensen die jacht maken op Hecate.'

'Hij dacht vast dat hij ons kon helpen Hecate te pakken.'

'En waarom zou een arme brew-slaaf dat doen?'

'Die zogenaamde zelfmoordbrief wees Norse Riders als schuldige aan. Maar de jongen denkt dat Hecate achter alles zit. Zowel achter de brief als de moord op Duncan. En dat hij samenwerkt met Malcolm. En misschien anderen bij de politie.'

'Dat is op het moment een populaire theorie.' Banquo tikte de as van zijn sigaret en keek op zijn horloge. 'Heeft hij daarvoor betaald gekregen?'

'Nee,' zei Duff. 'Hij kreeg pas betaald toen hij vertelde dat hij Malcolm kort voor hij verdween op de kade heeft gezien. Samen met jou.'

Banquo bracht zijn sigaret naar zijn lippen, maar bleef halverwege steken. Hij lachte. 'Met mij? Onzin.'

'Hij beschreef jou en je auto.'

'Noch ik, noch mijn auto is daar geweest. En ik kan moeilijk geloven dat je met overheidsgeld hebt betaald voor een dergelijke bewering. Dus wie van jullie bluft: die junkie of jij?'

Duff huiverde in de koude wind. 'De jongen zegt dat hij Malcolm met een oudere man zag die hij eerder samen met Macbeth had gezien. En een Volvo PV. En een pistool. Zou jij ook niet voor dergelijke informatie hebben betaald, Banquo?'

'Alleen als ik wanhopig was.' Banquo doofde zijn half opgerookte sigaret tegen het smeedijzeren hek. 'En zelfs dan niet als het een politiecollega betreft.'

'Nee, want bij jou staat loyaliteit hoog in het vaandel, is het niet?'

'Een politiekorps kan niet functioneren zonder de loyaliteit van het individu. Dat is een voorwaarde.'

'Dus hoever ga jij in je loyaliteit?'

'Ik ben een eenvoudig man, Duff, en ik begrijp niet waar je het over hebt.'

'Als het waar is wat jij zegt over loyaliteit, moet je ons Malcolm geven. Voor het korps.' Duff wees naar het grijze mengsel van regen en mist voor hen. 'En voor de stad. Waar in Capitol verschuilt Duncans moordenaar zich?'

Banquo blies de as van zijn sigaret en stopte het stompje terug in zijn jaszak. 'Ik weet niets over Malcolm. Fleance! Het spijt me, inspecteur, maar we hebben een etentje.'

Duff rende achter Banquo aan, de drie traptreden af de regen in. 'Praat tegen me, Banquo! Ik zie dat je gebukt gaat onder schuldgevoel en een slecht geweten. Jij bent geen slecht en manipulatief mens, je wordt alleen door iemand die hoger in rang is dan jij in verleiding gebracht. Je hebt vertrouwd op hun beoordelingsvermogen. En vervolgens ben je verraden. Hij moet gepakt worden, Banquo!'

'Fleance!' Banquo schreeuwde naar het huis terwijl hij zijn auto op de parkeerplaats opendeed.

'Wil je dat we doorgaan met deze spiraal van chaos en anarchie, Banquo? Onze voorouders hebben de spoorwegen aangelegd en scholen gebouwd. Wij bouwen hoerenkasten en casino's.'

Banquo ging in de auto zitten en toeterde twee keer. De deur ging open en Fleance kwam in pak naar buiten terwijl hij worstelde met het uitklappen van een paraplu.

Duff zag dat Banquo het raampje iets opendraaide, waarschijnlijk omdat het besloeg. Duff stak zijn hand naar binnen en probeerde het rampje verder naar beneden te duwen terwijl hij door de smalle kier sprak. 'Luister, Banquo. Als je dat doet, als je bekent, zal ik niet veel voor je kunnen doen, dat weet je. Maar ik beloof je dat Fleance er geen schade van zal ondervinden. Zijn toekomstperspectief zal niet in duigen vallen als zoon van een verrader, maar als zoon van een man die zichzelf heeft opgeofferd voor zijn stad. Je hebt mijn woord.'

'Hallo, inspecteur Duff, toch?'

Duff richtte zich op. 'Hallo, Fleance. Dat klopt. Veel plezier.'

'Bedankt!'

Duff wachtte tot Fleance in de auto was gestapt en Banquo de motor had gestart. Toen liep hij naar zijn auto.

'Duff!'

Hij draaide zich om.

Banquo had het portier geopend. 'Het is niet wat jij denkt,' riep hij.

'Niet?'

'Nee, kom om middernacht naar Bertha.'

Duff knikte.

De Volvo werd in de versnelling gezet, vader en zoon reden de parkeerplaats af en verdwenen in de mist.

Hoofdstuk 15

Lady liep de laatste metalen traptreden op naar de deur die leidde naar het platte dak van Inverness. Ze opende de deur en staarde naar buiten. Het enige wat ze hoorde was het mompelende gefluister van de regen. Het leek of alles en iedereen geheimen had. Ze wilde zich omdraaien en weer naar beneden gaan toen een knetterende bliksemschicht het dak verlichtte en ze hem zag. Hij stond bij de dakrand te kijken naar Thrift Street onder hem die achter Inverness liep. Toen ze het gemeentebestuur nog niet had overgehaald om de straat schoon te vegen, hadden de hoeren zich niet alleen aangeboden in de spaarzaam verlichte straat, maar ook vaak hun werkzaamheden verricht in de portieken, in de auto's, op de auto's of tegen de muren. Er werd wel gezegd dat de directeur van de spoorwegen opdracht had gegeven de ramen die uitkeken op Thrift Street dicht te metselen zodat zijn personeel de aandacht kon richten op zijn werk en niet op de onzedelijkheden buiten.

Ze klapte de paraplu open en liep naar Macbeth.

'Sta je hier nat te worden, schat? Ik heb je gezocht, de gasten komen zo meteen.' Ze keek langs de zwarte, gladde raamloze gevel die er als een vestingmuur uitzag. Ze kende elke meter van de straat en er was nog steeds voldoende reden om de ramen dichtgemetseld te houden.

'Wat zie je daar beneden?'

'Afgrond,' zei hij. 'Angst.'

'Bah, schat, niet zo somber.'

'Niet?'

'Wat hebben al onze overwinningen voor zin als ze geen glimlach op onze lippen brengen?'

'We hebben alleen een paar veldslagen gewonnen, de oorlog is nauwelijks begonnen. En nu word ik al verteerd door angst waarvan ik niet weet waar die vandaan komt. Geef me liever een gewapende motorbende die recht op me af komt rijden dan deze slang die we hebben verwond, maar niet uitgeschakeld.'

'Houd op, schat. Niemand kan ons nu pakken.'

'Duncan, ik zie hem daar beneden en ik benijd hem. Hij is dood, ik heb hem vrede geschonken. Terwijl hij me alleen maar onrust en nachtmerries heeft bezorgd.'

'Het is de brew, nietwaar? Het is de brew die jou nachtmerries geeft.'

'Lieveling...'

'Herinner je je wat je zei over Collum? Dat brew mensen gek maakt? Je moet ermee stoppen, anders riskeer je alles wat we hebben gewonnen! Hoor je me? Geen kruimel meer van dat heksenbrouwsel!'

'Maar ik beeld me die nachtmerries niet in. De Sergeant heeft me gebeld. De actie gaat door. Of ben je die grote misdaad vergeten die we voor vanavond hebben gepland? Heb je verdrongen dat mijn enige vader en beste vriend afgeslacht gaat worden?'

'Ik weet niet waar je het over hebt en dat weet jij ook niet. Wanneer gedaan is wat er gedaan moet worden, heeft het geen zin om daarover te piekeren. En brew zal je geen troost of moed geven. Het zal zijn loon, jouw ziel, vragen. Dus stop ermee! Strik je stropdas, schat. En tover een glimlach op je gezicht.' Ze pakte zijn hand. 'Kom, laten we ze de hel in prijzen.'

Caithness zat met een glas rode wijn in haar hand in de leunstoel te luisteren naar de regen op het dakraam en Kites stem uit de radio. Hij stelde dat de waarnemend hoofdcommissaris in de praktijk meer macht had dan de democratisch gekozen burgemeester, doordat Kenneth zo gerommeld had met de gemeentelijke wetten en regels. Ze hield van zijn rollende r en zijn kalme stem. Hield ervan dat hij er geen probleem mee had zijn kennis en intelligentie te etaleren. Maar ze hield vooral van het feit dat hij altijd tégen was. Tegen Kenneth, tegen Tourtell, ja, zelfs tegen Duncan, die zelf tegen zoveel was geweest.

Het moest een eenzaam bestaan zijn. En wie zou eenzaam willen zijn als hij een keus had?

Ze had soms gedacht dat ze een anonieme brief ging schrijven naar zijn radioprogramma om hem te vertellen dat het geruststellend was dat er zulke principiële mensen als hij bestonden. Eenzame, dappere waakhonden. Was het trouwens niet de tweede keer al dat ze dat geluid bij de voordeur hoorde? Ze zette de radio zachter en luisterde. Daar was het weer. Ze sloop naar de deur en legde haar oor ertegen. Het was het bekende kraakgeluid. Ze deed de deur open.

'Duff, wat doe jij hier?'

'Ik... eh, sta hier. En denk na.' Hij had zijn handen diep in zijn jaszakken gestoken en wipte op zijn te grote schoenen met krakende zolen heen en weer.

'Waarom heb je niet aangebeld?'

'Ik heb aangebeld,' zei Duff. 'Ik... de bel doet het zeker niet.'

Ze deed de deur helemaal open, maar hij bleef in verwarring staan.

'Waarom zo neerslachtig, Duff?'

'Ben ik neerslachtig?'

'Het spijt me, ik begrijp dat er op het moment niet zoveel is om vrolijk over te zijn. Maar kom je binnen of ga je weer?'

Zijn ogen schoten heen en weer. 'Kan ik hier tot middernacht blijven?'

'Natuurlijk, maar kom nu binnen, ik krijg het steenkoud.'

De Sergeant liet zijn handen rusten op het stuur van zijn Honda CB450 Black Bomber. Hij had de motor zo'n vijf jaar geleden aangeschaft en als hij hem flink op zijn staart trapte, haalde hij honderdzestig kilometer per uur. Maar sinds Honda de nieuwe supermotorfiets CB750 op de markt had gebracht, voelde deze een beetje gedateerd. Hij keek op zijn horloge. Zestien minuten voor zeven. De avondspits was voorbij en de duisternis viel snel. Vanaf de kant van de weg kon hij elke auto die het kruispunt van Gallows Hill naderde zien aankomen. Sweno had versterking van de motorclub uit het zuiden gestuurd. Drie leden, de zogenaamde neven, waren op hun motoren gestapt en hadden minder dan drie uur over de rit naar de stad gedaan. Ze stonden startklaar bij de benzinepomp waarlangs de auto zou komen. Bestudeerden oplettend de automodellen en nummerborden. Aan de overkant van het kruispunt zag hij Colin met klimijzers onder zijn schoenen in de paal van de verkeerslichten zitten. De enige afleiding die ze tot nu toe hadden gehad was toen ze de zaak even hadden getest. Colin had met een schroevendraaier het systeem ontregeld. Remmen hadden gepiept toen het licht ineens van groen op rood sprong. En enkele seconden later, toen het weer groen werd, hadden de motoren aarzelend en voorzichtig hun toerental weer opgevoerd en leken de auto's haast te kruipen over het kruispunt terwijl de Sergeant met een lichtsignaal van de koplamp aan Colin had doorgegeven dat de test geslaagd was.

De Sergeant keek weer op zijn horloge. Kwart voor zeven.

Sweno had tijd nodig gehad om tot een besluit te komen, maar de Sergeant vermoedde dat het meer uit voorzichtigheid was geweest dan dat hij werkelijk twijfelde. Dat werd bevestigd toen de versterking uit het zuiden was gearriveerd. Drie motoren waren door de poort voor het clubhuis gereden: een Harley-Davidson Chopper met hoog stuur, een Harley FL 1220 Electra Glide en een Ural met zijspan waarop een machinegeweer was bevestigd uit de Sovjet-Unie. De kerel op de Electra Glide had een zwaard bij zich, weliswaar niet zo krom als dat van Sweno, maar de klus kon daarmee geklaard worden.

Veertien voor zeven.

'Fleance...'

Iets in zijn vaders stem deed Fleance opzijkijken. Zijn vader was altijd zo rustig, maar als er iets niet in orde was, werd de stem nog rustiger. Die keer bijvoorbeeld toen Fleance zeven jaar was en zijn vader uit het ziekenhuis kwam nadat hij mama had bezocht en zijn zin startte met het uitspreken van zijn naam op dezelfde onprettig rustige manier.

'Ja, papa?'

'De plannen voor vanavond zijn een beetje veranderd.' Zijn vader wisselde van rijbaan en ging achter een Ford Galaxie rijden. 'En voor de komende dagen.'

'O ja?'

'Jij gaat vanavond naar Capitol.'

'Naar Capitol?'

'Er is iets gebeurd. Je hebt vast veel vragen, m'n jongen, maar je krijgt daar nu geen antwoord op. Jij laat me er bij Inverness uit en dan rij je direct terug naar huis. Je pakt alleen je noodzakelijke spullen in en vertrekt naar Capitol. Rij door, maar niet te snel, dan kom je daar morgen laat aan. Begrepen?'

'Ja, maar wat...'

'Geen vragen. Je blijft daar een paar dagen, misschien zelfs weken. Zoals je weet, heeft je moeder daar een flatje geërfd dat leegstaat. Pak het notitieblokje uit het handschoenenvakje.'

'Dat eenkamerappartementje dat jij het "rattenhol" noemde?'

'Ja, het is niet zo vreemd dat we het nooit hebben kunnen verkopen. Gelukkig maar, zeg ik nu. Het adres is: Tannery Street 66 in District 6. Naast de Dolfin Night Club. Tweede verdieping rechts. Daar ben je veilig. Genoteerd?'

'Ja.' Fleance scheurde het papier eruit en legde het notitieblok terug in het handschoenenvakje. 'Maar ik zal een sleutel nodig hebben. Ik bedoel, wie doet er open als het leegstaat?'

'Het staat nu niet leeg.'

'Een huurder?'

'Dat niet echt, maar ik laat mijn arme neef Alfie er wonen. Hij is zo oud en doof dat ik niet zeker weet of hij opendoet als je aanbelt, je moet maar even kijken.'

'Papa?'

'Ja?'

'Heeft dat iets te maken met wat Duff wilde? Hij maakte zo'n... opgefokte indruk.'

'Ja, maar verder geen vragen, Fleance. Jij verblijft daar, leest wat in de schoolboeken die je hebt meegenomen, verveelt je, maar geen telefoon, geen brieven en je zegt geen hond dat je daar woont. Doe wat ik zeg en ik zal iemand naar je toe sturen als de kust weer veilig is.'

'Ben jij wel veilig?'

'Je hebt gehoord wat ik heb gezegd.'

Fleance knikte.

Ze reden een stuk in stilte terwijl het versleten rubber van de ruitenwissers op de ruit schreeuwde en iets te zeggen leek te hebben.

'Ja,' zei Banquo. 'Ik ben veilig. Maar maak je geen zorgen over wat er de komende tijd in het nieuws komt, waarschijnlijk zijn dat allemaal leugens. Op het moment woont er nog iemand, ik geloof dat hij op een matras op de grond slaapt, dus jij moet de bank maar nemen. Als de ratten die nog niet hebben opgegeten.'

'Grappig. Je belooft me dat jij veilig bent?'

'Maak je geen zorgen om...'

'Het is rood!'

Banquo remde abrupt en raakte bijna de bumper van de Galaxie die duidelijk ook het licht niet op oranje had zien springen.

'Hier,' zei Banquo en hij gaf zijn zoon een dikke, versleten portemonnee. 'Pak er geld uit zodat je voorlopig genoeg hebt.'

Fleance haalde er wat biljetten uit.

'Het duurt wel verrekte lang dat het licht op rood staat,' hoorde hij zijn vader mompelen.

Fleance keek in de zijspiegel. Er stond al een lange rij achter hen. Langs de rij kwam een aantal motoren aangereden.

'Wat vreemd,' zei vader. Opnieuw die veel te kalme stem. 'Het lijkt wel of aan de overkant het licht ook al een poos op rood staat.'

'Papa, er komen motoren aanrijden.'

Fleance zag dat zijn vader een ogenblik in de achteruitkijkspiegel staarde. Toen gaf Banquo gas, rukte het stuur naar rechts en liet de koppeling los. De oude auto slipte op het natte asfalt met olievlekken, maar was uit de stilstaande rij auto's. De wieldoppen klapten tegen de rechtertrottoirband en toen de Volvo zich langs de Galaxie perste en in het voorbijgaan de zijspiegel meetrok, schreeuwden beide auto's het uit alsof ze pijn hadden.

Er steeg een bulderend getoeter op van het kruispunt. Het licht van de zijstraat stond op groen.

'Papa! Stop...'

Maar zijn vader stopte niet, hij gaf zelfs gas. Ze vlogen over het kruispunt, lagen op ramkoers met een vrachtwagen die van links kwam en een bus van rechts. En ze hoorden twee claxons van beide kanten komen die in disharmonie brulden op het moment dat ze net tussen de twee voertuigen door glipten. Fleance staarde in de spiegel terwijl ze in volle vaart van het kruispunt Gallows Hill in de richting van het centrum stoven terwijl de tonen van de slechte muziek langzaam uitstierven. Hij zag dat het licht weer op groen was gesprongen en dat de motoren het kruispunt al waren overgestoken.

Macbeth stond met gespreide benen stevig op het trottoir voor Casino Inverness, maar toch had hij het gevoel dat de grond onder zijn voeten deinde. Een man met fors overgewicht en gehuld in een zwart pak worstelde zich voor hun ogen van de achterbank van een limousine. De in het rood geklede portier van Inverness hield het portier open en een paraplu boven het hoofd van de gast terwijl hij twijfelde of hij zou gaan trekken aan de man of dat hij hem zijn waardigheid liet behouden. Toen de man eindelijk hijgend de klus in zijn eentje had geklaard, wierp Lady zich op hem.

'Onze eigen... mijn burgemeester!' Ze lachte en omhelsde hem. Wat geen geringe opgave was, stelde Macbeth vast die zelf een klein, idioot lachje liet horen. Hij zag dat Lady's slanke handen de vetkwabben van de schildpaddenrug vastgrepen.

'U wordt elke keer dat ik u zie stoerder en masculiener,' kraaide ze.

'En u, Lady, elke keer mooier en ondeugender. Macbeth...'

Macbeth drukte de uitgestoken hand, zag gefascineerd hoe het vlees van de burgemeesters hand boven zijn eigen duim uitpuilde.

'En wie is deze jongeman?' vroeg Lady.

Een meisjesachtig mooie jongen met een gladde huid en bruine ogen, waarschijnlijk nog een tiener, kwam op een trippelend drafje rond de auto lopen. Hij glimlachte onzeker naar Tourtell voor hulp.

'Dit, Lady, is mijn zoon,' zei Tourtell.

'Grappenmaker, u heeft geen zoon,' zei Lady en ze tikte de burgemeester tegen zijn revers.

'Mijn buitenechtelijke zoon,' corrigeerde Tourtell haar; hij streek met zijn hand over de onderrug van de jongen en knipoogde naar Macbeth. 'Ik weet pas sinds kort van zijn bestaan, begrijpen jullie? Maar u kunt de gelijkenissen toch zien, Lady?'

'U bent en blijft een jokkebrok, mijn beste Tourtell. Zullen we hem een naam geven?'

'Wat vinden jullie van Kasi Tourtell junior?' zei de burgemeester; de Salvador Dali-snor werd gefatsoeneerd en hij lachte bulderend toen Lady haar ogen ten hemel sloeg.

'Ga naar binnen in de warmte en zorg dat jullie iets te drinken krijgen,' zei Lady.

De twee verdwenen door de deur en ze ging naast Macbeth staan.

'Dat hij dat durft, dat perverse varken,' zei Macbeth. 'Ik dacht dat Tourtell een respectabel man was.'

'Hij is een van de gerespecteerden en dat is alles wat telt, lieveling. Macht geeft vrijheid om te doen wat je wilt zonder dat mensen hun respect voor je verliezen. Nu glimlach je tenminste.'

'Doe ik dat?'

'Als een rabiate clown.' Lady keek al stralend naar de taxi die voor de ingang stopte. 'Misschien moet je die grijns niet overdrijven, schat. Daar hebben we Janovic, de vastgoedinvesteerder uit Capitol.'

'Weer zo'n kadavervreter die onze fabrieksgrond voor een appel en een ei komt kopen.'

'Hij is geïnteresseerd in casino's. Groet hem beleefd en vertel hem bij gelegenheid dat de criminaliteit in de stad aan het afnemen is.'

Fleance schreeuwde instinctief en dook in elkaar toen de achterruit explodeerde.

'Hoeveel?' vroeg zijn vader kalm en hij stuurde de auto abrupt naar rechts een met keien geplaveide zijstraat in. Fleance draaide zich om. Het bulderende geluid van de motoren steeg alleen maar en leek op een woedende draak.

'Vijf of zes,' riep Fleance. 'Geef me je pistool!'

'Die wilde vanavond thuisblijven,' zei Banquo. 'Hou je vast.' Hij rukte aan het stuur, de wielen bonkten tegen de trottoirband en de Volvo sloeg bij een fancy kledingboetiek de hoek om, een nog smaller straatje in. Fleance begreep de tactiek: in deze steegjes met eenrichtingsverkeer konden de motorrijders in elk geval niet naast de auto komen en korte metten met hen maken. Maar ze kwamen onverbiddelijk dichterbij. Een nieuw geluid achter hen. Fleance had nog niet de geluiden van verschillende typen wapens leren onderscheiden, zoals zijn vader dat kon, maar zelfs hij begreep dat het om een schot uit een hagelgeweer ging. Wat altijd beter was dan...

Het leek of er een hagelbui op de carrosserie hamerde.

...een automatisch wapen.

Zijn vader sloeg weer plotseling en beslist af alsof hij wist waar hij naartoe ging. Ze reden in het winkelcentrum, maar alle winkels waren gesloten en de natte straten verlaten. Kende zijn vader een uitweg uit dit doolhof? Als antwoord op zijn vraag stuurde Banquo ineens naar rechts en reed langs een bord met slecht nieuws.

'Papa! Dit is een doodlopende straat!'

Maar Banquo reageerde niet.

'Papa!

Nog steeds geen reactie, alleen een geconcentreerde blik door de voorruit en handen die het stuur vastklemden. Nu pas zag Fleance het bloed dat langs het hoofd van zijn vader liep, zijn hals in en hoe het witte overhemd als vloeipapier van binnenuit roze kleurde. En er ontbrak iets waar bloed stroomde uit zijn vaders hoofd. Fleance verplaatste zijn blik naar een plek voor het stuur. Daarom gaf hij geen antwoord. Het oor. Het zat vastgekleefd tegen het dashboard. Een klein, bleek lapje huid met sliertjes en bloed.

Fleance keek door de voorruit. En daar zag hij, letterlijk, het eind. De doodlopende straat eindigde bij een solide houten huis. De begane grond bestond uit een grote, deels verlichte etalageruit die snel dichterbij kwam en zijn vader maakte geen aanstalten te remmen.

'Gordel, Fleance.'

'Papa!'

'Nu.'

Fleance greep de autogordel, trok die over zijn borst en had hem net op tijd vastgeklikt toen de voorwielen de stoep raakten en de auto steigerde. De bumper trof de etalageruit in het midden en Fleance had het gevoel dat de ruit zich voor hen opende als een gordijn van wit glas. Terwijl hij verbijsterd rondkeek en wist dat er sprake was van een abrupte wending, realiseerde hij zich dat hij even was weggeweest. Hij had een hels geluid in zijn oor. Zijn vader lag roerloos met zijn voorhoofd op het stuur.

'Papa!'

Fleance schudde hem door elkaar.

'Papa!'

Geen reactie. De voorruit was weg en op de motorkap lagen blinkende spullen. Ringen, kettingen, armbanden. En voor hem op de muur stond in gouden letters geschreven: JACOBS & SØNNER. GOUDSMID. Ze waren een verrekte juwelier binnengereden. En het geluid dat hij hoorde, zat niet in zijn hoofd, dat was het inbraakalarm. Ineens ging het hem dagen. Het inbraakalarm was, zoals bij alle banken, casino's en grote juweliers in de stad, direct verbonden met de meldkamer van het Hoofdkwartier die onmiddellijk een bericht zou sturen naar de surveillanceauto's in het district. Zijn vader had toch geweten waarheen hij wilde.

Fleance probeerde de veiligheidsgordel los te maken, maar dat lukte niet. Hij rukte en trok, maar de gordel liet niet los.

De Sergeant zat op zijn motorfiets, hij telde de seconden en keek naar de auto die half in de winkel voor hem stond. Het alarm kwam boven alles uit, maar hij kon zien aan de uitlaatgassen dat de automotor nog draaide.

'Waar wachten we nog op?' vroeg de kerel op de Electra Glide. Het irritante aan het dialect uit het zuiden was dat ze daar de r uitspraken als j. 'Laten we naar binnen gaan om ze te pakken.'

'We wachten nog even,' zei de Sergeant terwijl hij bleef tellen. Eenentwintig, tweeëntwintig.

'Hoelang?'

'Tot we weten of de man die dit heeft besteld zich aan zijn belofte houdt,' zei de Sergeant. Vijfentwintig, zesentwintig.

'Duh! Ik wil dat afhakken van die kop graag snel doen en deze gore stad uit.'

'Wacht.' De Sergeant keek hem rustig aan. Die vent zag eruit als een volwassen man. Als twee volwassen mannen. Hij was breed als een staldeur en er waren overal spieren, zelfs in zijn gezicht. Toch droeg hij een beugel alsof hij nog een tiener was. De Sergeant had dat eerder gezien, in de gevangenis waar gedetineerden die aan gewichtheffen deden en op anabole steroïden kauwden, zo hard hun tanden op elkaar klemden dat ze die verbogen. Negenentwintig, dertig. Dertig seconden en geen sirenes. 'Ga je gang,' zei de Sergeant.

'Dank, heel graag.' De staldeur trok een Colt-revolver met een lange loop achter zijn broekband vandaan, schoof het zwaard uit de schede en begon naar de auto te lopen. Hij ging nonchalant met de kling langs de muur en de paal van het VERBODEN TE PARKEREN-bord. De Sergeant keek naar de rug in het leren jack. Een piratenvlag met een schedel en een hakenkruis. Geen klasse. Hij zuchtte. 'Geef hem dekking met je hagelgeweer, Colin.'

Colin wreef met zijn verbonden hand zijn walrussnor glad voor hij het afgezaagde hagelgeweer laadde met twee patronen.

De Sergeant zag een paar gezichten voor de ramen aan de overkant van de straat verschijnen, maar hij hoorde nog steeds geen sirenes, alleen het monotone, indringende inbraakalarm terwijl die kerel de winkel in stapte en naast de auto ging staan. Hij stopte het zwaard onder zijn arm, trok met zijn vrije hand het portier aan de passagierskant open en richtte de revolver op degene die daar zat. De Sergeant beet automatisch zijn tanden op elkaar en wachtte op de knal.

Fleance sjorde en trok om uit de veiligheidsgordel te komen, maar dat verdomde ding zat vast. Hij moest zich omhoogwerken om los te komen. Fleance trok zijn knieën op tot zijn kin, draaide om op de stoel, zette zijn schoenzolen tegen het portier en duwde zodat hij naar zijn vader en de stoel van de bestuurder schoof. Op hetzelfde ogenblik kreeg hij de man in het oog die met een zwaard en een revolver in zijn hand op de auto kwam afstappen. Het was te laat om te ontsnappen en Fleance kreeg niet eens de tijd om te bedenken hoe bang hij was.

Het portier aan de passagierskant werd opengetrokken. Fleance zag een glimp van een beugel en de revolver die werd opgetild en hij besefte dat de man te ver weg stond om de geplande trap te kunnen uitdelen. Dus in plaats daarvan strekte hij in pure wanhoop zijn ene been uit naar het portier. Een normale schoen zou niet onder de deurklink kunnen komen, maar de lange, spitse punt van Macbeths oude puntschoenen verdween eronder. Hij keek nog even in de zwarte eeuwigheid van de revolverloop voor hij zijn voet met kracht naar zich toe trok. Er klonk een klap toen het portier de pols trof en die vastklemde in de kier. Daarna was er een dof geluid te horen van de revolver die op de vloer viel.

Fleance hoorde gevloek, hij pakte met een hand het portier vast terwijl hij met de andere de revolver zocht.

Het portier werd opengerukt en daar stond de beugel met het zwaard boven zijn hoofd. Fleance tastte met zijn hand over de drempel, onder de zitting. Waar was die revolver verdomme gebleven? De beugel had duidelijk gemerkt dat de deuropening te smal was om het zwaard doorheen te kunnen zwaaien en dat hij dus moest steken. Hij trok zijn elleboog in, richtte de punt op Fleance en sprong op hem af. Fleance trapte met beide benen naar voren en zond de man ruggelings de winkel in waar hij uiteindelijk op de grond smakte en in zijn val een glazen vitrine brak.

'Colin,' verzuchtte de Sergeant. 'Ga naar binnen en zorg dat die poppenkast ophoudt.'

'Is goed, chef.' Voor hij van zijn motorfiets stapte, controleerde Colin nogmaals of hij in staat was de trekker over te halen met de hand waarin Macbeth de dolk had gestoken.

Fleance stopte met worstelen. Hij realiseerde zich dat hij gevangen was, dat hij niet meer los kon komen uit de veiligheidsgordel voor het te laat was. Dus hij lag roerloos op zijn stoel, zag die vent met het zwaard achter de kapotte vitrine opstaan terwijl de glasscherven van zijn brede schouders vielen. Hij was nu voorzichtiger. Hij bleef buiten Fleances bereik. Controleerde of hij het zwaard goed vasthield. Fleance begreep dat hij mikte op een plek waar hij onmiddellijk de grootste schade kon aanrichten en toch buiten zijn bereik kon blijven. Op zijn onderlijf.

'Verrekte klotestad,' zei de kerel snuivend. Hij spuugde op de kling, hield die iets achter zich, deed de noodzakelijke stap dichterbij en grijnsde met een rij opeengeklemde tanden. Het gedempte, warme winkellicht deed de beugel fonkelen alsof hij bij de winkelinventaris hoorde. Fleance tilde de revolver op en haalde de trekker over. Hij zag het verbaasde gezicht en het kleine gaatje van de kogel midden in de tandenrij voordat de man viel.

De zachte, discrete tonen van de pianoforte kietelden Macbeths oren.

'Beste gasten, relaties, collega's en vrienden van het huis,' zei hij en hij keek naar de gezichten om hem heen. 'Hoewel nog niet iedereen is gearriveerd wil ik jullie namens de vrouw die jullie allen kennen en vrezen...' – gedempt, beleefd gelach en geknik naar een lachende Lady – '...van harte welkom heten en jullie vragen met ons te proosten voor we aan tafel gaan.'

Colin bleef staan toen hij de neef uit het zuiden tegen de grond zag gaan. De knal van het schot had het alarm overstemd en hij zag een hand met een revolver uit het portier steken. Hij reageerde snel en vuurde. Hij zag dat hij doel trof, zag dat de lichte bekleding van het autoportier rood kleurde, het raam in het portier eruit was geblazen en de revolver op de winkelvloer was gevallen.

Colin liep met snelle passen naar de auto. De adrenaline had zijn zintuigen zo op scherp gezet dat hij alles waarnam. Het zwakke getril van de uitlaat, het feit dat hij geen achterhoofden door de achterruit zag en een ander geluid dan het krijsende alarm. Het raspende geluid van de versnellingsbak. Verdomme...

Colin rende naar het portier. Op de passagiersstoel zat een jongen in pak in een wonderlijk verdraaide houding. Met de autogordel nog om en een bloederige hand en linkervoet over de versnellingsbak gestoken waar de chauffeur levenloos lag met zijn hoofd op het stuur. Colin tilde het hagelgeweer op terwijl de motor loeide, de auto schokte en achteruitreed. Het geopende portier trof Colin tegen zijn borst, maar hij kon zich er met zijn linkerhand aan vastklampen. Ze vlogen de winkel uit, maar Colin liet niet los. Hij had het hagelgeweer nog in zijn gewonde rechterhand, maar om in de auto te kunnen schieten moest hij de loop onder zijn linkeronderarm door zwaaien...

Het lukte Fleance om zijn linkervoet bij de pedalen te brengen; hij duwde zijn vaders voeten opzij en trapte de koppeling in zodat hij de versnelling van zijn vrij in zijn achteruit kon zetten. Hij zag kans de koppeling op te laten komen terwijl hij met de punt van zijn schoen gas gaf. Het geopende portier had een vent geraakt, maar helaas hing hij nog steeds aan de auto. Ze waren nu uit de winkel en reden achteruit de weg op. Fleance zag geen hand voor ogen, maar hij gaf vol gas en kon slechts hopen dat hij niet tegen iets aanbotste en opeens stilstond.

Die vent aan het portier worstelde met iets – in een flits zag Fleance wat het was. De loop van een hagelgeweer stak onder zijn oksel vandaan. Het volgende ogenblik klonk er een knal.

Fleance knipperde met zijn ogen.

De vent met het hagelgeweer was weg. Samen met het portier. Hij keek over het dashboard en zag het portier en de man rond de paal van het VERBODEN TE PARKEREN-bord gekruld.

En hij zag een zijstraat.

Hij trapte op het rempedaal, vervolgens op de koppeling en keek in de spiegel. Hij zag vier mannen van hun motorfiets stappen en op hem aflopen. De motoren stonden naast elkaar en barricadeerden de smalle steeg. De Volvo zou er niet overheen kunnen rijden.

Fleance pakte de versnellingspook, merkte toen pas dat zijn hand bloedde, probeerde de pook in de eerste versnelling te zetten, maar dat lukte niet, waarschijnlijk omdat hij de koppeling niet helemaal kon intrappen vanaf de plek waar hij zat. Verdomme, verdomme. De automotor hoestte en stotterde en stond op het punt zijn laatste adem uit te blazen. Hij zag in de spiegel dat de motorrijders hun pistolen hadden getrokken. Nee, hun machinepistolen. Dat was het dan. Het stopte hier. En er schoot een bizarre gedachte door zijn hoofd. Dat het bitter was dat hij het laatste examen in rechtsgeleerdheid niet had kunnen doen, juist nu hij de code had gekraakt: het verschil tussen verkeerd en onwettig, van moraal en regel, van macht en misdaad.

Plots voelde hij een warme hand op de zijne op de knop van de versnelling.

'Rij jij of je vader, mijn jongen?'

Banquo's blik was omfloerst, maar hij zat rechtop met beide handen aan het stuur. Het volgende ogenblik steeg de oude stem van de Volvomotor op tot een hees gebrul en glibberden ze over de gladde keien weg terwijl de machinepistolen als Chinees vuurwerk knalden en vuurden.

Macbeth keek naar Lady. Ze zat twee stoelen bij hem vandaan en converseerde toegewijd met haar tafelheer, Jano-nog-wat. De vastgoedhaai uit Capitol. Ze had haar hand op zijn arm gelegd. Vorig jaar had een van de machtigste industriëlen uit de stad op de haaienstoel gezeten terwijl hij haar volledige aandacht kreeg. Maar afgelopen jaar was zijn fabriek failliet gegaan en de eigenaar had ze niet meer uitgenodigd.

'Jij en ik moeten eens praten,' zei Tourtell.

'Ja,' zei Macbeth en hij draaide zich om naar de burgemeester die een zwaarbeladen vork met kalfsvlees in zijn geopende muil schoof. 'Waarover?'

'Waarover? Over de stad, uiteraard.'

Macbeth keek gefascineerd toe hoe de vele kinnen van de burgemeester als een accordeon van vlees werden uitgetrokken en weer in elkaar gedrukt terwijl hij kauwde.

'Over wat het beste is voor de stad,' zei Tourtell lachend alsof het een grapje was. Macbeth wist dat hij zich moest concentreren op het gesprek, maar hij zag geen kans om zijn gedachten te focussen, ze bij deze situatie te houden. Nu vroeg hij zich bijvoorbeeld af of de moeder van het kalf nog in leven was. En of ze het in dat geval kon voelen dat haar kind werd opgegeten.

'Die radioreporter Kite,' zei Macbeth. 'Hij verspreidt giftige kletspraatjes en heeft duidelijk een vijandige agenda. Hoe neutraliseer je zo'n persoon?'

'Journalisten,' zei Tourtell en hij sloeg zijn ogen ten hemel. 'Kijk, dat is een lastig onderwerp. Ze hoeven alleen verantwoording af te leggen aan hun redacteuren. En zelfs als redacteuren op hun beurt verantwoording moeten afleggen aan eigenaren, zijn journalisten er heilig van overtuigd dat ze een hoger doel dienen. Erg moeilijk. Je eet niet, Macbeth. Maak je je zorgen?'

'Ik? Helemaal niet.'

'Echt niet? Met één hoofdcommissaris vermoord, een ander verdwenen, waardoor nu alle verantwoordelijkheid op jouw schouders ligt? Als jij je geen zorgen maakt, dan ga ik dat doen, Macbeth!'

'Zo bedoelde ik het niet.' Macbeth keek naar Lady voor hulp, maar zij was druk in gesprek met een vrouw die financieel adviseur van de stad was of zoiets.

'Neem me niet kwalijk,' zei Macbeth en hij stond op. Lady keek hem vragend, ietwat bezorgd aan terwijl hij met snelle stappen naar de receptie liep.

'Geef me de telefoon, Jack.'

De receptionist gaf hem de telefoon en Macbeth toetste het nummer van de meldkamer van het Hoofdkwartier in. Na vijf keer overgaan werd er opgenomen. Was dat lang of kort voor iemand die de politie belde? Hij wist het niet, hij had daar nooit eerder over nagedacht. Maar nu zou hij dat wel moeten doen. Ook aan dergelijke dingen denken.

'Met inspecteur Macbeth.' Hij moest ook iets aan zijn rang doen zodat die harmonieerde met zijn functie. 'Verbind me door met de surveillancedienst.'

'Zoals u wilt.'

Hij hoorde dat hij werd doorgeschakeld en dat de telefoon overging. Macbeth keek op de klok. Ze namen de tijd.

'Ik zie je nooit meer in de speelhal, Jack.'

'Ik werk niet meer als croupier, sir. Niet nadat... ja, die avond, u weet wel.'

'Ik begrijp het. Zoiets laat zijn sporen na.'

Jack haalde zijn schouders op. 'Dat niet alleen, ik geloof echt dat een baan als receptionist beter bij me past dan croupier. Dus het is geen drama.'

'Maar verdiende je niet veel meer als croupier?'

'Als je een vis op het droge bent, maakt het niet uit hoe hoog je beloning is. De vis kan niet ademhalen en sterft naast een goedgevuld loonzakje. Kijk, dat is een drama, sir.'

Macbeth wilde reageren toen een stem aankondigde dat hij de surveillancedienst aan de lijn had.

'Met Macbeth. Ik vroeg me af of jullie het laatste uur een melding hebben gehad van een schietpartij bij Gallows Hill.'

'Nee, hadden we die moeten krijgen?'

'Er is hier een gast die zegt dat hij daar zojuist langsreed en een harde knal hoorde. Nou, het zal wel een autoband zijn geweest die lek was.'

'Dat zal het wel zijn geweest, ja.'

'Dus niets in District 2 west?'

'Alleen een inbraak bij een goudsmid, sir. De dichtstbijzijnde auto was er een eind vandaan, maar we zijn nu onderweg.'

'Ik begrijp het. Nou goed, een fijne avond nog.'

'U ook, inspecteur.'

Macbeth hing op. Hij staarde naar het wonderlijke bloemenpatroon dat in het tapijt was geweven. Hij had er nooit eerder over nagedacht, maar nu leek het of het hem iets wilde vertellen.

'Sir?'

Macbeth keek op. Jack keek hem bezorgd aan.

'Sir, uw neus bloedt.'

Macbeth veegde met zijn handpalm over zijn bovenlip, stelde vast dat de receptionist gelijk had en haastte zich naar de herentoiletten.

Banquo gaf gas op de hoofdweg. De wind loeide door de deurloze passagierskant. Ze reden langs de Obelisk. Het was nu niet ver meer naar het Centraal Station.

'Zie jij ze?'

Fleance antwoordde iets.

'Harder!'

'Nee.'

Banquo hoorde niets met het oor aan Fleances kant doordat de gehoorgang gevuld was met bloed of doordat de kogel ook zijn gehoororgaan had beschadigd. Hij keek naar de benzinemeter die de laatste vijf minuten merkwaardig snel terugliep sinds ze het winkelcentrum hadden verlaten. De machinepistolen hadden misschien onschuldig geklonken, maar ze hadden de benzinetank doorzeefd. Hij maakte zich geen zorgen om de gaten, ze hadden nog benzine genoeg om bij Inverness te komen en in veiligheid te geraken.

'Wie zijn het, papa? Waarom zitten ze achter ons aan?'

Daar, voor hen, lag het Centraal Station.

'Ik weet het niet, Fleance.' Banquo concentreerde zich op de weg. Op zijn ademhaling. Hij moest ademhalen. Hij moest lucht in zijn longen krijgen. Doorgaan. Doorgaan tot Fleance in veiligheid was. Dat, en niets anders, betekende nog iets. Niet dat de weg voor hem was gaan dansen, niet zijn schotwond.

'Iemand moet hebben geweten dat we die route namen, papa. Dat verkeerslicht, dat klopte niet. Ze wisten precies op welk moment we op Gallows Hill kwamen.'

Banquo had dat ook al gedacht. Maar nu was dat niet van belang. Wat van belang was, was het feit dat ze voorbij het Centraal Station waren en nu de lichten van Casino Inverness voor hen zagen. Hij moest de auto voor de hoofdingang zetten en Fleance er daar uit laten.

'Nu zie ik ze, papa. Ze zitten minstens tweehonderd meter achter ons.'

Meer dan genoeg als er geen verkeer voor hen zat. Deze auto had een zwaailicht en sirene moeten hebben. Banquo staarde naar Inverness. Licht. Hij kon Workers' Square dwars oversteken als het nodig was. Sirene. Iets snoerde zijn keel dicht. Iets zette zich vast in zijn hoofd.

'Heb jij de sirenes gehoord, Fleance?'

'Wat?'

'De sirenes? Surveillanceauto's? Heb je ze gehoord bij de goudsmid?'

'Nee.'

'Weet je het zeker? Er zijn in District 2 west altijd veel surveillanceauto's.'

'Heel zeker.'

Banquo voelde de pijn en de duisternis komen. 'Nee,' fluisterde hij. 'Nee, Macbeth, mijn jongen...' Hij greep het stuur stevig vast en sloeg links af.

'Papa! Dat is niet de weg naar Inverness!'

Banquo leunde op de claxon, haalde de auto voor hen in en gaf gas. Hij voelde een verlammende pijn die zich van zijn rug naar zijn borst verspreidde. Nog even en hij kon zijn rechterhand niet meer op het stuur houden. De kogel had weliswaar geen groot gat in de rugleuning gemaakt, maar hij had wel doel getroffen. En het was die schotwond waar hij zich zorgen over maakte.

Voor hem was niets. Alleen de containerhaven, de zee en het donker.

Maar daar was nog één laatste kans.

Macbeth keek naar zichzelf in de spiegel boven de wasbak. Het bloeden was gestopt, maar hij wist wat het betekende. Dat zijn neusslijmvlies geen brew meer verdroeg, dat hij een pauze moest inlassen. Toen hij nog jong was, was het anders. Toen verdroeg zijn lichaam alles. Maar als hij nu doorging, zou zijn neus pijnlijk worden en steeds gaan bloeden en zijn hersenen zouden gaan rondtollen. Op het laatst zou hij wensen dat hij zijn hoofd van zijn romp kon schroeven. Ja, een adempauze, dat was wat hij nodig had. Dus waarom rolde hij – terwijl hij dit dacht – dan een biljet op en bracht hij dat bij het rechtereind van het lijntje? Omdat dit een uitzondering was. Dit was een kritiek punt waarop hij het nodig had. Het tijdstip waarop hij de vette, perverse burgemeester bij zijn ballen moest grijpen, plus die schurk van Norse Riders die zich blijkbaar niet aan hun afspraak had gehouden. En hij moest Lady weerstaan. Nee, niet dat zij een probleem was. Ze was het begin en het eind, zijn geboorte, leven en dood. De reden van zijn bestaan. Maar hoewel hun liefde hem een zinderende vreugde schonk, kon hij de pijn voelen als hij dacht aan wat er van hem kon worden afgepakt. Haar macht lag in het gegeven dat ze van hem hield, maar ook in de mogelijkheid dat ze stopte met van hem te houden. Hij inhaleerde stevig, zoog de brew in zijn hersenen en had het gevoel dat de drug de binnenkant van zijn schedelbasis trof. Hij keek naar zichzelf in de spiegel. Zijn gezicht vervormde en veranderde. Hij kreeg wit haar.

Rode vrouwenlippen. Een litteken groeide dwars over zijn gezicht. Nieuwe kinnen groeiden onder de oude. Tranen vulden zijn ogen en stroomden over zijn wangen. Hij moest nu stoppen. Hij had mensen gezien die zoveel hadden gesnoven dat ze waren geëindigd met een neusprothese. Hij moest stoppen, nu er nog tijd was, nu er nog redding was. Hij moest overstappen op naalden.

De Sergeant zag zijn afstand tot de Volvo PV steeds verkleinen. Hij gaf nog wat gas en hij wist dat de anderen problemen hadden om te volgen, hoewel hij slechts een 450CC motor had. Op nat asfalt met olievlekken was rijervaring belangrijker om overeind te blijven dan de kracht van de motor. Daarom constateerde hij ook met verbazing dat er een motorfiets naderde in zijn spiegel. En vol ongeloof herkende hij de motor en de helm. De rode Indian Chief-motorfiets reed zo rakelings langs hem dat de punt van de hoorn hem bijna raakte. De koplamp werd gereflecteerd in de sabel toen de motor voor hem ging rijden. Waar kwam hij ineens vandaan? Hoe wist hij het? Hoe wist hij altijd wanneer ze hem nodig hadden? De Sergeant minderde vaart. Hij liet Sweno vooroprijden en de leiding nemen.

Banquo reed dezelfde weg die ze hadden genomen tijdens de achtervolging van de vrachtwagen uit de Sovjet-Unie. Hij had een paar hachelijke inhaalmanoeuvres uitgevoerd die de afstand met de motoren voor even had vergroot. Het zou niet lang duren voor ze weer achter hem zaten, maar misschien was er tijd genoeg. Er was een slagboom voor de tunnel geplaatst en een bord WEGENS WERKZAAMHEDEN GESLOTEN. De brokstukken vlogen in de rondte toen de PV door de houten paal schoot en het licht van de koplampen boorde zich in de donkere tunnel. Hij reed met één hand aan het stuur, de ander lag als een kadaver in zijn schoot. Ze hoorden het opgewonden gebrul van de motoren pas toen ze de uitgang van de tunnel zagen.

Banquo remde voor de scherpe bocht naar de brug en gaf weer gas.

En ineens waren ze buiten, in een machtige stilte onder een heldere hemel en het maanlicht dat de fjord ver onder hen als bruingeel koper deed oplichten. Het enige wat ze hoorden was de motor van de Volvo die deed wat hij kon. Ineens klonk het gejank van rubber op het asfalt toen Banquo midden op de brug, waar het beeld van Kenneth had gestaan, vol op de rem trapte. Hij stuurde naar de rand waar de wind flapperde in het rode afzetlint van de wegwerkers en de ZIG-5 de vangrail had meegetrokken. Fleance staarde zijn vader verbluft aan. Hij had de auto in zijn vrij gezet, leunde met een zakmes in zijn hand over zijn zoon heen en sneed de autogordel los.

'Wat...' begon Fleance.

'We lekken benzine, jongen, we zitten bijna zonder, dus luister goed naar me. Ik ben nooit een preker geweest, dat weet je, maar wat ik zeggen wil, is dat...' Banquo leunde met zijn rug tegen het portier, trok zijn knieën op en draaide zich om op zijn stoel zoals Fleance eerder had gedaan.

'Je kunt van alles worden, Fleance. Maar word niet wat ik was. Word geen lakei van lakeien.'

'Papa...'

'En zorg dat je altijd op je voeten terechtkomt.'

Hij zette zijn schoenzolen tegen de heup en schouder van zijn zoon, zag nog dat Fleance zich trachtte vast te houden voor hij met alle kracht duwde. Zijn zoon schreeuwde in protest, in angst, zoals hij had gedaan toen hij werd geboren, maar toen was hij uit de auto. De laatste navelstreng was doorgesneden, hij was alleen in de grote wereld, in een vrije val naar zijn lot.

Banquo kreunde van pijn toen hij weer op zijn plaats ging zitten, hij kreeg de auto in de versnelling en gaf gas naar zijn eigen lot.

Toen hij drie kilometer later van de brug af reed en zonder benzine zat, hadden ze hem al bijna ingehaald. De auto reed schokkend de laatste meters en Banquo voelde zich slaperig worden en legde zijn hoofd achterover. Kou verspreidde zich over zijn hele rug en buik en bereikte nu zijn hart. Hij dacht aan Vera. En toen het aan deze kant van de tunnel eindelijk regende, regende het lood. Lood gleed door de carrosserie, de stoelen en het lichaam van Banquo. Hij staarde door het zijraam naar de bergwand. En daar, bijna helemaal op de top, kon hij zien wat vanuit de stad op een ode aan het slechte leek. Maar van hieruit was het een christelijk kruis dat straalde in het licht van de maan. Het was zo dichtbij, het wees de weg. De poort stond open.

'Een geplande hemelvaart,' mompelde Banquo. 'Hemelvaart...'

Hoofdstuk 16

Duff luisterde naar Caithness' hijgende ademhaling die langzaam tot rust kwam. Toen maakte hij zich los uit haar omarming en draaide zich om naar het nachtkastje.

'Nou, Assepoester?' fluisterde ze. 'Is het bijna middernacht?'

'We hebben nog tijd genoeg, maar ik mag niet te laat komen.'

'Sinds je hier bent, kijk je elk halfuur op de wekker, ik zou haast denken dat je graag weg wilt.'

Hij draaide zich weer naar haar om en legde een hand in haar nek. 'Dat is het niet, bekoorlijke vrouw, het komt doordat ik het gevoel voor tijd verlies als ik bij je ben.' Hij kuste haar licht op haar lippen.

Ze lachte zacht. 'Je hebt mooie praatjes, Romeo. Maar ik heb nagedacht.'

'Dat klinkt onheilspellend.'

'Hou op. Ik besef dat ik van je hou. En...'

'Onheilspellend.'

'Hou op, zei ik. En ik wil je niet alleen maar zo nu en dan hebben. Ik wil niet dat je vervliegt als een half gedroomde droom.'

'Dat wil ik ook niet, schatje, maar...'

'Geen "maar" meer, Duff. Je zegt steeds dat je haar over ons zult vertellen, maar er duikt altijd een "maar" op, iets waardoor je het moet uitstellen. Omdat je rekening moet houden met haar, met de kinderen, met...'

'Maar daar móét ik ook rekening mee houden, Caithness. Dat moet je begrijpen. Ik heb een gezin en dat houdt ook in...'

'*...dat ik verantwoordelijk voor hen ben,*' bauwde ze hem na. 'Hoe zit het met rekening houden met mij? Je lijkt er nooit problemen mee te hebben om mij achter te laten.'

'Je weet dat het zo niet zit. Maar jij bent jong, jij hebt alternatieven.'

'Alternatieven? Wat bedoel je? Ik hou van jou!'

'Ik bedoel alleen dat Meredith en de kinderen afhankelijk van me zijn. Als we wachten tot de kinderen een jaar ouder zijn, wordt alles makkelijker, dan kan...'

'Nee!' Caithness sloeg met haar hand op het dekbed. 'Ik wil dat je het nu aan haar vertelt, Duff. En weet je, Duff, het is de eerste keer dat je haar naam hebt genoemd.'

'Caithness...'

'Meredith. Dat is een mooie naam, ik ben jaloers op haar naam.'

'Waarom ineens zo'n haast?'

'Ik realiseerde me de afgelopen dagen iets. Als er iets is wat je graag wilt hebben, moet je niet wachten tot iemand je dat geeft. Je moet hard zijn, ja, misschien zelfs meedogenloos, abrupt doorsnijden is beter. Geloof me, het is niet gemakkelijk je te vragen dit voor me te doen, je gezin op te offeren, onschuldigen worden het slachtoffer en zoiets ligt niet in mijn aard.'

'Nee, Caithness, dat ligt niet in je aard dus waarom ineens dat abrupte doorsnijden?'

'Duff.' Ze ging midden op het bed in kleermakerszit zitten. 'Hou je van me?'

'Ja! Mijn god, ja!'

'Wil je het dan doen? Wil je dit voor mij doen?'

'Luister, Caithness...'

'*Ik hou meer van Meredith.*'

'Lieveling, ik hou meer van je dan van wie dan ook, ik zou mijn leven voor je geven. Mijn eigen leven, absoluut. Maar het leven van anderen?' Duff schudde zijn hoofd. Hij haalde adem om verder te gaan, maar ademde weer uit. Abrupt doorsnijden. Moest dat nu gebeuren? Die gedachte verbaasde hem. Was hij daar zonder het te weten de hele tijd al naar op weg? Weg van Caithness, terug naar huis, naar Fife? Hij haalde diep adem.

'Mijn moeder – die ik nooit heb gekend – heeft haar leven voor me opgeofferd. Het hare opgeofferd zodat ik kon leven. Dus zelfs al ligt het in mijn aard, lag het in mijn moeders aard, om het leven te geven voor de liefde, toch is de liefde voor kinderen het grootst. Alleen al de gedachte dat ik mijn kinderen zou opofferen voor iets wat minder is, dat ik hun gezin van hen zou afpakken voor mijn egoïstische liefde voor een andere vrouw, is voor mij spugen op de nagedachtenis van mijn eigen moeder.'

Caithness sloeg haar hand voor haar mond en er ontsnapte een onbedoelde hik terwijl haar ogen zich vulden met tranen. Toen stond ze op en verliet de slaapkamer.

Duff kneep zijn ogen stijf dicht. Bonkte met zijn achterhoofd tegen het kussen. Toen liep hij achter haar aan. Hij vond haar in de woonkamer waar ze bij een van de zolderramen stond en naar buiten keek. Naakt en fonkelend wit in het neonlicht van buiten. De strepen regen op de ruit harmonieerden met de tranen die over haar wangen stroomden.

Hij ging achter haar staan, sloeg zijn armen om haar naakte lichaam en fluisterde in haar haren: 'Als je wilt dat ik nu ga, dan doe ik dat.'

'Ik huil niet omdat ik je niet helemaal kan krijgen, Duff, ik huil om mijn eigen harde hart. Terwijl jij een man bent met een echt hart, mijn schat. Een man op wie een kind kan rekenen. Het lukt me niet om niet van je te houden. Vergeef me. Als ik niet alles kan krijgen, geef me dan wat ik wel van je hart kan krijgen.'

Duff gaf geen antwoord. Hij hield haar alleen maar vast. Kuste haar in haar hals. Haar heupen kwamen in beweging. Hij dacht aan de tijd. Aan Banquo. Aan hun afspraak bij de locomotief. Maar het was nog lang geen middernacht.

'Casino Inverness. Met Jack.'

'Goedenavond, Jack. Ik wil graag met Macbeth spreken.'

'Hij geeft een dinertje. Kan ik een...'

'Haal hem op, Jack.'

Stilte.

De Sergeant keek naar de motoren die rond de telefooncel stonden. De contouren werden vervormd door de dikke slangen water die over het glas kronkelden, maar toch was de aanblik het mooiste wat hij kende. Motoren op twee wielen. En zijn broeders die erop reden.

'Ik kan het vragen, sir. Met wie spreek ik?'

'Zeg tegen hem dat dit het telefoontje is waar hij op wacht.'

'Juist, sir.'

De Sergeant wachtte en veranderde van standbeen. Haalde het bloederige pakket onder zijn ene arm vandaan en stopte het onder de andere.

'Macbeth.'

'Goedenavond. Ik bel om te zeggen dat de vis is gevangen en gefileerd, maar dat het jong is weggezwommen.'

'Waar?'

'De kans dat één enkel vissenjong het overleeft, is één op duizend en ik geloof dat we in dit geval er rustig van uit mogen gaan dat dit jong dood op de zeebodem ligt.'

'Oké, dus?'

'De vissenkop is onderweg. En ik moet zeggen dat je mijn respect hebt veroverd, Macbeth. Er zijn maar weinig mensen die het lef en de maag hebben om een dergelijke delicatesse geserveerd te krijgen.'

Macbeth hing op en klemde zich vast aan de balie terwijl hij snel in- en uitademde.

'Weet u zeker dat u zich wel goed voelt vanavond, sir?'

'Ja, bedankt, Jack. Alleen een beetje duizelig.'

Macbeth duwde de gedachten en beelden stuk voor stuk weg. Toen trok hij zijn colbert en stropdas recht en liep terug naar de eetzaal.

De gasten aan de langwerpige tafel converseerden en proostten, maar er heerste geen uitgelaten stemming. Nu hadden deze mensen niet de gewoonte om net zo luidruchtig en spontaan te feesten als de mannen van SWAT, maar het was mogelijk dat de schaduw van Duncans dood zwaarder drukte op de sfeer in het casino dan Lady wilde toegeven. Macbeth zag dat iemand op zijn stoel was gaan zitten en hij nam aan dat het om het vriendje van Tourtell ging. Kennelijk had de burgemeester van de gelegenheid gebruikgemaakt om hem naast zich uit te nodigen. Maar toen zag Macbeth dat hij zich vergiste en hij verstijfde. Hij voelde dat zijn hart stilstond.

Banquo.

Hij zat daar. Nu.

'Wat is er, schat?' Het was Lady die zich verbaasd naar hem had omgedraaid. 'Ga zitten.'

'Mijn plaats is bezet,' zei hij.

Tourtell draaide zich ook om. 'Kom, ga zitten, Macbeth.'

'Waar dan?'

'Op je plaats,' zei Lady. 'Wat is er aan de hand?'

Macbeth schreeuwde het uit toen Banquo als een uil zijn hoofd draaide. Parallel aan de witte kraag liep een grote snee. Het bloed uit de wond stroomde als rode wijn uit een glas dat iemand maar bleef vullen.

'Wie... wie doet dit met mij?' zei Macbeth kreunend en hij legde beide handen rond Banquo's nek. Hij kneep om het bloed tegen te houden, maar dat was dun en sijpelde als waterige wijn tussen zijn vingers door.

'Wat doe je, schat?' vroeg Lady lachend, maar opgelaten.

Banquo's mond ging open. 'Het. Was. Jij. Mijn. Zoon.'

De woorden werden monotoon uitgesproken en zijn gezicht was zonder uitdrukking. Een buikspreker.

'Nee!'

'Ik. Zag. Jou. Hoofdcommissaris. Ik. Wacht. Op. Jou. Hoofdcommissaris.'

'Stil!' Macbeth kneep harder.

'Jij. Wurgt. Me. Moordbeth.'

Macbeth liet verschrikt los. Hij voelde dat iemand hem stevig bij zijn arm greep.

'Kom.' Het was Lady. Hij wilde zich losrukken, maar ze zei sissend in zijn oor: 'Kom! Nu je nog steeds hoofdcommissaris bent!'

Ze stak haar hand door zijn arm alsof zij hem volgde en zo zeilden ze de eetzaal uit met de blikken van de gasten als de wind in hun zeilen.

'Wat is er in godsnaam met je?' vroeg ze woedend toen ze samen in de suite stonden.

'Zag je hem niet? Banquo! Hij zat op mijn stoel!'

'Mijn god, je bent onder invloed en hallucineert! Wil je dat de burgemeester denkt dat zijn hoofdcommissaris gek is?'

'Zijn?'

'Waar is die verrekte brew? Waar?' Ze stak haar hand in zijn broekzak. 'Die moet nu weg!'

Macbeth greep haar pols. 'Zíjn hoofdcommissaris?'

'Tourtell gaat je benoemen, Macbeth, hij ziet jou als de juiste man voor die baan. Ik heb jullie naast elkaar gezet omdat ik dacht dat je hem op zijn minst niet van het tegendeel zou overtuigen. Au, laat los!'

'Burgemeester Tourtell heeft niets in te brengen, ik heb denk ik genoeg om hem vandaag nog op te kunnen sluiten. En mocht dat niet het geval zijn, dan zorg ik er wel voor dat ik dat krijg. Ik ben de hoofdcommissaris, vrouw! Begrijp je niet wat dat inhoudt? Ik heb het commando over zesduizend mensen, tweeduizend ervan zijn bewapend. Een leger, schat!'

Macbeth zag dat haar blik milder werd.

'Precies,' fluisterde ze. 'Nu spreek je weer verstandige taal, lieveling.'

Hij hield haar slanke, mooie pols nog steeds stevig vast, maar de hand begon zich te bewegen in zijn broekzak.

'Nu herken ik je weer.'

'Kom, laten we...'

'Nee, nu niet,' zei ze en ze trok haar hand terug. 'We hebben gasten, maar ik heb iets anders voor je. Een cadeau om te vieren dat je hoofdcommissaris bent.'

'O?'

'Kijk in het nachtkastje.'

Macbeth pakte er een etui uit. Er zat een glimmend fonkelende dolk in. Hij hield die tegen het licht. 'Zilver?'

'Ik was van plan je die na het feest te geven, maar ik geloof dat je die nu wel kunt gebruiken. Zilver kan, zoals bekend, spoken van het leven beroven.'

'Dank je, schat.'

'Alsjeblieft. Zeg nu tegen me dat Banquo dood is.'

'Banquo is dood. Hij is dood.'

'Ja, en we rouwen later. Nu gaan we naar de anderen om te vertellen dat dit een grapje tussen ons tweeën was. Kom nu.'

Het was tien over elf.

Caithness lag nog steeds in bed terwijl Duff zich had aangekleed en bij het aanrecht stond. Hij had een kop thee gemaakt en een citroen in de koelkast gevonden. Maar het enige schone mes was wel geschikt om een gat te prikken en niet om een schijfje af te snijden. Hij duwde de punt in de schil en er spoot een fijne douche citroensap uit. Zo laat op de avond kostte het minder dan een halfuur om naar het Centraal Station te rijden, een parkeerplaats te vinden en naar Bertha te lopen. Hij wilde niet te laat komen. Banquo maakte de indruk dat hij maar weinig nodig had om te zwijgen over wat hij wist. Aan de andere kant, Duff had wel gezien dat Banquo iets wilde vertellen. Hij leek de last van... ja, wat eigenlijk, kwijt te willen. Ging het om schuldgevoel? Of alleen maar om iets wat hij wist? Banquo was niet het eerste schaap dat over de dam ging, hij was slechts een schaap dat volgde. En binnenkort zou Duff hopelijk weten wie de andere schapen waren. En gewapend met die kennis zou hij... De stilte werd ruw onderbroken door de telefoon die naast het kurkbord hing.

'Telefoon!' riep hij.

'Ik hoor het, ik neem hier op!' antwoordde Caithness uit de slaapkamer. Ze had in elke kamer telefoon. Dat was een van de dingen die hem het gevoel gaven dat hij in haar gezelschap oud was. Misschien waren Meredith en hij een beetje ouderwets, maar ze vonden dat één telefoon per huishouden voldoende was, het kon geen kwaad als je je een beetje moest bewegen.

Hij vond een doek en veegde zijn hand schoon. Hij luisterde naar haar stem om te horen wat voor gesprek ze voerde, wie haar zo laat op de avond nog belde. Meredith? De gedachte kwam ineens, maar hij verwierp die even snel weer. De andere bleef iets langer in zijn hoofd. Een minnaar. Een andere minnaar, een jongere. Nee, een bewonderaar, een potentiële minnaar. Iemand die in de coulissen stond te wachten, klaar om in te vallen als Duff vanavond niet had voldaan aan haar wensen. Ja, daarom had ze ineens haast gekregen. En Duff had haar eis niet ingewilligd en zijn keus was de hare geworden. Zij had voor hem gekozen. En op het moment dat hij dit dacht, besefte hij dat hij half hoopte dat het om een bewonderaar ging. Hoe vreemd zit de mens in elkaar?

'Kun je dat even herhalen?' hoorde hij Caithness' stem uit de slaapkamer. Haar politiestem. Alleen iets geagiteerder dan anders. 'Ik kom direct. Bel de anderen.'

Absoluut het werk. Technische Recherche.

Hij hoorde haar rommelen in de slaapkamer. Hij hoopte dat ze niet naar Fife hoefde zodat ze voor kon stellen dat ze samen reden. Zijn handpalm prikte. Hij likte erover terwijl hij naar de citroen keek. Het sap was in een van de wonden van zijn val gisteren op het asfalt gekomen. Hij bleef een moment staan. Toen pakte hij het mes en stak dat opnieuw in de citroen. Hard en snel ditmaal. Hij liet het mes zo snel mogelijk los en trok zijn hand naar zich toe, maar het prikte weer. Het was onmogelijk. Onmogelijk om te steken, op tijd het heft los te laten en niets op je hand te krijgen.

Caithness kwam de keuken in banjeren met een zwarte dokterstas in haar hand.

'Wat is er?' vroeg Duff toen hij haar gelaatsuitdrukking zag.

'Dat was het Hoofdkwartier. De adjunct van Macbeths Garde...'

'Banquo?' Duff voelde dat zijn keel werd dichtgesnoerd.

'Ja,' zei ze, een la opentrekkend. 'Hij is op Kenneth Bridge gevonden.'

'Gevonden? Bedoel je...?'

'Ja,' zei ze en ze zocht geërgerd naar iets.

'Hoe...' Er kwamen te veel vragen in hem op en Duff greep vertwijfeld naar zijn hoofd.

'Ik weet het nog niet, maar de politie ter plaatse zegt dat de auto doorzeefd is met kogels en dat zijn hoofd is verwijderd.'

'Verwijderd? Als in... afgehakt?'

'We zullen het zien,' zei ze; ze trok een paar witte latex handschoenen uit de la en legde die in haar tas. 'Kun je me brengen, denk je?'

'Ik heb een afspraak met iemand, dus...'

'Je hebt niet gezegd waar, maar als het een te grote omweg is, dan...'

Hij keek weer naar het mes.

'Ik ga mee,' zei hij. 'Natuurlijk ga ik mee. Ik ben hoofd afdeling Moord en deze zaak heeft de hoogste prioriteit.'

Toen draaide hij zich om en wierp het mes met kracht naar het prikbord. Het roteerde anderhalve keer rond zijn eigen as voor het met het heft eerst tegen het kurk klapte en vervolgens op de keukenvloer kletterde.

'Wat probeerde jij nou?' vroeg ze.

Duff staarde naar het mes. 'Iets waarop je heel lang moet trainen om het te kunnen. Kom.'

Hoofdstuk 17

'Zo, Seyton,' zei Macbeth. 'Wat kan ik voor je doen?'

Zonnestralen hadden zojuist een spleet gevonden in het wolkenbolwerk en boorden zich nu door de vuile ramen van het kantoor van de hoofdcommissaris. Ze vielen op het bureau, op de foto van Lady, op de agenda die meldde dat het vandaag dinsdag was, op de tekening van de Gatling-mitrailleur en, voor het bureau, op de blinkende, kale schedel van de magere, gespierde agent.

'U heeft een lijfwacht nodig,' zei Seyton.

'Is dat zo? En wat voor lijfwacht heb ik nodig?'

'Een lijfwacht die kwaad met kwaad kan bestrijden. Duncan had twee lijfwachten. En nu dit met Banquo, God hebbe zijn ziel, is er alle reden om aan te nemen dat ze het ook op u hebben gemunt, hoofdcommissaris.'

'Wie zijn "ze"?'

Seyton keek Macbeth lichtelijk verbaasd aan voor hij antwoordde: 'Norse Riders. Volgens mij zitten zij achter deze liquidatie.'

Macbeth knikte. 'Getuigen in District 2 zeggen dat ze motorrijders, sommige met een Norse Riders-jack aan, hebben gezien die op een Volvo PV schoten vlak voordat die een goudsmid binnen reed. We nemen aan dat het om Banquo's auto ging.'

'Als Malcolm daarbij betrokken was, komt het gevaar van binnenuit. Ik vertrouw niet alle leiders binnen het korps. Een persoon als Duff bijvoorbeeld ontbreekt het zowel aan moraal als aan ruggengraat. En wat betreft buiten het korps denken we natuurlijk in de eerste plaats aan Hecate.'

'Hecate is een zakenman. Voor zaken is het nooit goed als je verdacht wordt van moord.'

'Wraak.'

'Goed, ouderwetse wraak. Sommige economen menen dat we de

menselijke neiging om de laagste instincten te volgen in plaats van de bankrekening onderschatten. Als het mannetje van de zwarte weduwe voldaan en uitgeput van de seks op de rug van het vrouwtje ligt, weet hij dat hij opgegeten zal worden. Toch zal hij nooit een andere keus maken. En dan heb je Sweno ook nog.'

'Dus jij bent minder bang voor Hecate?'

'Ik heb vandaag in elk geval de opdracht gegeven de financiële middelen beter te verdelen en de eenzijdige heksenjacht op Hecate af te schalen zodat we de mogelijkheid krijgen om andere, meer presserende problemen in de stad op te lossen.'

'Zoals?'

'Zoals dat eerlijke, hardwerkende mensen overduidelijk worden bedrogen en van hun spaargeld worden afgeholpen in een van de twijfelachtige casino's in de stad. Maar terug naar deze zaak. Onze voormalige hoofdcommissaris had slechte ervaringen met lijfwachten, maar ik ben niet vergeten hoe effectief en moedig jij hebt ingegrepen toen ik bij Cawdor door die hond werd gepakt. Dus ik ga erover nadenken, Seyton. Eigenlijk had ik wat anders voor je in petto, maar misschien wijkt het niet zo heel veel af van wat jij net voorstelde.'

'O?'

'Nu ik hoofdcommissaris ben en Banquo er niet meer is, heeft SWAT geen leider meer. Jij, Seyton, bent de oudste en meest geroutineerde man binnen SWAT.'

'Dank u wel, dat is werkelijk een onverwachte eer en een motie van vertrouwen. Het probleem is dat ik niet weet of ik dat vertrouwen waard ben. Ik ben een bestuurder, noch een leider.'

'Nee, ik herken dat type. Jij bent een waakhond die een meester en een verzorger nodig heeft, Seyton. Maar SWAT is zo'n waakhond. Je zult verbaasd zijn over hoe gedetailleerd de instructies zijn, zelf hoefde ik nauwelijks na te denken over hoe de schurken op hun rug gelegd moesten worden. En gegeven de moorden van de laatste dagen is het duidelijk dat het gevaar voor de man die op deze stoel zit zodanig is dat SWAT actief de leider van het Hoofdkwartier moet beschermen.'

'Zegt u nu dat SWAT de persoonlijke beveiligingsdienst van de hoofdcommissaris moet worden?'

Macbeth voelde aan zijn wang dat de zon bezig was te verdwijnen en misschien kwam het door de plotselinge duisternis in de kamer dat Seyton zijn stem liet zakken. Hij kreeg een samenzweerderig toontje. 'Zolang mijn orders direct en gedetailleerd van u komen, hoofdcommissaris.'

Macbeth keek naar de man voor zich. 'God hebbe zijn ziel' had Seyton over Banquo gezegd. Macbeth vroeg zich af wat deze wens eigenlijk voorstelde.

'Mijn orders, mijn loyale Seyton, zullen niet mis te verstaan zijn. En wat betreft protesten die neergeslagen moeten worden, ik heb zojuist twee exemplaren van deze Gatling-mitrailleur besteld.' Hij gaf Seyton de tekening. 'Levering per express. Een beetje duurder, maar dan hebben we ze al over twee dagen. Wat vind je?'

Seyton liet zijn blik over de tekening gaan terwijl hij langzaam knikte. 'Lekker,' zei hij. 'Mooi eigenlijk.'

Duff geeuwde toen hij van de heldere hemel in de richting van de donkere wolken reed.

Ewan had hem wakker gemaakt door op zijn bed in de logeerkamer te springen en zijn zus was hem snel gevolgd.

'Papa, je bent thuis!'

Ze hadden in de keuken ontbeten terwijl de zon schuin over het water scheen. Meredith had tegen de kinderen gezegd dat ze moesten stoppen met ruziemaken over wie er op papa's schoot mocht zitten. Ze moesten wat eten en naar school. Het lukte haar niet om ze zo streng toe te spreken als ze wilde en hij had de lach in haar ogen gezien.

Hij reed langs de plaats delict waar de doorboorde auto nu was weggesleept en het bloed van het asfalt gespoeld. Caithness en haar mensen hadden hard gewerkt en de aanwezige technische sporen veiliggesteld. En hij had niet veel anders kunnen doen dan vaststellen wat evident was: Banquo was doodgeschoten en onthoofd. Van Fleance was geen spoor te bekennen, maar Duff had gezien dat de autogordel van de passagiersplek was doorgesneden. Dat kon van alles betekenen, voorlopig was het enige wat ze konden doen een opsporingsbericht naar de jonge zoon van Banquo laten uitgaan. Aangezien de brug was afgesloten en er dus geen getuigen waren op deze verlaten weg, had Duff na een uur besloten dat hij net zo goed naar huis kon rijden om te overnachten omdat hij toch al halverwege Fife was.

Daar had hij begeleid door het geluid van de krekels buiten liggen piekeren. Want hij had het begrepen. Begrepen, maar niet geweten. Want het was niet zo dat hij ineens het grote geheel had gezien, niet dat alle puzzelstukjes plotseling op hun plek vielen. Het ging om een simpel detail. Het mes in de keuken van Caithness. Maar terwijl hij lag te peinzen waren de andere stukjes vanzelf gekomen en langzaam vielen ze op hun plek. Toen was hij in slaap gevallen en was hij tegen het ochtendgloren wakker geworden van de verrassingsaanval van de kinderen.

Duff reed over de oude brug die in vergelijking met Kenneth Bridge smal en bescheiden was, maar wel solide gebouwd, en volgens veel mensen zou deze brug langer blijven staan.

Het probleem was dat hij niet wist tot wie hij zich moest wenden.

Het ging er niet alleen om wie er voldoende macht, invloed en daadkracht had, maar ook om wie hij kon vertrouwen, wie er niet bij betrokken was.

Hij reed de garage van het Hoofdkwartier in op het moment dat de opening in het wolkendek dichttrok en het korte bezoek van de zon werd afgesloten.

Lennox keek op van zijn typemachine toen Duff binnenkwam. 'Het is al bijna lunchtijd en je geeuwt alsof je net uit bed bent.'

'Voor de laatste keer, is die echt?' vroeg Duff knikkend naar een dubieuze pin met een roestige metalen klont aan het eind die Lennox als een presse-papier gebruikte. Duff zakte neer op een stoel bij de deur.

'En voor de laatste keer,' zei Lennox zuchtend. 'Ik heb die van mijn grootvader geërfd die hem tijdens de Eerste Wereldoorlog bij de Somme op zijn hoofd heeft gekregen. Gelukkig was de Duitser, zoals je kunt zien, vergeten de pin te verwijderen. Zijn collega-soldaten hebben vaak om het verhaal gelachen.'

'Je zegt dat ze veel hebben gelachen bij de Somme?'

'Volgens mijn grootvader lachten ze meer naarmate het erger werd. Hij noemde het oorlogshumor.'

'Ik denk nog steeds dat je liegt, Lennox. Jij bent niet het type voor een scherpe granaat op je bureau.'

Lennox lachte terwijl hij doorging met het hameren op de toetsen van de typemachine. 'Mijn grootvader heeft hem zijn hele leven in huis bewaard. Hij zei dat de granaat hem herinnerde aan de belangrijke dingen, namelijk aan de vergankelijkheid van het leven, het spel van het toeval, zijn eigen onsterfelijkheid en de incompetentie van anderen.'

Duff knikte naar de typemachine. 'Heb je geen secretaresse die dat kan doen?'

'Ik ben begonnen mijn eigen brieven te typen en zelf te posten in een brievenbus buiten het Hoofdkwartier. Gisteren kreeg ik het bericht van de landsadvocaat dat het leek of een van mijn brieven was geopend en later weer dichtgeplakt voordat zij hem kregen.'

'Dat verbaast me niet. Fijn dat je me op zo korte termijn nog kon ontvangen.'

'Op zo korte termijn, dat klinkt formeel. Aan de telefoon heb je niet gezegd waar het om ging.'

'Nee, ik ben zoals gezegd niet verbaasd dat ze brieven openen.'

'De meldkamer, denk jij...'

'Ik denk niets, Lennox, ik ben het alleen met je eens dat we in een situatie als deze geen risico's moeten nemen.'

Lennox knikte langzaam en hield zijn hoofd schuin. 'En toch, beste Duff, doe je dat nu wel?'

'Misschien wel. Ik kan bewijzen wie Duncan heeft vermoord.'

De bureaustoel kraakte toen Lennox met een ruk rechtop ging zitten. Hij duwde de typemachine weg en plantte zijn ellebogen op het bureau. 'Doe de deur dicht.'

Duff stak zijn hand uit en sloot de deur.

'Wat voor bewijzen? Tastbare?'

'Grappig dat je juist dat woord kiest...' Duff pakte de brievenopener van Lennox' bureau en woog die in zijn hand. 'Zoals je weet zag alles er aannemelijk uit op beide plaatsen delict, zowel bij Duncan als bij de lijfwachten.'

'Het woord "aannemelijk" wordt vaak gebruikt als het er normaal uitziet, terwijl dat niet het geval was.'

'Precies.' Inspecteur Duff legde de briefopener op zijn wijsvinger zodat die balanceerde en samen met de wijsvinger een kruis vormde. 'Als je een dolk in de hals van een man wilt steken om hem te doden, zou je de dolk dan niet vasthouden voor het geval je de halsslagader niet raakt en je nog een keer moet steken?'

'Dat neem ik aan,' zei Lennox, starend naar de briefopener.

'En als je de slagader direct raakt, wat het geval was, dan volgt er een pulserende bloeding met veel bloedverlies, daarna valt de druk weg en stopt het hart met kloppen en zal de rest langzaam naar buiten sijpelen.'

'Ik volg je, denk ik.'

'Toch zat het heft van de dolk die we bij Hennessy hebben gevonden helemaal onder het bloed, de afdrukken van zijn vingers zaten in het bloed en de binnenkant van de hand was ook bedekt met Duncans bloed.' Duff wees naar het handvat van de briefopener. 'Dat betekent dat de moordenaar het heft niet vasthield toen het bloed uit Duncans hals spoot, maar juist daarna pas. Omdat iemand – iemand ánders – de dolk in de halsslagader van Duncan heeft geworpen.'

'Ik begrijp het,' zei Lennox, zich krabbend op zijn hoofd. 'Maar geworpen of gestoken, wat maakt het uit? Het resultaat is hetzelfde.'

Duff gaf de briefopener aan Lennox. 'Probeer die eens in het prikbord daar te werpen.'

'Ik...'

'Vooruit.'

Lennox stond op. De afstand naar het prikbord was ruim twee meter.

'Je moet hard gooien,' zei Duff. 'Er is veel kracht voor nodig om het hele lemmet in de hals te laten verdwijnen.'

Lennox gooide. De opener sloeg tegen het prikbord en kletterde op de grond.

'Probeer het tien keer,' zei Duff en hij liet de opener weer op zijn vinger balanceren. 'Ik wil er een fles goede whisky om verwedden dat het je niet lukt de punt in het kurkbord te drijven.'

'Je hebt niet veel vertrouwen in mijn werptalent of geluk.'

'Als ik je een mes had gegeven dat is uitgebalanceerd, dat wil zeggen, met óf een zwaar lemmet, óf een zwaar heft, had ik je een iets grotere kans gegeven. Maar net als de dolken in Duncans hals, is deze opener niet uitgebalanceerd. Je moet hebben getraind om zo'n worp uit te kunnen voeren. En niemand heeft ooit gezien dat Duncans lijfwachten zich bezighielden met messen werpen. Eerlijk gezegd ken ik maar één persoon die dat heeft gedaan. Iemand die daarmee zelfs in het circus wilde optreden. En die de bewuste avond in Inverness was.'

'Over wie heb je het?'

'De man die jullie OrgCrim hebben gegeven. Macbeth.'

Lennox stond roerloos te staren naar een punt boven Duffs hoofd. 'Zeg je nu...'

'Ja, dat zeg ik. Hoofdcommissaris Duncan werd vermoord door Macbeth. En de moorden op de onschuldige lijfwachten waren koelbloedige moorden uitgevoerd door dezelfde man.'

'God beware ons,' zei Lennox en hij plofte neer op zijn stoel. 'Heb je daar met de Technische Recherche en Caithness over gesproken?'

Duff schudde zijn hoofd. 'Ze hebben het bloed op het heft gezien, maar ze dachten dat het door de reflex van de moordenaar kwam toen die de dolk snel liet vallen. Niet doordat de dolk werd geworpen. Niet zo vreemd, want het komt immers zelden voor dat iemand dat kunstje kent. En alleen Macbeths naaste collega's weten dat hij daar een van is.'

'Goed, we moeten dit aan niemand melden. Aan helemaal niemand.' Lennox sloeg zijn handen in elkaar en beet op zijn knokkels. 'Is het je duidelijk in welke positie je me hebt gebracht, Duff?'

'Ja, nu weet jij wat ik weet, en dat kan niet meer ongedaan worden gemaakt. Nu ligt jouw hoofd samen met het mijne op het blok. Het spijt me dat ik je geen keus hebt gelaten, maar wat kon ik anders doen? Onze tijd is gekomen, Lennox.'

'Echt, als het klopt wat jij zegt en Macbeth is het monster dat jij denkt dat hij is, dan is beschadigen alleen niet voldoende. Dat zou hem dubbel zo gevaarlijk maken. Hij moet met één beslissende slag worden geveld.'

'Ja, maar hoe?'

'Met list en bedrog, Duff. Ik moet nadenken en ik ben geen genie, dus dat kost tijd. Laten we weer afspreken, maar niet hier waar de muren oren hebben.'

'Om zes uur,' zei Duff en hij stond op. 'Op het Centraal Station bij Bertha.'

'Die oude locomotief? Waarom juist daar?'

'Daar had ik met Banquo afgesproken die me wilde vertellen wat ik nu toch al weet.'

'Dus dat is een passende plek. We zien elkaar daar.'

Macbeth staarde naar de telefoon op zijn bureau.

Hij had zojuist met Sweno gesproken.

Hij had het gevoel dat zenuwen onder zijn huid rukten en trokken. Hij had iets nodig. Niet *iets*, hij wist heel goed wat. Hij pakte de grote hoed die Lady voor hem had gekocht.

Priscilla vroeg glimlachend toen Macbeth langs de receptiebalie liep: 'Hoelang blijft de hoofdcommissaris weg?'

Ze was in opdracht van Macbeth verhuisd van het kantoor een verdieping lager naar hier, en dat had minder dan twee uur geduurd. Hij had Duncans oude assistent de laan uit willen sturen, maar nadat het hoofd van de administratie had uitgelegd dat overheidspersoneel niet zonder meer op straat kon worden gezet, zelfs niet door de hoofdcommissaris, had hij haar in plaats daarvan naar een paar verdiepingen lager gestuurd.

'Een uur,' zei Macbeth. 'Of twee.'

'Dan zeg ik twee uur tegen de mensen die bellen,' zei ze.

'Doe dat, Priscilla.'

Hij ging in de lift staan en drukte op de knop van de begane grond. 'Tegen de mensen die bellen'. Niet 'indien er gebeld wordt'. Want bellen deden ze, in een verrekte onafgebroken stroom. Van de helft wist hij bij god niet wat ze deden, behalve dan hem lastigvallen met vragen waarvan hij geen idee had wat ze wilden horen. Daarom kapte hij het gesprek meestal af met de mededeling dat hij nog meer telefoontjes moest beantwoorden. Journalisten. Duncans dood. Malcolms verdwijning. En nu nog een politieman en zijn zoon. Liep het uit de hand, vroegen ze. Kon de hoofdcommissaris hen verzekeren dat...? 'Geen commentaar, ik verwijs graag naar de volgende persconferentie die om...'

En toen dus zojuist Sweno.

De liftdeur ging open, twee politiemensen in uniform die in de lift wilden stappen, bleven verschrikt staan en deden een stap naar achteren. Dat was een regel die Kenneth had ingevoerd en die door Duncan weer was afgeschaft: dat de hoofdcommissaris de lift voor zich alleen wilde hebben. Maar nog voor Macbeth de tijd had om te zeggen dat ze welkom waren, was de liftdeur alweer dicht en ging hij alleen naar beneden.

Op het trottoir voor het politiebureau botste hij tegen een man in een grijze stofjas op die in de krant verdiept was en 'neem me niet kwalijk, Macbeth' mompelde. Niet zo vreemd, want toen Macbeth opkeek zag hij zijn eigen hoofd op de voorpagina. 'Stuurman pakt het roer.' Geen slechte kop. Niet onmogelijk dat Lady die had voorgesteld, de redacteur was als was in haar handen.

Macbeth trok de grote hoed wat naar beneden en liep met snelle passen weg. Nu, midden op de dag, zat het verkeer voortdurend vast en kon hij beter te voet dan met de auto naar het Centraal Station gaan. En bovendien was het prettig dat niet iedereen daar de limousine van de hoofdcommissaris zag.

God mag weten wat Sweno tegen Priscilla had gezegd dat ze hem had doorverbonden. Hij had zijn naam niet gezegd toen Macbeth hem aan de lijn kreeg en dat was ook niet nodig. Had je de stem één keer gehoord, dan vergat je die nooit meer. De basstem deed het plastic van de hoorn trillen. Hij zei dat de belofte van Macbeth was geweest: onmiddellijke vrijlating van de leden van Norse Riders en dat er nu al een halve dag was verstreken. Macbeth had geantwoord dat het niet zo simpel was, dat er papieren door rechters en advocaten moesten worden ondertekend omdat er al een aanklacht was ingediend. Maar dat Sweno alvast zijn welkomstpraatje voor de *homecoming party* over twee dagen kon voorbereiden.

'Dat is twee dagen te lang,' had Sweno gezegd. 'Maar het zullen de laatste twee dagen zijn die je van me krijgt. Overmorgen, om elf uur precies, belt een van mijn mensen naar een van de rechters, ik zeg niet wie, en dan zal hij zijn medeplichtigheid aan en de toedracht van de moord op Banquo bekennen. En hij zal uitleggen waarom we zo precies wisten waar en wanneer Banquo en Fleance zouden zijn.'

'Een van jouw kamikazepiloten?'

'We hebben bovendien zeven getuigen dat je ons clubhuis hebt bezocht.'

'Rustig nou maar en denk aan het feestje, Sweno. We zullen jouw mannen morgen om half vier voor de poort van het clubhuis afleveren.'

En daarmee werd de verbinding verbroken.

Onder aan de trap van het Centraal Station keek Macbeth rond. Hij zag weer een grijze stofjas, maar niet dezelfde. De hoed bedekte zijn gezicht en hij was immers maar een van de vele goedgeklede mannen die elke dag deze trap op liepen om dat ene te kopen dat ze nodig hadden om zo verrassend goed te kunnen functioneren.

Hij ging staan waar hij de laatste keer had gestaan, in de gang bij de trap naar de toiletten. De jongen was er vandaag niet. Macbeth liep ongeduldig heen en weer. Het was al een paar uur geleden dat het verlangen weer was gekomen, maar nu pas, terwijl hij het bijna kon krijgen, werd het heel heftig.

Ze dook op na wat voelde als een uur, maar volgens zijn horloge slechts tien minuten was. Ze had een witte stok in haar hand, wat dat ook mocht betekenen.

'Ik heb twee zakjes nodig,' zei hij.

'Je moet met iemand spreken,' zei Strega. 'Stop dit in je oren en doe deze op.' Ze gaf hem een paar oordopjes en een bril die eruitzag als een kruising tussen een duikbril en een lasbril. Soms zag je blinden ook wel lopen met zo'n ding.

'Waarom moet ik dat?'

'Omdat het de enige manier is waarop je brew kunt krijgen.'

Hij aarzelde. Nee, hij aarzelde niet, het kostte alleen even tijd. Hij zou een handstand gemaakt hebben als ze daarom had gevraagd. De brillenglazen waren geverfd en hij zag geen klap. Strega greep hem vast en draaide hem een paar keer rond zodat hij zijn richtingsgevoel kwijt was. Toen gaf ze hem de witte stok en nam hem mee.

Tien minuten later merkte hij dat hij in de regen liep, dat er mensen en verkeer om hen heen waren. De oordopjes sloten niet alle geluid af. Strega hielp hem over een betonnen rand van anderhalve meter en daarna liepen ze over grind of zand. Toen weer anderhalve meter omhoog op een betonnen rand en toen naar binnen. Tenminste, dat nam hij aan, want de lucht was warmer en droger. Daar werd hij op een stoel gezet, iemand trok de oordopjes uit zijn oren en zei dat de bril op moest blijven.

Hij hoorde dat iemand naderbij kwam en een tiktak-geluid stopte vlak voor hem.

'Het spijt me dat je op deze manier hierheen bent gebracht.' De stem was onwaarschijnlijk mild en zacht en leek van een oudere man te komen. 'Maar ik vond – de situatie in aanmerking genomen – dat het beter was om face to face met elkaar te spreken. Dat wil zeggen, jij ziet mij niet, maar daar zou ik blij om zijn als ik jou was, Macbeth.'

'Ik begrijp het. Dat betekent dat je van plan bent me hier levend vandaan te laten gaan.'

'Je bent niet slim, maar toch slimmer dan dom, Macbeth. Daarom heb ik je ook gekozen.'

'Waarom ben ik hier?'

'Omdat ik me zorgen maak. We kenden natuurlijk voor we je uitkozen jouw afhankelijkheid van genotsmiddelen, maar we hadden niet verwacht dat het zo snel en totaal zou zijn. Kort samengevat moeten we weten of je te vertrouwen bent of dat we je moeten omruilen.'

'Omruilen tegen wie?'

'Denk je dat je uniek bent? Ik hoop dat die hoofdcommissaristitel je niet naar het hoofd is gestegen, dat je beseft dat die niets voorstelt, dat je zonder mij niets bent. Duncan dacht dat hij het zonder me kon doen, ja, dat hij tegen me kon vechten. Denk je dat ook, Macbeth?'

Macbeth klemde zijn kaken op elkaar en slikte zijn woede in. Hij wilde die zakjes hebben en maken dat hij wegkwam. Hij haalde diep adem. 'Zoals ik het zie, Hecate, hebben we een samenwerkingsverband waarvan we beiden profiteren. Jij hebt er weliswaar voor gezorgd dat ik hoofdcommissaris ben geworden, maar ik zal Sweno uit de weg ruimen en ervoor zorgen dat de politie jou en je monopoliepositie niet te veel last bezorgt.'

'Hm, dus je hebt geen morele bezwaren?'

'Jawel, maar ik ben ook een pragmaticus. In elke stad van deze grootte zal er een markt zijn voor droomverkopers als jij. Ben jij of Sweno het niet, dan is het wel iemand anders. Door onze samenwerking weren we in elk geval andere, wellicht agressievere drugsdealers. Ik accepteer jouw inmenging omdat die het middel is om mijn doel te bereiken: namelijk een betere toekomst voor de stad.'

De oude man lachte zacht. 'Dat lijken woorden die uit Lady's mond komen. Licht en zoet van smaak, maar ze vullen niet. Ik sta op een kruispunt, Macbeth. En om een keuze te kunnen maken, moet ik inzicht krijgen in jouw capaciteiten. Ik zie dat er in de kranten metaforen worden gebruikt als: de stuurman die het roer heeft overgenomen van de kapitein. Nou, jouw schip bevindt zich midden in een orkaan. Duncan, Banquo en een student van de politieacademie zijn geliquideerd. Cawdor, Malcolm en twee lijfwachten zijn dood en waren waarschijnlijk corrupt. Jouw schip is al feitelijk een letterlijk en moreel wrak, Macbeth, dus als ik je moet helpen, wil ik weten waar jij rustiger vaarwater denkt te vinden.'

'De schuldigen zullen natuurlijk worden gepakt en berecht.'

'Het doet me deugd dat te horen. En wie zijn de schuldigen?'

'Dat zeg je zelf. Norse Riders. Zij hebben Malcolm en de lijfwachten gedwongen tot samenwerking.'

'Mooi, in dat geval worden wij niet verdacht. Maar stel nu dat Sweno zijn onschuld met betrekking tot de moord op Duncan kan bewijzen?'

'Ik heb het gevoel dat hij daarvoor niet de tijd zal krijgen.'

'Hm, dat klinkt goed. Ik hoop alleen dat je de daadkracht hebt om te doen wat je zegt, Macbeth.'

'Die heb ik, Hecate. En ik hoop dat ik hetzelfde van jou kan eisen.'

'Wat bedoel je? Ik heb voor jou de weg gebaand om hoofdcommissaris te worden, is dat niet voldoende?'

'Niet als ik niet op bescherming kan rekenen. Wat ik nu constateer is dat iedereen achter mij aanzit. Rechters, journalisten, criminelen en beslist ook mijn collega's. Met pistolen of woorden als wapen, de telefoon staat niet stil. En ondertussen kan ik op klaarlichte dag worden gekidnapt en als een blinde meegenomen.'

'Past SWAT niet op je?'

'Wie zal zeggen op wie ik kan vertrouwen? Ik heb meer bewaking nodig.'

'Ik begrijp het. En dit is mijn antwoord: je wordt al bewaakt. Dat gebeurt al een tijdje, het is je alleen niet opgevallen.'

'Hoe dan?'

'Denk er niet over na. Weet alleen dat Hecate zijn investeringen beschermt. Wat ik doe, wat ik je kan verzekeren, is je de garantie geven dat niemand, absoluut niemand je in deze stad iets kan aandoen zolang je van mij bent, Macbeth.'

'Niemand?'

'Dat beloof ik je, de persoon die een haar op je mooie hoofd krenkt moet nog door een vrouw gebaard worden. En de oude Bertha zal rijden voor iemand kans ziet jou uit het kantoor van de hoofdcommissaris te verjagen. Is dat voldoende voor jou, Macbeth?'

'Ja, met die twee beloften ben ik tevreden.'

'Mooi. En dan nog een laatste kwestie. Ik vind dat je inspecteur Duff in de gaten moet houden.'

'O?'

'Hij weet dat jij Duncan hebt vermoord.'

Macbeth wist dat hij nu moest schrikken. Angst moest hebben. Paniek. Maar het enige waar plaats voor was, was dat bekende, gehate verlangen.

'Gelukkig is er voorlopig maar één man die weet wat Duff weet.'

'Wie dan?' vroeg Macbeth.

'Dezelfde die op mijn instructies jouw kandidatuur als chef van OrgCrim heeft gelanceerd en gesteund. Dat heeft hij zo discreet gedaan dat Duncan naderhand dacht dat het zijn eigen idee was.'

'En wie was dat?'

'Kijk zelf.'

Er klonk geschraap van stoelpoten toen Macbeth werd omgedraaid. De bril werd van zijn neus gehaald.

Het eerste wat Macbeth dacht was dat hij in een geïsoleerde verhoorkamer keek. Er was een onewayscreen waardoor de verhoorde zag, noch hoorde wie er aan de andere kant zat. Het verschil was dat de ruimte op een groot laboratorium leek met glazen kolven, buisjes en slangetjes die naar een enorme ketel leidden. De ketel vormde een bijna lachwekkend contrast met de moderne uitrusting en deed Macbeth denken aan grappige tekeningen waarop kannibalen mensen koken. Op de muur achter de ketel hing een VERBODEN TE ROKEN-bord. Voor de ketel in de felverlichte kamer, naast de ruit, zat een bleke, roodharige man rechtop op een ligstoel. De ene mouw was opgestroopt, het gezicht naar het plafond gericht, de mond halfopen en de ogen halfdicht. Hij zat zo dicht bij hen dat Macbeth de halve, blauwe irissen heen en weer zag gaan onder de geloken oogleden. Hij herkende een van de Chinese zussen die een injectienaald in de onderarm van inspecteur Lennox stak.

De milde stem achter Macbeth klonk: 'Lennox heeft het idee bij Duncan geplant. Het idee dat hij iemand moest benoemen die niet bij de elite hoort, maar een man van wie de inwoners van de stad het gevoel hebben dat hij een van hen is.'

'Lennox zei tegen Duncan dat hij mij tot chef van OrgCrim moest benoemen?'

'Lennox zei uiteraard het tegenovergestelde, dat Duncan jou

niet kon kiezen omdat je geen formele kwalificaties hebt en omdat je te volks bent. Op die manier manipuleer je eigengereide stijfkoppen met grote ego's.'

'Dus jij zei alleen maar "spring", en Lennox sprong?'

'En Lennox zei "niet springen", en Duncan sprong.' Er was een langzaam klokkend gelach achter Macbeth te horen alsof iemand whisky in een glas schonk. 'Ze zeggen dat het menselijk brein vele dwaalsporen kent, Macbeth. Maar het heeft in de eerste plaats brede avenues waar je makkelijk de weg kunt vinden. Lennox is al meer dan tien jaar de mijne. Een trouwe dienaar, die inspecteur Lennox.'

Macbeth probeerde het spiegelbeeld van de man achter hem te zien, maar hij zag alleen Strega alsof Hecate zich niet liet spiegelen. Maar hij stond er wel, want de stem zei vlak bij Macbeths oor: 'Als ik zeg "spring", dan betekent dat "spring".'

'Dus?'

'Vermoord Duff.'

Macbeth slikte. 'Duff is mijn vriend. Maar dat wist je vast wel.'

'Banquo was een vader voor je, maar dat heeft je niet tegengehouden. Duff vermoorden is cruciaal, Macbeth. Bovendien heb ik een betere vriend voor je. Die heet power.'

'Ik heb geen nieuwe vriend nodig.'

'Jawel, die heb je wel. Brew maakt je instabiel en onberekenbaar. Je hebt hallucinaties gehad, of niet?'

'Misschien. Misschien is dít een hallucinatie. Wat is power?'

'Een nieuw en tegelijkertijd stokoud product. Brew is de power van de arme man. Power is zeven keer zo sterk en de helft minder schadelijk. Het scherpt je zintuigen en maakt je sterker. Precies wat je in deze tijd nodig hebt.'

'Ik geeft de voorkeur aan brew.'

'Waar jij de voorkeur aan geeft, Macbeth, is hoofdcommissaris blijven.'

'En dit nieuwe spul, zal ik daaraan verslaafd raken?'

'Ik zei dat het een oud product is. En power zal alles waaraan je verslaafd bent vervangen. Dus wat zeg je? Duff tegen power?'

Macbeth zag Lennoxs hoofd achteroverknikken en hoorde Strega achter zich iets fluisteren. De zus legde Lennox op de ligstoel en liep terug naar de ketel.

'Geef het aan me.'
'Pardon?'
Macbeth schraapte zijn keel. 'Geef het aan me, zei ik.'
'Geef hem de zakjes,' zei Hecate.
Macbeth hoorde het tiktak-geluid van een stok die zich verwijderde terwijl de bril weer werd opgezet en de wereld om hem heen verdween.

Hoofdstuk 18

'Ze is mooi, vind je niet?' zei Lennox en hij streelde met zijn hand over de zwarte vrouw.

'Nee,' zei Duff. 'Bertha is veel, maar mooi is ze niet.'

Lennox lachte en keek naar zijn hand die zwart was van het vuil. 'Iedereen zegt altijd Bertha, maar haar volledige naam luidt Bertha Birnam. Vernoemd naar de kokkin met zwart haar die al die jaren tijdens de aanleg van de spoorbaan de kokkin voor de werknemers was geweest.'

'Hoe weet je dat?'

'Omdat mijn grootvader heeft meegeholpen met de aanleg van de spoorbaan van hier naar Capitol.'

'Dus jouw grootvader heeft met sleggen gezwaaid en met bielzen gesleept?'

'Natuurlijk niet, hij was een van de investeerders.'

'Dat klinkt logischer.' Duff keek in de vallende duisternis naar het uitnodigende licht van Inverness.

'Yep, wij Lennoxen zijn eigenlijk bankmensen. In die zin ben ik een soort zwart schaap. Hoe zit het eigenlijk met jouw herkomst, Duff?'

'Het gebruikelijke.'

'Politiemensen?'

'Zover het oog reikt.'

'Ik ken meerdere Duffs hier in de stad, maar geen van hen zat bij de politie.'

'Ik heb de achternaam van mijn moeders grootvader aangenomen toen ik hier ging wonen.'

'En hij is...'

'Ook dood. Daarna het weeshuis en toen de politieacademie.'

'Als jij hier niet vandaan komt, waarom heb je dan niet de politieacademie in Capitol gedaan? Die staat beter aangeschreven, en het weer en de lucht ook.'

'De grote vissen zitten hier. Norse Riders, Hecate...'

'Ik begrijp het. Jij wilde echt OrgCrim hebben, hè?'

'Jazeker, heel graag.'

'Nou, de vacature is er nog steeds. En wanneer we Macbeth pakken als de moordenaar van Duncan, hoef je alleen maar te wijzen naar de afdeling die je wilt hebben. We zullen geëerd worden als de redders van de stad, Duff.'

'Is dat zo? Denk je echt dat het hen uitmaakt?' Duff knikte naar het plein waar de mensen gehaast overheen liepen alsof ze zo snel mogelijk uit het zicht wilden zijn. In de schaduw, in veiligheid.

'Ik begrijp wat je bedoelt, maar de inwoners van deze stad worden ondergewaardeerd.'

'Er zijn twee manieren om een probleem te tackelen, Lennox. Oplossen of negeren. Kenneth heeft de bevolking de tweede optie geleerd. Apathie met betrekking tot corruptie en anderen belasten met de verantwoordelijkheid voor de gemeenschap. Kijk naar ze, kijk hoe ze vluchten. Als kakkerlakken die in het licht komen.'

'Een verachtelijke stad met verachtelijke burgers en toch ben je bereid alles te riskeren?'

Lennox keek Duff aan en schudde bedroefd zijn hoofd.

'Mijn god, Lennox, waarom denk je dat ik het voor de stad doe? De stad, dat is alleen maar een excuus dat gebruikt wordt als mensen gekozen willen worden voor de gemeenteraad of als ze hoofdcommissaris willen worden. Vertel me liever wat je nog te weten bent gekomen.'

'Goed, ik heb met een rechter in Capitol gesproken...'

'We zouden toch met niemand spreken!'

'Rustig, Duff, ik heb niet gezegd over wie en wat het gaat, alleen dat het te maken heeft met corruptie op hoog niveau. Bovendien is deze rechter te vertrouwen. Hij is van buiten de stad dus hij valt buiten de invloedsfeer van Macbeth, Sweno en Hecate. Als rechter van een federale rechtbank kan hij de federale politie inschakelen zodat we het Hoofdkwartier kunnen negeren. De rechtszaak zal in Capitol plaatsvinden waar Macbeth niet aan de touwtjes kan trekken. De rechter heeft over drie dagen een afspraak hier in de stad en hij heeft ingestemd met een geheime ontmoeting.'

'Hoe heet hij?'

'Jones.'

Lennox zag dat Duff hem aanstaarde.

'Lars Jones,' zei Lennox. 'Is er iets?'

'Je hebt de pupillen van een junkie.'

Lennox ging met zijn tong langs zijn lippen en lachte. 'Dat krijg je als je geboren bent als halve albino. Lichtgevoelige ogen. Dat is de reden dat onze familie de voorkeur geeft aan kantoorwerk.'

Duff huiverde en keek weer naar Inverness. 'Drie dagen dus. Wat doen we in de tussentijd?'

Lennox haalde zijn schouders op. 'Ons hoofd laag houden. Niet de knuppel in het hoenderhok gooien. En... ik kom niet op een derde uitdrukking.'

'Ik zie vooral op tegen een ontmoeting met Macbeth.'

'Waarom?'

'Ik kan niet toneelspelen.'

'Heb je nooit iemand bedrogen?'

'Jawel, maar ik werd doorzien.'

Lennox keek Duff scheef aan. 'O? In huiselijke sfeer?'

Duff haalde zijn schouders op. 'Zelfs mijn zoon, die over een paar dagen negen jaar wordt, heeft het door als papa leugentjes vertelt. En Macbeth kent me beter dan wie ook.'

'Merkwaardige gedachte,' zei Lennox. 'Dat twee personen die zo verschillend zijn zulke dikke vrienden zijn.'

'We spreken elkaar later,' zei Duff en hij keek naar het westen. 'Als ik nu in de auto stap, zie ik de zonsondergang in Fife nog.'

Lennox bleef staan en keek in dezelfde richting als Duff. En hij bedacht dat het mooi was dat het in de natuur zo geregeld was dat regenbuien het uitzicht beperkten zodat iemand die een tocht voorbereidde altijd kon hopen op beter weer.

'Ik heb het gevoel dat we het ergste achter de rug hebben,' zei Macbeth. Hij rekte zich uit om de aansteker van het nachtkastje te pakken en stak zijn sigaret aan. 'Alles wordt nu beter, schat. We zijn waar we willen zijn. De stad is van ons.'

Lady legde een hand op haar borst en voelde haar nog steeds wild kloppende hart onder het zijden laken. En ze zei hijgend: 'Als jouw herwonnen hartstocht een graadmeter is voor jouw daadkracht, lieve...'

'Hm?'

'...dan zijn we onverslaanbaar. Ben je je bewust hoe geliefd je in de stad bent? De mensen in het casino hebben het over je, ze zeggen dat je de redder van de stad bent. En heb je de kranten gelezen? Vandaag werd er in het hoofdartikel van *Dagavisen* voorgesteld dat jij je maar kandidaat moest stellen bij de verkiezingen voor de nieuwe burgemeester.'

'Heeft jouw vriend de redacteur dat gedaan?' zei Macbeth grinnikend. 'Omdat je hem dat hebt gevraagd?'

'Nee nee. Het artikel ging niet over jou, het ging over het feit dat Tourtell geen fatsoenlijke tegenkandidaat heeft en dat hij daarom weer herkozen zal worden. Hoewel hij dus niet populair is.'

'Je bent niet populair als je de lakei van Kenneth was.'

'Dus jij werd genoemd als een van de kandidaten die in theorie Tourtell kan uitdagen. Wat zeg je daarvan?'

'Me kandidaat stellen voor het burgemeesterschap? Ik?' Macbeth lachte en krabde op zijn onderarm. 'Bedankt, maar nee. Mijn kantoor is groot genoeg en nu hebben we voldoende macht om gedaan te krijgen wat we willen.' De nagel raspte over het gaatje in de huid. Power. Hij had het ingespoten en de reclame had niet overdreven.

'Je hebt gelijk, schat,' zei ze. 'Maar laat de gedachte even bezinken. Misschien dat je er later anders over denkt. Trouwens, Jack heeft vanmorgen een pakje voor je in ontvangst genomen. Een motorrijder kwam het brengen. Een zwaar pakket dat goed is ingepakt.'

Macbeth wachtte op het gevoel van ijsWATer in zijn aderen, maar dat kwam niet. Dat moest door de nieuwe dope komen. 'Waar is het?'

'Op de hoedenplank van jouw kledingkast,' zei ze wijzend.

'Bedankt.'

Hij rookte zijn sigaret langzaam op terwijl hij haar naast zich hoorde slapen. Hij staarde naar de solide, bruine eikendeur van de kledingkast. Toen legde hij zijn hoofd op het kussen en blies rookkringetjes in de maanlichtstralen die door het raam naar binnen vielen. Hij zag hoe ze als Arabische buikdanseressen draaiden en kronkelden. Hij was niet bang. Hij kon rekenen op de bescherming van SWAT en van Hecate en de goden waren hem goedgezind. Hij tilde zijn hoofd op en keek weer naar de eikenkast. Er kwam geen geluid uit. De spoken waren verdwenen. En buiten was het ook stil, geen getik tegen het raam. Want natuurlijk kwam er na regen zonneschijn. Natuurlijk waste de liefde het bloed van de strijd weg. Natuurlijk kwam er vergeving na de zonde.

Hoofdstuk 19

'Goedemorgen iedereen,' zei Macbeth en hij liet zijn blik over de vergadertafel gaan. 'Afgezien van het feit dat het geen goede morgen is, maar de tweede ochtend na Banquo's dood en dat zijn moordenaars zesendertig uur vrij en ongestraft rondlopen. Laten we beginnen met een minuut stilte voor Banquo.'

Duff sloot zijn ogen.

Het was ongebruikelijk dat Macbeth zo serieus een ruimte binnen stapte, meestal begroette hij de dag en iedere persoon met een glimlach, of het nu regende of de zon scheen, of het nu om vreemden of bekenden ging. Net als de eerste keer toen ze elkaar in het weeshuis zagen. Hij moest aan Duff hebben gezien, zowel aan zijn kleding als aan zijn kapsel, hoeveel ze van elkaar verschilden en toch had hij gelachen alsof ze iets deelden wat dieper ging dan dergelijke uiterlijkheden. Iets wat hen als geheime broeders verbond. Maar misschien dacht iedereen dat wel door die witte, onvoorwaardelijke lach. Die getuigde van een naïef geloof dat mensen om hem heen het beste met hem voorhadden. Dat idee gaf Duff toen al het gevoel dat hij een oude, koude cynicus was. Duff had veel willen geven voor een dergelijke lach die zijn omgeving kon kleuren en beïnvloeden.

'Duff?' Iemand had zijn naam gefluisterd. Hij draaide zich om en keek in de heldere, groene ogen van Caithness. Ze knikte naar het eind van de vergadertafel waar Macbeth naar hem keek.

'Ik vroeg of we een update konden krijgen van het onderzoek, Duff.'

Duff ging rechtop zitten, kuchte en voelde dat hij bloosde. Toen begon hij te praten. Over de getuigen die hadden gezien hoe leden van Norse Riders en – afgaande op de emblemen op de leren jacks – leden van een andere motorclub voor goudsmid Jacobs & Sønner hadden geschoten op de Volvo. Over de jas en Fleances portemonnee die waren gevonden op de oever onder Kenneth Bridge, maar dat er nog geen lijk was gevonden. Caithness gaf nog aanvullende informatie over technische vondsten die alleen bevestigden wat ze al wisten: dat Sweno's bende Banquo had vermoord en vermoedelijk ook Fleance, of ze waren er de oorzaak van dat hij ergens in de fjord lag.

'Bovendien zijn er aanwijzingen dat Sweno zelf bij de afrekening aanwezig was,' zei Duff. 'Er lag een peuk van een cigarillo naast de auto.'

'Er zijn veel mensen die cigarillo's roken,' onderbrak Lennox hem.

'Niet Davidoff Long Panatellas,' zei Duff.

'Jij wéét wat het sigarettenmerk van Sweno is?' vroeg Lennox met opgetrokken wenkbrauwen.

Duff gaf geen antwoord.

'We kunnen dit niet accepteren,' zei Macbeth. 'Want de stad accepteert niet dat wij het accepteren. Een politieman vermoorden is een aanslag op de stad. Als de kopstukken die hier nu bij elkaar zitten morgen nog het vertrouwen van de stad willen hebben, moet er vandaag iets gebeuren. We kunnen het ons daarom niet permitteren te aarzelen, we moeten hard terugslaan als we niet nog meer politielevens willen verliezen. Dit is een oorlog en daarom moeten we de retoriek van oorlogsvoering gebruiken. En die bestaat zoals bekend niet uit woorden, maar uit kogels. Daarom heb ik een nieuwe chef van SWAT aangesteld en hun een ruimere volmacht gegeven voor het gebruik van wapens en ook ruimere volmachten met betrekking tot hun instructies voor het bestrijden van de georganiseerde criminaliteit.'

'Sorry,' zei Lennox. 'Om welke instructies gaat het?"

'Dat horen jullie binnenkort, daar wordt nu aan gewerkt terwijl wij hier zitten.'

'En wie werkt daaraan?' vroeg Caithness.

'Inspecteur Seyton,' zei Macbeth. 'De nieuwe chef van SWAT.'

'Hij schrijft zijn eigen instructies?' vroeg Caithness. 'Zonder dat wij...'

'Het is tijd voor daden,' onderbrak Macbeth haar. 'Niet om te discussiëren over de juiste formulering van een instructie. Jullie krijgen het resultaat spoedig onder ogen en ik weet zeker dat jullie net zo tevreden zullen zijn als ik. En de rest van de stad.'

'Maar...'

'Natuurlijk mogen jullie commentaar leveren als het stuk er ligt. Ik sluit de vergadering. Laten we aan het werk gaan, mensen!' En daar was-ie, die lach. 'Duff, kan ik je even spreken?'

Aarzelend schoven er stoelen over de grond.

'Jij kunt ook gaan, Priscilla,' zei Macbeth. 'En doe alsjeblieft de deur achter je dicht.'

De vergaderruimte liep leeg. Duff zette zich schrap.

'Kom dichter bij me zitten,' zei Macbeth.

Duff stond op en ging op de stoel naast hem zitten. Hij trachtte ontspannen te zitten, rustig adem te halen, spiertrekkingen in zijn gezicht te voorkomen. En niet te denken aan het feit dat hij op spuugafstand zat van de man die Duncan had vermoord.

'Ik wilde je iets vragen,' zei Macbeth. 'En ik wil dat je een eerlijk antwoord geeft.'

Duff voelde zijn keel dichtknijpen en zijn hart als een razende tekeergaan.

'Ik ben van plan iemand anders de functie van chef van OrgCrim te geven. Ik weet dat je eerste reactie die van teleurstelling zal zijn...'

Duff knikte alleen, zijn mond was zo droog dat hij niet wist of zijn stem zou gehoorzamen.

'Maar alleen omdat ik graag wil dat jij mijn adjunct-hoofdcommissaris wordt, Duff. Wat zeg je daarop?'

Duff kuchte. 'Bedankt,' zei hij met een schorre stem.

'Voel je je niet goed, Duff?' Macbeth legde bezorgd een hand op Duffs schouder. 'Of ben je alleen teleurgesteld? Ik weet hoe graag je OrgCrim had gewild en ik begrijp dat je liever een operationele functie hebt in plaats van een klungel als ik helpen zijn draai te vinden.' Hij lachte die witte lach die Duff zo goed mogelijk probeerde te beantwoorden.

'Jij bent mijn vriend, Duff, en ik wil je dicht bij me hebben. Hoe luidt dat spreekwoord ook alweer?'

Duff schraapte zijn keel. 'Welk spreekwoord?'

'Jij bent beter in spreekwoorden dan ik, Duff, maar het maakt niet uit. Wil je nog steeds het liefst OrgCrim hebben? Dan zal ik erover nadenken, ik heb nog niks tegen Lennox gezegd. Je ziet er echt slecht uit, moet ik een glas water voor je halen?'

'Bedankt, het gaat wel, ik ben alleen een beetje moe. Ik heb voor die actie op de kade nauwelijks geslapen en sinds de moord op Duncan bijna helemaal niet.'

'Alleen maar een beetje moe?'

Duff dacht na en schudde zijn hoofd. 'Nee, ik was eigenlijk van plan je te vragen of ik de komende twee dagen vrij kan krijgen. Ik weet dat we midden in het onderzoek zitten, maar Caithness kan...'

'Uiteraard, uiteraard, Duff! Wat heeft het aansporen van een ruiter voor zin als hij het paard daarmee doodt? Ga naar huis, naar Fife. Doe Meredith de hartelijke groeten van me en zeg dat je minstens twee dagen in bed moet liggen. En dat is, of je het nu gelooft of niet, een bevel van de hoofdcommissaris.'

'Bedankt.'

'Je bedankt me steeds, Duff, maar ik waarschuw je, ik kom checken of je in Fife zit.'

'Prima.'

'En je komt over drie dagen terug met het antwoord op mijn vraag of je mijn adjunct wilt worden.'

'Afgesproken.'

Duff liep direct door naar de toiletten en gaf over in de wc.

Zijn overhemd was doorweekt van het zweet en pas een uur later, toen hij in de richting van de oude brug reed, was zijn hartslag weer normaal.

Lady liep door het restaurant en de speelhal. Ze telde negen gasten. Ze probeerde zichzelf voor te houden dat het kort na de lunch altijd rustig was. Ze liep naar de receptiebalie van Jack.

'Nog gasten ingecheckt vandaag?'

'Nog niet, ma'am.'

'Nóg niet? Komen er dan later vandaag nog mensen?'

Hij glimlachte verontschuldigend. 'Niet dat ik weet.'

'Ben je nog in de Obelisk geweest zoals ik je had gevraagd?'

'Uiteraard, ma'am.'

'En daar was het...?'

'Rustig en stil, zou ik zeggen.'

'Je liegt, Jack.'

'Ja, ma'am.'

Lady kon niet anders dan lachen. 'Jack, je weet me altijd te troosten. Komt het door de moorden, denk je?'

'Misschien, maar er heeft ook iemand gebeld die per se de kamer waar Duncan is doodgegaan wilde hebben. Of desnoods die van de lijfwachten.'

'Mensen zijn ziek. Nu we het toch over ziek hebben: ik wil dat je wat voor me uitzoekt over die jongen die Tourtell bij zich had. Zoek uit hoe oud hij is.'

'Dus u denkt...?'

'Laten we voor die jongen hopen dat hij ouder is dan zestien. En voor ons dat hij jonger is.'

'Een speciale reden voor deze informatie, ma'am?'

'Alleen een voorraadje munitie aanleggen, Jack. De burgemeester benoemt de nieuwe hoofdcommissaris, en hoewel de burgemeester over het algemeen de rangorde volgt in een situatie als deze, kunnen we er nooit zeker van zijn, toch?'

'Alleen daarom?'

'Nou, we hadden natuurlijk graag gezien dat Tourtell de Kansspelautoriteit onder druk zette om de handel en wandel van de Obelisk onder de loep te nemen. Ik ben geduldig geweest en heb me netjes opgesteld, maar als er niet snel iets gebeurt, moeten we wat drastischer zijn.'

'Ik zal zien wat ik kan vinden.'

'Jack?'

'Ja, ma'am?'

'Heb ik de laatste tijd geslaapwandeld?'

'Niet tijdens mijn nachtdienst, ma'am.'

'Lieg je nu weer?'

'U bent vannacht misschien even in de receptie geweest, maar het was niet goed te zien of u sliep of niet.'

Ze lachte. 'Jack, Jack, was iedereen maar zo goed als jij. Ik vermoedde het namelijk omdat de sleutel aan de buitenkant van de deur zat toen ik wakker werd.'

'Piekert u over iets speciaals? U gaat altijd slaapwandelen als u gekweld wordt door iets.'

'Bestaat er iets anders dan kwellingen?' verzuchtte Lady.

'En dromen? Droomt u diezelfde droom weer?'

'Ik heb toch gezegd dat het geen droom is, het is een herinnering, Jack.'

'Neem me niet kwalijk, maar dat kunt u niet weten, ma'am. U kunt niet wéten of het precies zo gegaan is als u 's nachts ziet. De droom wordt een herinnering. Het is ook mogelijk dat het kind een natuurlijke dood is gestorven.'

'De eeuwige trooster. Maar ik heb geen troost nodig. Ik moet niet vergeten. Integendeel, ik moet herinneren. Herinneren waar ik afstand van heb gedaan om te komen waar ik nu ben, om prijs te kunnen stellen op mijn kinderloze bestaan wanneer ik wakker word in het bed met zijden beddengoed naast de man die ik zelf heb gekozen om de nacht mee door te brengen. De trap van dit huis af te lopen naar een leven dat ik zelf heb geschapen. Waar ik gerespecteerd word om wie ik ben, Jack.'

'Niemand wordt gerespecteerd om wie hij of zij is, ma'am. We worden gerespecteerd om wat we kunnen doen. Vooral als we iets kunnen doen tégen degene van wie we respect wensen...'

'Je bent te slim om in de receptie te staan, Jack.'

'...daarom dwingt de slimheid van een receptionist niet bijzonder veel respect af. Hij is een ongevaarlijke observator, een eunuch die af en toe de gerespecteerden troost.'

'Ik ben blij dat jij nooit kinderen hebt gekregen, Jack. Jij bent de enige tegen wie ik kan vertellen dat ik mijn eigen baby heb verwaarloosd zonder dat het de afschuw opwekt die het bij ouders zou doen. Je bent een slimme, tolerante man die zoekt naar begrip en niet naar afkeuring.'

'Wat valt er af te keuren? Een jong meisje dat onder erbarmelijke omstandigheden opgroeit en op haar dertiende wordt verkracht, zwanger wordt, het kind baart dat ze – teruggeworpen op haarzelf en zonder dak boven haar hoofd – niet in staat is om in leven te houden?'

'Wat nu als ik het niet hard genoeg heb geprobeerd?'

'Wat nu als u uw eigen leven had opgeofferd, bedoelt u? U was dertien jaar, niet volwassen, maar met een volgroeid zielenleven. Moest u uw toekomst opofferen voor een zuigeling, een kiem die zelf nog niet het besef heeft te leven, die nog geen verlangen, schuld, schaamte, ware liefde voelt, ja, eigenlijk nog geen mens is, alleen maar een molensteen rond de nek van een jong meisje dat door het leven voldoende gestraft was? Dat deze dertienjarige geen kans zag om hen allebei in leven te houden, maar degene was die overleefde, dat mag een geluk bij een ongeluk worden genoemd. Want kijk eens waar ze toe in staat is gebleken. Ze begon met een klein bordeel. Toen een wat groter, luxueuzer bordeel dat de hoofdcommissaris en belangrijke politici in de stad tot de clientèle mocht rekenen. Ze verkocht het en startte het beste casino van de stad. En nu – simsalabim – is ze de koningin van de stad.'

Lady schudde haar hoofd. 'Je gaat te ver, Jack. Je schildert mijn motieven te mooi af en je zou me geen amnestie moeten geven voor mijn misdaden. Wat is een casino, wat betekenen de dromen van de minkukels tegenover het echte leven van een kind? Als ik minder had gewenst voor mijn eigen leven, had ik misschien dat van haar kunnen redden.'

'Wenste u eigenlijk zoveel?'

'Ik wenste de acceptatie van andere mensen. Nee, het respect. Ja, zelfs de liefde. Dat zijn geschenken die maar weinig mensen gegund zijn, maar ik heb ze gekregen. En de prijs is dat ik steeds opnieuw, nacht na nacht, mijn kind moet missen.'

Jack knikte. 'Als u opnieuw de keus zou moeten maken, ma'am?'

Lady keek hem aan. 'Misschien zijn we allemaal, goed of slecht, slaven van onze begeerte, Jack. Denk je dat ook niet?'

'Ik weet het niet, ma'am, maar nu we het toch over begeerte hebben: ik zal vandaag nog informatie gaan inwinnen over die jongen van Tourtell.'

Macbeth stapte in de kelder uit de lift en bleef een paar seconden staan om de geur van leer, wapenolie en mannenzweet op te snuiven. Hij keek naar het vaandel met het motto van SWAT onder een rode, vuurspugende draak. *Trouw en broederschap, gedoopt in vuur, verenigd in bloed*. Mijn god, het voelde als een eeuwigheid geleden dat hij hier voor het laatst was.

Hij ging de gemeenschappelijke ruimte van SWAT binnen.

'Olafson! Angus! Nee maar, wat is dat voor onzin? Ga zitten jullie, spring niet op als een stelletje rekruten. Waar is Seyton?'

'Daar,' zei Angus op zijn zalvende priestertoon.

'Zo triest van Banquo. De jongens zamelen geld in voor een

krans, maar jij bent natuurlijk niet...'

'...niet meer een van de jongens? Natuurlijk ben ik dat wel.' Macbeth trok zijn portemonnee. 'Ik dacht dat jij je ziek had gemeld, Olafson. Waar is je mitella?'

'Foetsie.' Door zijn lispelende s klonk Olafson als een Spanjaard. 'De arts dacht dat de spieren in mijn schouder waren vernield en dat ik nooit meer zou kunnen schieten. Maar toen heeft Seyton ernaar gekeken en plotseling was het over. Onvoorstelbaar.'

'Daar heb je het, je moet nooit een arts geloven.' Macbeth gaf een paar biljetten aan Olafson.

'Dat is een beetje veel, chef.'

'Neem het gewoon aan.'

'Dat is genoeg voor een kist.'

'Neem het!'

Macbeth liep het oude kantoortje binnen dat eigenlijk geen kantoortje was, maar een werkplaats met wapenonderdelen en munitie op planken en in kasten en waar de typemachine op een stoel was gezet.

'En?' vroeg Macbeth.

'De jongens zijn gebrieft,' zei Seyton die met een dikke handleiding voor zich zat. 'En ze staan paraat.'

'En onze twee dames?' Macbeth knikte naar de handleiding.

'De Gatling-mitrailleurs komen donderdag tegen acht uur, dus morgenochtend vroeg. Je hebt al met de havenbaas gesproken, heb ik begrepen, zodat de boot direct kan doorvaren en aanleggen?'

'We mogen niet het risico lopen dat de dames te laat zijn voor het feest. En nu we het daar toch over hebben, jullie krijgen later op de dag een klus.'

'Mooi. Waar?'

'In Fife.'

Hoofdstuk 20

Donderdagochtend. Fife baadde in het zonlicht.

Duff zwom.

Met een lange, trage borstcrawl sneed hij door het koude, zware water.

Hij had lang de voorkeur gegeven aan het zoute water van de fjord, hij had altijd het gevoel dat hij daarin makkelijker zwom. Wat eigenlijk raar was, want hij had geleerd dat je in zout water makkelijker drijft en dat betekende dat je moeilijker kunt zwemmen dan in zoet water. Toch had hij tot voor kort de voorkeur gegeven aan zwemmen in de fjord, maar het water was erg koud en bovendien zo verontreinigd dat hij zich altijd smerig voelde als hij eruit kwam. Maar nu was hij schoon. Hij was vroeg opgestaan, had naast het logeerbed oefeningen gedaan op de koude houten vloer, ontbijt gemaakt voor het gezin, een liedje voor Ewan gezongen omdat hij morgen jarig was, de kinderen naar school gebracht en daarna had hij samen met Meredith vanuit huis een kilometer gelopen naar het meer. Ze had verteld wat een goede appeloogst ze dit jaar zouden hebben, dat hun dochter haar eerste liefdesbrief had gekregen, maar dat die tot haar grote teleurstelling van een jongen kwam die drie jaar jonger was dan zij en dat ze voor haar twaalfde verjaardag een gitaar wilde hebben. Dat Ewan had gevochten op het schoolplein en daarover van de schoolleiding een brief had meegekregen voor thuis. Hij was het met mama eens geweest dat hij het zelf aan papa moest vertellen, maar dat hij daarmee kon wachten tot na de verjaardag, want dan hadden ze meer tijd. Duff vroeg of dat uitstel er niet voor zorgde dat Ewan er onnodig lang mee rond moest lopen.

'Ik weet niet precies hoe het zit met hem,' zei Meredith lachend. 'Of hij ertegen opziet of zich erop verheugt. De jongen met wie hij heeft gevochten zit een klas hoger en Ewan zei dat die jongen eerst

Lille-Peter had geschopt.'

'Wie?'

'De beste vriend van Ewan.'

'O ja, die,' blufte Duff.

'Ewan zei dat hij spijt had, maar dat hij zijn vriend moest verdedigen, want dat zou papa ook hebben gedaan. Dus hij is heel benieuwd naar jouw reactie.'

'Ik zal proberen de juiste balans te vinden. Het gedrag veroordelen, maar de moraal prijzen. Iets zeggen dat hij in plaats van te knokken beter degene kan zijn die het initiatief neemt om weer vrienden te worden. Verzoening, nietwaar?'

'Daar zou ik blij om zijn.'

En op het moment dat Meredith en hij in het water gleden, besloot Duff dat hij nooit meer in iets anders zou zwemmen dan in hun eigen kleine meertje in Fife.

'Daar is het,' zei Meredith hijgend achter hem.

Duff draaide zich op zijn rug zodat hij haar zag en hield zich in evenwicht door te watertrappen. Zijn lichaam was bleek en door het water leek het zelfs groenig, terwijl dat van haar zelfs in dit licht goudbruin leek. Hij was te veel in de stad, hij moest meer zon hebben.

Ze zwom hem voorbij en klauterde erop.

Het was een rots. Niet zomaar een rots. Het was hun rots. De rots waarop op een zomerdag meer dan elf jaar geleden hun dochter was verwekt. Ze waren naar Fife gereden om te ontsnappen aan de stad en hadden bij puur toeval dit meertje ontdekt. Ze waren gestopt omdat ze een verlaten, klein boerderijtje hadden gezien dat Meredith zo schattig vond. Ze hadden het water zien schitteren en na een kwartiertje lopen waren ze bij het meertje aangekomen. Er stonden maar een paar koeien en ze waren naar de kleine rots gezwommen waar niemand hen kon zien. Een maand later had Meredith verteld dat ze zwanger was en in de roes van deze blijdschap waren ze teruggegaan en hadden ze het huis tussen het meertje en de hoofdweg gekocht. En nadat nummer twee, Ewan, ter wereld was gekomen, hadden ze het stuk grond gekocht waarop nu het badhuis stond.

Duff klom de rots op en ging naast haar zitten. Vanaf het punt waar ze zaten kon hij het roodgeverfde badhuis zien.

Hij ging op zijn rug op de warme rots liggen. Sloot zijn ogen en voelde rillingen van genoegen door zijn lijf gaan. Hij dacht dat het soms goed was om kou te voelen om daarna te kunnen genieten van de warmte.

'Ben je weer thuis, Duff?'

Als je iets kwijtraakt en het weer terugvindt, is de vreugde groter dan voordat je het miste.

'Ja,' zei hij.

Haar schaduw viel over hem heen.

En toen ze kusten, vroeg hij zich af waarom hij nu pas – en niet eerder – vond dat vrouwenlippen die nat zijn van zoet water beter smaken dan van zout water. Waarschijnlijk kwam dat doordat het lichaam vertelde dat je zoet water kunt drinken, maar zout water niet.

Later, toen ze in elkaars armen lagen, bezweet door de zon en de hartstocht, zei hij dat hij terug moest naar de stad.

'Oké, maar onze betasuppe is op de gebruikelijke tijd klaar.'

'Ik ben ruim op tijd terug. Ik moet alleen het cadeau voor Ewan ophalen, dat ligt in mijn bureaula op kantoor.'

'Kleding voor een spion, zoals hij zo graag wilde?'

'Ja, en er is nog iets wat ik graag nog even gedaan heb.'

Ze ging met haar vinger over zijn voorhoofd en neusrug. 'Iets wat je net bedenkt?'

'Ja en nee. Ik had het al veel eerder moeten doen.'

'In dat geval...' – haar vinger die hem zo goed kende, beroerde zijn lippen – '...moet je gaan doen wat je moet doen. Ik wacht hier op je.'

Duff richtte zich op en leunde op zijn elleboog. Hij keek haar aan. 'Meredith?'

'Ja?'

'Ik hou van je.'

'Ik weet het, Duff. Je was het alleen een poosje vergeten.'

Duff lachte, kuste haar zoetwaterlippen nog een keer en stond toen op. Hij wilde in het water duiken, maar stopte. 'Zeg?'

'Ja?'

'Heeft Ewan nog gezegd wie het gevecht had gewonnen?'

'Zei de secretaresse van de hoofdcommissaris iets over waarom ze naar het clubhuis moeten worden gebracht?' vroeg de chauffeur.

De cipier keek naar de sleutelbos om de juiste sleutel te vinden voor de volgende cel.

'Geen doorslaggevende bewijzen en er is niet voldoende verdenking om ze nog langer in bewaring te houden.'

'Geen verdenkingen? Wel verdomme, de hele stad weet dat het leden van Norse Riders waren die de dope kwamen ophalen. En het is bekend dat Norse Riders achter de moord op die politieman en zijn zoon zitten. Alleen, ik vroeg niet waarom ze worden vrijgelaten, ik ben die waanzin gewend, maar ik vraag me af waarom ze niet gewoon worden vrijgelaten bij de poort. Als ik gevangenen vervoer, is het meestal van de ene gevangenis naar de andere, ik ben geen verrekte taxichauffeur die ze naar huis brengt.'

'Ik weet het niet,' zei de cipier en hij draaide de deur van het slot. 'Hé, Sean! Kom van dat bed af, je mag naar huis naar je vrouw en dochter.'

'Dankzij Macbeth!' klonk er uit de cel.

De cipier schudde zijn hoofd en draaide zich om naar de chauffeur. 'Rij de bus naar de uitgang, dan brengen we ze daarheen. Je krijgt twee gewapende agenten mee.'

'Waarom dat, die jongens zijn toch vrij?'

'De hoofdcommissaris wil er zeker van zijn dat die kerels zonder problemen worden afgeleverd.'

'Mag ik ze enkelboeien geven?'

'Volgens het boekje niet, maar doe wat je wilt. Hé! Schiet eens op met het aantrekken van je schoenen, we hebben niet de hele dag de tijd!'

'Meen je dat? Zijn de goede tijden van Kenneth weer terug?'

'Haha, dat is nog een beetje vroeg om te zeggen, maar er is hoop met Macbeth, wordt er gezegd.'

'Zijn probleem zijn die onopgeloste politiemoorden. Als je zoiets niet snel regelt, gaat het zich tegen je keren.'

'Misschien wel. Kite zei vandaag op de radio dat Macbeth een catastrofe is.' Hij herhaalde 'catastrofe' met een overdreven rollende r en de chauffeur lachte. En hij rilde toen hij de tatoeage op het voorhoofd van de gevangene zag.

'Beestentransport,' mompelde hij terwijl de cipier de gevangene in de richting van de uitgang duwde.

Duff liep zijn kantoor in, stopte het cadeau voor Ewan in zijn jaszak en liep gehaast weer naar buiten. Bij de Technische Recherche op de tweede verdieping kreeg hij te horen dat Caithness in de donkere kamer in de garage was. Hij nam de lift naar beneden en draaide de garagedeur van het slot. Toen Caithness nog een appartement met een vriendin deelde, had Duff de conciërge wijsgemaakt dat het praktisch was dat hij als hoofd Drugs een sleutel had van de garage. De Technische Recherche had daar onder andere een schietbaan voor ballistische analyses, een laboratorium, een donkere kamer voor het ontwikkelen van foto's van de plaatsen delict plus een grote open ruimte vlak achter de garagepoort waar grote voorwerpen, meestal auto's, onderzocht konden worden. Na werktijd was er zelden iemand die in de verleiding kwam om over te werken in de muffe, koude kelder. Er werd dan uitgeweken naar de tweede verdieping. Een jaar lang spraken Duff en Caithness hier af, naast de wekelijkse lunchafspraak in kamer 323 in het Grand Hotel onder de naam Mittbaum. Nadat Caithness een loft had gekocht, miste Duff vreemd genoeg deze snelle, geheime afspraakjes.

Dus toen hij de deur opende en de muffe geur rook die hem tegemoet sloeg, bedacht hij dat ze erg verliefd moesten zijn geweest. Midden in de garage stond Banquo's doorzeefde Volvo PV. De auto was helemaal ingepakt, waarschijnlijk omdat het portier aan de passagierskant verdwenen was en ze de eventuele sporen wilden beschermen tegen de ratten die hier 's nachts de dienst uitmaakten. Duff bleef voor de donkere kamer staan en haalde diep adem. Het besluit was genomen. Nu was het alleen nog een kwestie van handelen. Handelen. Hij duwde de deurklink naar beneden en stapte het donker in. Hij deed de deur achter zich dicht. Hij bleef staan en snoof de ammoniakgeur van de ontwikkelingsvloeistof vermengd met fixeer op terwijl hij wachtte tot zijn pupillen gewend waren.

'Duff?' klonk het uit het donker. Dezelfde vriendelijke, ietwat aarzelende stem die hem vanmorgen tijdens de vergadering wakker had geschud. Dezelfde vriendelijke, ietwat aarzelende stem die hem zoveel ochtenden in haar appartement had wakker gemaakt. Dezelfde vriendelijke, ietwat aarzelende stem die hij hierna niet meer zou horen, niet op deze manier, niet daar.

'Caithness, we kunnen niet...'

'Roy,' zei ze. 'Zou je ons even alleen kunnen laten?'

Duffs ogen waren voldoende gewend aan het donker om te kunnen zien dat de fotograaf van de Technische Recherche de doka uit verdween.

'Heb je deze gezien?' vroeg Caithness en ze richtte een rode lamp op drie grote, druipende, pas ontwikkelde foto's die aan een lijn hingen te drogen.

Op de ene stond Banquo's auto, op de tweede Banquo's hoofdloze lichaam op het asfalt voor de auto en de derde was een detailopname van het snijvlak waar Banquo's hals stopte. Ze wees naar de laatste. 'We denken dat hij met een groot blad is onthoofd, dat zou kunnen duiden op de sabel die Sweno volgens jou heeft.'

'Juist ja,' zei Duff starend naar de foto.

'We hebben op de wervelkolom sporen gevonden van bloed van andere mensen. Is dat niet interessant?'

'Wat bedoel je?'

'Sweno of wie dan ook is kennelijk niet zo zorgvuldig geweest met het schoonmaken van zijn sabel, dus toen die hier over de scherpe punten van de wervelkolom schraapte...' – ze wees – 'is er oud, geronnen bloed van het blad losgekomen. Als het ons lukt de bloedgroep te bepalen, kan dat ons misschien verder helpen in andere moordzaken.'

Duffs maag keerde zich bijna om en hij moest steun zoeken bij de tafel.

'Voel je je nog steeds niet goed?' vroeg Caithness.

Duff haalde een paar keer diep adem. 'Ja, nee. Ik moest gewoon weg. We moeten praten.'

'Waarover?' Hij hoorde aan haar stem dat ze het al begreep. Dat ze het waarschijnlijk al begrepen had toen hij ineens binnenkwam, dat het praten over de foto's een soort paniekreactie was.

'Over onze afspraakjes,' zei hij. 'Het kan niet meer.'

Hij trachtte haar gezicht te zien, maar daarvoor was het te donker.

'Is dat alles wat we hebben gedaan?' zei ze met verstikte stem. 'Afspreken?'

'Nee,' zei hij. 'Nee, je hebt gelijk uiteraard, het was meer dan afspreken. Maar dat is des te meer reden dat het moet ophouden.'

'Je wilt stoppen, me hier op mijn werk dumpen?'

'Caithness...'

Haar verbitterde lach onderbrak hem. 'Maar dat klopt helemaal. Dat een verhouding die zich in het duister heeft afgespeeld, wordt afgesloten in een donkere kamer.'

'Het spijt me. Ik doe het voor...'

'Jou. Jou, Duff. Niet voor de kinderen, niet voor het gezin, maar voor jou! Jij bent de meest egoïstische persoon die ik ooit heb ontmoet, dus probeer me niet wijs te maken dat je het doet voor iemand anders dan jijzelf.'

'Zoals je wilt, ik doe het voor mezelf.'

'En om welke reden verlaat je me, Duff? Is er een nog jonger, nog naïever meisje in het spel van wie je weet dat ze niet zal zeuren om meer, om offers van jouw kant? Nog niet, in elk geval?'

'Helpt het als ik je zeg dat ik alleen denk aan mijn persoonlijke, egoïstische welzijn dat ik hoop te voelen als ik me voorstel dat ik het juiste doe voor de mensen tegenover wie ik verplichtingen heb? Dat ik een aflaat verdien door jou te laten gaan omdat ik doodsbang ben dat ik niet tot de uitverkorenen zal horen op de dag des oordeels?'

'Denk je dat het zo werkt?'

'Nee, maar mijn besluit staat vast, Caithness, dus vertel me hoe ik deze tand moet trekken: langzaam of met een ruk?'

'Waarom deze kwelling nu al beëindigen? Kom om vier uur naar mijn appartement.'

'Met welk doel?'

'Me horen huilen, schelden, dreigen, dat kan hier niet.'

'Ik heb mijn vrouw beloofd dat ik om vijf uur thuis ben om met mijn gezin te eten.'

'Als je niet komt, gooi ik al je spullen die bij mij liggen op straat en dan ga ik bellen en vertel ik over je escapades aan...'

'Ze weet het al, Caithness.'

'...aan je schoonouders, ik vertel ze hoe jij hun dochter en kleinkinderen hebt bedrogen.'

Duff slikte. 'Caithness...'

'Ga je je belofte nu nog een keer herhalen? Vier uur. En als je aardig bent en luistert, haal je dat verrekte samen eten met je gezin nog.'

'Oké, oké, ik zal komen. Maar denk niet dat het iets zal veranderen.'

De fotograaf van de Technische Recherche stond tegen de garagedeur aan geleund een sigaret te roken toen Duff uit de donkere kamer kwam.

'Vreselijk?' vroeg hij.

'Wat bedoel je?'

'Op die manier iemand onthoofden.'

'Moord is hoe dan ook vreselijk,' zei Duff terwijl hij naar de uitgang liep.

Lady stond in de slaapkamer voor de deur van Macbeths kledingkast. Ze luisterde naar het geluid van de trippelende, natte pootjes van de bisamratten op de houten vloer. Ze zei tegen zichzelf dat het geluid alleen in haar hoofd zat, dat overal dikke tapijten lagen. Geluiden in haar hoofd. Binnenkort zouden het stemmen worden. De stemmen waarover moeder had gesproken en die haar niet met rust wilden laten, dezelfde stemmen die grootmoeder had gehoord. Het waren de voorouders die spraken, ze commandeerden dat ze 's nachts moesten slaapwandelen en de dood tegemoet moesten lopen. Ze was zo bang geworden toen ze Macbeth tijdens het diner zag hallucineren. Had ze haar geliefde besmet met dezelfde ziekte?

Het getrippel van de rennende pootjes in haar hoofd was er al een poos en wilde niet weggegaan.

Het enige wat ze kon doen, was zelf weggaan. Weg van de geluiden, vluchten uit haar hoofd.

Ze deed de kastdeur open.

Trok de lade onder de plank open. Er lag een zakje met poeder in. Macbeths vlucht. Werkte het? Zou ze kunnen ontsnappen als ze naar de plek vertrok waar hij was? Ze geloofde het niet. Ze deed de la weer dicht.

Keek naar de plank waarop zijn hoeden lagen. Naar het pakket dat Jack in ontvangst had genomen. Het was verpakt in papier met een lint eromheen en daarover was doorzichtig plasticfolie gedaan. Het was gewoon een pakket en toch leek het of het haar aanstaarde.

Ze opende de la weer en pakte het zakje. Ze strooide een heel klein beetje poeder op de tafel voor de spiegel, rolde een biljet op en – een beetje onzeker over hoe het eigenlijk moest – duwde het ene eind in een neusgat en hield het andere een stukje boven het poeder en ademde in, deels met haar neus en deels met haar mond. Toen het na een paar pogingen nog niet lukte, maakte ze een streep van alle poeder, stopte het biljet goed in haar neusgat en inhaleerde flink terwijl ze het biljet langs de streep bewoog. Ze stofzuigde alles op. Ze bleef een poosje zitten en bestudeerde zichzelf in de spiegel. Het geluid van de trippelende pootjes verdween. Toen liep ze naar het bed en ging liggen.

'Ze komen!' riep de Sergeant. Hij stond in de poort van het clubhuis en keek naar de gele arrestantenbus die kwam aanrijden. Het was vijftien uur dertig, de bus was precies op tijd. Hij keek naar de groep die zich in de motregen voor het clubhuis had verzameld. Ze hadden allemaal te horen gekregen dat ze moesten komen om de gewonden welkom te heten die ze op die avond aan de politie hadden overgelaten. Ook de vrouwen waren gekomen, zowel de meisjes die een vaste relatie hadden met een van de vrijgelaten leden als de meisjes die slechts af en toe het bed deelden met een van hen. De Sergeant grijnsde naar de lachende baby op de arm van Betty die gespannen uitkeek naar haar Sean. Zelfs de neven uit het zuiden hadden besloten om vandaag te komen voor het feest dat nu al tekenen vertoonde legendarisch te worden. Sweno had bevolen dat er voldoende drank en dope moest zijn om een middelgroot dorp te voorzien, want ze vierden niet alleen de vrijlating van hun kameraden. Norse Riders hadden met de liquidatie van Banquo wraak genomen op het verlies dat ze hadden geleden en – nog belangrijker – een nieuwe, gouden alliantie afgesloten. Want zoals Sweno het had geformuleerd, had Macbeth door persoonlijk naar het clubhuis te komen zijn ziel verkocht aan de duivel, en op die handel was verdomme geen recht op omruilen mogelijk. Nu hadden ze hem in hun zak, net zoals hij hen in zijn zak had.

De Sergeant liep de straat op en gaf een teken dat de bus voor de poort moest stoppen. Niemand, alleen de met honderd procent zekerheid geïdentificeerde leden, mocht naar binnen. Dat was de nieuwe huisregel.

De mannen stapten uit terwijl uit de stereo binnen 'Let's Spend the Night Together' daverde. Sommigen liepen, anderen dansten de poort binnen waar ze werden ontvangen met schouderkloppen en gestomp van vuisten door de kameraden en omhelzingen en natte zoenen van de dames.

'Leuk allemaal,' riep de Sergeant. 'Maar de drank staat binnen!'

Geroep en gelach. Iedereen ging naar binnen, maar de Sergeant bleef nog even buiten staan en scande nogmaals de omgeving. De bus die alweer op de terugweg was. Chang die twee mannen had meegenomen om de poort te bewaken. De verlaten fabriekshallen die ze hadden geïnspecteerd op spionnen. De hemel in het westen die waarachtig een belofte van blauwe lucht liet zien. Misschien kon hij nu een beetje ontspannen, misschien had Sweno gelijk, misschien waren er inderdaad betere tijden in aantocht.

De Sergeant ging naar binnen, bedankte voor een borrel en zette een bierpul aan zijn lippen. Want feest of niet, dit waren spannende tijden. Hij keek rond. Sean en Betty stonden in een hoek en hielden elkaar stevig vast met hun baby tussen zich in. En de Sergeant dacht dat het een bizarre manier was om een jong leven te beëindigen. Maar dat het verdomme ook weer niet zo erg was, stikken door pure liefde.

'Norse Riders!' riep hij. De muziek werd zachter gezet en de gesprekken verstomden.

'Dit is een mooie dag, maar ook een verdrietige. Want we zijn onze gevallenen niet vergeten. Maar er is een tijd van huilen en een tijd van lachen, en vandaag is het feest! Proost!'

Gejuich en het heffen van glazen. De Sergeant nam een flinke slok en veegde het schuim uit zijn baard.

'En dit is een nieuwe start,' ging hij verder.

'Van de toespraak?' riep Sean en hij oogstte gelach.

'We hebben een paar man verloren en zij ook,' zei de Sergeant. 'De lading dope uit de Sovjet-Unie is verloren, *water under the bridge.*' Geen gelach. 'Maar zoals een man van wie jullie allemaal de naam kennen vandaag tegen me zei: "Met deze gek op de stoel van de hoofdcommissaris gaan we betere tijden tegemoet".'

Opnieuw gejuich. De Sergeant had het gevoel dat hij nog graag meer zou willen zeggen over de club, over kameraadschap en opofferingen. Maar hij had genoeg tijd en ruimte gebruikt. Alleen de Sergeant wist dat Sweno op het moment ergens in de coulissen stond toe te kijken. Het was tijd voor een grootse entree.

'En met deze woorden,' zei hij, 'geef ik het woord...'

In de stilte die volgde hoorde hij iets. Het diepe, gorgelende gebrom van een vrachtwagen met een zware motor in een te lage versnelling. Nou ja, er waren nu eenmaal veel slechte chauffeurs.

'...aan...'

Hij hoorde een dreun en hij wist dat het de poort was die uit zijn scharnieren vloog. En dat de grootse entree van de avond een concurrent had gekregen.

Duff stond op straat voor het gebouw met vier verdiepingen. Hij keek op zijn horloge. Vijf voor vier. Hij zou het gezamenlijk eten met zijn gezin nog makkelijk kunnen redden. Hij belde aan.

'Kom boven,' klonk Caithness' stem door de intercom.

Na hun gesprek in de doka was hij naar hun stamcafé gegaan en had er een pilsje gedronken. Hij had de tijd natuurlijk ook kunnen besteden aan werken op het bureau, maar de order van Macbeth was dat hij thuis in Fife in bed zou blijven. Na het eerste biertje had hij er nog eentje besteld. Hij moest nadenken.

Nu liep hij de trappen op, niet met de zware, logge stappen van iemand die naar het schavot gaat, maar met de snelle, lichte stappen van iemand die het achter de rug wil hebben en die het wel zal overleven. En die op tijd wil zijn voor een nieuw leven.

De deur naar het appartement stond op een kier.

'Kom binnen,' hoorde hij Caithness ergens binnen roepen. Hij haalde opgelucht adem toen hij zag dat ze zijn spullen op de tafel in de gang had gelegd. Een toilettas, een scheerapparaat, een paar overhemden en ondergoed. Het tennisracket dat ze voor hem had gekocht omdat ze allebei tennisten, maar dat nooit was gebruikt. Een ketting en een paar pareloorbellen. Duff ging met zijn vinger over de sieraden die hij voor haar had gekocht. Ze waren vaak gedragen.

'Hier,' riep ze. De stem kwam uit de slaapkamer.

De stereo liet 'Love Me Tender' van Elvis horen.

Duff liep naar de openstaande slaapkamerdeur, aarzelend en niet meer zo lichtvoetig. Hij rook haar parfum.

'Duff,' zei ze lichtelijk aangeschoten toen hij in de deuropening stond. 'Ik geef je terug wat je me hebt gegeven, maar ik verwacht ook iets ten afscheid.'

Ze lag op bed, gekleed in een zwart korset en nylonkousen. Die outfit had hij ook voor haar gekocht. Bij het hoofdeind van het bed stond een koeler met een fles champagne waar ze overduidelijk al flink van had gedronken. Hij nam het beeld in zich op. Ze was de mooiste en heerlijkste vrouw met wie hij ooit had gevreeën. Elke keer dat hij haar zag, was het alsof het de eerste keer was en voelde hij zich overdonderd door haar schoonheid. En voelde hij elke liefkozing die ze hadden uitgewisseld, elke wilde rit die ze hadden gemaakt. En nu gaf hij dat op. Voor nu en altijd.

'Caithness,' zei Duff met een brok in zijn keel. 'Mijn lieve, lieve, mooie Caithness.'

'Kom.'

'Ik kan niet...'

'Natuurlijk kun je het wel. Je hebt het zo lang gedaan, zo vaak, dit is alleen de laatste keer. Dat ben je me verschuldigd.'

'Je zult er geen plezier aan beleven. Wij beiden niet.'

'Ik wil geen plezier, Duff, ik wil gerechtigheid. Ik wil dat jij voor één keer kruipt. Dat jij je trots inslikt en doet wat ik wil. En dit is nu wat ik wil. Alleen dit. En daarna kun je verdomme maken dat je wegkomt en naar het huis gaan waarin zij van wie je niet meer houdt woont. Kom nu, ik zie vanaf hier dat je er klaar voor bent...'

'Nee, Caithness, ik kan het niet. Je zei dat je genoegen kon nemen met wat ik je kon geven van mijn hart. Maar ik kan je daar geen stukje van geven, Caithness. Dan pleeg ik dubbel verraad, zowel tegenover jou als tegenover de vrouw die de moeder is van mijn kinderen. En wat je zegt over dat ik niet meer van haar hield, dat klopt.' Hij haalde adem. 'Dat komt doordat ik het vergeten was, maar nu herinner ik het me. Dat ik van haar hou, dat ik dat altijd heb gedaan. En eigenlijk ben ik jou ontrouw geweest met mijn eigen echtgenote.'

Hij zag dat zijn woorden raak schoten. Hij zag hoe het dunne laagje vernis van verleiding oploste en plaatsmaakte voor een heftige schok. Toen welden er tranen op in haar ogen, ze dook in elkaar, trok het laken omhoog en kroop eronder.

'Vaarwel, Caithness. Haat me zoals je me moet haten. Ik ga nu.'

Bij de voordeur pakte Duff zijn kleding en toiletartikelen. Het racket liet hij liggen, want bij een boerderij werd niet getennist. Hij bleef naar de oorbellen en ketting kijken terwijl hij het smartelijke gesnik van Caithness in de slaapkamer hoorde. Het waren kostbare sieraden, ze hadden hem meer gekost dan hij zich strikt genomen had kunnen veroorloven, maar nu hadden ze voor hem geen waarde meer. Hij kon ze ook niet meer aan iemand anders geven, behalve dan aan een pandjesbaas. Maar kon hij de gedachte verdragen dat een vreemde ze ging dragen?

Hij aarzelde en keek op zijn horloge. Toen legde hij de andere spullen neer, pakte de sieraden en liep terug naar de slaapkamer.

Ze stopte met huilen toen ze hem zag. Haar gezicht was nat van de tranen en zwart van de uitgelopen make-up. Haar lichaam schokte van een laatste snik. De ene kous was naar beneden geschoven en dat was ook het geval met een schouderbandje.

'Duff...' fluisterde ze.

'Caithness,' zei hij en hij slikte. Suiker in zijn maag, geruis van bloed in zijn hoofd. De sieraden vielen op de grond.

De Sergeant greep het geweer dat achter de bar stond en rende naar het raam terwijl de leden achter hem al op weg waren naar de wapenkast. Buiten stond inderdaad een vrachtwagen met de zijkant naar het clubhuis gericht. De motor liep en de poort hing nog op de bumper. Net als Chang. De Sergeant legde het geweer tegen zijn schouder en het zeil van de vrachtwagen viel omlaag. En daar stonden de mannen van SWAT in hun lelijke, zwarte uniformen met hun wapens in de aanslag. Maar er stond nog iets lelijkers op de vrachtwagen, iets waardoor het bloed in de aderen van de Sergeant bevroor. Drie monsters. Twee ervan waren van staal en stonden op statieven, ze hadden patroonbanden, roterende lopen en koelmantels. Het derde monster stond ertussen. Een kale, gespierde, magere man die de Sergeant nooit eerder had gezien, maar van wie hij wist dat hij hem kende en dat hij altijd in de buurt was geweest. Nu tilde deze man zijn hand op en riep: 'Trouw en broederschap!'

De anderen antwoordden: 'Gedoopt in vuur, verenigd in bloed!'

Toen een simpel commando: 'Vuur!' Natuurlijk, vuur.

De Sergeant kreeg hem in het vizier en haalde over. Eén schot. Het laatste.

De regendruppel viel uit de hemel, door de mist, naar de vuile havenstad daarbeneden. Hij viel in de richting van een raam van een loft met daaronder een vrijend paar. De man zweeg terwijl zijn heupen op en neer gingen. Langzaam, maar krachtig. De vrouw onder hem klauwde zich vast aan het laken terwijl ze hem hikkend en ongeduldig ontving. De grammofoonplaat was allang gestopt met het laten horen van de zoete melodie en de naald stootte monotoon en herhalend, net als de man, tegen het etiket met de woorden *love me tender*. Maar de minnaars sloegen er geen acht op, ze sloegen op niets anders acht dan op die repeterende bewegingen waarin ze zichzelf gevangenhielden, ze sloegen niet eens acht op elkaar terwijl ze tegen de ander aan beukten, de demonen eruit beukten, de realiteit wegbeukten, de wereld, deze stad, deze dag, deze minuten, dit korte moment. Maar de druppel raakte nooit het raam boven hen. De koude windvlagen uit het noordwesten dreven de druppel naar het oosten waar de rivier de stad in de lengte in tweeën deelde, ten zuiden van de opgeheven spoorlijn die de stad in de breedte verdeelde.

Daar viel de druppel in de richting van het fabrieksterrein, voorbij de pijp van Estex die nooit meer zou roken en verder naar het oosten naar de omheinde, lage houten gebouwen tussen de failliete fabrieken. Daar eindigde de reis van de druppel toen hij de kale schedel van een magere man raakte, langs zijn voorhoofd liep, een ogenblik stopte op zijn korte oogwimper voor hij verder als een traan over een wang rolde die nooit met echte tranen had kennisgemaakt.

Seyton voelde niet dat hij werd geraakt. Niet door de toevallige druppel en ook niet door de kogel van de Sergeant. Met geheven hand wijdbeens staand op de vrachtwagen voelde hij slechts de trillingen van de Gatling-mitrailleurs die aan het werk waren. Hij voelde hoe de trillingen van zijn schoenzolen naar zijn heupen trokken. Hij merkte hoe het geluid gelijkmatig tegen zijn trommelvliezen drukte; het steeg van knetterend gemompel naar gebrul en toen naar een compact gejank toen de lopen steeds sneller kogels uitspuugden. En naarmate het clubhuis voor hen steeds verder aan flarden werd geschoten, voelde hij de warmte van de twee machines toenemen. Het waren machines uit de hel met maar één doel: het metaal inslikken waarmee ze werden gevoed en dat sneller dan wat ook ter wereld weer uitspugen als boulimische robotten.

Tot dusver hadden ze nog niet veel kunnen zien van de schade die ze hadden aangericht, maar gaandeweg werd die zichtbaar toen ramen en deuren instortten en delen van de muren gewoonweg leken op te lossen. Er was een vrouw te zien die op de grond voor de deuropening lag. Er waren stukken van haar hoofd weg, maar toch schudde haar lichaam alsof ze elektrische schokken kreeg. Seyton voelde dat hij een erectie kreeg. Dat moest komen door de vibraties van de vrachtwagen.

De ene mitrailleur stopte met schieten.

Seyton draaide zich om naar de schutter.

'Iets aan de hand, Angus?'

'De klus zit erop,' riep Angus terug en hij veegde zijn blonde haren uit zijn gezicht.

'Niemand stopt voor ik het zeg.'

'Maar...'

'Is dat begrepen?' brulde Seyton.

Angus slikte. 'Voor Banquo?'

'Dat heb ik toch gezegd! Voor Banquo! Nu!'

Angus' mitrailleur startte weer. Maar Seyton zag dat Angus gelijk had. De klus was geklaard. Er was geen vierkante decimeter voor hen die niet was doorzeefd. Niets wat niet was vernield. Niks wat niet dood was.

Toch wachtte hij nog even. Hij sloot zijn ogen en luisterde alleen maar. Het werd tijd om de dames rust te geven.

'Stop!' riep hij.

De mitrailleurs verstomden.

Er steeg een stofwolk op uit het geruïneerde clubhuis. Seyton sloot zijn ogen weer en snoof de geur op. Een wolk van zielen.

'Wat is er?' lispelde Olafson vanuit de vrachtwagencabine.

'We sparen munitie,' zei Seyton. 'We hebben vanmiddag nog een klus.'

'U bloedt, chef! Uw arm.'

Seyton keek naar zijn jack dat bij zijn elleboog zat vastgekleefd rond een gat waaruit bloed stroomde. Hij legde zijn hand op de wond. 'Komt goed,' zei hij. 'Heeft iedereen zijn handwapen? Dan gaan we naar binnen om te tellen. Wie Sweno vindt, komt dat tegen me zeggen.'

'En als we overlevenden vinden?' vroeg Angus.

Er werd gelachen.

Seyton veegde een regendruppel van zijn kin. 'Ik herhaal wat Macbeth heeft gezegd: dat geen van de moordenaars van Banquo het mocht overleven. Is dat voldoende antwoord voor jou, Angus?'

Hoofdstuk 21

Meredith hing op de veranda bij de voordeur de frisgewassen lakens op de drooglijn. Ze hield van dit huis. Het landelijke, de eenvoud, het traditionele en het nuchtere, maar ook het praktische ervan. Als mensen hoorden dat Duff en zij op een boerderij in Fife woonden, dachten ze automatisch dat het om een grote, statige boerderij ging en vonden ze het een vorm van koketterie als ze uitlegde hoe eenvoudig ze woonden. Wat moest een vrouw met haar achternaam op een oud boerderijtje? dachten ze waarschijnlijk.

Ze had al het beddengoed in het huis gewassen zodat Duff niet zou denken dat ze alleen het echtelijk bed had verschoond. Waarin ze vannacht weer samen zouden liggen. Dat slechte vergeten, verdringen wat er was geweest. Wat ze hadden gehad weer tot leven wekken. Het had alleen maar geslapen, alleen maar geslapen. Ze voelde dat ze warm vanbinnen werd als ze eraan dacht. Dat romantische uitje van vanmorgen was zo heerlijk geweest. Net zo heerlijk als in hun eerste jaren. Nee, heerlijker. Ze neuriede een melodie die ze op de radio had gehoord, ze wist niet welke, hing het laatste laken op en ging met haar hand over het natte katoen. Ze snoof de aangename geur op. De wind tilde het laken op en de zonnestralen gleden over haar gezicht en jurk. Warm, goed licht. Zo moest het leven zijn. Liefhebben, werken, leven. Dat waren de dingen waarmee ze was opgevoed, dat waren de dingen waarin ze nog steeds geloofde.

Ze hoorde een meeuw krijsen en ze hield een hand boven haar ogen tegen de zon. Wat deed die hier zo ver weg van het zeewater?

'Mama!'

De witte was hing op meerdere lijnen waardoor ze tussen de lakens moest slalommen voor ze bij de voordeur was.

'Ja, Ewan.'

Haar zoon zat op de bank bij het raam, met zijn kin op zijn handen, naar buiten te kijken. Hij kneep zijn ogen halfdicht tegen de lage namiddagzon. 'Komt papa zo?'

'Jazeker. Hoe gaat het met de soep, Emilie?'

'Die is allang klaar,' zei haar dochter die plichtsgetrouw in de grote pan stond te roeren.

Betasuppe. Eenvoudige, voedzame boerenkost.

Ewan stak zijn onderlip naar voren. 'Hij zei dat hij er vóór het eten zou zijn.'

'Je mag hem als hij thuiskomt mores leren voor deze leugen,' zei zijn moeder en ze aaide hem over zijn blonde bol.

'Wat moet ik hem dan leren?'

'Dat iedereen zich aan de regels moet houden.' Meredith keek op de klok. Er kon natuurlijk een enorme file staan omdat alleen de oude brug open was.

'Maar van wie zijn die regels dan?'

'Wat bedoel je?'

'Welke mensen kennen die regels?' Ewan had een afwezige blik in zijn ogen gekregen alsof hij tegen zichzelf sprak.

'De eerlijke mensen, natuurlijk.'

Ewan draaide zich om naar zijn moeder. 'Maar heel veel mensen liegen, dus dat gaan de eerlijke mensen nooit winnen.'

'Luister!' zei Emilie.

Meredith spitste haar oren. En nu hoorde ze het ook. Het geluid in de verte van een auto die dichterbij kwam.

De jongen sprong van de bank. 'Nu komt hij! Emilie, we gaan ons verstoppen en maken hem aan het schrikken!'

'Ja!'

De kinderen verdwenen naar de slaapkamer terwijl Meredith naar het raam liep. Ze keek tegen de zon in en hield een hand boven haar ogen. Ze voelde een onrust die ze niet kon verklaren. Misschien was ze gewoon bang dat de Duff die nu thuis zou komen een andere was dan de Duff die vanmorgen vertrokken was.

Duff zette de auto in zijn vrij en liet hem uitrijden over het laatste stuk grindpad naar het huis. Het grind mompelde en knarsetandde onder de wielen als onderaardse trollen. Hij had als een gek gereden nadat hij bij Caithness was vertrokken, had gebroken met het principe dat hij het blauwe zwaailicht in het handschoenenvakje nooit zou misbruiken. Maar met dat op het dak was hij in elk geval voorbij de file naar de oude brug gereden, de brug was echter zo smal dat hij zelfs met een zwaailicht op het dak in een slakkentempo vooruit was gekomen. Hij remde hard en de onderaardse stemmen verstomden. Hij zette de motor af en stapte uit. De zon scheen op de witte lakens die hem vanaf de veranda toewuifden. Ze had gewassen. Al het beddengoed gewassen zodat hij niet zou denken dat ze alleen het echtelijk bed had verschoond. En hoewel hij uitgeput was van het vrijen, kreeg hij warme gevoelens bij de gedachte. Want hij had Caithness verlaten. En Caithness had hem verlaten. Ze had bij de deur gestaan, een laatste traan weggeveegd, hem een laatste kus gegeven en gezegd dat ze de deur nu voor hem dichtdeed. Dat ze daartoe in staat was, dat ze vastbesloten was. Dat er misschien een dag kwam waarop een ander door de deur kwam waar hij nu uit stapte. En hij had gezegd dat hij dat hoopte en dat die ander zich gelukkig mocht prijzen. Op straat had hij een sprongetje van opluchting, geluk en herwonnen vrijheid gemaakt. Ja, stel je voor: vrij. Vrij om samen te zijn met zijn echtgenote en kinderen! Het leven is bizar en wonderlijk.

Hij liep over de veranda. 'Ewan! Emilie!' Meestal renden ze hem tegemoet als hij thuiskwam, maar het kwam ook wel voor dat ze zich verstopten om hem te kunnen overvallen.

Hij sloop tussen de lakens door.

'Ewan! Emilie!'

Hij bleef staan. Hij was verstopt tussen de lakens die lange, bewegende schaduwen wierpen op de verandavloer. Hij snoof de geur van zeep en schoon water op. Er was ook nog een andere geur. Hij glimlachte. Betasuppe. En hij glimlachte nog meer bij de gedachte aan de vrolijke discussie als Ewan erop stond de baard vast te plakken voordat hij de soep ging eten. Het was helemaal stil. De aanval in de rug kon elk moment komen.

Er zaten kleine puntjes zon in de schaduw van de lakens.

Hij bleef ernaar staan staren.

Keek naar zichzelf. Ook op zijn trui en broek zaten talloze puntjes zon. Het was alsof zijn hart oversloeg. Hij ging met een vinger over het laken. Er zat een gaatje in. En nog eentje. Hij hield zijn adem in.

Hij trok het laken dat het dichtst bij het huis hing weg.

Het keukenraam was weg. De muren hadden zoveel gaten dat het leek of er meer gaten dan muren waren. Hij keek door het gat waar het raam was geweest. De pan op het fornuis leek op een vergiet. Het fornuis en de vloer zagen geelgroen van de nog dampende betasuppe.

Hij wilde naar binnen. Hij moest naar binnen. Maar hij kon het niet, hij had het gevoel dat zijn schoenen vastgevroren zaten aan de verandavloer en zijn wil was uitgeschakeld.

Maar er was niemand in de keuken, zei hij tegen zichzelf. Leeg. Misschien was de rest van het huis ook leeg. Kapot, maar leeg. Misschien waren ze naar het badhuis gerend. Misschien. Misschien was niet alles verloren.

Hij rukte zich los, liep door het gat waar de deur had gezeten. Hij ging naar de kinderkamers. Eerst naar die van Emilie en daarna naar die van Ewan. Checkte de aan stukken geschoten kledingkasten en onder het bed. Niets. Ook niet in de logeerkamer. Hij liep naar de laatste kamer. De slaapkamer van Meredith en hem, met het brede, zachte tweepersoonsbed waarin op goede zondagochtenden voldoende plaats was voor hen vieren. Waar ze blote voetjes hadden gekieteld, elkaar over de rug hadden gestreeld, gepraat over rare en heel gewone dingen en hadden gekibbeld over wie er het eerst moest opstaan.

De slaapkamerdeur was niet aan flarden geschoten, maar hij zat net zo vol kogelgaten als de rest van het huis. Duff haalde diep adem.

Misschien was niet alles verloren.

Hij legde zijn hand op de deurklink en duwde de deur open.

Natuurlijk wist hij dat hij zichzelf voorloog. Daar was hij goed in geworden, hoe meer hij zichzelf had getraind in zelfbedrog, des te makkelijker was het geworden om dingen te zien die niet zo waren. Maar de laatste dagen waren de schellen hem van de ogen gevallen en nu stond hij hier en kon hij niets anders zien dan wat voor hem was. De veren uit de matras lagen overal alsof het gesneeuwd had. Misschien dat het er daarom zo vredig uitzag. Meredith leek Ewan en Emilie te willen warmen zoals ze in de hoek van de kamer zaten met de armen van hun moeder om hen heen. Rode veren zaten vastgekleefd aan de muren rondom.

Duff haalde bevend adem. Er ontsnapte hem een kreet. Een enkele, gewonde, razende kreet.

Alles was verloren.

Absoluut alles was verloren.

Hoofdstuk 22

Duff bleef op de drempel staan. Keek naar de sprei op het bed. Hij wist dat het geen zin had, dat het enige wat hij bereikte met door de laag veren waden het verontreinigen van de plaats delict was. Potentiële technische sporen zou vernielen. Maar hij moest iets over hen heen leggen. Ze voor de laatste keer toedekken, zo konden ze niet blijven zitten. Hij deed een stap naar voren, maar bleef staan.

Hij hoorde een geluid. Een schreeuw.

Hij stapte naar achteren en liep snel de woonkamer in naar het kapotte raam dat op het zuidoosten uitkeek. Daar was de schreeuw weer. Die was zo ver weg dat hij niet kon zien wie er schreeuwde, maar het geluid droeg ver vanavond. De stem klonk kwaad. Hetzelfde woord werd herhaald, maar Duff hoorde niet wat er gezegd werd. Hij trok de restanten van een la uit de kast, pakte er de kijker uit en richtte die op het badhuis. Het ene glas van de kijker was doorboord, maar het andere was helder genoeg om te zien dat een blonde kerel het smalle pad naar het huis op liep. Achter hem, voor het badhuis, stond een vrachtwagen met daarin een man die hij herkende. Seyton. Hij had zich opgesteld tussen wat op twee enorme gehaktmolens op statief leken. Duff herinnerde zich de woorden van Macbeth: '(...) zeg dat je minstens twee dagen in bed moet liggen. En dat is (...) een bevel.' Macbeth had het geweten. Geweten dat Duff bezig was hem te ontmaskeren als de moordenaar van Duncan. Lennox. Lennox, de verrader. Er was helemaal geen rechter die morgen uit Capitol naar de stad zou komen.

Duff zag Seytons mond bewegen voordat het geluid hem bereikte. Hetzelfde woedende woord: 'Angus!'

Duff stapte snel weg bij het raam om te voorkomen dat de zon reflecteerde in het glas van de kijker. Hij moest hier weg.

Toen de duisternis over de stad viel, was het nieuws over het bloedbad in het clubhuis van Norse Riders al bekend. Om negen uur hadden de meeste journalisten van de stad, van de kranten, televisie en radio, zich al verzameld in de Scone-zaal. Macbeth stond in de zijvleugel te luisteren naar Lennox die iedereen welkom heette op de persconferentie.

'We verzoeken jullie om geen flitslicht te gebruiken voordat de hoofdcommissaris is uitgesproken en bij vragen jullie hand op te steken, waarna jullie om beurten je vraag kunnen stellen. En nu zal ik het woord geven aan onze trotse hoofdcommissaris Macbeth.'

Deze introductie – en mogelijk de geruchten over de overwinning op Norse Riders in het clubhuis – was bij sommige onervaren journalisten aanleiding om te klappen toen Macbeth op het podium verscheen, maar het magere applaus verstomde onder de veelzeggende blikken van de geroutineerde collega's.

Macbeth nam plaats op het spreekgestoelte. Nee, hij nam het spreekgestoelte ín, voelde hij. Het was vreemd dat wat hij altijd het ergst had gevonden, spreken voor een zaal, nu iets was geworden wat hij niet alleen prettig vond, hij verlangde er zelfs naar, hij had het nodig. Hij kuchte, keek naar zijn papieren. Toen begon hij.

'Vandaag heeft de politie twee gewapende acties uitgevoerd tegen de personen die de laatste dagen achter de moorden op onze politiemensen zitten, onder wie onze hoofdcommissaris Duncan, en achter de invoer van de grootste hoeveelheid drugs in de geschiedenis van deze stad. Ik ben blij dat ik kan zeggen dat de eerste actie, gegeven de omstandigheden, voor honderd procent is geslaagd. De bende criminelen die zich Norse Riders noemde bestaat niet meer.' De stilte in de zaal werd doorbroken doordat hier en daar bravo werd geroepen. 'Met omstandigheden bedoel ik dat het om een geplande arrestatie ging gebaseerd op informatie die naar voren was gekomen uit de verhoren van enkele vrijgelaten leden. Toen er echter door Norse Riders op SWAT schoten werden gelost, restte er niets anders dan hard en ongenadig terug te slaan.'

Ver achter in de zaal werd geroepen: 'Bevindt Sweno zich onder de doden?'

'Ja,' zei Macbeth. 'Hij is vast een van de doden die nog niet geïdentificeerd kunnen worden vanwege de ernst van de verwondingen, maar ik geloof dat ieder van jullie dit herkent...' Macbeth hield een blinkende sabel omhoog. Nog meer bravogeroep en nu voegden ook enkele van de meer ervaren collega's zich bij het spontane applaus. 'En daarmee is er een tijdperk voorbij. Godzijdank.'

'Er gaan geruchten dat er ook vrouwen en kinderen onder de doden zijn.'

'Ja en nee,' zei Macbeth. 'Ja, volwassen vrouwen die er zelf voor hebben gekozen om zich te associëren met de club. Verscheidene hadden niet bepaald een schoon strafblad en geen van hen heeft een poging ondernomen de mannen van Norse Riders tot stoppen met schieten te manen. Dat gerucht over kinderen is uiteraard nonsens, er zijn geen onschuldige slachtoffers gevallen.'

'U had het over een tweede actie, waar was dat?'

'Die heeft plaatsgevonden buiten de stad, in Fife. Kort na de vorige, maar dat ging om een arrestatie van een politieman van wie we nu weten dat hij al lange tijd samenwerkte met Norse Riders. Het is uiteraard treurig dat zo iemand in ons korps heeft gezeten, maar dat bewijst ook dat hoofdcommissaris Duncan niet onfeilbaar was. Want hij heeft deze man, inspecteur Duff, eerst de leiding gegeven over Drugs en later over Moord. En wij zijn ook niet onfeilbaar, we gingen er min of meer van uit dat hij bescherming zou zoeken bij zijn gezin, en we gingen ervan uit dat hij rekening zou houden met hen en zich zou overgeven zonder meer schade aan te richten. Toen we aankwamen en de chef van SWAT, politieagent Seyton, naar het huis liep en Duff vroeg alleen naar buiten te komen, antwoordde Duff met schoten op Seyton.'

Hij knikte in de richting van Seyton die voor in de zaal onder een lamp stond zodat iedereen hem en de witte mitella kon zien.

'Door toeval was het geen dodelijk schot en politieagent Seyton heeft gelukkig snel adequate doktersbehandeling ontvangen, dus de kans dat hij blijvende schade heeft opgelopen is klein. Zonder acht te slaan op zijn eigen verwondingen heeft Seyton de tegenaanval geleid. Helaas koos Duff er lafhartig en in wanhoop voor om zijn gezin als schild te gebruiken met het tragische resultaat dat ze dat met hun leven moesten bekopen, terwijl Duff zelf kans zag uit het huis te ontsnappen en weg te vluchten met zijn auto. Hij wordt gezocht en de jacht is in volle gang; ik beloof hier en nu dat we hem zullen vinden en veroordelen. Ik wil deze gelegenheid overigens benutten door mede te delen dat agent Seyton binnenkort aangesproken mag worden met inspecteur Seyton.'

Dit keer sloten zich nog meer aanwezigen aan bij het applaus. Toen dat wegstierf, klonk er gekuch en zei een stem met rollende r die langs de stembanden schraapte: 'Alles goed en wel, Macbeth, maar hoe zit het met de bewijzen...' – hij sprak het woord bewijzen langzaam en met overdreven dictie uit alsof het om een vreemd woord ging – '...tegen de mensen die jullie hebben afgeslacht?'

'Wat betreft Norse Riders, we hebben getuigen die gezien hebben dat ze Banquo's auto beschoten en we hebben vingerafdrukken op en in de auto gevonden, maar ook bloed op de stoel van Banquo dat overeenkomt met de bloedgroep van iemand die na de actie dood is aangetroffen in het clubhuis. De Technische Recherche kan bovendien bevestigen dat er vingerafdrukken aan de binnenkant van de ruit aan de bestuurderskant zijn gevonden en dat die van...' – Macbeth zweeg even – '...inspecteur Duff afkomstig zijn.'

Er ging geroezemoes door de zaal.

'Ik wil meteen van de gelegenheid gebruikmaken om onze afdeling Technische Recherche een compliment te maken. Duff kwam onmiddellijk na de moord op Banquo naar de plaats delict, wat verrassend was omdat niemand van Moord hem te pakken kon krijgen om hem te informeren over de moord. Waarschijnlijk dook hij op met de bedoeling vingerafdrukken en andere technische bewijzen die hij kennelijk had achtergelaten te verwijderen. Maar onze vakmensen van de Technische Recherche hebben niemand, absoluut niemand, in de buurt van het lijk gelaten en hebben daarmee voorkomen dat er met sporen kon worden geknoeid. Persoonlijk kan ik hieraan toevoegen dat de verdenking dat Duff samenwerkte met Norse Riders al ontstond tijdens de actie in de containerhaven. Toen hadden Drugs en wij bij SWAT duidelijke tips binnengekregen dat Duff niet kon doen alsof zijn neus bloedde zonder dat het vermoeden zou ontstaan dat hij Norse Riders een hand boven het hoofd hield. Daarom organiseerde Duff heel slim een actie die gedoemd was te mislukken door veel te weinig mensen van alleen zijn afdeling in te zetten die ook nog eens nauwelijks ervaring hadden. Hij volgde niet de gebruikelijke procedure bij dergelijke zaken, namelijk assistentie vragen van SWAT. Gelukkig kregen we lucht van deze actie en hebben we ons eigen plan getrokken, en ik durf zonder overdrijving te stellen dat dat de start was van de ondergang van Norse Riders en inspecteur Duff. Zij hebben hun eigen graf gegraven toen ze het verlies van de dope en de dood van vijf van hun leden wilden wreken door eerst Duncan en vervolgens Banquo en zijn zoon te vermoorden. En dit was overigens de laatste keer dat ik het over Duff heb met vermelding van zijn rang, want binnen de politie worden rangen, hoe hoog of laag ook, als eretitels beschouwd.' Macbeth merkte tot zijn eigen verbazing dat de lichte trilling van verdriet in zijn stem echt was. Absoluut echt.

'Macbeth, denk je echt...'

'Steek eerst je hand omhoog voor...' begon Lennox. Maar Macbeth tilde afwerend zijn arm op en knikte naar Kite dat hij verder kon gaan. Hij stond klaar om deze verrekte, dwarse querulant aan te pakken.

'Denk je echt, Macbeth, dat de politie bij deze acties absoluut geen steken heeft laten vallen? In de loop van één middag hebben jullie zeven personen die jullie een uur daarvoor hadden vrijgelaten en negen andere bendeleden, de meeste van hen zonder strafblad, plus zes vrouwen die voor zover ik weet niets te maken hadden met de criminele activiteiten van Norse Riders van het leven beroofd. En nu vertel je ons ook nog eens over een gezin in Fife dat absoluut onschuldig de dood is in gejaagd. En toch ben je van mening dat jullie geen enkele fout hebben gemaakt?'

Macbeth keek Kite aan. De radioreporter had een rand donker haar rond een kale schedel en een snor die altijd een trieste mond tekende. Altijd slecht nieuws. Macbeth vroeg zich af welk lot deze man wachtte. Hij ordende zijn papieren. Vond de bladzijde waarop hijzelf aantekeningen had gemaakt en die door Lady, en later Lennox, tot in detail waren uitgewerkt. Hij haalde adem. Wist dat hij perfect in balans was. Dat hij perfect onder invloed was. Dat hij een behandeling op maat had gekregen.

'Hij heeft gelijk,' zei Macbeth en hij keek naar de mensen voor zich. 'We hebben fouten gemaakt.' Hij wachtte tot het nog stiller dan stil werd, zo stil dat het onverdraaglijk werd, zo stil dat je geen adem kon halen, zo stil dat je verlángde naar een geluid. Hij keek naar zijn papieren. Hij moest het spontaan laten klinken en niet dat ze het idee kregen dat hij de tekst die voor hem lag, citeerde.

'In een democratie,' begon hij, 'zijn er spelregels en die bepalen dat we vandaag de gearresteerde leden van Norse Riders moesten vrijlaten. Die hebben we gevolgd.' Hij knikte als een soort amen op zijn eigen uitspraak. 'In een democratie zijn er regels voor hoe en wanneer de politie verdachten kan oppakken als er nieuwe bewijzen in een zaak komen. Die hebben we gevolgd.' Opnieuw knikte hij. 'In een democratie zijn er spelregels voor hoe de politie moet reageren als de verdachte zich verzet tegen zijn arrestatie en, zoals hier het geval was, op de politie schiet. En die hebben we gevolgd.' Hij kon natuurlijk doorgaan, maar ze waren het erover eens geworden dat drie keer 'die hebben we gevolgd' passend was. Hij stak een wijsvinger op en keek indringend. 'En dat is alles wat we hebben gedaan. Sommige mensen hebben het een heldendaad genoemd. Anderen hebben het de effectiefste en wenselijkste politieactie in de geschiedenis van de stad genoemd. En weer anderen noemden het een keerpunt in de strijd tegen de criminaliteit op straat en voor de toekomst van onze kinderen.' Hij zag hoe zijn knikken oversloeg op zijn publiek. Hier en daar hoorde hij zelfs dat er ja werd gemompeld. 'Maar als hoofdcommissaris ben ik van mening dat we gewoon ons werk hebben gedaan. En niets meer dan wat jullie van ons als politiemensen mogen verlangen.'

Hij zag dat Lennox in de lege galerij klaarstond met een diaprojector terwijl hij meelas van zijn kopie.

'Maar ik geef toe dat het me goeddoet vanavond,' zei Macbeth, 'om te kunnen spreken van "politiemensen" en te voelen dat ik dat met trots uitspreek. Want verdomme, mensen, laten we voor even die bureaucratische formuleringen terzijde schuiven. Feit is dat we vandaag grote schoonmaak hebben gehouden. We hebben Sweno en zijn moordenaars met gelijke munt terugbetaald. We hebben ze laten zien wat ze te wachten staat als ze onze beste mannen aanvallen...'

Het werd lichter en hij wist dat er een dia van Duncan op het doek achter hem werd geprojecteerd en dat die snel zou worden gevolgd door eentje met Banquo en Fleance onder de appelboom in de tuin van hun huis.

'Ja, inderdaad, we hebben fouten gemaakt. We hebben de fout gemaakt om niet eerder deze grote schoonmaak te houden! Voordat het te laat was voor hoofdcommissaris Duncan. Voordat het te laat was voor inspecteur Banquo die zijn hele leven deze stad heeft gediend. En zijn zoon Fleance, die als student aan de politieacademie al klaarstond om hetzelfde te doen.' Macbeth moest diep ademhalen om het trillen van zijn stem onder controle te krijgen. 'Maar vandaag hebben we laten zien dat er een nieuwe dag komt. Een nieuwe dag waarop criminelen niet meer de dienst uitmaken. Een nieuwe dag waarop de burgers van deze stad zeggen: nee, we staan dit niet toe. En nu bevinden we ons aan de vooravond van de eerste van deze nieuwe dagen. En de komende tijd zullen we doorgaan met het schoonvegen van de straten, want deze grote schoonmaak is nog niet voorbij!'

Toen Macbeth klaar was en 'bedankt' had gezegd, bleef hij staan. Hij bleef staan in de storm van applaus die losbarstte en het geschraap van stoelen, toen iedereen overeind kwam en het applaus onverminderd luid bleef. En hij voelde dat zijn ogen vochtig werden van de onvervalste reactie van het cynische journalistenvolk op zijn onechte spel. En toen zelfs Kite opstond en klapte, weliswaar in een wat bedaarder tempo, vroeg hij zich af of hij dat deed voor zijn eigen bestwil. Omdat hij zag dat Macbeth hun liefde nu had gewonnen. De macht had gewonnen. Hij had gezien en gehoord dat de nieuwe hoofdcommissaris een man was die niet bang was om die macht te gebruiken.

Macbeth liep met grote passen door de gang achter de Scone-zaal.

Power. Hij voelde het in zijn aderen dat de harmonie er nog steeds was. Niet zo perfect als een poosje geleden, de nervositeit en rusteloosheid hadden zich alweer aangediend, maar voorlopig had hij meer dan genoeg medicijn. En vannacht zou hij alleen genieten. Genieten van eten en drinken, genieten van Lady, genieten van het uitzicht over de stad, genieten van alles wat van hem was.

'Goede speech, chef,' zei Seyton, die er geen probleem mee leek te hebben om Macbeths tempo te volgen.

Lennox kwam rennend op hen af.

'Fantastisch, Macbeth!' riep hij hijgend uit. 'Er zijn journalisten die speciaal uit Capitol zijn gekomen omdat ze graag een persoonlijk interview willen en...'

'We bedanken daarvoor,' zei Macbeth zonder langzamer te gaan lopen. 'Geen interviews over het succes, geen interviews met lauwerkrans voordat we ons doel helemaal hebben bereikt. Nog nieuws over Duff?'

'Zijn auto is in de stad gevonden, hij stond vlak bij de Obelisk geparkeerd. De wegen uit de stad, het vliegveld en de passagiersboten werden al bewaakt een halfuur nadat we hem zagen wegrijden uit Fife in de richting van de stad. Dus we weten dat hij nog steeds ergens in de stad moet zijn. We hebben de woning van Banquo al gecheckt en die van zijn schoonouders, maar daar is hij niet. In dit weer heeft hij vannacht wel een dak boven zijn hoofd nodig, dus we checken nu elk hotel, pension, logement en bordeel met een loep. Iedereen, absoluut iedereen, maakt vannacht jacht op Duff.'

'Jacht maken is goed, vangen is beter.'

'En dat zullen we, het is slechts een kwestie van tijd.'

'Prima, laat je ons nu even alleen?'

'Dat is goed.' Lennox bleef staan en al snel waren ze een eind van hem vandaan.

'Maak je je ergens zorgen over, Seyton? Is het je schotwond?'

'Nee, chef.' Seyton haalde zijn arm uit de mitella.

'Niet? De Sergeant heeft je in jouw arm geraakt, is het niet?'

'Ik heb onwaarschijnlijk goed granulatieweefsel,' zei Seyton. 'Dat zit in de familie.'

'Heb je dat echt?'

'Granulatieweefsel?'

'Familie. Is er dan iets anders waar je mee zit?'

'Twee zaken.'

'Vertel.'

'Die baby die we hebben gevonden en na de schietpartij hebben meegenomen uit het clubhuis.'

'Ja?'

'Ik weet niet zo goed wat ik ermee moet. Het lijkje ligt nu in mijn kantoor, achter slot en grendel.'

'Ik zal het regelen,' zei Macbeth. 'En het tweede probleem?'

'Angus, chef.'

'Wat is er met hem?'

'Hij luisterde in Fife niet naar orders. Hij weigerde te schieten en uiteindelijk is hij weggelopen terwijl de opdracht nog niet voltooid was. Hij vond het een slachtpartij en zei dat hij zich niet bij SWAT had aangemeld om mee te doen aan dergelijke acties. Ik geloof dat we het risico lopen dat hij zijn mond niet houdt. We moeten iets doen.'

Ze bleven voor de lift staan.

Macbeth wreef over zijn kin. 'Dus jij denkt dat Angus er niet meer in gelooft? Dat zou dan niet de eerste keer zijn. Heeft hij je verteld dat hij theologie heeft gestudeerd?'

'Nee, maar ik kon het ruiken. En hij loopt rond met zo'n verrekt lelijk kruis om zijn nek.'

'Jij bent nu de leider van SWAT, Seyton. Wat moet er volgens jou gebeuren?'

'We moeten hem lozen, chef.'

'Doden?'

'Je hebt zelf gezegd dat het oorlog is, chef. In een oorlog worden verraders en lafaards gestraft met de dood. We doen net als bij Duff, we lekken dat hij corrupt is en arrangeren het zo dat hij zich verzet tijdens zijn arrestatie.'

'Laat me er nog even over nadenken. Op het moment zijn alle blikken in de stad op ons gericht en daarom moeten we eensgezindheid en solidariteit laten zien. Cawdor, Malcolm, Duff en dan nu Angus. Dat is een beetje te veel. De stad houdt meer van dode criminelen dan van oneerlijke politiemannen. Waar is hij?'

'Hij zit in zijn eentje beneden te kermen en hij praat met niemand.'

'Oké, laat ik even met hem gaan praten voordat we iets doen.'

Macbeth vond Angus in de recreatiezaal van SWAT. Hij zat met zijn hoofd in zijn handen en reageerde nauwelijks toen Macbeth een grote schoenendoos voor hem op tafel zette en op een stoel tegenover hem ging zitten.

'Ik heb gehoord wat er is gebeurd. Hoe gaat het?'

Geen antwoord.

'Jij bent een jongen met sterke principes, Angus. Dat kan ik in je waarderen. Die principes zijn belangrijk voor je, of niet?'

Angus tilde zijn hoofd op en keek Macbeth met bloeddoorlopen ogen aan.

'Ik kan ze nu in je blik zien branden,' zei Macbeth. 'Gerechtvaardigde woede, die warmt je hart, is het niet? Daardoor voel je je de mens die je wilt zijn. Maar als de broederschap een echt offer van je vergt, dan moeten we dat af en toe van je eisen, Angus. Jouw principes. Nu moet je de behaaglijke warmte van een goed geweten opgeven, nu ga je door dezelfde nachtmerries als de anderen, nu moet je afstand doen van wat je het dierbaarst is. Net als toen jouw voormalige God van Abraham eiste dat hij zijn zoon zou geven.'

Angus schraapte zijn keel, maar hij bleef hees. 'Ik kan geven, maar waarvoor?'

'Voor het uiteindelijke doel. Voor het welzijn van de gemeenschap. Voor de stad, Angus.'

Angus snikte. 'Kun je me uitleggen hoe je onschuldigen kunt doden voor het welzijn van de gemeenschap?'

'Vijfentwintig jaar geleden liet een Amerikaanse president een atoombom vallen op twee Japanse steden waarin kinderen, burgers – onschuldige mensen dus – woonden. Daardoor kwam er een eind aan de oorlog. Voor dergelijke paradoxen stelt God ons.'

'Dat is makkelijk gezegd, jij was er niet bij.'

'Ik weet wat het kost, Angus, ik heb onlangs eigenhandig de hals doorgesneden van een onschuldig mens voor het welzijn van de samenleving. Dat betekent niet dat ik 's nachts goed kan slapen. De twijfel, de schaamte, het schuldgevoel, dat is een deel van de prijs die we moeten betalen als we écht goed willen doen en ons niet alleen willen koesteren in de behaaglijke, veilige warmte van ons rechtvaardigheidsgevoel.'

'God bestaat niet en ik ben geen president.'

'Dat klopt,' zei Macbeth en hij tilde het deksel van de schoenendoos op. 'Maar aangezien ik in dit gebouw beide ben, geef ik jou hierbij de kans om de fout te herstellen die je begaan hebt in Fife.'

Angus keek in de doos en deinsde verschrikt naar achteren.

'Je moet deze doos meenemen en die vannacht verbranden in de oven in Estex.'

Angus slikte en zag lijkbleek. 'D-d-dat is de baby uit het clubhuis...'

'Frontsoldaten zoals jij en ik begrijpen dat er in oorlogen onschuldige slachtoffers vallen, maar de mensen thuis, de mensen voor wie we vechten, weten dat niet. Daarom moeten we dat voor hen verborgen houden zodat ze niet hysterisch worden. Ben jij hysterisch, Angus?'

'I-ik...'

'Luister, ik geef je mijn vertrouwen met deze opdracht. Je kunt naar Estex gaan, of je zou dit kunnen gebruiken om je broeders bij SWAT aan te geven. Toch doe ik het. Omdat ik wil weten of ik op je kan bouwen.'

Angus schudde zijn hoofd en liet een snik ontsnappen. 'Je wilt dat ik medeplichtig ben zodat je op me kunt bouwen.'

Macbeth schudde zijn hoofd. 'Je bent al medeplichtig. Ik wil alleen weten of je sterk genoeg bent om die last te dragen zonder dat ze thuis weten welke prijs wij moeten betalen om hen te verdedigen. Pas dan weet ik of je een echte man bent, Angus.'

'Je doet alsof wij, en niet dit kind, het slachtoffer zijn. Ik kan het niet! Schiet me liever dood.'

Macbeth keek Angus aan. Hij voelde geen kwaadheid. Misschien omdat hij Angus sympathiek vond. Misschien omdat hij wist dat Angus hem geen kwaad kon doen. Maar vooral omdat hij medelijden met hem had. Macbeth legde het deksel weer op de doos en stond op.

'Wacht,' zei Angus. 'H-Hoe ga je me straffen?'

'O, jij zult jezelf straffen,' zei Macbeth. 'Lees wat er op ons vaandel staat. Jij zult niet wakker worden van het gekrijs van de baby, maar als je badend in het zweet uit je nachtmerrie ontwaakt, zul je de woorden "trouw en broederschap, gedoopt in vuur, verenigd in bloed" horen.'

Hij pakte de schoenendoos en vertrok.

Het was nog minstens een uur voor middernacht toen Macbeth de deur van de suite opendeed.

Lady stond met haar rug naar hem toe bij het raam. De kamer werd schaars verlicht door een eenzame kaars en ze was gekleed in een nachtjapon. Hij zette de schoenendoos op de tafel onder de spiegel, liep naar haar toe en kuste haar in haar nek.

'De stroom viel uit toen ik arriveerde,' zei hij. 'Jack checkt de stoppenkast. Ik hoop dat de gasten niet van de gelegenheid gebruikmaken om er met de pot vandoor te gaan.'

'De stroom is in de helft van de stad uitgevallen,' zei ze en ze legde haar hoofd achterover op zijn schouder. 'Ik zag het gebeuren. Wat heb je daar in die schoenendoos?'

'Wat zit er meestal in een schoenendoos?'

'Je draagt die schoenendoos anders alsof er een bom in zit.'

Op dat moment schoot er een witte, felverlichte bloedader door de hemel en in die flits zagen ze de stad. Toen was het weer donker en volgde de donder.

'Prachtig, toch?' vroeg hij, haar geur opsnuivend.

'Ik weet toch niet hoe ze eruitzien?'

'Ik bedoelde de stad. En die zal nog mooier worden als Duff er niet meer in rondloopt.'

'Dan zal er nog steeds een burgemeester zijn die de stad lelijk maakt. Wil je niet zeggen wat er in de doos zit?' Ze sprak lijzig alsof ze niet goed wakker was.

'Alleen maar iets wat verbrand moet worden. Ik vraag Jack morgen of hij de doos naar Estex wil brengen.'

'Ik wil ook verbrand worden, schat.'

Macbeth verstijfde. Wat zei ze? Was ze aan het slaapwandelen? Maar slaapwandelaars voerden toch geen gesprekken?

'Dus jullie hebben Duff nog niet gevonden?' vroeg ze.

'Nog niet, maar we zoeken overal.'

'Arme man, zijn kinderen verloren en nu loopt hij ergens alleen rond.'

'Hij wordt door iemand geholpen, anders hadden we hem al gevonden. Ik vertrouw Lennox niet.'

'Omdat je weet dat hij voor Hecate en zijn dope werkt?'

'Omdat Lennox feitelijk zwak is. Misschien is hij toegeeflijk geworden en spant hij samen, zoals Banquo. Misschien houdt hij Duff verborgen. Ik zou hem moeten arresteren. Seyton vertelde dat ze onder Kenneth de arrestanten een paar snelle stroomstoten in de onderste regionen toedienden als ze niet wilden praten. En nog een laatste stoot om ervoor te zorgen dat ze niet meer spraken.'

'Nee.'

'Nee?'

'Nee, een arrestatie in jouw groep met leidinggevenden zou nu een slechte indruk maken. Voorlopig zien de mensen dat je met Duff en Malcolm twee rotte appels hebt verwijderd. Met drie gaat het lijken op het uit de weg ruimen van tegenstanders, en dat zal niet alleen vragen oproepen over de betreffende personen, maar ook over de leider. En we willen Tourtell geen reden tot twijfel geven over de benoeming. En wat betreft de stroomstoten: je hebt voorlopig geen elektriciteit in dit deel van de stad.'

'Dus wat moet ik doen?'

'Je maakt een elektricien wakker, schat, en vraagt hem de boel in orde te maken.'

'Je bent dwars vanavond, lieveling. Je zou nu toegeeflijk moeten zijn en me bewonderen als een held.'

'En jij mij als heldin, Macbeth. Hebben jullie bij Caithness gezocht?'

'Caithness? Waarom denk je aan haar?'

'Na het feest die nacht zei Duff dat hij ging overnachten bij een neef.'

'Ja, dat zei hij ook tegen mij.'

'En jij vond het niet vreemd dat een jongen uit een weeshuis een neef in de stad heeft?'

'Niet iedereen kan de verantwoordelijkheid van een kind...' Macbeth fronste zijn voorhoofd terwijl hij nog steeds achter haar stond. 'Bedoel je dat Duff en Caithness...?'

'Lieve Macbeth, mijn held, je bent en blijft een eenvoudig man zonder het oog van een vrouw dat ziet hoe twee geheime geliefden elkaar aankijken.'

Macbeth knipperde in het donker, hij sloeg zijn armen rond haar borst, sloot zijn ogen en trok haar naar zich toe. Wat moest hij zonder haar? 'Alleen als wij tweeën voor de spiegel staan,' fluisterde hij in haar oor. 'Dank je, schat. Ga nu naar bed, ik geef nog even aan Lennox door dat ze direct naar Caithness moeten gaan.'

'Hij is terug,' zei ze.

'Wat?'

'De stroom. Kijk, de stad geeft weer licht.'

Macbeth deed zijn ogen open en keek naar haar verlichte gezicht. Keek naar hen beiden. Ze werden rood gekleurd door de Bacardineonreclame op het gebouw aan de overkant van Thrift Street.

'Lennox?' Caithness had het steenkoud en stond met haar armen over elkaar geslagen te klappertanden in de deuropening van haar appartement. 'Agent Seyton?'

'*Inspecteur* Seyton,' zei de magere man en hij duwde haar opzij en stapte naar binnen.

'Wat is er aan de hand?' vroeg ze.

'Het spijt me, Caithness,' zei Lennox. 'Orders. Is Duff hier?'

'Duff? Waarom zou hij in godsnaam hier zijn?'

'En waarom in godsnaam zou je met ja antwoorden?' zei Seyton en hij dirigeerde de vier gewapende mannen in het uniform van SWAT naar de vier kamers van het appartement. 'Als hij hier is, hou jij hem verborgen en je weet heel goed dat hij wordt gezocht.'

'Zoek maar waar jullie willen,' zei ze.

'Hartelijk dank voor je toestemming,' zei Seyton chagrijnig. Hij nam haar op zo'n manier op, dat ze wenste dat ze meer aanhad dan alleen haar dunne nachtjapon. Toen glimlachte hij. Caithness rilde. Zijn mond was een streep die bij de mondhoeken ineens als een slang omhoogging onder de ietwat loensende ogen.

'Je probeert de boel te vertragen, is het niet?' zei hij.

'Te vertragen?' zei ze en ondertussen hoopte ze dat hij de angst in haar stem niet hoorde.

'Sir?' Dat was een van de mannen. 'Er is hier een deur naar de zoldertrap.'

'O, is dat zo?' zei Seyton toonloos zonder zijn blik van Caithness af te wenden. 'Interessant. Dus op het moment dat wij beneden aanbelden tot we boven waren, heb jij de kat via de zoldertrap kunnen laten ontsnappen. Klopt dat?'

'Absoluut niet,' zei ze.

'Jij bent er uiteraard van op de hoogte dat je straf verzwaard zal worden als je niet alleen een voortvluchtige verbergt, maar ook nog eens liegt tegen de politie?'

'Ik lieg niet, agent Seyton!'

'Inspec...' Hij stopte en hervond zijn glimlach. 'Maar je hebt te maken met SWAT, juffrouw Caithness, we verstaan ons vak. We hebben bijvoorbeeld eerst de bouwtekeningen bekeken voordat we naar binnen gingen.' Hij bracht de walkietalkie naar zijn mond. 'Alfa aan Charlie, een teken van Duff bij de zoldertrap? Over.'

Het korte geruis toen hij op de knop van de walkietalkie drukte deed haar denken aan golven op een strand ergens hier heel ver vandaan.

'Nog niet, Alfa,' was het antwoord. 'We hebben hier te maken met behoorlijk goede omstandigheden voor een arrestatie. Kunnen we bevestigd krijgen dat we het object hoe dan ook bij observatie moeten doodschieten? Over.'

Caithness zag Seytons blik verharden en zijn stem klonk scherper. 'Duff is levensgevaarlijk en hij heeft genoeg geëlimineerd, het bevel komt rechtstreeks van de hoofdcommissaris en dient strikt opgevolgd te worden.'

'In orde. Over en uit.'

De vier mannen kwamen weer in de kamer. 'Hij is hier niet, chef.'

'Niets gevonden?'

'Ik heb dit op de vloer in de slaapkamer bij de deur gevonden.' Een van de politiemannen hield de sieraden en het tennisracket omhoog.

Seyton pakte het racket aan en boog zich over de hand met sieraden; Caithness kreeg het idee dat hij eraan rook. Toen draaide hij zich naar haar om terwijl hij op een obscene manier met zijn hand over het racket wreef.

'Groot racket voor zo'n kleine hand, juffrouw Caithness. En heb je altijd de gewoonte om je oorbellen op de grond te gooien?'

Caithness richtte zich op en haalde diep adem. 'Ik geloof dat het een slechte menselijke gewoonte is, agent. Paarlen voor de zwijnen gooien. Maar hopelijk leer ik het mettertijd nog. Als jullie klaar zijn met zoeken en als de kat op de zoldertrap is doodgeschoten, wil ik graag weer gaan slapen. Goedenacht, mijne heren.'

Ze zag dat Seytons ogen donkerder werden en zijn mond openging, maar toen Lennox een hand op zijn schouder legde, zweeg hij.

'Het spijt me voor de interruptie, Caithness, maar als collega zul je ongetwijfeld begrijpen dat we absoluut alle stenen in deze zaak moeten omkeren.'

Lennox en de mannen liepen naar de deur, maar Seyton bleef staan. 'Zelfs als we smerige zaken tegenkomen waar we niet van houden,' zei hij. 'Dus hij heeft nooit een trouwring voor je gekocht?'

'Wat wil je eigenlijk, Seyton?'

Hij glimlachte weer akelig. 'Ja, wat wil een mens eigenlijk?'

Toen draaide hij zich om en verdween.

Ze deed de deur achter hen dicht en leunde er met haar rug tegenaan. Waar was Duff? Waar was hij vannacht? En wat wenste zij voor hem? De hel waarin hij zich nu moest bevinden of de redding die hij niet verdiende?

Lennox staarde door het regenwater dat langs de voorruit naar beneden liep. Door de breking van het licht leek het rode stoplicht te zwemmen en te slingeren. Mijn god, wat verlangde hij ernaar dat deze uren, deze dienst, deze nacht voorbij was. Mijn god, wat verlangde hij ernaar op de bank neer te zakken, een whisky in te schenken en een shot brew te nemen. Het was niet zo dat hij verslaafd was. Niet op een manier dat het een probleem was in elk geval. Hij gebruikte, hij mísbruikte niet. Híj had de controle, niet de dope. Een van de weinige gelukkigen die drugs kon gebruiken en toch kon functioneren in een veeleisende baan en als vader en echtgenoot. Ja, de drugs hielpen hem eigenlijk te functioneren. Zonder die vrije momenten wist hij niet of hij het zou redden. Om in evenwicht te blijven, zich te blijven concentreren om te voorkomen dat hij een misstap maakte. Compromissen sluiten waar het moest, stront eten met een glimlach, doodstil in de boot zitten en begrijpen wie er aan het roer zat. Zich laten meevoeren door de wind. Maar ooit zou de dag komen dat het zijn beurt was om aan het roer te staan en de koers te bepalen. En als dat niet gebeurde, waren andere dingen belangrijker. Zijn gezin. Het was immers voor hen dat hij dit deed. Zodat Sheila en hij een ruim huis hadden in een veilige buurt in West, ze hun drie knappe kinderen naar een goede school met gezonde gedragsregels konden sturen, een keer per jaar een vakantie naar de Middellandse Zee, een goede ziektekostenverzekering, een tandarts. Dat allemaal. Mijn god, wat hield hij van zijn gezin. Soms legde hij zijn krant neer om alleen maar te kijken hoe ze bij hem in de kamer zaten, ieder van hen druk met hun bezigheden. En dan dacht hij dat hij nooit had kunnen denken dat zo'n geschenk voor hem was weggelegd. De liefde van anderen. Hij die altijd Albert Albino werd genoemd en tijdens de pauzes werd gepest en geslagen totdat hij een doktersverklaring kreeg dat hij geen daglicht verdroeg en tijdens de pauzes in het klaslokaal mocht blijven. Maar hoewel hij wit, klein en tenger was, was zijn mond des te groter. Op die manier had hij Sheila veroverd; hij had hard en meer dan genoeg voor hen beiden gesproken. En nog meer toen hij voor de eerste keer cocaïne had gebruikt. Dat was een drug die een betere versie van hem had gemaakt: energiek, alert en onverschrokken. Voor een poosje in elk geval. Later moest hij cocaïne gebruiken om geen slechtere versie van zichzelf te worden. Toen was hij een andere drug gaan gebruiken in de hoop dat er ook een andere weg was dan alleen de eenrichtingsweg die cocaïne bood. Maximaal een keer per dag een shot. Meer niet. Sommige gebruikers hadden er vijf per dag nodig. Zij die niet functioneerden. Hij was ver verwijderd van dat leven. Zijn vader vergiste zich, hij hád ruggengraat. Hij had alles onder controle.

'Heb je alles onder controle?'

Lennox schrok op. 'Sorry?'

'Van je lijst,' zei Seyton van de achterbank. 'Heb je alles wat daar staat onder controle?'

Lennox geeuwde. 'Het Hoofdkwartier. De laatste stop.'

'Het Hoofdkwartier is groot.'

'Ja, maar volgens de conciërge heeft Duff slechts drie sleutels. Een van Drugs en nog eentje van Moord.'

'En de derde?'

'Van de garage van de Technische Recherche. Maar ik kan me nauwelijks voorstellen dat hij in de kelder een longontsteking wil oplopen als hij ook onder een tafel in de warme, droge kantoortuin kan zitten.'

De politieradio kraakte en een nasale stem deelde mee dat alle hotelkamers van de Obelisk, inclusief de penthousesuite, zonder resultaat waren gecontroleerd.

De conciërge stond hen voor de personeelsingang van het Hoofdkwartier met een grote sleutelbos op te wachten. Het kostte Lennox, Seyton en acht politiemannen minder dan twintig minuten om de ruimtes van Drugs te doorzoeken. En nog minder tijd om Moord uit te kammen. Ze hadden zelfs nog tijd over om achter de plafondplaten en in de buizen van het ventilatiesysteem te kijken.

'Dat was het dan,' zei Lennox en hij geeuwde weer. 'We houden er voor vanavond mee op, jongens. Zorg dat jullie een paar uur slaap krijgen, morgen gaan we verder.'

'De garage,' zei Seyton.

'Zoals gezegd...'

'De garage.'

Lennox haalde zijn schouders op. 'Je hebt gelijk, dat is ook snel gebeurd. Jongens, jullie gaan naar huis. Seyton, Olafson en ik zullen de garage checken.'

Ze namen de lift naar de kelder waar de conciërge de deur van het slot draaide en het licht aandeed.

In de stilte, terwijl de stroom aan het werk was om de fosfors in de tl-buizen te laten fluoresceren, hoorde Lennox iets.

'Horen jullie dat?' fluisterde hij.

'Nee,' zei de conciërge. 'Maar als er iets was, zijn het de ratten.'

Lennox twijfelde. Het was geen geritsel of getrippel geweest, het was gekraak. Als van een paar schoenen.

'Een plaag,' verzuchtte de conciërge. 'We raken ze hier beneden niet kwijt.'

De grote kelderruimte was verlicht en leeg, afgezien van een verrijdbare tafel met divers gereedschap en Banquo's Volvo PV die ingepakt voor de garagepoort stond. In de muur waren vijf gesloten deuren.

'Als je van de ratten af wil,' zei Seyton en hij ontgrendelde zijn machinepistool, 'neem dan contact met mij op. Olafson, we beginnen links.'

Lennox keek de kale man na die zich verrassend soepel en snel door de ruimte bewoog met Olafson op zijn hielen. Ze werkten de deuren een voor een af in een ingestudeerde dans met een goede choreografie. Seyton opende de deur, Olafson ging met zijn machinepistool tegen zijn schouder naar binnen, zakte door zijn knieën terwijl Seyton volgde en langs hem liep. Lennox telde af. Het werd tijd voor dat shot, voelde hij. Toen waren ze eindelijk bij de laatste deur. Seyton pakte de deurklink.

'Op slot!' riep hij.

'O ja, de donkere kamer zit altijd op slot,' zei de conciërge. 'Foto's zijn bewijsmateriaal. Duff had daar geen sleutel van. In elk geval niet van mij.'

'Dan gaan we,' zei Lennox.

Seyton en Olafson kwamen op een drafje op hen af met de korte loop van hun machinepistolen op de grond gericht. De conciërge hield de deur al voor hen open.

Eindelijk.

Seyton stak zijn hand uit naar de conciërge. 'De sleutel.'

'Wat?'

'Van de donkere kamer.'

De conciërge aarzelde, keek naar Lennox die zuchtte en knikte. De conciërge haalde de sleutel van de bos en gaf die aan Seyton.

'Wat doet hij?' vroeg de conciërge toen ze Seyton en Olafson langzaam langs de Volvo naar de deur van de donkere kamer zagen lopen.

'Zijn werk,' zei Lennox grommend.

'Ik bedoel dat met zijn neus. Het lijkt of hij snuffelt, haast als een dier.'

Lennox knikte. Hij was zeker niet de enige die vond dat Seyton een soort... hij wist niet wat, kon zijn. Maar iets niet-menselijks in ieder geval.

Seyton rook hem. Die geur. Het was dezelfde geur als in Fife en het appartement van Caithness. Hij was hier of hij was er kortgeleden geweest. Seyton draaide de deur van het slot en trok hem open. Olafson ging naar binnen en knielde. Toen de conciërge het licht bij de ingang had aangedaan, waren de lampen in de hele garage en alle zijkamers aangegaan, maar hierbinnen was het nog donker. Uiteraard. De donkere kamer.

Seyton liep naar binnen. De stank van chemicaliën woog op tegen de geur van de prooi, van Duff. Hij vond de lichtschakelaar aan de binnenkant van de deur en draaide hem om, maar er kwam geen licht. Het kon natuurlijk dat de stop was doorgeslagen tijdens de stroomuitval. Of dat iemand het peertje had losgedraaid. Seyton deed zijn zaklantaarn aan. De muur boven de tafel was helemaal bedekt met grote foto's die aan een drooglijn hingen. Seyton liet het licht van zijn lantaarn erover gaan. Er stond een dolk op met een bloederig lemmet en heft. Duff was hier geweest. Seyton wist het zeker.

'Hé! Wat gebeurt er?' Het was Lennox. Die kleine, witte albino wilde naar huis. Hij zweette en geeuwde, dat verrekte wijf.

'We komen!' riep Seyton en hij deed zijn lantaarn uit. 'Kom, Olafson.'

Seyton liet Olafson passeren, gooide de deur hard achter hem dicht en bleef zelf staan. Hij luisterde in het donker. Tot Duff dacht dat het gevaar geweken was en ontspande. Seyton tilde zijn machinepistool op naar de foto's. Haalde de trekker over. Het wapen schudde in zijn handen, het geluid drukte tegen zijn trommelvliezen. Hij liet het salvo een kruis vormen. Toen deed hij de lantaarn weer aan, liep naar de doorzeefde foto's en duwde ze opzij.

Hij staarde naar de kogelgaten in de muur erachter.

Geen Duff.

Het geluid van de schoten weerklonk nog in zijn oren. Hij zag dat een van de gaten extra diep was, hij moest toevallig dezelfde plek tweemaal hebben geraakt.

Natuurlijk.

Seyton marcheerde de donkere kamer uit naar de anderen toe.

'Wat was dat?' vroeg Lennox.

'Ik vond die foto's niks,' zei Seyton. 'We zijn op één plek vergeten te zoeken.'

'Ja,' zei Lennox kreunend. 'Ons eigen bed!'

'Duff denkt als mensen tijdens luchtaanvallen in een oorlog. Hij verstopt zich in de bomkrater omdat hij denkt dat twee bommen nooit tweemaal dezelfde plek kunnen treffen.'

'Wat verdo...'

'Hij is teruggegaan naar zijn huis in Fife. Kom!'

De rat schoot weer uit zijn schuilplaats toen het licht in de garage werd uitgedaan, de deur dichtviel en de voetstappen zich verwijderden. Hij trippelde over de vochtige betonnen vloer naar de auto. Het bloed op de stoel van de bestuurder lokte hem. Zoet, voedselrijk en een dag oud. Hij moest alleen nog door het zeil zien te komen dat over de auto lag. De rat was er bijna doorheen geweest toen hij werd gestoord. Maar nu knaagde hij het laatste stukje door en was hij in de auto. Hij rende over de drempel, langs de versnellingspook en bereikte de rubberen mat aan de bestuurderskant. Klom over een paar leren schoenen. Hij schrok toen een van de leren schoenen kraakte en werd opgetild. Hij ging op zijn achterpoten staan en piepte. De heerlijke, bloederige bestuurdersstoel was bezet.

Duff hoorde het geritsel van de verdwijnende rat. Zijn handen klemden zich niet meer vast aan het stuur en hij voelde dat zijn hart niet meer hamerde, maar slechts klopte. Het had zo hard gebonkt toen Seyton en zijn mannen in de garage waren dat hij ervan overtuigd was geweest dat ze het hoorden. Hij keek op zijn horloge. Nog vijf uur voor de dageraad. Hij probeerde te gaan verzitten, maar zijn broek zat door het bloed vastgekleefd aan de stoel. Banquo's bloed, dat hem vastlijmde aan deze plek. Hij moest hier weg. Hij moest verder.

Maar waarheen? En hoe?

Toen hij vluchtte, had hij gedacht dat het slim was om naar de stad te gaan en te verdwijnen in de menigte in plaats van over de landweggetjes, de provinciale weg en de rijksweg te rijden. Hij had zijn auto niet ver van de Obelisk geparkeerd en was het casino binnengegaan omdat dat de enige plek was, naast Inverness, die de hele nacht open was. Hij kon natuurlijk geen kamer nemen, want het eerste wat Macbeth zou doen was de overnachtingsplaatsen in de stad laten checken. Maar hij kon in de rij met eenarmige bandieten gaan zitten, net zo eenzaam en ongestoord als de persoon bij de machine naast hem, en die voeden met munten en zich langzaam laten beroven. En dat had hij gedaan terwijl hij nadacht, probéérde na te denken over hoe hij moest ontsnappen, en naar de slechte resultaten staarde die in de drie kleine raampjes voor hem verschenen. Een hart, een dolk en een kroon. Na een paar uur was hij naar de bar gegaan om een pilsje te halen, misschien dat hij dan beter zou kunnen nadenken. Hij had gekeken naar de geluidloze televisie waarop de persconferentie in het Hoofdkwartier werd uitgezonden en ineens was het scherm gevuld geweest met een bekend gezicht met een wit litteken dat er diagonaal overheen liep, als een verbodsbord. Een close-up van hemzelf met daarover het woord GEZOCHT. Duff was met opgetrokken kraag en gebogen hoofd direct vertrokken. De koude nachtelijke lucht had zijn hersenen zo helder gemaakt dat hij ineens bedacht dat hun liefdesnestje, de garage, zijn beste overnachtingsalternatief was.

Maar het zou niet lang meer duren voor de vrijdag aanbrak, een nieuwe werkdag, dus hij moest hier weg voor de mensen naar hun werkplek kwamen. Buiten zouden de krantenkiosken echter worden opgesierd met zijn gezicht.

Duff greep in zijn jaszak en voelde het gladde papier onder zijn vingers. Hij trok het pak uit zijn zak. Hij kon het niet laten, hij stelde zich Ewans gezicht voor als hij zag dat hij kreeg wat er op zijn verlanglijstje stond. Duff hoorde zijn eigen ongecontroleerde snik. Stop! Hij moest dit niet doen, hij had zichzelf beloofd nu niet aan hen te denken! Rouwen kon pas als hij ervoor had gezorgd dat hij overleefde.

Hij deed de binnenverlichting aan, droogde zijn tranen, maakte het pak open, haalde de losse baard eruit, opende de tube en perste er de heldere lijm uit die hij over zijn kin, rond zijn lippen en aan de binnenkant van de baard smeerde. Hij gebruikte de achteruitkijkspiegel om de baard goed vast te plakken. Hij trok de dunne wollen muts ver over zijn hoofd zodat het bovenste deel van het litteken verborgen zat. Toen zette hij de bril op. Het komisch dikke montuur bedekte het litteken op zijn wang en neus. In de spiegel zag hij dat er boven de baard lijm op zijn wang zat. Tevergeefs zocht hij in zijn zakken naar iets waarmee hij het weg kon vegen. Hij opende het handschoenenvakje, vond een notitieblokje, pakte het en wilde het bovenste blaadje eruit scheuren. Stopte. In het licht zag hij een afdruk in het papier. Iemand had iets geschreven op het blaadje dat erboven had gezeten. En wat dan nog? Duff trok het blaadje los en veegde de lijm van zijn wang. Verfrommelde het papiertje en stopte het in zijn zak. Het notitieblokje legde hij weer in het handschoenenvakje.

Zo.

Hij leunde achterover en sloot zijn ogen.

Vijf uur. Waarom had hij de baard zo vroeg vastgeplakt? Hij kreeg nu al jeuk.

Hij begon weer te denken, vocht om zijn gedachten aan Fife te blokkeren. Hij moest ergens in de stad een schuilplaats vinden, want alle wegen uit de stad zouden afgesloten zijn. Bovendien had hij geen schuilplaatsen buiten de stad, geen overnachtingsplaatsen die nog niet gealarmeerd zouden zijn, niemand buiten de stad die hij kende die een voortvluchtige politiemoordenaar onderdak zou willen geven. En ineens realiseerde hij het zich. Dat hij niemand kende die hem zou willen helpen. Hier niet en elders niet. Hij was iemand met wie mensen goed konden omgaan, het was niet zo dat ze hem actief haatten. Maar ze mochten hem ook niet. En waarom zouden ze ook? Wat had hij ooit voor andere mensen gedaan zonder dat hij het niet ook voor zichzelf deed? Hij had allianties, geen vriendschappen. En nu, nu hij écht hulp nodig had, een vriend, een vertrouweling, bleek hij een man zonder kredietwaardigheid te zijn, een verliesgevend project. Hij keek naar zijn pathetische, stevig behaarde spiegelbeeld. De vos. De jagers waren bezig hem in te sluiten. Macbeths nieuwste jachthond, Seyton, hapte al naar zijn hielen. Hij moest weg. Maar waar, waar kon de vos een hol vinden?

Vijf uur tot het ochtendgloren. Tot een nieuwe dag. Tot de verjaardag van...

Nee! Niet huilen! Overleven! Een dode man kan zich niet wreken.

Hij moest wakker blijven tot het licht werd en dan een plek vinden. Misschien een van de failliete fabrieken. Nee, over dat idee had hij al nagedacht en het verworpen. Macbeth wist net zo goed als hij waar de schuilplaatsen konden zijn. Verdomme, hij begon in kringetjes te denken, hij kruiste zijn eigen spoor zoals mensen doen als ze verdwaald waren.

Hij was zo moe, maar hij moest wakker blijven tot het licht was. Ewan zou nooit tien jaar worden. Verdomme! Hij probeerde iets te vinden wat hem afleidde. Hij bestudeerde alle instrumenten voor hem. Pakte het blaadje uit zijn jaszak, vouwde het open en streek het glad. Probeerde het te lezen. In het handschoenenvakje vond hij een potlood dat hij schuin over het papier bewoog zodat hij rondom de verdiepingen kleurde. Wat er op het verwijderde velletje geschreven was, kwam in zwart-wit tevoorschijn.

DOLPHIN. TANNERY STREET 66.
DISTRICT 6. ALFIE. VEILIGE HAVEN

Een adres. Er was een Tannery Street in de stad, maar niet eentje in District 6. En er was maar één stad die ook in districten was verdeeld. Capitol. Wanneer was dit briefje geschreven? Hij had geen idee hoelang het duurde tot de afdruk van een potlood was verdwenen. En wat betekende 'veilige haven'?

Duff deed de binnenverlichting uit en sloot zijn ogen. Misschien even slapen.

Capitol. Vrijdag. Hij had de combinatie onlangs nog ergens gezien.

Duff was bezig in een droom te glijden – nog nadenkend over deze twee woorden – toen hij ineens overeind schoot.

Hij knipte het lampje weer aan.

Hoofdstuk 23

'Meredith en ik gaan trouwen,' zei Duff. Het leek of er een zon in hem was die uit zijn ogen straalde.

'Echt! Dat is... eh, snel.'

'Ja! Wil jij mijn getuige zijn, Macbeth?'

'Ik?'

'Natuurlijk! Wie anders?'

'Eh, wanneer...'

'6 juli. In het zomerhuis van Merediths ouders. Alles is al in kannen en kruiken, de uitnodigingen zijn vandaag verstuurd.'

'Aardig dat je me vraagt, Duff. Ik zal erover nadenken.'

'Nadenken?'

'Ik heb... een lange reis gepland in juli. Juli is lastig, Duff.'

'Reis? Daar heb je me nooit iets over gezegd.'

'Nee, dat kan kloppen.'

'Maar we hebben elkaar ook een poos niet gesproken. Waar was je eigenlijk de laatste tijd? Meredith heeft naar je gevraagd.'

'Heeft ze dat? Overal en nergens. Gewoon een beetje druk geweest.'

'En waar gaat die reis naartoe?'

'Capitol.'

'Capitol?'

'Ja, ik ben... eh, daar nooit geweest. Het wordt tijd dat ik de hoofdstad eens ga bezoeken, of niet? Het moet daar zoveel mooier zijn.'

'Luister eens naar me, mijn beste Macbeth, ik betaal je retourticket naar Capitol graag. Het kan toch niet zo zijn dat mijn beste vriend er niet bij is als ik trouw? Het wordt een gedenkwaardig feest! Denk eens aan al die vrijgezelle vriendinnen van Meredith...'

'En vanuit Capitol trek ik verder het land door. Het is een lange reis, Duff. Ik ben waarschijnlijk de hele maand juli weg.'

'Maar... heeft het te maken met dat jij en Meredith een poosje iets hebben gehad?'

'Dus als we elkaar voor die tijd niet zien, wens ik je veel geluk met je huwelijk en... ja, alles.'

'Macbeth!'

'Ik moet nu gaan.'

'Macbeth!'

'Maar toch bedankt, Duff, ik zal niet vergeten dat je een bloedoffer hebt gebracht. Groet Meredith van me en bedank haar voor de korte affaire die ik met haar had.'

'Macbeth, sir!'

Macbeth opende zijn ogen. Hij lag in bed. Een droom, maar toch: waren die woorden toen niet uitgesproken? Bloedoffer. Lorreal. Had hij het echt gezegd?

'Macbeth!'

De stem kwam van de andere kant van de slaapkamerdeur en werd nu ook begeleid door verwoed geklop. Hij keek naar de wekker op het nachtkastje. Drie uur 's nachts.

'Sir, dit is Jack!'

Macbeth draaide zich op zijn andere zij. Hij was alleen. Lady was er niet.

Macbeth rukte de deur open. 'Wat is er, Jack?'

'Ze is aan het slaapwandelen.'

'Ja, dus? Let je niet op haar?'

'Het is dit keer anders, sir. Ze... U moet komen.'

Macbeth geeuwde, deed het licht aan, trok zijn ochtendjas aan en wilde de slaapkamer uit lopen toen zijn blik op de tafel onder de spiegel viel. De schoenendoos was weg.

'Snel, wijs me de weg, Jack.'

Ze vonden haar op het dak. Jack bleef op de drempel van de openstaande metalen deur staan. Het was gestopt met regenen en het enige wat ze hoorden was de wind en het gelijkmatige gebrom van het verkeer dat nooit sliep. Ze stond met haar rug naar hem toe, helemaal bij de rand in het licht van het Bacardi-bord. Een windvlaag greep haar dunne nachtjapon.

'Lady!' riep Macbeth en hij wilde op haar afstormen, maar Jack hield hem tegen. 'De psychiater heeft gezegd dat ze niet gewekt mag worden als ze slaapwandelt, sir.'

'Maar ze kan naar beneden storten!'

'Ze gaat vaak hiernaartoe en staat daar dan,' zei Jack. 'Ze kijkt, hoewel ze slaapt. De psychiater zegt dat slaapwandelaars zichzelf zelden iets aandoen. Wakker maken daarentegen kan ze in de war brengen en schaden.'

'Waarom heeft niemand me verteld dat ze vaker naar boven gaat? Ik had de indruk dat ze voornamelijk stukjes door de gang liep.'

'Ze heeft me nadrukkelijk de opdracht gegeven u niets te vertellen over wat ze in haar slaap doet, sir.'

'En wat doet ze in haar slaap?'

'Af en toe alleen korte wandelingen zoals u zegt. Of ze gaat naar de badkamer en gebruikt de sterkste zeep die er is. Ze schrobt haar handen soms tot haar huid helemaal rood is. Dan loopt ze de trap op naar het dak.'

Macbeth keek naar haar. Zijn beminde Lady. Zo naakt en kwetsbaar in het winderige donker. Zo alleen in de duisternis van haar geest, de duisternis waarover ze hem had verteld, maar waar ze hem niet mee naartoe kon nemen. Er was niets wat hij kon doen. Alleen maar wachten en hopen tot ze besloot terug te komen uit de duisternis. Zo dichtbij en toch buiten zijn bereik.

'Maar waarom dacht je dat ze zichzelf juist vannacht van het leven wil beroven?'

Jack keek Macbeth verbaasd aan. 'Dat denk ik niet, sir.'

'Maar waarom dan wel, Jack?'

'Wat, sir?'

'Waardoor werd je zo ongerust dat je me hebt wakker gemaakt?'

Op hetzelfde ogenblik brak het maanlicht door een spleet van het wolkendek. En alsof het de afspraak was, draaide Lady zich om en kwam op hen aflopen.

'Dát, sir.'

'De Here moge ons bewaren,' fluisterde Macbeth en hij deed een stap naar achteren.

Ze hield een bundel in haar arm. Ze had haar nachtjapon bij haar ene schouder naar beneden getrokken en hield het open eind van de bundel tegen zich aan. Macbeth zag het achterhoofd van een baby en telde er vier gaten in.

'Slaapt ze?' vroeg Macbeth.

'Ik geloof het wel,' fluisterde Jack.

Ze waren achter haar aangelopen, over het dak, de trap af en de suite in. Nu stonden ze bij het bed waarop ze met de baby in haar arm onder de sprei was gekropen.

'Moeten we het kindje van haar afpakken?'

'Laat haar maar,' zei Macbeth. 'Wat hindert het? Maar ik wil dat jij vannacht bij haar blijft zitten en over haar waakt. Ik heb morgenvroeg een belangrijk radio-interview, dus ik moet slapen. Kun je me een sleutel van een andere kamer geven?'

'Uiteraard,' zei Jack. 'Ik bel even iemand die de receptie kan overnemen.'

Terwijl Jack weg was, streelde Macbeth de wang van de baby. Koud, verstijfd, een kapotte baby. Zoals Lady en hij waren geweest, maar zij hadden kans gezien zichzelf te repareren. Nee, Lady had kans gezien zichzelf te repareren, Macbeth had hulp gekregen. Van Banquo. En daarvoor, in het weeshuis, van Duff. Als Duff Lorreal niet had gedood, had Macbeth zich vroeg of laat van het leven beroofd. Zelfs toen hij vertrok uit het weeshuis had hij nog vier zwarte gaten in zijn hart. Vier gaten die met iets gevuld moesten worden. Brew was het snelst en makkelijkst verkrijgbare opvulmiddel. En hij was in leven gebleven. Dankzij Duff, de duivel moge hem halen.

En dan was er Lady, natuurlijk. Zij had hem getoond dat harten gevuld kunnen worden met liefde en dat de pijn kan verminderen door de liefde te bedrijven. Hij streelde haar wang. Warm en zacht. Was er een weg terug of waren ze vergeten een eventuele aftocht te regelen? Hadden ze alleen maar plannen gemaakt voor een overwinning? Ja, de overwinning hadden ze gekregen. Maar stel nu dat de overwinning zuur smaakte, te veel kostte en je die liever verruilde voor een goedkoper verlies? Wat doe je dan? Abdiceer je, geef je de kroon en de troon op, vraag je nederig om vergeving en ga je terug naar de dagelijkse sleur? Als je van de rand van het dak stapt en de keien van de hoerenstraat komen op je afrazen, bid je dan tot de zwaartekracht dat je deze onnadenkende stap ongedaan kunt maken? Nee, je neemt het zoals het komt. Je maakt er het beste van. Je zorgt ervoor dat je op twee benen landt en misschien daar een of twee botten bij breekt, maar je overleeft. En je bent een beter mens geworden, je hebt geleerd dat je de volgende keer je voeten voorzichtiger moet neerzetten.

Jack kwam binnen. 'Ik heb een andere nachtwaker gevonden,' zei hij en hij gaf Macbeth een sleutel.

Macbeth keek ernaar. 'Duncans kamer?'

Jack sloeg verschrikt een hand voor zijn mond. 'Ik dacht alleen maar dat het de beste kamer was, sir, maar als u liever een...'

'Het is goed, Jack, dan ben ik vlakbij, mocht er iets zijn. Bovendien geloof ik niet in geesten. En zoals iedereen weet, heb ik ook niks te vrezen van Duncans geest.'

'Nee, waarom zou u ook.'

'Ja, waarom zou ik ook. Goedenacht.'

Ze kwamen direct toen hij zijn ogen sloot.

Duncan en Malcolm. Ze lagen aan weerskanten onder zijn dekbed.

'Er is hier geen plaats voor ons allemaal,' schreeuwde Macbeth en hij schopte ze eruit, op de grond, waar ze nog wat tegensputterden voordat de ratten kwamen en ze verdwenen.

Maar toen ging de deur open en slopen ze naar binnen. Banquo, Fleance en Duff, ieder met een dolk in zijn hand, klaar om te steken.

'Wat willen jullie?'

'We willen revanche en onze slaap terug.'

'Haha!' Macbeth lachte en draaide zich om in zijn bed. 'De persoon die mij kan schaden moet nog door een vrouw gebaard worden! Alleen Bertha kan me uit het kantoor van de hoofdcommissaris verdrijven! Ik ben eeuwig! Macbeth is eeuwig! Weg, jullie dode sterfelijken!'

Hoofdstuk 24

Fred Ziegler gaapte.

'Fred, je hebt koffie nodig,' bromde de kapitein van MS Glamis. 'We hebben in dit weer niets aan een loods die niet wakker is. Vertel me eens, ben je altijd zo moe?'

'Drukke dagen, weinig slaap,' zei Fred. Hij kon niet aan de kapitein vertellen dat de reden dat hij altijd gaapte was dat hij bang was. Fred had hetzelfde symptoom van nervositeit bij zijn hond gezien, maar gelukkig werd het gapen meestal gezien als teken van het tegenovergestelde. Dat je volkomen ontspannen was. Je verveelde. Of dat je dus niet genoeg geslapen had.

De kapitein pakte de microfoon van de intercom en zijn bestelling voor koffie ging via de kabels van dek naar dek en uiteindelijk naar de kombuis. Want MS Glamis was een groot schip. Een hoog schip, dat was het.

Fred Ziegler smoorde een nieuwe geeuw en staarde over de fjord. Hij kende elke rotspunt, elke ondiepte, alle gemeten diepten, elke kleinste paragraaf van het havenreglement van het in- en uitvaren, de stromingen in zee, waar de golven braken, waar je in de luwte kon liggen en waar voor de kade de meerpalen stonden. Dat was het dus niet. De fjord was geen probleem, daar kon hij schepen met zijn ogen dicht in en uit loodsen en dat had hij letterlijk ook vaak gedaan. Het was ook niet het weer. Er stond een stevige wind en de ruit voor hem was al wit van het opspattend schuim en het zout. Hij had zowel grotere als kleinere schepen in orkanen en erger geloodst zonder dat hij een baken, een lichtboei of een merkteken zag. Het was ook niet het terugvaren in het loodsbootje dat hem weer aan land zou brengen, hoewel het scheepje zo zeewaardig als een koe was. Al bij een stevige bries maakte het water en als het stormachtig werd, kapseisde het makkelijk als de stuurman het niet goed op de golven wist te houden.

Fred Ziegler gaapte omdat hij opzag tegen het moment dat de rood-witte vlag, het teken dat er een loods aan boord was, zou worden gestreken. Of heel concreet: dat hij van boord moest. De touwladder af moest.

Al twaalf jaar werkte hij als loods en nog steeds was hij er niet aan gewend om langs de touwladder omhoog en omlaag te gaan. De kwestie was niet dat hij bang was in het water te vallen, hoewel hij wist dat hij daarvoor wel bang zou moeten zijn omdat hij niet kon zwemmen.

Maar het was de hoogte.

De verlammende angst wanneer ze ver genoeg waren en hij naar de achterkant van het schip moest om achterwaarts het schip te verlaten. Zelfs in dit weer was het schip zo groot dat hij geen last had van de wind en eenvoudig naar beneden kon klimmen. Puur technisch gezien dan. Het kwam doordat hij het zag of gewoon wist. Dat er vijftien meter dunne lucht was tussen hem en de afgrond. Dat was altijd zo geweest en dat zou altijd zo blijven. Elke verrekte werkdag was verbonden met die kleine hel, het was het eerste waaraan hij dacht als hij wakker werd en het laatste als hij ging slapen. Maar wat maakte het uit, het was niet ongewoon; als hij om zich heen keek, zag hij mensen die heel hun leven een baan hadden waarvoor ze niet geschikt waren.

'Je bent hier al zo vaak in en uit gevaren dat je de kustwacht wel kunt vragen of je het zonder loods mag doen,' zei Fred.

'Zonder?' zei de kapitein. 'Ik kan niet zonder jouw gezelschap, Fred. Wat is er? Mag je me niet?'

Ik mag je schip niet, dacht Fred. Ik ben een klein mannetje dat niet van hoge schepen houdt.

'Je zult me trouwens in de toekomst minder zien,' zei de kapitein.

'O?'

'Te weinig lading. Vorig jaar zijn we Graven kwijtgeraakt toen die failliet ging en nu is Estex dus gesloten. Wat we nu aan boord hebben, is de laatste restpartij.'

Fred had al gemerkt aan de manier waarop het schip in het water lag dat er minder lading dan gewoonlijk was.

'Spijtig,' zei Fred.

'Nee, ik vind het best,' zei de kapitein ernstig. 'Te weten dat al die giftige spullen die we al die jaren hebben vervoerd zijn betaald met de levens van onze medeburgers... Geloof me, ik heb er niet altijd goed van kunnen slapen en soms moest ik denken hoe het geweest moet zijn voor de kapiteins op slavenschepen. Dat je creatief moet zijn om voor jezelf excuses te verzinnen. Misschien kennen we het verschil tussen goed en kwaad voordat we onze grote, wonderlijke hersenen gebruiken. Daarmee kunnen we namelijk fraaie gedachtegangen creëren die allemaal heel mooi klinken en ons daar brengen waar we willen zijn, hoe schandalig het ook is wat we doen. Nee, Fred, ik ga geen verzoek bij de kustwacht indienen om zonder loods in deze smerige wateren te varen. Woensdag lagen we trouwens te wachten toen we van de havenbaas te horen kregen dat we voorrang hadden. Helemaal gratis.'

'Dat was toch een prettige verrassing?'

'Ja, maar toen heb ik de vrachtpapieren wat beter bekeken. Toen bleek dat we twee Gatling-mitrailleurs vervoerden. Het lijkt wel of we weer terug zijn in de tijd van Kenneth. Hé, voorzichtig! Ben je bezig onze loods te verbranden, kerel?'

De man in de geruite kiel had zijn evenwicht verloren toen het schip door een golf werd opgetild en morste koffie op het zwarte loodsuniform. De man mompelde een excuus in zijn baard, zette de kopjes neer en maakte dat hij wegkwam.

'Het spijt me, Fred. Zelfs in een stad waar de helft van de bevolking werkloos is, kan ik maar moeilijk mensen met zeebenen vinden. Deze vent is vanmorgen aangemonsterd en beweert dat hij eerder in de kombuis heeft gewerkt, maar dat hij zijn papieren is kwijtgeraakt.'

Fred slurpte van zijn koffie. 'Hij is niet alleen nog nooit aan boord van een schip geweest, hij kan ook niet koffiezetten.'

'Ja ja,' verzuchtte de kapitein. 'Zolang we alleen maar naar Capitol hoeven, lukt het wel. Zo, Hornholmen ligt achter ons, dan hebben we het ergste gehad. Ik geef een seintje aan je loodsboot en vraag onze bootsman de ladder uit te gooien.'

'Ja,' zei Fred en hij slikte. 'Dan hebben we het ergste gehad.'

Macbeth zat op een stoel in de gang en veegde zijn handen af aan zijn broek terwijl hij naar de deur van de suite keek. 'Wat doet hij eigenlijk daarbinnen?'

'Ik weet niet zoveel van psychiatrie,' zei Jack. 'Zal ik nog een keer koffie halen, sir?'

'Nee, blijf gewoon zitten. Maar hij is goed, zeg je?'

'Ja, de heer Alsaker zou de beste in de stad zijn.'

'Dat is goed, Jack. Dat is goed. Vreselijk, vreselijk.' Macbeth leunde voorover en legde zijn hoofd in zijn handen. Hij had nog een uur voor het radio-interview. Nog voor de zon opging was hij wakker geworden van het geschreeuw uit Lady's kamer. Toen hij naar binnen was gestormd, had zij naast het bed gestaan en naar de dode baby gewezen.

'Kijk!' had ze geschreeuwd. 'Kijk wat ik heb gedaan!'

'Maar dat was jij niet, lieveling.' Hij had geprobeerd zijn armen om haar heen te slaan, maar ze had zich losgerukt en was snikkend op haar knieën gezakt.

'Noem me geen lieveling! Je kunt me niet liefhebben, een kindermoordenaar még je niet liefhebben!' Toen had ze zich omgedraaid naar Macbeth en hem met die zwarte, gestoorde blik aangekeken. 'En een kindermoordenaar kan niet van een kindermoordenaar houden. Maak dat je wegkomt!'

'Kom bij me op bed liggen, lieveling.'

'Ga mijn slaapkamer uit! En raak het kind niet aan!'

'Dit is absurd. Het wordt vandaag verbrand.'

'Ik vermoord je als je het aanraakt, Macbeth, ik zweer het je.' Ze pakte het babylijkje en wiegde het in haar armen.

Hij had geslikt. Nu moest hij toch echt de ochtendshot met power hebben. 'Ik pak wat kleren en laat je met rust,' had hij gezegd en was naar de kledingkast gelopen. Ontzet had hij geconstateerd dat de dope uit de la was verdwenen.

'Het spijt me, maar er is niet meer,' had ze gezegd. 'Je moet maar nieuwe gaan halen. We hebben het allebei nodig.'

Hij was weggegaan, maar in plaats van power te kopen, had hij Jack gevraagd een psychiater te bellen.

Macbeth keek weer op zijn horloge. Hoelang zou het duren om zo'n kleine kortsluiting die ze duidelijk had te fiksen?

Het antwoord liet niet lang op zich wachten. De deur ging open en Macbeth sprong op van zijn stoel. Een klein mannetje met een grijs vlasbaardje en oogleden die wel een paar maten te groot leken kwam naar buiten.

'En?' vroeg Macbeth. 'Meneer... eh...'
'Meneer Alsaker,' zei Jack.
'Ik heb haar iets kalmerends gegeven,' zei de psychiater.
'Wat is er met haar aan de hand?'
'Dat is moeilijk te zeggen.'
'Moeilijk? Er wordt beweerd dat u de beste bent.'
'Dat is fijn om te horen, maar zelfs de beste kent alle labyrinten van de geest niet, meneer Macbeth.'
'U moet haar weer gezond maken!'
'Zoals ik al zei, we weten zo weinig van de menselijke geest dat het te veel gevraagd is om...'
'Ik vraag het niet, dokter, ik stel een ultimatum.'
'Een ultimatum, meneer Macbeth?'
'Als u haar niet weer normaal kunt maken, zal ik ervoor zorgen dat u wordt aangeklaagd voor kwakzalverij.'
Alsaker keek hem aan vanonder zijn hangende, grote oogleden. 'Ik kan zien dat u slecht geslapen heeft en dat u uzelf niet bent, hoofdcommissaris. Ik raad u aan vandaag thuis te blijven. Wat uw vrouw betreft...'
'U vergist zich,' zei Macbeth en hij trok een dolk uit zijn schouderholster. 'En de straf voor het niet doen van uw werk is in deze tijden van crisis hoog.'
'Sir...' begon Jack.
'Chirurgie,' zei Macbeth. 'Dat hebben we nodig, dat is wat echte dokters doen. Hij snijdt het slechte weg. De gedachte aan de pijn van de patiënt sluit hij buiten omdat hij daardoor zou kunnen aarzelen. Het kleine, een gezwel of een rottende voet, wordt vernietigd om de heelheid te redden. Het is niet zo dat het gezwel of de voet op zich slecht is, maar ze moeten gewoon geofferd worden. Is het niet, dokter?'
De psychiater hield zijn hoofd scheef. 'Weet u zeker dat uw vrouw onderzocht moest worden en niet uzelf, meneer Macbeth?'
'U heeft uw ultimatum gehoord.'
'En ik ga nu. Dus u kunt me als het moet in mijn rug steken met dat ding daar.'
Macbeth zag dat Alsaker hem de rug toekeerde en de trap af begon te lopen. Hij staarde naar de dolk in zijn hand. Waar was hij verdomme mee bezig?

'Alsaker!' Macbeth rende achter de psychiater aan. Hij haalde hem in en viel op zijn knieën voor hem neer. 'Alstublieft, u moet, u moet haar helpen. Ze is alles wat ik heb. Ik moet haar terug hebben. U moet haar terughalen! Maakt niet uit hoeveel het kost.'

Alsaker pakte zijn baard tussen duim en wijsvinger. 'Is het door het heksenbrouwsel, door brew?'

'Power,' zei Macbeth.

'Uiteraard.'

'U kent dat?'

'Onder verschillende namen, maar de werkzame stoffen zijn dezelfde. Mensen denken dat het een antidepressivum is omdat ze er de eerste keren blij gestemd van worden. Tot ze psychotisch worden.'

'Ja ja, dat gebruikt ze.'

'Ik vroeg wat ú gebruikt, Macbeth. En ik kan het nu ook zien. Hoelang gebruikt u al power?'

'Ik...'

'Nog niet zo lang, lijkt me. Het eerste wat kapotgaat zijn de tanden. Daarna de geest. Ontsnappen uit de gevangenis van de psychose is niet makkelijk. Weet u hoe ze mensen noemen die totaal afhankelijk zijn geworden van power? Een POW.'

'Luister...'

'Een krijgsgevangene. Goed gevonden, hè?'

'Ik ben nog niet uw patiënt, Alsaker. Ik smeek u om voor uw vertrek absoluut alles te doen wat u in uw macht heeft.'

'Ik beloof dat ik terugkom, maar ik heb nu andere patiënten.'

'Jack,' zei Macbeth zonder zich te bewegen of zijn blik af te wenden van de psychiater.

'Ja, sir.'

'Laat het hem zien.'

'Maar...'

'Hij heeft de eed van Hippocrates afgelegd.'

Jack sloeg de doek terug en strekte zijn armen uit naar de dokter. Die deinsde naar achteren terwijl hij zijn mond en neus bedekte met zijn hand.

'Ze denkt dat het haar eigen kind is,' zei Macbeth. 'Als u het niet voor haar of voor mij doet, doe het dan voor de stad, dokter.'

Macbeth voelde een wonderlijke druk tegen zijn oren toen de deur achter hem dichtviel. En hij dacht dat hij nu eindelijk in het gekkenhuis was beland. De muren van het kleine vierkante hokje waren, afgezien van het raampje waarachter drie mensen zaten die hem observeerden, gepolsterd.

'Wees niet bang,' zei de man aan de tafel voor hem. 'Ik ga alleen wat vragen stellen. Het is zo voorbij.'

'Ik ben niet bang voor de vragen,' zei Macbeth terwijl hij ging zitten. 'Het gaat me om de antwoorden.'

De man lachte, de muziek door de luidsprekers boven het raam stierf weg en hij legde een vinger op zijn lippen toen er een rood lampje op de muur aanging.

'Dit is *Actueel* met Walt Kite,' zei de man in de microfoon voor zich. 'We hebben bezoek van de nieuwe lieveling van de stad, hoofdcommissaris Macbeth die na het uitroeien van een van de meest notoire drugsbendes in de stad, Norse Riders, nu zonder aarzelen jacht maakt op corrupte intriganten binnen de eigen gelederen. Hij heeft de harten van de bevolking gewonnen en hoop gegeven met zijn inspirerende toespraken over hoe we nu een nieuwe tijd tegemoet gaan. U bent hoofdcommissaris, maar was dat niet de retoriek van een politicus, Macbeth?'

Macbeth schraapte zijn keel. Hij voelde zich goed. Hij was als nieuw. Opnieuw was hij perfect onder invloed. 'Ik ben een eenvoudig man en van retoriek weet ik weinig, Walt. Ik heb alleen gezegd wat me van het hart moest. De vraag is of de stad de wil heeft, want de spieren om zichzelf weer op te tillen zijn er. Een hoofdcommissaris of een politicus kan een stad niet optillen, dat moeten de inwoners doen.'

'Maar ze kunnen wel inspireren en leiden?'

'Dat zonder meer.'

'Er wordt al over u gesproken als "burgemeestermateriaal". Is dat iets wat u ambieert, Macbeth?'

'Ik ben hoofdcommissaris en ik wil de stad alleen dienen in de functie die ik heb gekregen.'

'Een nederig dienaar van het volk dus. Uw voorganger, hoofdcommissaris Duncan, zag zichzelf ook als dienaar van het volk, maar hij was niet zo nederig. Hij beloofde de machtigste crimineel van de stad, Hecate, ook wel de Onzichtbare Hand genoemd, binnen een jaar te pakken. U heeft Norse Riders onschadelijk gemaakt. Welke tijdslimiet heeft u zichzelf gesteld met betrekking tot het aanpakken van Hecate?'

'Ten eerste is er een reden voor de naam de Onzichtbare Hand. We weten erg weinig over Hecate, alleen dat hij waarschijnlijk achter de productie van brew zit. Maar met zo'n omvangrijke productie en distributie is het even waarschijnlijk dat we het over een netwerk hebben of gezamenlijke distributielijnen.'

'Hoor ik u nu zeggen dat u de jacht op Hecate niet dezelfde prioriteit geeft als Duncan?'

'Wat u hoort is een hoofdcommissaris die niet van plan is alle financiële middelen te gebruiken voor arrestaties die misschien grote koppen in kranten opleveren, ter meerdere eer en glorie van de hoofdcommissaris en aanleiding voor champagnegebruis, maar die in de realiteit weinig betekenen voor het dagelijks leven van de inwoners. Zolang we het eigenlijke probleem van de stad niet aanpakken, zal het arresteren van een man die misschien Hecate heet er alleen maar toe leiden dat anderen de markt overnemen.'

'En wat is het eigenlijke probleem?'

'Banen, Walt. Geef de mensen werk! Dat is het beste en goedkoopste antwoord op criminaliteit. We kunnen onze gevangenissen vullen, maar zolang onze inwoners op straat lopen en geen brood op de plank hebben...'

'Nu klinkt u toch als iemand die zich verkiesbaar stelt, Macbeth.'

'Het interesseert me niet hoe ik klink, ik wil deze stad weer op de rails zetten.'

'En hoe gaat u dat voor elkaar krijgen?'

'Dat lukt als dit een stad wordt waar er zowel voor investeerders als voor arbeiders wordt gezorgd. Investeerders dienen gewoon belasting af te dragen aan de gemeenschap, en steekpenningen betalen is uit den boze, maar de stad kan ze wel beloven dat alles volgens de wet gebeurt. En de arbeiders moeten weten dat ze werken op plekken waar ze niet vergiftigd worden. Banquo, onze politieheld die onlangs is geliquideerd, heeft lang geleden zijn echtgenote Vera verloren omdat ze jarenlang giftige lucht heeft moeten inademen in de fabriek waarin ze werkte. Vera was een knappe, hardwerkende huisvrouw en moeder die ik persoonlijk gekend heb en op wie ik gesteld was. Als hoofdcommissaris beloof ik dat geen van de toekomstige arbeidsplaatsen de levens van nog meer Vera's zal eisen. Er zijn andere manieren om mensen aan werk te helpen. Betere manieren! En die resulteren in een beter leven.'

Macbeth zag aan Walt Kites grijns dat hij geïmponeerd was. Macbeth was zelf geïmponeerd, hij had nog nooit zo helder kunnen nadenken, het moest door dat nieuwe poeder komen, dat vervoerde de puntige en gedecideerde woorden van zijn hersenen naar zijn tong.

'Uw populariteit is stormachtig en hevig gekomen, Macbeth. Is het om die reden dat u zich durft uit te spreken op een manier die – als ik burgemeester Tourtell was – opgevat kan worden als een provocatie? Formeel is hij uw baas en hij moet uw benoeming als hoofdcommissaris goedkeuren. U loopt het risico uw baan te verliezen.'

'Ik heb meerdere chefs, Walt, niet alleen de burgemeester. Onder anderen mijn eigen geweten, maar zeker ook de inwoners van de stad. En voor mij zijn het geweten en het welzijn van de stad essentiëler dan de behaaglijke stoel van een hoofdcommissaris.'

'Over vier maanden wordt er een nieuwe burgemeester gekozen, Macbeth, en de termijn om je officieel kandidaat te stellen verloopt over drie weken.'

'Ik geloof je als je dat zegt, Walt.'

Walt Kite lachte en tilde zijn arm op. 'En daarmee bedanken we hoofdcommissaris Macbeth, van wie ik niet heel zeker weet of hij de waarheid spreekt als hij beweert dat hij niets weet van politieke retoriek. En dan nu Miles Davis...' Hij liet zijn arm zakken en wees naar het raam. Het rode lampje ging uit en droge, zachte trompetklanken verlieten de luidsprekers.

'Bedankt,' zei Kite glimlachend. '"De levens van nog meer Vera's zal eisen"? Ben je je ervan bewust dat je alleen al vanwege dit citaat tot burgemeester gekozen kunt worden?'

'Bedankt voor het interview,' zei Macbeth en hij bleef zitten.

Kite keek hem vragend aan.

'Hoorde ik dat nou goed?' zei Macbeth langzaam en zacht. 'Beschuldigde je me aan het eind van liegen?'

Kite knipperde in verwarring met zijn ogen. 'Liegen?'

'"...van wie ik niet heel zeker weet of hij de waarheid spreekt als hij beweert..."'

'O, maar dat...' – de adamsappel van de radioreporter schoot omhoog – '...was natuurlijk een grapje, een... eh, manier van spreken, een...'

'Ik zit je maar te dollen,' zei Macbeth lachend terwijl hij opstond. 'We spreken elkaar nog.'

Toen Macbeth de radiostudio uit liep, voelde hij dat Walt Kite geen probleem meer voor hem zou worden.

En toen hij op de achterbank van de limousine zat voelde hij dat ook de Obelisk, Duff en Lady's ziekte geen probleem zouden worden. Want hij dacht helderder dan ooit.

'Rij een beetje langzamer,' zei hij.

Hij wilde genieten van de rit door de stad. Zíjn stad.

Die was weliswaar nog niet helemaal van hem, maar binnenkort zou dat wel gebeuren. Want hij was onoverwinnelijk. En perfect onder invloed.

Terwijl ze voor het rode licht stonden te wachten, viel zijn blik op een man bij het zebrapad die niet verder liep, hoewel zijn licht op groen was gesprongen. Zijn bovenlichaam en gezicht gingen schuil onder een grote, zwarte paraplu, dus het enige wat Macbeth zag was een lichte stofjas, bruine schoenen en de grote, zwarte hond die hij aan de lijn hield. Er kwam een gedachte bij Macbeth op: wat zou de hond denken bij het feit dat hij eigendom van een mens was, dat hij aan de lijn werd gehouden? Hij krijgt wat eten, een afgemeten portie, net voldoende om hem onder controle te houden. Dat is het enige wat de hond ervan weerhoudt om zijn eigenaar niet aan te vallen in zijn slaap, zijn keel door te bijten en het huis over te nemen. Want dat hoeft hij alleen maar te doen. Als je hebt begrepen hoe de voorraadkast geopend moet worden, is dat eigenlijk het enige natuurlijke om te doen.

DEEL III

Hoofdstuk 25

'Onze beste kwaliteit wol,' zei de verkoper en hij ging eerbiedig met zijn hand over de stof van het zwarte pak aan de klerenhanger.

Buiten viel lichte regen en op de fjord nam de golfslag langzaam af na de harde wind van de laatste dagen.

'Wat denk je, Bonus?' zei Hecate. 'Zou dat Macbeth niet goed staan?'

'Ik dacht dat je een smoking wilde uitzoeken en geen zwart pak.'

'Je draagt, zoals je natuurlijk weet, nooit een smoking in de kerk en Macbeth moet deze week naar veel begrafenissen.'

'Dus vandaag geen smoking?' vroeg de verkoper.

'We willen beide, Al.'

'Ik wil er even op wijzen dat als het voor een gala is, een rokkostuum met witte vlinderdas de juiste keuze is, sir.'

'Bedankt, Al, maar het gaat niet over een ontvangst bij de koning, maar slechts om een bijeenkomst op ons stadhuis. Wat vind jij, Bonus, is een rokkostuum niet een beetje...' – Hecate smakte – '...pretentieus?'

'Klopt,' zei Bonus. 'Als de nouveau riche zich tracht te kleden als oud geld, krijgen we echt te maken met clowns.'

'Goed, een donker pak en een smoking. Stuur jij de kleermaker naar Inverness, Al? En zet alles op mijn rekening.'

'Dat maken we in orde, sir.'

'En dan hebben we nog een smoking nodig voor deze heer.'

'Voor mij?' riep Bonus verrast uit. 'Maar ik heb al een mooi...'

'Bedankt, dat heb ik gezien en geloof me, je hebt een nieuw pak nodig.'

'Is dat zo?'

'Jouw functie vereist een onberispelijk uiterlijk, Bonus, en bovendien werk je ook voor mij.'

Bonus gaf geen antwoord.

'Kun je nog even snel wat meer smokings halen, Al?'

'Jazeker,' zei de verkoper en plichtsgetrouw rende hij met kromme benen de trap af naar de winkel.

'Ik weet wat je denkt,' zei Hecate. 'En ik geef toe dat jullie aankleden een vorm van machtsuitoefening is, zoals een koning zijn soldaten en dienaren kleedt. Maar wat zal ik zeggen? Ik hou ervan.'

Bonus wist nooit zeker of de abnormaal witte, gelijkmatige tanden in de lach van de oude man van hemzelf waren. Het was in elk geval wel een tamelijk excentriek gebit, aangezien het drie grote gouden kronen had.

'Nu we het toch over machtsuitoefening hebben,' zei Hecate. 'Die knappe jongeman die bij het diner in Inverness aanwezig was, heet hij Kasi?'

'Ja.'

'Hoe oud is hij?'

'Vijftienenhalf,' zei Bonus.

'Hm, dat is jong.'

'Leeftijd is...'

'Ik heb geen morele bezwaren, maar ik heb ook niet jouw voorkeur voor jonge jongens, Bonus, ik wil je er alleen op wijzen dat hij strafbaar jong is. En dat het daarom potentieel veel schade kan berokkenen. Maar ik zie dat je er ongemakkelijk van wordt, laten we op een ander onderwerp overgaan. Dus Lady is ziek?'

'Dat zegt de psychiater. Een ernstige psychose, die tijd nodig heeft. Hij is bang dat ze suïcidaal is.'

'Moeten artsen geen eed afleggen?'

'Dokter Alsaker heeft misschien binnenkort ook een nieuwe smoking nodig?'

Hecate lachte. 'Je moet de rekening maar sturen. Kan hij haar weer beter maken?'

'Niet zonder opname, zegt hij. Maar dat willen we toch niet?'

'Laten we het even aanzien. Ik geloof dat het algemeen bekend is dat Lady een van de belangrijkste adviseurs van de hoofdcommissaris is, dus in deze kritieke dagen zou het ongelukkig zijn als er ruchtbaarheid wordt gegeven aan het feit dat ze gek is.'

'Nou, een psychose is...'

'Ja?'

Bonus slikte. 'Niets.' Wat was er toch met Hecate dat hij hem altijd het gevoel gaf een onzekere puber te zijn? Het was meer dan het feitelijke machtsoverwicht, het was iets anders, iets waarvoor Bonus doodsbang was, maar waarop hij niet precies de vinger kon leggen. Het kwam niet door wat hij in Hecates ogen zag, het was wat hij níét zag. Het was die angstaanjagende zekerheid van het niets. Die lege ruimte en verlammende, nachtelijke kou.

'Hoe dan ook,' zei Hecate, 'ik wil het hebben over Macbeth. Ik maak me zorgen om hem. Hij is veranderd.'

'Is dat zo?'

'Ik ben bang dat hij verslaafd is. Niet zo raar misschien, het gaat immers om de meest verslavende drug ter wereld.'

'Power?'

'Ja, maar niet die we in poedervorm leveren. De echte macht. Ik heb niet kunnen voorzien dat deze afhankelijkheid hem zo snel in zijn greep zou krijgen. Het is hem altijd gelukt om gevoelens van moraal en medemenselijkheid weg te drukken, nu is de macht zijn nieuwe en enige liefde. Je hebt dat radio-interview gehoord. Die bastaard wil burgemeester worden.'

'Maar als hoofdcommissaris heeft hij in de praktijk meer macht...'

'Voor hij zijn intrek neemt in de burgemeesterskamer zal hij er als hoofdcommissaris uiteraard voor zorgen dat de reële macht weer terugkomt in het stadhuis. Let op mijn woorden, Macbeth droomt ervan deze stad over te nemen. Hij denkt nu dat hij onoverwinnelijk is. Dat hij zich ook tegen mij kan keren.'

Verbaasd observeerde Bonus Hecate die zijn handen op de knop van de wandelstok had gelegd en zijn spiegelbeeld bestudeerde.

'Ja, Bonus, het zou andersom moeten zijn, jij zou me nu moeten vertellen dat Macbeth het op mij gemunt heeft. Daarvoor betaal ik je. En nu vragen jouw platvishersenen zich af hoe ik dit kan weten. Nou, vraag maar.'

'Ik... eh... Hoe weet je dat?'

'Omdat hij het zei in het radioprogramma dat jij ook hebt gehoord.'

'Ik meen dat hij juist verkondigde dat de jacht op Hecate niet dezelfde prioriteit zou krijgen als onder Duncan.'

'En sinds wanneer hoor jij iemand met politieke ambities op de radio vertellen wat hij niet voor zijn kiezers gaat doen? Hij had kunnen zeggen dat hij Hecate ging pakken én voor banen zou gaan zorgen. Nuchtere politici proberen altijd van twee walletjes te eten. Maar wat hij zei was niet bestemd voor de kiezers, dat was bestemd voor mij, Bonus. Hij had het niet hoeven doen, maar toch gaat hij in het openbaar voor mijn voeten liggen kwispelen. En als mensen beginnen te kwispelen, moet je oppassen.'

'Jij denkt dat hij jouw vertrouwen wil winnen...' – Bonus keek naar Hecate om te verifiëren dat hij op het juiste spoor zat – '...omdat hij hoopt dat jij zult ontspannen, hem toe zult laten en daarmee jou onschadelijk zal maken?'

Hecate rukte een zwarte haar uit een wrat op zijn kin en bestudeerde die. 'Ik kan Macbeth natuurlijk meteen onder mijn hak verpletteren, maar ik heb veel geïnvesteerd om hem te krijgen waar hij nu is, en als ik iets haat, zijn het slechte investeringen, Bonus. Daarom wil ik dat jij je ogen en oren openhoudt om uit te zoeken wat zijn plan is.' Hecate spreidde zijn armen. 'Ah, kijk eens aan! Daar hebben we Al met de smokings. Laten we kijken of er eentje bij zit voor jou en je lange vinnen.'

Bonus slikte. 'En wat nu als me dat niet lukt?'

'Dan heb ik je niet meer nodig, mijn beste Bonus.'

Het werd luchtig en makkelijk gezegd en afgedaan gemaakt met een onschuldig lachje. Bonus zocht achter de lach. Hij vond niets. Nacht en kou.

'Kijk naar het horloge,' commandeerde Alsaker en hij liet het zakhorloge voor het gezicht van de patiënt pendelen. 'Je ontspant, je armen en benen worden zwaar, je wordt moe en je slaapt. En je wordt pas weer wakker als ik "kastanje" zeg.'

Ze was eenvoudig onder hypnose te krijgen. Zo eenvoudig dat Alsaker een paar keer moest checken of ze niet simuleerde. Elke keer dat hij naar Inverness kwam werd hij door de receptionist Jack naar de suite gebracht waar zij klaarzat in haar ochtendjas. Ze weigerde iets anders te dragen. Haar handen waren rood van haar dagelijkse, dwangmatige schrobbeurten en hoewel ze bezwoer dat ze niets gebruikte, kon hij aan haar pupillen zien dat ze onder invloed was van een of ander narcoticum. Dat was een van de nadelen van de weigering haar op te laten nemen op een psychiatrische afdeling:

daar had hij haar medicijngebruik, slaap- en eetgewoonten kunnen controleren en haar gedrag voortdurend kunnen observeren.

'Laten we beginnen waar we de vorige keer zijn gestopt,' zei Alsaker, kijkend naar zijn notities. Niet dat hij een geheugensteuntje nodig had, de details waren zo gruwelijk dat ze in zijn geheugen gegrift stonden. Hij had ze nodig om te geloven wat ze hem had verteld. Het begon bij het gebruikelijke verhaal uit deze stad: 'Je vader was werkloos en aan alcohol verslaafd en je moeder depressief en gewelddadig. Je groeide op aan de oever van de rivier in wat jij noemt een bouwval of een rattennest. Letterlijk. Je hebt me verteld dat een van de eerste herinneringen die je hebt is dat je de ratten bij zonsondergang naar jullie huis ziet zwemmen, dat je dacht dat het huis van de ratten was, dat je in hun bed sliep, dat jullie hun voedsel aten en dat je begreep waarom ze beten als jij in hun bed stapte.'

Haar stem klonk mild en zacht: 'Ze wilden alleen hebben wat van hen was.'

'En dat zei je vader ook toen hij in jouw bed kwam.'

'Hij wilde alleen hebben wat van hem was.'

Alsaker liet zijn ogen gaan over de blaadjes van zijn notitieblok. Het was niet bepaald het eerste incestverhaal dat hij te horen kreeg, maar dit had details die... verontrustend waren.

'Op je dertiende raakte je zwanger en heb je een kind gebaard. Je moeder noemde je een hoer. Ze zei dat je het hoerenkind in de rivier moest gooien, maar dat weigerde je.'

'Ik wilde alleen hebben wat van mij was.'

'Dus jij en je kind werden het huis uit gegooid en jij hebt de eerste nacht doorgebracht bij de eerste man die je tegenkwam.'

'Hij zei dat hij het kind dood zou slaan als het niet ophield met huilen, dus ik nam het bij me in bed. Maar toen zei hij dat zijn concentratie weg was omdat het kind toekeek.'

'En terwijl hij nog sliep, pikte jij geld uit zijn portemonnee en eten uit de keuken.'

'Ik nam alleen wat van mij was.'

'En wat was van jou?'

'Wat al de andere mensen hebben.'

'Wat gebeurde er toen?'

'De rivier werd drooggelegd.'

'Vooruit, Lady, wat gebeurde er toen?'

'Er werden fabrieken gebouwd. Er kwamen meer arbeiders naar de stad. Ik verdiende wat meer. Moeder kwam om te vertellen dat vader dood was en dat het een zwaar ziekbed was geweest. Zijn longen. Ik zei dat ik er graag bij was geweest om zijn pijn te zien.'

'Draai er niet omheen, Lady. Ga erin. Wat gebeurde er met de baby?'

'Heb je gezien hoe gezichten van baby's bijna van de ene dag op de andere kunnen veranderen? Nou, op een dag had het kind zijn gezicht.'

'Van je vader?'

'Ja.'

'En wat deed je toen?'

'Ik gaf het kind extra melk zodat het gelukzalig naar me glimlachte voor het in slaap viel. Toen sloeg ik het kinderhoofdje kapot tegen de muur. Een schedel is makkelijk kapot te slaan, wist je dat? Hoe breekbaar is een mensenleven.'

Alsaker slikte en schraapte zijn keel. 'Deed je dat omdat het gezicht van het kind op dat van je vader leek?'

'Nee, maar het maakte het eindelijk mogelijk.'

'Betekent dit dat je er al een poos aan had gedacht?'

'Ja, logisch.'

'Kun je me vertellen waarom dat zo logisch was?'

Ze zweeg een poosje. Alsaker zag dat haar pupillen veranderden en ze deden hem aan iets denken. Aan kikkerdril. Aan kikkervisjes die zich probeerden te ontworstelen aan het taaie ei.

'Als je je doel wilt bereiken, moet je in staat zijn op te geven waar je van houdt. Als degene met wie je naar de top klimt zwak wordt, moet je die uitdagen om boven zichzelf uit te stijgen of je moet de lijn doorsnijden.'

'Waarom?'

'Waarom? Als hij valt, neemt hij jullie tweeën mee de afgrond in. Als je wilt overleven, moet je hand doen wat je hart niet toestaat.'

'De persoon van wie je houdt vermoorden?'

'Zoals Abraham zijn zoon Isaak offerde. Laat het bloed vloeien, amen.'

Alsaker huiverde en maakte aantekeningen. 'Wat is er eigenlijk op die top waar jij naartoe moet?'

'Op de top is de top. Dan ben je boven. Hoger dan alles en iedereen.'

'Moet je daarheen?'

'Nee, je kunt natuurlijk in het laagland blijven rondkruipen. Op de vuilnisbelt. In de riviermodder. Maar als je eenmaal begonnen bent met klimmen, is het te laat, dan is er geen weg terug. Dan is er alleen maar de afgrond of de top.'

Alsaker legde zijn pen neer. 'En voor die top ben jij bereid alles te offeren, ook wat je liefhebt? Gaat overleven boven de liefde?'

'Uiteraard, maar ik heb uiteindelijk ook ingezien dat de mens zonder liefde niet kan leven. Dus al dat overleven wordt mijn dood, dokter.'

Haar blik had ineens een helderheid waardoor Alsaker een moment dacht dat ze helemaal niet psychotisch was. Maar het kwam natuurlijk door de hypnose of het tussentijds ontwaken. Alsaker had dat al meerdere keren gezien. Hoe een patiënt in een diepe psychose of depressie ineens ogenschijnlijk gezond kan lijken. Toch is hij als een drenkeling die naar de oppervlakte komt: met een wilskracht die familieleden en een onervaren psychiater hoop geeft, houdt hij zich een paar dagen drijvend om juist die laatste wilskracht te gebruiken om dat uit te voeren waarmee gedreigd werd of gewoon weer naar beneden te zakken naar de peilloze diepte waar hij vandaan kwam. Nee, het was gewoon de hypnose geweest, want nu gleed het kikkerdrilvlies weer over haar blik.

'In de krant staat dat het na het radio-interview slechts een kwestie van tijd is voor jij je kandidaat stelt voor het burgemeesterschap,' zei Seyton. Hij had de krant op de tafel voor hem uitgespreid en liet de nagels die hij knipte erop vallen.

'Laat ze maar schrijven,' zei Macbeth op zijn horloge kijkend. Tourtell had hier al tien minuten geleden moeten zijn.

'Maar ga je het doen, chef?' Er klonk een duidelijke knip toen de lange nagel van de wijsvinger werd afgeknipt.

Macbeth haalde zijn schouders op. 'Dat is een gedachte waarop gebroed moet worden. Wie weet, als die zich verder ontwikkelt, ga ik er misschien anders over denken.'

De deur ging open. In de smalle opening verscheen het vriendelijke, overdreven opgemaakte gezicht van Priscilla. 'Hij is er, sir.'

'Mooi, laat hem binnen.' Macbeth stond op. 'En breng even koffie.'

Priscilla glimlachte. Haar ogen verdwenen in haar appelwangen en zij verdween ook.

'Moet ik?' vroeg Seyton en hij maakte aanstalten van de bank op te staan.

'Jij blijft,' zei Macbeth.

Seyton ging door met knippen.

'Maar je gaat staan.'

De deur ging wagenwijd open. 'Macbeth, mijn vriend!' bulderde Tourtell en Macbeth vroeg zich een ogenblik af of de deuropening breed genoeg was. Of zijn ribben sterk genoeg toen de burgemeester met zijn dikke hand op zijn rug bonkte.

'Je hebt de zaken werkelijk krachtdadig aangepakt, Macbeth.'

'Dank je. Ga zitten.'

Tourtell knikte eventjes naar Seyton en nam plaats. 'Bedankt en ook bedankt dat de hoofdcommissaris me op zo korte termijn kan ontvangen.'

'Je bent mijn werkgever, dus ik moet me vereerd voelen dat je hiervoor de tijd neemt, Tourtell. En dat je ook nog eens naar mij komt in plaats van omgekeerd.'

'O, dat. Ik hou er niet van dat mensen het gevoel krijgen dat ze op het matje worden geroepen.'

'Betekent dit dat ik dat nu word?' vroeg Macbeth.

De burgemeester lachte. 'Absoluut niet, Macbeth, ik wilde alleen zien hoe het gaat. Of je je draai kunt vinden. Ik bedoel, het is nogal een overgang. En met alles wat er de laatste dagen is gebeurd...' Tourtell sloeg zijn ogen ten hemel. 'Dat is voor iedereen een chaos.'

'Ben je van mening dat het dat is geworden? Een chaos?'

'Nee nee, dat had kunnen gebeuren. Ik vind dat je de zaken tegen alle verwachtingen in goed hebt aangepakt, je bent immers nieuw in het spel.'

'Nieuw in het spel.'

'Ja, de dingen gaan zo snel, je moet ze zonder te aarzelen aanpakken. Je uitspreken en dan komt het voor dat je iets zegt wat je niet eens meent.'

Priscilla kwam binnen, zette het dienblad met koffie op tafel, schonk in, maakte een misplaatste buiging en vertrok.

Macbeth nam een slokje van zijn koffie. 'Hm, heb je het over het radio-interview?'

Tourtell reikte naar de suikerklontjes, pakte er drie en stak er eentje in zijn mond. 'Een deel van wat je zei kan opgevat worden als kritiek op het gemeentebestuur en mij. Laat ik duidelijk zijn, we stellen het op prijs als de hoofdcommissaris de dingen bij zijn naam noemt, niemand krijgt een muilkorf om. De vraag is uiteraard of de kritiek niet wat feller klonk dan de bedoeling was.'

Macbeth zette zijn wijsvinger tegen zijn kin en keek nadenkend omhoog. 'Ik vat de kritiek niet als overdreven fel op, meneer de burgemeester.'

'Zie je, dat is precies wat ik dacht, het was niet je bedoeling om fel te zijn! Want jij en ik willen hetzelfde, Macbeth. Het beste voor de stad. De boel weer aan de gang krijgen, de werkloosheid naar beneden. Uit ervaring weten we dat met lagere werkloosheidscijfers de criminaliteit daalt, dat geldt ook voor de drugsomzet. Wat er weer toe leidt dat de druggerelateerde criminaliteit afneemt. Binnenkort zullen de rijen voor de gevangenissen drastisch slinken en zal iedereen zich afvragen hoe hoofdcommissaris Macbeth voor elkaar krijgt wat zijn voorgangers nooit is gelukt. Zoals je weet, kan een burgemeester maar twee termijnen blijven zitten. Dus hopelijk word ik herkozen, maar als mijn volgende termijn erop zit, moet er een nieuwe man klaarstaan. En misschien wil de stad nu juist de man hebben die zulke resultaten heeft behaald als hoofdcommissaris.'

'Nog koffie?' Macbeth schonk koffie in het nog volle kopje van Tourtell waardoor de bruine vloeistof over de rand stroomde op het schoteltje. 'Weet je wat mijn vriend Banquo altijd zei, meneer de burgemeester? Kus het meisje terwijl ze verliefd is.'

'En dat betekent?' zei Tourtell, starend naar het schoteltje.

'Dat emoties veranderen. De stad houdt nu van mij. En vier jaar is lang.'

'Misschien, maar je moet je oorlogen kiezen, Macbeth. En jouw keus is nu hoever je de zittende burgemeester kunt uitdagen – iets wat historisch gezien zelden tot een overwinning leidt – of dat je vier jaar wacht en tijdens je verkiezingscampagne gesteund wordt door de aftredende burgemeester – iets wat historisch gezien erg vaak tot een overwinning leidt.'

'Een dergelijke belofte is makkelijk te geven en nog makkelijker te breken.'

Tourtell schudde zijn hoofd. 'Mijn lange politieke loopbaan is gebaseerd op strategische allianties en samenwerking, Macbeth. Kenneth heeft ervoor gezorgd dat de hoofdcommissaris van politie zoveel verstrekkende volmachten heeft dat ik als burgemeester volledig afhankelijk was – en ben – van de welwillendheid van de hoofdcommissaris. Geloof me, ik wéét dat breken van mijn belofte me duur zal komen te staan. Jij bent een intelligente man, Macbeth, en je leert snel. Maar het ontbreekt je aan ervaring in dit gecompliceerde, tactische spel dat politiek wordt genoemd. Je huidige populariteit en een paar aansprekende uitspraken op de radio zijn niet voldoende. Mijn ondersteuning alleen zal ook niet genoeg zijn, maar die zal je meer opleveren dan wat je in je eentje hoopt te bereiken.'

'Je zou niet naar me toe zijn gekomen om me over te halen af te zien van een eventuele kandidaatsstelling voor de komende verkiezing als je me niet als een serieuze uitdager zou beschouwen.'

'Dat denk je, omdat je nog niet zo ervaren in de politiek bent om het grote geheel te kunnen zien. En het grote geheel is dat als ik herkozen word als burgemeester en jij hoofdcommissaris blijft, de stad een probleem heeft omdat de twee machtigste mannen dan een felle verkiezingscampagne achter de rug hebben waardoor ze de komende vier jaar moeite hebben om samen te werken. Bovendien zal het voor mij onmogelijk worden om later je kandidatuur te steunen, dat begrijp je vast.'

Dat begrijp je vast. Tamelijk neerbuigend. Macbeth opende zijn mond om er iets tegen in te brengen, maar het leek of de gedachte die de woorden moest vormen niet kwam.

'Laat ik met een voorstel komen,' zei Tourtell. 'Jij stelt je niet verkiesbaar, maar je hoeft niet vier jaar te wachten op mijn steun.'

'O?'

'Ja, de dag dat jij Hecate arresteert – wat voor ons beiden een enorme triomf zal zijn – zal ik officieel bekendmaken dat ik hoop dat jij bij de volgende verkiezingen mijn opvolger wordt. Wat zeg je daarvan, Macbeth?'

'Ik heb toch op de radio gezegd dat Hecate niet mijn eerste prioriteit is?'

'Dat heb ik gehoord. En ik heb dat zo geïnterpreteerd dat jij niet de druk wilt voelen die Duncan zichzelf had opgelegd door dergelijke hoopvolle en concrete beloftes te doen. Nu wordt de dag dat jij hem pakt een regelrechte bonus. Want dat ben je wel van plan, is het niet?'

'Uiteraard,' zei Macbeth. 'Het is moeilijk om Hecate te arresteren, maar als de gelegenheid zich voordoet...'

'Mijn ervaring is dat gelegenheden zich zelden spontaan aanbieden,' zei Tourtell. 'Ze moeten juist geschapen worden en daarna benut. Dus wat is jouw plan om Hecate in zijn kraag te grijpen?'

Macbeth kuchte en rommelde wat met zijn koffiekopje. Hij trachtte zijn gedachten te ordenen. Hij had gemerkt dat hij daar ineens problemen mee kon krijgen, dat het leek of het te veel werd, dat hij te veel ballen in de lucht moest houden, en als één bal viel dan vielen de andere ook en moest hij helemaal opnieuw beginnen. Nam hij te veel power? Of te weinig? Macbeths blik ging naar Seyton die aan de salontafel was gaan zitten, maar van hem was geen hulp te verwachten. Natuurlijk niet. Alleen zij kon hem helpen. Lady. Hij moest stoppen met de dope en met haar praten. Alleen zij kon de mist wegblazen, zijn gedachten ordenen.

'Ik wil hem in een val lokken,' zei Macbeth.

'In wat voor val?'

'We hebben het plan nog niet uitgewerkt.'

'We hebben het hier over vijand nummer één in de stad, dus ik zou het op prijs stellen als ik op de hoogte word gehouden,' zei Tourtell terwijl hij opstond. 'Misschien kun je tijdens Duncans begrafenis morgen het plan in grote lijnen aan me voorleggen? Samen met je besluit ten aanzien van de verkiezingen?'

Macbeth schudde Tourtells hand zonder op te staan. Tourtell knikte naar de wand achter hem. 'Ik heb altijd van dat schilderij gehouden. Ik kom er zelf wel uit.'

Macbeth keek hem na. Tourtell leek elke keer dat hij hem zag dikker te zijn geworden. Hij had zijn koffie niet aangeraakt. Macbeth draaide zijn stoel om naar het schilderij achter zich. Het was groot en toonde een man en vrouw die beiden gekleed in werkkleding hand in hand liepen. Achter hen kwam een stoet kinderen en weer achter hen kwam de zon op. Het grote geheel. Hij gokte dat Duncan dit schilderij had gekozen; Kenneth had waarschijnlijk een portret van zichzelf opgehangen. Macbeth hield zijn hoofd schuin, maar hij kon er nog steeds niet achter komen wat het schilderij wilde zeggen.

'Vertel me eens, Seyton, wat vind jij?'

'Wat ik vind? Tourtell kan naar de hel lopen. Jij bent populairder dan hij.'

Macbeth knikte. Seyton was als hij, hij had geen oog voor het grote geheel. Alleen zij had dat.

Lady had zichzelf opgesloten in haar kamer.

'Ik moet met je praten,' zei Macbeth.

Geen antwoord.

'Schat!'

'Het is het kind,' zei Jack.

Macbeth draaide zich naar hem om.

'Ik heb het van haar afgepakt. Het begon te stinken en ik wist niet wat ik verder nog kon doen. Maar zij denkt dat u die opdracht heeft gegeven.'

'Het is goed, Jack. Ik heb alleen haar advies nodig en... ja.'

'In de toestand waarin ze zich nu bevindt, kan ze u nauwelijks advies geven, sir. Mag ik vragen... nee, pardon, ik ga buiten mijn boekje, u bent Lady niet, sir.'

'Dacht je dat ik Lady was?'

'Nee, het is alleen... Lady heeft de gewoonte haar gedachten met mij te delen en dan probeer ik haar zo goed mogelijk bij te staan. Niet dat ik zoveel te bieden heb, maar af en toe kan het aan een ander vertellen helpen bij het helder krijgen van je hoofd.'

'Hm, maak een kop koffie voor ons, Jack.'

'Komt eraan, sir.'

Macbeth ging naar de mezzanine en keek naar de speelzaal onder hem. Het was een rustige avond. Hij zag geen bekende gezichten. Waar was iedereen?

'In de Obelisk,' zei Jack en hij gaf Macbeth een kop dampende koffie.

'Wat?'

'Onze vaste gasten, ze zitten in de Obelisk. Dat vroeg u zich toch af, of niet?'

'Misschien wel.'

'Ik was gisteren in de Obelisk en ik heb er vijf geteld. En met twee van hen gesproken. Het blijkt dat niet alleen wij spioneren, zij hebben hier ook mensen rondlopen. En ze hebben onze vaste gasten gezien en hun een betere deal gegeven.'

'Betere deal?'

'Krediet.'

'Dat is illegaal.'

'Niet officieel, natuurlijk. Het zal niet terug te vinden zijn in de kasboeken en als ze ermee geconfronteerd worden, zullen ze het glashard ontkennen.'

'Dan moeten wij dat ook aanbieden.'

'Ik geloof dat het probleem verdergaat dan dat, sir. Ziet u hoe weinig mensen er in de bar zitten? In de Obelisk staat een rij. Bier en andere drankjes zijn daar dertig procent goedkoper, en dat betekent niet alleen dat het bezoekersaantal en de omzet in de bar stijgen, maar ook dat de mensen zorgelozer spelen.'

'Lady vindt dat we ons moeten richten op een ander, meer kwaliteitsbewust publiek.'

'De bezoekers van de casino's hier in de stad kunnen grofweg verdeeld worden in drie groepen, sir. Je hebt de doorgewinterde spelers die niets geven om de kwaliteit van de tapijten of de dure cognac, ze willen een efficiënte croupier, een pokertafel met boeren die ze kunnen uitkleden en – indien mogelijk – krediet. Die groep zit in de Obelisk. En dan heb je de genoemde boeren die in de stad zijn en die voorheen altijd naar Inverness kwamen omdat ze hadden gehoord dat dit het échte casino is. Maar nu hebben ze ontdekt dat ze de voorkeur geven aan de eenvoudiger, vrolijker, zondiger sfeer in de Obelisk. Dat zijn mensen die liever naar de bingo gaan dan naar de opera.'

'En wij zijn de opera?'

'Ze willen goedkoop bier en goedkope dames. Wat is anders de reden van een bezoekje aan de stad?'

'En de laatste groep?'

Jack wees in de zaal. 'De mensen uit West die zich niet willen mengen onder het plebs. Onze laatste trouwe klanten. Nog wel. Want de Obelisk is van plan volgend jaar een nieuwe speelhal te openen met een dresscode, hogere minimuminzet en duurdere cognacmerken in de bar.'

'Hm, wat stel jij voor dat we doen?'

'Ik?' Jack lachte. 'Ik ben maar een receptionist, sir.'

'En croupier.' Macbeth keek naar de blackjacktafel waar Lady, Jack en hij elkaar voor het eerst hadden ontmoet. 'Laat ik je om advies vragen, Jack.'

'Een croupier let er alleen op dat mensen inzetten, sir, hij geeft nooit raad.'

'Goed, luister dan alleen. Tourtell is naar me toe gekomen om te vertellen dat hij niet wil dat ik me kandidaat stel als burgemeester.'

'Was u dat van plan, sir?'

'Ik weet het niet. Ik heb erover nagedacht, het weer verworpen en er vervolgens weer over nagedacht. Vooral nadat Tourtell me neerbuigend wilde uitleggen waar het in de politiek eigenlijk om draait. Wat vind jij?'

'O, ik ben ervan overtuigd dat u een geweldige burgemeester zou zijn, sir. Denk eens aan alles wat u en Lady voor de stad zouden kunnen betekenen!'

Macbeth keek naar Jacks stralende gezicht, die onvervalste vreugde, het naïeve optimisme. Als een spiegelbeeld van de persoon die hij ooit was. En er schoot een merkwaardige gedachte door zijn hoofd: dat hij wenste dat hij Jack, de receptionist was.

'Maar ik heb ook veel te verliezen,' zei Macbeth. 'Als ik me nu stilhoud, zal Tourtell me bij de volgende verkiezing steunen. En hij heeft gelijk als hij zegt dat de zittende burgemeester bijna altijd wordt herkozen.'

'Hm,' zei Jack en hij krabde zich op zijn hoofd. 'Tenzij er vlak voor de verkiezingen een schandaal opduikt, natuurlijk. Een bedenkelijke kwestie die de stad Tourtell onmogelijk kan laten zitten.'

'Waar denk je aan?'

'Lady heeft me gevraagd een en ander uit te zoeken over die jongen die Tourtell bij zich had tijdens het feest. Mijn bronnen zeggen dat de echtgenote van Tourtell naar hun zomerhuis in Fife is vertrokken, terwijl de jongen bij Tourtell is gaan wonen. Hij is minderjarig. Seks met minderjarigen is verboden. Wat we nodig hebben, zijn concrete bewijzen van ontucht. Getuigen. Personeel in de burgemeesterswoning bijvoorbeeld.'

'Maar Jack, dat is toch fantastisch!' Macbeths wangen werden rood van het vooruitzicht dat hij Tourtell aan het spit zou kunnen rijgen. 'We zorgen voor de bewijzen, ik vraag Kite een livedebat te organiseren en dan kan ik die immorele verhouding in zijn gezicht smijten, zonder dat hij daarop is voorbereid! Wat denk jij?'

'Misschien.'

'Misschien? Wat bedoel je?'

'Ik dacht eraan, sir, dat u zelf als vijftienjarige bij een kinderloze man bent gaan wonen. De burgemeester zal de bal terugkaatsen.'

Macbeth voelde het bloed weer wegtrekken uit zijn gezicht. 'Wat? Dat Banquo en ik...'

'Tourtell zal niet aarzelen als u de eerste steen gooit, sir. In liefde en politiek is alles geoorloofd. En tegelijkertijd zal het niet handig zijn als men de indruk krijgt dat u uw positie als hoofdcommissaris heeft misbruikt om het privéleven van Tourtell te laten onderzoeken.'

'Hm, daar heb je gelijk in. Dus hoe zou jij het aanpakken?'

'Laat me even nadenken.' Jack nam een slok van zijn koffie. En nog een. Toen zette hij het kopje op de tafel tussen hen in. 'De informatie over de jongen kan beter via een omweg worden gelekt. Maar als u de tegenkandidaat van Tourtell bent, zal er snel gedacht worden dat u de bron moet zijn. Dus het lekken moet wellicht gebeuren voordat u zich kandidaat stelt. Ja, om elke verdenking te voorkomen, moet u misschien verklaren dat u zich niet kandidaat stelt. In elk geval niet eerder dan over vier jaar, dat u eerst als hoofdcommissaris werk heeft te doen. Als het schandaal Tourtell heeft gediskwalificeerd, zegt u licht tegenstribbelend dat u zich in het belang van de stad beschikbaar stelt omdat er in deze moeilijke tijden snel een nieuwe leider moet zijn. U weigert commentaar te geven op het Tourtell-schandaal wanneer de journalisten daarom vragen en toont daarmee aan dat u ver boven dergelijk gedrag verheven staat en de focus alleen gericht wilt hebben op hoe u de stad... eh, u drukte het zo mooi uit op de radio. Hoe zei u het ook alweer?'

'De stad weer op de rails zetten,' zei Macbeth. 'Nu begrijp ik waarom Lady jou als adviseur gebruikt, Jack.'

'Dank u, sir, maar u moet mijn inbreng niet overdrijven.'

'Dat doe ik niet, maar je hebt een onwaarschijnlijk goede kijk op de zaken.'

'Mogelijk is het makkelijker croupier en observator te zijn dan deelnemer met alle risico's en sterke emoties die daarbij komen kijken.'

'En ik vind dat je een verdomd goede croupier bent, Jack.'

'Als croupier zou ik u willen adviseren uw kaarten nog beter te bestuderen om uit te zoeken of ze misschien nog beter uitgespeeld kunnen worden.'

'O?'

'Tourtell heeft bij de volgende verkiezingen zijn steun beloofd, maar die steun is weinig waard als hij ontmaskerd wordt als pedofiel, is het niet?'

Macbeth aaide over zijn baard. 'Dat is waar.'

'Dus u zou nu om iets anders moeten vragen. Tegen Tourtell moeten zeggen dat u nog niet eens zeker weet of u bij de volgende verkiezingen mee zult doen. En dat u daarom liever iets concreets vraagt wat hij nu kan geven.'

'En wat moet dat dan zijn?'

'Wat wilt u, sir?'

'Wat ik...' – Macbeth zag dat Jack naar de speelhal knikte – '...eh, meer gasten?'

'Ja, de gasten van de Obelisk. Maar als hoofdcommissaris heeft u niet de autoriteit om de Obelisk te kunnen sluiten, zelfs niet als u vermoedens heeft van illegale kredietverstrekkingen.'

'Is dat zo?'

'Als croupier weet ik toevallig dat de politie individuen kan aanklagen, maar dat de Kansspelautoriteit een heel casino kan sluiten, sir. En die jurisdictie valt onder...'

'Het stadhuis. Tourtell.'

Macbeth zag het nu helder voor zich. Hij had geen power nodig. Hij zou die door de wc spoelen. Er klonk ergens een bel.

'Zo te horen hebben we gasten bij de receptie, sir.' Jack stond op.

Macbeth pakte zijn arm. 'Wacht maar tot Lady hoort wat we hebben uitgedacht. Ik weet zeker dat ze in één klap beter is. Hoe kunnen we jou bedanken, Jack?'

'Dat is niet nodig, sir.' Jack lachte ongemakkelijk. 'U beiden hebt mijn leven gered, dat is voldoende.'

Hoofdstuk 26

Duff trachtte zijn misselijkheid weg te slikken. Het was de vierde dag aan boord, maar de zeeziekte leek niet minder te worden. De deining van de zee was één ding, maar de verstikkende geur in de kombuis was wat anders. Aan deze kant van de klapdeur hing er een mix van ranzig vet en zure melk, aan de andere kant, in de mess waar de mannen aten, de stank van zweet en tabak. De steward had het ontbijt aan Duff overgelaten, hij vond dat Duff het wel alleen kon. Voor brood en beleg zorgen, eieren koken en koffiezetten: dat moest een zeezieke beginneling wel aankunnen.

Duff was om zes uur wakker gepord en het eerste wat hij deed was overgeven in de emmer naast zijn kooi. Hij had nog geen twee nachten in dezelfde hut geslapen omdat er een tekort was aan slaapplaatsen, dus hij leende steeds de kooi van degene die op wacht stond. Gelukkig waren het steeds de onderste bedden zodat hij de emmer op de grond kon zetten. Hij had nog net zijn trui kunnen aantrekken toen de volgende golf braaksel kwam. Op weg naar beneden naar de kombuis had hij een stop bij de wc naast de stuurmanshut moeten maken en nog eentje bij de wasbak voor de steile trap.

Het ontbijt was geserveerd en de mannen die dienst hadden waren kennelijk klaar. Tijd om alles op te ruimen voordat hij aan de lunch moest beginnen.

Duff ademde drie keer de twijfelachtige lucht in, stond op en liep de mess binnen.

Aan de dichtstbijzijnde tafel zaten vier personen. De machinist, een ietwat te zware man met harige onderarmen, in een Esso-T-shirt met olievlekken en zweetkringen, een pet met tijgerprint van Hull City AFC op, had het hoogste woord. Als hij sprak, maakte hij aan het begin en eind een snuivend geluid als verbale aanhalingstekens. Wat er tussen de aanhalingstekens stond waren altijd denigrerende opmerkingen over mannen die lager in de pikorde stonden.

'Hé, Vonkje,' schreeuwde de machinist om er zeker van te zijn dat iedereen in de gaten had dat hij het tegen de jongen met bril aan het eind van de tafel had. 'Misschien moet je onze nieuwe kombuisjongen vragen of hij een vispudding voor je opwarmt, dan kun je daar je pik in stoppen. Dichter bij een echte kut zul je niet komen.' Hij snoof voor hij begon te lachen. Van de anderen oogstte de machinist niet meer dan een kort, geforceerd lachje. De jonge radiotelegrafist grinnikte even en liet zijn hoofd nog verder over zijn bord zakken.

De machinist – Duff had gehoord dat de anderen hem Hutch noemden – snoof. 'Maar als ik naar het ontbijt van vandaag kijk, weet je misschien niet eens hoe je een vispudding opwarmt, of wel, kombuisjongen?' Opnieuw gesnuif.

Duff deed wat de radiotelegrafist deed: hij hield zijn hoofd laag. Dat was het enige wat hij moest doen tot ze in Capitol bij de kade aanlegden. Mond houden, niet opvallen, gezicht in een masker.

'Antwoord, kombuisjongen! Of wil jij dit roerei noemen?'

'Is er iets mee?' vroeg Duff.

'Of er iets mee is?' De machinist rolde met zijn ogen en draaide zich om naar de andere mannen. 'Dit groentje vraagt of er iets mee is. Dit roerei smaakt zoals jij eruitziet: naar kots. Jouw kots. Uit die groene, misselijke kop van jou.'

Duff keek naar de machinist. Die vent grijnsde; in zijn glanzende ogen zat het kwaad. Hij had het eerder gezien. In de ogen van Lorreal, de directeur van het weeshuis.

'Het spijt me als het roerei niet aan de verwachtingen voldeed,' zei Duff.

'Niet aan de verwachtingen voldeed?' aapte de machinist hem na en hij snoof wederom. 'Denk je dat we hier in een of ander chic restaurant zitten? Op zee moeten we eten hebben, geen troep op ons bord. Of niet, mannen?'

De mannen om hem heen bromden instemmend, maar Duff zag dat twee van hen ongemakkelijk hun hoofd bogen. Vermoedelijk knikten ze maar om zelf geen schietschijf te worden.

'De steward zorgt straks voor de lunch,' zei Duff en hij zette het beleg en de pakken melk op het dienblad. 'Laten we hopen dat het dan beter is.'

'Wat niet beter wordt,' zei de machinist, 'is hoe jij eruitziet. Heb je luizen, loop je daarom met een muts op? En dan die verrekte kutbaard. Wat is er gebeurd, kombuisjongen? Heb je de kut van je moeder gekregen als porem?'

De machinist keek verwachtingsvol rond, maar deze keer keken alle aanwezigen naar de vloer.

'Ik heb een voorstel,' zei Duff. Hij wist dat hij het niet moest doen. Wist dat hij zichzelf had beloofd om het niet te doen. 'Vonkje steekt zijn pik in jouw oksel zodat hij een natte kut kan voelen en jij eindelijk een lul hebt.'

Het werd zo stil rond de tafel dat het enige wat te horen was het verschuiven van borden met kaas, cervelaat en augurk op het dienblad was.

'Wat zei je, jongen?' zei de machinist zacht en sissend. Geen gesnuif ditmaal.

'Ik zal herhalen wat jou het meest zal interesseren,' zei Duff en hij zette het dienblad neer. 'Jij eindelijk een lul hebt.' Hij hield de u in lul langer aan, zodat niemand eraan kon twijfelen wat hij zei.

Duff liep weg van de tafel. De machinist was opgestaan en kwam op hem af.

'Doe je bril af,' zei hij.

'Ik zie geen zak zonder,' zei Duff. 'En mét zie ik wel een zak.'

De machinist deed zijn arm naar achteren, aangevend waar de klap zou komen en zwaaide. Duff deed een stap naar achteren, bewoog wat en toen de oliezwarte hand van de machinist langs hem suisde, deed hij twee snelle passen naar voren, greep de andere hand van de machinist die nu uit balans was en duwde de hand stevig in de richting van de pols, legde zijn andere hand achter de elleboog van de machinist en liet hem de beweging afmaken terwijl Duff zelf achter hem ging staan. De machinist schreeuwde, boog automatisch voorover om de pijnlijke druk op zijn pols te verlichten terwijl Duff hem in de richting van de wand stuurde, met zijn hoofd eerst. Duff trok de machinist terug en duwde hem met kracht weer vooruit. Zijn hoofd dreunde tegen de wand. Duff duwde de rechterarm van de hulpeloze machinist wat omhoog, hij voelde dat er iets op het punt stond toe te geven, te breken. Het geschreeuw van de machinist steeg tot gejank en zijn vingers klauwden zich vast aan Duffs muts. Duff ramde zijn hoofd nogmaals tegen de wand en maakte zich klaar voor nog een keer toen hij een stem hoorde: 'Dat is genoeg, Johnson!'

Het duurde even voor Duff besefte dat dat de naam was waarmee hij had aangemonsterd. En dat het de stem van de kapitein was. Duff keek op. De kapitein stond recht voor hem. Duff liet de machinist los die jammerend op zijn knieën viel.

'Wat is hier aan de hand?'

Duff voelde nu pas dat hij hijgde. Opwinding. Razernij. 'Niets, kapitein.'

'Ik ken het verschil tussen niets en iets, Johnson. Dus wat is dit? Hutchinson?'

Duff wist het niet zeker, maar het leek of de geknielde man huilde.

Duff kuchte. 'Een weddenschap tussen vrienden, kapitein. Ik wilde laten zien dat de Fife-greep effectiever is dan de rotklap uit Hull. Misschien ben ik daarin te ver gegaan.' Hij klopte op de schokkende rug van de machinist. 'Het spijt me, kameraad, maar zijn we het erover eens dat Fife dit keer Hull heeft verslagen?'

De machinist knikte snikkend.

De kapitein deed zijn pet af en keek Duff onderzoekend aan. 'De Fife-greep?'

'Yep,' zei Duff.

'Hutchinson, jij bent in de machinekamer nodig. En jullie hebben ook werk te doen, is het niet?'

De mess werd snel verlaten.

'Schenk een kop koffie voor me in en ga zitten,' zei de kapitein.

Duff deed wat hem gezegd werd.

De kapitein bracht de koffie een paar keer naar zijn mond. Keek in de zwarte vloeistof en mompelde iets in zichzelf. En net toen Duff zich begon af te vragen of de kapitein hem misschien vergeten was, keek hij op.

'Meestal vind ik het niet de moeite waard om me te verdiepen in de individuele achtergrond van de kerels hier aan boord, Johnson. De meeste zijn simpele lieden met beperkte intelligentie, een verleden dat je beter kunt laten rusten en een toekomst die niet aan boord van MS Glamis zal zijn. Dus ik weet dat ze niet lang onder mijn commando zullen staan of mijn probleem zullen zijn. Het enige wat voor mij van belang is, is of ze als groep, als mijn bemanning, kunnen functioneren.'

De kapitein nam opnieuw een slok. Hij trok een grimas, maar Duff wist niet of dat kwam door de koffie, pijn of het thema.

'Jij lijkt me een man met intelligentie en ambitie, Johnson, maar ik ga je niet vragen hoe je hier terecht bent gekomen. Ik betwijfel of ik de waarheid zal horen. Ik gok dat je wel een beetje weet hoe groepen werken. Je weet dat er altijd sprake is van een pikorde, en in die pikorde heeft iedereen zijn rol, zijn plaats. De kapitein bovenaan, het groentje onderaan. Zolang iedereen zijn eigen plaats in de orde kent en die van de anderen accepteert, hebben we een bemanning die functioneert. En zo wil ik het hebben. Maar nu hebben we op de Glamis verwarring aan de basis van de pikorde. We hebben drie potentiële kippen die kaalgepikt kunnen worden. Vonkje omdat hij de jongste is, jij omdat het je eerste reis is en Hutchinson omdat hij de domste is en moeilijk sympathiek gevonden kan worden.'

Opnieuw een slok.

'Vonkje zal deze reis als onderste kip wel overleven. Hij is jong en intelligent genoeg en hij zal het wel leren. En jij, Johnson, bent zojuist in de pikorde gestegen door wat je met Hutchinson hebt gedaan. Ik heb het idee dat je het hebt uitgelokt om juist dit te bereiken. Maar als ik Hutch goed inschat, is hij begonnen. Stom als hij is, heeft hij zich weer eens in de nesten gewerkt En daarom zal hij op zoek gaan naar een nieuw slachtoffer om te kleineren. Dat zal waarschijnlijk een stakker zijn die aanmonstert in Capitol, want we blijven nieuwe mensen nodig hebben omdat er steeds mannen afmonsteren. Begrijp je?'

Duff haalde zijn schouders op.

'En dat is dus mijn probleem, Johnson. Dat Hutch zal doorgaan met proberen, maar hij zal altijd de onderste kip blijven. En ik had liever een andere onderste kip, een die stilzwijgend zijn lot accepteert. Maar aangezien Hutch een ellendige ruziezoeker is die vindt dat hij voldoende slaag heeft gehad in zijn leven en dat het nu de beurt is aan iemand anders, zal hij doorgaan met de sfeer te verpesten aan boord. Hij is geen slechte machinist, maar door hem functioneert de bemanning slechter dan zonder hem.'

Luid geslurp.

'Dus waarom dump je hem niet gewoon? vraag je je af. En je vraagt je dat af omdat jij geen zeeman bent en niets weet van de contracten van de Zeelieden Vakbond die bepalen dat ik met Hutch opgescheept zit totdat ik iets tegen hem heb wat me een zogenaamd objectieve reden kan geven om hem aan wal te zetten. Fysiek aanvallen van een collega zou een dergelijke reden kunnen zijn...'

Duff knikte.

'Dus het enige wat ik van je nodig heb voor de Zeelieden Vakbond, is een ja en een handtekening, dan hoor ik de rest van de getuigen.'

'We stoeiden maar wat, kapitein, het zal niet weer gebeuren.'

'Nee, dat zal vast niet.' De kapitein krabde zich onder zijn kin. 'Zoals gezegd is het niet mijn gewoonte om me onnodig te verdiepen in de achtergrond van mijn mannen. Maar ik heb de greep die jij gebruikte op Hutch slechts twee keer eerder zien gebruiken: door de militaire politie en de havenpolitie. De gemeenschappelijke noemer is in elk geval de politie. Dus nu wil ik de waarheid horen.'

'De waarheid?'

'Ja, viel hij jou aan?'

Duff keek de kapitein lang aan. Hij had vermoedelijk allang begrepen dat Cliff Johnson niet zijn echte naam was en dat deze kombuisjongen nooit in een restaurant had gewerkt. Het enige wat hij vroeg was een ja en een valse handtekening. Als er ooit vragen zouden komen over de identiteit van die Johnson, zou Duff reeds lang met de noorderzon zijn vertrokken.

'Goed, hier komt de waarheid,' zei Duff en hij zag dat de kapitein naar hem toe boog.

'We stoeiden alleen maar wat, chef.'

De kapitein zakte weer achterover. Bracht het kopje naar zijn mond. Zijn ogen boven het aardewerk waren strak op Duff gericht. Niet op zijn ogen, maar hoger, op zijn voorhoofd. De adamsappel van de kapitein ging op en neer toen hij slikte. Toen zette hij het lege kopje hard op tafel.

'Johnson?'

'Ja, kapitein?'

'Ik mag jou wel.'

'Kapitein?'

'Ik kan niet geloven dat je Hutch beter kunt verdragen dan wij, maar je bent geen verklikker. Als kapitein ben ik daar niet blij mee, maar het getuigt van integriteit. En dat respecteer ik, dus ik zal er niet weer over beginnen. Je bent zeeziek en je liegt, maar ik zou meer mannen als jij op mijn schip willen hebben. Bedankt voor de koffie.'

De kapitein stond op en vertrok.

Duff bleef een paar seconden zitten. Toen nam hij het lege kopje mee naar de kombuis en zette het in de gootsteen. Hij sloot zijn ogen, zette zijn handen op het koele, blinkende roestvrijstalen aanrecht en vocht tegen de misselijkheid. Waar was hij mee bezig? Waarom had hij niet gezegd hoe het zat, dat Hutch een klootzak was?

Hij deed zijn ogen weer open. Keek naar zijn spiegelbeeld in de sauspan die aan de plank voor hem hing. Zijn hart stond even stil. De muts was zonder dat hij het had gemerkt omhooggeschoven. Hutchinson moest dat hebben gedaan toen hij zich verweerde. Het litteken lichtte op zijn voorhoofd op als een dikke, witte condensstreep in de lucht. Het litteken. Daar had de kapitein naar gestaard voor hij het kopje had neergezet.

Duff sloot zijn ogen, zei tegen zichzelf dat hij moest ontspannen, rustig moest nadenken over alles.

De afreis was zo vroeg geweest dat de kranten nog niet in de kiosken lagen, de kapitein kon nog geen foto hebben gezien van de man die werd gezocht. Tenzij hij tijdens de persconferentie de avond tevoren Duffs gezicht op televisie had gezien. Maar was er een teken van schrik in de ogen van de kapitein geweest toen hij het litteken zag – áls hij de persconferentie had gezien? Nee. Omdat de kapitein een goede toneelspeler was en totdat ze hem konden oppakken niet wilde laten zien dat hij hem had herkend. Aangezien Duff er weinig aan kon veranderen, besloot hij voor zichzelf dat de kapitein het niet doorhad. Maar hoe zat het met de anderen? Nee, hij had met de rug naar hen toe gestaan tot de kapitein hen naar buiten had gecommandeerd. Alleen Hutchinson had hem in het gezicht gekeken. Maar als hij het litteken al had gezien, leek hij niet een persoon die het nieuws volgde.

Duff deed zijn ogen weer open.

Over twee etmalen, op woensdag, zouden ze aankomen.

Achtenveertig uur. Twee dagen zijn hoofd laag houden. Dat moest lukken.

De orgelmuziek zette in en terwijl Macbeth tussen de banken in de domkerk stond, voelde hij dat de haren op heel zijn lichaam overeind kwamen. De huiveringen kwamen niet door de muziek, niet door de priester of de afscheidswoorden van de burgemeester, niet door Duncans kist die door zes man werd gedragen en ook niet door het feit dat hij geen power had genomen. Het kwam door dat verdomde uniform. Elke keer als hij zich bewoog, schuurde de grove wollen stof tegen zijn huid en bezorgde hem de rillingen. Het oude, goede uniform was gemaakt van goedkopere, flodderige maar behaaglijker stof. Hij had natuurlijk het nieuwe, zwarte pak kunnen kiezen dat op het Hoofdkwartier was afgeleverd en vast van Hecate moest komen. Het had een fijnere kwaliteit, maar het kriebelde merkwaardig genoeg nog meer. Bovendien zou het een breuk met de tradities zijn om geen uniform te dragen tijdens een begrafenis van een politieman.

De kist kwam langs de bank van Macbeth. Duncans echtgenote en twee zoons liepen er vlak achter met hun ogen naar de grond gericht, maar toen de ene zoon ineens zijn blik opsloeg en toevallig die van Macbeth kruiste, sloeg Macbeth de zijne automatisch neer.

Toen stapte iedereen het middenpad in om bij de stoet aan te sluiten. Macbeth zorgde ervoor dat hij naast Tourtell kwam te lopen.

'Mooie woorden,' zei Macbeth.

'Bedankt. Het spijt me echt dat het gemeentebestuur de begrafenis niet voor rekening van de stad wil nemen. Met failliete fabrieken en veel lagere belastinginkomsten zijn de eisen voor een dergelijk eerbetoon veel hoger dan vroeger. Toch tamelijk onfatsoenlijk, als je het mij vraagt.'

'Alle begrip voor het gemeentebestuur.'

'Ik geloof dat Duncans familie daar niet zo over denkt. Zijn vrouw belde en zei dat we Duncans kist door de straten moesten rijden om de burgers de gelegenheid te bieden te laten zien dat ze het erg vinden, dat zij willen wat Duncan wilde.'

'Geloof je dat de mensen dat hadden gedaan?'

Tourtell haalde zijn schouders op. 'Eerlijk gezegd weet ik dat niet, Macbeth. Het is mijn ervaring dat mensen in deze stad niet zo geïnteresseerd zijn in zogenaamde hervormingen, als die niet inhouden dat er meer brood op de plank komt of dat ze een extra biertje kunnen kopen. Ik dacht dat er dingen aan het veranderen waren in de stad, maar dan zou je verwachten dat mensen kwaad waren geworden na de moord op Duncan. Maar in plaats daarvan lijkt de bevolking geaccepteerd te hebben dat het goede in deze stad verliest. De enige die ik zijn mond heb horen opendoen, is Kite. Ga jij morgen naar de begrafenis van Banquo en zijn zoon?'

'Uiteraard, in de Arbeiderkirke. Banquo was zelf niet echt gelovig, maar zijn vrouw Vera ligt daar.'

'Maar Duffs vrouw en kinderen zullen hier in de domkerk worden bijgezet, heb ik begrepen.'

'Ja, maar daar zal ik niet persoonlijk bij aanwezig zijn.'

'Persoonlijk?'

'We zullen hier mensen neerzetten voor het geval Duff opduikt.'

'O ja. Nou, je kinderen naar het graf brengen, is iets wat je liever niet doet. Vooral niet als je weet dat je zelf schuld hebt aan hun dood.'

'Ja, het merkwaardige is dat schuld een brandmerk voor het leven is, terwijl roem en eer dezelfde avond weer van je afspoelen.'

'Nu klink je even als een man die weet wat schuld is, Macbeth.'

'Laat ik dan hier en nu bekennen dat ik mijn naaste heb vermoord, burgemeester.'

Tourtell bleef een moment staan en keek Macbeth aan. 'Wat zeg je me nu?'

'Mijn moeder. Ze stierf in het kraambed. Laten we doorlopen.'

'En je vader?'

'Hij ging naar zee toen hij hoorde dat mijn moeder zwanger was en is nooit weer opgedoken. Ik ben in een weeshuis opgegroeid. Duff en ik deelden een kamer. Maar u heeft vast nog nooit een kamer in een weeshuis gezien, Tourtell.'

'O, ik heb wel een keer of twee een weeshuis geopend.'

Ze waren bij de kerktrap aangekomen waar de natte noordwester vat op hen kreeg. Macbeth zag hoe de kist op het grindpad gevaarlijk begon over te hellen.

'Ja ja,' zei Tourtell. 'De zee is ook een manier om te ontsnappen.'

'Bekritiseer je mijn vader, Tourtell?'

'Niemand van ons heeft hem gekend. Ik zeg alleen dat er veel van dergelijke mannen op zee zijn. Mannen die niet de verantwoordelijkheid op zich nemen die de natuur hun heeft opgelegd.'

'Daarom krijgen mannen zoals jij en ik nog meer verantwoordelijkheid, burgemeester.'

'Precies. Dus wat heb je besloten?'

Macbeth kuchte. 'Ik erken dat het voor de stad het beste is als de hoofdcommissaris op zijn post blijft en doorgaat met zijn goede en nauwe samenwerking met de burgemeester.'

'Wijze woorden, Macbeth.'

'Vooropgesteld natuurlijk dat de samenwerking probleemloos verloopt.'

'Waar hint je nu op?'

'Er gaan geruchten dat in de Obelisk prostitutie wordt toegestaan en dat er illegaal krediet wordt verleend aan sommige spelers.'

'Dat eerste gerucht is een oude beschuldiging, het tweede een nieuwe. Maar zoals je weet, is het lastig om dergelijke geruchten tot op de bodem uit te zoeken, dus we laten ze maar voor wat ze zijn.'

'Ik heb tegen minstens twee gokkers concrete verdenkingen en met effectieve verhoormethoden en belofte van amnestie kan ik wel uit ze krijgen dat de Obelisk ze krediet heeft gegeven. Dan zal de Kansspelautoriteit het casino moeten sluiten, terwijl de omvang van de overtredingen nader wordt onderzocht.'

De burgemeester trok aan zijn onderste kin. 'Je bedoelt dat je afziet van je kandidaatstelling als de Obelisk wordt gesloten?'

'Ik bedoel alleen dat de politieke en ambtelijke leiders consequent moeten zijn in de handhaving van wetten en regels, als ze niet de verdenking op zich willen laden dat ze zijn omgekocht door mensen die buiten schot willen blijven.'

De burgemeester smakte. Als een kind dat een olijf probeert, dacht Macbeth. Het heeft even nodig om aan de smaak te wennen.

'Er is hier sprake van een aantal mogelijke onregelmatigheden,' zei Tourtell alsof hij tegen zichzelf sprak. 'En zoals gezegd is het moeilijk om dergelijke zaken tot op de bodem uit te zoeken. Dat kan tijd kosten.'

'Veel tijd,' zei Macbeth.

'Ik zal het gemeentebestuur op de hoogte stellen van het feit dat er informatie kan komen die sluiting noodzakelijk maakt. Waar is overigens onze charmante Lady? Ik had gedacht dat, aangezien

Duncan en zij...'

'Ze voelt zich helaas niet goed. Van tijdelijke aard.'

'Ik begrijp het. Doe haar de hartelijke groeten en wens haar beterschap. We moeten de familie gaan condoleren.'

'Ga maar eerst, ik kom zo.'

Macbeth zag Tourtell de trap af waggelen en de hand van Duncans weduwe met beide handen vastpakken, hij zag zijn lippen bewegen terwijl hij medelevend zijn hoofd iets scheef hield. Hij leek waarachtig op een schildpad. Maar er was iets met wat Tourtell had gezegd. Dat er veel mannen op zee waren. Mannen die ervandoor waren gegaan.

'Alles in orde, chef?' Het was Seyton. Hij had buiten gewacht, hij kon niet tegen kerken, had hij gezegd en dat was prima. Want mensen die het gemunt hadden op de hoofdcommissaris zaten waarschijnlijk niet in de kerk.

'We hebben alle passagiersboten die de haven hebben verlaten gecheckt,' zei Macbeth. 'Maar heeft er ook iemand aan de andere schepen gedacht?'

'Je denkt aan verstekelingen?'

'Ja, of gewoon aan mannen die aangemonsterd zijn.'

'Nee.'

'Stuur onmiddellijk een nauwkeurige beschrijving van Duff naar alle schepen die sinds gisteren de haven hebben verlaten.'

'Is goed, chef.' Seyton rende met twee treden tegelijk de trap af en verdween om de hoek.

Meredith. Meredith was er niet meer, maar het litteken op zijn hart was er nog steeds. En toch zou Macbeth niet naar de begrafenis gaan. Omdat ze al lang geleden voor hem opgehouden was te bestaan, zo lang dat hij allang vergeten was wie ze was. Zo lang dat hij vergeten was wie hij zelf toen was.

Hij wisselde van standbeen, voelde de stof tegen de binnenkant van zijn dij en rook de geur van natte wol. Hij huiverde.

Hoofdstuk 27

Duff stond in de kombuis te kijken naar de mannen in de mess. Ze hadden geluncht en zaten nu hun sigaretten te rollen, spraken op gedempte toon met elkaar, lachten wat, staken hun sigaretten op en dronken hun koffie. Eén man zat alleen. Hutchinson. Een grote, huidkleurige pleister op zijn voorhoofd vertelde de mannen die geen getuigen waren geweest over het pak rammel dat hij had gekregen. Terwijl hij zijn shagje zat te rollen deed Hutchinson alsof hij aan iets dacht wat concentratie vergde, maar zijn toneelspel was niet goed genoeg om te verbergen dat hij er verloren uitzag.

'Morgen komen we aan in de haven,' zei de steward die zelf ook een sigaret had opgestoken en tegen het fornuis leunde. 'Je leert snel. Zin in wat meer duiten?'

'Sorry?'

'Ga je mee met de volgende reis?'

'Nee,' zei Duff. 'Maar bedankt dat je me vraagt.'

De steward haalde zijn schouders op. Duff zag een bemanningslid dat nu pas binnenkwam voor de lunch balancerend met zijn dienblad in de richting van Hutchinsons tafel lopen, maar toen hij opkeek en zag wie er zat, ging hij in plaats daarvan naar de drukbezette tafel en drukte zich ertussen. En Duff stelde vast dat Hutchinson hetzelfde had gezien en dat hij zich nu nog meer concentreerde op zijn peuk dan eerder, terwijl hij een paar keer met zijn ogen knipperde.

'Heb je nog wat van die kwarktaart van gisteren?'

Duff draaide zich om. Het was de eerste machinist die in de deur stond met een hoopvolle uitdrukking op zijn gezicht.

'Sorry,' zei de steward. 'Helemaal op.'

'Wacht even,' zei Duff. 'Ik geloof dat ik nog een klein stukje heb bewaard.' Hij liep naar de koelcel, vond er een bordje verpakt in folie en liep weer terug. Hij gaf het aan de eerste machinist. 'Het is een beetje koud.'

'Geen probleem,' zei de eerste machinist en hij likte zich rond zijn lippen. 'Ik vind het koud juist lekker.'

'Nog even...'

'Ja?'

'Hutchinson.'

'Hutch?'

'Ja, hij ziet er een beetje... eh, terneergeslagen uit. Ik moest denken aan wat de kapitein tegen me zei. Dat hij een goede machinist is, klopt dat?'

De eerste machinist wiegde zijn hoofd wat heen en weer terwijl hij Duff een beetje onzeker aankeek. 'Hij doet het niet verkeerd.'

'Het zou misschien goed zijn als iemand dat tegen hem zei.'

'Wat zei?'

'Dat hij het niet verkeerd doet.'

'Waarom dat?'

'Ik geloof dat hij dat nu wel nodig heeft.'

'Dat weet ik niet. Als je mensen te veel prijst, gaan ze een hoger salaris en langere pauzes vragen.'

'Toen jij net machinist was, had je toen een eerste machinist die je het gevoel gaf dat hij iets aan je had?'

'Ja, maar dat was ook zo.'

'Denk er eens over na hoe goed je toen wérkelijk was.'

De eerste machinist bleef hem met een licht geopende mond aankijken.

Op dat moment maakte het schip slagzij, in de mess werd geschreeuwd en achter Duff klonk een harde dreun.

'Wel godverdomme!' schreeuwde de steward, en toen Duff zich omdraaide zag hij dat de grote soeppan op de grond lag. Duff staarde naar de dikke, groene erwtensoep die uit de pan golfde. Zonder waarschuwing vooraf draaide zijn maag zich om, hij voelde het braaksel omhoogkomen en kon nog net de deurpost grijpen voor het uit zijn mond spoot.

'Nou, groentje,' zei de eerste machinist. 'Nog andere goede raad?' Hij draaide zich om en liep weg.

'Nee maar, Johnson, ben je er nu nog niet van af?' zei de steward kreunend en hij gaf Duff een rol keukenpapier.

'Wat gebeurde er?' vroeg Duff, zijn mond schoonvegend.

'Hoge golven,' zei de steward. 'Kan gebeuren.'

'Neem maar even pauze, dan maak ik hier schoon.'

Toen Duff de vloer had gepoetst, liep hij de mess in om de afwas te verzamelen. Er zaten nog maar drie bemanningsleden aan tafel plus Hutch die zich nog niet had verroerd.

Duff luisterde naar het gepraat achter zich terwijl hij de borden en glazen op het dienblad stapelde.

'Die hoge golven zullen wel komen van een aardbeving of een aardverschuiving of zoiets,' zei een van hen.

'Misschien een nucleaire test,' stelde een ander voor. 'De Sovjets doen in de Barentszzee van die testen en zulke schokgolven gaan vast de hele wereld over.'

'Geen meldingen over iets dergelijks gehad, Vonkje?'

'Nee,' zei Vonkje lachend. 'Het enige spannende wat ik heb binnengekregen was een opsporingsverzoek van een vent met een wit litteken diagonaal over zijn gezicht.'

Duff verstijfde. En ging verder met stapelen terwijl hij luisterde.

'Ja ja, fijn dat we morgen weer aan land kunnen.'

'Ja, verdomd. Mijn vrouw beweert dat ze weer zwanger is.'

'Kijk mij niet aan.'

Goedmoedig gelach.

Duff draaide zich om met het dienblad in zijn handen. Hutchinson had zijn hoofd opgetild en zat ineens recht als een specht. De enkele keren dat ze elkaar na het gevecht hier beneden waren tegengekomen had Hutchinson naar de vloer gekeken en Duffs blik ontweken, maar nu staarde hij Duff met wijd opengesperde ogen aan. Als een gier die onverwacht, maar zeer welkom een gewond, hulpeloos dier in het oog had gekregen.

Duff duwde met zijn voet de deur van de kombuis open en hoorde die achter hem dichtvallen. Het zette het dienblad op het aanrecht. Verdomme, verdomme! Niet nu, niet nu het nog minder dan vierentwintig uur varen was naar de wal!

'Rij hier langzaam,' zei Caithness, kijkend door de voorruit.

De taxichauffeur haalde zijn voet van het gaspedaal en ze gleden rustig langs de Obelisk waar een stoet mensen uit de hoofdingang kwam. Er stonden twee politieauto's met langzaam draaiende blauwe lichten op het trottoir geparkeerd.

'Wat is er aan de hand?' zei Lennox en hij stak zijn bleke gezicht tussen de twee stoelen door. Hij droeg – net als Caithness – nog steeds zijn uniform, aangezien de taxi hen direct na Duncans begrafenis had opgepikt voor de kerk. 'Is het brandalarm afgegaan?'

'De Kansspelautoriteit heeft vandaag het casino gesloten,' zei Caithness. 'Op verdenking van overtreding van de Wet op Kansspelen.'

Ze zagen een politieman een heftig gebarende man in een licht pak, gebloemd overhemd en imponerende sik naar buiten begeleiden. Het leek of de man iets aan de politieman wilde uitleggen die duidelijk allang zijn oren had dichtgedaan.

'Wat jammer,' zei de chauffeur.

'Wat is jammer?' vroeg Lennox. 'Dat de wet gehandhaafd wordt?'

'Soms wel. In de Obelisk kun je tenminste een biertje kopen en spelen zonder dat je je netjes moet aankleden en zonder dat je geruïneerd wordt. Trouwens, weten jullie wel dat de fabriek waar jullie naartoe moeten gesloten is?'

'Ja,' antwoordde Caithness. En ze bedacht dat dat ook het enige was wat ze wist. Agent Angus had vanmorgen gebeld en haar nadrukkelijk gevraagd inspecteur Lennox van Anti-Corruptie mee te nemen en naar Estex te komen waar ze de rest te horen zouden krijgen als ze arriveerden. Dat het ging om corruptie op het hoogste niveau en dat ze voorlopig tegen niemand iets moesten zeggen over deze ontmoeting. Toen ze had geantwoord dat ze geen politieman Angus kende, had hij uitgelegd dat hij die jongen in SWAT was met het te lange haar tegen wie ze in de lift had gelachen. Toen wist ze het weer. Een leuke jongen die er eerder uitzag als een vriendelijke, wereldvreemde hippie dan iemand van SWAT.

Ze zoefden verder door de straten. Ze zag werkloze mannen die tegen de gevels stonden te schuilen voor de regen. Natte jassen, met een peuk in hun mondhoeken en hongerige, vermoeide blikken. Hyena's. Niet doordat ze zo geboren waren, maar door de stad. Duncan had dat gezegd: als aas het enige is wat op het menu staat, word je een aaseter, wat je zelf ook van plan was te worden. Ongeacht wat ze deden op het Hoofdkwartier, de beste manier om criminaliteit tegen te gaan was zorgen voor werk voor de burgers.

'Gaat Estex weer open?' vroeg de taxichauffeur en hij keek Caithness van opzij aan.

'Waarom denk je dat?'

'Ik geloof dat Macbeth slimmer is dan Duncan, die sufferd.'

'O?'

'Een prima fabriek sluiten omdat er wat troep lekt? Mijn god, iedereen die daar werkt rookte, dus ze zullen toch doodgaan aan vergif. Het waren vijfduizend arbeidsplaatsen. Vijfduizend banen die deze stad nodig had! Alleen iemand uit de bovenlaag kan daar zo overspannen over doen. Macbeth daarentegen is iemand van ons, hij begrijpt ons en doet er iets mee. Laat Macbeth beslissingen nemen, misschien dat de mensen dan geld hebben om in deze stad een taxi te betalen.'

'Over Macbeth gesproken,' zei Caithness, en ze draaide zich om naar de achterbank. 'Hij heeft al twee keer achter elkaar de ochtendmeeting afgeblazen en vanmorgen in de kerk was hij zo bleek. Is hij ziek?'

'Hij niet,' zei Lennox. 'Maar Lady. Hij komt nauwelijks naar het Hoofdkwartier.'

'Het is natuurlijk mooi dat hij voor haar zorgt, maar hij is hoofdcommissaris en we moeten ons om de stad bekommeren.'

'Maar goed dat hij ons heeft,' zei Lennox glimlachend.

De taxi stopte voor de poort waaraan een doorgeknipte ketting met hangslot hing. Het bordje GESLOTEN was op het gehavende asfalt gevallen. Caithness stapte uit, ging bij het open raam van de taxichauffeur staan en liet haar blik over de verlaten industriële woestijnvlakte gaan terwijl ze op haar wisselgeld wachtte. Geen telefooncellen en de telefoons in de fabriek waren waarschijnlijk afgesloten.

'Hoe krijgen we eigenlijk een taxi als we terug willen?' vroeg ze.

'Ik blijf hier wel wachten,' zei de chauffeur. 'Ik krijg in de stad toch geen ritjes.'

Binnen de fabriekspoort stonden een verroeste vorkheftruck en hoge torens met rottende houten pallets. De deur naast de grote klapdeur stond op een kier.

Caithness en Lennox liepen de fabriekshal in. Buiten was het koud, maar onder het hoge dak nog kouder. Zo ver als het oog reikte stonden in de langwerpige hal rijen ovens als gigantische kerkbanken.

'Hallo?' riep Caithness en de echo deed haar huiveren.

'Hier!' Het antwoord kwam van de plek waar het kantoor van de voorman en de uitkijkpost waren gevestigd. Het leek wel een wachttoren in een gevangenis, dacht Caithness. Of een enorm spreekgestoelte.

De jongeman daarboven wees naar een ijzeren trap.

Caithness en Lennox liepen de trap op.

'Agent Angus,' zei hij en hij gaf beiden een hand. Zijn open gezicht vertelde dat hij nerveus was, maar ook vastberaden.

Ze liepen achter hem aan het kantoor van de voorman in waar het rook naar een marinade van opgedroogd zweet en tabak. De grote ramen die uitkeken over de fabriekshal hadden een merkwaardig glazuurachtige, gele tint die in het glas leek gebrand. Op de tafels lagen opengeslagen ringbanden die uit de kasten langs de muren kwamen. De jonge politieman was ongeschoren en droeg strakke, versleten jeans en een groene legerjas.

'Bedankt dat jullie zo snel konden komen,' zei Angus, gebarend naar de houten stoelen met verfvlekken.

'Ik wil je niet onder druk zetten, maar ik hoop dat het belangrijk is,' zei Lennox terwijl hij ging zitten. 'Ik heb er een belangrijke vergadering voor laten schieten.'

'Aangezien jullie weinig tijd hebben, ja, aangezien we allemaal weinig tijd hebben, zal ik direct ter zake komen.'

'Bedankt.'

De jongeman sloeg zijn armen over elkaar. Zijn kaken werkten en zijn blik schoot heen en weer, maar hij had iets verbetens over zich als van een man die weet dat hij gelijk heeft.

'Twee keer heb ik geloofd,' zei Angus en hij slikte; Caithness had het idee dat hij iets memoreerde wat hij als inleiding had opgeschreven. 'En twee keer ben ik mijn geloof kwijtgeraakt. De eerste keer ging het om God, de tweede keer om Macbeth. De eerste omdat hij niet bestaat, de tweede omdat hij niet is voor wie hij zich uitgeeft. Macbeth is geen verlosser, hij is een corrupte moordenaar. Ik wilde het alleen maar zeggen zodat jullie weten waarom ik dit doe. Dat is om de stad te bevrijden van Macbeth.'

In de stilte die volgde konden ze de diepe zuchten horen van de druppels die op de vloer van de fabriekshal ploften. Angus haalde diep adem.

'We werden...'

'Stop!' zei Caithness. 'Dank voor je eerlijkheid, Angus, maar voor je nog meer zegt, moeten inspecteur Lennox en ik eerst besluiten of we er meer over willen horen.'

'Laat Angus uitspreken,' zei Lennox. 'Dan kunnen we er daarna over discussiëren zonder dat iemand daarbij aanwezig is.'

'Wacht,' zei Caithness. 'Er is geen weg terug als we inlichtingen krijgen die...'

'We werden naar het clubhuis gestuurd met de opdracht iedereen te doden,' zei Angus.

'Dit wil ik niet horen,' zei Caithness en ze stond op.

'Niemand mocht worden gearresteerd,' zei Angus luider. 'Wij zijn begonnen met schieten op de leden van Norse Riders en ze konden slechts één schot...' – hij hield een wijsvinger omhoog die net zo beefde als zijn stem – '...één enkel schot ter verdediging lossen! In tegenstelling tot...'

Caithness stampte met haar voeten op de vloer om Angus' stem te overstemmen, ze opende de deur, wilde naar buiten stappen tot ze zijn naam hoorde en bevroor.

'...bij Duff in Fife. Er werd geen enkel schot gelost uit het huis. Want hij was er niet. Toen we het huis binnengingen, nadat we het aan flarden hadden geschoten, vonden we een meisje en een jongen en een moeder die...' Angus' stem begaf het.

Caithness draaide zich naar hem om. De jongeman leunde tegen de tafel en kneep zijn ogen dicht. '...in de slaapkamer had geprobeerd met haar eigen lichaam haar kinderen te beschermen.'

'Nee. Nee,' hoorde Caithness zichzelf fluisteren.

'Het was Macbeth die het bevel had gegeven,' zei Angus. 'En het was Seyton die ervoor zorgde dat alles perfect werd uitgevoerd door SWAT, inclusief...' – hij schraapte zijn keel – '...mijzelf.'

'Waarom zou Macbeth in godsnaam het bevel geven voor dergelijke... liquidaties?' vroeg Lennox met wantrouwen in zijn stem. 'Hij had ze toch kunnen arresteren, zowel Duff als de mannen van Norse Riders?'

'Misschien niet,' zei Angus. 'Misschien wisten ze iets van Macbeth, iets waardoor hij hun het zwijgen op moest leggen.'

'Zoals wat dan?'

'Hebben jullie je niet afgevraagd waarom Norse Riders wraak namen op Banquo? Waarom ze niet degene vermoordden die de order gaf, namelijk Macbeth zelf?'

'Simpel,' zei Lennox snuivend. 'Macbeth wordt beter beschermd. Heb je ook maar enig bewijs?'

'Deze ogen,' zei Angus wijzend.

'Dat zijn jouw ogen, net als het jouw beschuldigingen zijn. Geef me één reden waarom we je moeten geloven.'

'Er is een reden,' zei Caithness die langzaam terugliep naar haar stoel. 'We kunnen Angus' beschuldigingen heel makkelijk verifiëren of falsificeren door andere mannen van SWAT vragen te stellen. Als ze niet kloppen, verliest hij zijn baan, wordt hij veroordeeld en – en dat is nog maar zacht uitgedrukt – zal zijn toekomstperspectief niet rooskleurig zijn. En dat weet hij.'

Angus lachte even.

Caithness trok een wenkbrauw op. 'Sorry, maar zei ik iets doms?'

'We hebben het over SWAT,' zei Lennox. 'Trouw en broederschap, gedoopt in vuur, verenigd in bloed.'

'Sorry?'

'Je zult nooit iemand binnen SWAT vinden die een woord zal zeggen dat Macbeth zal schaden,' zei Angus. 'Of Seyton. Of een van de andere broeders.'

Caithness zette haar handen in haar zij. 'Dus jij komt bij ons met deze beweringen over liquidaties terwijl je weet dat die niet te bewijzen zijn?'

'Macbeth heeft me gevraagd een babylijkje van het bloedbad in het clubhuis te verbranden,' zei Angus. Hij rommelde met zijn halsketting. 'Hier, in een van de ovens.'

Caithness rilde en had spijt. Waarom was ze gebleven? Waarom zat ze niet weer in de taxi, weg van dit alles?

'Ik heb geweigerd,' ging Angus verder. 'Maar dat betekent dat iemand anders het heeft gedaan. Misschien heeft hij het zelf gedaan. Ik heb in de ovens gekeken en een ervan is onlangs gebruikt. Ik vind dat een van jullie technisch rechercheurs die oven moet onderzoeken op sporen. Vingerafdrukken, botresten, wat weet ik ervan? En als jullie iets vinden, kan Anti-Corruptie de zaak overnemen.'

Lennox en Caithness wisselden een blik.

'De politie kan zijn eigen hoofdcommissaris niet onderzoeken,' zei Lennox. 'Wist je dat niet?'

Angus fronste zijn voorhoofd. 'Maar... Anti-Corruptie, kunnen zij niet...'

'Nee, we kunnen geen intern onderzoek doen,' zei Lennox. 'Wil je de hoofdcommissaris aanpakken, moet je de zaak voorleggen aan het gemeentebestuur en de burgemeester.'

Angus schudde vertwijfeld zijn hoofd. 'Nee nee, die zijn allemaal omgekocht en betaald! De hele club! We moeten het zelf doen, we moeten Macbeth van binnenuit pakken.'

Caithness gaf geen antwoord. Ze constateerde slechts dat Angus gelijk had. Niemand in het gemeentebestuur, Tourtell inclusis, zou het lef hebben om Macbeth publiekelijk aan te pakken. Kenneth had ervoor gezorgd dat de hoofdcommissaris de wettelijke middelen had om een dergelijke politieke rebellie de kop in te drukken.

Lennox keek op zijn horloge. 'Ik heb over twintig minuten een vergadering. Ik stel voor dat je de zaak laat rusten tot je iets concreets hebt, Angus. Dan kun je kijken of je een kans maakt bij het gemeentebestuur.'

Angus knipperde wantrouwend met zijn ogen. 'Een kans?' zei hij met schorre stem. Hij wendde zich tot Caithness. Wanhoop, smeekbede, angst en hoop vertelden een verhaal in zijn open gezicht. En ineens besefte ze dat Angus haar niet alleen had gevraagd omdat hij iemand nodig had van de Technische Recherche om de oven te onderzoeken. Als Angus de zaak wilde voorleggen aan Anti-Corruptie, had hij een getuige nodig, een derde persoon die ervoor kon zorgen dat Lennox niet kon doen alsof hij hier niets van wist en, ongeacht de uitkomst, zijn leven moeilijk kon maken. Angus had Caithness gekozen simpelweg omdat ze vriendelijk naar hem had gelachen in de lift. Omdat ze eruitzag als iemand die hij kon vertrouwen.

'Inspecteur Caithness?' zei hij zacht, haast smekend.

Ze haalde diep adem. 'Lennox heeft gelijk, Angus. Je vraagt ons, gewapend met een kartonnen zwaard, een beer aan te vallen.'

De tranen sprongen in Angus' ogen. 'Jullie zijn bang,' kon hij uitbrengen. 'Jullie geloven me, anders waren jullie niet gebleven. Maar jullie zijn bang. Jullie zijn bang omdát jullie me geloven. Omdat ik jullie heb laten zien waartoe Macbeth in staat is.'

'Laten we afspreken dat deze ontmoeting nooit heeft plaatsgevonden,' zei Lennox, naar de deur lopend.

Caithness wilde achter hem aan gaan toen Angus haar bij haar arm greep.

'Een baby,' fluisterde hij met verstikte stem. 'Het lijkje paste in een schoenendoos.'

'Het kindje was een onschuldig slachtoffer in de strijd tegen een misdadige organisatie,' zei ze. 'Dergelijke dingen gebeuren. Dat Macbeth niet wilde dat de pers er lucht van kreeg en daarmee de politie voor een schandaal wilde behoeden, maakt hem nog niet tot een moordenaar.'

Caithness voelde dat Angus haar arm losliet alsof hij zich brandde. Hij deinsde achteruit en keek haar aan. Caithness draaide zich om en vertrok.

Op de ijzeren trap naar beneden sloeg de kou tegen haar verhitte wangen.

Op weg naar de uitgang bleef ze voor een van de ovens staan. In de laag grijs stof zaten strepen en afdrukken.

Lennox stond bij de deur en wenkte de taxi naderbij zodat ze niet door de slagregen hoefden te rennen. 'Waar is Angus op uit, denk je?' vroeg hij.

'Op uit?' Caithness draaide zich om en keek omhoog naar het kantoortje.

'Hij moet toch begrijpen dat hij te jong is voor een leiderspositie?' zei Lennox. 'Hé! Hierheen! Gaat het om roem en macht?'

'Misschien gaat het om wat hij zegt. Dat iemand Macbeth moet stoppen.'

'De plicht roept?' Lennox lachte en Caithness hoorde autobanden over het grind kraken. 'Iedereen wil iets, Caithness. Kom je?'

'Ja.' Caithness kon de contouren van Angus achter het raam boven zien, hij had zich niet verroerd sinds ze hem hadden achtergelaten. Het leek of hij op iets wachtte.

Hoelang zou het duren voor Lennox Macbeth had ingelicht over deze poging tot muiterij?

Wat moest ze doen met wat Angus haar had verteld?

Ze legde een hand tegen haar wang. Ze wist wat de reden was van de warmte. Schaamte. Schaamrood.

Lennox nam de snelle weg door de centrale stationshal. Hij hield van sluipwegen. Had hij altijd gedaan. Hij had snoepgoed gekocht om vrienden te maken, gelogen dat hij van een hijskraan aan de kade was gedoken en een meisje uit de Indigo-kiosk had betaald voor een *hand job*. Hij had schoenen met dikkere zolen dan wie ook gedragen, gespiekt bij examens en toch moeten liegen over de cijfers toen die bekend werden gemaakt. Zijn vader had de gewoonte om te zeggen – het liefst tijdens familiebijeenkomsten en zonder te verhullen over wie hij het had – dat alleen een man zonder ruggengraat sluipwegen neemt. Toen zijn vader een particuliere universiteit in de stad een kleine donatie had gegeven om zichzelf en Lennox de afgang te besparen van studeren aan een rijksuniversiteit, had Lennox ook het getuigschrift van de universiteit vervalst. Niet voor potentiële werkgevers, maar omdat zijn vader het wilde zien. Het bedrog kwam natuurlijk uit omdat Lennox niet de ruggengraat had om zijn vaders argwanende blikken en vragen te weerstaan. En zijn vader had gevraagd hoe een weekdier als Lennox kans zag om rechtop te blijven staan, hij had immers geen botten in zijn lijf!

Mocht zo zijn, maar hij had in elk geval voldoende ruggengraat om dealers te negeren als ze op hem afkwamen en hun verkooppraatje mompelden. Ze herkenden een gebruiker als ze er een zagen. Hoe dan ook, hij kocht niet op die manier brew, hij kreeg die opgestuurd in een bruine envelop zonder afzender. Of, wanneer hij om een speciale behandeling vroeg, blinddoekten ze hem en brachten hem – als een krijgsgevangene – naar het peloton, de geheime keuken waar hij een shot kreeg die rechtstreeks uit de pan kwam.

Hij liep langs Bertha Birnam waar Duff zijn zwetsverhaal over een rechter uit Capitol had geslikt. Maar Hecate had niets gezegd over het vermoorden van Duffs vrouw en kinderen. Lennox ging sneller lopen over Workers' Square alsof hij moest voorkomen dat iets gebeurde. Iets in hemzelf.

'Macbeth is bezig,' zei de kleine receptionist van Inverness.

'Zeg dat het om inspecteur Lennox gaat. Dat het belangrijk is en maar een minuut kost.'

'Ik zal even bellen, sir.'

Lennox wachtte en keek intussen rond. Hij kon niet de vinger leggen op wat er was, maar er ontbrak iets. Een of andere laatste *touch*. Misschien was het alleen de sfeer die was veranderd, misschien waren het de minder goedgeklede mannen die iets te luid pratend de speelhal binnen liepen: dergelijke gasten had hij nog niet eerder hier gezien.

Macbeth kwam de trap af lopen.

'Goedendag, Lennox.'

'Goedendag, hoofdcommissaris. Veel gasten vandaag.'

'Mensen die een dagje willen gokken, ze komen rechtstreeks van de Obelisk. De Kansspelautoriteit heeft hun plek een paar uur geleden gesloten. Laten we hier gaan zitten, ik heb helaas weinig tijd.'

'Bedankt, sir. Ik wil u alleen op de hoogte brengen van een ontmoeting van vandaag.'

Macbeth geeuwde. 'Ja?'

Lennox haalde adem. Aarzelde. Want er waren miljoenen openingszinnen om uit te kiezen. Duizenden manieren om hetzelfde bericht te formuleren. Honderden eerste woorden. En toch waren er maar twee alternatieven.

Macbeth fronste zijn voorhoofd.

'Sir,' zei de receptionist. 'Bericht van de blackjack-tafel, ze vragen of er nog een croupier bij kan komen. Er staat een rij.'

'Ik kom, Jack. Het spijt me van de onderbreking, Lennox, normaal gesproken regelt Lady zoiets. Nou?'

'Ja, de ontmoeting...' Lennox dacht aan zijn gezin. Aan hun huis, de tuin. De veilige buurt waar de kinderen niet in de problemen konden komen. De universiteit waar ze naartoe zouden gaan. Het loonzakje dat dit allemaal mogelijk maakte. Plus de extra inkomsten die nu helemaal noodzakelijk waren geworden om alles te kunnen bekostigen. Dit was niet voor hemzelf, dit was voor zijn gezin, zijn gezin, zijn gezin. Zijn eigen familie, niet een huis in Fife, niet...

'Ja?'

De voordeur ging open.

'Chef!'

Ze draaiden zich om. Het was Seyton. Hij was buiten adem. 'We hebben hem, chef.'

'We hebben...?'

'Duff gevonden. En u had gelijk, hij was aan boord van een schip dat hier is uitgevaren. MS Glamis.'

'Fantastisch!' Macbeth wendde zich weer tot Lennox. 'Dit moet wachten, inspecteur, ik moet rennen.'

Lennox bleef zitten terwijl de andere twee de deur uit gingen.

'Een drukbezet man,' zei de receptionist glimlachend. 'Koffie, sir?'

'Nee,' zei Lennox en hij staarde voor zich uit. De duisternis begon buiten al te vallen, maar het was nog uren voor het volgende shot. Een eeuwigheid. 'Nou ja, graag, toch wel.' Een eeuwigheid voor een man zonder ruggengraat.

Hoofdstuk 28

'Waar ga je heen?' fluisterde Meredith.

'Ik weet het niet,' zei Duff en hij probeerde haar over haar wang te strelen, maar hij kon er niet bij. 'Ik heb een adres, maar ik weet niet wat daar is.'

'Dus waarom ga je daarheen?'

'Het werd opgeschreven kort voordat Banquo en Fleance stierven. Er staat "veilige haven", en als ze op de vlucht waren is het misschien ook veilig voor mij. Ik weet het niet, ik heb niks anders, schat.'

'Tja, in dat geval...'

'Waar zijn jullie?'

'Hier.'

'Waar is hier? En wat doen jullie?'

Meredith lachte. 'We wachten op je. We hebben nog steeds die verjaardag.'

'Deed het pijn?'

'Een beetje, het was snel voorbij.'

Duff voelde zijn keel dichtsnoeren. 'Waren Ewan en Emilie bang?'

'Sst, schat, we hebben het daar nu niet over.'

'Maar...'

Ze legde een hand op zijn mond. 'Sst, ze slapen, je moet ze niet wakker maken.'

Haar hand. Hij kon niet ademhalen. Hij trachtte de hand weg te duwen, maar ze was te sterk. Duff opende zijn ogen.

In het donker boven hem zag hij een gedaante en die gedaante drukte de hand op zijn mond. Duff probeerde te schreeuwen en greep een behaarde pols vast, maar de ander was te sterk. Duff begreep om wie het ging toen hij het gesnuif hoorde. Het was Hutchinson die vooroverleunde en in zijn oor fluisterde: 'Luister, Johnson. Of beter gezegd, Duff.'

Hij was ontmaskerd. Stond er een prijs op zijn hoofd, dood of levend? Het uur van de wraak was gekomen. Mes? Priem? Hamer?

'Luister, Johnson, als je die vent in de bovenste kooi wakker maakt, is het met je gedaan, begrepen?'

Waarom had de machinist hem gewekt en niet gewoon vermoord?

'De politie zal je opwachten als we in Capitol aanleggen, Johnson.' Hij haalde zijn hand van Duffs mond.

'Nu ben je gewaarschuwd en staan we quitte.'

De hut was even verlicht toen de deur openging. Toen zakte die weer dicht en was hij weg.

Duff knipperde met zijn ogen in het donker en dacht een ogenblik dat Hutchinson ook een deel van de droom was geweest. Iemand hoestte in de kooi boven hem. Duff wist niet wie, en de steward had uitgelegd dat het gebrek aan kooien kwam doordat ze op hun laatste reis een aantal 'verdomd belangrijke kratten met munitie' hadden vervoerd. Ze hadden kooien moeten verwijderen en twee hutten gebruikt omdat de voorschriften alleen een bepaalde hoeveelheid explosieven toestonden als ze op één plek in het schip waren. Alleen de mannen met strepen op hun mouwen hadden vaste kooien. Duff sloeg zijn benen over de rand en rende de gang in. Hij zag het vuile Esso-T-shirt dat op weg was naar de trap naar de machinekamer beneden.

'Wacht!'

Hutchinson draaide zich om.

Duff holde op hem af.

De ogen van de machinist glommen nu ook, maar het kwaad was er niet.

'Waar heb je het over?' zei Duff. 'Politie? Quitte?'

Hutchinson sloeg zijn armen over elkaar en snoof. 'Ik was bij Vonkje om...' – opnieuw gesnuif – '...om sorry te zeggen. De kapitein zat er ook en sprak in de radio. Ze zaten met hun rug naar me toe en hoorden niet dat ik binnenkwam.'

Duff voelde dat zijn hart stilstond en sloeg ook zijn armen over elkaar. 'Ga door.'

'De kapitein zei dat hij ene Johnson aan boord had die aan de beschrijving voldeed. Dat je een litteken in je gezicht had en op de bewuste dag was aangemonsterd. De stem in de radio zei dat de kapitein niets moest doen, dat Duff gevaarlijk was en dat de politie klaar zou staan als we in de haven kwamen. De kapitein antwoordde dat hij blij was dat te horen nadat hij je in de mess in actie had gezien.' Hutchinson ging met twee vingers over zijn voorhoofd.

'Waarom waarschuw je me?'

De machinist haalde zijn schouders op. 'De kapitein had me opdracht gegeven Vonkje mijn excuus aan te bieden. Hij zei dat de enige reden dat ik mijn baan mocht behouden was dat jij geweigerd had over me te kletsen. En ik wil mijn baan graag behouden.'

'Wil je dat?'

De machinist snoof. 'Dat moet ik wel, want het is het enige waar ik goed in ben, volgens de eerste machinist.'

'O? Heeft hij dat gezegd?'

Hutchinson grinnikte. 'Hij kwam vanavond naar me toe en zei dat ik me niets moest verbeelden, dat ik de steenpuist op de kont van het schip was, maar dat ik een goede machinist was. Toen ging hij weer weg. Tamelijk idiote kerels aan boord van dit schip, of niet?' Hij lachte en zag er bijna vrolijk uit. 'Ik moet nu gaan, ze hebben me nodig.'

'Wacht,' zei Duff. 'Wat heeft het voor zin om dit aan een ter dood veroordeelde man te vertellen als de strop al om zijn nek zit? Ik krijg geen kans om te vluchten voor we in de haven zijn.'

'Dat is mijn probleem niet, Johnson. We staan quitte.'

'Is dat zo? Jouw schip heeft de mitrailleurs vervoerd die mijn vrouw en kinderen hebben gedood, Hutchinson. Nee, het is jouw probleem niet en het was mijn probleem niet toen de kapitein me vroeg een reden te geven jou te ontslaan.'

Gesnuif. 'Spring dan in zee en zwem weg. Het is maar een paar mijl. ETA over negen uur, Johnson.' Gesnuif.

Duff bleef staan en zag de machinist in de buik van het schip verdwijnen.

Toen liep hij naar de patrijspoort en keek naar de zee. Het begon al licht te worden. Nog acht uur voor ze in de haven waren. De golven waren hoog. Hoever kon je zwemmen in dit weer, in dit koude water? Twintig minuten? Een halfuur? En als ze dichter bij de wal kwamen, zou de kapitein vast iemand opdracht geven op hem te letten. Duff legde zijn hoofd tegen het glas.

Er was geen uitweg.

Hij ging weer terug naar de hut. Keek op de klok. Kwart voor vijf. Het was nog maar een kwartier voor hij zijn nest uit moest. Hij ging in zijn kooi liggen en sloot zijn ogen.

Hij kon Meredith zien, ze stond naar hem te wenken op de rots aan de andere kant van het water. Ze wenkte dat hij bij haar moest komen.

'We wachten op je.'

Als in een droom, dacht Macbeth. Of als zwemmen onder water in een grot. Zo ongeveer moest het zijn om te slaapwandelen. Hij hield de zaklantaarn in zijn ene hand en Lady's hand in zijn andere. Liet het licht over de roulettetafel en de lege stoelen gaan. Ze liepen door. Schaduwen gleden als geesten over de muren. Het glinsterde in het namaakkristal boven hen.

'Waarom is hier niemand?' vroeg Lady.

'Iedereen is naar huis,' zei Macbeth en hij scheen op een halfleeg whiskyglas op een van de pokertafels en automatisch gingen zijn gedachten naar dope. De onthouding was te voelen, maar hij bleef sterk. Hij wás sterk, sterker dan ooit. 'Alleen jij en ik zijn hier, schat.'

'Maar we gaan nooit dicht.' Ze liet zijn hand los. 'Heb je Inverness gesloten? En je hebt alles veranderd, ik herken het helemaal niet meer! Wat is dit?'

Ze waren in een nieuwe zaal gekomen waar de lichtbundel een rij eenarmige bandieten ving. Ze stonden tot aan het eind van de ruimte keurig in het gelid. Als een leger van kleine, slapende robots, dacht Macbeth. Mechanische boxen die nooit wakker zouden worden.

'Kijk, kisten van kinderen,' zei Lady. 'En zoveel, zoveel...' Haar stem stierf weg en het geluidloze gehuil nam het weer over.

Macbeth trok haar naar zich toe en weg van de speelautomaten. 'We zijn niet in Inverness, schat, dit is de Obelisk. Ik wilde je graag laten zien wat ik voor je heb gedaan. De Obelisk is gesloten, zelfs de stroom is afgesloten. Kijk, dit is onze overwinning, dit is het mooie slagveld van de vijand, liefje.'

'Het is lelijk, het is afschuwelijk! En het stinkt. Ruik je het niet?

Het stinkt hier naar lijken en het komt uit de klerenkast!'

'Liefje, liefje, dat komt uit de keuken. De politie heeft iedereen er meteen uit gegooid, zodat niemand bewijzen kon verduisteren. Kijk, er ligt nog biefstuk op de borden.'

Macbeth liet het licht over de tafels met witte tafelkleden, uitgebrande kaarsen en half opgegeten maaltijden gaan. Hij verstijfde toen het licht werd gereflecteerd door een paar oplichtende, gele ogen die hem aanstaarden. Lady gilde. Hij greep in zijn binnenzak, maar zag nog net een glimp van een mager, tanig lijf dat in het donker verdween. Hij merkte dat hij de zilveren dolk in zijn hand hield.

'Rustig maar, liefje,' zei hij. 'Het was een hond. Hij moet het eten ook hebben geroken en is naar binnen geglipt. Nou, hij is al weg.'

'Ik wil weg! Haal me hieruit! Ik wil hier weg!'

'Ja ja, we hebben genoeg gezien, we gaan nu terug naar Inverness.'

'Weg, zei ik!'

'Wat bedoel je?' Weg waarvan?'

'Weg!'

'Maar...' Hij maakte zijn zin niet af, alleen maar in gedachte. Dat ze geen andere plek hadden om naartoe te gaan. Die hadden ze nooit gehad en hij had daar nooit eerder over nagedacht. Alle andere mensen hadden een gezin, een ouderlijk huis, familieleden, een zomerhuis. Zij hadden alleen elkaar en Inverness. Maar hij had nooit gedacht dat het niet genoeg was. Niet tot nu toe, nu ze de wereld hadden uitgedaagd en hij bezig was haar kwijt te raken. Ze moest terugkomen, ze moest wakker worden, hij moest haar uit die donkere plek halen waarin ze gevangenzat, daarom had hij haar hier mee naartoe genomen. Maar zelfs de triomf leek haar niet terug te kunnen halen naar de realiteit. En hij had haar nu nodig, had haar heldere visie nodig, die vaste hand, niet dit vrouwmens dat stilletjes huilde en dat geen idee had wat er om haar heen gebeurde.

'We hebben Duff gevonden,' zei hij terwijl hij haar snel door het donker naar de uitgang begeleidde. 'Seyton is naar Capitol gevlogen en om twee uur legt MS Glamis bij de kade aan.' Het was al dag buiten, maar in de Obelisk waren alle ramen geblindeerd, daar was het eeuwig donker en tijd voor een feest. Goktafels die hij niet had gezien toen ze hier binnen kwamen, doken ineens op in de lichtbundel en versperden hun doorgang. Het geluid van hun voetstappen werd gesmoord in het vloertapijt en hij meende het gegrom en gesmak van honden achter zich te horen. Verdomme, waar was hij? Waar was de uitgang?

Lennox stond in het groene gras. Hij had de auto op de hoofdweg geparkeerd en zijn zonnebril opgezet.

Dat was een van de redenen dat hij nooit hier in Fife wilde wonen. Het was er te licht. Hij kon nu al de zon voelen branden op zijn bleekroze huid alsof hij zo meteen vlam ging vatten als een verrekte vampier.

Maar hij was geen vampier. Sommige dingen zag je niet voordat je er heel dichtbij kwam. Zoals met het witgeverfde woonhuis voor hem. Pas als je er heel dichtbij kwam, zag je dat al dat wit bespikkeld was met kleine, zwarte gaten.

Hoofdstuk 29

'Welkom aan boord,' zei de kapitein van MS Glamis toen de loods op de brug kwam. 'Ik zou vandaag graag op tijd aankomen, er wacht iemand op ons.'

'Dat gaat lukken,' zei de loods, hij schudde de kapitein de hand en ging naast hem staan. 'Als de motoren doen wat ze moeten doen.'

'Twijfel je daaraan?'

'Een van je machinisten heeft gevraagd of hij mee kon met de loodsboot om een machineonderdeel op te halen dat de eerste machinist wil hebben zodra het schip aan wal ligt.'

'O?' zei de kapitein. 'Daar heb ik niks van gehoord.'

'Kennelijk geen groot probleem.'

'Wie was de machinist?'

'Hutch-nog-wat. Daar zijn ze.' De loods wees naar de loodsboot die snel van hen wegvoer.

De kapitein pakte de kijker. Op het achterdek zag hij een pet met tijgerprint boven de rug in een wit Esso-T-shirt.

'Is er iets?' vroeg de loods.

'Niemand verlaat zonder mijn toestemming het schip,' zei de kapitein. 'In elk geval niet vandaag.' Hij pakte de microfoon van de intercom en drukte op de knop van de kombuis. 'Steward!'

'Kapitein,' klonk er aan de andere kant.

'Stuur Johnson naar boven met twee koppen koffie.'

'Ik kom eraan, kapitein.'

'Johnson, zei ik.'

'Hij heeft last van zijn maag, kapitein, dus ik laat hem liggen totdat we aangemeerd zijn.'

'Controleer of hij nog in zijn kooi ligt.'

'Ja, kapitein.'

De kapitein liet de knop los.

'Drie graden bakboord,' verzocht de loods.

'Aye, aye,' zei de stuurman.

Inspecteur Seyton had gezegd dat het het veiligst was wanneer de kapitein en de telegrafist als enigen op de hoogte waren zodat Duff niet doorkreeg dat hij was ontdekt. Seyton en twee van zijn meest ervaren mannen zouden op de kade staan als ze aanlegden, aan boord komen en Duff overmeesteren. En Seyton had benadrukt dat de bemanning zo ver mogelijk bij hen uit de buurt moest zijn om te voorkomen dat iemand gewond raakte áls er werd geschoten. Hoewel het voor de kapitein eerder had geklonken als: wannéér er werd geschoten.

'Kapitein!' Dat was de steward. 'Johnson slaapt als een marmot in zijn kooi. Moet ik hem wakker...'

'Nee! Laat hem slapen. Is hij alleen in de hut?'

'Ja, kapitein.'

'Mooi, mooi!' De kapitein keek op zijn horloge. Over een uur zou alles voorbij moeten zijn en dan kon hij naar huis, naar zijn vrouw. Een paar dagen vrij. Morgen alleen nog die dagvaarding van de rederij betreffende het rapport van de verzekeringsmaatschappij over het verdacht hoge cijfer van hetzelfde type ziekte onder de bemanning die de laatste tien jaar in de laadruimte van MS Glamis had gewerkt. Iets met het bloed.

'We liggen goed op koers,' zei de loods.

'Laten we het hopen,' mompelde de kapitein. 'Laten we het hopen.'

Tien over een. Tien minuten geleden was een grote elandenkop uit de elandenklok aan de muur gekomen en had geloeid. Angus keek rond. Hij had spijt van zijn keuze voor deze plek. Hoewel hier op deze tijd van de dag alleen maar werkloze nietsnutten en alcoholisten zaten, was dit Bricklayers Arms, de stamkroeg van SWAT, en als iemand van het Hoofdkwartier hem zou zien praten met de journalist, zou het Macbeth snel ter ore komen. Aan de andere kant was het minder verdacht dat hij in zijn stamkroeg zat dan ergens in een achterafstraatje.

Maar Angus had er een hekel aan. Hij had een hekel aan de eland. Had een hekel aan de journalist die nog niet was gearriveerd. Angus zou allang vertrokken zijn als dit niet zijn laatste kans was geweest.

'Sorry dat ik zo laat ben.'

Rollende r. Angus keek op. Alleen door de stem wist hij zeker dat de man in de gele oliejas Walt Kite was. Angus had gelezen dat de radioreporter consequent nee zei tegen televisie en foto's in kranten en roddelbladen omdat hij van mening was dat uiterlijk afleidde, dat het woord alles was.

'Regen en het verkeer,' zei Walt Kite terwijl hij zijn jas openknoopte. Er drupte regen uit zijn dunne haar.

'Regen en het verkeer zijn er altijd,' zei Angus.

'Dat is het excuus dat we altijd gebruiken,' zei de radioreporter terwijl hij in het zitje tegenover hem plaatsnam. 'De waarheid is dat de ketting van mijn fiets was gelopen.'

'Ik dacht dat Walt Kite nooit loog,' zei Angus.

'Radioreporter Kite liegt nooit,' zei Kite en hij lachte even. 'Met de privépersoon Walt is het veel slechter gesteld.'

'Ben je alleen?'

'Altijd. Vertel me wat je niet door de telefoon wilde zeggen.'

Angus haalde adem en begon te praten. Hij voelde niet de nervositeit die hij had gevoeld toen hij de zaak aan Lennox en Caithness had voorgelegd. Misschien omdat de teerling al was geworpen; er was geen weg terug. Hij gebruikte ongeveer dezelfde woorden als een dag geleden in Estex en vertelde ook over het gesprek met Lennox en Caithness. Hij gaf Kite alles. De namen, de details over het clubhuis en Fife, de opdracht om het babylijkje te verbranden. Terwijl hij sprak pakte Kite een servet uit de houder op tafel om de zwarte smeer van zijn vingers te vegen.

'Waarom ik?' vroeg Kite en hij pakte nog een servet.

'Omdat jij gezien wordt als een moedige reporter met integriteit,' zei Angus.

'Prettig te horen dat men dat vindt,' zei Kite en hij keek Angus onderzoekend aan. 'Je spreekt beschaafder dan andere jonge politiemannen.'

Angus haalde zijn schouders op. 'Ik heb theologie gestudeerd.'

'Kijk, dat verklaart zowel je taalgebruik als waarom je jezelf hieraan blootstelt. Jij gelooft in verlossing door goede daden.'

'Dat is niet zo, meneer Kite, ik geloof noch in verlossing, noch in het goddelijke.'

'Heb je al met andere journalisten gesproken?' Hij grijnsde. 'Met of zonder integriteit?'

Angus schudde zijn hoofd.

'Mooi, want als ik met deze zaak aan de slag wil, moet ik absolute exclusiviteit hebben. Dus geen woord tegen andere journalisten, tegen niemand. Zijn we het daarover eens?'

Angus knikte.

'Hoe kan ik je te pakken krijgen, Angus?'

'Mijn telefoonnummer...'

'Geen telefoons. Het adres.'

Angus schreef het op een servet met olievlekken. 'Wat gebeurt er verder?'

Kite zuchtte diep. Als een man die weet dat er veel werk op hem ligt te wachten. 'Ik moet eerst een aantal zaken checken. Dit is een grote zaak. Ik wil niet betrapt worden op fouten of ervan verdacht worden onderdeel te zijn van iemands agenda.'

'Mijn enige agenda is dat de waarheid boven tafel moet komen en dat Macbeth wordt gestopt.'

Angus realiseerde zich dat hij zijn stem had verheven toen hij Kite zag kijken naar de weinige gasten om er zeker van te zijn dat niemand hem had gehoord. 'Als dat waar is, is het een leugen dat jij niet gelooft in het goddelijke.'

'God bestaat niet.'

'Ik dacht aan het goddelijke in de mens, Angus.'

'Je bedoelt het menselijke in de mens, Kite. Het goede willen is net zo menselijk als zondigen.'

Kite knikte langzaam. 'Jij bent de theoloog van ons tweeën. Hoewel ik moet toegeven dat ik je geloof, moet ik het verhaal checken. En jij als persoon, tja, dat noemt men...' – hij stond op en knoopte zijn oliejas dicht – 'integriteit.'

'Wanneer denk je dat de zaak openbaar wordt gemaakt?' Angus ademde diep in en liet de lucht weer ontsnappen. 'Ik vertrouw Lennox niet, hij zal naar Macbeth gaan.'

'Ik zal voorrang geven aan deze zaak,' zei Kite. 'In twee dagen kan er veel gedaan worden.' Hij haalde zijn portemonnee tevoorschijn.

'Bedankt, ik betaal mijn koffie zelf.'

'Oké.' Kite stopte zijn portemonnee weer in zijn zak. 'Je bent een zeldzame vogel in deze stad, besef je dat wel?'

'In elk geval word ik met uitsterven bedreigd,' zei Angus met een zwak glimlachje.

Hij keek de journalist na tot hij door de deur was verdwenen. Toen keek hij om zich heen. Geen verdachte personen, iedereen leek met zichzelf bezig te zijn. Twee dagen. Hij moest proberen twee dagen in leven te blijven.

Seyton hield niet van Capitol. Hij hield niet van de brede avenues, de indrukwekkende, oude parlementsgebouwen en al die andere shit: de groene parken, de bibliotheken en de operahal, de straatartiesten, de kleine, gotische kerken en belachelijk buitenissige kathedraal, de lachende mensen op de terrassen en het zwaar gesubsidieerde nationale theater met zijn hoogdravende stukken, onbegrijpelijke dialogen en machtsbeluste koningen die in de laatste akte sterven.

Daarom gaf hij er de voorkeur aan om zo te staan: met zijn rug naar de stad en zijn blik op de zee.

Ze stonden in het havenkantoor en konden nu MS Glamis zien.

'Weet je zeker dat jullie geen assistentie nodig hebben?' vroeg de politieman met het embleem van de Capitol-politie op zijn uniform. Voordat ze hiernaartoe kwamen was er een discussie geweest over de regels betreffende de jurisdictie, maar de hoofdcommissaris van Capitol was bereidwillig – deels, had hij gezegd, omdat de moord op een politieman in een andere stad ook invloed op hen had en deels omdat het een arrestatie aan boord van een schip betrof.

'Nogmaals dank, maar ik weet het zeker,' zei Seyton.

'Goed, maar als hij is opgepakt en aan land wordt gebracht, nemen wij het dus over.'

'Absoluut, zolang jullie maar de loopbrug en het schip in de gaten houden.'

'Hij zal niet ontsnappen, inspecteur.' De Capitol-politieman wees naar de politiemannen in burger in twee roeiboten die vijftig meter van de kade lagen en die deden alsof ze visten, maar in werkelijkheid klaarstonden om Duff uit het water te halen mocht hij overboord springen.

Seyton knikte. Het was niet zo lang geleden dat hij in een ander havenkantoor had staan wachten. Toen was het Duff geweest die assistentie had afgeslagen, die onbetrouwbare idioot. Maar de rollen waren nu omgedraaid. En dat zou Duff merken. Hij zou zorgen dat hij het voelde. Een paar eindeloos lang durende seconden. De Capitol-politie wist uiteraard niets van Macbeths bevel: dat Duff niet aan land moest worden gebracht, maar gedragen. In een lijkzak.

Het schip keerde, de zee onder hen werd geklopt door de schroef en wit schuim borrelde naar het wateroppervlak als bubbels in champagne. Seyton laadde zijn MP-5. 'Olafson, Ricardo. Klaar?'

De twee mannen van SWAT knikten. Ze hadden tekeningen van het schip gekregen waarop de hut stond waarin Duff lag.

Trossen werden aan wal gegooid, een van de boeg en een van de achtersteven, en die werden om de meerpalen geslagen en strakgetrokken. De scheepswand schuurde zacht langs de piepende autobanden. Er werd een loopbrug uitgelegd.

'Nu,' zei Seyton.

Ze renden de kade op naar de loopbrug. De bemanning staarde hen met open mond aan, de kapitein had duidelijk kans gezien de arrestatie geheim te houden.

Ze stormden een ijzeren trap af, langs een hut waarop STUURMAN stond.

Verder en verder naar beneden. Voor hut 12 bleven ze staan.

Seyton luisterde, maar hij hoorde alleen zijn eigen ademhaling en de ronkende motor van het schip. Ricardo was verderop gaan staan zodat hij de andere deuren in de gaten kon houden, voor het geval Duff in een andere hut zat, hen hoorde en probeerde te ontsnappen.

Seyton deed de zaklantaarn aan en knikte naar Olafson. Toen ging hij naar binnen. De zaklantaarn was niet nodig, het was binnen licht genoeg. Duff lag in de onderste kooi, met zijn gezicht naar de wand en de deken hoog opgetrokken. Hij droeg de groene muts waarover de kapitein had verteld en die hij nooit afdeed en tot aan zijn grote bril had getrokken. Afgezien van die ene keer toen de kapitein het litteken had gezien. Seyton pakte het pistool dat in Duffs hand gelegd zou worden en vuurde twee kogels af op de wand achter zich. Het geluid maakte hem tijdelijk doof en een paar seconden was een hoge pieptoon het enige wat Seyton hoorde. Duff lag verstijfd in zijn kooi. Seyton legde zijn mond tegen Duffs oor.

'Ze schreeuwden,' zei hij. 'Ze schreeuwden en het was heerlijk om te horen. Jij mag ook even schreeuwen, Duff. Want ik ben van plan je eerst in je buik te schieten. Omwille van de goeie ouwe tijd, jij arrogante lul.'

Er steeg een sterke geur op van Duff. Seyton snoof die op. Maar het was niet die verrukkelijke geur van angst. Het was... zweet. Oud, zuur mannenzweet. Ouder dan die paar dagen dat Duff was verdwenen.

De man in de kooi draaide zijn gezicht naar hem om.

Het was Duffs gezicht niet.

'Hè?' zei de man en de deken werd weggeslagen, er werd een naakt bovenlichaam zichtbaar en een harige onderarm.

Seyton zette de loop van een machinepistool tegen het voorhoofd van de man. 'Politie. Wat doe jij hier? En waar is Duff?'

De man snoof. 'Ik sliep, dat zie je toch. En ik heb geen idee wie Duff is.'

'Johnson,' zei Seyton en hij duwde de loop zo hard tegen het voorhoofd dat het hoofd van de man in het kussen werd gedrukt.

Opnieuw gesnuif. 'Die kombuisjongen? Heb je bijvoorbeeld in de kombuis gekeken? Of in een van de andere hutten? We kiezen een kooi die op dat moment onbezet is. Wat heeft Johnson gedaan? Iets ernstigs, zo te zien. Als je een gat in mijn kop wil maken, moet je schieten, klootzak.'

Seyton trok zijn machinepistool terug.

'Olafson, neem Ricardo mee en doorzoek het schip.' Seyton nam het pafferige gezicht voor zich op. Ademde zijn geur in. Was de man inderdaad niet bang of kwam het door de compacte stank van de andere lichaamsfuncties waarin de angstgeur verdronk?

Olafson stond nog steeds achter hem.

'Kam het schip uit!' schreeuwde Seyton. En hij hoorde hoe de laarzen van Olafson en Ricardo door de gang stampten en de deuren van de hutten werden opengesmeten.

Seyton rekte zich uit. 'Hoe heet je? En waarom draag jij de muts van Johnson?'

'Hutchinson. En die muts mag je hebben, zo te zien heb je iets nodig om je in af te trekken.'

Seyton sloeg. Het geweer scheurde de huid van de wang en bloed lekte naar buiten. Maar de man vertrok geen spier, hoewel de tranen in zijn ogen waren gesprongen.

'Geef antwoord,' siste Seyton.

'Ik werd wakker van de kou en ik wilde mijn T-shirt aantrekken dat ik op die kist daar had gelegd. Maar zowel mijn T-shirt als mijn pet was weg, in plaats daarvan lag die muts er. Het was koud, dus ik heb hem opgezet, oké?' Hutchinsons stem beefde, maar haat scheen door de tranen. Angst en haat, haat en angst, het was altijd hetzelfde, dacht Seyton en hij veegde het bloed van de geweermond.

Er klonken boze stemmen uit de gang. Seyton wist het. Dat ze het hele schip zouden doorzoeken, alle hoeken en gaten, zonder dat ze hem zouden vinden. Duff was al weg.

Hoofdstuk 30

Duff liep gehaast over de brede avenues langs de indrukwekkende, oude gebouwen, door de parken, kwam langs straatmuzikanten en portrettekenaars. Een lachend stel op een terras wees de weg naar het adres op het briefje. Ze staarden naar de baard die aan de ene kant bezig was los te raken. Duff probeerde niet te rennen, liep langs de kathedraal van Capitol.

Hutchinson had zich omgedraaid.

Hij had zich omgedraaid toen hij op weg was naar de machinekamer en was de trap weer op gelopen. Hij had geluisterd naar Duffs verhaal. En zelfs toen Duff details vertelde die hij zelf niet zou geloven als iemand die aan hem vertelde, bleef Hutchinson knikken, alsof hij ze herkende. Alsof hij niet opkeek over wat een mens een ander kon aandoen. Toen Duff klaar was, had de machinist een vluchtplan voorgesteld. Zonder te aarzelen en zo simpel en logisch dat Duff aannam dat het een plan was dat hij ooit voor zichzelf had uitgedacht. Duff moest gewoon de kleding van Hutchinson aantrekken en klaarstaan bij de reling.

'Zorg ervoor dat je met je rug naar de kapitein toe staat zodat hij je kop niet kan zien. Hij zal denken dat ik het ben. De bootsman zal het uitgooien van de ladder aan jou overlaten als jij er al staat. Je gooit die al vroeg uit, klimt naar beneden zodat je onderaan al klaarstaat als de loodsboot aanlegt. En dan vertel je dat je mee moet met de loodsboot omdat je voordat de Glamis gaat aanmeren een reserveonderdeel op het rederijkantoor moet ophalen dat we nodig hebben voor de lier die de trossen straktrekt.'

'Waarom?'

'Hè?'

'Waarom doe je dit voor mij?'

Hutchinson haalde zijn schouders op. 'Ik was erbij toen de kisten met patronen werden gelost. Er stond een magere, kale politieman op de kade met zijn armen over elkaar geslagen en het leek of hij op ons wilde spugen terwijl wij de kisten op zijn vrachtwagen laadden.'

Duff wachtte op de rest van de uitleg.

'Mensen doen dingen voor elkaar,' zei Hutchinson snuivend. 'Dat blijkt.' Gesnuif. 'En als ik het goed begrijp ben je helemaal alleen tegen...' – hij wees naar de dekken boven hen – 'hen daar. En ik weet een beetje hoe dat is.'

Alleen. Hen daar.

'Bedankt.'

'Niets te danken, Johnson.' De machinist had de uitgestoken hand van Duff geschud. Heel even, bijna verlegen. Toen was hij met zijn hand over de pleister op zijn voorhoofd gegaan. 'De volgende keer sta ik klaar en dan krijg je een paar rake klappen.'

'Uiteraard.'

Duff was inmiddels ten oosten van het centrum.

'Pardon, District 6?'

'Die kant op.'

Hij kwam langs een krantenkiosk. De huizen werden kleiner, de straten smaller.

'Tannery Street?'

'Tot het verkeerslicht en dan de tweede of derde links.'

Het geluid van een politiesirene steeg en daalde. Hier in de hoofdstad klonk die anders, niet zo hard en snerpend. Met een andere melodie. Niet zo naargeestig, niet zo indringend onwelluidend.

'Dolphin?'

'De nachtclub? Is die niet gesloten? Maar goed, zie je dat café daar? Rechts daarvan.' Maar die blik bleef iets te lang op het litteken hangen alsof er een herinnering opgehaald moest worden.

'Bedankt.'

'Geen probleem.'

Tannery Street 66.

Duff bestudeerde de namen op de voordeurbellen naast de donkere houten toegangspoort. Geen van de namen zei hem iets. Hij trok aan de poort. Niet op slot. Of beter gezegd, kapot slot. Binnen was het donker, dus bleef hij staan om zijn pupillen te laten wennen. Een trap. Nat krantenpapier, de geur van urine. Een tbc-hoest achter een deur. Een geluid dat leek op een harde, natte oorvijg. Duff begon de trap op te lopen. Op elke verdieping waren twee voordeuren plus een lage deur bij de trap. Hij drukte op een van de bellen. Vanbinnen klonken een heftig gekef en sloffende voetenstappen. Een klein, bijna komisch gerimpeld vrouwtje deed open. Geen veiligheidsketting.

'Ja, schat?'

'Goedendag, mevrouw, ik ben inspecteur Johnson.'

Ze nam hem argwanend op. Hij nam aan dat ze ook de geur van Hutchinsons Esso-T-shirt kon ruiken. Duff had in elk geval het idee dat de stank het gekef van het hondje had gesmoord.

'Ik ben op zoek naar...' – ja, naar wie was hij eigenlijk op zoek? – '...iemand. Banquo, heeft me dit adres gegeven.'

'Het spijt me, jongeman, ik ken geen Banquo.'

'Alfie?'

'O, Alfie. Hij woont op de tweede verdieping rechts. Het spijt me, maar je bent bezig je baard te verliezen.'

'Bedankt.'

Duff rukte de baard en de bril van zijn hoofd terwijl hij de trap naar de tweede verdieping nam. De deur rechts had geen naambordje, alleen een bel met een knop die aan een spiraalvormige veer hing.

Duff klopte en wachtte. Klopte opnieuw, harder dit keer. En weer hoorde hij een harde, natte oorvijg van de begane grond komen.

Hij trok aan de deur. Op slot. Zou hij wachten om te kijken of er iemand kwam? Dat was sowieso een beter alternatief dan zich op straat te vertonen.

Zacht gehoest. Het geluid kwam achter de lage deur bij de trap vandaan. Duff liep de vijf treden op en draaide aan de deurknop. Die gaf iets mee, maar iemand leek hem van de binnenkant vast te houden. Hij klopte aan.

Geen reactie.

'Hallo? Hallo, is daar iemand?'

Hij hield zijn adem in en legde zijn oor tegen de deur. Hij hoorde iets, het klonk als geritsel van papier. Iemand verstopte zich.

Duff liep met zware, duidelijk hoorbare voetstappen de trap af, deed zijn schoenen uit en sloop weer omhoog.

Hij greep de deurknop en rukte. Hij hoorde iets knappen.

Een touwtje.

Hij staarde naar zichzelf.

De foto was niet erg groot en stond rechts onderaan op de pagina onder een krantenkop.

De krant zakte en Duff keek in het gezicht van een oude man met een lange, slordige baard. Hij zat voorovergebogen op een soort kist met zijn broek op zijn enkels.

Een ouderwetse plee. Duff had die eerder gezien. Hij begreep nu dat het geluid van een natte oorvijg het vallen van uitwerpselen in de ton beneden was geweest.

'Neem me niet kwalijk,' zei Duff. 'Bent u Alfie?'

De man gaf geen antwoord, maar staarde Duff alleen maar aan. Toen draaide hij de krant langzaam om, keek naar de foto en toen weer naar Duff. Maakte zijn lippen nat. 'Harder,' zei hij, met zijn ene hand wijzend naar zijn oor.

Duff verhief zijn stem. 'Bent u Alfie?'

'Harder.'

'Alfie!'

'Sst, ja, hij is Alfie.'

Misschien kwam het door het roepen dat Duff hem niet had gehoord. Duff stelde alleen vast dat er iets hards tegen zijn achterhoofd werd geduwd en dat de stem die in zijn oor fluisterde hem vaag bekend voorkwam. 'En ja, dit is een pistool, inspecteur. Dus verroer je niet, vertel alleen hoe je ons hebt gevonden en wie je heeft gestuurd.'

Duff wilde zich omdraaien, maar een hand duwde zijn gezicht terug. Naar Alfie die kennelijk vond dat de situatie onder controle was en weer doorging met het lezen van de krant.

'Ik weet niet wie jullie zijn,' zei Duff. 'Ik heb alleen een afdruk van het adres in een notitieblokje in Banquo's auto gevonden. En niemand heeft me gestuurd, ik ben alleen.'

'Waarom kom je hierheen?'

'Omdat Macbeth me probeert te vermoorden, zoals hij volgens mij Banquo en Fleance heeft laten vermoorden. Dus als Banquo een adres had waarbij "veilige haven" staat, is dat misschien ook iets voor mij.'

Een pauze. Een denkpauze, leek het.

'Kom.'

Duff werd omgedraaid, maar zo dat de persoon met het pistool nog steeds achter hem bleef. Toen werd hij de trap op geduwd naar de deur waarop hij had geklopt en die nu openstond. Hij werd een grote kamer in geduwd waar een muffe geur hing ondanks het feit dat de ramen wagenwijd open waren. In de kamer stonden een grote tafel met drie stoelen, een keukenblok met aanrecht en koelkast, een smal bed en een bank, en er lag een matras op de grond. En er was nog een persoon. Hij zat op een stoel met zijn onderarmen en handpalmen op tafel terwijl hij Duff strak aankeek. Zijn bril was nog dezelfde, net als de lange benen die onder de tafel uit staken. Maar er was iets veranderd, misschien kwam het door de baard. Of doordat hij smaller in zijn gezicht was geworden.

'Malcolm,' zei Duff. 'Je leeft.'

'Duff, ga zitten.'

Duff ging op de stoel tegenover de adjunct-hoofdcommissaris zitten.

Malcolm deed zijn bril af en poetste die. 'Dus jij dacht dat ik mezelf had verdronken nadat ik Duncan van het leven had beroofd?'

'Dat dacht ik eerst, ja. Totdat ik inzag dat Macbeth achter de moord op Duncan zat. Toen besefte ik dat hij jou had laten verdrinken om zodoende de weg naar het kantoor van de hoofdcommissaris vrij te maken. En dat de zelfmoordbrief een vervalsing moest zijn.'

'Macbeth dreigde mijn dochter te vermoorden als ik die niet ondertekende. Wat wil je, Duff?'

'Hij zegt...' begon de stem achter Duff.

'Ik heb het gehoord,' onderbrak Malcolm hem. 'En in de kranten wordt beweerd dat Macbeth jacht op jou maakt, Duff. Maar het kan ook zijn dat jullie tweeën samenwerken en dat het flauwekul is wat er in de kranten staat, dat je op deze manier probeert bij ons te infiltreren.'

'Mijn gezin vermoorden als dekmantel?'

'Daar heb ik ook over gelezen, maar ik vertrouw niemand meer, Duff. Als Macbeth en het hele politiekorps er echt zo op gebrand zijn om jou te pakken, was het hen allang gelukt.'

'Ik heb geluk gehad.'

'En nu ben je hierheen gekomen.' Malcolm trommelde met zijn vingers op tafel. 'Waarom?'

'Veilige haven.'

'Veilig?' Malcolm schudde zijn hoofd. 'Je bent politieman, Duff, en je weet: als jij ons zo makkelijk kunt vinden, kan Macbeth dat ook. Een beetje intelligente voortvluchtige verstopt zich in zijn eentje en houdt zich muisstil, hij gaat geen mensen opzoeken die minstens zo hard gezocht worden. Dus geef me een beter antwoord. Waarom kom je hierheen?'

'Wat denk jij?'

'Ik wil het van jou horen. Het pistool is gericht op waar jij een bloedend hart hebt of niet hebt.'

Duff slikte. Waarom was hij hierheen gekomen? Het was natuurlijk te veel geweest om op te hopen. Maar het was wel de enige hoop geweest die hij had. De kansen waren klein, maar de rekensom simpel. Duff haalde diep adem: 'Banquo had in de nacht dat hij werd gedood met me afgesproken en wilde me iets vertellen. Hij was de laatste die jou had gezien op de dag van je verdwijning. Ik dacht dat het mogelijk was dat ik je hier zou vinden. En dat we elkaar konden helpen. Ik heb bewijzen dat Macbeth Duncan heeft vermoord. Macbeth weet dat en daarom wil hij mij uit de weg ruimen.'

Malcolm trok zijn wenkbrauwen op. 'En hoe kunnen wij elkaar helpen? Je beeldt je toch niet in dat de politie hier in Capitol ons kan helpen?'

Duff schudde zijn hoofd. 'Zij hebben orders gekregen ons te arresteren en onmiddellijk naar Macbeth te sturen. Maar samen kunnen we Macbeth ten val brengen.'

'Om je gezin te revancheren?'

'Ja, dat was mijn eerste gedachte.'

'Maar?'

'Maar er is iets groters dan revanche.'

'De post van hoofdcommissaris?'

'Nee.'

'Wat dan?'

Duff knikte naar het open raam. 'Capitol is een indrukwekkende stad, niet? Het is moeilijk om er niet van te houden. Om er verliefd op te worden – een lachende, blonde schoonheid met zonneschijn in haar blik. Maar jij en ik kunnen er nooit van houden, toch? Omdat we ons hart al hebben gegeven aan die duivelse, verrotte stad aan de westkust. Ik heb die stad verstoten, ik dacht dat die niets voor mij betekende, dat mijn carrière en ik belangrijker waren dan de stad die niets anders heeft gedaan dan onze zielen neerslachtig maken, onze harten corrumperen en onze levens verkorten. Problematische en verloren liefde, dacht ik. Maar het is zoals het is. We hebben te laat door waar we echt van houden.'

'En jij bent bereid je leven te offeren voor zo'n stad?'

'Dat is makkelijk,' zei Duff glimlachend. 'Ik heb alles verloren; het enige wat ik nog kan offeren is mijn leven. Hoe zit het met jou, Malcolm?'

'Ik heb mijn dochter te verliezen.'

'En je kunt haar leven alleen redden door Macbeth ten val te brengen. Luister, jij kunt het werk van Duncan voortzetten. En daarom ben ik hier om jou te volgen als jij hoofdcommissaris wilt worden om de stad rechtvaardig te besturen.'

Malcolm keek hem lang aan. 'Ik?'

'Ja.'

Malcolm lachte. 'Dank voor de morele steun, Duff, maar laat ik je eerst een paar dingen duidelijk maken.'

'Ja?'

'Ten eerste heb ik je nooit gemogen.'

'Begrijpelijk,' zei Duff. 'Ik heb me altijd alleen maar met mezelf beziggehouden. Ik zeg niet dat ik veranderd ben, maar wat er is gebeurd, heeft me in elk geval nieuwe inzichten gegeven. Ik ben nog steeds niet erg slim, maar hopelijk iets minder dom dan ik was.'

'Dat kan zijn, maar het kan ook zo zijn dat je alleen maar zegt wat je denkt dat ik wil horen. Maar wat ik niet wil horen is nonsens over bekering. Je bent misschien een heel klein beetje veranderd, maar de wereld is dezelfde gebleven.'

'Wat bedoel je?'

'Het doet me deugd te horen dat je me relatief fatsoenlijk vindt, maar als je in mijn team komt, moet ik wel weten of jouw engelenvleugels je niet verhinderen met beide benen op de grond te blijven staan. Je denkt toch niet dat je naar me toe kunt komen zonder dat je een paar dingen door de vingers moet zien? Dat je wat... gangbare praktijken moet accepteren met betrekking tot wie iets krijgt en wie niet. En wie de bruine enveloppen krijgt. Als een slechtbetaalde politieman in één nacht alles wat hij bezit kwijtraakt, hoe kun je dan zijn loyaliteit winnen? En is het niet beter om nu een paar kleine gevechten te winnen dan erop te staan om voortdurend de grote te verliezen?'

Duff keek naar de man met de baard alsof hij er zeker van wilde zijn dat dit echt Malcolm was. 'Je bedoelt Hecate niet aanpakken, maar alleen zijn kleine concurrenten?'

'Ik bedoel dat ik realistisch ben, mijn beste Duff. Niemand is ermee gediend een hoofdcommissaris te hebben die niet weet hoe dingen werken in deze wereld. We willen een betere en schonere stad dan vroeger, Duff, maar voor dat werk moeten we wel betaald worden.'

'Ons láten betalen, bedoel je?'

'Ik wil net als jij het goede, Duff. Maar Rome is niet op één dag gebouwd. Je bent een vechter, maar vecht niet tegen je eigen mensen. Geef ons wat speelruimte, dan zullen op de lange duur de zaken verbeteren. Sluit je je bij ons aan?'

'Jij accepteert geld van Hecate in plaats van tegen hem te vechten?'

'We kunnen niet van Hecate winnen, nog niet. Ondertussen kunnen we hem ons salaris laten betalen om tegen alle andere criminaliteit in de stad te vechten. God weet dat daar genoeg van is.'

Duff voelde eerst vermoeidheid. Maar ook een merkwaardige opluchting. De strijd was gestreden, hij kon zich overgeven, hij kon uitrusten. Bij Meredith. Hij schudde zijn hoofd. 'Dat kan ik niet accepteren. Jij bent niet wie ik gehoopt had dat je zou zijn, Malcolm, en nu is mijn laatste hoop vervlogen.'

'Bedoel je dat er betere mensen zijn? Ben jij een beter mens?'

'Ik niet, maar ik heb mannen in de buik van een schip ontmoet die betere mensen zijn dan jij en ik, Malcolm. Dus ik sta nu op en vertrek. Je moet snel besluiten of je me laat doodschieten of niet.'

'Ik kan je niet laten gaan, nu je weet waar ik ben. Tenzij je zweert dat je ons niet verraadt.'

'Een dergelijke belofte onder verraders is niet veel waard, Malcolm, en toch wil ik je die belofte niet geven. Mag ik vragen om me door het hoofd te schieten, mijn gezin wacht op me.'

Duff stond op, maar Malcolm deed dat ook, hij legde beide handen op Duffs schouders en drukte hem op zijn stoel.

'Je hebt me een aantal vragen gesteld, Duff. En in een interview zijn de vragen vaak eerlijker en onthullender dan de antwoorden. Ik heb zitten liegen en jouw vragen waren de juiste. Maar ik wist niet zeker of jouw gerechtvaardigde verontwaardiging echt was totdat je opstond en bereid was voor een schoon politiekorps en de stad een kogel door je hoofd te krijgen.'

Duff knipperde met zijn ogen. Zijn lichaam was ineens loodzwaar en het leek of hij op het punt stond flauw te vallen.

'We zitten hier met drie man in de kamer,' zei Malcolm. 'Drie man die bereid zijn alles op te offeren om het beleid waar Duncan voor stond voort te zetten.' Hij zette zijn gepoetste bril weer op zijn neus . 'Drie mannen die misschien niet beter zijn dan andere mensen, misschien is het gewoon zo dat we al zoveel hebben verloren dat het niet veel moeite kost om te rest op te offeren. Maar het is wellicht de kiem en de logica van een revolutie, dus we moeten ons niet laten meeslepen door onze morele voortreffelijkheid. We kunnen in elk geval vaststellen dat we de wil hebben om het te doen, ongeacht of de brandstof van die wil puur voortkomt uit ons rechtvaardigheidsgevoel of ook...' – hij haalde zijn schouders op – '...uit de wraaklust van een familieman, de schaamte van een verrader, de morele verheerlijking van een bevoorrecht persoon of de godvrezende angst om in de hel te moeten branden. Want dit is het juiste en wat er nodig is, de wil. Want er bestaan geen eenvoudige wegen naar rechtvaardigheid en zuiverheid, alleen maar moeilijke.'

'Drie mannen,' zei Duff.

'Jij, ik...'

'En Fleance,' zei Duff. 'Hoe heb je dat voor elkaar gekregen, jongen?'

'Mijn vader heeft me van de brug geschopt,' zei de stem achter hem. 'Het was hem gelukt me iets te leren wat hem bij Macbeth niet gelukt was: zwemmen.'

Duff keek naar Malcolm, die zuchtte en toen glimlachte. En tot zijn verbazing voelde Duff dat hij zelf ook moest glimlachen. Dat er iets in zijn keel omhoogkwam. Een hik. Hij begreep pas dat het een lach was en geen gehuil toen hij zag dat Malcolm ook begon te lachen en daarna Fleance. De lach van een krijger.

'Hè?'

Ze draaiden zich om naar de oude Alfie die als een levend vraagteken in de deuropening stond met de krant in zijn handen. En ze moesten nog harder lachen.

Hoofdstuk 31

Lennox stond voor het raam en staarde naar buiten. Hij woog de granaat in zijn hand. Angus, Angus. Hij had nog steeds niemand verteld over de ontmoeting in Estex. Waarom, wist hij niet. Hij wist alleen dat hij de hele dag niets had uitgevoerd. En gister ook niet. Of de dag daarvoor. Elke keer als hij een rapport trachtte te lezen, verloor hij zijn concentratie. Het leek of de letters zich verplaatsten en nieuwe woorden vormden. 'Raad' werd 'verraad' en 'geven' werd 'aangeven'. Elke keer als hij de telefoonhoorn oppakte om te bellen was het alsof die een ton woog en moest hij weer ophangen. Hij had geprobeerd de krant te lezen en meegekregen dat die oude, eerbiedwaardige Zimmerman zich kandidaat had gesteld voor het burgemeesterschap. Zimmerman was controversieel noch charismatisch, maar hij werd gerespecteerd om zijn competentie. Natuurlijk was hij geen partij voor Tourtell. Lennox was ook begonnen in het artikel over de toenemende drugsomzet die, volgens de VN, na de wapenindustrie de belangrijkste industrie was, totdat hij zich realiseerde dat hij alleen maar keek naar de zinnen, maar niet las.

Er waren acht dagen verstreken sinds Duffs ontsnapping naar Capitol. Toen Lennox en Seyton in het kantoor van de hoofdcommissaris hadden gestaan, was Macbeth zo razend geworden dat hij letterlijk schuimbekte. Witte spuugbolletjes hadden zich verzameld in zijn mondhoeken terwijl hij had getierd dat ze hem in de hoofdstad nu wel een idioot zouden vinden. En als Lennox en Seyton hun werk naar behoren hadden gedaan en Duff hadden gepakt terwijl hij nog in Capitol was, dan had hij niet zo kwaad hoeven worden. En toch voelde Lennox paradoxaal genoeg opluchting dat Duff nog leefde en op vrije voeten was.

Er was niet veel licht meer buiten, maar zijn ogen brandden. Misschien had hij vandaag een extra shot nodig. Alleen maar om deze dag door te komen, morgen zou alles beter zijn.

'Is dat echt een granaat of moet het gewoon een asbak worden?'

Lennox draaide zich om naar de stem in de deuropening.

Macbeth stond in een merkwaardige houding: licht voorovergebogen met zijn armen langs zijn lichaam alsof hij tegen de wind in leunde. Zijn hoofd was gebogen en de pupillen in zijn ogen zaten boven in de kassen en staarden hem aan.

'Mijn grootvader heeft die in de Eerste Wereldoorlog op zijn hoofd gekregen.'

'Een leugen,' zei Macbeth grinnikend. Hij liep naar binnen en deed de deur achter zich dicht. 'Het is een Duitse Stielhandgranate 24 en die werd voor 1924 niet gebruikt. Het is een asbak.'

'Ik geloof niet dat mijn grootvader...'

Macbeth pakte de granaat uit Lennox' hand, pakte de pin en begon te trekken.

'Niet doen!'

Macbeth trok een wenkbrauw op en keek naar de geschrokken leider van Anti-Corruptie, die verderging: 'D-dan ontploft...'

'...het verhaal van je grootvader?' Macbeth duwde de pin weer terug en legde de granaat op het bureau. 'Dat kan uiteraard niet. Waaraan stond je te denken, inspecteur?'

'Corruptie,' zei Lennox en hij legde de granaat in een la. 'En anticorruptie.'

Macbeth trok de bezoekersstoel een eindje naar voren. 'Wat is eigenlijk corruptie, Lennox? Is een zeer geëngageerde revolutionair die wordt betaald om te infiltreren in ons staatsapparaat, corrupt? Is een volgzame, maar passieve werknemer die niets anders doet dan zijn vaste, iets te hoge salaris incasseren in een systeem waarvan hij weet dat het gebouwd is op corruptie, corrupt?'

'Er zijn vele gradaties, hoofdcommissaris. Meestal weet iemand wel zelf of hij corrupt is of niet.'

'Je bedoelt dat het een gevoelskwestie is?' Macbeth ging zitten en Lennox deed hetzelfde om niet boven hem uit te torenen.

'Dus als je je niet corrupt voelt omdat het gezin waarvoor je zorgt afhankelijk is van die inkomsten, dan ben je niet corrupt? Als het motief juist is – het beste voor het gezin of de stad – dan kunnen we het bijvoorbeeld omschrijven als tja, pragmatische politiek?'

'Ik geloof dat het omgekeerd is,' zei Lennox. 'Ik denk dat als je weet dat het hebzucht is en niets anders, dat je dan je toevlucht neemt tot een omschrijving die jou het best past. Terwijl de moreel rechtvaardige misdaden geen omschrijvingen behoeven. We kunnen er goed mee leven ze de juiste term te geven: corruptie, beroving, moord.'

'Dus jij zit hier na te denken,' zei Macbeth en hij zette zijn vingertoppen tegen zijn kin. 'Je vraagt je af of je corrupt bent of niet.'

'Ik?' Lennox lachte kort. 'Ik heb het natuurlijk over de mensen naar wie we onderzoek doen.'

'En toch hebben we het altijd over onszelf. En ik blijf erbij dat crisissituaties ervoor zorgen dat mensen hun corruptie andere namen geven. Dat de betaling die je ontvangt om gebruik te maken van je positie geen geld is maar liefdadigheid. Voor het leven. Het leven van je gezin, bijvoorbeeld. Begrijp je?'

'Ik weet het niet...' zei Lennox.

'Laat ik je een voorbeeld geven,' zei Macbeth. 'Een radioreporter die bekendstaat om zijn integriteit wordt benaderd door een jonge politieagent die meent dat hij een verhaal heeft dat de hoofdcommissaris te gronde kan richten. Wat de jonge verrader, laten we hem Angus noemen, niet weet is dat deze radioreporter een bepaalde... relatie heeft met de hoofdcommissaris. Dat de reporter goede redenen heeft om te vrezen voor zijn gezin als hij niet doet wat de hoofdcommissaris wil. Dus de reporter informeert de hoofdcommissaris over de opruiende plannen van de agent. De reporter heeft beloofd opnieuw af te spreken met de agent en de hoofdcommissaris vraagt de reporter een ontmoeting te arrangeren op een plek waar niemand hen kan zien of horen.'

Lennox gaf geen antwoord, hij veegde slechts zijn handpalmen af aan zijn broek.

'Dus de chef is veilig. Maar hij vraagt zich uiteraard af wie de corrupte persoon is. De jonge agent, de radioreporter of... of wie, Lennox?'

Lennox schraapte zijn keel en zei aarzelend: 'De hoofdcommissaris zelf?'

'Nee nee.' Macbeth schudde zijn hoofd. 'De derde persoon, degene die direct al de hoofdcommissaris had moeten waarschuwen. De derde persoon die wist van Angus' plannen, iemand die er niet bij betrokken is, maar die dat wel indirect is, zolang hij verzuimt naar de hoofdcommissaris te gaan en hem daarmee niet redt. Of in elk geval dat nog niet heeft gedaan. En terwijl hij nadenkt, is hij een eind op weg zelf corrupt te worden, of niet?'

Lennox probeerde Macbeths blik te vangen, maar het was of hij naar de zon staarde.

'Die ontmoeting in Estex, Lennox. Ik weet niet wanneer je van plan was me daarover te vertellen.'

Lennox knipperde met zijn ogen. 'Ik... ik heb nagedacht.'

'Ja, dat valt niet te voorkomen. De gedachten komen gewoon, is het niet? En hoewel we denken dat de wil vrij is, wordt deze gestuurd door gedachten, gevraagd en ongevraagd. Vertel me nu wie er naar jou is toe gekomen, Lennox.'

'De persoon...'

'Zeg de naam.'

'Hij is...'

'Zeg zijn naam!'

Lennox haalde adem. 'Agent Angus.'

'Ga door.'

'Je kent Angus. Jong, impulsief. En met alles wat er de laatste tijd is gebeurd, kan iemand immers een beetje irrationeel reageren. Ik wilde, voordat ik naar jou toe ging met deze zware beschuldigingen, hem proberen over te halen verstandig te zijn. Ik wilde hem laten afkoelen.'

'En mij ondertussen onwetend houden? Omdat je ervan uitging dat jouw beoordeling van de situatie beter was dan de mijne? Dat ik Angus, die ik zelf bij SWAT heb gehaald, geen tweede kans zou geven? Dat ik onmiddellijk zijn oververhitte, maar onschuldige hoofd, zou laten afhakken?'

'Ik...' Lennox zocht naar woorden.

'Maar je vergist je, Lennox. Ik geef mijn mensen altijd twee kansen. En die regel komt zowel jou als Angus ten goede.'

'Ik ben blij dat te horen.'

'Ik geloof in grootmoedigheid. Dus ik had alles laten rusten als Angus spijt had gekregen en had bedankt voor een ontmoeting met de radioreporter toen die hem belde voor een tweede afspraak. Dan zou ik er niet meer aan denken. Ik was verdergegaan. Helaas heeft agent Angus dat niet gedaan. Hij heeft ingestemd. En ik heb geen derde wang om hem toe te keren.'

Macbeth stond op en liep naar het raam.

'Wat me brengt bij jouw tweede kans, Lennox. Mijn reporter is ervan op de hoogte dat jij en Seyton naar die ontmoeting gaan. Die vindt vanavond plaats in de Estex-fabriek en Angus denkt dat er ook een fotograaf komt om een foto te maken van een oven waarin volgens hem een babylijkje is vernietigd. En daar zul jij de verrader straffen.'

'Straffen?'

'Ik laat het aan jou over om een passende methode voor de terechtstelling te vinden. Mijn enige eis is dat die de dood tot gevolg moet hebben.' Macbeth draaide zich om naar Lennox die zwaar door zijn mond ademde.

'En daarna zal Seyton je helpen het lijk te laten verdwijnen.'

'Maar...'

'Derde kansen bestaan zeker. In de hemel. Hoe gaat het overigens met je gezin?'

Lennox opende zijn mond en liet een geluidje ontsnappen.

'Mooi,' zei Macbeth. 'Seyton komt je om zes uur halen. Afhankelijk van de straf die jij kiest, moet het in anderhalf uur afgehandeld zijn, dus ik stel voor dat je je charmante vrouw belt om te zeggen dat je te laat bent voor het avondeten. Ik heb gehoord dat ze onder andere bloedworst heeft gekocht.'

Macbeth sloot de deur zachtjes achter zich toen hij vertrok.

Lennox legde zijn hoofd in zijn handen. Een weekdier. Een schepsel zonder botten in zijn lijf.

Een shot. Hij moest een shot hebben.

Macbeth bonkte met zijn hakken op de vloer terwijl hij door de gang liep. Hij probeerde de stem te verdoven die zei dat hij power moest hebben. Of brew. Of wat dan ook. Hij was nu meer dan een week clean. Het zou nog erger worden voor het beter werd, maar het zou beter worden. Het was hem eerder gelukt en het zou hem weer lukken. Alleen dat verrekte zweet, het stonk, stonk van onbehagen, angst en pijn. Maar het zou overgaan. Alles zou overgaan. Moest overgaan. Hij liep langs de receptie.

'Hoofdcommissaris...'

'Geen berichten en geen telefoontjes, Priscilla.'

'Maar...'

'Nu niet, later.'
'U heeft bezoek.'
Macbeth bleef abrupt staan. 'Je hebt iemand daar...' – hij wees naar zijn kamerdeur – '...binnengelaten?'
'Ze stond erop.'
Macbeth keek naar Priscilla's wanhopige gelaatsuitdrukking.
'Het is uw vrouw.'
'Wat?' riep hij verbluft uit. Hij maakte het onderste knoopje van zijn uniform los en liep zijn kantoor binnen.
Ze stond achter zijn bureau en nam het schilderij op. 'Schat! Je moet echt iets doen aan de kunst in deze kamer.'
Macbeth staarde Lady argwanend aan. Ze droeg een simpel, elegant jurkje onder haar bontmantel, kwam duidelijk rechtstreeks van de kapper en zag er uitgerust en energiek uit. Hij liep aarzelend op haar af. 'Hoe... gaat het, lieverd?'
'Uitstekend,' zei ze. 'Ik kan zien dat het schilderij propaganda is, maar wat wil het eigenlijk zeggen?'
Macbeth kon zijn blik niet van haar af houden. Waar was die gekke vrouw van gisteren? Weg.
'Schat?'
Macbeth keek op naar het schilderij. Keek naar de grove koppen van de arbeiders. 'Het is blijven hangen na vertrek van mijn voorganger, ik zal het laten vervangen. Ik ben zo blij dat je je beter voelt. Heb je... een nieuw medicijn gekregen?'
Ze schudde haar hoofd. 'Geen medicijn. Ik ben gestopt met de medicijnen. Echt alles.'
'Omdat er niet meer is?'
Ze lachte even. 'Ik zag dat er niets meer was. Jij bent ook gestopt.' Ze ging in zijn bureaustoel zitten. 'Beetje krap, is het niet?'
'Misschien.' Macbeth ging op een van de bezoekersstoelen zitten. Misschien was de gekte een doolhof geweest en had ze de weg naar buiten gevonden.
'Mooi dat je het met me eens bent. Want ik heb vanmorgen met Jack gesproken over dat plan voor de burgemeestersverkiezingen.'
'Ja, en wat vind je ervan?'
Ze tuitte haar lippen en wiebelde met haar hoofd. 'Jullie hebben het zo goed mogelijk gedaan, maar zijn wel iets vergeten.'
'En dat is?'

'Jullie zijn dus van plan om vlak voor de verkiezingen informatie te lekken over Tourtells relatie met die jongen. En dan zul jij, de Sweno-moordenaar, komen aansnellen en vlak voor de verkiezingen de lege ruimte vullen.'

'Ja?' zei Macbeth enthousiast.

'Het probleem is dat de lege ruimte gevuld zal worden door Zimmerman die zich verkiesbaar heeft gesteld.'

'Die saaie vent? Niemand is in hem geïnteresseerd.'

'Zimmerman mag dan geen grote aantrekkingskracht hebben, maar de mensen kennen hem en weten wat ze van hem kunnen verwachten. Dus ze voelen zich veilig bij hem. En veiligheid is belangrijk voor burgers in zulke dramatische tijden; om die reden zou Tourtell ook herkozen worden.'

'Je denkt echt dat Zimmerman me kan verslaan?'

'Ja,' zei Lady. 'Tenzij je officieel gesteund wordt door Tourtell die niet beschadigd is door het schandaal en jij bovendien Hecate aanpakt. Als je die twee dingen voor elkaar krijgt, ben je onverslaanbaar.'

Macbeth voelde een lome opluchting. Ze was weer uit het doolhof, ze was hier, bij hem. 'Mooi, maar hoe moeten we dat doen?'

'Door Tourtell een ultimatum te stellen. Hij kan zich vrijwillig terugtrekken en zijn leeftijd en gezondheid aanvoeren als excuus, en vervolgens zijn onvoorwaardelijke steun aan jou uitspreken. Of hij kan gedwongen worden zich terug te trekken omdat we hem hebben ontmaskerd als een pervers zwijn, waarna hij wordt gearresteerd en in de staatsgevangenis wordt gegooid. Hij zal goed weten wat er in gevangenissen met pedofielen gebeurt. Niet zo'n moeilijke keuze.'

'Hm.' Macbeth krabde in zijn baard. 'Dan hebben we een vijand gecreëerd.'

'Tourtell? Integendeel, hij begrijpt het machtsspel en zal dankbaar zijn voor het feit dat we hem een barmhartig alternatief geven.'

'Laat me erover nadenken.'

'Er valt niks meer te denken, schat, je hoeft er niet over te piekeren. En dan hebben we nog poppenspeler Hecate. Het wordt tijd dat hij uit de weg wordt geruimd.'

'Ik weet niet zeker of dat verstandig is, liefje. Denk eraan dat hij onze borg is en ons beschermt als we opponenten tegenkomen.'

'Hecate heeft nog steeds niet zijn betaling opgeëist voor het feit dat hij jou hoofdcommissaris heeft gemaakt,' zei Lady. 'Maar binnenkort is het tijd voor de afrekening. En dan ga jij dit doen.' Ze tilde haar elleboog op alsof die aan een draad zat. 'En zo.' Ze schopte met haar voet. 'Wil jij Hecates marionet zijn, schat? Het zal voor hem niet voldoende zijn dat je de jacht op hem op een laag pitje zet, hij zal meer en meer willen en uiteindelijk alles willen hebben. Zo gaat dat met types als hij. Dus de vraag luidt: wil je dat Hecate de stad bestuurt of jij? Of...' – ze legde haar ellebogen op het bureau – 'wil je zelf de poppenspeler zijn? De held worden die Hecate heeft gepakt en daarna burgemeester is geworden?'

Macbeth keek haar lang aan, toen knikte hij langzaam.

'Ik nodig Tourtell uit voor een privépotje blackjack,' zei Lady en ze stond op. 'En jij laat Hecate weten dat je hem onder vier ogen wilt spreken.'

'En waarom denk je dat hij daarop in zal gaan?'

'Omdat je hem een koffer met goud zult overhandigen als dank voor het feit dat hij je de burgemeesterspost heeft gegeven.'

'En jij denkt dat hij zal toehappen?'

'Sommige mensen worden blind van de kans op macht, andere van de kans op geld. Hecate behoort tot de laatste categorie. Je krijgt later meer details.'

Macbeth liep met haar mee naar de deur. 'Schat,' zei hij, en hij legde een hand op haar rug en streelde haar bontmantel, 'het is goed dat je weer terug bent.'

'Insgelijks,' zei ze en ze liet hem haar wang kussen. 'Wees sterk. Laten we elkaar sterk maken.'

Hij keek haar na terwijl ze door de receptie schreed en vroeg zich af of hij haar ooit echt zou leren kennen. Maar hij vroeg zich ook af of hij dat wilde. Want dat maakte haar nu juist zo onweerstaanbaar voor hem.

Lennox en Seyton hadden in de straat tegenover Estex geparkeerd. Het was zo donker dat Lennox de motregen niet kon zien, hij hoorde die alleen als een soort fluistering op het autodak en de voorruit.

'Daar is de reporter,' zei Seyton.

Het licht van de fietslamp zwaaide over de weg. Hij reed door de poort en verdween.

'We geven hem twee minuten,' zei Seyton die zijn machinepistool checkte.

Lennox gaapte. Hij had gelukkig een shot te pakken kunnen krijgen.

'Nu,' zei Seyton.

Ze stapten uit, renden in het donker door de poort en gingen de fabriek binnen.

Er klonken stemmen uit het kantoor van de voorman boven aan de trap.

Seyton snoof de lucht op. Toen knikte hij naar de ijzeren trap.

Ze slopen naar boven en Lennox voelde de heerlijke afwezigheid van gedachten en het staal van de leuning dat zo koud was dat het pijn deed aan zijn handpalmen. Ze bleven voor de deur staan. Omdat hij high was, leek het of hij in een warme, veilige kamer zat en naar zichzelf stond te kijken. Het gezoem van stemmen binnen deed hem denken aan toen hij als kind in bed lag en de stemmen van zijn ouders uit de woonkamer hoorde.

'Wanneer wordt het gepubliceerd?' Angus' stem.

Het antwoord kwam met trage arrogantie en een langgerekte rollende r: 'Bij de radio spreken we niet van publiceren, maar ik hoop...'

Toen Seyton de deur opendeed, leek het of iemand op de knop van een cassettespeler had gedrukt. Walt Kites ogen waren groot achter zijn brillenglazen. Van angst. Van opwinding. Ook opluchting? In elk geval niet van verbazing. Lennox en Seyton waren precies op tijd.

'Goedenavond,' zei Lennox en hij voelde dat een warme glimlach zich over zijn gezicht verspreidde.

Angus kwam abrupt overeind, zijn stoel viel achter hem op de grond terwijl hij iets uit zijn jas wilde pakken. Maar hij bevroor in die beweging toen hij Seytons machinepistool zag.

In de stilte die volgde, deed Kite zijn gele oliejas weer dicht. Het was alsof ze op een herentoilet waren: er werd geen blik gewisseld, geen woord gezegd, hij verliet hen snel en met gebogen hoofd. Zijn klus zat erop. De anderen liet hij achter in de stank.

'Waar wacht je nog op, Lennox?' vroeg Angus.

Lennox besefte dat zijn arm gestrekt was en dat het pistool zich aan het eind ervan bevond. 'Dat de reporter ver weg genoeg is om het schot niet te horen,' zei hij.

Angus' adamsappel schoot op en neer. 'Dus je gaat me doodschieten?'

'Tenzij jij een ander voorstel hebt. Ik heb de vrije hand gekregen wat betreft de methode.'

'Oké.'

'Oké, zoals in "ik begrijp het", of als in "ja, ik wil doodgeschoten worden"?'

'Als in...'

Lennox haalde over. In de afgesloten ruimte kon hij de fysieke druk van de knal tegen zijn trommelvliezen horen. Hij opende zijn ogen weer, maar Angus stond nog steeds voor hem. Nu met zijn mond open. Er zat een gat in de ringband op de plank achter hem.

'Het spijt me,' zei Lennox terwijl hij twee stappen naar voren deed. 'Ik bedacht me dat een onverwacht schot door het hoofd het meest humaan zou zijn. Maar het hoofd is erg klein. Sta stil, alsjeblieft...' Hij grinnikte onwillekeurig.

'Inspecteur Lennox, zonder...'

Het tweede schot was raak. En het derde ook.

'Zonder dat ik kritiek wil uiten,' zei Seyton, naar de dode op de grond kijkend, 'maar het was praktischer geweest als je hem had bevolen naar de ovens beneden te gaan en het daar had gedaan. Nu moeten we hem naar beneden dragen.'

Lennox gaf geen antwoord, hij keek naar de groter wordende plas bloed die uit de jongen op hem af kwam stromen. Er was iets wonderlijk mooois aan de vormen en de kleuren. Het fonkelende rood, de manier waarop het zich in alle richtingen als rode ballonnen verspreidde.

Ze raapten de patroonhulzen op, maakten de vloer schoon, pulkten de eerste kogel uit de muur. Droegen Angus naar de fabriekshal, deden zijn horloge en ketting met een gouden kruis af en stopten het lijk in een van de ovens, deden die dicht en stookten de oven. En wachtten. Lennox keek naar de goot die van de bodem van de oven naar een vat op de grond liep. Er klonk een zacht, sissend geluid uit de oven.

'Wat gebeurt er met...'

'Het verdampt,' zei Seyton. 'Alles verdampt of wordt bij een temperatuur boven de tweeduizend graden tot as. Behalve metaal, dat smelt alleen maar.'

Lennox knikte. Hij kon zijn ogen niet van de goot af houden. En toen kwam er een grijze, bevende druppel met een vlies eromheen tevoorschijn.

'Lood,' zei Seyton. 'Dat smelt bij driehonderdvijftig graden.'

Ze wachtten. Het gesis in de oven was opgehouden.

Toen kwam er een gouden druppel.

'Nu hebben we duizend graden bereikt,' zei Seyton.

'Wat... wat is dat daar?'

'Goud.'

'Maar we hebben...'

'Uit het gebit. We wachten tot we zestienhonderd graden hebben bereikt voor het geval er staal in het lichaam zat. Daarna is het alleen een kwestie van de as opvegen. Hé, gaat het goed?'

Lennox knikte. 'Een beetje duizelig. Ik heb nog niet eerder... eh, iemand doodgeschoten. Jij wel, dus je weet hoe je je bij de eerste keer voelt.'

'Ja,' zei Seyton zacht.

Lennox wilde hem vragen hoe hij zich had gevoeld, maar iets in de glans van Seytons ogen weerhield hem.

Hoofdstuk 32

Macbeth stond op het dak van Inverness door een kijker naar het oosten te kijken. Het was niet makkelijk te zien, maar kwam er rook uit de pijp van Estex? In dat geval was de zaak geregeld. En dat zou weer twee mannen in hun spinnenweb opleveren, twee mannen met bloed aan hun handen. Kite en Lennox. Kite zou nuttig zijn bij de verkiezingsstrijd en als er meer tegenkandidaten kwamen. En Lennox zou binnenkort iemand anders moeten zoeken om in zijn dope te voorzien. Hecate zou over niet al te lange tijd alleen maar een saga zijn.

Macbeth had op het Centraal Station vijftien minuten op de trap naar de toiletten staan wachten voor Strega opdook. Hij had eerst de zakjes met power afgeslagen en vervolgens gezegd dat hij slechts het bericht wilde doorgeven dat hij op korte termijn een ontmoeting met Hecate wilde. Dat hij Hecate wilde vertellen over zijn toekomstplannen en hem bovendien, ook namens Lady, een geschenk wilde overhandigen om hem te bedanken voor alles wat hij voor hen had gedaan. Een geschenk waarvan hij zeker wist dat Hecate het op prijs zou stellen, als de geruchten dat hij van goud hield tenminste juist waren.

Strega had gezegd dat hij van haar zou horen. Misschien.

Jazeker, er kwam rook uit de pijp.

'Schat, Tourtell is er.'

Macbeth draaide zich om. Lady stond in de deuropening. Ze had haar rode jurk aan.

'Ik kom. Je ziet er prachtig uit, had ik dat al gezegd?'

'Ja, dat heb je. En dat is voorlopig ook het laatste wat je zult zeggen, schat. Laat mij het woord voeren, we volgen gewoon ons plan.'

Macbeth lachte. Ze was absoluut terug.

Er waren zoveel gasten in de speelhal en het restaurant dat ze zich letterlijk een weg moesten banen naar de speeltafel die ze apart hadden laten zetten in een zaaltje achterin, waar Tourtell op hen wachtte.

'Helemaal alleen, vanavond?' zei Macbeth en hij drukte de hand van de burgemeester.

'De jongen moet studeren voor zijn examen,' zei Tourtell glimlachend. 'Ik zag dat er buiten een rij stond.'

'Sinds zes uur vanavond,' zei Lady en ze ging naast hem zitten. 'We hebben het zo druk dat ik Jack hier heb moeten overhalen croupier bij onze tafel te zijn.'

'Wat voor mij een teken is dat er plaats is voor twee casino's in deze stad,' zei Tourtell, trekkend aan zijn zwarte vlinderdas. 'Je weet hoe ontevreden kiezers worden als ze niet de kans krijgen om hun geld te verspelen.'

'Mee eens,' zei Lady en ze wenkte de ober. 'Heeft de burgemeester geluk vanavond, Jack?'

'Dat is nog een beetje vroeg om te zeggen,' zei Jack die glimlachend in zijn rode croupierjas bij de tafel stond. 'Nog een kaart, burgemeester?'

Tourtell keek naar de twee kaarten die hij had gekregen. 'Wie niet waagt, die niet wint. Of niet, Lady?'

'U heeft gelijk. Daarom wil ik u graag vertellen over een consortium dat bereid is om niet alleen de Obelisk over te nemen, maar die ook te renoveren en heropenen als het fraaiste casino van het land. Het is uiteraard een financieel risico omdat de reputatie van de Obelisk nu door het slijk wordt gehaald, maar we zijn bereid te geloven dat een nieuwe eigenaar en een nieuw imago dat kunnen veranderen.'

'*We*, Lady?'

'Ik zit ook in het consortium, ja. Samen met onder anderen vastgoedinvesteerder Janovic uit Capitol. Het is, zoals u al zei, belangrijk voor de stad om de Obelisk weer aan de gang te krijgen. Denk alleen maar aan de belastbare inkomsten uit onze naburige provincies. Als we over een paar maanden een gerenoveerde en spectaculaire Obelisk openen, zal die een toeristische attractie worden. Er zullen mensen uit Capitol komen om in onze stad te kunnen spelen, Tourtell.'

Tourtell keek naar de kaart die Jack hem had gegeven en zuchtte.

'Het lijkt niet mijn avond te worden.'

'Maar dat kan het nog worden,' zei Lady. 'De aandelen in het consortium zijn nog niet allemaal verkocht en we hebben aan u gedacht als mogelijke investeerder. U moet immers iets hebben om op terug te vallen als u geen burgemeester meer bent.'

'Investeerder?' Hij lachte. 'Als burgemeester heb ik helaas geen toestemming of geld om aandelen te kopen in een bedrijf, dus het aandelenfeest zal aan mijn neus voorbijgaan, ben ik bang.'

'Aandelen kunnen op verschillende manieren worden betaald,' zei Lady. 'Bijvoorbeeld met geleverde diensten.'

'Waar denkt u nu weer aan, mijn schone hertogin?'

'Dat u officieel Macbeth steunt als onze nieuwe burgemeester.'

Tourtell keek weer naar zijn kaarten. 'Die belofte heb ik al gegeven en ik sta erom bekend dat ik me aan mijn beloften houd.'

'We bedoelen bij deze verkiezingen.'

Tourtell keek op van zijn kaarten en staarde Macbeth aan. 'Deze?'

Lady legde haar hand op de arm van de burgemeester en leunde naar hem toe. 'Ja, want u gaat zich niet kandidaat stellen.'

Hij knipperde twee keer met zijn ogen. 'Doe ik dat niet?'

'U heeft weliswaar aangegeven dat u zich kandidaat wilde stellen, maar u heeft zich bedacht.'

'En waarom?'

'Uw gezondheid is immers niet zo goed en een functie als burgemeester vergt het nodige van een man. Het vergt een man met toekomst. En zolang u geen burgemeester bent, staat het u vrij deel te nemen aan het consortium dat in de praktijk een monopoliepositie zal innemen in deze stad en dat, in tegenstelling tot de kaarten die u nu in uw hand heeft, een rijk man van u zal maken.'

'Maar ik wil niet...'

'U raadt de kiezers aan op Macbeth te stemmen omdat hij een man ván het volk is, die werkt vóór het volk en bestuurt mét het volk. En omdat hij als hoofdcommissaris zowel Sweno als Hecate heeft verslagen, is duidelijk gebleken dat hij zaken gedaan krijgt.'

'Hecate?'

'Macbeth en ik lopen een beetje op de feiten vooruit, maar Hecate is een dood man. We zullen een ontmoeting met Hecate hebben waar hij niet levend vandaan komt. Dat is een belofte en ik sta erom bekend dat ik me aan mijn beloften houd, mijn beste burgemeester.'

'En als ik niet meega in deze...' – hij spuugde het woord eruit alsof het een rotte druif was – '...aandelenhandel?'

'Dat zou jammer zijn.'

Tourtell duwde zijn stoel naar achteren, pakte een van zijn kinnen tussen zijn middelvinger en wijsvinger. 'Wat heeft u verder nog, mevrouw?'

'Weet u zeker dat we niet moeten stoppen?' vroeg Lady.

Jack hoestte en tikte met zijn wijsvinger op de kaarten. 'Genoeg kaarten, meneer de burgemeester?'

'Nee!' siste Tourtell zonder zijn blik af te wenden van Lady.

'Zoals u wilt,' verzuchtte ze. 'U wordt gearresteerd en aangeklaagd vanwege een aanstootgevende relatie met een minderjarige jongen.' Ze knikte naar de kaart die Jack voor hem had neergelegd. 'Kijk, u bent te ver gegaan. Verloren.'

Tourtell staarde haar aan met zware vissenogen. De vooruitgestoken, natte onderlip trilde. 'Het lukt jullie niet me te pakken,' siste hij. 'Horen jullie me? Het lukt jullie niet me te pakken!'

'Als we Hecate kunnen pakken, lukt ons dat ook wel.'

Tourtell stond op en keek op hen neer. De kinnen, het hoogrode gezicht, ja, het hele lijf beefde van woede. Toen draaide hij zich om op zijn hakken en marcheerde weg terwijl de stof van zijn broek aan de binnenkant van zijn dijen langs elkaar schuurde.

'Wat denk je?' vroeg Macbeth toen hij weg was.

'O, hij zal doen wat we willen,' zei Lady. 'Tourtell is geen dom uilskuiken, hij heeft alleen wat tijd nodig om zijn kansen te berekenen voor hij zijn inzet doet.'

Caithness droomde over Angus. Hij belde haar, maar ze durfde de hoorn niet op te nemen, want ze wist dat iemand met de telefoon had geknoeid, dat die zou exploderen. Toen werd ze wakker en ze draaide zich om naar de wekker naast de rinkelende telefoon op het nachtkastje. Het was midden in de nacht. Het moest om moord gaan. Ze hoopte dat het een moord was, een heel normale moord en niet... Ze nam de hoorn op.

'Hallo?' Ze hoorde het klikgeluid dat er sinds Estex steeds was geweest.

'Het spijt me dat ik zo laat bel.' Het was een onbekende stem van een jongeman. 'Ik wil alleen bevestigen dat u morgen op de gebruikelijke tijd naar 323 kunt komen.'

'Wat moet ik doen?'

'Het spijt me, misschien ben ik verkeerd verbonden. Spreek ik met mevrouw Mittbaum?'

Caithness ging rechtop zitten. Ze was klaarwakker. Ze maakte haar lippen nat. Zag de spoelen van een bandrecorder draaien die ergens, misschien wel op de afdeling Spionage op de eerste verdieping, stond.

'Daar spreekt u niet mee,' zei ze. 'Maar ik zou me geen zorgen maken, mensen met Duitse namen zijn meestal punctueel.'

'Neem me niet kwalijk. Goedenacht.'

'Goedenacht.'

Caithness ging met een bonkend hart liggen.

323. De kamer in het Grand Hotel, gereserveerd onder de naam Mittbaum, waar zij en Duff in de lunchpauze afspraken.

Hoofdstuk 33

Hecate draaide het statief van de telescoop. Het ochtendlicht lekte tussen de wolken door en vormde zuilen in de stad. 'Dus Macbeth zei dat hij van plan is me te vermoorden tijdens de ontmoeting?'

'Ja,' zei Bonus.

Hecate keek in de telescoop. 'Kijk eens aan, er staat nu al een rij voor Inverness.'

Bonus keek rond. 'Hebben de bedienden vrij vandaag?'

'Je bedoelt de jongens? Ik boek ze alleen als ik ze nodig heb, net als deze penthousesuite. Dingen bezitten is je binden aan dingen. En mensen, Bonus. Maar als je merkt dat je wagen zo vol schroot is dat je langzamer gaat rijden, dan ontdoe je je van het schroot en niet van de wagen. Dat is iets wat Macbeth niet heeft begrepen. Dat ik de wagen ben en niet het schroot. Heb je Macbeth gebeld, Strega?'

De lange manvrouw was net de suite binnengekomen en stapte uit de schaduw.

'Ja.'

'En wat hebben jullie afgesproken?'

'Dat hij morgen om zes uur in zijn eentje hierheen komt om je te spreken.'

'Bedankt.'

Ze verdween weer in de schaduw.

'Dat hij het durft,' zei Bonus.

'Durft?' zei Hecate. 'Hij kan het niet laten. Macbeth is een nachtvlinder die weerloos aangetrokken wordt door het licht van de macht.'

'En het licht zal de nachtvlinder verbranden.'

'Misschien. Maar Macbeth heeft niet het meest te vrezen van mij, maar – net als de nachtvlinder – van zichzelf.'

Caithness keek op haar horloge. Twaalf minuten voor twaalf. Toen richtte ze haar blik weer op de hotelkamerdeur. De messinggetallen die ze nooit zou vergeten, hoelang ze ook zou leven en hoeveel mannen ze ook zou hebben, zou liefhebben en met hoeveel mannen ze ook dagen en nachten zou doorbrengen.

323.

Ze kon nog terug. Maar ze was gekomen. Waarom? Omdat ze dacht dat ze Duff weer zou zien en dat er iets was veranderd? Het enige wat was veranderd, was immers dat ze nu wist dat ze uitstekend zonder hem kon. Of was het omdat ze het gevoel had dat achter die deur een nieuwe kans wachtte, een kans om het juiste te doen? Iets wat ze had nagelaten toen ze in Estex wegliep bij Angus? Ze had zijn privénummer bij SWAT te pakken gekregen, maar hij had niet opgenomen.

Ze tilde haar hand op.

De deur zou exploderen als ze erop klopte.

Ze klopte.

Wachtte. Ze wilde nog een keer kloppen toen de deur openging. Er stond een jongeman voor haar.

'Wie ben jij?' vroeg ze.

'Fleance, de zoon van Banquo.' Dit was dezelfde stem als aan de telefoon. Hij stapte opzij. 'Kom binnen, mevrouw Mittbaum.'

De hotelkamer was onveranderd.

Malcolm was onveranderd.

Maar dat gold niet voor Duff. Hij was ouder geworden. Niet alleen in de maanden en jaren sinds ze hem voor de eerste keer had zien zitten op de pluchen sprei van het hotelbed terwijl hij op haar wachtte, maar in de dagen die waren verstreken sinds hij voor het laatst haar appartement had verlaten.

'Je bent gekomen,' zei Duff.

Ze knikte.

Malcolm schraapte zijn keel en poetste zijn bril. 'Je lijkt niet erg verbaasd ons hier te zien, Caithness.'

'Ik ben in de eerste plaats verbaasd over het feit dat ík hier ben,' zei ze. 'Wat gebeurt er?'

'Wat hoop je dat er zal gebeuren?'

'Ik hoop dat we moordenaar Macbeth zullen stoppen.'

Seyton duwde de hendel van de ijzeren deur naar beneden en trok. Macbeth stapte naar binnen en draaide aan de lichtschakelaar. De buizen knipperden tweemaal voor ze een koud blauw licht op de planken met munitiekisten en diverse wapens wierpen. Op de vloer van de vierkante kamer stond een safe en de twee half gedemonteerde Gatling-mitrailleurs. Macbeth liep naar de safe, draaide aan de getallenschijf en trok de deur open. Hij pakte er een koffer met zebraprint uit. 'De munitiekamer was de enige ruimte met zulke dikke muren dat we deze koffer er durfden te bewaren,' zei hij. 'En dan nog uitsluitend in een safe.'

'Dus het is een bom?'

'Yep,' zei Macbeth die op zijn hurken was gaan zitten en de koffer open had gedaan. 'Gecamoufleerd als een koffer met goud.' Hij tilde de staven eruit die op de kofferbodem lagen. 'Het goud is eigenlijk slechts ijzer met een laagje goud, maar de bom die in de ruimte hieronder zit' – hij bonkte op de bodem – '...is echt genoeg.'

'Kijk eens aan,' zei Seyton, zachtjes fluitend. 'Een klassieke tijdbom.'

'Tamelijk geniaal, is het niet? Door het goud zal niemand reageren op het gewicht. De bom was ontworpen om Inverness op te blazen.'

'Aha, van die zaak. Maar waarom is de bom toen niet onschadelijk gemaakt?'

'Dat was mijn idee,' zei Macbeth, het uurwerkmechanisme bestuderend. 'Het is een vernuftig staaltje werk en we hebben hem tijdelijk onschadelijk gemaakt. Ik dacht dat we er op een dag wat aan konden hebben bij SWAT. En nu hebben we...' Hij tikte zachtjes op een lucifergrote metalen pin. 'Je hoeft deze er alleen maar uit te trekken en dan begint de klok af te tellen. Het ziet er simpel uit, maar we hebben veertig minuten nodig gehad om het mechanisme te begrijpen en er zijn slechts vijfentwintig minuten en vijfenvijftig seconden over van het aftellen; als ik dit pinnetje eruit trek, is er praktisch gezien geen weg meer terug.'

'Dan moet je snel zijn in je onderhandelingen met Hecate.'

'O, het wordt geen lange ontmoeting. Ik ga zeggen dat het goud een bewijs is van mijn dankbaarheid voor wat hij al voor me heeft gedaan en dat er meer zal komen als hij me helpt de nieuwe burgemeester te worden.'

'Zal hij dat doen, denk je?'

'Dat weet ik niet en hij zal hoe dan ook tien minuten later dood zijn. Het punt is dat hij niet achterdochtig wordt, want hij weet dat niemand in deze stad dingen voor niets gedaan krijgt. Ik zal hem vragen erover na te denken, op mijn horloge kijken en zeggen dat ik een vergadering heb met de leiders van de afdelingen – wat ook waar is – en vertrekken.'

'Pardon...'

Ze draaiden zich om naar de deur. Het was Ricardo.

'Er is telefoon.'

'Zeg maar dat ik terugbel,' zei Seyton.

'Niet voor jou, voor de hoofdcommissaris.'

Macbeth hoorde de bijna onmerkbare kilte in zijn stem. Hij had het ook gemerkt toen hij de vertrekken van SWAT binnenstapte. Hoe de mannen plichtmatig een groet hadden gemompeld, maar hadden weggekeken en erg druk met andere dingen leken.

'Voor mij?'

'Je secretaresse heeft het gesprek doorgeschakeld, ze zegt dat het de burgemeester is.'

'Wijs me de weg.'

Hij liep achter de SWAT-veteraan aan. Er was iets in Ricardo's aristocratische, smalle gezicht, de glanzende zwartheid van zijn huid en zijn majestueuze, soepele tred wat Macbeth altijd had doen denken dat hij moest afstammen van die leeuwenjagersstam, hoe heette die ook alweer? Een loyale, achtenswaardige man. Macbeth wist dat Ricardo bereid was zijn broeders tot in de dood te volgen als dat nodig mocht zijn. Een man die zijn gewicht in goud waard was. Echt goud.

'Is er iets, Ricardo?'

'Sir?'

'Jullie zijn vandaag zo zwijgzaam, is er iets wat ik moet weten?'

'We maken ons zorgen om Angus.'

'Ik heb gehoord dat hij een beetje overhoopligt met zichzelf. Dit werk is niet voor iedereen weggelegd.'

'Ik dacht er vooral aan dat hij niet naar het werk is gekomen en dat niemand weet waar hij is.'

'Hij duikt vast wel weer op. Waarschijnlijk heeft hij behoefte aan een time-out zodat hij kan nadenken. Maar ik kan begrijpen dat je bang bent dat hij iets drastisch doet.'

'Als er iets drastisch is gebeurd...' – Ricardo bleef bij de openstaande kantoordeur staan. Op het bureau lag de hoorn van de telefoon – '...dan denk ik dat Angus daar zelf niet achter zit.'

Macbeth stopte en keek Ricardo aan. 'Waar denk jij dan aan?'

Hun blikken kruisten elkaar. En Macbeth zag niets van de bewondering en vreugde die hij gewend was te zien bij zijn mannen van SWAT. Ricardo sloeg zijn blik neer. 'Ik weet het niet, sir.'

Macbeth deed de deur dicht en pakte de hoorn.

'Ja, burgemeester?'

'Ik heb gelogen dat ik de burgemeester was zodat ik doorgeschakeld zou worden. Zoals jij hebt gelogen. Je hebt beloofd dat er niemand zou sterven.'

Macbeth vond het vreemd dat angst triomfeerde over arrogantie. Van dat laatste was niets meer over in Walt Kites stem.

'Je moet me verkeerd hebben begrepen,' zei Macbeth. 'Ik bedoelde dat niemand van jouw gezin zou sterven.'

'Jij bent...'

'En dat zal niet gebeuren. Als jij blijft doen wat ik zeg. Ik heb het druk, dus is er nog meer, Kite?'

Het enige wat hij aan de andere kant hoorde was elektrisch geknetter.

'Goed dat we dat hebben opgehelderd,' zei Macbeth en hij hing op. Hij keek naar de foto die boven het bureau aan de muur hing. De hele Garde stond erop in hun stamkroeg. De brede grijnzen en geheven bierpullen getuigden van weer een feest om een geslaagde actie. Daar waren Banquo, Ricardo, Angus en de anderen. En hijzelf. Zo jong. Zo onnozel lachend. Zo onwetend. Zo gezegend machteloos.

'Dit is het plan,' zei Malcolm. 'En behalve jij, zijn wij de enige drie die ervan weten. Dus wat zeg je, Caithness, doe je met ons mee?'

Ze zaten dicht op elkaar in de kleine hotelkamer en Caithness keek van de een naar de ander. 'En als ik zeg dat het plan idioot is en dat ik er niets mee te maken wil hebben, dan laten jullie me hier gewoon weggaan zodat ik met Macbeth kan babbelen?'

'Ja,' zei Malcolm.

'Is dat niet een beetje naïef?'

'Nou, als je van plan bent naar Macbeth te gaan, had je ons eerst verteld dat je het een geniaal plan vond en dat je meedoet. En daarna was je gaan babbelen. Jou vragen is een gecalculeerd risico. Maar we weigeren te geloven dat er geen goede mensen zijn, mensen die betrokken zijn, die het belang van de stad boven dat van henzelf stellen.'

'En jullie geloven dat ik zo iemand ben?'

'Duff gelooft dat jij zo bent,' zei Malcolm. 'Hij zegt het eigenlijk sterker, hij zegt dat hij het wéét. Hij zegt dat jij beter bent dan hij.'

Caithness keek Duff aan.

'Het is een geniaal idee en ik doe mee,' zei ze.

Malcolm en Fleance lachten, ja, zelfs in Duffs doodse, trieste ogen zag ze een korte glimp van een lach.

Hoofdstuk 34

Om vijf voor zes liep Macbeth de receptie van het Obelisk-hotel binnen. Er was bijna niemand in de grote lobby, alleen een portier, een paar piccolo's en drie receptionisten in zwarte pakken die op gedempte toon met elkaar spraken alsof ze begrafenisondernemers waren. De sluiting van het casino was duidelijk ook niet goed geweest voor hun toko.

Macbeth liep direct door naar de lift die klaarstond op de begane grond, stapte naar binnen en drukte op de knop van de negentiende verdieping. Hij beet zijn tanden op elkaar en blies zijn adem uit om de druk op zijn oren te verminderen. De snelste lift van het land – ze hadden er zelfs mee geadverteerd – sprak de boeren kennelijk aan. De handgreep van de koffer voelde glibberig in zijn hand. Waarom had Collum, de ongelukkige gokker, ervoor gekozen om een koffer met zebraprint te gebruiken om zijn bom in te verbergen?

De liftdeur gleed langzaam open en hij stapte uit. Hij wist door de bouwtekeningen dat de trap naar de penthousesuite links van hem was. Hij liep de vijftien treden op en vervolgens door een korte gang naar de enige deur op deze verdieping. Hij tilde zijn hand op om te kloppen, maar stopte. Bestudeerde zijn hand. Zag hij een bijna onmerkbare trilling? De trilling waar de veteranen het over hadden en die na ongeveer zeven jaar diensttijd bij SWAT ontstond? Zevendejaarstrilling. Hij zag niets. Ze zeiden dat het erger was als die niet kwam, dat het dan absoluut tijd was om te vertrekken.

Macbeth klopte aan.

Hij hoorde voetstappen.

Zijn eigen ademhaling.

Hij had geen wapen bij zich, hij zou gefouilleerd worden en er was geen reden om iemand ongerust te maken, het ging immers om een zakelijke ontmoeting. Hij herhaalde bij zichzelf dat hij alleen maar kwam vertellen dat hij zich kandidaat zou stellen voor het burgemeesterschap en dat hij dan de koffer zou overhandigen als dank voor bewezen en toekomstige diensten. Die uitleg moest plau... Wat was het woord ook alweer?

'Meneer Macbeth, sir?' Het was een jonge jongen. Gekleed in een witte rijbroek en met handschoenen aan.

'Ja?'

De jongen stapte opzij in de deuropening. 'Komt u binnen.'

De penthousesuite had uitzicht naar alle kanten. Het regende niet meer en in het westen, achter Inverness, werd de onderkant van het dunne wolkendek oranje gekleurd door de namiddagzon. Macbeth liet zijn blik verdergaan, over de haven in het zuiden en de fabriekspijpen in het oosten.

'Meneer Hand heeft gezegd dat hij een beetje verlaat is, maar het zal niet al te lang duren,' zei de jongen. 'Ik zal de champagne halen.'

De deur viel rustig dicht en Macbeth was alleen. Hij ging in een van de leren stoelen bij de ronde tafel van plexiglas zitten. Meneer Hand. Juist.

Macbeth keek op zijn horloge. Het was precies drie minuten en vijfendertig seconden geleden dat hij samen met Seyton in de wagen van SWAT had gezeten en de metalen pin eruit had getrokken, waarna het aftellen was begonnen. Tweeëntwintig minuten en twintig seconden voor de ontploffing.

Hij stond op en liep naar de grote, bruine koelkast die tegen de ene muur stond en opende die. Leeg. Hetzelfde was het geval met de kledingkast. Hij keek in de slaapkamer. Onaangeroerd. Het leek wel of hier niemand woonde. Hij liep terug naar de leren stoel en ging weer zitten.

Twintig minuten en zes seconden.

Hij probeerde niet na te denken, maar de gedachten kwamen gewoon.

Ze zeiden dat er een eind aan de tijd kwam.

Dat het donker zich verdichtte.

Dat de dood naderbij kwam.

Macbeth haalde diep en rustig adem. En wat als de dood nu kwam? Dat zou uiteraard een zinloos einde zijn, maar is dat niet het geval met elk eind? We worden midden in een zin van een verhaal over onszelf onderbroken en het eind blijft in de lucht hangen, zonder doel, zonder conclusie, zonder een laatste verhelderende akte. Een korte echo van het laatst uitgesproken woord en je bent vergeten. Vergeten, vergeten, zelfs het grootste standbeeld kan dat niet voorkomen. Wie je was, wie je wérkelijk was, verdwijnt sneller dan kringen in het water. En wat is de bedoeling van dit korte, afgebroken gastoptreden? Meespelen zo goed je kunt, de genoegens en het geluk die het leven te bieden heeft grijpen zolang het kan? Of een spoor achterlaten, de richting veranderen, de aarde een iets betere plek maken voordat je die verlaat? Of is het de bedoeling jezelf te reproduceren, kleine, meer geschikte wezens op de wereld te zetten in de hoop dat de mensen ooit de halfgoden worden die ze denken te zijn? Of is er helemaal geen bedoeling? Misschien zijn we slechts losgerukte zinnen in een eeuwigdurend, chaotisch gebabbel waarbij iedereen praat en niemand luistert, en blijkt ons ergste voorgevoel uiteindelijk te kloppen: dat je alleen bent. Helemaal alleen.

Zeventien minuten.

Alleen. Toen was Banquo gekomen en had hem in zijn hart gesloten, hem tot een gezinslid gemaakt. En nu had Macbeth zich van hem ontdaan. Hij had zich van iedereen ontdaan. En nu was hij weer alleen. Hij en Lady. Maar wat wilde hij met dit alles? Wilde hij dit hébben? Of wilde hij het aan iemand geven? Was het voor haar, voor Lady?

Veertien minuten.

En dacht hij echt dat het zou blijven? Was het niet net zo kwetsbaar als de geest van Lady, was het niet gedoemd aan gruzelementen te vallen, dit rijk dat ze aan het opbouwen waren, was dat niet een kwestie van tijd? Misschien wel, maar wat hebben we anders dan tijd, een beetje tijd, een frustrerend tijdelijke vergankelijkheid?

Elf minuten.

Waar bleef Hecate? Het was al te laat om de koffer mee te nemen naar de haven en hem in zee te smijten. Het alternatief was om op straat een putdeksel op te tillen en de koffer daarin te gooien, maar sinds de journaaluitzendingen en media-aandacht was de kans groot dat hij op klaarlichte dag werd herkend.

Zeven minuten.

Macbeth nam een besluit. Als Hecate er over twee minuten niet was, zou hij vertrekken. En de koffer laten staan. In de hoop dat Hecate hier was voordat de bom afging.

Vijf minuten. Vier minuten.

Macbeth stond op en liep naar de deur. Hij luisterde.

Niets.

Drieënhalve minuut.

Het werd tijd om zich terug te trekken.

Hij pakte de deurklink. Trok eraan. Trok nog harder. Op slot. Hij was opgesloten.

'U bedoelt dat u bent bedrogen, sir?' Lady stond bij de roulettetafel. Ze was geroepen omdat een gast stampij maakte. De man was niet nuchter, maar ook niet dronken. Gekreukeld, geruit tweed jasje. Ze hoefde niet eens te raden: een voormalige Obelisk-gast uit Lomperikenland.

'Wel verdomme, ja,' zei de man terwijl Lady haar blik door de speelhal liet glijden. Het was weer druk vanavond, ze moest meer mensen aannemen, in elk geval in de bar waren er twee nodig. 'Het balletje is drie keer op rij op 14 gevallen. Hoe groot is de kans daarop?'

'Net zo groot als de kans dat het 3, 24 en dan 16 wordt,' zei Lady. 'Eén op vijftigduizend. Dat geldt voor elke combinatie van getallen.'

'Maar...'

'Sir,' zei Lady glimlachend en ze raakte zijn arm licht aan. 'Heeft iemand u verteld dat u zich bij een luchtaanval moet verstoppen in een bomkrater omdat de kans dat een tweede bom precies dezelfde plek zal treffen verwaarloosbaar klein is? Op dat moment werd u bedrogen. Maar nu bent u in Inverness, sir...' Ze gaf hem een bon. 'Neemt u op mijn kosten een drankje in de bar. Ik vraag u alleen na te denken over de logica van wat ik heb gezegd, dan praten we later verder. Oké?'

De man legde zijn hoofd in zijn nek en nam haar op. Hij pakte de bon en verdween.

'Lady.'

Ze draaide zich om. Er torende een grote, breedgeschouderde vrouw boven haar uit. Of een man.

'Meneer Hand wil graag met u praten.' De manvrouw knikte naar een oudere man die een paar meter van hen vandaan stond. Hij droeg een wit pak, had donkergeverfd haar en leunde op een verguld-de wandelstok terwijl hij geïnteresseerd stond te kijken naar de kristallen kroonluchter boven zijn hoofd.

'Mag dat over een paar minuten...?' zei Lady glimlachend.

'Hij heeft ook een bijnaam, die begint met een H.'

Lady stopte.

'Hij geeft de voorkeur aan Hand,' zei de manvrouw lachend.

Lady liep op de oudere man af.

'Baccarat of Boheems?' vroeg hij zonder zijn blik van de kroonluchter af te wenden.

'Boheems,' zei ze. 'Het is, zoals u misschien weet, een iets kleinere kopie van de kroonluchter in het Dolmabahçepaleis in Istanbul.'

'Daar ben ik helaas nooit geweest, ma'am, maar ik was ooit in een kapel in een klein plaatsje in Tsjecho-Slowakije. Na de zwarte dood hadden ze daar zoveel skeletten dat ze niet wisten wat ze ermee aan moesten. Aan een eenogige monnik werd de opdracht gegeven alles op te ruimen. Maar in plaats van ze op te ruimen gebruikte hij de beenderen om de kapel mee te versieren. Er hangt daar een prachtige kroonluchter gemaakt van schedels en botten. Sommige mensen vinden het respectloos tegenover de doden. Ik zou het tegenovergestelde willen beweren.' De oude man verplaatste zijn blik van de kroonluchter naar Lady. 'Welk groter geschenk kan de mensheid worden gegeven dan wat onsterfelijkheid door na de dood nog een functie te hebben? Een koraalrif worden. Een kroonluchter. Of een symbool of leidende ster, een hoofdcommissaris die zo jong sterft dat de mensen nog denken dat hij een goed mens was, een onbaatzuchtig leider die zo gezegend vroeg sterft dat er geen tijd was om hem te ontmaskeren als een machtsbeluste, corrupte koning. Ik ben van mening dat we dergelijke doden nodig hebben, ma'am. Ik hoop dat de eenogige monnik de dankbaarheid heeft gekregen die hij verdiende.'

Lady slikte. Doorgaans kon ze iets lezen in de blik van een ander, iets wat ze kon duiden, begrijpen en dan gebruiken. Maar achter de blik van deze man vond ze niets, het was alsof ze in de ogen van een blinde keek. 'Waarmee kan ik u van dienst zijn, meneer Hand?'

'Zoals u weet, zou ik nu een ontmoeting hebben met uw man. Hij zit in een hotelsuite te wachten tot hij mij kan vermoorden.'

Lady voelde hoe haar luchtpijp zich vernauwde en ze wist dat als ze nu sprak, haar stem hoog en piepend zou zijn. Dus zei ze niets.

'Maar aangezien ik niet kan zien dat mijn dood enige zin heeft, heb ik besloten te gaan praten met de verstandigste van u beiden.'

Lady keek hem aan. Hij knikte en lachte de milde, trieste glimlach van een wijze grootvader. Iemand die haar begreep en vertelde dat verontschuldigingen niet nodig waren en hoe dan ook zinloos.

'Juist ja,' zei Lady en ze hoestte luid. 'Ik heb iets te drinken nodig. Wat kan ik u aanbieden?'

'Nou, als uw bartenders weten hoe ze een dirty martini kunnen maken.'

'Komt u mee.'

Er stond een rij voor de bar. Lady baande zich er een weg doorheen, pakte twee martiniglazen van achter de bar en schonk gin en vervolgens martini in. Daarna mixte ze de cocktails aan een aparte bar verder. Nog geen minuut later was ze terug en gaf de oude man het glas. 'Ik hoop dat hij dirty genoeg is.'

Hij proefde. 'Absoluut. Maar als ik me niet vergis, is er een ingrediënt aan toegevoegd.'

'Twee. Naar eigen recept. Deze kant op?'

'En wat zijn die ingrediënten?'

'Dat is uiteraard beroepsgeheim, maar laat ik er dit van zeggen: ik vind dat drankjes een lokaal tintje dienen te hebben.' Lady ging de oude man en de lange manvrouw voor naar een aparte ruimte achter in het restaurant.

'Een man in mijn positie heeft er uiteraard begrip voor dat een beroepsgeheim wordt bewaard,' zei Hecate en hij wachtte met te gaan zitten tot de manvrouw de stoel voor hem achteruit had getrokken. 'Dus mijn excuses voor het feit dat ik het plan heb ontdekt dat jullie mijn stad willen overnemen. Ik respecteer de ambitie, maar ik heb andere plannen.'

Lady nipte van haar martini. 'Gaat u mijn man vermoorden?'

Hecate gaf geen antwoord.

Ze herhaalde haar vraag.

Macbeth staarde naar de deur en voelde dat zijn mond droog werd. Opgesloten. Hij meende de bom achter zich te kunnen horen tikken. Er was geen andere weg naar buiten, dat was een van de dingen die hij had gecheckt toen hij de bouwtekeningen bestudeerde. Door het raam was ook geen optie: hij zat twintig verdiepingen boven het asfalt.

Opgesloten, in de val, Hecates val. Zijn eigen val.

Hij ademde door zijn mond en probeerde de paniek die aanklopte te negeren.

Zijn blik vloog door de kamer. Er was geen plek om zich te verschuilen en de bom was te krachtig. Zijn blik viel weer op de deur. Op de draaiknop onder de deurklink.

Draaiknop. Hij liet zijn adem los in een lange, opgeluchte zucht. Verdomme, wat mankeerde hem? Hij moest bijna lachen. Een hoteldeur moet in het slot vallen als die dichtvalt. Hij woonde zelf verdomme in een hotel. Hij moest gewoon de knop omdraaien om de deur te openen.

Hij stak zijn hand uit, maar aarzelde. Waarom zei iets hem dat het niet zo simpel was? Dat het nooit simpel was geweest, dat het onmogelijk was om hieruit te ontsnappen, dat hij gedoemd was zelf de lucht in te vliegen?

Hij voelde dat zijn vingers glad waren van het zweet toen hij ze om de knop legde. Hij draaide.

De knop draaide rond.

Hij duwde de klink naar beneden.

Trok de deur open.

Ging de kamer uit. Rende de trap af, door de gang terwijl hij zacht in zichzelf vloekte.

Hij ging voor de lift staan en drukte op de knop.

Hij zag aan de display dat de lift onderweg was van de begane grond.

Hij keek op zijn horloge. Twee minuten en veertig seconden.

De lift was er bijna. Hoorde hij iets? Gerinkel, stemmen? Zaten er mensen in de lift? Stel dat het Hecate was? Er was geen tijd meer om nu terug te gaan naar de suite om te praten.

Macbeth rende weg. Volgens de tekeningen zat de brandtrap links om de hoek.

Dat klopte.

Hij duwde de deur naar het trappenhuis open en hoorde op hetzelfde moment de *pling*, het teken dat de lift was gearriveerd. Hij hield zijn adem in en de deur open terwijl hij wachtte.

Stemmen. Twee jonge, heldere stemmen.

'Ik begrijp niet helemaal wat...'

'Meneer Hand komt niet, we hebben net bericht gekregen dat we die man een halfuur in de suite moeten houden. Ik hoop dat hij van champagne houdt.'

Geluid van trolleywielen.

Macbeth deed de deur achter zich dicht en rende de trap af.

Op elke verdieping stond een getal.

Bij zeventien bleef hij staan.

Lady knikte. Haalde adem. 'Maar u gaat hem op een andere dag vermoorden?'

'Dat hangt ervan af. Heeft u er appelsap in gedaan?'

'Nee, waar hangt het van af?'

'Of dit slechts een tijdelijke dwaling is. U beiden heeft besloten mijn producten niet meer te gebruiken en dat is misschien het beste voor alle partijen.'

'U vermoordt hem niet omdat u hem kunt gebruiken als hoofdcommissaris. En nu u dit keer Macbeths plan heeft doorzien, neemt u aan dat hij zijn lesje heeft geleerd. Een hond is pas goed opgevoed als hij ongehoorzaam is geweest en zijn straf heeft gekregen.'

De oude man draaide zich om naar de manvrouw. 'Begrijp je nu waarom ik zeg dat zij de slimste is van de twee?'

'Dus wat wilt u van mij, meneer Hand?'

'Gember? Nee, het recept is geheim, dus uw antwoord zal sowieso niet te vertrouwen zijn. Ik wilde u slechts attenderen op de keus die u heeft. Gehoorzaam, en ik zal Macbeth beschermen tegen alles wat hem kan schaden, hij zal uw Tithonos worden. Als u niet gehoorzaamt, zal ik u beiden laten doden zoals men met honden doet die weigeren te luisteren. Kijk om u heen, Lady. Kijk naar alles wat u te verliezen heeft. U heeft alles waarvan u droomde. Dus u moet misschien niet langer dromen van meer. En wat betreft recepten: te grote dromen zijn een recept voor ongeluk.' De oude man goot de rest van de cocktail naar binnen en zette het glas op tafel. 'Peper. Dat is een van de ingrediënten.'

'Bloed,' zei Lady.

'Echt?' Hij legde zijn handen op de knop van de wandelstok en drukte zich omhoog. 'Mensenbloed?'

Lady haalde haar schouders op. 'Is dat zo belangrijk? U gelooft het en u leek het recept te waarderen.'

De man lachte. 'U en ik zouden onder andere omstandigheden goede vrienden kunnen zijn, Lady.'

'In een ander leven,' zei ze.

'In een ander leven, mijn kleine Lelie.' Hij tikte twee keer met zijn stok op de vloer. 'Blijf zitten, we komen er wel uit.'

Lady behield de lach op haar gezicht tot hij uit zicht was. Toen hapte ze naar adem, zag de kamer voor haar ogen dansen en moest zich vasthouden aan de armleuning. *Lelie.* Hij wist het. Hoe kón hij het weten?

Zeventiende verdieping.

Macbeth keek op zijn horloge. Nog een minuut. Dus waarom was hij gestopt? Ze moesten de trolley de trap op dragen. De kamer in. Ze waren in de kamer als de bom afging. En wat dan nog? Het waren mensen van Hecate. Zij waren betrokken bij dit alles, dus wat was het probleem? Niemand in deze stad was onschuldig. Dus waarom kwam er juist nu iets in hem op? Kwam het uit een toespraak? Geschreven door Lady en uitgesproken door hemzelf? Of was het iets van langer geleden, een eed die ze hadden afgelegd toen ze afstudeerden aan de politieacademie? Of nog van daarvoor, iets wat Banquo tegen hem had gezegd? Iets, iets, wat hij zich niet kon herinneren. Alleen dat...

Verdomme, verdomme!

Vijftig seconden.

Macbeth rende.

De trap op.

Hoofdstuk 35

'Kom mee!' schreeuwde Macbeth.

De twee jongens staarden de man aan die ineens opdook in de deuropening van de penthousesuite. Een van de jongens was bezig een champagnefles te ontkurken.

'Nu!' riep Macbeth.

'Sir, we...'

'Jullie hebben dertig seconden als jullie niet willen sterven!'

'Rustig, sir...'

Macbeth greep de champagnekoeler en smeet die door het raam. De ijsklontjes vlogen in het rond en sprongen klaterend op van de parketvloer. Hij liet in de stilte die volgde zijn stem zakken. 'Over vijfentwintig seconden ontploft er een bom in deze kamer.'

Hij draaide zich om en begon te rennen. Naar de trappen. Hij hoorde roffelende voetstappen achter zich. Spurtte voorbij de lift. Hield de deur naar het trappenhuis open voor de twee jongens.

'Snel! Snel!'

Hij deed de deur achter hen dicht en stormde de trap af.

Vijftien seconden. Macbeth wist niet precies hoe sterk de ontploffing zou zijn, maar als de bom was bedoeld om Inverness te vernielen dan moesten ze maken dat ze zo ver mogelijk wegkwamen. Zestiende verdieping. Hij voelde een hoofdpijn opkomen alsof hij de druk van de explosie al tegen zijn trommelvliezen, zijn oogballen, in zijn mondholte kon voelen. Veertiende. Hij checkte zijn horloge. Vijftien seconden geleden had de bom moeten ontploffen.

Elfde. Nog steeds niets. Het kon natuurlijk zo zijn dat een dergelijk aftelmechanisme niet accuraat was of dat er bewust een vertraging was ingebouwd. De twee jongens voor hem gingen langzamer lopen. Macbeth schreeuwde en ze begonnen weer te rennen.

Op de achtste verdieping glipten ze door de deur naar de gang terwijl Macbeth doordraafde naar beneden. Hij gaf de voorkeur aan de trap; volgens de bouwtekeningen waren de liftkabels bevestigd aan het hoogste punt van het gebouw. Toen hij op de begane grond arriveerde, had de bom al bijna drie minuten geleden ontploft moeten zijn.

Hij liep langs de receptie. Dezelfde mensen stonden er, ze hingen over de balie alsof er niets was gebeurd en sloegen geen acht op hem. Hij liep de regen in en keek omhoog. Hij bleef zo staan tot hij pijn kreeg in zijn nek. Toen stak hij het verlaten plein over naar de wachtende Seyton in de auto. Wat was er verdomme gebeurd? Of beter gezegd, wat was er niet gebeurd? Had de bom de klamme kelder van het Hoofdkwartier niet verdragen? Of had iemand kans gezien het aftellen te stoppen nadat hij de suite had verlaten? Of was de bom gedetoneerd, maar met veel minder kracht dan de bomexpert van SWAT indertijd had voorspeld? En wat nu? Hij bleef ineens staan. Stel nu dat Hecate of een van zijn mensen later in de suite kwamen en ontdekten dat Macbeth een bom had achtergelaten? Hij moest terug om de koffer op te halen.

Macbeth draaide zich om en deed twee stappen. Ineens zag hij zijn schaduw op de straatkeien en hoorde hij een doffe dreun als van onweer. Een ogenblik dacht hij dat het hagel was. Witte korrels die op zijn hoofd en handen vielen, die rondom hem op de keien spatten en op de geparkeerde auto's dansten. Een douchekop smakte een paar meter verderop op de grond. Hij kon nog net opkijken voor hij werd vastgegrepen en op de grond gesmeten terwijl hij een enorm kabaal hoorde. Macbeth tilde een arm op om zichzelf te beschermen, maar de man die hem had getackeld, stond alweer, klopte het vuil van zijn grijze stofjas en rende weg. Macbeth zag een vernielde, bruine koelkast op de plek waar hij een paar seconden geleden nog stond.

Hij legde zijn hoofd op de koele keitjes.

Vlammen sloegen uit het dak van de Obelisk en zwarte rook rolde naar de hemel. Er stuiterde iets over de stenen naar hem toe. Het bleef naast zijn hoofd liggen. Hij pakte het op. Het was nog steeds verpakt in een netwerk van metalen draden.

'Wat gebeurde er, verdomme?' zei Seyton toen Macbeth in de auto kwam zitten.

'Tourtell,' zei Macbeth. 'Hij heeft Hecate gewaarschuwd. Rij.'

'Tourtell?' vroeg Seyton en hij liet de auto wegrijden van de stoeprand terwijl de ruitenwissers kleine, witte glasscherven van de voorruit veegden.

'Tourtell is de enige die ons plan kende en hij heeft Hecate vermoedelijk gewaarschuwd in de hoop dat hij mij zou vermoorden.'

'En heeft Hecate geprobeerd je te vermoorden?'

'Nee, integendeel. Hij heeft me gered.'

'Waarom dat?'

'Hij heeft zijn marionetten nodig.'

'Wat?'

'Niets, Seyton. Rij naar Inverness.'

Macbeth liet zijn blik over het trottoir gaan, over de mensen die met open mond omhoogstaarden. Hij zocht naar grijze stofjassen. Met hoeveel waren ze? Droegen ze allemaal van die jassen of alleen een paar van hen? Waren ze er voortdurend? Hij sloot zijn ogen. Onsterfelijk. Net zo onsterfelijk als een houten marionet. De druk aan de binnenkant van zijn hoofd steeg alleen maar. En een merkwaardige gedachte kwam in hem op. Dat Hecates belofte om hem onkwetsbaar te maken niet een zegen, maar een vloek was. Hij voelde de metalen draden tegen zijn huid terwijl de champagnekurk tussen zijn vingers rolde. Hij hoorde de eerste politiesirene.

Seyton stopte voor Inverness en Macbeth wilde net uitstappen toen hij Tourtells stem hoorde.

'Zet de radio harder,' zei hij en hij ging weer zitten.

'...om een eind te maken aan de geruchten en uit respect voor jullie, mijn beste medeburgers, die recht hebben te weten wie jullie gekozen vertegenwoordiger is, heb ik besloten jullie te informeren. Ik heb ruim vijftien jaar geleden een kortstondige buitenechtelijke relatie gehad die ertoe heeft geleid dat ik vader ben van een zoon. Met instemming van de betrokken partijen, dat wil zeggen, de moeder van mijn zoon en mijn echtgenote, hebben we ervoor gekozen om dat niet openbaar te maken. Ik heb altijd contact gehouden met mijn zoon en zijn moeder en hen betaald uit private middelen. Het was toentertijd weloverwogen om het niet openbaar te maken en ik had rekening te houden met meerdere partijen. De stad was op dat moment geen partij omdat ik op dat tijdstip geen officiële functie bekleedde en ik dus aan niemand, behalve aan mijn naasten, verantwoording hoefde af te leggen. Inmiddels is de situatie veranderd en nu is het juist om deze informatie te delen. De moeder van mijn zoon is ernstig ziek en met haar instemming heb ik de jongen twee maanden geleden in mijn gezin opgenomen. In de afgelopen tijd heb ik Kasi meegenomen naar officiële gelegenheden waar ik hem heb voorgesteld als mijn zoon, maar paradoxaal genoeg heeft mijn eerlijkheid geleid tot geruchten. De waarheid is, zoals we weten, het laatste wat we geloven. Dat ik vijftien jaar geleden ontrouw was, is niet iets waar ik trots op ben, maar ik heb vergeving van mijn naasten gekregen. Verder is er weinig wat ik kan doen. Ik kan er niks aan doen als mensen mijn kwaliteiten als leider beoordelen op wat er in mijn privéleven is gebeurd. Het enige wat ik kan vragen is uw vertrouwen, zoals ik u nu mijn vertrouwen schenk door details openbaar te maken die zowel erg pijnlijk als kwetsbaar zijn. Want hoewel er zaken zijn gebeurd waarop ik niet trots ben, wil ik duidelijk zeggen dat ik trots ben op mijn vijftienjarige zoon Kasi met wie ik gisteravond een lang gesprek heb gevoerd en die me heeft gevraagd te doen wat ik nu doe. De hele stad vertellen dat ik zijn vader ben.' Tourtell haalde diep adem voor hij met lichte trilling in zijn stem afsloot: 'En dat hij mijn zoon is.' Hij kuchte. 'En dat ik de aanstaande burgemeestersverkiezing moet winnen.'

Er viel een pauze. Toen klonk er een vrouwenstem die duidelijk ook aangedaan was.

'Dat was de bekendmaking van burgemeester Tourtell. Nu terug naar het laatste nieuws. Er is dus een krachtige explosie gemeld in District 4. Beter gezegd, boven in het casino de Obelisk. Voorlopig zijn er geen doden of gewonden gemeld, maar...'

Macbeth zette de radio uit.

'Verdomme,' zei hij. Toen barstte hij in luid gelach uit.

Hoofdstuk 36

Lady leunde achterover in de kussens en strekte een voet uit vanonder haar peignoir. Naar Macbeth die op de lage kruk aan het voeteneind van het bed zat. Ze had twee rode jurken opgehangen. Hij streelde haar smalle enkel en gladde, pasgeschoren been.

'Dus Hecate wist van de moordplannen,' zei hij. 'Heeft hij iets gezegd over wie van onze plannen wist?'

'Nee,' zei Lady. 'Maar hij zei dat jij mijn Tithonos kon zijn als we ons goed gedragen.'

'Wie is Tithonos?'

'Een knappe Griek die het eeuwige leven kreeg. Maar hij zei ook dat hij, als we nu niet meer naar hem luisteren, ons zou laten vermoorden als honden die niet opgevoed kunnen worden.'

'Hm, alleen Tourtell kan hem hebben ingelicht.'

'Dat is al de derde keer dat je dat zegt, schat.'

'En die huichelaar heeft ons niet alleen verraden. Die jongen is echt zijn zoon. De vraag is alleen of de burgers in deze stad een geile bok als burgemeester willen.'

'Een incidentele misstap vijftien jaar geleden?' zei Lady. 'Die Tourtell toen al heeft opgebiecht, waarvoor hij vergeving heeft gevraagd terwijl hij moeder en zoon sindsdien financieel heeft ondersteund? En nu de moeder ziek blijkt te zijn, bekommert de Heilige Tourtell zich om zijn zoon? De mensen zullen van hem houden, schat. Hij heeft een fout gemaakt waarvoor de meeste mensen begrip hebben, en hij heeft berouw en inlevingsvermogen getoond. Tourtell is ván het volk geworden. Deze bekendmaking is een geniale zet, mensen zullen massaal op hem stemmen.'

'Tourtell zal zich dus kandidaat stellen en de verkiezingen winnen. Wat moeten wij dan doen?'

'Ja, wat moeten wij doen? Het belangrijkste eerst. Welke jurk, Jack?'

'De Spaanse,' zei Jack, terwijl hij het theekopje van Lady van het dienblad pakte en het op het nachtkastje zette.

'Bedankt. Wat vind jij van Tourtell en Hecate, Jack? Zullen we iets doen of is dat te riskant?'

'Ik ben geen strateeg, ma'am. Maar ik heb gelezen dat als je op twee fronten vijanden hebt, er dan twee klassieke tactieken zijn. De eerste is dat je een wapenstilstand met de ene afspreekt, alle krachten concentreert om de ander te verslaan en vervolgens zonder waarschuwing vooraf aanvalt. De tweede methode is dat je de twee vijanden tegen elkaar opzet, wacht tot ze beiden verzwakt zijn en dan toeslaat.'

Hij gaf Macbeth een kop koffie.

'Help me eraan te herinneren dat ik je vandaag promotie geef,' zei Macbeth.

'O, hij heeft al promotie gekregen,' zei Lady. 'We zijn voor de komende twee weken volgeboekt, dus Jack heeft vanaf vandaag een assistent gekregen die hem bij zijn achternaam en sir moet noemen.'

Jack lachte. 'Dat was niet mijn idee.'

'Het mijne,' zei Lady. 'En het is niet een idee, het is verstandig om de regels voor aanspreekvormen in acht te nemen zodat iedereen op de hoogte is van de hiërarchie en misverstanden worden voorkomen. Als een burgemeester bijvoorbeeld de noodtoestand uitroept, is het belangrijk dat men weet wie de stad bestuurt. En wie is dat?'

Jack schudde zijn hoofd.

'De hoofdcommissaris,' zei Macbeth, nippend van zijn koffie. 'Totdat de hoofdcommissaris de noodtoestand opheft.'

'Echt?' zei Jack. 'En stel nu dat de burgemeester komt te overlijden, neemt de hoofdcommissaris het dan ook over?'

'Ja,' zei Macbeth. 'Totdat er een nieuwe burgemeester is gekozen.'

'Die regels heeft Kenneth kort na de oorlog ingevoerd,' zei Lady. 'In die tijd vond men het belangrijk om tijdens crisissituaties een daadkrachtige, militante leiding te hebben.'

'Dat klinkt verstandig,' zei Jack.

'Het mooie aan de noodtoestand is dat de hoofdcommissaris absoluut alles bepaalt. Hij kan de rechterlijke macht buitenspel zetten, de media censureren, verkiezingen voor onbepaalde tijd uitstellen. Hij is, kort samengevat...'

'Een dictator.'

'Precies, Jack.' Lady roerde in haar thee. 'Helaas zal Tourtell niet bereid zijn de noodtoestand uit te roepen, dus we zullen genoegen moeten nemen met de tweede optie.'

'En die is?'

'Dat Tourtell overlijdt, natuurlijk.' Lady nam een klein slokje van haar thee.

'Overlijdt? Als in...'

'Een aanslag,' zei Macbeth en hij kneep voorzichtig in haar kuitspier. 'Dat bedoel je toch, liefje?'

Ze knikte. 'De hoofdcommissaris maakt vervolgens bekend dat hij het leiden van de stad overneemt zolang de aanslag wordt onderzocht. Zitten politieke tegenstanders achter de moord? Is het Hecate? Heeft het iets de maken met Tourtells ontrouw? Het onderzoek zal uiteraard lang duren.'

'Ik zal tijdelijk leiding geven,' zei Macbeth. 'Tot de nieuwe burgemeester is gekozen.'

'Maar, schat, de straten zijn besmeurd met bloed. Politiemensen vermoord, aanslagen gepleegd op politici. De hoofdcommissaris, die nu functioneert als burgemeester, zal waarschijnlijk besluiten de noodtoestand uit te roepen. En de verkiezing voor onbepaalde tijd uitstellen, tot de rust is weergekeerd. En de hoofdcommissaris zal bepalen wanneer dat aan de orde is.'

Macbeth voelde dezelfde kinderlijke blijdschap als toen hij samen met Duff de baas was over iedereen op het schoolplein van het weeshuis en zelfs de stoerste jongens dat moesten accepteren. 'In de praktijk zullen we onbeperkte macht hebben zolang we dat willen. Weet je zeker dat Capitol niet kan ingrijpen?'

'Schat, ik heb vandaag een lang en interessant gesprek gehad met een van onze rechters van het hooggerechtshof. Capitol kan weinig tot geen sancties opleggen zolang de wetten die Kenneth heeft ingevoerd niet indruisen tegen de federale.'

'Juist.' Macbeth wreef over zijn kin. 'Dat is werkelijk interessant. Het enige wat er moet gebeuren is dat Tourtell sterft of dat hij zelf de noodtoestand uitroept.'

Jack schraapte zijn keel. 'Verder nog iets, ma'am?'

'Nee, bedankt, Jack.' Lady gebaarde dat hij kon vertrekken.

Toen Jack de deur opende hoorde Macbeth de doffe bastonen van de begane grond en in de stilte die volgde nadat de deur was dichtgedaan de klagende sirene van een ambulance.

'Tourtell maakt plannen om ons te stoppen,' zei Lady. 'Die aanslag zal snel moeten plaatsvinden.'

'Hoe zit het met Hecate? Als Tourtell en Hecate een slang zijn, is Tourtell de staart en Hecate de kop. En een afgehakte staart maakt de slang alleen maar gevaarlijker. We moeten eerst de kop hebben!'

'Nee.'

'Nee? Hij zegt dat hij ons laat vermoorden als we niet gehoorzamen. Wil jij zijn gehoorzame hond zijn?'

'Zit stil en luister naar me, schat. Je hebt Jack gehoord. Sluit een wapenstilstand met de ene vijand terwijl je korte metten maakt met de andere. Dit is niet de tijd om Hecate uit te dagen. Ik ben er bovendien niet zeker van dat Hecate en Tourtell samenwerken. Want in dat geval zou Hecate hebben gezegd dat wij ons niet met Tourtell en de burgemeesterspost moeten bemoeien. Maar dat heeft hij niet gedaan, zelfs niet na de speculaties dat jij je kandidaat wilde stellen. Zolang Hecate gelooft dat we ons lesje hebben geleerd en nu zijn gehoorzame honden zijn, zal hij in zijn handen knijpen dat wij – en indirect hijzelf – de politieke leiding van de stad overnemen. Begrijp je? We ontdoen ons van de ene vijand en krijgen waar we op uit zijn. Daarna zullen we zien wat we met Hecate doen.'

Macbeth ging met zijn hand over haar been, voorbij haar knie. Ze zweeg, sloot haar ogen en hij luisterde naar haar ademhaling. De ademhaling die woordeloos commandeerde wat zijn hand moest doen en wat niet.

De hele middag en avond ging de regen door met het wassen van de stad die nooit schoon werd. Hij hamerde op het dak van het Grand Hotel waar Fleance, Duff, Malcolm en Caithness besloten hadden te blijven totdat alles voorbij was. Het was twee uur in de nacht toen Caithness wakker werd van gebonk op haar hotelkamerdeur. Ze hoorde direct wie het was.

Het was niet het aantal keren, de tijd ertussen of de kracht waarmee. Het was de manier waarop. Hij klopte met vlakke hand. En ze kende die hand, elke rimpel en elke ader.

Ze deed de deur op een kier.

Regendruppels vielen van Duffs kleding en haar, hij klappertandde en zijn gezicht was zo bleek dat het litteken nauwelijks te zien was. 'Het spijt me, maar ik heb een gloeiend hete douche nodig.'

'Heb jij geen...'

'Fleance en ik delen een kamer met een stapelbed en wasbak.'

Ze deed de deur wat verder open en hij glipte langs haar.

'Waar ben je geweest?' vroeg ze.

'Op de begraafplaats,' zei hij vanuit de badkamer.

'Midden in de nacht?'

'Minder mensen.' Ze hoorde dat hij de kraan opendraaide. Ze ging bij de openstaande badkamerdeur staan. 'Duff?'

'Ja.'

'Ik wil alleen zeggen dat ik het heel erg vind.'

'Wat?' riep hij.

Ze schraapte haar keel en sprak luider. 'Dat met je gezin.'

Ze luisterde naar het ruisende geluid van het water dat haar woorden overstemde en staarde naar de damp die hem voor haar verhulde.

Tegen de tijd dat Duff uit de badkamer kwam in de badjas die daar hing en met zijn natte kleding over zijn arm, had Caithness zich aangekleed en lag ze op het brede bed. Hij haalde een pakje sigaretten uit zijn natte broekzak en keek haar aan. Ze knikte en hij ging naast haar liggen. Caithness legde haar hoofd op zijn arm en keek omhoog naar de gele plafonnière. De kap was bespikkeld met dode insecten.

'Zo gaat dat als je te dicht bij het licht komt,' zei hij. Dus hij had nog steeds het vermogen te raden wat ze dacht.

'Icarus,' zei ze.

'Macbeth,' zei hij, de sigaret aanstekend.

'Ik wist niet dat je weer rookt,' zei ze.

'Nee, het is een beetje vreemd. Ik heb nooit van die rotzooi gehouden.' Hij grijnsde en blies een dikke rookkring naar het plafond.

Ze grinnikte. 'Maar waarom ben je dan ooit begonnen?'

'Heb ik je dat nooit verteld?'

'Je hebt me zoveel niet verteld.'

Hij hoestte en gaf haar de sigaret. 'Omdat ik als Macbeth wilde zijn.'

'Ik zou eerder denken dat hij jou wilde zijn.'

'Hij zag er zo verdomde goed uit. En hij was zo... vrij. Tevreden met zichzelf en vrolijk, zo lekker in zijn vel. Dat was ik nooit.'

'Maar jij hebt het intellect.' Ze inhaleerde en gaf de sigaret terug. 'En het vermogen mensen ervan te overtuigen dat je gelijk hebt.'

'Mensen houden er niet van toe te geven dat ze zich vergissen. En ik heb niet het talent om hen ervan te overtuigen dat ze me sympathiek vinden. Dat kan hij wel.'

'Goedkope charme, Duff. Kijk wie hij nu is, hij heeft iedereen voor de gek gehouden.'

'Nee.' Duff schudde zijn hoofd. 'Nee, Macbeth heeft niemand voor de gek gehouden. Hij is puur en direct. Geen heilige, maar zonder dubbele agenda, wat je ziet is wat je krijgt. Misschien imponeert hij niemand met zijn humor en originaliteit als hij spreekt, maar je vertrouwt elk woord. En met recht.'

'Vertrouwen? Hij is een gevoelloze moordenaar, Duff.'

'Je vergist je. Macbeth zit vol gevoelens. Daarom is hij niet in staat een vlieg te doden. Of beter gezegd, vooral geen vlieg. Een wesp die aanvalt, ja, maar een weerloze vlieg? Nooit, hoe irritant die ook is.'

'Hoe kun je hem verdedigen, Duff? Jij, die zoveel verloren hebt...'

'Ik verdedig hem niet, uiteraard is hij een moordenaar. Ik zeg alleen dat hij niet in staat is iemand te doden die zich niet kan verweren. Slechts één keer heeft hij dat gedaan. En dat was om mij te redden.'

'O ja?' zei ze. 'Wil je me daarover vertellen?'

Hij nam een lange haal van zijn sigaret. 'Dat was toen hij die kerel van Norse Riders vermoordde op de weg naar Forres. Een jongen die net getuige was geweest dat ik zijn kameraad had afgeslacht omdat ik dacht dat hij Sweno was.'

'Dus ze hadden hun wapens niet getrokken?'

Duff schudde zijn hoofd.

'Maar dan is Macbeth geen haar beter dan jij,' zei Caithness.

'Jawel, ik vermoordde alleen voor mezelf. Hij deed het voor een ander.'

'Omdat dat is wat we bij de politie doen. We zorgen voor elkaar.'

'Nee, omdat hij vond dat hij me dat verschuldigd was.'

Caithness duwde zich op haar elleboog omhoog. 'Verschuldigd?'

Duff stak zijn sigaret in de lucht, kneep een oog dicht en richtte zijn andere oog op de gloeiende as. 'Toen mijn grootvader stierf en ik in het weeshuis terechtkwam, was ik daar al bijna te oud voor, ik was al veertien. Macbeth en ik waren van dezelfde leeftijd, maar hij woonde er al vanaf zijn vijfde. Macbeth en ik deelden een kamer en werden direct vrienden. Macbeth stotterde toen nog. Vooral als de zaterdagnacht naderde, dan verdween hij midden in de nacht van de kamer en kwam hij een uur later weer terug. Hij wilde nooit zeggen waar hij was geweest. Pas toen ik voor de grap zei dat ik het aan onze gevreesde directeur Lorreal zou vertellen, zei hij dat hij betwijfelde of dat de zaak goed zou doen.' Duff inhaleerde stevig. 'Omdat hij daar was geweest.'

'Jij bedoelt... de directeur...'

'...heeft Macbeth misbruikt zolang hij zich dat kon herinneren. Ik kon mijn oren nauwelijks geloven. Lorreal heeft dingen met hem gedaan die... waarvan je je niet kunt voorstellen dat iemand dat doet met een ander of daarvan kan genieten. De enige keer dat Macbeth zich heeft verweerd, heeft Lorreal hem halfdood geslagen en hem twee weken opgesloten in de zogenaamde correctiekamer in de kelder, een regelrechte cel. Ik was zo geschokt dat ik begon te huilen. Want ik wist dat elk woord waar was. Macbeth liegt nooit. Dus toen heb ik gezegd dat we Lorreal moesten vermoorden, dat ik hem zou helpen. En Macbeth heeft daarin toegestemd.'

'Jullie hebben plannen gemaakt om een man te vermoorden?'

'Nee,' zei Duff en hij gaf haar de sigaret. 'We hebben het niet gepland. We hebben hem gewoon vermoord.'

'Jullie...'

'We zijn op een donderdag naar zijn kamer gegaan. We hoorden Lorreal snurken. We gingen naar binnen. Macbeth kende de kamer op zijn duimpje. Ik hield de wacht bij de deur terwijl Macbeth naar het bed liep en zijn dolk optilde. Maar het duurde en het duurde maar en toen mijn ogen aan het donker gewend waren, zag ik dat hij verstijfd als een zoutpilaar bij het bed stond. Hij leek in elkaar te zakken en liep naar me toe, fluisterde dat hij het "n-niet k-k-kon". Toen pakte ik de dolk, liep op Lorreal af en stak die hard in zijn snurkende mond. Lorreal schokte één keer en stopte toen met snurken. Er was niet veel bloed. Daarna zijn we teruggegaan naar onze kamer.'

'Mijn god.' Caithness trok haar knieën op in foetushouding. 'Wat gebeurde er toen?'

'Niet zoveel. Er waren tweehonderd jonge verdachten. Niemand merkte dat Macbeth erger was gaan stotteren dan daarvoor. En toen hij een paar weken later wegliep, legde niemand het verband met de moord; het kwam zo vaak voor dat iemand wegliep.'

'En later zijn jullie elkaar weer tegengekomen?'

'Ik zag hem een paar keer op het Centraal Station. Ik wilde met hem praten, hem helpen, maar hij rende weg. Je kent het wel, als een man met schulden die vlucht voor zijn schuldeiser. Jaren later kwamen we elkaar weer tegen op de politieacademie. Hij was clean, stotterde niet meer en was totaal veranderd. Iemand die ik zou willen zijn.'

'Omdat hij een pure, goedmoedige, barmhartige man was zonder een moord op zijn geweten zoals jij?'

'Macbeth is nooit in staat geweest om moorden in koelen bloede te zien als een deugd, voor hem was het een zwakte. In al die jaren bij SWAT heeft hij, of een van zijn mannen, alleen gedood als er sprake was van een aanval.'

'En al deze moorden?'

'Hij heeft anderen de opdracht gegeven die te plegen.'

'Vrouwen en kinderen vermoorden. Hij is gewoon een ander mens geworden dan degene die jij kende, Duff.'

'Mensen veranderen niet.'

'Jij bent veranderd!'

'Is dat eigenlijk wel zo?'

'Als dat niet zo was, zou je hier nu niet zijn en dit gevecht aangaan. Op deze manier over Macbeth praten. Jij was een absolute egoïst. Bereid alles en iedereen omver te rijden die jou in de weg stond. Jouw collega's, je familie. Mij.'

'Ik kan me van één keer herinneren dat ik echt wilde veranderen en dat ik zo zou willen zijn als Macbeth. Toen ik besefte dat dat niet mogelijk was, wilde ik ergens anders beter in worden. Iemand die kreeg wat hij wilde hebben, zelfs als dat voor mij minder waarde had dan voor de ander. Zoals Hecate die jongen van een oog beroofde. Weet je wanneer ik verliefd werd op Meredith?'

Caithness schudde haar hoofd.

'Toen we alle vier voor de eerste keer bij elkaar zaten. Macbeth, Meredith en haar vriendin en ik, en ik zag hoe Meredith naar Macbeth keek.'

'Zeg me dat het niet waar is, Duff.'

'Het spijt me, maar het is waar.'

'Je bent een kleinzielig mens, Duff.'

'Dat is wat ik je probeer te vertellen. Dus als jij zegt dat ik dit gevecht aanga voor anderen, dan weet ik niet of dat de waarheid is, of dat ik alleen maar iets van Macbeth wil afpakken wat hij wil hebben.'

'Maar hij wil het niet hebben, Duff. De stad, de macht, de rijkdom: het maakt hem niet uit, hij wil alleen haar liefde hebben.'

'Lady.'

'Alles draait om Lady. Heb je dat niet begrepen?'

Duff blies een misvormde rookkring naar het plafond. 'Macbeth wordt gedreven door liefde, terwijl ik gedreven word door jaloezie en haat. Waar hij genade heeft getoond, heb ik gemoord. En morgen zal ik de man vermoorden die ooit mijn beste vriend was. Ik zal hem in de rug aanvallen en genade en liefde zullen opnieuw verliezen.'

'Het zijn jouw cynisme en zelfverachting die nu spreken, Duff.'

'Hm.' Hij drukte zijn sigaret uit in de asbak op het nachtkastje. 'Je vergeet zelfmedelijden.'

'Ja, en zelfmedelijden.'

'Ik ben mijn hele leven al een arrogante egoïst geweest. Ik begrijp niet hoe jij van me hebt kunnen houden.'

'Sommige vrouwen hebben een zwak voor mannen die hen kunnen redden. Andere voor mannen die zij hopelijk kunnen redden.'

'Amen,' zei Duff en hij stond op. 'Jullie begrijpen niet dat wij mannen niet veranderen. Niet wanneer we de liefde ontdekken, niet wanneer we begrijpen dat we zullen sterven. Nooit.'

'Sommigen gebruiken valse arrogantie om hun onzekerheid te verbergen, maar jouw arrogantie is authentiek, Duff. Jij bent zo overtuigd van jezelf.'

Duff glimlachte en trok zijn natte broek aan. 'Probeer wat te slapen, we moeten onze kop er morgen goed bij houden.'

Nadat hij was vertrokken, stond Caithness op, trok het gordijn opzij en keek uit op de straat. Het geluid van autobanden op het natte asfalt. Het verweerde reclamebord van Joey's hamburgerbar, Pekings wasserette en Tandrella's bingohal. Een sigaret die een ogenblik gloeide in een steeg.

Over een paar uur zou het ochtendgloren aanbreken.

Ze kon nu niet meer slapen.

Hoofdstuk 37

De zaterdag begon met nog meer regen. De voorpagina's van de stadskranten werden beide gedomineerd door Tourtells bekentenis en de explosie in de Obelisk. In het hoofdartikel van *The Times* werd gesteld dat uit Macbeths radio-interview kon worden opgemaakt dat hij niet categorisch de mogelijkheid afwees om zich kandidaat te stellen als burgemeester. En dat Tourtell niet beschikbaar was voor commentaar omdat hij zijn dagen doorbracht in het Sint Jordi's Hospitaal, aan het ziekbed van de moeder van zijn zoon. Tegen het eind van de ochtend stopte het met regenen.

'Wat ben je vroeg thuis,' zei Sheila en ze veegde haar handen af aan haar schort en keek bezorgd de gang in naar haar man.

'Ik wist niet wat ik moest doen op het werk, volgens mij was ik de enige in het gebouw,' zei Lennox. Hij zette zijn leren tas naast de kast, pakte een klerenhanger en hing zijn jas op. Twee jaar geleden was het gemeentebestuur akkoord gegaan met een vijfdaagse werkweek voor ambtenaren, maar op het Hoofdkwartier was het een ongeschreven wet dat je alleen promotie kon maken als je ook op zaterdag je gezicht liet zien.

Lennox kuste zijn vrouw licht op haar wang, rook een nieuw, onbekend parfum en ineens schoot er een gedachte door zijn hoofd: stel dat hij was thuisgekomen en haar in bed had aangetroffen met een andere man. Dat had hij nog nooit gedacht. Hij duwde die gedachte weer net zo snel weg. Ten eerste, omdat zij niet het type was. Ten tweede, omdat ze niet aantrekkelijk genoeg was, dat was immers ook de reden dat ze was blijven plakken aan een kleine albino. En de derde, en beste reden was eigenlijk heel simpel: die gedachte was niet te verdragen.

'Is er iets?' vroeg ze, terwijl ze achter hem aan naar de woonkamer liep.

'Nee, hoor,' zei hij. 'Gewoon een beetje moe. Waar zijn de kinderen?'

'In de tuin,' zei ze. 'Het is eindelijk even droog.'

Hij ging voor het grote raam staan. Keek naar de kinderen die lachend en schreeuwend rondrenden in een spel dat hij niet begreep. Een ontsnappings-spelletje, zo te zien. Niet verkeerd om daarop te trainen. Hij keek naar de lucht. Droog. Een korte pauze voor de rotzooi weer naar beneden kwam. Hij plofte in de leunstoel. Hoelang kon hij het nog verdragen?

'We eten pas over een uur,' zei ze.

'Dat is goed, liefje.' Hij keek haar aan. Hij mocht haar echt graag, maar was hij ooit verliefd op haar geweest? Hij kon het zich niet herinneren, en misschien was dat ook niet belangrijk. Zij had daar trouwens ook nooit iets over gezegd, maar hij was er tamelijk van overtuigd dat zij ook niet verliefd op hem was. Ze zei sowieso niet veel, zijn Sheila. Misschien had ze daarom toegegeven aan zijn volharding en uiteindelijk ingestemd om zijn vriendin te worden en later zijn echtgenote. Ze had iemand gevonden die voor hen beiden kon praten.

'Weet je zeker dat er niets is?'

'Heel zeker, schat. Het ruikt lekker. Wat is het?'

'Eh, kabeljauw,' zei ze en ze fronste vragend haar wenkbrauwen.

Hij wilde uitleggen dat hij het over haar parfum had, niet over het eten waaraan ze net was begonnen, maar ze liep al naar de keuken. Hij draaide de stoel om naar de tuin. Zijn oudste dochter kreeg hem in de gaten, ze straalde en riep iets naar de andere twee. Hij zwaaide naar ze. Hoe was het mogelijk dat twee onaantrekkelijke mensen zulke mooie kinderen konden krijgen? En daar kwam die gedachte weer: áls ze werkelijk van hem waren.

Ontrouw en verraad.

Nu riep zijn zoon iets naar hem, hij hoorde niet wat, maar toen hij zag dat hij zijn vaders aandacht had, maakte hij een radslag in het gras. Lennox applaudisseerde met hooggeheven handen en ineens gingen ze alle drie radslagen maken. Papa imponeren, de man imponeren die ze nog steeds bewonderden, de man die ze ook zouden willen zijn. Geroep, gelach en vrolijkheid. Lennox dacht aan de stilte in Fife, de zonneschijn, het gordijn dat wapperde in het kapotgeschoten raam, de milde bries die bijna onhoorbaar een trieste klank floot door een van de gaten in de muur. Al die onverdraaglijke gedachten. Je kon op zoveel manieren mensen kwijtraken van wie je hield. Stel dat ze op een dag te horen zouden krijgen wat voor persoon hun man en vader feitelijk was, zou de wind dan dezelfde trieste melodie laten horen?

Hij sloot zijn ogen. Nu even uitrusten. Even droog.

Hij merkte dat er iemand was, iemand die over hem heen gebogen stond en in zijn gezicht ademde. Hij opende zijn ogen. Het was Sheila.

'Hoorde je niet dat ik je riep?' vroeg ze.

'Wat?'

'Er is telefoon voor je, ene inspecteur Seyton.'

Lennox liep de gang in en pakte de telefoon van het tafeltje. 'Hallo?'

'Vroeg naar huis, Lennox? Ik heb hulp nodig vanavond.'

'Ik ben niet helemaal in orde, probeer maar iemand anders.'

'De hoofdcommissaris was van mening dat ik jou moest meenemen.'

Lennox slikte, zijn mond smaakte naar lood. 'Waarnaartoe dan?'

'Een ziekenhuisbezoek. Zorg dat je over een uur klaarstaat, ik haal je op.' De verbinding werd verbroken.

Lennox hing op. Lood.

'Wat is er?' riep Sheila vanuit de keuken.

Een bleek metaal dat gevormd kan worden door zijn omgeving, dat giftig is en doodt, een zwaar, maar willoos materiaal dat al smelt bij driehonderddertig graden.

'Niets, schat. Niets.'

Macbeth werd wakker uit een droom over de dood. Er werd geklopt op de deur, en iets aan het kloppen vertelde hem dat het al een poosje bezig was.

'Sir!' Het was Jacks stem.

'Ja,' gromde Macbeth en hij keek rond. De kamer was gevuld met daglicht. Hoe laat was het? Hij had gedroomd. Gedroomd dat hij boven het bed stond met een dolk in zijn hand. Maar elke keer dat hij met zijn ogen had geknipperd, was het gezicht op het kussen veranderd.

'Inspecteur Caithness aan de telefoon, sir. Ze zegt dat het dringend is.'

'Verbind haar door,' zei Macbeth, zich omdraaiend naar het nachtkastje. Hij staarde naar het bordeauxrode tapijt met de ingeweven bloemen.

De telefoon ging over en Macbeth tilde de hoorn op zonder zijn ogen af te wenden van het tapijt. 'Caithness?'

'Het spijt me dat ik op zaterdag bel, maar we hebben een lijk gevonden en ik moet helaas vragen of u ons kunt assisteren.' Ze leek buiten adem.

'Waarom?'

'Omdat ik denk dat het Fleance kan zijn, de zoon van Banquo. Het lijk is behoorlijk toegetakeld en aangezien er geen naaste verwanten in de stad wonen, denk ik dat u de enige bent die hem kan identificeren.'

'O,' zei Macbeth en hij voelde dat zijn keel dichtsnoerde.

'Pardon?'

'Ja, dat zal wel zo zijn,' zei Macbeth en hij trok het dekbed strakker om zich heen. 'Als je zo lang in het zeewater hebt gelegen...'

'Dat is het nu juist.'

'Hoe bedoel je?'

'We hebben het lijk niet in zee gevonden, maar in een steeg tussen 14th en 15th Street.'

'Wat?'

'Daarom willen we er heel zeker van zijn dat het om Fleance gaat voor we meer doen.'

'Tussen 14th en 15th Street, zei je?'

'Kom naar de kruising van 14th Street en Doheney, dan wacht ik voor Joey's Hamburger Bar.'

'Oké, Caithness, ik ben er over twintig minuten.'

'Bedankt, sir.'

Macbeth hing op. Lelies. De bloemen in het tapijt waren lelies. Lelie. Dat was de naam van Lady's kind. Waarom had hij dat verband niet eerder gelegd? Dood. Omdat hij nog niet eerder zoveel dood had gezien, geproefd, gegeten en geslapen. Hij sloot zijn ogen. Riep de wisselende gezichten uit zijn droom weer op. Het gezicht van Lorreal, de directeur van het weeshuis, die onwetend met open mond had liggen snurken, werd ineens dat van hoofdcommissaris Duncan, zijn ogen open en hem wetend aanstarend. Daarna was er Banquo's verstijfde, gebarsten blik. Zonder lichaam, alleen een hoofd op een kussen. Toen de gezichtsuitdrukking van die naamloze jongen. Totaal in paniek terwijl hij geknield op het asfalt zat, naar zijn net vermoorde kameraad keek en Macbeth aankeek die naar hem toe kwam. Macbeth staarde naar het plafond en dacht aan al die keren dat hij wakker was geworden uit een nachtmerrie en opgelucht had uitgeademd. Opgelucht dat de realiteit niet bezig was te verdrinken in drijfzand of werd opgegeten door honden. Maar soms gebeurde het dat hij dácht dat hij wakker werd uit een nachtmerrie, maar nog steeds droomde, nog steeds verdronk, dat hij door meerdere lagen heen moest breken voordat hij weer bij zijn positieven was. Hij kneep zijn ogen stijf dicht. En opende ze weer. Toen stond hij op.

De stevige, donkere vrouw van de receptie van het Sint Jordi's Hospitaal keek op van het ID-bewijs dat Lennox haar liet zien.

'We hebben opdracht om niemand toe te laten...' Ze keek weer op zijn ID. 'Inspecteur.'

'Politiezaak,' zei hij. 'Hoogste prioriteit, de burgemeester moet direct geïnformeerd worden.'

'Als u een bericht achterlaat, kan ik...'

'Een vertrouwelijke kwestie. Het heeft haast.'

Ze zuchtte.

'Kamer 204, eerste verdieping.'

Burgemeester Tourtell en de jongen zaten elk op een houten stoel bij een van de bedden in de grote kamer. De oudere man had zijn arm om de schouder van de jongen geslagen en beiden keken op toen Lennox achter hen ging staan en kuchte. In het bed lag een bleke vrouw van middelbare leeftijd met dun haar, en Lennox zag direct de gelijkenis met de jongen. 'Goedenavond, burgemeester. U kunt mij zich waarschijnlijk niet herinneren, maar we hebben elkaar ontmoet tijdens het diner in Casino Inverness.'

'Inspecteur Lennox, niet? Van Anti-Corruptie.'

'Indrukwekkend. Het spijt me dat ik u kom lastigvallen.'

'Waarmee kan ik je helpen, Lennox?'

'We hebben een betrouwbare tip gekregen dat er een aanslag op u wordt beraamd.'

De jongen kromp in elkaar, maar Tourtell vertrok geen spier. 'Meer details graag, inspecteur.'

'Voorlopig weten we niet meer, maar we nemen het serieus en ik ben gekomen om u te escorteren naar een veiliger plek.'

Tourtell trok een wenkbrauw op. 'Wat is er veiliger dan een ziekenhuis?'

'Er staat vandaag in de krant dat u hier bent, meneer de burgemeester. Een plek waartoe iedereen toegang heeft. Laat ik u begeleiden naar uw auto en u volgen tot u veilig bent tussen uw eigen vier muren. Hopelijk hebben we zo voldoende tijd om meer overzicht te krijgen. Dus als u met me mee wilt gaan.'

'Nu direct? Zoals je ziet...'

'Ik zie het en het spijt me, maar het is zowel uw als mijn plicht om de burgemeester te beschermen.'

'Ga bij de deur staan en houd de wacht, Lennox, dan...'

'Dat is mijn opdracht niet.'

'Dat is het nu, Lennox.'

'Ga.' Het fluisterende, nauwelijks hoorbare woord kwam van de vrouw in bed. 'Ga, en neem Kasi mee.'

Tourtell legde zijn hand op de hare. 'Maar Edith, je...'

'Ik ben moe, mijn beste Tourtell, ik wil nu alleen zijn. Kasi is veiliger bij jou, luister naar die man.'

'Weet je...?'

'Ja, ik weet het zeker.'

De vrouw sloot haar ogen. Tourtell klopte op haar hand en draaide zich naar Lennox om. 'Oké, laten we gaan.'

Ze liepen weg. De jongen een paar passen achter hen.

'Weet hij het?' vroeg Lennox.

'Dat ze doodgaat? Ja.'

'En hoe neemt hij het op?'

'De ene dag is zwaarder dan de andere. Hij weet het al een poos.' Ze liepen de trap af naar de winkel en de uitgang. 'Maar hij zegt dat het goed met hem gaat. Dat het goed gaat zolang hij een van ons heeft. Ik moet even sigaretten kopen, wachten jullie hier?'

'Daar staat ze,' zei Macbeth wijzend.

Jack stopte bij de stoeprand tegenover het Grand Hotel, tussen een wasserette en een hamburgertent. Ze stapten beiden uit en Macbeth scande de lege straat.

'Bedankt dat u zo snel wilde komen,' zei Caithness.

'Geen probleem,' zei Macbeth. Ze had zware parfum op. Dat was hem eerder nooit opgevallen.

'Ik loop achter je aan,' zei Macbeth.

Macbeth en Jack volgden haar door de straat waar de zaterdagavond nog moest beginnen. Onder een knipperend neonbord dat melding maakte van naakte vrouwen stond een man in smoking. Hij wierp een onderzoekende blik op Caithness voor hij zijn peuk op het asfalt gooide en die met zijn hak agressief uitdrukte.

'Ik had verwacht dat Seyton zou meekomen,' zei Caithness.

'Hij moest vanavond naar het Sint Jordi's. Is het hier?'

Caithness bleef staan bij de ingang van een smalle steeg die was afgezet met het oranje lint van afdeling Moord. Macbeth keek in de steeg. Die was zo smal dat de vuilnisbakken naast de achterdeuren aan weerszijden elkaar raakten. En het was er te donker om echt iets te kunnen zien.

'Ik was hier als eerste, de rest van het team van de Technische Recherche komt eraan. Zo gaat dat in het weekend, de mensen zijn verspreid over alle windstreken.' Caithness hield het lint omhoog en Macbeth kroop eronderdoor. 'Als u er even alleen naartoe wilt lopen en naar het lijk wilt kijken. Ik heb er een laken over gelegd, maar raak alstublieft verder niets aan. We willen zo min mogelijk sporen vervuilen. De chauffeur kan hier wachten terwijl ik terugga om de gerechtelijk arts op te vangen bij Joey's. Die zit hier vlak om de hoek.'

Macbeth keek haar aan. Hij zag niets in haar gezicht. Maar toch. Ze had gedacht dat Seyton bij hem zou zijn. Zware parfum alsof ze andere geuren die ze verspreidde eventueel wilde camoufleren.

'Goed,' zei hij en hij begon de steeg in te lopen.

Hij had nog geen tien meter gelopen of alle geluiden uit de hoofdstraat waren verstomd en het enige wat hij hoorde was het gezoem van ventilatoren, gehoest uit een openstaand raam en het gedreun van een radio met Lindisfarne's 'Meet Me on the Corner'. Hij kroop tussen de vuilnisbakken door. Sloop, zonder precies te weten waarom. Beroepsdeformatie waarschijnlijk.

Het lijk lag midden in de steeg, half in de cirkel licht van een lamp aan de gevel. Hij zag de 15th Street aan het eind van de steeg, maar het was te ver om te zien of daar ook afzetlint hing.

Een paar voeten staken onder het witte laken uit. Hij herkende de spitse schoenpunten direct.

Hij liep naar het laken en haalde diep adem. De lucht had de zoete geur van schoonmaakchemicaliën die door een lawaaiige ventilator in een deur recht achter hem naar buiten werd geblazen. Hij greep het laken en trok het weg.

'Hoi, Macbeth.'

Macbeth staarde in de loop van een hagelgeweer dat op hem was gericht door de man die in het donker voor hem op zijn rug lag. Het litteken lichtte op van zijn gezicht. Macbeth liet de lucht uit zijn longen ontsnappen.

'Hoi, Duff.'

Duff keek naar Macbeths handen terwijl hij sprak. 'Macbeth, je staat onder arrest. Als je ook maar één vinger verroert, dan schiet ik. Aan jou de keuze.'

Macbeth keek in de richting van 15th Street. 'Ik ben hoofdcommissaris in deze stad, Duff, dus je kunt me niet arresteren.'

'Er zijn andere gezaghebbers.'

'De burgemeester?' Macbeth lachte even. 'Ik geloof niet dat je ervan uit kunt gaan dat hij nog lang leeft.'

'Ik heb het niet over iemand hier in de stad.' Duff kwam overeind zonder dat het geweer zijn doel kwijtraakte. 'Je bent gearresteerd wegens medeplichtigheid aan de moorden in Fife en je zult daarheen worden overgebracht om voor de rechter te verschijnen. We hebben overlegd en je wordt ook beschuldigd van de moord op Banquo in Fife. Houd je handen boven je hoofd en draai je om naar de muur.'

Macbeth deed wat hij zei. 'Jullie hebben niets tegen me en dat weet je.'

'Met inspecteur Caithness' getuigenis van wat agent Angus haar heeft verteld, hebben we genoeg om je een week lang in Fife in bewaring te houden. En een week zonder dat jij in functie bent geeft ons de tijd om ook hier in de stad een rechtszaak tegen je aan te spannen. De moord op Duncan. We hebben technische bewijzen.' Duff pakte de handboeien. 'Gezicht naar de muur, handen achter je hoofd... je kent de procedure.'

'Wil je me echt niet liever doodschieten, Duff? Vooruit, je bent immers een man die leeft van wraak nemen.'

Duff wachtte met dichterbij komen tot Macbeth met zijn rug naar hem toe stond en zijn handen op zijn hoofd legde.

'Ik begrijp dat het je heeft aangegrepen dat de jongen die je doodde niet Sweno was, Duff. Maar moet je ze niet wreken, nu je heel zeker weet dat je de juiste man voor je hebt? Of betekende je moeder meer voor je dan Meredith en de kinderen?'

'Sta stil en houd je mond.'

'Ik houd al jaren mijn mond, Duff. Ik weet dat de vrouwelijke agent die Sweno in Stoke vermoordde jouw moeder was. In welk jaar was dat bloedbad in Stoke? Je kunt nog niet zo oud zijn geweest.'

'Ik was nog klein.' Duff klikte de handboeien om Macbeths polsen dicht.

'En waarom heb je de meisjesnaam van je moeder aangenomen, in plaats van die van je vader?'

Duff draaide Macbeth om zodat hun gezichten naar elkaar toe waren gekeerd.

'Je hoeft geen antwoord te geven,' zei Macbeth. 'Je hebt dat gedaan zodat niemand binnen de politie of Norse Riders jouw naam kon koppelen aan het bloedbad. Dat niemand zou begrijpen dat je niet bij de politie bent gegaan om de stad te dienen en al die andere shit waarvoor we de eed hebben afgelegd. Het ging jou alleen om de jacht op Sweno, dat je wraak op hem kon nemen. Haat is jouw drijfveer, Duff. In het weeshuis, toen je Lorreal vermoordde, was het eenvoudig, toch? Je zag gewoon Sweno voor je. Lorreal was ook een man die de jeugd van een kind heeft verpest.'

'Misschien wel.' Duff stond zo dichtbij dat hij zijn spiegelbeeld in Macbeths bruine ogen kon zien.

'Dus wat is er gebeurd, Duff? Waarom schiet je me niet dood? Ik heb je gezin afgepakt, dit is je kans.'

'Je moet je verantwoorden voor wat je hebt gedaan.'

'En wat heb ik gedaan?'

Duff wierp een snelle blik in de richting van 15th Street, waar de auto met Malcolm en Fleance op hen stond te wachten. Caithness was onderweg daarnaartoe. 'Je hebt onschuldige mensen gedood.'

'Het is onze verrekte plicht om onschuldige mensen te doden, Duff. Zolang dat een groter doel dient, moeten we onze sentimentele, zwakke natuur bedwingen. De keel doorsnijden van die jongen in Fife, dat heb ik niet voor mezelf gedaan, dat was niet voor jou, dat was niet het inlossen van een schuld omdat jij Lorreal voor me hebt vermoord. Ik ben moordenaar geworden omdat niemand in deze stad het politiekorps door het slijk mag halen. Dat was voor de stad, tegen de anarchie.'

'Kom, dan gaan we.'

Duff greep Macbeth bij zijn arm, maar Macbeth rukte zich los. 'Is de machtswellust groter geworden dan de wraaklust, Duff? Denk je dat jij OrgCrim zult krijgen als je de hoofdcommissaris arresteert?'

Duff duwde de geweerloop onder Macbeths kin. 'Ik kan ze uiteraard vertellen dat je je hebt verzet.'

'Moeilijke keus?' fluisterde Macbeth.

'Nee,' zei Duff en hij liet de loop weer zakken. 'Deze stad heeft niet nog meer lijken nodig.'

'Dus je hield niet van ze? Van Meredith en de kinderen? O nee, dat was ik vergeten, jij kunt niet liefhebben...'

Duff sloeg. De loop raakte hem in zijn mond. 'Bedenk dat ik nooit problemen heb gehad met weerloze mannen face to face te vermoorden, Macbeth.'

Macbeth lachte en spuugde bloed uit. Iets wat een tand zou kunnen zijn sprong op in het donker. 'Bewijs het dan. Schiet de enige vriend die je ooit hebt gehad dood. Vooruit. Doe het voor Meredith.'

'Neem haar naam niet in je mond.'

'Meredith! Meredith!'

Duff voelde het bloed in zijn oren suizen, voelde dat zijn hart zwaar en pijnlijk bonkte. Hij moest niet... Het voorhoofd van Macbeth raakte met een krakend geluid Duffs neusbeen. Maar ze stonden zo dicht bij elkaar dat Macbeth niet voldoende vaart en kracht in zijn stoot had kunnen leggen om Duff tegen de grond te werken. Duff deed twee stappen achteruit en zette het hagelgeweer tegen zijn schouder.

Op dat moment vloog de deur achter Macbeth open.

Een silhouet in de deuropening, een arm in een grijze stofjas schoot naar voren, greep waarschijnlijk de handboeien op de rug van Macbeth en trok. Er werd zo hard getrokken dat Macbeths voeten van de grond kwamen en door de deuropening verdwenen in het donker binnen.

Duff haalde over.

De knal weerkaatste tegen zijn trommelvliezen en tussen de muren in de steeg.

Halfdoof stapte Duff over de drempel het donker in.

Er vloog iets door de lucht wat hij inademde en weer uitspuugde. Het leek wel of er mensen in het gelid voor hem stonden. De geur van perchloorethyleen was doordringend. De vrije hand vond een lichtschakelaar tegen de muur naast de deur. De mensen in het gelid waren droogrekken waarop jassen en mantels in plastic hoezen hingen, voorzien van labels met naam en datum. Recht voor hem zat een gat zowel in het plastic als in de bruine pels eronder en Duff begreep dat het dierenharen waren die hij had uitgespuugd. Hij bleef staan luisteren, maar hoorde slechts het gebrom van de groene Garrett-droger tegen de muur. Toen klonk er gerinkel, het leek op een winkelbelletje. Hij gooide zichzelf tegen de muur van kleding, worstelde zich langs droogrek na droogrek tot hij bij een deur kwam. En achter een toonbank waar een Chinees echtpaar hem verschrikt aanstaarde. Hij rende langs hen de straat op. Keek links en rechts. De zaterdagavonddrukte was begonnen. Een man duwde hem weg en hij verloor een moment zijn evenwicht. Duff vloekte terwijl de man zich verontschuldigde en doorliep over het trottoir.

Hij hoorde gelach achter zich. Hij draaide zich om en keek in het gezicht van een man in lompen, bruin van het vuil en met hier en daar een bruin stompje in zijn open mond.

'Ben je beroofd, mister?'

'Ja,' zei Duff en hij liet zijn geweer zakken. 'Ik ben beroofd.'

Hoofdstuk 38

Lennox stond samen met Kasi voor de uitgang van het ziekenhuis. Hij keek naar de kiosk waar Tourtell in de rij stond om een pakje sigaretten te kopen en richtte toen zijn blik op de parkeerplaats. Er brandde licht in de limousine van de burgemeester. De afstand was ongeveer honderd meter. Ruwweg dezelfde afstand tot het dak van de parkeergarage links. Lennox huiverde. Met deze zeldzame noordoostenwind was het helder, maar ook koud. En als het een beetje meer ging waaien, werden de laatste wolken ook weggeblazen. In het maanlicht kon Olafson Tourtell beslist vanaf elk punt doodschieten, maar als het donker was, moest het gebeuren in de parkeergarage, onder een van de lampen.

Hij keek weer op zijn horloge. De kou at zich een weg door zijn lichaam en hij hoestte. Zijn longen. Hij verdroeg geen zon en hij verdroeg geen kou. Wat was Gods bedoeling met mensen als hij op aarde zetten? Een eenzaam lijdend hart zonder wapenuitrusting, een weekdier zonder schild.

'Bedankt dat u ons helpt.'

'Sorry?' Lennox keerde zich om naar de jongen.

'Bedankt dat u mijn vader redt.'

Lennox staarde hem aan. Hij droeg hetzelfde type spijkerjas als zijn eigen zoon. En Lennox kon de volgende gedachte niet stoppen. Dat hier een jongen stond, een zoon niet veel ouder dan zijn eigen zoon, die op het punt stond zijn moeder te verliezen. En zijn vader. *Dat het goed gaat zolang hij een van ons heeft.*

'Laten we gaan,' zei Tourtell die naar buiten kwam terwijl hij zijn pasgekochte sigaret opstak.

'Ja,' zei Lennox. Ze staken over en liepen naar de parkeergarage. Lennox ging links van Tourtell lopen. Kasi liep een paar stappen voor hen. Het enige wat Lennox nu hoefde te doen, was stilstaan als ze in het licht van de eerste lantaarn kwamen zodat hij zelf buiten schot bleef. De rest was aan Olafson.

Lennox voelde dat zijn tong, vingers en tenen merkwaardig verdoofd waren.

'Ze komen,' zei Seyton en hij liet de kijker zakken.

'Ik zie ze,' lispelde Olafson. Hij leunde met een knie op het beton van het parkeergaragedak. Het ene oog was dichtgeknepen, het andere wijd open achter de telescoop op het geweer. Het geweer rustte op de borstwering voor hen. Seyton liet zijn blik over het dak gaan om er zeker van te zijn dat ze nog steeds alleen waren. Hun auto was de enige hierboven, mensen bezochten hun zieken kennelijk niet op zaterdagavond. Hij kon de muziek uit de straten achter zich horen en rook zelfs hier parfum en testosteron.

Onder hen liepen Tourtell en Lennox en de jongen, en ze waren nog buiten de schootslijn. Goed. Hij hoorde Olafson diep inademen. De twee mannen liepen het licht in van een van de lantaarns.

Seyton voelde dat zijn hart een vreugdesprongetje maakte.

Nu.

Maar er kwam geen schot.

De twee daar beneden verdwenen uit de cirkel van licht en werden weer schimmige gedaanten in het donker.

'Wat gebeurde er?' vroeg Seyton.

'Lennox zat in de schootslijn,' zei Olafson. 'Hij zal wel aan de kant gaan als ze onder de volgende lantaarn lopen.'

Seyton tilde zijn kijker weer op.

'Heb je een idee wie het op mij gemunt heeft, Lennox?'

'Ja,' zei Lennox. Nog twee lantaarns en ze waren bij de limousine.

'O ja?' Tourtell keek hem verbaasd aan en ging langzamer lopen en Lennox zorgde ervoor dat hij hetzelfde deed.

'Kijk niet naar de parkeergarage achter me, Tourtell, maar op het dak daarvan ligt een bijzonder goede scherpschutter en op dit moment bevinden we ons in zijn vizier, om precies te zijn: ik bevind me daarin. Dus houd mijn tempo aan als je geen hoofdschot wilt krijgen.'

Hij zag aan Tourtells blik dat hij hem geloofde. 'De jongen...'

'Hij is niet in gevaar. Blijf lopen. Doe alsof er niks aan de hand is.'

Lennox zag dat Tourtell zijn mond opende alsof dat de enige manier was waarop zijn grote lichaam voldoende zuurstof kon krijgen nu zijn hartfrequentie toenam. Toen knikte de burgemeester even en ging hij met kleine pasjes iets sneller lopen.

'Wat is jouw rol hierin, Lennox?'

'Van de schurk,' zei Lennox en hij zag de chauffeur, die hen kennelijk in het oog hield, uitstappen en het achterportier openen. 'Is die auto gepantserd?'

'Ik ben burgemeester, geen president. Waarom doe je dit als je de schurk bent?'

'Omdat iemand de stad moet redden van Macbeth. Ik kan het niet, dus jij moet het doen, Tourtell.'

'Wat doet Lennox, verdomme?' vroeg Seyton en met een wild gebaar trok hij de kijker weg om te checken of wat hij daardoorheen zag klopte met de werkelijkheid op de parkeerplaats onder hem. 'Dekt hij Tourtell met opzet?'

'Dat weet ik niet, chef, maar er is niet veel tijd meer. Ze zijn bijna bij de auto.'

'Kunnen jouw kogels Lennox doorboren?'

'Pardon?'

'Kunnen ze door Lennox gaan en Tourtell doden?'

'Ik gebruik FMJ-kogels, chef.'

'Ja of nee?'

'Ja!'

'Schiet op de verrader.'

'Maar...'

'Sst,' fluisterde Seyton.

'Wat?' Er stonden zweetdruppels op het voorhoofd van de jonge agent.

'Niet praten en niet denken, Olafson. Je hebt een bevel gekregen.'

De chauffeur was om de auto gelopen en hield glimlachend het portier open. De glimlach verdween toen hij Tourtells gezichtsuitdrukking zag. De jongen liep naar het linkerportier.

'Stap in en duik,' zei Lennox sissend. 'Chauffeur, maak dat je zo snel mogelijk hier wegrijdt. Nu!'

'Sir, wat...?'

'Doe wat hij zegt,' zei Tourtell. 'Het...'

Lennox voelde de klap tegen zijn rug voor hij het zweepslaggeluid hoorde. Zijn benen begaven het, hij zakte in elkaar en sloeg automatisch zijn armen om Tourtell die meegetrokken werd in zijn val.

Lennox registreerde alles. Het asfalt dat op hem afkwam. Hij voelde niet dat hij erop smakte, maar hij rook het allemaal: stof, benzine, rubber, urine. Hij kon zich niet verroeren en geen geluid maken, maar hij hoorde alles. Hij hoorde het gehijg van Tourtell die onder hem lag. De verschrikte uitroep van de chauffeur: 'Sir, sir?'

En Tourtell die riep: 'Ren, Kasi, ren!'

Ze hadden het bijna gehaald, nog één meter en ze waren beschermd geweest door de auto. Lennox probeerde iets te zeggen, de naam van een dier, maar er kwam nog steeds niets. Hij trachtte tevergeefs zijn hand te bewegen. Hij was dood. Zo meteen zou hij omhoogzweven en naar zijn lichaam kunnen kijken. Eén meter. Hij registreerde het geluid van rennende voeten die zich snel verwijderden en de chauffeur die zich over hen boog en hem van Tourtell probeerde te trekken. 'Ik zal zorgen dat u in de auto komt, sir!' Het geluid van een nieuwe zweepslag en Lennox werd verblind door iets nats in zijn ogen. Hij knipperde, hij kon kennelijk zijn oogleden nog bewegen. De chauffeur lag naast hen en staarde leeg in de lucht. Zijn voorhoofd was weg.

'Schildpad,' fluisterde Lennox.

'Wat?' zei Tourtell hijgend onder hem.

'Kruip. Ik ben je schild.'

'De chauffeur is geëlimineerd,' zei Olafson en hij stopte een nieuw patroon in de kamer.

'Schiet op, Tourtell probeert in de auto te kruipen,' zei Seyton. 'En de jongen is weggerend.'

Olafson laadde zijn geweer. Hij legde de kolf tegen zijn schouder en kneep het ene oog weer dicht.

'Ik heb de jongen in het vizier.'

'Die jongen kan me niet verdommen!' siste Seyton. 'Schiet Tourtell dood!'

Seyton zag Olafsons geweerloop heen en weer gaan, zag hem knipperen om een zweetdruppel uit zijn wimpers te krijgen.

'Ik zie hem niet, chef.'

'Te laat!' Seyton sloeg met zijn handpalm tegen de borstwering. 'Ze zitten achter de auto. We moeten naar beneden om het karwei af te maken.'

Lennox hoorde Tourtell kreunen toen hij onder hem vandaan kroop. Lennox rolde op het natte asfalt. Hij lag op zijn buik, hulpeloos, zijn benen staken nog uit. Tot Tourtell zijn armen pakte en hem in veiligheid bracht.

Rubber gilde op het asfalt. Er was een auto naar hen onderweg. Lennox keek onder de auto door, maar het enige wat hij zag, was het lijk van de chauffeur aan de andere kant. Lennox probeerde zijn mond te openen om te zeggen dat Tourtell moest maken dat hij in de auto kwam, moest wegrijden en zichzelf redden. Maar het lukte niet. Het was weer het oude liedje, alsof zijn hele leven werd samengevat in deze situatie: hij was niet in staat te doen wat zijn hersenen en hart wilden.

Er stopte een auto en portieren werden geopend.

Voetstappen op het natte asfalt.

Lennox probeerde zijn hoofd te draaien, maar dat ging niet. Vanuit zijn ooghoeken zag hij een geweer parallel aan een stel broekspijpen.

Ze waren er geweest. Op een vreemde manier voelde dat als een opluchting.

De broekspijpen kwamen een stap dichterbij. Er werd een hand in zijn nek gelegd. Hij zou geluidloos worden gedood. Gewurgd. Lennox hield zijn blik op de schoenen gericht. Die waren al een poos uit de mode. Spitse punten.

'De man hier is dood,' zei een bekende stem aan de andere kant van de auto.

'Tourtell is ongedeerd,' zei de man die hem in een wurggreep hield. 'Lennox beweegt niet, maar ik voel zijn pols. Waarvandaan hebben ze geschoten?'

'Van het dak van de parkeergarage,' fluisterde Tourtell. 'Lennox heeft me gered.'

Gered?

'Kom hierheen, Malcolm!'

De hand verdween uit zijn nek en een gezicht kwam in Lennox' blikveld.

Duff staarde in zijn ogen.

'Is hij bij bewustzijn?' vroeg een vrouwenstem achter hem. Caithness.

'Verlamd of in shock,' zei Duff. 'Zijn ogen bewegen, maar hij beweegt en praat niet. Hij moet naar het ziekenhuis.'

'Auto,' zei een stem. Een jongen. 'Hij komt uit de parkeergarage.'

'Lijkt wel een van de auto's van SWAT,' zei Duff, hij kwam overeind en legde het hagelgeweer tegen zijn schouder.

Het was een paar seconden stil. Het geluid van een automotor stierf weg.

'Laat ze maar gaan,' zei Malcolm.

'Kasi.' Tourtells stem.

'Wat?'

'Jullie moeten Kasi zoeken.'

Kasi rende. Zijn hart bonkte in zijn keel en zijn voeten roffelden op het natte asfalt. Steeds sneller en sneller. Tot ze zo hard gingen als het nummer dat hij altijd in zijn hoofd afspeelde als hij bang was – 'Help!' Hij wilde net in de auto stappen toen hij het geluid hoorde en zag hoe de bleke politieman in zijn rug werd geschoten. Hij viel op papa en papa had geroepen dat hij moest maken dat hij wegkwam.

Hij nam automatisch de weg naar de buurt waar hij was opgegroeid. Bij de rivier. Er stond daar een afgebrand huis waarin ze vaak speelden. Het rattennest noemden ze het.

Het huis was wit met zwarte roetplekken rond de deur- en raamopeningen als een afgeleefde hoer met te veel make-up. Bij de rivier stonden de huizen dicht opeen alsof ze bescherming bij elkaar zochten. Afgezien van dat ene huis dat apart stond alsof de andere er niets mee te maken wilden hebben. Het was een blauwgeverfd huis en het onkruid rondom stond hoog. Kasi rende erdoorheen, de trap op, door de deurloze ingang waar ooit de keuken had gezeten, maar die nu slechts een leeg, naar urine stinkend hok was met namen en schuttingtaal op de muren. Hij ging de smalle trap op naar de slaapkamers. In een ervan lag een beschimmeld matras, hij had er zelf op gelegen en zijn eerste kus gekregen tussen de lege drankflessen en de verstijfde rattenlijken die overal lagen. Hij was een jaar of tien toen hij hier op een middag met twee vriendjes hoestend zijn eerste sigaret probeerde. De zon was ondergegaan en ze hadden de ratten over de gebarsten, opgedroogde klei van de rivier zien trippelen op weg naar het huis. Misschien kwamen ze wel om dood te gaan.

Moest hij teruggaan? Nee, papa had gezegd dat hij moest maken dat hij wegkwam. En die andere man, Lennox, was van de politie dus daar moesten er meer van zijn als ze wisten van de plannen van een aanslag op de burgemeester.

Hij moest zich hier gewoon verstoppen tot het voorbij was en dan naar huis gaan.

Kasi opende de grote klerenkast in de hoek. Die was leeg en alles was eruit gebroken. Hij kroop naar binnen en trok de deur dicht. Hij legde zijn hoofd tegen de achterwand. Neuriede zacht het nummer in zijn hoofd. 'Help!' Hij dacht aan de film waarin The Beatles in een komisch fragment dat versneld werd afgespeeld holderdebolder rondrenden in een wereld waarin eigenlijk niets ergs leek te gebeuren. Hier kon niemand hem vinden. Niet als ze niet wisten waar hij was. Bovendien, hij was de burgemeester niet, hij was gewoon een jongen die alleen maar stiekem een paar sigaretten had gerookt, een halve fles verdunde whisky had gedronken en een paar meisjes had gekust die al een vriend hadden.

Zijn hart kwam langzaam tot rust.

Hij luisterde. Niets. Maar hij moest nog een poos wachten. Hij was niet meer buiten adem en hij kon weer alleen door zijn neus ademhalen. Hij wist niet hoe lang het geleden was dat hier kleren hadden gehangen, toch kon hij ze nog steeds ruiken. De geur van spoken uit een onbekend leven. God mag weten waar ze nu waren. Mama had verteld dat dit een ongelukkig huis was met alcohol, mishandeling en andere ellende. Dat hij zich gelukkig mocht prijzen met wat hij had, dat papa van hem hield en hem nooit met een vinger zou aanraken. En Kasi had zichzelf gelukkig geprezen. Dat hij een vader had die burgemeester was, wist niemand, en hij zei het ook tegen niemand. Niet tegen de jongens die hem een bastaard noemden of de andere bastaards die hun vader nooit zagen of niet wisten wie dat was. Dat vond hij erg voor hen. Hij had tegen papa gezegd dat hij ze op een dag zou helpen. Die jongens en al die anderen die het moeilijk hadden nu Estex was gesloten. En papa had hem niet lachend over zijn bol geaaid, zoals andere vaders dat zouden doen. Hij had geïnteresseerd geluisterd en gezegd dat als Kasi werkelijk iets wilde doen als de tijd daar rijp voor was, dat hij hem dan zou helpen. En wie weet, misschien zou Kasi zelf ooit burgemeester worden, de wonderen waren de wereld nog niet uit, had papa gezegd. En hij had hem Tourtell junior genoemd.

'Help!'

Maar zo was de wereld niet. De wereld was niet gemaakt voor goede daden en komische popsongs in films. Je kon niemand helpen. Zijn vader niet, zijn moeder niet, andere kinderen niet. Alleen jezelf.

Olafson remde toen de bus voor hem stopte. Jonge mensen, vooral vrouwen, stapten uit en stroomden het trottoir op. Opgesmukt. Zaterdagavond. Dat had hij vanavond beter kunnen doen: een biertje drinken en dansen met een meisje. De aanblik van de dode chauffeur wegdrinken en dansen. Naast hem stak Seyton zijn hand uit en zette de radio met 'I Want to See the Bright Lights Tonight' van Richard en Linda Thompson af.

'Waar kwamen die verdomme vandaan? Duff, Malcolm, Caithness. En die jonge vent, ik zou verdomme zweren dat hij de zoon van Banquo was.'

'Terug naar het Hoofdkwartier?' vroeg Olafson. Het was nog niet te laat voor een aangename zaterdagavond.

'Nog niet,' zei Seyton. 'We moeten die jongen pakken.'

'De zoon van Tourtell?'

'Ik kom niet graag met lege handen bij Macbeth aan en die jongen kunnen we gebruiken. Linksaf hier. Ga nog langzamer rijden.'

Olafson sloeg een smalle straat in en keek naar Seyton die het raam had opengedraaid en de lucht insnoof terwijl zijn neusvleugels bewogen. Olafson wilde vragen hoe Seyton kon weten waar de jongen naartoe was gerend, maar hij zag ervan af. Als deze man een schouder kon genezen door er alleen een hand op te leggen, dan kon hij misschien wel ruiken waarheen iemand was gelopen. Was hij bang voor zijn nieuwe chef? Misschien. Hij had zich wel afgevraagd of hij geen spijt had van zijn ruilhandel. Maar hij had ook niet kunnen weten dat het tot dit zou leiden. Het enige wat hij wist was dat de chirurg in het ziekenhuis op de röntgenfoto's van de schouder had gewezen en uitgelegd dat de kogel het gewricht had kapotgemaakt. Dat hij gehandicapt was en zich erop moest instellen dat hij nooit meer als scherpschutter voor SWAT kon werken. De chirurg had in de loop van een paar minuten alles waarvan hij had gedroomd van Olafson afgenomen. Dus het was niet zo moeilijk geweest toen Seyton zei dat hij zijn schouder kon fiksen als hij instemde met een deal. Hij had het eigenlijk niet eens gemeend, want wie kon zoiets nu in een dag fiksen? Maar wat had hij te verliezen? Hij had al trouw gezworen aan de broederschap die SWAT was, dus wat Seyton van Olafson vroeg was in feite iets wat hij al deed.

Nee, het had geen zin spijt te hebben. En alleen te kijken naar wat er was gebeurd met zijn beste vriend Angus. Hij had SWAT verraden, de idioot. Het enige en mooiste wat ze hadden, verraden. Gedoopt in vuur, verenigd in bloed was geen holle frase: zo moest het zijn, er was geen alternatief. Hij wilde dit hebben. Te weten dat het een bedoeling had wat hij deed, dat hij iets betekende voor iemand. Voor zijn vrienden. Zelfs als hij de bedoeling van wat hij deed niet zag. Want dat was het werk van anderen. Niet van Angus, die koppige malloot. Waarschijnlijk was hij doorgedraaid. Angus had hem geprobeerd over te halen om mee te doen, maar hij had natuurlijk gezegd dat Angus naar de hel kon lopen, dat hij niets te maken wilde hebben met iemand die SWAT wilde verraden. En Angus had hem aangestaard en gevraagd hoe zijn schouder zo snel was genezen, dat een schotwond onmogelijk in een paar dagen kon helen. Olafson had niet geantwoord. Hij had hem de deur uit gegooid.

De straat eindigde bij de rivieroever.

'We naderen ons doel,' zei Seyton. 'Kom.'

Ze stapten uit en liepen langs de krotten die tussen de weg en de rivier stonden. Ze passeerden huis na huis terwijl Seyton de geuren opsnoof. Bij een roodgeverfd huis beleven ze staan.

'Hier?' vroeg Olafson.

Seyton snoof in de richting van het huis. Toen zei hij luid: 'Hoer!' En liep door. Ze liepen langs een afgebrand huis, een garage met een smeedijzeren hek en kwamen bij een blauwgeverfd huis met een kat op de trap. Seyton bleef weer staan.

'Hier,' zei hij.
'Hier?'

Kasi keek op zijn horloge. Dat had hij van papa gekregen en de wijzers en getallen lichtten groen op in het donker, zoals volgens hem wolvenogen in de nacht deden van het licht van een vuur. Er waren meer dan twintig minuten verstreken. Hij was er vrij zeker van dat niemand hem was gevolgd toen hij wegrende van de parkeerplaats, hij had zich meerdere keren omgedraaid en niemand gezien. De kust moest nu veilig zijn, hij kende de omgeving op zijn duimpje, daarom was hij hier ook naartoe gerend. Hij kon naar de Penny Bridge gaan en daar bus 22 nemen in westelijke richting. Naar huis. Papa zou daar zijn. Hij moest daar zijn. Kasi verstijfde. Hoorde hij iets? Gekraak van de trap? Dat was het enige wat van hout was dat de brand had overleefd. Hij wist niet waardoor, alleen maar dat die kraakte als het waaide of er een weersomslag op komst was. Of als er iemand kwam. Hij hield zijn adem in. Luisterde. Nee. Vast een weersomslag.

Kasi telde langzaam tot zestig.

Toen duwde hij zachtjes met zijn voet de kastdeur open.

En staarde.

'Je bent bang,' zei de man die ervoor stond en op hem neerkeek. 'Slim om je te verstoppen in een kast, daardoor blijft de geur binnen. Bijna.' Hij spreidde zijn armen met zijn handpalmen omhoog. 'Maar nu wordt de geur heerlijk en vol van jouw angst, jongen.'

Kasi knipperde met zijn ogen. De man was mager en zijn ogen waren als de wijzers van zijn horloge. Wolvenogen. Hij moest al oud zijn. Niet dat hij er oud uitzag, maar Kasi wist gewoon dat deze man heel erg oud was.

'Hel...' Kasi begon te schreeuwen tot de hand van de man naar voren schoot en hem bij zijn keel greep. Kasi kon geen adem meer krijgen en bedacht dat hij nu wist waarom hij hierheen was gegaan. Hij was als die rivierratten. Hij was gekomen om dood te gaan.

Hoofdstuk 39

Duff keek op de klok en zakte nog dieper weg in zijn stoel. Zijn lange benen raakten bijna de overkant van de ziekenhuisgang waar Caithness en Fleance zaten. Duffs blik ontmoette die van Caithness.

'Je had gelijk,' zei ze.

'We hadden beiden gelijk,' zei hij.

Het was minder dan een uur geleden dat hij vloekend in de auto in 15th Street was gesprongen en had verteld dat Macbeth had weten te ontsnappen. En dat er iets gaande was omdat Macbeth had gezegd dat de burgemeester niet lang meer te leven had.

'Een aanslag,' had Malcolm gezegd. 'Machtsovername. Hij is volkomen gek geworden.'

'Wat?'

'De wetten van Kenneth. Als de burgemeester sterft of de noodtoestand uitroept, neemt de hoofdcommissaris het voorlopig over en die heeft dan in principe onbegrensde macht. Tourtell moet gewaarschuwd worden.'

'Het Sint Jordi's,' had Caithness gezegd. 'Seyton is daar.'

'Rij!' had Duff geroepen en Fleance had het gaspedaal ingetrapt.

Ze hadden minder dan twintig minuten nodig gehad en het eerste schot hadden ze gehoord toen ze voor de hoofdingang van het ziekenhuis stopten en waren uitgestapt op weg naar de trap.

Duff sloot zijn ogen, hij had niet geslapen vannacht en dit had eigenlijk voorbij moeten zijn. Macbeth had nu in Fife achter slot en grendel moeten zitten.

'Daar zijn ze,' zei Caithness.

'De arts zegt dat Lennox het zal overleven,' zei Malcolm en hij ging zitten. 'Hij is bij bewustzijn, kan praten en zijn handen bewegen. Maar hij is vanaf zijn middel verlamd en waarschijnlijk is dat blijvend. De kogel heeft zijn ruggengraat geraakt.'

'Werd gestopt door zijn ruggengraat,' zei Tourtell. 'Anders was die dwars door hem heen gegaan en had die mij geraakt.'

'Zijn familie zit in de wachtkamer,' zei Malcolm. 'Ze zijn bij hem geweest en zijn arts heeft gezegd dat het genoeg is voor vandaag. Hij heeft morfine gekregen en heeft nu rust nodig.'

'Iets van Kasi gehoord?' vroeg Caithness.

'Hij is nog niet thuisgekomen,' zei Tourtell. 'Maar hij is hier goed bekend en kan naar een plek zijn gegaan waar hij zich verstopt. Ik maak me geen zorgen.'

'Niet?'

Tourtell vertrok zijn gezicht. 'Nog niet.'

'Dus wat doen we nu?' vroeg Duff.

'We wachten een paar minuten tot de familie is vertrokken,' zei Malcolm. 'Tourtell heeft de arts overgehaald en ons twee minuten met Lennox gegeven. We hebben zo snel mogelijk een officiële bekentenis van Lennox nodig zodat Capitol een federaal arrestatiebevel voor Macbeth kan uitvaardigen.'

'Zijn onze getuigenverklaringen niet voldoende?' vroeg Duff.

Malcolm schudde zijn hoofd. 'Geen van ons heeft directe doodsbedreigingen van Macbeth gekregen of hem persoonlijk opdracht horen geven voor een moord.'

'Hoe zit het met chantage?' vroeg Caithness. 'Burgemeester, u heeft verteld dat u blackjack heeft gespeeld in een apart kamertje in Inverness en dat Macbeth en Lady u hebben gedwongen u terug te trekken uit de verkiezingen door u zowel te lokken met aandelen in de Obelisk als met dreigementen een onzedelijke verhouding met een minderjarige bekend te maken.'

'In mijn branche noemde we dergelijke chantage politiek,' zei Tourtell. 'Nauwelijks strafbaar.'

'Dus Macbeth heeft gelijk?' zei Duff. 'We hebben niets tegen hem?'

'Hopelijk heeft Lennox iets,' zei Malcolm. 'Wie van ons gaat met hem praten?'

'Ik,' zei Duff.

Malcolm keek hem nadenkend aan. 'Goed, maar het is slechts een kwestie van tijd voor iemand jou of mij herkent en alarm slaat.'

'Ik weet hoe Lennox eruitziet als hij liegt,' zei Duff. 'En hij weet dat ik het weet.'

'Maar kun jij hem overhalen zijn medewerking bekend te maken en daarmee...?'

'Ja,' zei Duff.

'Haal hem niet over zoals je toen die Norse Riders-patiënt hebt overgehaald, Duff.'

'Dat was een andere man die dat heeft gedaan, chef. Die ben ik niet meer.'

'Niet?'

'Nee, chef.'

Malcolm hield Duffs blik een paar seconden vast. 'Goed, Tourtell, neem jij Duff alsjeblieft mee?'

Op het moment dat Duff opstond, kneep Caithness snel in zijn hand.

'Puur uit nieuwsgierigheid,' zei Duff, toen hij en Tourtell een eindje de gang in waren gelopen, 'nadat Macbeth jou dat ultimatum stelde, waarom heb je toen niet gezegd dat Kasi jouw zoon is?'

Tourtell haalde zijn schouders op. 'Waarom een persoon die een geweer op je gericht houdt vertellen dat het niet geladen is? Dan gaat hij alleen op zoek naar een ander wapen.'

De arts stond hen op te wachten voor de kamer en deed de deur open.

'Alleen hij,' zei Tourtell, wijzend naar Duff.

Duff stapte naar binnen.

Lennox zag net zo wit als het laken waaronder hij lag. Slangen en draden liepen van zijn lichaam naar infuuszakken en machines die kleine bliepgeluidjes maakten. Hij zag eruit als een verbaasd kind zoals hij met wijd opengesperde ogen en mond Duff aanstaarde. Duff deed zijn muts en bril af.

Lennox knipperde met zijn ogen.

'Het is voor ons belangrijk dat je officieel verklaart dat Macbeth achter dit alles zit,' zei Duff. 'Ben je bereid dat te doen?'

Dun helder speeksel liep uit Lennox' ene mondhoek.

'Luister, Lennox, ik heb twee minuten gekregen en...'

'Macbeth zit hierachter,' zei Lennox. Zijn stem was hees en dun alsof hij ineens twintig jaar ouder was geworden. Maar zijn blik was helder. 'Hij heeft Seyton, Olafson en mij het bevel gegeven Tourtell te liquideren. Omdat hij de macht over de stad wil overnemen. En omdat hij gelooft dat Tourtell Hecates informant is. Maar dat is hij niet.'

'Maar wie is wel zijn informant?'

'Dat wil ik je wel vertellen als jij me een dienst wilt bewijzen.'

Duff haalde hoorbaar zwaar adem door zijn neus. Hij concentreerde zich om zijn stem in bedwang te houden. 'Jij denkt dat ik je een dienst verschuldigd ben?'

Lennox kneep zijn ogen dicht. Duff zag dat er een traan naar buiten werd geperst. Pijn van de schotwond waarschijnlijk.

'Nee,' fluisterde Lennox met zwakke stem.

Duff leunde voorover. Er kwam een zoete, misselijkmakende stank uit Lennox' mond, als de acetonadem van een diabeticus, toen hij fluisterde: 'Ik ben Hecates informant.'

'Jij?' Duff probeerde de informatie te verwerken, probeerde die in te passen.

'Ja, hoe denk je anders dat Hecate kans heeft gezien ons al die jaren te ontglippen, ons altijd een stap voor te zijn?'

'Jij bent zowel de spion van...'

'...Hecate als van Macbeth. Zonder dat Macbeth daarvan op de hoogte is. Maar daarom weet ik ook dat Hecate of Macbeth Tourtell niet in hun greep hebben. Maar ik heb Hecate niet gewaarschuwd, dus er moet ook een andere informant zijn. Iemand die dicht bij Macbeth staat.'

'Seyton?'

'Misschien. Of misschien is het geen man.'

'Een vrouw? Waarom denk je dat?'

'Ik weet het niet. Iets onzichtbaars, iets wat er gewoon ís.'

Duff knikte langzaam. Hij keek op naar de donkere wereld buiten. 'Hoe voelde het?'

'Voelde wat?'

'Om het eindelijk hardop te kunnen zeggen dat je een verrader bent. Is het een opluchting of is de last alleen maar zwaarder geworden nu de woorden maken dat je je realiseert dat het waar is: dat al deze ellende jouw schuld is?'

'Waarom wil je dat weten?'

'Omdat ik het mezelf ook wel eens heb afgevraagd,' zei Duff. De hemel buiten was donker, bewolkt, en gaf geen antwoord of teken. 'Hoe het zou voelen om mijn gezin alles te vertellen.'

'Maar je hebt het niet gedaan,' zei Lennox. 'Wij hebben het niet gedaan. Omdat we liever onszelf kapotmaken dan de pijn in hun gezichten te zien. En jij kreeg de tijd niet om te kiezen.'

'O jawel. Ik heb gekozen. Elke dag weer. Om ontrouw te zijn.'

'Wil je me helpen, Duff?'

Duff werd uit zijn gepeins getrokken. Hij knipperde met zijn ogen. Hij had echt slaap nodig. 'Helpen?'

'Een gunst. Het kussen. Leg dat op mijn gezicht en duw. Het zal eruitzien alsof ik ben bezweken aan mijn schotwonden. En jij moet mijn kinderen vertellen dat hun vader, moordenaar en verrader die hij was, in elk geval spijt had.'

'Ik...'

'Jij bent de enige van wie ik weet dat je me begrijpt, Duff. Dat je ontzettend van iemand kunt houden, maar die toch kunt verraden. En wanneer het te laat is, is het te laat. Het enige wat je kunt doen is... wat juist is, maar te laat.'

'Zoals het redden van het leven van de burgemeester?'

'Maar dat is niet genoeg, is het wel?' Lennox' droge lach ging over in gehoest. 'Een laatste wanhopige daad die oppervlakkig gezien een opoffering lijkt, hoewel je hoopt dat die beloond zal worden met vergeving van de zonden en een open hemelpoort. Maar dat is te veel gevraagd, Duff. Jij denkt ook dat compensatie voor alles wat je hebt gedaan niet mogelijk is?'

'Nee,' zei Duff. 'Nee, dat kan niet, maar ik kan beginnen met jou te vergeven.'

'Nee!' zei Lennox.

'Jawel.'

'Nee, dat kun je niet! Doe dat niet, niet...' Zijn stem brak. Duff keek hem aan. Kleine, heldere tranen liepen over zijn witte wangen.

Duff ademde diep in. 'Ik zal erover nadenken jou niet te vergeven, op één voorwaarde, Lennox.'

Lennox knikte.

'Dat je meewerkt aan een radio-interview vanavond waarin je alles vertelt en Malcolm vrijpleit.'

Lennox tilde met moeite een hand op en droogde zijn tranen. Toen legde hij zijn natte hand rond Duffs pols. 'Bel Priscilla en vraag haar hierheen te komen.'

Duff knikte, stond op en maakte zijn pols los. Hij keek voor de laatste keer naar Lennox. Hij vroeg zich af of hij een man zag die was veranderd of dat hij alleen maar de makkelijkste uitweg koos.

'En?' zei Tourtell, hij stond op van de stoel tegen de muur toen Duff naar buiten kwam.

'Hij bevestigt dat het Macbeth was die geprobeerd heeft jou te laten vermoorden en hij stemt in met een radio-interview,' zei Duff. 'Maar Hecate heeft een informant, een infiltrant dicht bij Macbeth. Het kan iemand zijn op het Hoofdkwartier...'

'Hoe dan ook,' bulderde Tourtell terwijl ze door de gang draafden. 'Met Lennox' getuigenverklaring is het einde Macbeth! Ik bel Capitol en zal een federaal arrestatiebevel voor hem vragen.'

Er kwam een verpleegkundige op hen aflopen. 'Meneer de burgemeester, sir?'

'Ja?'

'Er was telefoon van Agnes, uw dienstmeisje. Ik moest doorgeven dat Kasi nog steeds niet thuis is.'

'Bedankt,' zei Tourtell. Ze liepen door. 'Je zult zien dat hij naar vrienden is gegaan en daar wacht tot de kust veilig is.'

'Vast,' zei Duff. 'Jouw dienstmeid...'

'Ja?'

'Ik heb nooit een dienstmeid gehad, maar ik neem aan dat die op de lange duur een deel van het meubilair wordt. Je praat vrijuit en houdt er geen rekening mee dat ze alles kan horen, of niet?'

'Agnes? Ja, in elk geval na een poosje, toen ik wist dat ik haar kon vertrouwen. Maar zoiets kost tijd.'

'Maar toch, je kunt nooit zeker weten wat een ander mens denkt of voelt.'

'Hm, jij denkt aan de persoonlijke secretaresse die Macbeth op het Hoofdkwartier heeft, dat zij...?'

'Priscilla?' zei Duff. 'Nee, zoals je zei, het kost tijd voordat je iemand kunt vertrouwen.'

'Dus?'

'Je vertelde dat je in een aparte kamer blackjack hebt gespeeld, terwijl Macbeth en Lady het plan bespraken om Hecate te vermoorden. Maar was er geen vierde persoon nodig?'

'Pardon?'

'Blackjack. Daarvoor heb je toch een croupier nodig?'

'Jack?'

'Ja, Lady?' Jack trok zijn hand terug. Die had zogenaamd toevallig tegen Billy's onderrug gelegen terwijl ze met hun tweeën over het gastenboek gebogen stonden en Jack hem had uitgelegd hoe nieuwe gasten moesten worden ingevoerd.

'Ik moet je over iets spreken, Jack. Laten we even naar mijn kamer gaan.'

'Goed. Bewaak jij het fort, Billy?'

'Ik zal mijn uiterste best doen, meneer Bonus.'

Jack glimlachte en hij wist dat hij de blik van de nieuw aangestelde jongen net iets te lang vasthield. Toen liep hij gehaast achter Lady de trap op.

'Wat vind je van de nieuwe jongen?' vroeg ze toen hij haar weer had ingehaald.

'Nog een beetje te vroeg om te zeggen, ma'am. Beetje jong en onervaren, maar het lijkt me niet onmogelijk.'

'Mooi. We hebben twee kelners nodig in het restaurant, maar de twee die vandaag zijn gekomen zijn totaal hopeloos. Hoe denken jonge mensen te overleven in deze maatschappij als ze zaken niet serieus nemen en niet bereid zijn iets te leren? Denken ze dat alles op een zilveren dienblaadje zal worden gepresenteerd?'

'Helemaal waar,' zei Jack en hij liep de suite in terwijl Lady de deur voor hem openhield. Toen hij zich omdraaide, had zij de deur dichtgedaan en zakte ze huilend op een stoel.

'Lady? Wat is er aan de hand?'

'Lelie,' zei ze snikkend. 'Lelie. Hij zei het.'

'Lelie, de bloem, ma'am?'

Lady verborg haar gezicht in haar handen en haar lichaam schokte van het huilen.

Jack was verbijsterd. Hij deed een stap in haar richting, maar stopte. 'Wilt u... erover praten?'

'Nee!' riep ze uit. Ze haalde bevend adem. 'Nee, ik wil er niet over praten. Dokter Alsaker wilde erover praten. Hij is gek, wist je dat? Hij heeft het me zelf verteld. Maar dat maakt hem niet tot een slechtere psychiater, zegt hij, eerder het tegendeel. Ik heb geen woorden nodig, Jack, ik heb ze allemaal gehoord. Mijn eigen en die van anderen en ze verzachten niet meer. Ik heb een medicijn nodig.' Ze haalde haar neus op en veegde voorzichtig met de rug van haar hand de tranen weg. 'Een heel simpel medicijn. Zonder dat kan ik niet zijn wie ik moet wezen.'

'En wie is dat?'

'Ik ben Lady, Jack.' Ze keek naar de make-up op haar hand. 'De vrouw die leeft en laat sterven. Maar Macbeth is gestopt met dat medicijn en daarom heb ik niks meer. Stel je voor, hij is sterker dan ik, dat had je niet gedacht, hè? Dus jij moet het voor me gaan kopen, Jack.'

'Lady...'

'Als je het niet doet, stort alles in. Ik hoor de hele tijd een kind huilen, Jack. Ik loop de speelhal in en lach en praat.' De tranen begonnen weer te lopen. 'Ik praat hard en lach om het kind te overstemmen, maar het lukt me niet meer. Hij wist hoe het kind heette. Hij zei mijn afscheidswoorden.'

'Wat bedoelt u?'

'Hecate. Hij wist het. De woorden die ik zei voordat ik haar hoofdje met die vragende blauwe ogen kapotsloeg. "In een ander leven, mijn kleine Lelie." Ik heb het nooit tegen een andere levende ziel verteld. Nooit! In elk geval niet in wakende toestand. Maar misschien wel als ik droom. Misschien terwijl ik slaapwandel...' Ze zweeg en fronste haar voorhoofd alsof ze ineens iets bedacht.

'De hypnose,' zei Jack. 'U heeft het onder hypnose gezegd. Hecate heeft het van dokter Alsaker.'

'Hypnose?' Ze knikte langzaam. 'Denk je dat? Dat Alsaker me verraden heeft? En daarvoor betaald krijgt, bedoel je?'

'Mensen zijn hebzuchtig, dat ligt in hun aard. Zonder hebzucht zou de menselijke soort de strijd om de aarde niet hebben gewonnen, ma'am.'

'Jij denkt dat het komt door hebzucht?'

'Niet om geld, ma'am. Ik geloof dat verschillende mensen hebzuchtig zijn om verschillende zaken: macht, seks, bewondering, voedsel, liefde, kennis, angst...'

'Wanneer ben jij hebzuchtig, Jack?'

'Ik?' Hij haalde zijn schouders op. 'Ik hou van vrolijke, tevreden gasten. Ja, ik ben hebzuchtig als het gaat om de vreugde van anderen. Zoals die van u, ma'am. Als u blij bent, dan ben ik het.'

Ze keek hem lang aan. Toen stond ze op, liep naar de spiegel en greep de haarbostel die op de tafel eronder lag. 'Zeg, Jack...'

De klank in haar stem stond hem niet aan, maar hun blikken kruisten elkaar in de spiegel. 'Ja, ma'am?'

'Je moet iets weten over eenzaamheid.'

'U weet dat ik dat doe, ma'am.'

Ze begon haar lange, vlammend rode haar te borstelen dat mannen, naargelang de situatie, had verleid of gewaarschuwd. 'Maar weet je wat eenzamer is dan nooit iemand gehad te hebben? Dat is denken dat je die hebt, maar dat je er dan achter komt dat die ene van wie je dacht dat hij je beste vriend was, dat toch nooit was.' De borstel kwam vast te zitten, maar ze trok hem met kracht door het dikke, onwillige haar. 'Dat je de hele tijd bent bedrogen. Kun je je voorstellen hoe eenzaam dat is, Jack?'

'Nee, dat kan ik niet, ma'am.'

Jack keek haar aan. Hij wist niet wat hij moest doen of zeggen.

'Wees blij dat je geen ervaring hebt met bedrog, Jack.' Ze legde de borstel neer en gaf hem een paar biljetten. 'Je bent als een zuigvis, je bent te klein om bedrogen te worden, jij kunt alleen bedriegen. De haai staat toe dat je je aan hem vastzuigt omdat je hem zuivert van andere en ergere parasieten. Als wederdienst neemt hij je mee naar de wereldoceanen. En zo reizen jullie tot beider tevredenheid, en de relatie die jullie hebben is zo intiem en nabij dat je die makkelijk kunt verwarren met vriendschap. Totdat er een grotere, gezondere haai voorbijzwemt. Ga nu, Jack, ga en koop brew voor me.'

'Weet u het zeker, ma'am?'

'Zeg dat je iets wilt hebben wat werkt. Het sterke spul. Iets waarmee je hoog en ver weg kunt vliegen. Zo hoog dat je schedel breekt als je valt. Want wie wil er zonder vrienden in zo'n koude wereld als deze leven?'

'Ik zal mijn best doen, ma'am.'

Hij deed de deur geluidloos achter zich dicht.

'O, ik weet zeker dat je het zult vinden, Jack Bonus,' fluisterde ze tegen haar spiegelbeeld. 'Groet Hecate trouwens van me.' Er liep een traan over haar wang in het zoute spoor van de vorige. 'Mijn lieve, goede Jack. Mijn arme, kleine Jack.'

'Meneer Lennox?'

Lennox opende zijn ogen en keek op de klok. Nog anderhalf uur voor middernacht. Zijn ogen gleden weer dicht. Hij had gesmeekt om extra morfine. Het enige wat hij wilde was slapen, zelfs de kwellende slaap van een schuldige.

'Meneer Lennox.'

Hij deed zijn ogen weer open. Het eerste wat hij zag was de hand die een microfoon vasthield. Daarachter zag hij iets geels. Langzaam zag hij het scherper. Een persoon in een gele regenjas die op de stoel naast het ziekenhuisbed zat.

'Jij?' fluisterde hij. 'Van alle reporters in de wereld hebben ze jou gestuurd?'

Walt Kite zette zijn bril recht. 'Tourtell, Malcolm en de anderen weten niet dat ik... dat ik...'

'Dat Macbeth jou in zijn macht heeft?' Lennox tilde zijn hoofd op van het kussen. Ze waren alleen in de kamer. Hij probeerde zich om te draaien om de alarmknop aan de bedstijl te vinden, maar de reporter legde er zijn hand op.

'Dat hoeft niet,' zei Kite kalm.

Lennox probeerde Kites hand weg te duwen, maar hij ontbeerde de kracht.

'Zodat jij me kunt overleveren aan Macbeth?' zei Lennox snuivend. 'Zoals je dat met Angus hebt gedaan?'

'Ik zat in dezelfde positie als jij, Lennox. Ik had geen keus. Hij bedreigde mijn gezin.'

Lennox gaf het op en zakte terug in bed. 'En wat wil je nu? Heb je een mes bij je? Vergif?'

'Ja, dit.' Kite zwaaide met de microfoon.

'Ga je me daarmee doodslaan?'

'Niet jou, maar Macbeth.'

'O?'

Walt Kite legde de microfoon neer, deed zijn jas open en veegde de condens van zijn bril.

'Toen Tourtell belde, begreep ik dat ik genoeg had om hem te pakken. Tourtell heeft ervoor gezorgd dat de arts me vijf minuten geeft, dus we moeten opschieten. Geef mij je verhaal, dan ga ik rechtstreeks naar de studio om het volledig en ongeredigeerd uit te zenden.'

'Midden in de nacht?'

'Voor middernacht lukt me wel. En het is voldoende dat iemand het hoort. Dat men hoort dat het ontegenzeggelijk jouw stem is.

Luister, ik breek met alle journalistieke principes van wederhoor en checken van jouw beweringen, alleen om ervoor te zorgen dat...'

'...dat jouw huid gered wordt,' zei Lennox. 'Alleen maar om weer een andere kant te kunnen kiezen. Om er zeker van te zijn dat je in het winnende team zit.'

Hij zag dat Kite zijn mond opende en weer sloot. Hij slikte. En knipperde met zijn ogen achter de nog steeds beslagen brillenglazen.

'Geef het maar toe, Kite. Het is in orde, je bent niet alleen. We zijn geen helden. We zijn heel gewone mensen die er misschien van dagdromen helden te zijn, maar als ze moeten kiezen tussen leven en principes waarover we zo hoogdravend praten, dan zijn we heel normaal.'

Kite lachte even. 'Je hebt gelijk. Ik was een arrogante, laffe moralist met een grote bek.'

Lennox haalde adem, hij wist niet of hijzelf sprak of de morfine. 'Maar als je de kans kreeg, zou je dingen dan anders doen?'

'Wat bedoel je?'

'Zou je dan een ander mens zijn? Zou je iets opofferen om een hoger doel dan je eigen trots te bereiken?'

'Zoals wat dan?'

'Iets doen wat echt moed vergt omdat het jouw reputatie als gerespecteerde journalist aan gruzelementen zal slaan.'

Macbeth opende zijn ogen. Door die weer te openen hoopte hij dat hij wakker zou worden uit die nare droom en die veel te lange nacht. Ondertussen dreunde de stem op de radio achter hem in de kast maar door. Elke rollende r sneed als een salvo uit een machinegeweer door zijn hersenen.

'Dus, inspecteur Lennox, om het even samen te vatten: u beweert dat hoofdcommissaris Macbeth achter de moord op zowel Duncan als inspecteur Banquo zit, achter het bloedbad in het clubhuis van Norse Riders, de moord op het gezin van inspecteur Duff, plus de afrekening met agent Angus waarbij u samen met inspecteur Seyton het doodvonnis heeft voltrokken? En dat de hoofdcommissaris samen met de leider van SWAT, inspecteur Seyton, en agent Olafson eerder vandaag achter de mislukte aanslag op burgemeester Tourtell zit?'

'Dat klopt.'

'We willen inspecteur Lennox bedanken, die dus sprak vanuit zijn bed in het Sint Jordi's Hospitaal. Deze opnamen zijn gemaakt in het bijzijn van getuigen zodat die gebruikt kunnen worden in een rechtszaak, ook als Lennox later nog vermoord wordt. En ten slotte, lieve luisteraars, wil ik verklaren dat ik, Walt Kite, zelf medeschuldig ben aan de moord op agent Angus doordat ik mijn integriteit, waar jullie me altijd om geroemd hebben, te grabbel heb gegooid voor hoofdcommissaris en moordenaar Macbeth. Dat mijn gezin en ik werden bedreigd kan zeker als verzachtende omstandigheid worden aangevoerd in een rechtszaak waarin ik mijn straf zal krijgen en in het gesprek dat ik binnenkort met mijn naasten zal voeren. Maar in mijn beroep kan dat niet, want nu blijkt dat ik chantabel ben: ik kan gebruikt en gemanipuleerd worden om jullie voor te liegen. Ik heb mezelf verraden en ik heb jullie verraden en dat betekent dat jullie mij, Walt Kite, voor de laatste keer op de radio horen. Ik zal jullie meer missen dan jullie mij. Laat zien dat jullie betere burgers zijn dan ik, ga de straat op en zet Macbeth af. Goedenacht en moge God onze stad zegenen.'

Eindtune.

Macbeth deed zijn ogen open. Maar hij was nog steeds in zijn kantoor, Seyton lag nog steeds op de bank, Olafson zat in de stoel en de radio stond aan.

Macbeth stond op en zette de radio uit.

'En?' zei Seyton.

'Sst,' zei Macbeth.

'Wat?'

'Houd even je mond!' Hij kneep met duim en wijsvinger in zijn neusrug. Hij was moe, zo moe dat het moeilijk was om helder genoeg te kunnen denken. Maar hij móést, de volgende besluiten waren allesbepalend, de komende uren zouden de strijd om de stad beslissen.

'Mijn naam,' zei Olafson.

'Wat?'

'Ze zeiden mijn naam op de radio.' Hij lachte schaapachtig. 'Ik geloof niet dat de naam van iemand in mijn familie ooit op de radio is genoemd.'

Macbeth verbrak de stilte. Het verkeer. Waar was het voortdurende gedreun van het verkeer? Het leek wel of de stad zijn adem inhield. 'Kom.'

Ze namen de lift naar de kelder.

Liepen langs het vaandel met de rode draak van SWAT.

Seyton draaide de munitiekamer van het slot en deed het licht aan.

De jongen zat tussen de mitrailleurstatieven. Hij was gekneveld en vastgebonden aan de safe. De bruine irissen waren slechts een dunne ring rond pupillen die groot en zwart waren van angst.

'We nemen hem mee naar Inverness,' zei Macbeth.

'Inverness?'

'We zijn hier niet veilig meer, geen van ons. Maar vanuit Inverness kunnen we Tourtell op zijn knieën dwingen.'

'Wie zijn "we"?'

'Mijn laatste loyale mensen. Ze zullen beloond worden als we hebben gewonnen.'

'Jij, ik en Olafson? Gaan wij drieën de stad op de knieën dwingen?'

'Vertrouw me nou maar.' Macbeth aaide Kasi over zijn hoofd alsof hij een trouwe hond was. 'Hecate heeft ons nodig en zal ons beschermen.'

'Tegen de hele stad?' vroeg Olafson.

'Hecates mensen vormen een heel leger, Olafson. Ze zijn net zo onzichtbaar als hij, maar ze zijn er, ze hebben me al twee keer gered. En we hebben de zussen, de Gatlings en de wetten van Kenneth aan onze kant. Wanneer de burgemeester toegeeft en de noodtoestand uitroept, is de stad van mij. Nou? Trouw en broederschap?'

Olafson sloot zijn ogen. 'Trouw en broederschap, gedoopt in vuur,' fluisterde hij lispelend. De s siste tussen de betonnen muren.

Seyton keek hen fronsend aan. Maar toen verscheen er langzaam een lach op zijn gezicht. 'En verenigd in bloed.'

Hoofdstuk 40

Duff zat op de bank in de woonkamer van Tourtell. Ze keken alle vier gespannen naar de burgemeester die de telefoon tegen zijn oor hield. Het was twee minuten voor middernacht. De spanning was alleen maar toegenomen en buiten begon het te onweren. De stad zou al snel gestraft worden voor de warme dag. De burgemeester zei kort ja en nee in de telefoon en hing toen op.

'En?' vroeg Malcolm ongeduldig.

'Goed en slecht nieuws. Het goede is dat rechter Archibald van het hooggerechtshof zegt dat gebaseerd op wat we hebben het mogelijk moet zijn om een federaal arrestatiebevel uit te vaardigen voor Macbeth en dat ze federale politiemensen hierheen kunnen sturen.'

'En het slechte?' vroeg Malcolm.

'Dat het een politiek delicaat proces is dat tijd zal vergen,' zei Tourtell. 'Niemand wil de arrestatie van een hoofdcommissaris voor zijn rekening nemen als later blijkt dat de argumenten geen hout snijden. Het enige wat we heel concreet hebben is een radio-interview met Lennox die zelf heeft toegegeven medeplichtig te zijn aan een moord. Archibald zegt dat hij heel wat overredingskracht nodig zal hebben; hij denkt dat het wel zal lukken, maar in het gunstigste geval zal hij morgenmiddag een bevel klaar hebben.'

'Maar dan zal er ook een besluit zijn,' zei Caithness. 'We moeten alleen nog de nacht zien door te komen en morgenochtend.'

'Daar lijkt het op,' zei Malcolm. 'Jammer dat de omstandigheden zich niet lenen voor een feestje.'

'Integendeel,' zei Tourtell, zich omdraaiend naar het dienstmeisje dat zojuist de kamer in kwam lopen. 'Hoe groter de offers die we moeten brengen, des te groter worden tijdens een oorlog de overwinningen gevierd. Champagne, Agnes!'

'Ja, sir, maar er is iemand aan de telefoon.'

Tourtells ogen lichtten op. 'Kasi?'

'Helaas, sir, het is meneer Macbeth.'

Ze keken elkaar aan.

'Verbind het gesprek door naar de woonkamer,' zei Tourtell.

Macbeth lag achterover in zijn stoel met de hoorn tegen zijn oor. Hij staarde naar de spitse gouden speerpunt van de kroonluchter aan het plafond die in de lege speelhal boven hem hing.

Hij was alleen. Hij was alleen, maar hij kon Seyton en Olafson horen die bezig waren met de montage van de Gatlings op de mezzanine. Maar toch was hij alleen, Lady was er niet.

Ze waren direct nadat ze waren teruggekomen van het Hoofdkwartier aan het werk gegaan. Het had een halfuur gekost om alle gokkers en restaurantgasten uit het gebouw te krijgen. Ze hadden geprobeerd dat op een gemoedelijke manier te doen, maar spelletjes moesten halverwege worden afgebroken, fiches ingewisseld en sommige gasten stonden erop hun glas leeg te drinken zonder ervoor te hoeven te betalen. De laatste gasten hadden geprotesteerd dat het zaterdagavond was en dat ze letterlijk naar buiten werden geduwd. Lady zou het uiteraard op een elegantere wijze hebben gedaan. Maar Jack, die naar boven was gestuurd om haar op te halen, was onverrichter zake teruggekeerd. Het was goed, ze had haar slaap nodig, want het kon een lange strijd worden. Ze hadden de ramen gebarricadeerd en de mitrailleurs elk aan een kant van de mezzanine geplaatst.

'Met Tourtell.' De stem aan de telefoon klonk gemaakt neutraal.

'Goedenavond, burgemeester. Alles goed?'

'Ik leef.'

'Mooi, mooi. Ik ben blij dat we u hebben kunnen redden van de aanslag. Ik verdenk Hecate ervan. Het spijt me dat uw chauffeur het met zijn leven heeft moeten bekopen. En dat Lennox duidelijk geestesziek is geworden van de verwondingen, die hij overigens aan zichzelf heeft te danken.'

Tourtell lachte droog. 'Je bent er geweest, Macbeth. Realiseer je je dat wel?'

'Het zijn inderdaad behoorlijk heftige tijden, vind je niet, Tourtell? Explosies in hoge gebouwen, schietpartijen in straten, een aanslag op de hoofdcommissaris, een aanslag op de burgemeester. Ik bel omdat ik van mening ben dat je onmiddellijk de noodtoestand moet uitroepen.'

'Dat gaat niet gebeuren, Macbeth. Wat er wel gaat gebeuren, is dat er een federaal arrestatiebevel voor jou wordt uitgevaardigd.'

'Je hebt de cavalerie uit Capitol opgeroepen? Daar had ik al op gerekend. Maar dat bevel zal niet komen voordat ik de leiding over deze stad heb overgenomen en dan is het te laat. Dan heb ik immuniteit. Hoofdcommissaris Kenneth had grotere visies dan velen dachten.'

'Jij wilt over de stad regeren als de dictator voor je?'

'In deze storm is het goed dat een sterke hand aan het roer staat, Tourtell.'

'Je bent gek, Macbeth. Waarom zou ik in godsnaam de noodtoestand uitroepen en jou alle macht geven?'

'Omdat ik dat bastaardjong van je heb en ik zijn keel doorsnijd als je niet doet wat ik je zeg.'

Macbeth hoorde Tourtell naar adem happen.

'Dus ga niet slapen, Tourtell. Ik geef je een paar minuten om de verklaring te schrijven en te ondertekenen. En de noodtoestand zal van kracht worden voordat morgen de zon opgaat. Als ik voordat de eerste zonnestraal mijn ogen heeft bereikt niet via de radio officieel heb vernomen dat de noodtoestand is afgekondigd, dan sterft Kasi.'

Stilte.

Macbeth kreeg het gevoel dat Tourtell niet alleen was. Volgens Seyton waren Duff, Malcolm en Caithness drie van de vier personen die ervoor hadden gezorgd dat de klus bij het Sint Jordi's niet was gelukt.

'En hoe dacht je weg te komen met de moord op mijn zoon, Macbeth?'

De toon was flink, maar toch kon die de wanhoop niet maskeren. En Macbeth merkte dat hij niet voorbereid was op deze radeloosheid. Maar hij schudde het van zich af. De trillende stem bevestigde wat hij had gehoopt: dat Tourtell bereid was alles te doen voor zijn zoon.

'Immuniteit. Noodtoestand. Dat komt wel goed, burgemeester.'

'Ik dacht niet aan een rechtszaak, ik dacht aan je geweten. Je bent een monster geworden, Macbeth.'

'We worden nooit wat we niet al zijn, Tourtell. Ook jij niet, jij bent altijd bereid geweest jouw diensten en ziel te verkopen aan de hoogste bieder.'

'Hoor je de donder niet boven je huis, Macbeth? Hoe kun jij in een dergelijke situatie, in deze stad, nog steeds geloven in zon bij het krieken van de dag?'

Omdat ik orders heb gegeven dat de zon moet gaan schijnen, Tourtell. Maar als jij daar niet in gelooft, neem dan als richtlijn de tijd van zonsopkomst die in je almanak staat. Tot die tijd...'

Macbeth hing op. Het licht speelde in het kristal boven hem. Wat betekende dat het in beweging was, misschien door de warmte die opsteeg, misschien door het merkwaardige getril van de grond of misschien veranderde het licht buiten. Maar er was natuurlijk ook nog een vierde mogelijkheid. Dat hijzelf in beweging was. Dat hij dingen vanuit een andere hoek zag. Hij pakte zijn zilveren dolk uit de binnenzak van zijn jas. Die was misschien niet het effectiefste wapen tegen tanks en een dikke huid, maar Lady had gelijk: zilver werkt tegen geesten. Hij had Banquo, Meredith, Duncan of de geknielde jongen van Norse Riders al een paar dagen niet gezien. Hij hield de dolk tegen het licht.

'Jack!'

Geen antwoord. Iets luider: 'Jack!'

Nog steeds geen antwoord.

'Jack! Jack!' Hij brulde zo hard en ongecontroleerd dat hij het idee had dat de binnenkant van zijn keel scheurde.

Aan de andere kant van de zaal ging een deur open. 'Riep u, sir?' Jacks stem weerkaatste tegen de muren.

'Nog steeds geen teken van leven bij Lady?'

'Nee, sir. Misschien moet u haar wakker maken?'

Macbeth ging met zijn vingertop over de punt van de dolk. Hoelang was hij nu al clean? En hoe sterk was zijn verlangen naar die diepe, donkere, droomloze slaap? Hij kon naar boven gaan, naast haar gaan liggen en tegen haar zeggen dat ze nu vertrokken – 'jij en ik, we gaan naar een plek waar dit, de stad en Inverness, niet bestaat, een plek waar alleen jij en ik bestaan.' Zij zou het wel willen, net zo graag als hijzelf. Ze waren verdwaald, maar er moest een weg terug zijn, terug naar waar ze vandaan kwamen. Ja, natuurlijk was die er, hij zag die nu alleen niet. Hij moest alleen met haar praten, zij moest zeggen waar die weg was, zoals ze altijd deed. Maar wat hield hem tegen? Welk merkwaardig voorgevoel was het dat hem ervan weerhield naar boven te gaan, het uit te stellen, liever in deze koude, lege zaal te zitten dan liggen in de warme omhelzing van zijn geliefde?

Hij draaide zich om en keek naar de jongen. Seyton had Tourtells zoon met een enkelband die precies rond de lange, dunne nek van de jongen paste aan de glimmende paal geketend. Als een hond. En als een hond lag hij op de grond met bruine, smekende ogen roerloos naar Macbeth te kijken. Dat was al zo sinds ze hier waren.

Macbeth stond met een ruk op uit zijn stoel en riep geïrriteerd: 'Laten we met haar gaan praten.'

Hun geruisloze voetstappen op het dikke tapijt gaven Macbeth het gevoel dat hij als een spook de trap op ging en door de gang zweefde. Macbeth had veel tijd nodig om de juiste sleutel aan de bos te vinden. Hij bekeek ze afzonderlijk alsof er een code op stond, het antwoord op een vraag die hij niet meer wist.

Toen opende hij eindelijk de deur en liep naar binnen. Het licht in de kamer was uit, maar er scheen maanlicht door de kier van de gordijnen. Hij bleef staan luisteren. De donder was verstomd. Het was stil, het leek wel of alles zijn adem inhield.

Haar huid was zo bleek, zo bloedeloos. Haar haren lagen op het kussen verspreid als een rode waaier en haar oogleden leken doorzichtig.

Hij liep op haar af en legde zijn hand op haar voorhoofd. Er zat nog wat warmte in haar. Er lag een vel papier op de sprei naast haar. Hij pakte het op. Ze had maar een paar regels geschreven.

Morgen, morgen en morgen. De dagen kruipen voort naar het einde, en het enige wat ze doen, is ons dichter bij de dood brengen, ons licht uitblazen. Het leven is een illusie, een toneelstuk met een slechte acteur, een verhaal verteld door een idioot met veel emoties en gebaren, maar zonder bedoeling.

Macbeth draaide zich om naar Jack die in de deuropening was blijven staan.

'Ze is al vertrokken.'

'Wa... wat, sir?'

Macbeth trok een stoel naar het bed en ging zitten. Niet om dicht bij haar te zijn, want ze was er niet meer. Hij wilde hier gewoon zitten.

Hij hoorde Jacks verschrikte kreet achter zich en hij wist dat hij het nu ook zag: de naald die nog steeds in haar onderarm zat.

'Is ze...?'

'Ja, ze is d-d-dood.'

'Hoelang...?'

'L-l-lang.'

'Maar ik heb nog gesproken met...'

'Ze begon met d-d-doodgaan in de nacht dat ze de baby in de schoenendoos vond, Jack. Ze heeft nog een poosje gesimuleerd dat ze leefde, maar dat waren slechts de laatste stuiptrekkingen. Ze zag haar eigen kind en realiseerde zich dat ze de dood in moest reizen om het weer te zien. Op dat moment zijn we haar kwijtgeraakt, toen ze de troostrijke gedachte accepteerde dat we onze geliefden weerzien aan de andere kant.'

Jack kwam een stap naderbij. 'Maar u gelooft dat niet?'

'Niet als de zon schijnt aan een wolkeloze hemel. Maar we wonen in een stad zonder zon, waar we alles aangrijpen wat ons troost kan bieden. Dus over het algemeen geloof ik.'

Macbeth ging bij zichzelf te rade en verbaasde zich erover dat hij geen verdriet of wanhoop voelde.

Misschien kwam het doordat hij het al zo lang wist dat het zo moest eindigen. Hij had het geweten en hij had zijn ogen gesloten. En het enige wat hij nu voelde was leegte. Hij zat midden in de nacht in een wachtruimte, hij was de enige passagier en de trein waarmee hij moest reizen was aangekondigd, maar niet gearriveerd. Aangekondigd, maar niet gearriveerd. En wat doet een passagier dan? Hij wacht. Hij gaat niet weg, hij schikt zich in wat er gebeurt en wacht op wat er gaat komen.

Macbeth pakte het papier weer op.

De dagen kruipen voort naar het einde, en het enige wat ze doen, is ons dichter bij de dood brengen.

Hoofdstuk 41

De lift bracht Duff, Malcolm en de conciërge naar de kelder van het Hoofdkwartier.

'Ik weet dat het weekend is, maar weet je zeker dat er niemand is?' vroeg Duff aan de conciërge met wie Malcolm vanuit Tourtells huis een lang telefoongesprek had gevoerd.

'Nou, het tegenovergestelde is het geval,' antwoordde de conciërge. 'Ze wachten op jullie.'

Duff had de tijd niet om te reageren, want ze waren al beneden en de liftdeur werd voor hem opengetrokken. Er stonden drie mannen, allen gewapend en in het zwarte uniform van SWAT. Duff hield zijn adem in.

'Bedankt,' zei Malcolm, 'dat jullie zo snel konden komen.'

'Voor de stad,' zei de een.

'Voor Angus,' zei de ander.

'Voor de hoofdcommissaris,' zei de derde, een lange, donkere man. 'En voor ons heet hij Malcolm.'

'Dank je, Ricardo,' zei Malcolm en ze stapten uit de lift.

De lange man ging hen voor. 'Heeft u nog met andere mannen gesproken, sir?'

'Ik ben de hele nacht aan de telefoon geweest. Je zou verwachten dat het moeilijk is om mensen te overtuigen hun leven en baan in de waagschaal te stellen om te vechten tegen een samenzwering. Ze moesten me op mijn woord geloven en bovendien moest ik zeggen dat we niet direct op federale hulp uit Capitol konden rekenen. Toch hebben ongeveer dertig politiemannen, een stuk of vijftien man van de burgerbescherming en tien van de brandweer hun steun toegezegd.'

'De zaak mag dan niet geloofwaardig lijken, jij bent dat wel, Malcolm.'

'Bedankt, Ricardo, maar ik geloof dat Macbeths daden voor zich spreken.'

'Ik dacht niet zozeer aan uw woorden, sir. Uw moed is bepalend.'

'Alles is van me afgepakt en ik heb niet veel te verliezen, Ricardo. Ik moest hoe dan ook terugkomen om mijn dochter op te halen die nu gelukkig in veiligheid is gebracht. Jullie tonen moed, jullie worden niet gedicteerd door een vaderhart, maar handelen uit vrije wil en worden door jullie eigen rechtvaardigheidsgevoel gestuurd. En dat bewijst dat er in deze stad mensen wonen die het beste willen.'

Ze liepen langs het vaandel met de draak.

'En waar is de burgemeester?' vroeg Ricardo.

'Hij heeft nu iets anders aan zijn hoofd.'

Ricardo stond voor een openstaande massieve, ijzeren deur van iets wat op een schuilkelder leek. 'Hier.'

De kasten zaten vol ijzeren dozen en handwapens. Midden in de ruimte stond een safe. Malcolm pakte een machinepistool van een plank.

'Iemand heeft de Gatling-mitrailleurs en de dozen met munitie meegenomen,' zei Ricardo. 'Dus dit is alles wat we hebben. Plus een gepantserde auto. Ik kan die direct naar het Centraal Station laten transporteren. Dit is niet genoeg voor iedereen, maar de brandweerlui hebben toch geen geweldige schiettraining gehad. Mijn mannen en ik kunnen vannacht tot de aanval overgaan.'

'We zien het liefst dat Macbeth zich vrijwillig overgeeft,' zei Malcolm. 'Volgens ons heeft hij slechts twee man bij zich: Seyton en Olafson. Wanneer hij ziet hoeveel mannen wij hebben gemobiliseerd, zal hij Kasi hopelijk vrijlaten en capituleren.'

'Onderhandelingen,' zei Ricardo en hij knikte goedkeurend. 'Moderne tactiek in gijzelsituaties.'

'Precies.'

'Modern, dus niet bruikbaar als het om Macbeth gaat. Ik heb hem als chef gehad, sir. Hij heeft de beste scherpschutters van het land en hij beschikt over twee Gatling-mitrailleurs. Bovendien hebben we weinig tijd.'

'Hoe kun je je verweren tegen twee Gatling-mitrailleurs?' vroeg Malcolm terwijl hij een bazooka optilde.

Duff verstijfde. Hij zag iets achter de bazooka liggen.

'Op de langere afstand zijn ze niet trefzeker,' zei Ricardo. 'Maar ik maak graag een plan voor hoe ik met mijn mannen Inverness kan innemen als Macbeth zich niet overgeeft.'

'Prima,' zei Malcolm en hij keek naar wat Duff had gevonden. 'Jezus, waar komt dat vandaan?'

'Uit de ruïnes van het clubhuis van Norse Riders,' zei Ricardo. 'Het is een wapen, hoewel het om een sabel gaat.'

'Niet zomaar een wapen,' zei Duff en hij greep het handvat stevig vast. Hij zwaaide ermee en voelde het gewicht van het staal. 'Het is Sweno's sabel.'

'Je bent toch niet van plan die mee te nemen? Daar kun je niks mee.'

'Je vergist je.' Duff ging met zijn wijsvinger over het lemmet. 'Deze sabel kan buiken van vrouwen en gezichten van kinderen openrijten.'

Malcolm draaide zich om naar Ricardo. 'Kun je een uur voor het licht wordt deze wapens naar het Centraal Station brengen?'

'Komt voor elkaar.'

'Bedankt. Dan gaan wij proberen een paar uur slaap te pakken.'

'Sir?'

Macbeth tilde zijn hoofd van de koude borst van Lady en keek op. Het was Jack. Hij was teruggekomen en stond in de deuropening.

'Er is iemand beneden in de receptie die met u wil praten.'

'Heb je i-i-iemand binnengelaten?'

'Hij is alleen en hij bleef maar op de deur kloppen. Ik moest hem wel binnenlaten. En nu wil hij niet weggaan.'

'Wie is het?'

'Een jongeman die Sivart heet.'

'Sivart?'

'Hij zegt dat u zijn leven heeft gered tijdens de actie in de haven tegen Norse Riders.'

'O, de gijzelaar. Wat w-w-wil hij?'

'Zich vrijwillig melden. Hij zegt dat Malcolm contact met hem heeft opgenomen; dat Malcolm mensen verzamelt om Inverness binnen te vallen.'

'Oké,' zei Macbeth en hij legde zijn hoofd weer op Lady's borst en sloot zijn ogen. 'V-vraag hem weg te gaan.'

'Dat wil hij niet, sir.'

Macbeth zuchtte diep, stond op en stak zijn hand uit. 'Geef me het pistool dat je van me hebt gekregen, Jack.'

Ze gingen naar de receptie waar de jongeman duidelijk nerveus heen en weer dribbelde. Al op de trap richtte Macbeth het pistool op hem. 'Eruit!'

'Hoofdcommissaris...' stamelde de jongen.

'Eruit! Je bent door Malcolm naar me toe gestuurd om me te doden. Je moet weg!'

'Nee, nee, ik...'

'Nu! Ik tel tot drie. Een...'

De jongeman deed een paar wankele stappen naar achteren, vond de deurklink van de uitgang, maar de deur was op slot.

'Twee...!'

Jack rende naar de deur met de sleutel in zijn hand en hielp hem met het slot.

'Drie!'

Hij hoorde de deur met een dreun achter de jongen dichtvallen, gevolgd door wegrennende voetstappen.

'Denkt u echt dat hij...'

'Nee,' zei Macbeth en hij gaf Jack zijn pistool terug. 'Maar een jonge vent als hij had alleen maar in de weg gelopen.'

'U bent maar met weinig man, sir, en Olafson is net zo oud.'

'Heb je de dingen gedaan die ik je heb gevraagd, Jack?'

'Ik ben er nog steeds mee bezig, sir.'

'Laat me maar weten als je klaar bent, ik ben in de speelhal.'

Macbeth duwde de dubbele deuren naar het casino open. De nacht werd oud en door de hoge ramen zag hij de lucht in het oosten grijs worden.

Hoofdstuk 42

De zon verschool zich achter de bergen, maar had wel een rode voorbode gestuurd dat hij in aantocht was. Inspecteur Lennox kon zich niet heugen ooit eerder zo'n mooi ochtendgloren in de stad te hebben gezien. Of misschien had hij dat wel, maar had hij er nooit acht op geslagen. Of misschien kwam het vooral door de morfine dat alles kleurrijker leek. De straten lagen vol kapotte bierflesjes, stinkende klodders spuug en peuken van een drukke zaterdagavond, maar nu was er niemand te zien, alleen een mannetje in een zwart marine-uniform met een witte pet op dat gehaast door de straat liep. Verder lag iedereen, nu het lot van de stad zou worden bepaald, in bed met de dekens over het hoofd getrokken. En toch had de stad er nooit eerder zo mooi uitgezien, vond hij.

Lennox keek naar de geruite deken die Priscilla over zijn knieën had gelegd. Ze waren bijna bij de eenvoudige oostelijke ingang van het Centraal Station. Hij voelde dat de rolstoel langzamer ging rijden, dat ze leek te aarzelen. Ze was waarschijnlijk zelden op het station geweest.

'Je hoeft niet bang te zijn, Priscilla. Ze willen alleen dope verkopen. Of kopen.'

Hij zag aan haar schaduw dat ze achter hem meer rechtop ging lopen. En sneller.

Ze had hem, zoals afgesproken, opgehaald terwijl het nog donker was buiten, voordat de gangen werden bevolkt door verpleegkundigen en artsen die hen zouden tegenhouden. En ze had de spullen waar hij om had gevraagd uit zijn kantoor meegenomen. Hij had haar niet eens hoeven overhalen of iets uitleggen, ze had zonder tegenstribbelen gedaan wat hij haar vroeg, hoewel hij formeel gezien niet eens meer haar chef was.

'Het is goed,' had ze gezegd. 'U zult altijd mijn chef blijven. En

Macbeth zal geen hoofdcommissaris blijven, is het niet?'

'Waarom niet?'

'Hij is toch gek?'

Ze liepen langs de rokende dealers en dommelende junkies op wollen dekens die wakker werden en automatisch een bedelende hand uitstaken.

Maar Priscilla bleef niet staan voordat ze bij de trappen naar de toiletten waren gekomen.

Hier haalden ze hem altijd op. Je hoefde er alleen maar te gaan staan en dan kwamen ze. Lennox was er nooit achter gekomen waar ze hem heen brachten, want ze zetten hem niet alleen een donkere stofbril op, maar stopten ook oordopjes in zijn oren zodat hij de achtergrondgeluiden niet kon herkennen.

Dat was een deel van de afspraak. Als hij een echte trip nodig had, die hij niet thuis kon doen of 's avonds op het bureau zonder het risico te lopen dat hij werd ontdekt, dan brachten ze hem naar de keuken, de plek waar ze brew kookten. En daar kreeg hij de zuiverste stof geïnjecteerd die werd geproduceerd door specialisten. Hij werd in een ligstoel gelegd, zoals vroeger in opiumkitten, en nadat hij zijn roes had uitgeslapen in een veilige omgeving, kon hij een poos als een nieuw en beter mens in de stad lopen.

Maar zo zou hij nooit meer kunnen lopen.

Hij had gevoeld hoe hulpeloos hij was toen Priscilla hem had losgekoppeld van alle slangen en draden en hem in de rolstoel had gesleept. Hoe nutteloos hij was geworden. Hoe weinig hij nog kon uitrichten.

'Ga,' zei hij.

'Wat? Waar moeten we heen?'

'Jij moet weggaan.'

'U hier achterlaten?'

'Dat is in orde. Ik bel je. Ga nu.'

Ze bleef staan.

'Dit is een bevel, Priscilla.' Hij lachte. 'Van de man die altijd je chef zal blijven.'

Ze zuchtte en legde zacht haar hand op zijn schouder. Toen liep ze weg.

Het duurde minder dan tien minuten voor Strega met gekruiste armen voor hem stond. 'Jezus,' zei ze slechts.

'Ik weet het,' zei Lennox. 'Het is onchristelijk vroeg.'

Ze lachte even. 'Goed gevoel voor humor ondanks de rolstoel. Wat wenst meneer?'

'Iets tegen de pijn en een uur in de ligstoel.'

Ze gaf hem de bril en oordopjes.

'Mijn benen zijn niet meer wat ze geweest zijn, dus je zult me moeten helpen daar te komen.'

'Een veertje als jij?' zei ze.

'Ik heb de rolstoel nodig.'

'Dan moeten we vandaag de autorit maar overslaan.'

Ze duwde hem. De hele tijd kwam en ging de pijn, maar toen ze hem een paar minuten later uit de rolstoel tilde en hem neerlegde op iets wat als grind aanvoelde, huilde hij van de pijn. Hij voelde Strega's gespierde armen om hem heen en rook haar bijna overweldigende geur. Toen ze hem weer in de rolstoel had gezet, begon ze hem door het grind te duwen. Om de meter stootte de rolstoel tegen iets aan. Hij rook teer en verbrand metaal. Bielzen. Hij werd over rails geduwd.

Dat hij het niet eerder had begrepen, de vorige keren dat ze in de auto hadden gereden: geen lang ritje, duidelijk in een cirkel, terug naar het vertrekpunt. Het Centraal Station. Hij had al eerder doorgehad dat ze binnen waren, want hij had geen regendruppels gevoeld, maar dat de fabricage van brew in een van de afgesloten tunnels plaatsvond had hij zich niet gerealiseerd. Vlak onder hun neus! Hij kreunde krachteloos toen Strega hem optilde en hem neerlegde met zijn wang op iets kouds en vochtigs. Beton. Toen zette ze hem weer in de rolstoel. Duwde hem verder. Het werd warmer en droger. Ze naderden nu de keuken; de geuren activeerden iets in zijn hersenen wat zijn hart sneller deed kloppen en hem een voorproefje op de trip gaven. Iemand deed zijn bril af en trok de oordopjes uit en hij hoorde het laatste deel van de zin van Strega: '...was daarna de bloedsporen weg.'

'Is goed,' zei een van de zussen die in de grote pan roerde.

Strega wilde hem in de ligstoel leggen, maar Lennox stak afwerend zijn hand op en rolde zijn linkermouw op. Brew rechtstreeks van de bron. Beter werd het niet. De hemel voor een drugsverslaafde. Daarheen wilde hij. Of niet. Hij zou het wel zien. Of niet.

'Is dat niet inspecteur Lennox van Anti-Corruptie?' zei Jack. Hij stond bij de ruit met onewayscreen en keek in de keuken naar de man in de rolstoel.

'Jazeker,' zei Hecate. Hij droeg een wit linnen pak en een hoed. 'Het is niet voldoende om ogen en oren in Inverness te hebben.'

'Heb je op de radio gehoord dat Lennox Macbeth beschuldigt van moord? Weet hij niet dat jij Macbeth in je macht hebt?'

'Niemand krijgt meer te weten dan strikt noodzakelijk is, ook jij niet, Bonus. Maar terug naar de zaak. Lady heeft zich van het leven beroofd, maar Macbeth lijkt vooral verlamd en niet kwaad, zeg je?'

'Zo zie ik het.'

'Hm, en als Tourtell de noodtoestand uitroept, denk je dan dat Macbeth in staat is te doen wat hij moet doen, namelijk zich een ware leider tonen?'

'Ik weet het niet. Hij lijkt... onverschillig. Alsof niets er meer toe doet. Maar het is ook mogelijk dat hij denkt dat hij onkwetsbaar is, dat jij hem blijft redden wat er ook gebeurt.'

'Hm.' Hecate tikte twee keer met zijn stok op de vloer. 'Zonder Lady daalt de waarde van Macbeth als hoofdcommissaris.'

'Hij zal nog steeds luisteren.'

'Hij kan nu misschien de macht grijpen, maar zonder haar zal het hem niet lang lukken de leiding in handen te houden. Zij begreep het spel, zag de grote lijnen, begreep welke acties er nodig waren. Macbeth kan dolken werpen, maar iemand moet hem vertellen op wie en waarom.'

'Ik kan zijn nieuwe adviseur worden,' zei Jack. 'Ik ben bezig zijn vertrouwen te winnen.'

Hecate lachte. 'Ik kom er niet achter of jij een modderkruipende platvis bent of een sluwe roofvis, Bonus.'

'Ik ben in elk geval een vis, begrijp ik.'

'Zelfs als jij hem kunt helpen bij zijn ontbrekende talent om leiding te geven, betwijfel ik of hij de wilskracht heeft. Het ontbreekt hem aan Lady's machtswellust, hij wil waarschijnlijk dingen waarvan jij en ik níét afhankelijk van zijn, mijn beste Bonus.'

'Brew?'

'Lady, vrouwen, vrienden misschien. Je weet wel, de liefde tussen mensen. En nu Lady dood is, wordt hij niet meer gedreven door zijn wens haar machtswellust te bevredigen.'

'Lady had ook liefde nodig,' zei Jack zacht.

'De wens om geliefd te worden en het vermogen om lief te hebben, geven een mens kracht, maar ze zijn ook zijn achilleshiel. Geef ze zicht op liefde en ze verplaatsen bergen, neem het van ze af en een windvlaag blaast ze omver.'

'Misschien, misschien.'

'Als Macbeth wordt weggeblazen, wat denk je dan van hem daar als hoofdcommissaris?' Hecate knikte naar de ruit waarachter een van de zussen Lennox' linkerarm met een watje schoonveegde en op zoek ging naar een ader terwijl ze de injectienaald omhooghield.

'Lennox?' zei Jack. 'Meen je dat echt?'

Hecate smakte met zijn lippen. 'Hij is de man die Macbeth heeft geveld. De held die zijn mobiliteit heeft opgeofferd om het leven van de burgemeester te redden. En niemand weet dat Lennox voor mij werkt.'

'Maar Malcolm is terug. En iedereen weet dat Lennox Macbeths boodschappenjongen was.'

'Lennox volgde als een loyale politieman zijn orders op. En de Malcolms en Duffs kunnen weer verdwijnen. Roosevelt heeft een wereldoorlog gewonnen vanuit zijn rolstoel. Jazeker, ik kan Lennox op de stoel van de hoofdcommissaris krijgen. Wat denk je?'

Jack keek naar Lennox, maar gaf geen antwoord.

Hecate lachte en legde een grote, weke hand op Jacks smalle schouder. 'Ik weet wat je denkt, platvis. Hoe zit het met mij? Wie heeft iets aan mij als Macbeth is verdwenen? Dus laten we hopen dat Macbeth de storm trotseert, niet? Kom, laat ik je naar buiten begeleiden.'

Jack wierp een laatste blik op Lennox, toen draaide hij zich om en liep samen met Hecate naar de deur van het toilet en het Centraal Station.

'Wacht,' zei Lennox, toen de zus de punt van de naald tegen zijn huid duwde. Hij stak zijn vrije rechterhand in het grote zijvak van de rolstoel. Trok de pin los terwijl hij de hefboom vasthield.

'Nu,' zei hij.

Ze duwde de naald door de huid en drukte op de stempel, op hetzelfde moment haalde hij zijn hand uit het zijvak, zwaaide zijn arm laag heen en weer langs zijn rolstoel en liet los. Wat Priscilla had meegenomen uit zijn kantoor rolde over de betonnen vloer en verdween onder de tafel met kolven, buisjes en slangetjes naast de pan.

'Hé, wat was dat?' vroeg Strega.

'Volgens mijn grootvader was dat een granaat die hij op zijn hoofd heeft gekregen,' zei Lennox en hij voelde dat hij stoned werd, een gevoel dat nooit meer zo goed werd als de eerste keer, maar dat hem nog steeds deed huiveren van genot. En het was, na al die jaren zoeken, nog steeds wat het dichtst bij de zin van het leven kwam. Tenzij het dit was. De punt.

'Het kan een Stielhandgranate 24 zijn. Of een asba...'

Verder kwam hij niet.

Jack was halverwege de trap toen de explosie hem door de lucht deed vliegen. Hij stond op en draaide zich om naar het toilet. De deur was opengeblazen en er dreef rook uit. Hij wachtte. Toen er niet meer explosies kwamen, liep hij langzaam de trap af naar het toilet. De cabine en de deur naar de keuken waren weg. Binnen brandde het heftig en in het licht van de vlammen kon hij zien dat alles was vernietigd. Dat de keuken en de mensen die daar binnen waren niet meer bestonden. Vijf seconden eerder en hij was...

'Bonus...'

De stem kwam van vlak voor hem. Van onder de stalen deur op de grond kroop hij tevoorschijn. Een geplette kakkerlak in een wit linnen pak. Zijn weke gezicht zat onder de poep en zijn ogen waren zwart van de shock.

'Help me...'

Bonus pakte de handen van de oude man en trok hem over de grond naar de wc-deur. Daar draaide hij Hecate op zijn rug. Hij was zwaargewond. Zijn hele buik lag open en het bloed gutste naar buiten. Hecate, de onsterfelijke. De Onzichtbare Hand, hij had nog maar een paar minuten, misschien zelfs seconden om te leven. Al dat bloed... Jack draaide weg.

'Schiet op, Jack. Zoek iets wat...'

'Ik moet een arts halen,' zei Jack.

'Nee! Zoek iets waarmee je de wond kunt dichtmaken voordat ik leegbloed.'

'U heeft een arts nodig, ik zal opschieten.'

'Ga niet weg, Jack! Niet...' Plotseling trok Hecates lichaam samen en steeg er een gejank uit op.

'Wat...?'

'Maagzuur! Er zit ergens een gat. Mijn god, ik verbrand! Help, Jack! Hel...' Het geroep ging over in hees gejammer en Jack nam hem bewegingloos op. Hij zag er beslist uit als een kakkerlak zoals hij op zijn rug lag te spartelen en hulpeloos met zijn armen en benen zwaaide.

'Ik ben zo terug,' zei Jack.

'Nee! Nee!' schreeuwde Hecate en hij greep naar een van zijn benen.

Maar Jack stapte opzij, draaide zich om en vertrok.

Boven aan de trap bleef hij staan, hij keek naar links, naar het westen, naar Inverness. Naar Macbeth. Naar het Sint Jordi's. In de wachtkamer was een telefooncel. Hij keek naar het oosten. Naar de berg. Naar de andere kant. Naar nieuw vaarwater. Open, gevaarlijk vaarwater. Maar dergelijke keuzen moet een man – en een platvis – soms maken om te overleven.

Jack haalde adem. Niet omdat hij aarzelde, maar omdat hij lucht nodig had.

Toen vertrok hij in oostelijke richting.

Het kristal boven Macbeths hoofd tinkelde en zong. Hij keek op. De kroonluchter zwaaide heen en weer en rukte aan de touwen waaraan die hing.

'Wat is dat?' brulde Seyton die in de zuidoostelijke hoek van Inverness bij een Gatling-mitrailleur op de mezzanine stond.

'De ondergang van de wereld,' zei Macbeth. En hij voegde er zacht en alleen hoorbaar voor zichzelf aan toe: 'Hoop ik.'

'Het kwam van het station,' riep Olafson bij de andere Gatling in de zuidwestelijke hoek. 'Was dat een explosie?'

'Joehoe!' riep Seyton verrukt uit. 'Ze komen met artillerie.'

'Is dat zo?' zei Olafson angstig.

Seytons gelach weerkaatste tussen de muren. Toen ze hadden besproken hoe ze Inverness gingen verdedigen, was het niet moeilijk te bedenken dat de aanval vanaf Workers' Square zou komen, want de stenen, raamloze muur aan Thrift Street was een ware vestingmuur.

'Ik proef je angst helemaal hier, Olafson. U daar beneden ook, chef?'

Macbeth geeuwde. 'Ik kan me nauwelijks heugen hoe angst smaakt, Seyton.' Hij wreef hard over zijn gezicht. Hij was even weggedommeld en had gedroomd dat hij in bed lag naast Lady en dat de deur langzaam was opengegleden. In de deuropening stond een gedaante die een cape droeg. De hoed was zo ver over zijn voorhoofd getrokken dat Macbeth pas zag wie het was toen hij naar binnen stapte en het licht op hem was gevallen. Het was Banquo. Zijne ene oog was weg en er kropen wriemelende, witte maden uit zijn wang en hoofd. Macbeth was met zijn hand onder zijn jas gegaan, had een dolk uit de dubbele schouderholster getrokken en gegooid. De dolk had zich met een zacht ploffend geluid door Banquo's schedel geboord alsof het bot al weggevreten was. Maar dat had de geest niet gestopt, die bleef op het bed afkomen. Macbeth had geschreeuwd en Lady door elkaar geschud.

'Ze is dood,' had de geest gezegd. 'En je moet met zilver gooien, niet met staal.' Het was Banquo's stem niet. Het was...

Banquo's hoofd wipte uit de hoed, viel op de grond en rolde onder het bed. Van onder de hoed keek Seytons gezicht hem nu lachend aan.

'Wat wil je?' had Macbeth gefluisterd.

'Wat u wilt, chef. Jullie een kind geven. Kijk, ze wacht op me.'

'Je bent gek.'

'Vertrouw me. Ik verlang er niet veel voor terug.'

'Ze is dood. Ga weg.'

'We zijn allemaal dood. Doe het nu, zaai uw zaad. Als u het niet doet, doe ik het.'

'Maak dat je wegkomt!'

'Ga opzij, Macbeth, ik neem haar zoals Duff Meredith nam...'

De tweede dolk ging door de open mond van Seyton. Hij beet zijn tanden op elkaar, greep het handvat, brak het af en gaf het terug aan Macbeth. Hij liet zijn bloederige, gespleten tong zien en lachte.

'Iets op de radio?'

Macbeth schrok op. Het was Seyton die riep.

'Niets,' zei Macbeth. Hij wreef stevig over zijn gezicht en zette het volume van de radio harder. 'Het duurt nog twintig minuten voor de zon opkomt.' Hij keek naar het witte lijntje fijngehakte poeder op de spiegel die hij op het vilt voor hem had gelegd. Keek naar zijn eigen gezicht. Het lijntje witte power ging als een litteken dwars over het spiegelende oppervlak.

'En dan vermoorden we de jongen echt?' riep Olafson.

'Ja, Olafson!' riep Seyton. 'We zijn mannen en geen mietjes!'

'Maar... daarna dan? Dan hebben we niets meer om mee te onderhandelen.'

'Klinkt dat bekend, Olafson?' Gelach uit de zuidoostelijke hoek.

'We hebben niets te vrezen,' zei Macbeth.

'Wat zegt u, chef?'

'Degene die mij kan schaden moet nog door een vrouw gebaard worden. Hecate heeft beloofd dat ik hoofdcommissaris word tot Bertha me komt halen. Je kunt veel zeggen over Hecate, maar hij houdt zijn woord. Relax, Tourtell zal toegeven.' Macbeth keek naar Kasi die zwijgend met zijn rug tegen de paal zat en naar iets voor hem staarde. 'Hoe staat het ervoor, Seyton?'

'Mensen verzamelen zich rond Bertha. Het lijken gewone politiemensen en burgers. Sommige krijgen een automatisch wapen, andere geweren en pistolen. Daar zullen we geen grote problemen mee krijgen als ze daarmee aanvallen.'

'Zie je ook grijze jassen?'

'Grijze jassen? Nee.'

'En in jouw gebied, Olafson?'

'Nee, ook niet, chef.'

Maar Macbeth wist dat ze er waren, dat ze over hem waakten.

'Heb je wel eens gehoord van Tithonos, Seyton?'

'Nog nooit. Wie is dat?'

'Een Griek over wie Lady me vertelde. Ik heb het opgezocht. Eos was de godin van de dageraad die een jonge minnaar nam, een heel gewone jongeman genaamd Tithonos. Ze regelde dat oppergod Zeus de jongeman het eeuwige leven gaf, net als zijzelf. De jongeman had er zelf niet om gevraagd, hij werd ertoe gedwongen. Maar de godin was vergeten om eeuwige jeugd voor Tithonos te vragen. Begrijp je?'

'Ik begrijp het wel, maar ik begrijp niet wat het verband met deze situatie is, chef.'

'Alles verdwijnt, iedereen sterft en daar zit Tithonos dan te creperen van ouderdom en eenzaamheid. Hij heeft helemaal niets gekregen, integendeel, hij zit gevangen, zijn eeuwige leven is een vloek.'

Macbeth stond zo snel op dat hij duizelig werd. Dit waren alleen maar de naweeën en de zwaarmoedigheid van de dope die nu spraken. De stad lag aan zijn voeten en binnenkort was die onvoorwaardelijk van hem en zelfs zijn kleinste wens zou worden vervuld. Dus het enige waaraan hij nu hoefde te denken waren wensen en genoegens. Wensen en genoegens.

Duff ging met zijn vinger over de barst in de sokkel voor Bertha's neus. Hij hoorde Malcolms stem: 'Pardon, mag ik erdoor?'

Hij keek op en zag hoe Malcolm zich door de groep mensen een weg baande naar de trap.

'Hebben jullie het ook gemerkt?' vroeg hij buiten adem.

'Ja,' zei Caithness. 'Ik dacht dat het dak naar beneden kwam. Het voelde als een onderaardse proef met een bom.'

'Of een aardbeving,' zei Duff, wijzend naar de barst.

'Het lijkt erop dat er meer mensen zijn gekomen dan ik heb uitgenodigd,' zei Malcolm en hij keek naar de mensen die aan de voet van de trap, achter een barricade van politiewagens en een grote, rode brandweerwagen stonden. 'Zijn dit allemaal mannen van de politie en de brandweer?'

'Nee,' zei de man die de trap op was gelopen. Malcolm keek naar zijn zwarte uniform.

'Kapitein?'

'Loods,' zei de kleine man. 'Fred Ziegler.'

'En wat doet een loods hier?'

'Ik heb vannacht Kite op de radio gehoord; toen ben ik gaan bellen en hoorde ik de geruchten over wat er gaat gebeuren. Vertel me wat ik kan doen.'

'Heb je een wapen?'

'Nee.'

'Kun je schieten?'

'Ik heb tien jaar bij de marine gezeten.'

'Mooi, ga naar de man daar in het politie-uniform en zorg dat je een geweer krijgt.'

'Bedankt.' De loods tikte tegen zijn witte pet en vertrok.

'Wat zegt Tourtell?' vroeg Duff.

'Capitol is op de hoogte van de gijzelaar,' zei Malcolm. 'Maar ze kunnen ons niet helpen voor het officiële arrestatiebevel vanmiddag is afgegeven.'

'Maar, mijn god, er staan mensenlevens op het spel!'

'Eén mensenleven. Dat is niet voldoende voor federaal ingrijpen. Tenzij de hoofdcommissaris daarom verzoekt.'

'Die verrekte politiek! En waar is Tourtell nu?' Duff staarde naar het oosten. Achter de bergkam kreeg de bleekblauwe hemel een steeds dieper rode kleur.

'Hij is naar de radiostudio gegaan,' zei Caithness.

'Hij gaat de noodtoestand uitroepen,' zei Malcolm. 'We moeten nu Macbeth aanvallen omdat we dan nog de bevelen van de burgemeester opvolgen. Zodra de noodtoestand van kracht is, zullen we illegale oproerkraaiers zijn en geen van deze mensen zal dan mee willen doen.' Hij knikte naar de groep.

'Macbeth heeft zich verschanst,' zei Caithness. 'Mensenlevens zullen verloren gaan.'

'Ja.' Malcolm bracht de megafoon naar zijn mond. 'Beste mannen en vrouwen! Neem uw posities in!'

De aanwezigen gingen achter de geparkeerde auto's aan de voet van de trap staan. Ze legden hun wapens op autodaken en muurtjes, zochten dekking achter de gepantserde wagen van SWAT en de grote, rode brandweerauto en richtten op Inverness.

Malcolm wees met zijn megafoon in dezelfde richting. 'Macbeth! Dit is adjunct-hoofdcommissaris Malcolm. Jij weet en wij weten dat je je in een hopeloze situatie bevindt, dat het enige wat je kunt bereiken uitstel van het onvermijdelijke is. Dus laat de gijzelaar vrij en geef je over. Ik geef je één, ik herhaal, één minuut.'

'Wat zei hij?' vroeg Seyton.

'Hij geeft me één minuut,' zei Macbeth. 'Zie je hem?'

'Ja, hij staat boven aan de trap.'

'Olafson, pak je geweer en zorg dat Malcolm zijn mond houdt.'

'Bedoel je...?'

'Ja, dat bedoel ik precies.'

'Hoera voor de chef!' riep Seyton lachend.

'Luister,' zei Macbeth.

Duff keek afwisselend naar de bergen, zijn horloge en de mannen om hem heen. Ellebogen en schouders bewogen nerveus heen en weer. Ze veranderden hun houding omdat hun knieën en beenspieren begonnen te trillen. Behalve de zes vrijwilligers van SWAT en enkele politiemensen waren dit mensen met doodgewone banen bij de administratie of de brandweer. Ze hadden nog nooit op een mens geschoten. En waren evenmin zelf beschoten. En toch waren ze gekomen. Toch waren ze bereid, hoewel ze niet gekwalificeerd waren, alles op te offeren. Hij telde de laatste drie seconden af.

Er gebeurde niets.

Duff wisselde een blik met Malcolm en haalde zijn schouders op.

Malcolm zuchtte en bracht de megafoon weer naar zijn mond.

Duff hoorde het schot nauwelijks.

Malcolm wankelde achterover en de megafoon viel kletterend op de grond.

Duff en Fleance reageerden gelijktijdig, wierpen zich op Malcolm toen hij op de grond viel. Duff ging op zoek naar bloed en een hartslag.

'Niets aan de hand,' zei Malcolm kreunend. 'Het is goed, sta op. Hij heeft alleen de megafoon geraakt.'

'Toen u zei dat we ervoor moesten zorgen dat hij zijn mond hield, dacht ik dat u voor altijd bedoelde,' riep Seyton. 'Nu denken ze dat we zwak zijn.'

'Fout,' zei Macbeth. 'Nu begrijpen ze dat het ons ernst is, maar ook dat we verstandig zijn. Als we Malcolm hadden gedood, zouden we hun een vrijbrief hebben gegeven om met gerechtvaardigde woede op ons af te stormen. Nu zullen ze nog steeds aarzelen.'

'Ik geloof dat ze hoe dan ook zullen aanvallen,' zei Olafson. 'Kijk, onze eigen gepantserde wagen komt op ons af rijden.'

'Tja, dat verandert de zaak: een hoofdcommissaris heeft het recht zich te verdedigen. Seyton?'

'Ja?'

'Laat juffrouw Gatling haar zegje doen.'

Duff keek van achter Bertha de lompe, gepantserde auto na die over het plein in de richting van Inverness reed. Er kwam dikke, zwarte rook uit de uitlaat. Een staaltje Duits ingenieurswerk, daarom werd de auto *Sonderwagen* genoemd, met stalen platen en gepantserd glas. Ricardo's plan volgde de gebruikelijke tactiek van SWAT. De zes vrijwilligers uit SWAT zouden naar de ingang rijden, traangasbommen door de ramen schieten, de deur eruit rijden en het gebouw bestormen met hun gasmaskers op. Het kritieke punt was wanneer ze de traangasgranaten naar binnen moesten schieten, want daarvoor moesten ze de auto verlaten. Hopelijk zou dat maar een paar seconden kosten, maar gedurende die tijd hadden ze rugdekking van de anderen nodig.

De walkietalkie van Malcolm kraakte en ze hoorden Ricardo's stem: 'Rugdekking nodig in drie, twee, een...'

'Vuur!' brulde Malcolm.

Het klonk als tromgeroffel toen de wapens van achter de barricade werden afgevuurd. Van een kleine trommel, dacht Duff. En dat geluid werd overstemd door een stijgend gejank vanaf de andere kant.

'Herejezus,' fluisterde Caithness.

Eerst leek het op een regenbui die stukjes steen deed opspatten van de straatkeien voor de Sonderwagen. De kogels troffen met een gillend geluid de grille, de carrosserie, de voorruit en het dak. Het leek of de auto door zijn knieën zakte.

'De banden,' zei Fleance.

De auto bleef doorrijden, maar wel langzamer, alsof hij een orkaan moest weerstaan.

'Het gaat goed, het is een gepantserde auto,' zei Malcolm.

De auto ging langzamer en langzamer rijden. En stopte toen helemaal. De zijspiegels en de bumper vielen eraf.

'Het wás een gepantserde auto,' zei Duff.

'Ricardo?' riep Malcolm in de walkietalkie. 'Ricardo? Terugtrekken!'

Geen antwoord.

De auto leek te dansen op de plek waar die was blijven staan.

Toen stopten de salvo's plotseling. Er daalde een stilte neer over het plein die slechts verbroken werd door het klagende gekrijs van een meeuw die boven hen zweefde. Rook als rode stoom kwam uit de auto.

'Ricardo! *Come in*, Ricardo!'

Nog steeds geen reactie. Duff staarde naar de auto, naar het wrak. Er was geen teken van leven. En nu besefte hij hoe het was geweest. Die middag in Fife.

'Ricardo!'

'Ze zijn dood,' zei Duff. 'Ze zijn allemaal dood.'

Malcolm keek hem van opzij aan.

Duff wreef met zijn hand over zijn gezicht. 'Wat is de volgende stap?'

'Geen idee, Duff. Dit was de stap.'

'De brandweerwagen,' zei Fleance.

De anderen keken de jongen aan.

Hij dook in elkaar en een ogenblik leek het of hij wankelde door alle aandacht. Maar hij richtte zich op en zei met licht bevende stem: 'We moeten de brandweerwagen gebruiken.'

'Die houdt het niet,' wierp Malcolm tegen.

'Nee, maar we kunnen ermee naar de achterkant rijden. Naar Thrift Street.' Fleance moest even slikken en ging toen verder. 'Jullie hebben gezien dat ze met beide mitrailleurs op de auto hebben geschoten en dat betekent dat ze de achterkant van Inverness niet beschermen.'

'Omdat ze weten dat we daar niet naar binnen kunnen,' zei Duff. 'Er zijn daar geen ramen en deuren, slechts een stenen muur waar je alleen met een pneumatische boor of met artillerie doorheen kunt.'

'Niet doorheen,' zei Fleance. Zijn stem klonk nu vaster.

'Eromheen?' vroeg Duff.

Fleance wees met zijn vinger in de lucht.

'Logisch!' riep Caithness uit. 'Brandweerwagen.'

'Vooruit, wat is er zo logisch?' bromde Malcolm naar de lucht kijkend.

'De ladder,' zei Duff. 'Het dak.'

'Ze verplaatsen de brandweerwagen,' riep Seyton.

'Waarom dat?' Macbeth geeuwde. De jongen zat op de grond met gekruiste benen en zijn ogen dicht. Hij zei niets en was kalm alsof hij zich verzoend had met zijn lot en alleen maar op zijn einde wachtte. Net als Macbeth.

'Ik weet het niet.'

'Wat denk jij, Olafson?'

'Ik weet het niet, chef.'

'Oké,' riep Macbeth. Hij had de zilveren dolk gepakt en maakte een scherpe punt aan een lucifer. Die stak hij tussen zijn voortanden. De dolk legde hij op het vilt voor zich. Hij pakte twee fiches en begon ze elk in een hand tussen zijn vingers door te bewegen. Dat had hij geleerd in het circus, het was een oefening die het verschil tussen de motoriek van de rechter- en linkerhand moest aantonen. Hij zoog op de lucifer, verplaatste de fiches en trachtte te voelen wat er in hem omging. Trachtte te achterhalen waaraan hij dacht. Hij dacht niet aan Banquo en hij dacht niet aan Lady. Hij dacht alleen dat hij niets voelde. En hij dacht nog iets: waarom? Waarom...

Daar dacht hij een poosje over na.

Toen deed hij zijn ogen dicht en begon terug te tellen vanaf tien.

'Dit is niet hetzelfde als een ladder tegen een huis. Deze zal steeds meer heen en weer gaan zwaaien hoe hoger we komen,' zei de man in het loodsuniform tegen Fleance en de twee anderen die zich vrijwillig hadden gemeld. 'Verplaats één ledemaat per keer. Eén hand, één voet. Niets om bang voor te zijn.'

De loods geeuwde luid en glimlachte meteen daarna voordat hij de ladder pakte en begon te klimmen.

Fleance keek naar de kleine man en wenste dat hij net zo dapper was. Thrift Street was verlaten, afgezien van de brandweerauto met de vijftien meter hoger ladder die omhoogstak langs de raamloze muur.

Fleance volgde de loods en vreemd genoeg daalde zijn angst met elke stap die hij zette. Het ergste was hoe dan ook voorbij. Hij had gesproken en ze hadden geluisterd. Geknikt en gezegd dat ze het begrepen. Toen waren ze in de brandweerauto gaan zitten en hadden vanaf het Centraal Station in oostelijke richting gereden, in een grote bocht door de zondagstille straten zodat ze ongezien aan de achterkant van Inverness konden komen.

Fleance keek op en zag dat de loods vanaf het dak een teken gaf dat de kust veilig was.

Ze hadden de tekeningen van Inverness zo grondig bestudeerd dat Fleance precies wist waar alles was. Het platte dak leidde naar een deur, daarachter was een smalle trap naar de ruimte waar de verwarmingsketel stond en daar was een deur naar de bovenste hotelgang. In de gang zouden ze zich opsplitsen, twee mannen zouden de linkertrap nemen en twee de rechter. Beide trappen leidden naar de mezzanine. Over een paar minuten zou er geschoten worden vanaf het Centraal Station en dat zou de aandacht van de mitrailleurschutters bij Workers' Square houden. En het eventuele geluid dat Fleance en de andere drie maakten overstemmen. Ze waren van plan de schutters van achter te besluipen en vervolgens te elimineren. De drie vrijwilligers hadden hun horloges gelijkgezet met dat van Fleance – niemand maakte bezwaar tegen het feit dat een student van de politieacademie de leiding nam. De politiestudent leek namelijk het een en ander te weten over dergelijke acties. Wat had papa gezegd? *Als je over de kwaliteiten beschikt, moet je leiding geven, dat is je verrekte plicht tegenover de maatschappij.*

Fleance hoorde dat ze vanaf het station begonnen te schieten.

'Volg me.'

Hij liep naar de deur op het dak en trok eraan. Op slot. Zoals verwacht. Hij knikte naar een van de politiemannen, een man van de verkeerspolitie die een koevoet tussen de deur en het kozijn zette en hard duwde. Bij de eerste poging sprong het slot al open.

Het was donker binnen, maar Fleance voelde de warmte van de ketelruimte onder hen. Een witharige politieman van Economische Delicten maakte aanstalten voorop te gaan, maar Fleance hield hem tegen. 'Volg me,' fluisterde hij en hij stapte over de hoge metalen drempel. Hij probeerde tevergeefs iets te ontwaren in het donker, en hij moest zijn machinepistool laten zakken om op de tast op zoek te gaan naar de trapleuning. De metalen trap zong toen hij aarzelend de volgende trede zocht. En hij verstijfde toen hij werd verblind.

Een zaklantaarn scheen recht in zijn gezicht.

'Pang,' zei een stem achter het licht. 'Jullie zijn dood.'

Fleance wist dat hij in de schootslijn van de drie achter hem stond. En hij wist ook dat hij geen tijd had om zijn machinepistool in positie te brengen. Omdat hij wist bij wie deze stem hoorde.

'Hoe kon u...'

'Ik dacht: waarom? Waarom rijdt de brandweerauto weg als er geen brand is?' De stem in het donker lachte zacht. 'Je draagt nog steeds mijn schoenen, zie ik.' Oom Macbeth leek dronken. 'Luister, Fleance, vandaag ga je levens redden. Jouw leven en dat van de drie andere muiters die je bij je hebt. Ga terug en zorg dat je achter de barricaden komt. Vanaf die positie hebben jullie een grotere kans dat jullie me kunnen pakken.'

Fleance ging met zijn tong door zijn mondholte op zoek naar vocht. 'U heeft papa vermoord.'

'Misschien,' zei de stem met dubbele tong. 'Of misschien kwam het door de omstandigheden. Of misschien waren het Banquo's ambities voor zijn gezin. Maar waarschijnlijk...' – in de stilte klonk een diepe zucht – '...was ik het. Ga nu, Fleance.'

Herinneringen schoten door Fleances hoofd, hoe oom Macbeth in de woonkamer met hem had gestoeid en Fleance lange tijd had laten winnen, maar hem uiteindelijk op zijn rug had gelegd. Dat kwam niet zozeer door de kracht van zijn oom, het was zijn snelheid en precisie. Maar hoe dronken was oom Macbeth nu? En hoeveel beter was Fleance inmiddels geworden? Misschien had hij een kans. Als hij snel was, kon hij hem misschien doodschieten en Kasi's leven redden. De stad redden. Wraak nemen...

'Doe het niet, Fleance.'

Maar het was te laat, Fleance had zijn machinepistool al omhooggezwaaid en het geluid van een kort salvo hamerde tegen de trommelvliezen van de vijf aanwezigen in de kleine ketelruimte.

'Ah!' riep Fleance.

Hij viel van de trap.

Hij voelde niet dat hij de grond raakte, hij voelde niets voor hij zijn ogen weer opende. En toen zag hij niets, voelde alleen een hand tegen zijn wang en hoorde een stem vlak bij zijn oor.

'Ik zei dat je het niet moest doen.'

'Wa... waar zijn de...?'

'Ze zijn weg zoals ik had gevraagd. Slaap nu, Fleance.'

'Maar...' Hij wist dat er een kogelgat in hem zat. Lek. Hij hoestte en voelde dat zijn mond volliep.

'Slaap. Groet papa van me als je er bent en zeg dat ik kort na jou kom.'

Fleance opende zijn mond, maar het enige wat eruit kwam was bloed. Hij voelde hoe Macbeth voorzichtig en teder zijn vingers op zijn oogleden legde. Ze naar beneden duwde. Fleance zoog lucht naar binnen alsof hij ging duiken. Zoals hij had gedaan toen hij van de brug viel, in de fjord, in het zwarte water, in zijn graf.

'Nee,' zei Duff toen hij de brandweerwagen uit oostelijke richting aan zag komen rijden. 'Nee!'

Malcolm en hij renden de auto tegemoet en toen die stopte, rukten ze elk aan een kant het portier open. De chauffeur, de twee politiemannen en de loods tuimelden naar buiten.

'Macbeth stond ons op te wachten,' zei de loods kreunend en nog steeds buiten adem. 'Hij heeft Fleance neergeschoten.'

'Nee! Nee!' Duff legde zijn hoofd in zijn nek en kneep zijn ogen dicht.

Iemand legde een hand in zijn nek. Een bekende hand. Die van Caithness.

Twee mannen in het uniform van SWAT kwamen aanrennen en bleven voor Malcolm staan. 'Hansen en Edmunton melden zich, sir. We hoorden hier zojuist over en zijn zo snel mogelijk gekomen. En er komen nog meer mannen.'

'Bedankt, jongens, maar we zijn klaar.' Malcolm wees naar de berg. Ze zagen de zon nog niet, maar het silhouet van het omgekeerde kruis op de bergtop ving al de eerste zonnestralen. 'Nu is Tourtell aan zet.'

'Laten we gijzelaars uitwisselen,' zei Duff. 'Geef Macbeth wie hij wil, Malcolm. Ons tweeën. In ruil voor Kasi.'

'Denk je dat ik daar nog niet aan heb gedacht?' vroeg Malcolm. 'Macbeth zal nooit de burgemeesterszoon ruilen tegen ons als onbeduidend wisselgeld. Roept Tourtell de noodtoestand uit, dan zal Kasi's leven worden gespaard. Maar jij en ik zullen toch worden geliquideerd. En wie moet de strijd tegen Macbeth dan leiden?'

'Caithness,' zei Duff. 'En alle mensen in deze stad in wie jij zoveel vertrouwen zegt te hebben. Ben je bang of...?'

'Malcolm heeft gelijk,' zei Caithness. 'Jullie zijn levend meer waard voor deze stad.'

'Verdomme!' Duff rukte zich los en liep naar de brandweerwagen.

'Waar ga je heen?' riep Caithness.

'Naar de sokkel.'

'Wat?'

'We moeten de sokkel kapotmaken. Hé, brandweerchef!'

De man die de auto had bestuurd, richtte zich op. 'Eh, ik ben geen...'

'Hebben jullie bijlen en mokers in de wagen?'

'Uiteraard.'

'Kijk!' riep Seyton. 'De zon komt boven de Obelisk uit. De jongen gaat eraan!'

'We gaan er allemaal aan,' zei Macbeth zacht en hij legde het ene fiche op het rode vilt onder het hart en het andere op zwart. Hij leunde naar links en pakte het balletje dat op het roulettewiel lag.

'Wat gebeurde er eigenlijk op het dak?' riep Seyton.

'De jongen van Banquo,' riep Macbeth en hij gaf een flinke slinger aan het wiel. 'Ik heb het geregeld.'

'Is hij dood?'

'Ik zei dat ik het heb geregeld.' Het roulettewiel draaide en draaide. De afzonderlijke getallen vormden een onmiskenbare aaneengesloten cirkel. Onduidelijk en tegelijkertijd zo duidelijk. Hij had afgeteld naar de Staat en die was er nog steeds. Het wiel zoefde. Deze keer zou het nooit stoppen, deze keer zou hij de Staat nooit verlaten. Hij had de deur achter zich dichtgedaan en op slot gedraaid. Het wiel. Rond en rond op weg naar een onbekend, maar toch zo vertrouwd lot. Het casino wint uiteindelijk altijd. 'Wat is dat gebonk daar buiten, Seyton?'

'Waarom komt u zelf niet kijken, chef?'

'Ik geef de voorkeur aan roulette. Nou?'

'Ze zijn bezig op die arme Bertha te slaan. En de zon komt nu echt op, chef, ik zie het. Groot en mooi. De tijd is verstreken. Zullen we...?'

'Slaan ze tegen Bertha?'

'In elk geval tegen de sokkel waarop ze staat. Houd het plein in de gaten en schiet op alles wat dichterbij komt, Olafson!'

'Komt voor elkaar!'

Macbeth hoorde rennende voetstappen op de trap en keek op. De huid van Seytons gezicht was nog roder dan anders, het leek wel of hij verbrand was. Hij liep langs de roulettetafel naar de paal waaraan Kasi met gebogen hoofd en zijn lange haar voor zijn gezicht vastgeketend zat.

'Wie heeft gezegd dat jij je post mag verlaten?' vroeg Macbeth.

'Het is zo gedaan,' zei Seyton en hij trok een zwart pistool uit zijn holster en zette het tegen Kasi's voorhoofd.

'Stop!' riep Macbeth.

'We waren helder en duidelijk over het tijdstip, we kunnen niet...'

'Stop, zei ik!' Macbeth zette de radio achter zich harder.

'...burgemeester Tourtell die tegen u spreekt. Ik heb vannacht een ultimatum gekregen van hoofdcommissaris Macbeth, die achter een reeks moorden zit, onder anderen op hoofdcommissaris Duncan, en die gisteravond mijn zoon Kasi heeft gekidnapt na een mislukte moordaanslag op mij. Het ultimatum was dat mijn zoon op dit tijdstip, als de zon over onze stad schijnt, wordt vermoord wanneer ik niet de noodtoestand uitroep zodat Macbeth onbeperkte macht krijgt en een federale interventie kan tegenhouden. Maar wij willen dit niet. Ik wil dit niet en jij wilt dit niet, Kasi wil het niet. Deze stad wil niet weer een despoot aan de macht hebben. Voor deze zaak hebben goede mannen, en hun zonen, de laatste dagen van hun leven gegeven. Ze hebben hun zonen geofferd zoals deze stad en andere steden dat hebben gedaan tijdens de wereldoorlogen waarin toen onze democratie werd bedreigd. En nu is de zon opgekomen en Macbeth zit bij de radio te wachten op mijn bevestiging dat deze dag en deze stad van hem zijn. Nou, hier is het bericht aan jou, Macbeth. Neem hem, Kasi is van jou. Hij wordt door mij geofferd zoals ik weet en hoop dat hij mij of de zoon die hij nooit zal krijgen zal offeren. Als je me hoort, Kasi: vaarwel, je bent mijn oogappel.' Tourtells stem klonk gesmoord. 'Niet alleen ik hou van je, maar een hele stad, en we zullen kaarsen branden op je graf zolang de democratie bestaat.' Hij schraapte zijn keel. 'Bedankt, Kasi. Bedankt, burgers. Nu is de dag van ons.'

Na een korte stilte volgde een krakende opname met een krachtige mannenstem die 'Een vaste burcht is onze God' zong.

Macbeth zette de radio uit.

Seyton lachte en spande zijn vinger om de trekker. De haan op de revolver kwam omhoog. 'Verbaasd, Kasi? Een bastaard is voor een hoerenloper niet veel waard, moet je weten. Maar als je je ziel nu aan mij geeft, beloof ik je een pijnloos schot door je hoofd in plaats van in je maag. Plus wraak op die hoerenloper en zijn kameraden. Wat zeg je daarop, jongen?'

'Nee.'

'Nee?' Seyton richtte zijn blik in de richting van waar het antwoord vandaan kwam.

'Nee,' herhaalde Macbeth. 'Hij wordt niet gedood. Leg je revolver neer, Seyton.'

'En die lui daarbuiten geven wat ze willen?'

'Je hebt me gehoord. We schieten weerloze mensen niet dood.'

'Weerloos?' siste Seyton. 'Hoe zit het met ons weerlozen? Staan we toe dat Duff en Malcolm weer over ons heen pissen zoals ze dat altijd hebben gedaan? Ga je de zaak verraden, nu we net...?'

'Jouw revolver is op mij gericht, Seyton.'

'Misschien is dat wel zo, want ik ben niet van plan het koninkrijk op te geven dat gaat komen, Macbeth. Niet alleen jij hebt een roeping, ik zal...'

'Ik weet wat je wilt en als je nu die revolver niet neerlegt, ben je een dode man. Op de een of andere manier dood.'

Seyton lachte. 'Er zijn dingen die jij niet van me weet, Macbeth. Bijvoorbeeld dat je me niet kunt doden.'

Macbeth keek in de loop van de revolver. 'Doe het dan, Seyton. Want alleen jij kunt me naar haar sturen. Omdat jij niet bent geboren, jij bent gemaakt. Gemaakt uit kwade dromen en slechtheid en dat zal je breken en vernietigen.'

Seyton schudde zijn hoofd en richtte de revolver weer op Kasi's voorhoofd zonder zijn blik van Macbeth af te wenden. Op hetzelfde moment vielen de eerste zonnestralen door de grote ramen op de mezzanine. Macbeth zag Seyton zijn hand optillen om zijn ogen te beschermen tegen het felle licht dat op zijn gezicht viel.

Macbeth had tegen het licht in op de stam gemikt, op het hart dat in de boom was gekerfd. En hij wist dat hij zou treffen, want er liepen draadjes, aderen van zijn vingertoppen naar het hart.

Er klonk een plof. Seyton wankelde, hij keek eerst verbaasd naar het handvat van de dolk die uit zijn borst stak. Hij liet de revolver vallen en greep de dolk terwijl hij op zijn knieën zakte. Tilde zijn hoofd op en keek Macbeth met omfloerste blik aan.

'Zilver,' zei Macbeth en hij stak de puntige lucifer weer tussen zijn tanden. 'Ze zeggen dat het werkt.'

Seyton smakte voorover en bleef liggen met zijn hoofd voor de blote voeten van de jongen.

Macbeth legde het ivoren balletje op de houten ring boven het roulettewiel en wierp het hard in tegengestelde richting.

'Ga door!' riep Duff tegen de mannen die met mokers en bijlen tegen de voorkant van de sokkel beukten waarvan ze al grote klompen cement hadden losgeslagen.

En ineens gaf de sokkel mee en viel de ploegvormige neus van de locomotief met een dreun naar beneden. Duff viel bijna voorover in de cabine van de machinist, maar kon zich nog net vastgrijpen aan een hefboom en hield die stevig vast. De neus van de locomotief wees naar beneden, verder was er geen beweging.

'Vooruit!'

Nog steeds geen beweging.

'Vooruit, oude dame!'

Toen voelde Duff iets onder zijn voeten, ze bewoog. Of niet? Ja... toch? Hij hoorde een geluid als een zacht gejammer. Jazeker, ze had zich bewogen, voor de eerste keer in tachtig jaar had Bertha Birnam zich bewogen en steeg er een gejammer op van de metalen onderdelen; het werd steeds luider en zwol aan tot een protestschreeuw. Jaren van roest en de wetten van frictie en inertie probeerden stand te houden, maar de zwaartekracht liet zich niet bedwingen.

'Aan de kant!' schreeuwde Duff. Hij trok de riem van zijn machinepistool strak en voelde aan het reservewapen dat hij onder zijn broekband had gestoken.

De wielen van de locomotief draaiden, ze wrikten zich uit hun verdoving, rolden langzaam over de acht meter lange rails en verlieten de sokkel. De voorste wielen bereikten de bovenste traptrede waardoor de stenen met oorverdovend lawaai uit elkaar spatten. Een ogenblik leek het of de locomotief daar zou stoppen, maar toen hoorde Duff de volgende tree breken. En de volgende. En hij wist dat niets deze langzaam accelererende massa zou kunnen stoppen.

Duff staarde strak voor zich uit, maar registreerde vanuit zijn ooghoeken dat iemand op de trein sprong en naast hem ging staan.

'Enkeltje naar Inverness, graag.' Het was Caithness.

'Chef!' Dat was Olafson.

'Ja?' Macbeths blik volgde de rollende rotatie van het ivoor.

'Ik geloof... dat... die... eraan komt.'

'Wat komt eraan?'

'De t... trein.'

Macbeth tilde zijn hoofd op. 'De trein?'

'Bertha! Ze is onderweg... hierheen! Het is...'

De rest van de woorden ging verloren. Macbeth stond op. Van het punt waar hij stond in de speelhal kon hij het stationsgebouw niet zien, alleen maar het hellende plein voor het grote raam. Maar hij hoorde het. Het klonk alsof er iets werd vermalen door een schreeuwend monster. En het kwam naderbij.

En toen, op het plein voor hem, kwam het in zijn blikveld.

Hij slikte.

Bertha kwam.

'Vuur!'

Adjunct-hoofdcommissaris Malcolm staarde met open mond voor zich uit. Want hij wist dat wat er verder ook in zijn leven zou gebeuren, hij nooit meer zoiets als dit zou zien. Een locomotief die steen at en zijn eigen spoor trok over Workers' Square. Een vervoersmiddel van ijzer dat hun voorouders hadden gebouwd en dat te zwaar en solide was om gestopt te kunnen worden, met kogellagers die niet verroesten of uitdrogen na tachtig jaar verwaarlozing, een locomotief die de hagelbui aan vonkende kogels uit de Gatling-mitrailleur afschudde als waterdruppels en op ramkoers voortging naar Inverness.

'Het is een stevig gebouw,' zei iemand naast hem.

Malcolm schudde zijn hoofd. 'Het is maar een speelhol.'

'Houd je vast!' schreeuwde Duff.

Caithness was op de ijzeren vloer gaan zitten met haar rug tegen de achterwand om de afketsende kogels te ontwijken die over hun hoofden jankten. Ze riep iets met strak gelaat en gesloten ogen.

'Wat?' schreeuwde Duff.

'Ik hou va...'

Toen troffen ze Inverness.

Macbeth genoot van de aanblik van Bertha die het hele raam vulde voordat ze het verpulverde. Hij had het gevoel alsof het hele gebouw, de vloer waarop hij zat, de lucht in de zaal in elkaar werd geschoven toen de locomotief door de muur brak en de zaal in kwam. Het geluid ging als een coating op zijn trommelvliezen liggen. De pijp van de locomotief sneed door het rechterdeel van de mezzanine en de ploegsnuit groef door de vloer. Inverness had haar afgeremd, maar Bertha at zich meter voor meter verder. Ze stopte een halve meter voor hem, met de pijp tegen de reling van de oostelijke mezzanine en de sneeuwploeg tegen de roulettetafel. Gedurende een moment was het helemaal stil. Toen klonk het geklater van kristal. En Macbeth wist wat het was. Bertha had de touwen van de kroonluchter boven hem doorgesneden. Hij deed geen poging te vluchten, hij keek niet eens omhoog. Hij besefte nog net dat hij omgeven werd door Boheems kristal voordat alles zwart werd.

Duff klauterde op de locomotief met het machinegeweer in zijn handen. De lage zonnestralen doorboorden het stof dat de zaal vulde.

'De mitrailleur op de noordvleugel is onbemand!' riep Caithness achter hem. 'Hoe zit...?'

'Op de zuidvleugel ook,' zei Duff. 'Seyton ligt voor de roulettetafel met een dolk in zijn lijf en ziet er heel dood uit.'

'Kasi is hier en het lijkt erop dat hij in orde is!'

Duff keek naar wat ooit een speelhal was. Hij hoestte stof. Luisterde. Afgezien van het fanatieke rollen van een rouletteballetje in het wiel was het helemaal stil. Zondagochtend. Over een paar uur zouden de kerkklokken luiden. Hij klom naar beneden. Stapte over het lijk van Seyton en liep naar de gevallen kroonluchter. Hij gebruikte de sabel om alle kristalscherven van Macbeths gezicht te schuiven.

Macbeths ogen waren wijd open en verbaasd als van een kind. De vergulde punt van de kroonluchter verdween in zijn rechterschouder. Er liep niet veel bloed uit de wond die zich ritmisch samentrok alsof die zoog aan de punt van de lamp.

'Goedemorgen, Duff.'

'Goedemorgen, Macbeth.'

'Haha, herinner je je dat we dat elke ochtend tegen elkaar zeiden in het weeshuis, Duff? Jij vanuit het bed boven me?'

'Waar zijn de anderen? Waar is Olafson?'

'Slimme jongen, die Olafson, hij weet wanneer het tijd is om ervandoor te gaan. Net als jij.'

'Jouw mannen van SWAT gaan er niet vandoor,' zei Duff.

Macbeth zuchtte. 'Nee, daar heb je gelijk in. Geloof je me als ik zeg dat hij achter je staat en dat hij van plan is om je over, tja... twee seconden dood te schieten?'

Duff staarde Macbeth een ogenblik aan en draaide zich toen bliksemsnel om. Op de mezzanine die nu doormidden was zag hij in het tegenlicht van de ochtendzon twee gedaanten in het gat van de muur. De ene was een groot middeleeuws harnas. De andere was Olafson, geknield en met zijn geweer in de aanslag. Vijftien meter. Olafson kon vanaf die afstand een cent raken.

Er klonk een knal.

Duff wist dat hij dood was.

Maar waarom stond hij dan nog steeds?

De echo van het schot galmde nog door de zaal.

Macbeth zag Olafson tegen het harnas vallen dat opzijkiepte, door het gat in de mezzanine viel en op de grond kletterde. Op de mezzanine lag Olafson nu met zijn gezicht tegen de reling gedrukt. Zijn wang duwde tegen zijn ene oog en het andere oog was dicht. Het leek of hij in slaap was gevallen op zijn Remington 700-geweer.

'Fleance!' riep Caithness.

Duff draaide zich om naar de noordvleugel.

En daar, op de mezzanine bij de trap die naar de bovenste verdiepingen leidde, stond Fleance. Zijn shirt was doortrokken van het bloed, hij zwaaide op zijn benen en klemde zich vast aan het nog rokende geweer.

'Caithness, neem Kasi en Fleance mee naar buiten,' zei Duff. 'Nu.'

Duff plofte in een stoel naast de roulettetafel. Het balletje had minder vaart gekregen, het geluid was veranderd.

'Wat gebeurt er nu?' zei Macbeth kreunend.

'We wachten hier tot de anderen komen. Ze lappen je op in het ziekenhuis. Inbewaringstelling. Federale rechtszaak. Er zal nog jaren over je gesproken worden, Macbeth.'

'Jij denkt nog steeds dat jij het bovenste bed hebt, Duff?'

Het kristal rinkelde. Duff keek op. Macbeth had zijn linkerhand opgetild.

'Je weet dat ik de snelheid van een vlieg heb. Voordat jij die sabel hebt laten vallen en je machinepistool in stelling hebt gebracht, heb jij een dolk in je borst, dat weet je toch?'

'Kan zijn,' zei Duff. In plaats van angst voelde hij alleen maar een onmetelijke vermoeidheid in hem omhoogkruipen. 'En toch zul jij, als altijd, verliezen.'

Macbeth lachte. 'En waarom dat?'

'Dat is gewoon weer een van die selffulfilling prophecy-dingen. Je hebt altijd geweten, je hele leven al, dat je gedoemd bent uiteindelijk te verliezen. Die zekerheid is er en heb je altijd gehad, Macbeth.'

'O ja? Heb je het niet gehoord? De man die mij kan doden moet nog door een vrouw gebaard worden. Dat is de belofte van Hecate en hij heeft al meerdere keren bewezen dat hij zich aan die belofte houdt. Dus weet je wat? Ik kan gewoon opstaan en weggaan.' Hij probeerde zich tot zitstand op te drukken, maar het gewicht van de kroonluchter weerhield hem ervan.

'Hecate is vergeten rekening te houden met mij toen hij je die belofte deed,' zei Duff, en hij hield Macbeths linkerhand in de gaten. 'Ik kan je doden, dus lig stil.'

'Ben je hardhorend, Duff? Ik zeg...'

'Maar ik ben niet gebaard!' zei Duff met zijn kaken op elkaar geklemd.

'Niet gebaard?'

'Nee, ik ben uit mijn moeder gesneden, ze heeft me niet gebaard.' Duff leunde voorover en ging met zijn wijsvinger over het litteken in zijn gezicht.

Macbeth knipperde met zijn kinderogen. 'Je... je was nog niet geboren toen Sweno haar doodde?'

'Ze was zwanger van me. Er is me verteld dat ze een bloeding trachtte te stelpen bij een van de andere agenten toen Sweno hiermee zwaaide...' – Duff tilde de sabel op – 'en de buik van mijn moeder opensneed.'

'En jouw gezicht.'

Duff knikte langzaam. 'Je kunt niet ontsnappen aan de man die niet gebaard is, Macbeth. Je hebt verloren.'

'Verlies na verlies. We beginnen met alles te hebben en daarna raken we alles kwijt. Ik dacht dat de enige zekerheid de garantie van de dood was. Maar zelfs die is niet meer gegarandeerd. Alleen jij kunt me de dood geven en me naar de plek sturen waar ik mijn geliefde weer zal zien, Duff. Dus wees mijn verlosser.'

'Nee, je staat onder arrest en zult in eenzaamheid wegrotten in je cel.'

Macbeth lachte zacht. 'Ik kan het niet en jij kunt het niet laten. In die steeg kon je het ook niet laten en probeerde je me te vermoorden. En nu zul je daar ook niet in slagen. Want we zijn wie we zijn, Duff. De vrije wil is een illusie. Doe wat je bént. Of moet ik je helpen door hun namen te noemen? Meredith, Emilie en...'

'Ewan,' zei Duff. 'Jij bent degene die er niet in slaagt de ander te zijn die je altijd wilde zijn, Macbeth. Daarom wist ik dat er nog steeds hoop was voor Kasi, zelfs toen de zon al boven de bergkam was. Je hebt nooit een weerloos mens kunnen doden. En hoewel je herinnerd zult worden als wreder dan Sweno en corrupter dan Kenneth, is het je goede eigenschap die je heeft genekt: je gebrek aan wreedheid.'

'Ik was altijd het tegenovergestelde van jou, Duff. En daarom jouw spiegelbeeld. Dus vermoord me nu.'

'Waarom zo'n haast? De plek die op mensen zoals jij wacht heet de hel.'

'Dus laat me gaan.'

'Als je vergiffenis voor je zonden vraagt, ontsnap je misschien.'

'Die kans is al verkeken, Duff. En gelukkig maar, want ik verheug me erop mijn geliefde weer te zien, zelfs als dat betekent dat we voor eeuwig samen zullen branden.'

'Nee, je krijgt een eerlijk proces en je straf zal niet te zwaar en niet te mild zijn, die zal het eerste bewijs zijn dat deze stad geciviliseerd kan zijn. Dat de stad weer heel kan worden.'

'Jij volslagen idioot!' schreeuwde Macbeth. 'Je houdt jezelf voor de gek. Jij denkt dat je gedachten voortbrengt die je wílt denken, de mens bent die je wílt zijn, maar je hersenen zoeken wanhopig naar een excuus om me te vermoorden terwijl ik hier zo weerloos voor je lig. En dat is precies de reden waarom je weerstand voelt. Maar jouw haat is net als de locomotief: die kan niet gestopt worden als die eenmaal is gestart.'

'Je vergist je, Macbeth. We kúnnen veranderen.'

'Ja? Nou, geniet van deze dolk, vrije man.' Macbeths linkerhand verdween onder zijn colbert.

Duff reageerde automatisch, hij legde beide handen rond het handvat van de sabel en stootte toe.

Hij verbaasde zich erover hoe gemakkelijk het sabelblad door Macbeths borst gleed. En toen het de vloer onder hem raakte, voelde hij hoe de siddering van het lichaam zich verplaatste via het lemmet naar hemzelf. Er kwam een lange zucht over Macbeths lippen en een fijne douche van lichtrood bloed sproeide als warme regen over Duffs handen. Hij keek in Macbeths ogen, wist niet waarnaar hij zocht, alleen dat hij het niet vond. Het enige wat hij zag waren de restanten van een licht dat langzaam werd gedoofd terwijl de pupillen groter werden en langzaam de irissen verdreven.

Duff liet de sabel los en deinsde twee stappen naar achteren.

In stilte stond hij daar.

Zondagochtend.

Hoorde stemmen van Workers' Square dichterbij komen.

Hij wilde niet, maar wist dat hij moest. Toen deed hij het. Hij sloeg Macbeths colbert open.

Macbeths linkerhand lag plat tegen zijn borst. Er was niets, geen schouderholster, geen dolk, alleen een wit overhemd dat langzaam rood kleurde.

Een tikkend geluid. Duff draaide zich om. Het geluid kwam van de roulettetafel. Hij kwam overeind. Op het vilt lag een fiche op rood, onder het hart, een ander fiche lag op zwart. Maar het geluid van het wiel klonk steeds zachter. Het witte balletje danste tussen de getallen. Toen lag het stil, eindelijk gevangen.

In het ene groene vakje, wat betekende dat alles voor de bank was.

Dat geen van de spelers won.

Hoofdstuk 43

De kerkklokken beierden in de verte. De eenogige jongen stond in de wachtruimte van het Centraal Station naar het daglicht te kijken. Het was een merkwaardig gezicht. Vanuit de wachtruimte had Bertha altijd het uitzicht op Inverness geblokkeerd, maar nu had de oude locomotief de gevel van het casino doorklieft. Zelfs in het scherpe zonlicht kon hij de blauwe zwaailichten van de geparkeerde politieauto's en de flitslichten van de persfotografen zien. Mensen dromden samen achter de afzetlinten op Workers' Square en af en toe was er ook licht te zien achter de ramen van Inverness. Dat waren waarschijnlijk de technisch rechercheurs die foto's namen van de doden.

Dus het was voorbij.

De jongen draaide zich om en liep door de gang. Toen hij de trap naar de toiletten naderde, hoorde hij iets. Een aanhoudend zacht gejammer als van een hond. Hij had het eerder gehoord bij een jongen zonder geld die zijn shot niet had gekregen. Hij keek over het hekwerk. Zag witte kleding oplichten in het stinkende donker. Hij wilde verder lopen toen hij het hoorde. Een wanhopige stem: 'Wacht! Ga niet weg! Ik heb geld!'

'Sorry, opa, ik heb geen dope en jij hebt geen geld. Probeer er wat van te maken vandaag.'

'Maar ik heb je oog!'

De jongen bleef abrupt staan en liep terug naar het hek. Staarde naar beneden.

Die stem. Zou dit echt... Hij liep naar de trap en keek rond. Er was verder niemand anders. Toen daalde hij af naar de vochtige, koude duisternis. Bij elke tree nam de stank toe.

De man lag op de drempel van het urinoir. Hij droeg iets wat ooit een wit linnen pak was geweest. Nu waren de rafelige restanten doortrokken met bloed. Net als de man zelf. Rafelige, bloederige restanten. Onder het donkere haar stak een driehoekig stuk glas uit zijn voorhoofd. En daar lag zijn stok met de vergulde knop. Verdomd, hij was het! De man naar wie hij jaren had gezocht. Hecate. De ogen van de jongen raakten langzaam gewend aan het donker en hij zag de gapende wond. Een scheur die over zijn maag en borst liep. Er gulpte bloed uit, maar niet zoveel dat hij al bijna leeg was. Voordat de scheur zich weer langzaam vulde met bloed zag hij de roze, slijmerige ingewanden.

'Maak een eind aan mijn lijden,' fluisterde de oude man. 'Neem het geld dat in mijn binnenzak zit.'

De jongen keek naar de man. De man uit al zijn dromen, al zijn fantasieën. Er liepen tranen van pijn over de weke wangen. Als hij wilde, kon hij zijn kleine stiletto tevoorschijn halen, het mes waarmee hij het poeder hakte, het mes met het smalle lemmet dat ooit een oog had verwijderd. Hij kon het lemmet in de oude man steken. Dat zou een poëtische daad van rechtvaardigheid zijn.

'Heb je een gat in je maag?' vroeg de jongen en hij ging met zijn hand in de binnenzak. 'Loopt het maagzuur in de wond?' Hij keek in de portemonnee.

'Schiet op!' jammerde de oude man.

'Macbeth is dood,' zei de jongen en hij telde snel de biljetten. 'Denk je dat dat de wereld een betere plek maakt?'

'Wat?'

'Denk je dat de mensen die na Macbeth komen beter, rechtvaardiger, barmhartiger zullen zijn? Hebben we reden dat te geloven?'

'Houd je bek, jongen, en doe het. Gebruik desnoods de stok.'

'Als de dood het kostbaarste is voor jou, Hecate, dan wil ik die niet van je afpakken zoals jij mijn oog van me hebt afgepakt. En weet je waarom niet?'

De oude man fronste zijn voorhoofd en staarde de jongen aan. In zijn betraande ogen kwam een teken van herkenning.

'Omdat ik geloof dat wij mensen het vermogen hebben ons te verbeteren,' zei de jongen en hij stopte de portemonnee in zijn broek met gaten. 'Daarom geloof ik dat de mensen na Macbeth een beetje beter zullen zijn. Heel kleine stapjes, maar een beetje beter. Een beetje humaner. Is het trouwens niet vreemd dat we het woord humaan, menselijk dus, gebruiken om het goede en barmhartige te beschrijven?' De jongen hield de stiletto in zijn hand en liet het lemmet naar buiten springen. 'Als je denkt aan alles wat we elkaar hebben aangedaan in de afgelopen eeuwen, bedoel ik?'

'Hier,' zei de oude man kreunend en hij wees naar zijn hals. 'Snel.'

'Weet je nog dat ik zelf mijn oog eruit moest snijden?'

'Wat?'

De jongen drukte het mes in de hand van de oude man. 'Doe het zelf.'

'Maar je zei... humaner... ik kan het niet... alsjeblieft!'

'Kleine stapjes, kleine stapjes,' zei de jongen, hij kwam overeind en klopte op zijn broekzak. 'We worden beter, maar in de loop van één nacht worden we geen heiligen, snap je.'

Het gejank achtervolgde de jongen door het Centraal Station totdat hij naar buiten stapte in de stralende zonneschijn.

Hoofdstuk 44

De heldere regendruppel viel uit de lucht, door het donker, in de richting van de bevende lichten van de vuile havenstad beneden. Windvlagen uit het noordwesten dreven de druppel ten oosten van de kalm stromende rivier die de stad in de lengte in tweeën deelde en ten zuiden van de drukke spoorbaan die de stad overdwars doorsneed. De wind nam de regendruppel mee naar District 4, over de twee hotels waarin zakenlui uit Capitol overnachtten, de Obelisk, waar nog af en toe een verdwaalde boerenkinkel kwam die zich wanhopig afvroeg waar het casino was gebleven, en het moderne, pasgebouwde hotel Kilden. De mensen waren veel vergeten, maar het andere casino, dat was gehuisvest in het voormalige gebouw van de spoorwegen en waarin nu de pasgeopende bibliotheek zat, herinnerden ze zich nog wel. De druppel dreef over het Hoofdkwartier waar in het kantoor van hoofdcommissaris Malcolm licht brandde omdat er een vergadering plaatsvond over de reorganisatie. In het begin had er onder de medewerkers een gevoel van frustratie geheerst omdat door toedoen van burgemeester Tourtell en het gemeentebestuur collega's waren ontslagen vanwege de dalende criminaliteitscijfers. Was dat de manier waarop het korps werd beloond voor al het goede werk dat het de laatste drie jaar had verricht? Maar ze hadden ingezien dat Malcolm gelijk had: het was de taak van de politie om zich, zo veel mogelijk, overbodig te maken. De grootste klappen waren natuurlijk op afdeling Drugs gevallen en de afdelingen die indirect getroffen werden door het ineenstorten van de drugshandel, zoals afdeling Moord. Anti-Corruptie was nog op volle sterkte terwijl de nieuwe afdeling Economische Delicten juist meer mensen aannam. Dat was het logische gevolg van de toenemende economische bedrijvigheid omdat de stad grote ondernemingen had aangetrokken en ook vanwege het besef dat witteboordencriminelen het wel heel makkelijk hadden gehad en hadden bijgedragen aan het gevoel dat de politie in de eerste plaats de rijken had gediend. Duff had de grootte van OrgCrim verdedigd door te zeggen dat hij middelen nodig had om preventief te kunnen werken en dat het veel duurder zou zijn om naderhand orde op zaken te stellen als professionele criminelen de stad weer in hun greep kregen. Maar hij begreep dat hij, net als ieder ander, akkoord moest gaan met bezuinigingen. Zelfs de chef van afdeling Moord, Caithness, die gloedvol had betoogd dat de huidige medewerkers bij een moord eindelijk bevredigende onderzoeksmethoden aan de burgers konden bieden, had ontslag moeten nemen. Dus Duff verheugde zich liever op het feit dat het eindelijk weekend was en dat Caithness en hij een picknick hadden gepland in Fife. Hij verheugde zich erop, maar zag er ook tegen op. Het huis was afgebroken en hij had de grond laten verwilderen. Maar het badhuis stond er nog. Hij wilde met haar in de brandende zon liggen en de teerlucht van de planken ruiken. Luisteren of hij de echo's hoorde van Emilies en Ewans gelach en uitgelaten geschreeuw. En daarna wilde hij alleen naar de rots zwemmen. Men zei dat je niet de plek – en de persoon – van vroeger kon opzoeken. Hij wilde gewoon uitzoeken of dat waar was. Niet om te vergeten, maar om eindelijk de blik naar voren te kunnen richten.

De regendruppel ging door naar het oosten, over de dure winkelstraten in District 2 west, voor hij neerdaalde op de beboste heuvel naast de ringweg die vanavond als een gouden ketting rond de hals van de stad blonk. Daar, op de top van Gallows Hill, viel de druppel tussen de bomen door tot hij op een groot, groen eikenblad spatte. Hij gleed naar de punt van het blad, bleef daar hangen en verzamelde genoeg gewicht om de laatste meters te vallen naar twee mannen die in de schaduw van de boom stonden.

'Het is veranderd,' zei een zware stem.

'U bent lang weggeweest, sir,' zei een hogere stem.

'Weg. Precies, ik geloof dat ik dat was. En je hebt me niet verteld hoe je me hebt gevonden, meneer Bonus.'

'O, ik houd mijn ogen en oren open. Ik zie en ik hoor, dat is eigenlijk mijn talent. Het enige, ben ik bang.'

'Ik weet niet of ik dat helemaal geloof. Luister, ik zal niet onder stoelen of banken steken dat ik je niet mag, meneer Bonus. Je doet

me een beetje te veel denken aan dat beest in het water dat zich aan grotere dieren vastzuigt, een...'

'Een zuigvis, sir?'

'Ik dacht aan een bloedzuiger. Akelige, kleine beestjes. Maar wel onschuldig. Dus als je me kunt helpen de stad terug te krijgen, mag je een beetje zuigen. Maar pas op, als je te hard zuigt, snij ik je van me af. Goed, laat horen.'

'Er zijn geen concurrenten op de markt. Veel drugsverslaafden zijn naar Capitol gevlucht toen de drugsmarkt opdroogde. Het gemeentebestuur en de hoofdcommissaris laten eindelijk hun dekking wat zakken. Er zijn mensen ontslagen. De timing is perfect. Het potentieel nieuwe en jonge cliënten is onbegrensd en ik heb dus de zus gevonden die de explosie in Hecates drugsfabriek heeft overleefd. Zij heeft het recept nog. De klanten zullen geen alternatieven hebben voor wat wij hun kunnen bieden, sir.'

'En waarom heb je mij nodig?'

'Ik heb noch het kapitaal, noch de daadkracht of uw leiderscapaciteiten, sir. Maar ik heb...'

'Ogen en oren. En een zuigmond.' De oude man gooide een half opgerookte Davidoff Long Panatellas-cigarillo op de grond terwijl de druppel op de tak boven hem zich uitrekte. 'Ik zal erover nadenken. Maar niet om de redenen die jij noemt, meneer Bonus. Elke stad is een potentieel goede markt als je een goed product hebt.'

'O ja? Waarom dan wel?'

'Omdat deze stad mijn broer, mijn club, alles heeft afgepakt. Ik ben de stad iets verschuldigd.'

De druppel liet los en plofte op een hoorn. Hij liep over het gladde oppervlak van een motorhelm.

'Ik ben de stad een hel verschuldigd.'